"牛郎织女"传说研究

赵逵夫　著

人民出版社

图一　西汉元狩三年（前120年）牵牛石雕（今存西安市长安区斗门街道）。

图二　西汉元狩三年（前120年）织女石雕（今存西安市长安区斗门街道）。

图三　河南南阳白滩汉墓出土的牵牛织女画像石。

图四　四川郫县新胜乡汉墓出土的石棺盖顶牵牛织女画像。

图五　朝鲜德兴里古墓（公元409年）出土的牵牛织女壁画。

图六　宋、金牛郎织女故事镜
（左上女宿四星，右上河鼓三星，鹊桥横贯，表明主体人物为织女、牛郎）。

目　　录

"牛郎织女" 传说形成与发展
研究的历史回顾

一、20 世纪 40 年代以前关于 "牛郎织女"
传说起源的探索

近代以来在中国古代四大民间传说中，对 "牛郎织女" 的研究是最少的，关于它的起源与演变的研究则更少。因为中国古代在 "尊经" 和 "科举" 两个思想纲领的禁锢和牵引下，文人不会眼睛朝下，去关注考究民间文化，何况 "牛郎织女" 传说中的男女自主成婚同封建礼教不合，一个农民同天帝的孙女（或曰外孙女）成婚也同汉代以来越来越森严的门第观念不合。因之，历代文人笔下谈 "七夕" 节、乞巧风俗的多，而对于 "牛郎织女" 传说本身，则少有关注，绝大部分是就其鹊桥相会或夫妻分离的情节引为典故；其所论及者，也大体是就汉魏六朝以来一些诗文中反映的情节加以论述。

倒是几位外国学者注意到了在中国流传长久并且形成了一个流传广泛的节日的传说故事，加以讨论。首先是受荷兰东印度公司派遣 1877 年到中国厦门了解中国风俗的法国人高延（J. J. M. DE GROOT），他在《厦门的节庆日》一书中对 "牛郎织女" 与七夕风俗有过介绍和讨论。[1]

三十多年后，日本学者长井金凤有《天风娬原义——牵牛织女由来》

---

① 参见日本学者石出诚彦《牵牛织女说话的考察》注 33，日本早稻田大学文学部《文学思想研究》第八卷，1928 年 11 月，又收入石出诚彦《中国神话传说的研究》，东京中央共论社 1943 年版，第 111—138 页。

一篇短文,以为《易·姤卦》"姤女壮,勿用取女"的"姤"当如郑玄注为遇的意思,"女壮"即女妆。以为"系于金柅"的"柅"即枲,即络丝车的摇把,说亦可通,因为"柅""屎""枲"三字在使用中本有些纠葛,难以厘清。但又解释柅即棬,同"桊",即穿在牛鼻子上的木圈,这自然就将《姤》卦同"牛郎织女"传说中"牵牛"的牛联系了起来,但似乎牵强,同时,对《易·姤卦》下文"有攸往,见凶,羸豕孚蹢躅""包有鱼,无咎,不利宾""臀无肤,其行次且,行未牵也"等句的说解,也看不出同"牛郎织女"传说有什么联系。不过,无论怎样,这篇论文还是应该重视的,作者从《周易》中寻找"牛郎织女"传说的影响及后世七夕风俗中一些做法的来源,对我们还是有启发意义的,文中指出《周易》反映的几种社会意识与"牛郎织女"传说有关,算是第一篇研究专文,但并无确论。

外国学者对"牛郎织女"传说作了全面深刻研究的,当数出石诚彦(1896—1942)的《牵牛织女传说的考察》一文。作者是日本第一位专攻中国神话的学者。其论文分《关于天汉》和《关于牵牛织女相会的传说》两部分,第一部分引了《诗经·小雅·大东》《大雅·棫朴》《大雅·云汉》和《星经》《楚辞·九思》等称银河为"汉""云汉"的例证,以及《尚书·禹贡》《诗经·国风·汉广》《楚辞·九章·抽思》、《淮南子》的《地形》《时则》《精神》《兵略》《说山》和《说文》《水经》中"汉"又为水名的有关例证,指出:"在现存的古文献形成之时,银河和汉水就用同一名称来称呼了。"他的结论是:

> 于是我确信,是采用地上的河流的名称来命名银河;换言之,以本来就有的"汉水"衍生出"天汉"之名的看法不是没有道理的。

而且他的理由,在今天来看,也是合于人的认识规律,合于历史唯物主义观点的。他说:

> 既然人类生活的基础是大地,那么先产生了和生活有直接关联的河流的名称,然后才把这个名称用在银河上,是非常自然的。

作者又用归纳法列出十分有力的旁证:"特别是,汉民族对天体的称谓，可以说几乎都是从现实世界中的事物的称谓而来的。"在国内外大量关于中国七夕节研究的论文中，此文对于天河在中国古代何以名为"汉""云汉"作出了精辟的论断。虽然对于是哪一部族大体在何时代命名未能有所论述，但这在当时已经很了不起了。

第一点有意义的是，论文的第二部分引述著名汉学家与古代历法学家新城新藏《宇宙大观》一书的说法，对天上"二十八宿"中牛星、女星同牵牛、织女星的关系作了精辟的论述。即"二十八宿"的说法最初是中国的周初所形成，"并且当时'牵牛织女'的故事在中国已经脍炙人口"，"因此它们距黄道有点远，但还是被纳入二十八宿之中"。后来随着中国天文观测法的进步，大约于战国时期重新整理，将接近于黄道的一星名为"牛星"，而用与牵牛星存在一点关系的"河鼓"之名附会原来的古牵牛星；织女星之名未变，但在黄道附近另确定一女星，以"婺女"或"须女"为名。这就弄清了至今有些学者谈不清的一个复杂问题。第二点有意义的是，认为牵牛织女传说的形成同中国古代的农业经济有关。第三点有意义的是，认为牛女相会的时间在七月初，因为此时观察牵牛织女星最清晰，而且两星距离最近。

该文对有关文献作了一次较全面的梳理，而且提出了一些很有意义的见解，如第一部分指出天汉同汉水的关系，第二部分也梳理了不少相关的文献，对鹊桥相会情节、七月七相会情节的看法等。① 这些研究将"牛郎织女"传说作为学术研究的题目进行探讨，引起国内某些学者们的关注，产生一定影响。同时，论文本身提出的一些看法一语破的，揭示了真理，如"天汉"之称来源于汉水等，对以后的研究具有启发意义。

国内对"牛郎织女"传说加以改编、作为新戏剧题材进行表演，小说起于署名半龙的《牛女离婚》（刊于《织云杂志》1914年9月第1期，藏上海图书馆）和署名中泠的长篇小说《牛女怨》（连载于《双星杂志》1915年3月15日第1期、4月15日第2期、5月15日第3期）。戏剧方面有栋园绮情生编《吉庆花》，一名《鹊桥相会》，刊《小说月报》1911年9

---

① 出石诚彦：《牵牛织女传说的考察》，见其《中国神话传说的研究》，东京中央共论社1943年版。

月 17 日第 2 卷第 7 期；及此前后王瑶卿编京剧《天河配》(《俗文学丛刊》第 341 期收录其总讲本，计十三场。露厂有《旧剧谈话：说天河配》，刊《春柳》1919 年 10 月 1 日第 8 期)。

作为民间文学作品进行收集整理也比较早，赵景深先生《中国童话集》(第一集)中的《牛郎》和钟敬文先生以"静闻"为笔名刊于《北京大学研究所国学门周刊》第 1 卷第 10 期 (1925 年出版) 的《安陆传说：牛郎和织女》应是最早的。但对"牛郎织女"传说和七夕节的研究开始较迟。真正说得上研究的应是钟敬文先生刊于《国立中山大学语言历史研究所周刊》第 11、12 合刊 (1928 年 1 月) 上的《七夕风俗考略》。这篇论文着重介绍汉代以来七夕节的状况，全文并结尾五个部分。第一部分为前人诗词以及序说；第二部分引《古诗十九首》《齐谐记》等论牛女故事，并引述了安陆传说；第三、第四部分为七夕风俗的历史观；与七夕风俗横剖。文章引述《西京杂记》《晋书》《世说新语》《舆地志》《荆楚岁时记》《开元天宝遗事》《东京梦华录》《庭掖录》《帝京景物略》等文献，钩玄辑要，精到而全面，也辑录了一些清代大型类书《古今图书集成》中有关各省七夕风俗的材料，归纳出各地"七夕"风俗的内容。但关于"牛郎织女"传说的看法，多有待后人填补、开拓、完善者。如其中说："织女嫁倩女的故事，后来虽然传说得煞有介事，其实呢，在初头只是一些零碎得不多干系的材料，后来渐渐地由许多人的误会附益，然后才形成整个有机的形骸和生命的。"一则未能看到这个传说同中国早期历史的关系，看到同中国自史前时代社会特征在这个传说中的反映；二则也未看到民间汉魏六朝乐府、民歌所反映情节的一致及文人、诗人对它的主题的篡改和抹杀，反以为故事是后来附会而成。当然，这不是该文的重点。

玄珠于 1929 年出版的《中国神话研究 ABC》对有关牛郎织女的传说作了较全面的文献梳理，得出结论说："可见牵牛与织女的故事渐渐演化成的。"并且认为"在汉初此故事已经完备了"[1]。他对《牛郎织女》的界定是"现所存最完整而且有趣味的星神话"。今天看来，这个看法是 20 世纪大半个世纪中关于"牛郎织女"传说产生时代的推断上最接近真实情况

---

[1] 茅盾：《茅盾说神话》，上海古籍出版社 1999 年版，第 83—84 页。

的一说，其结论也很具有启发性。

黄石刊于《妇女杂志》第 16 卷第 7 号（1930 年 7 月）的《七夕考》着重从天文学的观点对牛女何以能吸引一般人的注意而形成了一个浪漫故事进行了探讨。虽其中也引述古代有关天文资料，但论文主要是从星的亮度、位置、与天河和其他星的关系等方面说的，并未探究它们何以一个叫作"织女星"，一个叫作"牵牛星"，何以会形成后世流传的故事情节。

辰伯刊于清华大学《文学月刊》第 3 卷第 1 期（1932 年 5 月）上的《西王母与牛郎织女的故事——西王母与昆仑山之三》在引述文献的方面说，前后数十年之论文，除出石诚彦的《"牛郎织女"传说的考察》外，罕有其比。大约因为此后很少有人见到清华大学《文学月刊》的缘故，甚至在论文发表七八十年之后，学者们的论文也很少引到。论文中所引有关织女、牵牛的材料如《焦林大斗记》："天河之东，有星微微，在氐之下，谓之织女。"《左传·昭公十年》注："织女为处女。"《大象列星图》："河鼓三星在牵牛北……昔传牵牛织女七月七日相见者则此是也。故《尔雅》云：'河鼓谓之牵牛。'又古歌云：'东飞伯劳西飞燕，黄姑织女时相见。'其黄姑者即此是也，为吴音转而讹然。"尤其后面一条，虽然有的论文也谈过这个事实，讲到这个道理，但引述此文者似乎没有，而且南北朝以来又误黄姑为女，误为织女之名，甚至当代学者据误解以说事者也不少。

这篇论文通过《神异经·中荒经》中所说昆仑之上有大鸟名希有，"背上小处无羽一万九千里，西王母岁登翼上会东王公"，而以为西王母与东王公的故事"又演变成牛郎织女的故事"，表述不清。原文之意，大约是说在鹊桥相会的情节上，两个故事有些纠葛。但其实这一点恐也不能成立。而且该文中也引了《六帖·鹊部》引《淮南子》佚文："乌鹊填河成桥渡织女。"《淮南子》一书之成在《神异经》之前无可疑。《神异经》旧题东方朔撰，鲁迅《中国小说史略》以为晋以后人所作，王国良《神异经研究》（台北文史哲出版社 1985 年版）以为"最迟在西晋末年即已问世，并稍见流通"，李剑国《唐前志怪小说史》（修订本）以为"必为汉书无疑"，"看来出于西汉成、哀前后，是不会有多大问题的"（天津教育出版社 2006 年版）。应该说《神异经》关于希有的想象，乃受《庄子·逍遥游》中大鹏的影响，与鹊桥相会之说无关。但这比起二十多年之后还有人主张的鹊桥相会情节形成在唐代以后的说法，就要高明得多了。

钟敬文先生刊于《民众教育季刊》1933 年第 1 期上的《中国的天鹅处女故事》是把"牛郎织女"传说作为"天鹅处女型"故事的例证来研究的，但其中所举例证大部分是"牛郎织女"传说的采录本和由之分化产生的见之古代文献的故事或故事采录本。论文共 11 部分。其第二部分引述了约瑟·亚科布斯修正的哥尔德氏《印度欧罗巴民间故事型式》所载天鹅处女型故事的情节：

1. 男子见一女在洗澡，她的"法术衣服"放在岸上。
2. 他盗窃了衣服，她堕入他的权力中。
3. 数年后，她寻得衣服而逃去。
4. 他不得再找得她。

这四条中，一、二与"牛郎织女"传说一致，第三条大体一致（南方所传多与此一致，北方所传多因天上的命令被迫离去），第四条不太切合。书中又引述了日本学者西村真次《神话学概论》所归纳这类故事的本来形态：

1. 天鹅脱下了羽衣，变成天女（人之女性）而沐浴。
2. 男人（主要为猎师或渔夫）盗匿羽衣，迫天女与之结婚。
3. 结婚后，生产若干儿女。
4. 生产儿女之后，夫妻间破裂，天女升天。
5. 破裂原因，即由于发现了"在前"为"结婚原因"的被藏匿的羽衣。

西村真次所列这条中第一条、第二条大体相合，第三条则是约瑟·亚科布斯所修正哥尔德氏归纳四条中没有的，而与《牛郎织女》各种传说相合（"牛郎织女"传说中大部分是说生有一儿一女）。第四条也与某些地方的传说一致。第五条与第四条相关联，而与"牛郎织女"传说不合。

由此，我们也可以知道"牛郎织女"传说尽管深深扎根于中国的文化土壤，它的孕育、形成与发展、演变同中华文明的发展进程相一致，反映着中国民族文化与历史的特征，但同时也具有世界文化发展的共同特征，离不开上古之时先民的意识与思维特征，离不开古代神话与民间传说发展演变的共同规律。论文对"天鹅处女型"这个故事母题的"本来形态"、传说的基本情节、要素及流传中由于改削、增益、混合等而分化的情况作了细致的分析。但这篇论文牵扯到故事产生的部分只是从民间文学形成和情节的基本模式方面进行了推断，还没有能从其题材本身，即素材的方面去进行考察。民间文学研究中的"母题"，实际上只是情节类型上的模式，同题材毕竟是两回事。

竺同刊于 1934 年 8 月 16、17 日《时事新报》上的《七夕的民间传说考证》一文虽主要从民俗和民间传说的角度谈七夕风俗的形成，仅一般地牵扯到"牛郎织女"传说，但也肯定"这民间传说记载在文字上，推西汉刘安《淮南子》为最早"。这篇短文的意义在于理论上指出"牛郎织女"传说形成的社会基础。雪峰在上海的《新闻报》1934 年 8 月 16 日发表《七夕考》，周越然在上海《太白》1934 年第 1 卷第 4 期发表《牛郎织女》，英茵在《北平晨报》1935 年 8 月 5 日刊《七夕从乞巧说到天河配》，徐中玉在《国闻周报》1935 年第 3 卷第 33 期发表《七夕故事》，王维克在《礼拜六》1935 年第 602 期上刊之短文《牛郎织女》（科学小品），也都表现出学者们对这一话题的关注。

欧阳云飞在《逸经》杂志第三十九期（1937 年 8 月）发表的《牛郎织女故事之演变》一文不长，所引材料不出茅盾之书所涉及的范围，实属一般介绍。可堪注意者有四点：（一）在引了《齐谐记》有关文字之后，又引宗懔《荆楚岁时记》，并加括号说明：

> 此则见于《辞源》"七夕"条与"织女"条引。按我手头两部《汉魏丛书》本的宗懔《荆楚岁时记》均无此文，不知该书编者引自何人所辑，抑或版本不同，志以待考。

茅盾所引未说明见于《辞源》或其他书所引，而直接标明《荆楚岁时记》，因他主要在揭示、分析此神话，非侧重文献梳理，不必苛求。又其末尾"唯每年七月七日夜渡河一会"概括为"使一年一度相会"，致使有的论文据以转引而沿其误，有个别人则据此一定要认定是茅盾弄错了书名，这未免有些小题大做。总之，欧阳云飞此文表现出严谨的学风。

（二）归纳出古代文献中所载文人层面流传"牛郎织女"传说情节之五点：1. 织女勤工；2. 男女婚娶；3. 沉溺于燕婉；4. 天帝怒其废工；5. 相见时难。

（三）将"牛郎织女"的演变分为五个时期：

1. 胚胎期：带有两性名词的星名发现。

2. 雏形：织女渡河与牛女相会。

3. 具体：结婚后废弛工作被限制会期。

4. 进化：杂以理想主义描写而生枝添叶。

5. 脱形：以见不到（天上）进而为见到（人间）的言情故事。

几个阶段的划分也很具有启发性和参考价值。

（四）引述了作者的家乡（闽南）所流传"牛郎织女"故事的文本。

20 世纪 40 年代有几篇评吴祖光剧本《牛郎织女》的论文也涉及传说本身。比较重要的有吴琴的《评〈牛郎织女〉》（刊《现代周报》1944 年第 1 卷第 5 期），白华的《现实与幻想——〈牛郎织女〉读后》（刊《学谊》1948 年第 5 期），戴文赛的《牛郎织女》（刊《观察》1946 年第 1 卷第 6 期）。戴文前半对"牛郎织女"传说作了一般介绍，后半从天文学角度介绍牛郎、织女二星座。

能说得上是对"牛郎织女"传说本身的研究，而且在前后几十年的研究论文中从社会学的角度进行深入理论分析的是全慰文刊于《新路周刊》1948 年第 1 卷第 1 期上的《从"牛郎织女"看中国社会》一文。文章所引《荆楚岁时记》中"天河之东有织女"一段，与茅盾所引完全一样，但这掩盖不了它在"牛郎织女"传说研究中所表现出的历史唯物主义的思想光芒。文章说："一般说，中国社会中尚有男女间的分工。大概男子耕种土地；女子纺织而外，兼治烧饭、洗衣、喂猪、养鸡等工作。……在全人口中，农民约占百分之七十五，甚至百分之八十。""一般男子除了靠自己劳力耕种而外，其利用的兽力就是牛。……他们爱牛甚至胜过自己的生命。所以我们不妨说，中国男子大半是农夫，这些农夫全部是'牛郎'。他们的妻子，则因农地过小，每年收获不能维持一家人食用，为了在经济上减轻丈夫的重担，故全家需用的衣服，大半由她们亲手纺织。……中国男子既是'牛郎'，中国妇女难道不是织女吗？"这就极简要、明了地指出了

"牛郎织女"传说反映中国社会历史的典型性,它在中国历史文化中的重要意义。文章说:"由很多对牛郎织女化为一对牛郎织女,由黄河、长江流域迁居银河两岸。"这个形象化的比喻高度概括了牛郎、织女这两个人物的典型意义。还值得注意的是,这里无形中指出:"牛郎织女"传说产生于黄河、长江流域。而古代汉水上游,也即西汉水的上游的秦人发祥地,其北的渭水属黄河流域,其南的西水属长江流域,也可以与其说相合。论文共四部分,上面所介绍是"小引"(第一部分)后的第二部分内容。第三部分是就古代文献中所传"牛郎织女"传说的情节从中国传统伦理方面进行分析,也很精到。第四部分在第二、三部分的基础上归纳出中国社会的两个特点之后,又指出从中可以看出的中国社会的其他特征,"如安土重迁、崇信儒家思想、自然科学不发达、没有民族国家观念等"。无论如何,你不能不佩服作者敏锐的眼光和高超的理论水平。

总之,20世纪40年代以前产生了几篇有分量的论文,有关的文献,绝大部分已被梳理公示出来,也提出来一些很有意义的看法,如认为"天汉之名"是由地上的汉水而来,作为一种古老的传说在《周易》等古代文献中可能已有反映、"牛郎织女"传说的天鹅处女类型、"牛郎织女"传说其人物形象同中国社会及古代政治制度有关等。有的论文比以后几十年中大量重复的介绍性文章要更有价值。

二、20世纪50年代至70年代末大陆的研究

从20世纪40年代就有些改编的《牛郎织女》的戏剧,有新剧,有旧的戏曲,在1950年出现更多,而情节上差异大,在如何改编神话传说上反映出的理论认识也很不一致。仅艾青的《谈〈牛郎织女〉》一文(刊《新戏曲》第2卷第5期(1950年10月1日))所列举,有武汉出版的凌鹤、叶红的《乞巧因缘》,《华东人民戏曲丛书》中徐进的越剧《牛郎织女》和墨遗萍的蒲剧《七巧图》,有《民间通俗读物》中姚昕以故事形式写的《牛郎织女》,有无锡大众京剧社演出《牛郎织女》(上海《新戏曲报》第3卷第2期有介绍),有首都实验评剧团演出的《牛郎织女》(吴祖

光所创作),秦似的《牛郎织女传》(《广西戏曲》报 19 期有秦似谈创作过程的文章)。其中个别的保留着若干原传说的基本要素,有的则完全离开其传说,只是借了"牛郎""织女"的名堂表现斗地主、分田地及举行暴动甚至打美帝等内容,就完全失去了神话传说的精神与性质。所以一些学者关注到对这个传说的本质、要素的认识。陈毓罴发表在《光明日报》1950 年 5 月 28 日的《谈牛郎织女的故事》是新中国成立以后第一篇谈这个著名传说的论文。文章除根据茅盾《中国神话 ABC》引述了一些史料之外,还引述了颜之推《家训》和南北朝至宋代咏牛女的诗词,考察了牛女传说在文人笔下保存的情形。次年,陈涌先生发表的《什么是"牛郎织女"的正确主题》一文(《文艺报》1951 年 4 月 11 日),是在全慰文论文之后,从社会学的角度论述"牛郎织女"传说方面最值得注意的一篇论文。论文说:

> 这个传说是中国封建社会农民思想情绪的一种反映。这里采取了一个牛郎和一个织女作为中心人物便恰巧反映出这个传说的以农业和手工业为基础的中国封建社会的特征。

但在对"牛郎织女"传说主题的认识上,却与全慰文完全相反。论文不同意提倡生产的主题,而认为应认识到它的反封建的主题。这里指出了我们在研究这个传说中最重要的一点。实际上,在此之前、此后《牛郎织女》故事的改编、整理中出现的一些问题,都同对这个传说故事在主题、人物形象上的把握失误有关。应该说,全慰文所谈是这个传说早期中就带上的基本要素,陈涌先生所指出是这个传说进入封建社会之后便带上的基本主题,都有利于我们认识它早期形成阶段的情况。

《新戏曲》第 2 卷第 5 期(1951 年 10 月 1 日出版)集中发表了 8 篇论"牛郎织女"的改编演出的论文,也论及该传说的要素问题。武瑞的《怎样正确地处理牛郎织女故事》,对"牛郎织女"传说的性质、在中国文化史上的地位作了正确的概括,对改编中主要情节的把握也作了精辟的论述,对《牛郎织女》神话传说的整理、改编具有指导意义。艾青《谈"牛郎织女"》除对当时上演以"牛郎织女"为人物的各种戏剧改编本根据其改编中所持主导思想分为三类加以分析、指出其中存在程度不同的问题外，对民间所流传情况在情节上分为两类，反映出作者高度的理论水平。艾青所谈第一类，实是经过了南朝士族地主阶级对它的改造；第二类则反映着农民的愿望与民间生活，是民间所传。论文对整理、改编中在一些情节处理上的意见也很精辟，对于正确把握这个传说故事是有指导意义的。马少波《关于"牛郎织女"》除了对这个神话传说作了正确的评价，介绍他的家乡山东所流传的"牛郎织女"的故事以及联系星象的有关传说之外，也有对各种不同版本中一些细节的看法，都很有参考价值。杨绍萱《论戏曲改革中的历史剧和故事剧问题——从今年舞台上演出的〈天河配〉说起》，将"牛郎织女"传说、故事的发展分为三个阶段：第一个阶段"是把星辰人格化"；第二个阶段"是由对于妇女的崇拜而发展为神话故事"，并说其时间是从西汉到南北朝时代；第三个阶段"是牛郎织女的神话故事由天上向人间的发展"，认为时间在唐宋以后。文章在理论论述上虽然不是很严谨，但也有一定启发意义。其他四篇主要评当时演出的几种剧本在改编、演出上的一些问题，这里就不详论了。赵景深先生的《关于牛郎织女的传说》（《新民报晚刊》1953 年 7 月 20 日）是对此前及这次讨论的一个简要而正确的总结。

第二次集中讨论是在 1956 年和 1957 年。因为 1956 年的初中《文学》课本中收入了人民教育出版社整理的《牛郎织女》。学者们主要就这篇故事整理的得失及相关理论问题发表意见。李岳南的《由"牛郎织女"来看民间故事的思想性和艺术性：就初中"文学"课本的一篇谈起》（《北京文艺》1956 年第 8 期）、刘守华的《慎重地对待民间故事的整理编写工作》（《民间文学》1956 年 11 月号）、巫瑞书的《关于整理民间故事的一点意见》（《民间文学》1957 年 7 月号）等对相关问题进行了十分深入的讨论，虽然只是讨论整理编写上的操作与原则问题，自然也涉及如何认识和继承这个民间文学遗产的问题，对以后民间文学的整理、编写有很大意义。

第三次讨论是在 1959 年，因安徽省庐剧团结合 1958 年的"大跃进"形势，编演了舞剧《牛郎织女笑开颜》，而引起不少学者发表意见。但这次讨论同 1951 年的那次一样，主要是就戏曲编演中如何正确处理古代神话与民间传说题材发表意见，且受到当时政治形势的影响，意义不大。不可否认，对于"牛郎织女"传说同中国社会的关系的认识，对其主题的探讨，也有利于认识他的发展演变情况。

1949年以后，从故事形成方面进行研究，影响较大的一篇论文是范宁先生发表于1955年的《牛郎织女故事的演变》。文章说："传说织女最初是天上水神，后来由于她和凡人农夫发生过恋爱关系，恰巧天上的两个星座命名的原始意义已经模糊，人们就把它们同两个星座联结在一起，被想象成为一对夫妇，过着男耕女织的生活，到六朝时这对夫妇的美好生活在传说中有了变化，据说遭受到外力的破坏，扮演了爱情悲剧的角色。"范宁先生以为《牛郎织女》的传说本同牵牛星、织女星没有关系，后来才被联系到一起；又依据张华《博物志》所记有人浮槎至天河见到牵牛的故事，认为在晋代之时"牛郎织女"故事中他们的生活是富裕的，也是美满的，到六朝时（据上引文字，是说到南北朝之时）这对夫妇的美好生活在传说中有了变化，才变成了悲剧的情节。① 范先生引述材料过于随意，忽略了一些时代较早且可靠的材料，而依关系不大甚至没有关系的材料进行推论，故难以成立。但成书于20世纪60年代至70年代的《辞源》中"织女"条就取了范宁先生的说法。

论文第三部分《织女的爱——人神之恋》提到董永的故事，在引述了曹植《灵芝篇》末尾"天灵感至德，神女为秉机"二句后说："这个传说产生时代不会太晚的。这是织女的爱的故事之一。"由于范先生的这种看法，此后不少研究"牛郎织女"传说的论文、专书都将董永的故事看作"牛郎织女"故事的分化，至今依然。这是完全错误的。一方面如鲁迅先生所说，"魏晋以孝治天下"；另一方面门阀制度森严，织女私自离开家庭、违背家长之意而下嫁农夫，这是与当时的主流意识完全对立的。但"牛郎织女"的传说流传广泛，封建地主阶级无法消除，因而造出董永的故事来，为了帮助一个尽孝的人而下嫁以排挤、替代、覆盖"牛郎织女"传说，其主题完全与牛女传说对立，是统治阶级的编造，根本不能看出是牛女传说的分化。

范先生此文之后两部分论"故事混杂"问题。第四部分引录《搜神

---

① 范宁：《牛郎织女故事的演变》，载《文学遗产增刊》第1辑，作家出版社1955年版。

记》卷十四《毛衣女》的故事,认为二者相混杂。但在《牛郎织女》的传说中并没有织女变为鸟的说法。有可能两个故事在流传中相互间有所吸收,但也难以肯定谁吸收了谁。第五部分引了《民俗》第 18 期上王莆桥所搜集《牛郎织女的故事》,开头说"相传牛郎的名字叫山伯,织女叫英台,二人本是同学,彼此十分要好"等,这是将完全两个不相干的"梁山伯与祝英台"的故事情节串在一起。民间有一些人讲故事往往随口讲来,多有"关公战秦琼"之类,采录者应多采访几人,以去粗取精、去伪存真,不能将一人所讲,看作民间广泛流传。因此引录这一故事可以说是毫无意义,也违反认识、整理民间传说的基本原则。我们从有的材料上看到范先生 1946 年在昆明的《边疆人文》第 3 卷 3、4 期上发表过一篇《七夕牛女故事的分析》,不知两文之间有无关系,总之后一文在文献运用方面问题较多。

罗永麟的《试论〈牛郎织女〉》是"文革"前发表的一篇重要论文。这篇论文通过对文献的科学梳理和民间采录本基本情节的分析说:"不难推论这个故事是起源于西周末期,也就是封建社会的初期。"并且得出与陈诵先生《什么是"牛郎织女"的正确主题》一样的结论,认为《牛郎织女》故事"基本上是反映了封建社会中封建领主(地主)和农民之间的阶级矛盾,封建社会的生产力和生产关系之间的矛盾"。论文对故事中一些情节也作了深刻的分析。论文指出,在《牛郎织女》故事的学习和研究中应该注意:第一,故事"所塑造的牛郎和织女富于反抗性的形象";第二,"丰富多彩的,富于感染性的幻想情节和场面";第三,"老牛在故事情节进行中的一切作用"。论文对这三点都有深刻的论述。对我们正确认识"牛郎织女"故事形成、孕育、发展的过程,有很大的启发性。

20 世纪 70 年代这方面最大的收获是汤池在《文物》1979 年第 2 期发表了《西汉石雕牵牛织女辨》。作者对现存于长安县的牛郎织女石像作了考察,并对于民间传说中将两个的身份的颠倒作了纠正。关于汉代昆明湖的牵牛织女石像,历代文献中都有记载,真实可靠,只是由于年久风化,线条不是十分清楚,但无论如何,这是有关这个传说故事的最早的珍贵文物,是应该重视的。

三、20世纪80至90年代末大陆的研究

80年代初有过四篇文章，首先是阿英的《女儿节的故事："七夕"风俗志》①，这虽然是一篇散文作品，但指出了七夕节在历史上的主要作用及以后的发展方向，可谓高瞻远瞩，具有启发性和指导意义。

第二篇是吕洪年辑《牛郎织女故事的产生、流传和影响》②，所述大体皆人们常见的材料，值得注意的一点是引述了《北朝鲜游记》所记述的一个《牛郎织女》故事的演化版本。

第三篇是杨果、范秀萍的《牛郎织女故事的源流》。③ 其行文方式同吕洪年文章差不多，但有两点值得注意：一是提到明代《渡天河牵牛会织女》杂剧和清代的《天河配》剧目；二是将"牛郎织女"传说同董永的故事联系在一起进行考察，后一部分篇幅占全文一半。论文未将"牛郎织女"传说同董永故事混同为一，是其好的一面；但尚未看到历代统治阶级利用董永的故事排挤、掩盖"牛郎织女"传说的一点。

第四篇是葛世钦《〈牛郎织女〉的历史演变》④，文章只有一页，只是就人们常提到的材料串起加以介绍。末尾有一段："故事中关于牛郎和织女所生一男一女的情节，在古代的材料中没见记载，但在近代口头材料记录中，却大都有反映。这和我国农民的经济生活有密切关系。因农民从来都不宽裕，孩子多了，被视为一种累赘。有谚云：'一生儿女债，半世老婆奴。''一男一女一盆花，三男四女活冤家。'这是农民世世代代的生活哲学。"关注到了学者们疏忽的一个细节，讲得也很有道理。

以上四篇文章都并未对"牛郎织女"传说的根源和产生时代、地域、传说要素的形成转化过程等进行考察。

80年代中期以后有几篇论文专门探讨或涉及"牛郎织女"传说的起源

① 《散文》1980年第1期。
② 杭州大学中文系办《语文战线》1980年7月第43期"资料"专栏。
③ 安徽省文学艺术研究所出版《艺谭》1981年第3期"大学生论坛"专栏。
④ 《教学通讯》1981年第7期。

问题。

首先，要提到的是屈育德的《牛郎织女与七夕乞巧》①。论文不是专门谈"牛郎织女"传说的起源，又属介绍性文章，但在运用文献方面十分严谨，而且也表现出深入的理论思考。首先在引用文献上没有很多论文随意转引的情形。其次，即使是人们反复引述过的材料，分析中也体现出作者的理论素养。如其中引了《诗经·小雅·大东》中几句后说：

> 这里所述的事件并不清晰，但至少透露了以下的信息：第一，在天上的银河两岸，有那么一对星神，男的放牛，女的织锦。男女相对而又被相提并论，当非无因。第二，他们俩辛勤劳作却都不出活儿，是必心有所扰，其相望而不相即的忧怨之情隐隐可感。古诗歌中这种隐多露少的表达方式，可以想见是有故事的广泛流传为基础的。

此可谓发前人所未发。又其中说："后世流传比较普遍的一种牛郎织女故事，未见录于古籍，但肯定曾经长期的流传。"也将见于文字记载同民间流传分开来论述，也是以前学者所没有的眼光。

孙续恩的《关于"牛郎织女"神话故事的几个问题》② 是新时期以来相关论文中文献工作比较扎实、对一些问题的研究比较深入的一篇。论文分三部分，首先是讨论"牛郎织女"故事的产生，认为这个传说的形成是"人与身外世界的自然力量和社会力量矛盾斗争的结果，是与原始宗教观念有密切联系的"。牛郎、织女故事悲剧生成的原因，"其一是自然的。牛郎织女两星分居于天河之东西，这种隔河相望的情势，给他们的故事种下了悲剧的种子。其二是社会的。……这就是牛郎织女的命运，不是掌握在他们自己手里，而是掌握在他们身外的力量——天帝手里。这个天帝实际上是人间社会力量的升华"。其次论为什么选定七月七日为相会佳期，引述《风土记》中"七月七日为良日"，"七月黍熟，七日为阳数"，《西京杂记》中载汉高祖戚夫人时"在宫中，至七月七日，临百子池，作于阗乐。乐毕，以五色缕相羁，谓之相连爱"等，证明古代"七月七日是个吉

---

① 《文史知识》1986 年第 7 期。
② 《武汉大学学报》1985 年第 3 期。

庆日子、欢乐日子，适宜于相会的缘故"。最后就为什么选定乌鹊填河，也引述了一些一般论文很少关注的材料。

姚宝瑄的《牛郎织女传说源于昆仑神话考》①。论文说："我国养蚕缫丝源于有史以前，商周时代纺织业有不断发展，甲骨文中有'女蚕'、'蚕示'（蚕种）的文字。"论文引了《诗经·豳风·七月》中诗句说："可知古豳地是我国最古老的蚕区之一。又'冬，民既入，妇人同巷相从夜绩，女工一月得四十五日'。当时妇女们日夜忙于纺织，一个月做了四十五个工。这些产品无疑为奴隶主吞并，以至奴隶们发出怨愤，以'织女''牵牛'喻西周，实乃事出有因。"（其中引文未注出处，乃出《汉书·食货志》）。论文进一步说："周族是源于昆仑山、祁连山一带的黄帝、嫘祖之苗裔，最早的'织女'便应当是嫘祖。"其意义主要在以下几点：

（一）在前人研究的基础上进一步指出"牵牛""织女"二星的名称源于人间的生活、劳动，将以往只从"牛郎织女"情节方面探求这个传说的起源引向以"牵牛""织女"这两个名称的形成为起点进行探索。

（二）指出"牛郎织女"传说同上古西北民族有关，尤其指出了同周民族有关。

（三）提到这个传说同西王母的关系，指出后世神话故事中的王母实由"西王母"转化而来。

（四）第二部分引了一段文字，言皇娥乘桴而昼（原引文误作"画"）游，"时有神童，称为白帝之子，降乎水际，与皇娥燕戏，奏便娟之乐，游漾忘归"，后皇娥生少昊，号穷桑氏。（原文未注明出处，应为《拾遗记》卷一文字，但引述也不甚准确）。认为"漾为汉水，值得注意"（文中言《左传·昭》有关少昊建立鸟王国的神话，见《左传·昭公十七年》所载郯子的一段议论）。注意到"牛郎织女"传说同汉水的关系，并引《说文》"汉，漾也"，是有意义的（作者将织女传说同皇娥加以牵合，也以汉、漾关系为枢纽）。论文中又说："'汉'地乃西周初农桑发达之地"，"所以，追寻'织女'踪迹还要在昆仑神话统治的时间内，在其管辖的区域里着手"。其表述虽然欠确切，但也道出了部分的真理。

_____

① 《民间文学论坛》1985 年第 4 期。

但这篇论文也存在若干问题，影响到其结论的成立和论述的可信性。主要有以下几点：

（一）"织女"之名显然指一个以织出名或在纺织方面作出了很大贡献的女子，但论文却追溯到最早养蚕的方面去，认嫘祖为"现实中'织女'"，皇娥为"神话中'织女'"（其实嫘祖也是传说中人物，同皇娥差不多）。此同织女的传说并不相合。同时，嫘祖传说一开始就是指一个善养蚕的妇女，而不是指一个未婚的女子，从人物形象的类型方面说也不甚切合。

（二）上古星宿的命名，除了同原始宗教、神灵相关的星名（如"天门""天罇""天田""天纪""天枪""霹雳""雷电""腾蛇"之类），和比照人间帝王宫廷、京都的设置和官职取的一些名称（如"帝座""宗正""辇道""宗人""宗正"之类）外，总是传说中部族的首领（如柱、轩辕、造父），或杰出人物（如傅说、王良），或传说中在某方面做出了贡献的人物（如奚仲）。因为给星的命名，总是掌握文字工具、具有一定文化知识的人物来完成的。古有专人掌"天官"，为世职，以观察天象，记载灾异，制定历法。随着社会的发展，各部族文化交流的频繁，原有的一些星名被流传广的星名所替代，甚至统一王朝根据自己的政治需要，对一些星重新命名（"天大将军""土司空""三台""王诸侯"之类当属此类），不可能是奴隶们给星命的名成了古代通行的、见之于竹帛、传之于后世的星名。所以，论文第一、二部分从奴隶们的生产、生活方面去论证"牵牛""织女"两星名形成的原因，缺乏历史的依据。

（三）认为牵牛（牛郎）是由"牧夫型"人物而来，同《牛郎织女》故事长期在我们这个以农业经济为特征的国家流传，在这样的文化背景中发展成熟起来的实际不相符合。

（四）在文献的征引方面颇多疏失。如第三部分说："在此前将牵牛、织女并称的功绩归于班固'临乎昆明之地，左牵牛而右织女'。自《春秋元命苞·初学记二》、《淮南子·俶真》始谓'织女为神女'，至魏曹植《洛神赋》止，三百年，由曹植立案判定将人世间'汉女型'神女送入长天，与'牵牛'结为夫妻。"这一小段话中有几个问题：

1.《淮南子》《春秋元命苞》均在班固之前，而文中似以为在班固

《两都赋》后。

2. 曹植《洛神赋》中只"叹匏瓜之无匹兮，咏牵牛之独处"二句同"牛郎织女"传说有关，但也只是借以表现自己的孤寂之情，对"牛郎织女"传说并无发挥或论断，文中所说之语无着（论文结尾部分也说"曹植将上天'织女'、'牵牛'二星结为夫妻"，实则《两都赋》、汉乐府《迢迢牵牛星》都早于曹植之作）。

3.《春秋元命苞》传布于东汉初年，《初学记》成书于唐玄宗之时，二者并无关系，而文中误以后者为前者中之一部分。

4. 文中引了《诗经·小雅·大东》后说："可知，早在西周初年"云云，而实际上《大东》一诗产生于西周末年；注《诗经·生民》作《民生》，言此诗中反映"奴隶主有大量畜群，并有专职放牧的男奴隶"，引《汉广》文字，以"其中《汉广》载有"领起，所引却非原文，而是译文。诸如此类的疏失还有一些，不具论。

笔者认为这篇论文在立论、材料上似乎受到日本汉学家出石诚彦的《牛郎织女故事的考察》的影响。在国内研究"牛郎织女"传说的论文中算是一篇思路开阔，具有一定启发性的论文。

20世纪80年代末，有徐传武的《漫话牛女神话的起源和演变》。[①] 这篇论文行文严谨，引文规范，论证也较严密，又有新见，是比较重要的一篇论文。这篇论文也将"牛郎织女"传说的起源上溯到原始社会末期。其证据是，我国黄河流域从8000年前的裴李岗文化时已出现了农业，到仰韶文化时期（公元前5000—前3000年）农业有了进一步发展，农作物除粟之外，已开始种植麻，先民们已掌握了较多的天文和生产季节知识，这些从社会发展方面说都是故事形成的合理条件。

值得注意的是，论文对说明出于《荆楚岁时记》的"天河之东有织女……天帝怜其独处，许嫁河西牵牛郎"（当作任昉《述异记》，或南朝别的志怪小说），和杜甫《牵牛织女》中"牵牛出河西，织女处其东"言牵牛、织女两星方位同实际相反的问题作了解释。论文引了郑文光《中国天文学源流》第三章的文字："据计算，公元前2400年，河鼓（牛郎星）在

织女西。"因而说："牛郎织女神话的创始年代是与牛、女二星方位相合的公元前 2400 年左右的那个时代。"公元前 2400 年前后大体是颛顼、帝喾时代。星象的转变比较慢，在后来虽然已不是正西，但笼统说，还是在西面。所以也有一定道理。

《佩文韵府》卷二六"牛"字条下引《述异记》中那段文字作出于《荆楚岁时记》。《荆楚岁时记》作者宗懔（约 500—约 563）与殷芸（471—529）大体同时而稍迟，然而今存辑本中没有这段文字，也不见他书的引用。虽然宗懔祖上为北方（南阳涅阳，今河南邓州市）人，有可能知道牵牛织女的传说，把它写入书中。又《荆楚岁时记》中也有"七月七日，为牵牛织女聚会之夜"的话，并引《史记·天官书》、傅玄《拟天问》、张华《博物志》中有关文字；明陈继儒《宝颜堂秘笈》本《荆楚岁时记》下并有"尝见《道书》云：'牵牛娶织女，借天帝二万钱下礼，久不还。被驱在营室中。'"则与之相关记有"天河之东有织女"以下那一段文字，不是没有可能，但再无旁证。《佩文韵府》毕竟是康熙年间所成之书，时间太迟，难以为据。这一点很可能是编书人抄录他书文字时疏忽而造成的。明代陈耀文成于嘉靖年的《天中记》卷二"牵牛织女"条云：

> 《荆楚岁时记》云："尝见道书云：'牵牛娶织女，借天帝二万钱备礼，久不还，被驱在营室。'"又《小说》云："天河之东有织女，天帝之子也。年年机杼劳役，织成云锦天衣，容貌不暇整理。天帝怜其独处，许嫁河西牵牛郎。嫁后遂废织纴。天帝怒焉，责令归河东。"

这两节文字都是有关牵牛织女的，第一节出于《荆楚岁时记》，而后面的是出于某《小说》，录者疏忽，以为一并出于《荆楚岁时记》，而归于其名下。明张鼎思《琅琊代醉篇》卷一"织女"条有注明出于《述异记》（齐梁时任昉所著），文字小有不同。这样看来，也有可能《天中记》引文前所谓"小说"只是泛称，并非书名。另外，南朝名"小说"之书除殷芸之作外，还有刘义庆的《小说》（见《旧唐书·经籍志》）、刘孝孙《小说》（见《通志·艺文略》），无名氏《小说》（见《隋书·经籍志》）。则以前被看作殷芸《小说》或《荆楚岁时记》的关于"牵牛织女"传说的那一段文字，也可能是出于这三种之一。

首先，这篇论文同姚宝瑄文章一样将织女传说追溯到传说中的黄帝之妻嫘祖。又说："我认为原始的牛女神话的主角是两个'女织男牧（或耕）'的劳动的'平民形象'，显示着当时社会的男女劳动的两大分工，或者说是劳动者在创作神话的过程中自然而然地把自己的形象和天上的星宿联系起来。"（第45页）说反映了原始社会末期男女劳动的两大分工。以为在"牛郎织女"传说故事形成之后，牵牛织女形象是两个劳动者的"平民形象"，也是没有问题的。但如以为其最早的名称即来自平民，恐难成立。在父系氏族社会中期以前没有压迫、没有剥削，氏族部落首领无太大的特权，但社会分工还是有的，氏族、部落的首领集中大家的意见和首先提出意见建议的权力总是有的；氏族、部落的首领是人们公认的杰出人物，有领导才能，其贡献比一般人大，也是理所当然的；在一定程度上，他们是氏族或部落的代表人物，他们的行为，他们的组织、领导、决策常常决定了部落的历史，这也是可想而知的。因此，一般的氏族部落人员，或者笼统的所谓"平民"被命名为星名，这是不可能的。它总是依据一个代表人物的活动或事迹而命名的。

其次，论文说"至秦汉时代国家出现了大一统的局面，君主制政体确立"，织女星才被说成天帝的孙女（一说帝女，或曰帝子），天孙或曰"帝女"的身份同上古神话完全无关。这一解释也不够确切，既然都是平民，牵牛为什么没有被说成天帝的孙子或儿子？

最后，论文认为"牛郎织女"的神话起源于"母权制向父权制过渡的时期"或曰"中国原始氏族社会母权制时期"，估计过早。应该说是牛郎、织女传说的人物原型应生活在父权制形成初期。大约在父系氏族社会末期或更迟才被命为星名，至于其传说故事的形成，则更迟，大约在西周至春秋时期。徐传武还有一篇《漫谈古籍中的银河牛女》（《枣庄师专学报》1988年第8期）则只是引录学者们常引录的一些文献和诗词作品，作了些一般性的论述。

无论怎样，以上几篇论文的成就是大大打开了"牛郎织女"传说研究的思路，不是像有的学者只在秦汉以后有关材料中去寻找"牛郎织女"传说形成的线索，而是由"牵牛""织女"这两个名称的形成去探索它最早的胚胎。因此，应该说这是"牛郎织女"传说形成演变研究方面的两篇重要论文，应该予以重视。

从 20 世纪 80 年代末开始，学术界对于我国文明的起源问题给予越来越多的关注，地下考古发掘的一些文字资料和实物资料，也引起人们对传统文献的重新审视，对神话传说和民俗资料的意义，也有了新的看法。在20 世纪 80 年代后期，我对长期流传在西和、礼县一带隆重、盛大的乞巧风俗和礼县盐关镇历史悠久的骡马市场的起因，产生了兴趣。我研究的结果，"牛郎织女"的情节要素在秦汉时期已经形成，这个传说故事中两个主要人物形象的形成同我国从史前时代开始的农业经济特征有关，而其悲剧结局的形成又同我国封建专制制度、封建礼教对男女青年在婚姻上的迫害有关。我认为织女这个人物先是秦人的祖先女脩因善织而被命名为天上一颗最亮的星的名称。古代以人名命为星名者，都是氏族、部落的始祖或杰出人物，不可能是一般劳动者的象征。《史记·秦本纪》中言：

> 帝颛顼之苗裔孙曰女脩。女脩织，玄鸟陨卵，女脩吞之，生子大业。

大业即秦人男性始祖。关于女脩，在秦人的远古传说中，除了生子大业之外，她的特长或者功业便是"织"，故秦人为了纪念这位远祖，将天上那条白色的云带称之为"汉"，即早期秦人所居之地的水名，而将云汉旁最亮的一颗星即命名为"织女"，而讳其名"脩"。到战国时代，人们慢慢忘记了它原来的含义，而同天汉另一侧的"牵牛"，形成了一个人间同天上相交结的天人恋爱故事。我写了《论牛郎织女故事的产生与主题》和《连接神话与现实的桥梁——论牛女故事中乌鹊架桥情节的形成及其美学意义》两文①，对个人的看法加以阐述，并对范宁先生的说法进行了辩驳。关于牛郎，即牵牛，我原来认为是由商人祖先王亥而来。但后来联系我国史前农耕生产发展的状况，以及史前和夏商、西周时期各部族活动同汉水的距离远近等进行思考，又考虑到《山海经》中两处写到周人的先祖叔均发明了牛耕，且被尊为"田祖"，故改变了自己的看法，认为天上的牵牛星，应是指周人的先祖叔均。在秦代已形成牵牛渡过银河与织女相会的情

---

① 《西北师大学报》1990 年第 4 期；《北京社会科学》1990 年第 1 期。

节，而随着封建礼教的加强，在汉代已形成由于家长的干预而造成婚姻悲剧这样的基本主题。关于"鹊桥"情节的形成，范宁先生认为至南朝梁庾肩吾（约480—?）《七夕诗》"寄语雕凌鹊，填河未可飞"，"算是比较可靠的最早记载"，我则认为至西汉中期以前已经形成。白居易《六帖》引《淮南子》文"乌鹊填河成桥渡织女"，他书引及者，并作《淮南子》，应该可信。又唐代韩鄂《岁华纪丽》卷三引《风俗通义》佚文："织女七夕当渡河，使鹊为桥。"西晋郭璞《客傲》中亦云："夫攀骊龙之髯，抚翠禽之毛，而不得绝霞肆、跨天津者，未之前闻也。"也早于庾肩吾200年以上，是《淮南子》文的一个印证。

这里还要谈到几篇论文。第一篇是张振犁的《牛郎织女神话新议》①。这篇文章篇幅较大，视野开阔，理论探索比较深入，与随意介绍、论述者不同。论文共六部分，后两部分主要论"七夕"文化。其第一部分提出"如何看待'牛郎织女'神话就不是一个单纯的文学现象的问题，必须把它放在民族文化的大背景下进行考察"。这是完全正确的。从这个方面作的确实也不多。第二部分历代诗人作品中对"牛郎织女"故事的吟诵探测了其中的神话成分及文人们借以抒发个人情感的情况，提出"从多角度、多学科、多层面的探讨'牛郎织女'神话"，"重视科学考察"。并严肃地指出："一旦新的'牛郎织女'神话资料被发现后，就使人对原来的研究结论产生'未能中的'或存在片面性的感觉。"睡虎地秦简中关于牵牛织女两条简文的发现，已证实了张振犁先生的这个观点：不少很权威的论文已变得黯然失色了。牵扯到"牛郎织女"传说形成的问题的看法主要有以下几点：

（一）是认为"'牛郎织女'的最早形态是星象解释神话"。这个看法与孙续恩的看法一样，但论述更细、更具理论性。只是与孙续恩的文章一样未对两个星名由何而形成加以探讨。

（二）是认为"'牛郎织女'神话所反映的人神之间的关系，体现了商周时期正处在从'人神一体'向'古者民神不杂'、神仙不能久居人间的观念过渡状态"。并根据在中原采录的《牵牛憨二》和《牛郎织女》的

---

① 张振犁：《中原古典神话流变考》，上海文艺出版社1991年版。

故事，说在"人界与天界分离"之后，

> 由于牛郎是贫穷的凡夫俗子，当然没有资格进入神仙界与仙女结合。从织女来讲，压根儿就不愿与牛郎成亲。这就是当时人神对立、神仙不能久住人间观念的具体化。因此，即是织女因被魔法控制而不得不与牛郎结合，只要什么时候仙衣到手，便毅然决然飞回天界。如果不是牛郎借神牛之助，有了神界的脱凡成仙的一些条件，得到天帝的怜念，牛郎与织女在天上一年一度相会，恐怕也是不可能的。①

这当中有好几个问题。主要是：

（一）由"人神一体"到"民神不杂"，即"绝地天通"，乃是颛顼时代之事，有较原始的文献可以说明，徐旭生先生《中国古史的传说时代》一书有详尽的考述，学界看法也一致。而此文认定在商周时代。

（二）汉代无名氏的《迢迢牵牛星》一诗已写到"皎皎河汉女""终日不成章，泣涕零如雨"，因为她同牵牛"盈盈一水间，脉脉不得语"，而此文据近些所收集的民间故事（该文中称为"神话"）而完全改变了这个神话传说的主题和主要人物的形象，以天帝为同情牛郎者，以织女为不愿与牛郎结合者，以牛郎同织女的结合完全由于神牛的魔法。其离去是因为由"人神一体"到"民神不杂"的过渡，这可以说是对"牛郎织女"传说的最大的破坏性篡改和对它的反封建主题的消解。

另外，论文中一方面说到这个神话中"母系文化模式的结构特色"，一方面又说"这个神话被仙化之后，王母很自然地被推出来"，这个论述未免过于随意。我认为"牛郎织女"神话传说中织女为天帝的外孙女或曰王母的外孙女之类，正来源于《史记·秦本纪》中织女的原型女脩为颛顼之裔孙女这个传说。论文将兄弟分家的情节用母系文化模式来解释，本来是对长期封建社会中大量存在的现象视之不见，而去远求作牵强的解释。

我觉得作者在这篇文章中谈的很多理论是正确的，也值得注意，如论文提出："从民族文化大背景来认识'牛郎织女'神话的复杂性。"对以往研究的缺陷给以批评，认为古代的只是一些表层现象的感发，五四以后

---

① 张振犁：《中原古典神话流变考》，上海文艺出版社1991年版，第168页。

"受政治性的文学批评体系的束缚比较明显"，从方法方面指出了一些问题。认为"'牛郎织女'神话的产生、形成和发展，经历了漫长的过程，时间跨度很大"等。但作者在具体进行论证时，却往往由于某种原因而出现偏差。比如，文中批评以往的研究"对新发掘的神话资料却很少触及"，但论证时却不引近年来睡虎地发现秦简中有关牵牛织女传说的材料，却引了近年民间采录的故事（文中称之为"神话"），这就很有些以细末为根本，相去太远了。同样，文章认为"牛郎织女"传说产生于中原，也缺乏较严密的材料与理论的论证，显得比较牵强。

第二篇是张君的《七夕探源》①。论文分三部分。第一部分论"七夕节源于'汉之游女'的神话"。文章认为，《诗经·周南·汉广》中的"汉""既指汉水，又指天汉"，通过此证明"游女"同织女的关系，但后面又说"汉有游女"，"这个故事的原型和完整内容早已失传和散佚了，但我们可以从后世的若干变型了的传说和残存的神话片段与仪式中将之重构出来"。其所举据以重构的材料，一为《拾遗记》卷二载周昭王身边的二女延娟、延娱，与昭王同溺死于汉水；二为同书卷四载燕昭王好神仙之术，玄天之女托形作二女，"或云游于江汉，或伊洛之滨"；三为《韩诗内传》关于郑交甫遇二女故事。一则这些材料都产生太迟（只有第三条较早，见于郭璞《江赋》注引。《初学记》地部下所引文字稍异）；二则此皆二女，而织女则一女，难以比附；三则前二条故事中男子皆君王，后一条中男子亦文士之类，与织女所遇为牵牛之农夫完全是两回事。后面又说屈原《九歌·少司命》中"糅合了织女星神的形象及有关传说"，也完全无据。该文的中心是要论证"七夕产生于楚国"，所以附会之处较多。

第三篇是杨洪林的《汉水、天汉文化考——兼论〈牛郎织女〉神话故事的源流》②。该文有两点值得注意：第一，认为"牛郎织女"神话故事同汉水有关。文中说："秋夏之交，天上银河呈西北至东南走向，恰同地上汉水流向吻合，天汉群星璀璨，辉映于汉水的碧波之中，天汉、地汉浑然一体。目睹此景，先民深信溯江而上可通天汉，顺天汉而下，可达汉水

---

① 《湖北大学学报》1993年第4期。
② 《武当学刊》1993年第4期。

了。"无论其"汉水连天汉是先民宇宙观的投射"这种解释是否能够成立，天汉与汉水有关这一点是不容否认的。第二，认为牵牛星、织女星同农耕文化有关。文章也追溯我国农业的发展至原始社会之时。并说："正是在这个男耕女织的农事生活中，在这个农耕文化的氛围之中，出现了新的社会分工，即以男性耕作为标志的牛郎，以女性纺织为标志的织女。"这个看法虽然在 20 世纪 50 年代初陈涌先生论文中已经谈过，但这里再次指出，仍然高于当时其他相关论文。论文最后说："由此观之，'牛郎织女'神话故事非汉水流域不能孕育，非汉水流域不能催生。"可谓不刊之论。

但这篇论文也有不足，即要设法论证故事同湖北有关。所举"炎帝、神农氏在汉水流域首创农耕之法"一点，缺少文献传说的依据，研究神话与远古史者有不同看法，文中所举叔均始作牛耕，也正是周先公之事，其地应在古之豳地。至于王嘉《拾遗记》所载"江汉二女"之故事，与之全无关系。另外，文章末尾言"牛郎织女"神话故事"非汉水流域不能演化，非汉水流域不能传播"，有些偏颇，同"牛郎织女"传说发展演变过程也不符合。

第四篇是黄伯论的《牛郎织女故事杂谈》①。该论文关于"牛郎织女"故事产生、发展和形成，引述了人们常引的一些材料加以论述，只在最后关于"现代流传的故事形貌"概括了作为主流的北方传说的基本情况，简要而明了。文中引述几则少数民族中"星辰传说"，对认识"牛郎织女"传说的传播与影响有一定意义。其第三部分总结出"牛郎织女"故事在各地流传中的"变异七例"，即方言土语、不同习俗、地名具体化、增添个别细节、增添描绘、变换某些配角人物、变换某些重要情节。显然，作者在这方面作过细致的比较研究。这对于我们推断"牛郎织女"传说的本来面貌是有益的。

第五篇是郑慧生的《先秦社会的小家庭与牛郎织女故事的产生》②，认为先秦社会实行的是小家庭制，东汉以后才实行大家庭制。由于小家庭，所以普遍不存在父母干预子女婚姻的问题。汉代以后有了大家庭，才产生

---

① 《民间文学论坛》1994 年第 3 期。
② 《华侨大学学报》1997 年第 3 期。

父母干预子女婚姻的问题，所以才产生了牛郎织女的故事。但论文所举禹、王亥、有扈、后稷、契、姜嫄、简狄之例基本上都是属于史前时代的，有的只是传说中人物，史料关于他们的记载极简，由之很难推知其家庭情况，且所引材料也说明不了什么问题。但作者从先秦时代起寻找其形成的迹象是值得肯定的。

第六篇是李立的《汉代牛女神话世俗化演变阐释》①，论文理论思维清晰，可以看出作者在这方面的思考。如说："先秦时期关于牛郎织女神话的文献资料极少，然而，时至两汉，却异常丰富起来。可以说，两汉时期是牛女神话发展、演变的重要时期。"论文以较多的篇幅介绍了陕西长安斗门镇保存着的大型石刻圆雕牵牛、织女像，介绍了汤池的文章，对石像的衣饰谈了自己的看法。论文通过分析指出："牵牛像表现的正是汉代普通劳动者的形象。而织女的踞坐状，也是汉代妇女操机织布的劳动姿态。"论文还提到南阳汉代画像砖的牵牛织女星图和其他地方出土牛耕图等，说："根据现在所掌握的资料，牛女神话在先秦时期已经形成，牛郎、织女虽然已经人神化，但二者并未发生进一步的联系。至汉代，人们将牵牛织女相连，赋予人世间男女性别特征。"这个论断虽然不是很准确，但在当时已十分可贵了。李立还有《从牛女神话、董永传说到天女故事：试论汉代牛女神话的变异式发展》② 一文。

总的说来，20 世纪末的 20 年中国大陆在"牛郎织女"传说的形成与发展的研究方面产生了一些很有学术价值的论文，在孕育的起点、形成时间和情节要素形成的历史与地理文化背景的探索上，都有一定的推进，在其中一些问题上也形成了一些较一致的看法。比如它的形成同西北有关，同汉水有关，同农耕社会、同周文化有关；他们原本都是史前时代杰出的人物；牛郎、织女的故事同星名有关，它的形成同中国农业社会有关等。而以织女从秦人始祖之母女脩而来，与以上各种看法都可相合。

在新时期的最重大的一个发现是公布了 1975 年 12 月在湖北云梦睡虎地第十一号墓出土秦简《日书》。这一些《日书》有甲、乙两种。其甲种

---

① 《洛阳师专学报》1999 年第 2 期。
② 《孝感师专学报》1999 年第 2 期。

一五五简正面有一条说：

> 戊申、己酉，牵牛以取织女，不果，三弃。

其第三简简背云：

> 戊申、己酉，牵牛以取织女而不果。不出三岁，弃若亡。①

两条说的是同一忌日之事，意思应该一样，其文字之不同，只在一五五简行文有省略而已。首先，这是从娶妻方面言之，而不是以嫁女方面言之，故所谓"不出三岁，弃若亡""不果"，均是说女方离之而去。这同后代牵牛织女传说中织女被迫离开牛郎而去的情节是一样的。其次，我们从《诗经》中大量弃妇诗可以看出，至迟自春秋以后，妇女在婚后多被男子抛弃，女方主动离开男方的还没有，有之，则是由于双方家庭地位悬殊，多因家长的干预而迫使女子离开本来所心爱的人而回到原来的社会阶层中。这与后代所流传织女因为王母的干预，强迫其离开牵牛（牛郎）而归天庭的情节也一致。再次，《日书》中说"不出三岁，弃若亡"，说明他们婚后在一起有将近三年的共同生活，从青年夫妇一般生育规律说，正好可以生两个孩子，这同后代传说中织女被王母强迫上天之后，牛郎带着一儿一女追上天去的情节也能吻合。云梦秦简记事最迟至秦始皇三十年（前217年）。牵牛织女的传说能成为民间婚嫁中确定时日的禁忌，必然已长久流传、广为一般人所熟知，所以，有关传说应形成于战国以前。当然，自云梦秦简《日书》出土以来，有关专书和论文对其的解释有所不同，"在各个日子中结婚，婚后不到三年，妻子就会被丈夫休弃，或妻子离开丈夫而逃走"，未能确定，有的理解为"牛郎多次抛弃织女的婚姻悲剧"，有的则理解为"没有成功，没有实现"，甚至认为"不果"可理解为"不果断"。这些理解都有欠确切。但无论怎么说，云梦秦简《日书》的出土使大半个世纪以来对汉代以前已形成"牛郎织女传说"悲剧情节的各种说法都不攻自破，学者们的争论只在究竟是否形成与后代所流传大体一致的基本情节，以及形成于汉代以前的哪一历史阶段：是秦代？还是战国？还是春秋

---

① 参见吴小强《秦简日书集释》，岳麓书社2000年版。标点上有所校正。

时代？这两个应该怎么看，我们在上面已作了简单说明，我《由秦简〈日书〉看牛女传说在先秦时代的面貌》《再论牛女传说的孕育、形成与早期分化》① 两文中也已作了详细论述，这里不再多说。

四、20 世纪 50 年代以后台湾学者研究的主要成果

20 世纪 40 年代有不少很有成就的学者到台湾高校及"中研院"任教和进行研究工作，他们一直重视传统文化的研究。在神话与民间文学研究方面，也取得不菲的成就。在中国古代"四大民间传说"中，20 世纪 50 年代中只有"牛郎织女"的传说少见专门研究的论文，在一些书中只是一般性的介绍和论述。这可能是因为"牛郎织女"传说牵扯的问题多，学者们看法分歧也大；牛郎织女隔在银河两岸的话题会引起很多人的乡愁，可能也是原因之一。所以研究七夕风俗的论著多，而研究"牛郎织女"传说故事的论文较少，专书则没有。

之后最早探讨"牛郎织女"传说有关问题的文章是方师铎的《牵牛织女》一文，见于其《刨根儿集》（台湾文星书店 1965 年出版）。文章论牵牛星、织女星同二十八宿中牛星、女星之关系，说道："汉代以前的牵牛织女，多指廿八宿中的牛、女二宿。……汉以后，才慢慢偷梁换柱，把牛宿近旁的'河鼓'大星，称为'牵牛'，更把'婺女'三星外的最明亮的一颗星，特别提升出来，以便与汉南的牵牛相对，而称之为织女。"为什么有两个星都叫牵牛星？这个问题一直困扰着一些人。谈牛郎织女传说的起因，不能不牵扯到这个问题。该文立论的依据是司马迁的《史记·天官书》。《天官书》中说："牵牛为牺牲。其北河鼓。河鼓大星，上将；左右，左右将。婺女，其北织女。织女，天女孙也。"这里所说"牵牛""婺女"，是指靠近黄道的二星宿，均在二十八宿之中；所言其北的河鼓、织女，是指天汉边上两个最亮的星：织女星是零等星，为北半球第二大亮星；牵牛星是一等星，也是亮星。这同高平子当年出版的《史记天官书今

---

① 《清华大学学报》2012 年第 4 期。

注》（中国台湾地区"中华丛书"编审委员会，1965 年版）的说法相反，似乎可以推倒高平子等学者在这个问题上的结论。但牵牛、织女最早就是同天汉联系在一起的，《诗经》中产生于西周末期的《大东》一诗说明了这一点。而且，上古之时为星宿命名，一般是先从最亮的星开始，然后及于较亮之星，逐渐扩大范围，因为当时没有望远镜之类，理当如此。在战国时代古代天文观测更精密之后，选了不太亮、但更靠近黄道的二星来代替很亮、但距黄道较远的牵牛星、织女星，改原牵牛为"河鼓"。《史记·天官书》中称二十八宿中牛星为"牵牛"，是承旧称而指新定星宿。后来由于"牵牛织女"传说的普遍及这个传说同天河边上二星密不可分的关系，民间一直叫天汉边上的两星为"牵牛""织女"，天文学者才改称黄道边上二星为"牛星""女星"。清人牟庭相说：

> 何鼓直牛头上，则是牵牛人也。……何鼓中星最明，举头即见，而牛星差不甚显。诗人触景摅情，不宜舍极明之何鼓，而取难见之牛宿。"睆彼"之咏，谓何鼓不谓牛宿明矣。（郝懿行《尔雅义疏·释天》引）。

牟氏主张后来称之为"河鼓"（《尔雅》中作何鼓）的《诗经·小雅·大东》所说牵牛星，其得名早于后来列入二十八宿中的牛星，就澄清了由于《史记·天官书》中称牛星为"牵牛星"而引起的认识上的混乱。郝懿行在《尔雅·释天》"何鼓谓之牵牛"条引郭璞注说明"星纪之牵牛即何鼓也"，并引牟氏之说，指出《诗经·大东》中所咏并非牛宿而是又称作"何鼓"之牵牛星，只是牟氏论说中言"牛星其状如牛"，是依据星座名想当然地说，并无星象上的依据。牵牛星实得名于周人祖先中始用牛耕的叔均，时间在前；牛宿之得名则是在二十八宿重作调整时，较迟。牟廷相能澄清长期形成的认识混乱，已经不简单。方师铎先生失其大体而取误说以立论，是遗憾的。但论文引起学者们对有关问题、文献的关注与思考，还是有一定意义的。

其后有皮述民的《牛郎织女神话的形成》（1971 年刊《南洋大学学报》5 卷 2 期）。皮先生对牛郎织女传说关注很早，一直在积累有关材料。他见到范宁刊在《文学遗产增刊》第一辑上的《牛郎织女故事的演变》以后作此文。论文开头即说：

> 牛郎织女的神话故事，两千年来，在华族社会里被人津津乐道，我们实在很难找到另一则神话，在流传的时间之久和传布的地域之广两方面，能和牛、女的故事相比的。

论文中引了一些范宁未引到的材料。范宁的文章也没有引《诗经·小雅·大东》中有关诗句。皮先生说：

> 《大东》篇这粒种子，对以后牛、女神话的形成，其关系却不仅在无意间把这"一男一女"扯到了一块，使人极易产生"牛、女确是门当户对的一对"的连想，同时在它所提供的另一资料，影响了这个神话故事的发展；虽然这资料只是一个字，但却使以后堆砌上去的传说，以之作为基石，这个字就是"维天有汉，监亦有光"中的"汉"字。"汉"字此地作"天河"解。织女牵牛隔着一条河，这意味着什么？显然是意味着男女两方的好事多磨，前途难测了。

首先，将牛郎织女传说的起源确定到西周末年；其次，肯定了"汉"（天汉）同这个传说形成的重要关系；再次，指出了牵牛、织女二星在天河两侧对牵牛、织女这一对男女故事基本情节走向的影响。于是，皮先生说：

> 在春秋以前，牛、女神话已埋下了种子。

真是精辟之至！只是受到范宁先生论文的影响，最后结论上又回范说的基点上来。作者在范说的基础上又引述了一些材料，作了解说。论文的结尾说：

> 范氏《牛郎织女故事的演变》一文，主要的论点，都是根据俞正燮氏《癸巳存稿》的说法，因此结论是说："看来牛郎、织女故事的产生，可能在西汉，但完成确是在汉末魏晋之间。"但笔者却以为牛女神话的种子虽然散播于西周，却要到七八百年以后的西汉末，才开始发芽，从西汉末到建宁中，大约一百五六十年的时间，牛女神话由于充分地发展而定形，于是形成了七夕守夜乞愿的风俗。

范宁先生的文章似是早年之作，未经认真修改即刊出显得草率。皮先生对其提出商榷性意见，本身就显示出一种严肃认真的态度。论文将"牛郎织女"传说的孕育时间明确提到西周时代，这是"牛女"传说研究的一个大的推进。皮先生这篇论文也有叫人感到遗憾的地方。崔寔《四民月令》中的文字是："七月七日曝经书，设酒脯时果，散香粉于筵上，祈请于河鼓织女。言此二星神当会，守夜者感怀私愿。"崔寔于建宁中病卒，故皮先生言"到建宁中""牛、女神话由于充分的发展而定型"。建宁（168—171）为汉灵帝年号，已至东汉末年。又《四民月令》中不是"牵牛织女"而是言"河鼓、织女"，文中也并未提到"鹊桥"，而"鹊桥"是牛女故事很重要的组成因素。唐代韩鄂《岁华纪丽》所引《风俗通义》佚文"织女七月当渡河，使鹊为桥"，似也受了范宁先生的影响。《风俗通义》的作者应劭与《四民月令》的崔寔是大体同时之人，两书是可以互相印证的。皮先生的论文信《四民月令》而不信《风俗通义》，是一个失误。

皮先生论文个别地方的论述比较随意，如否定《西都赋》《西京赋》中关于昆明湖上"左牵牛而右织女"的记载，说这两石像"是较后时代的装饰"。我们说，无论怎样后，总是在西汉时代，都城东迁之后不可能还有人在淤塞的昆明湖上凿石像以装饰景致；班固（32—92）也是东汉初期人，那石像也不会是他父亲班彪写《西征赋》那样的动乱时代所立。再如文中认为《古诗十九首》中《迢迢牵牛星》一首"它绝不是发展牛女神话的诗，而只是早期的一首七夕诗而已"。显然是先有一个时间结论的框，虽然也关注到不少前人未能关注到的问题，最后总不突破既定的框框，是很遗憾的。就《迢迢牵牛星》这首诗而言，无论其创作动机是什么，全诗是写牵牛织女不能相会的情节总是没有问题的。

王孝廉先生有《牵牛织女传说的研究》一文（刊于《幼狮月刊》1974年7月，后收入古添洪、陈慧华编著《从比较神话到文学》一书，台湾大东图书公司1983年出版）。后来改为《牵牛织女的传说——古代星辰的信仰》，收入他的《中国的神话世界——各民族的创世神话及信仰》一书（台北时报文化出版企业公司1987年出版），原书上、下两册，其上册用原书名在作家出版社于1991年出版。《牵牛织女的传说》这篇长文的《序论》中说：

> 我认为牵牛织女的传说决不是单纯的天文故事,而是一个由大地
> 上农耕信仰的崇拜对象与天文上的实际星象观察结合而成的神话传
> 说,也就是说牵牛织女的传说决不是单纯地由古人观察星空的天文现
> 象而凭空想象出来的东西,而是以大地上的现实生活为背景结合天文
> 现象所形成的。

王先生对"牵牛织女"传说的总的看法和理论依据是正确的,特别是指出
同农耕信仰的关系,注意到了古代神话传说形成的社会背景,有益于认识
"牵牛织女"神话传说早期的形成的社会根源。

论文第一部分《传说形成的思想渊源》在论述"牵牛与古代农耕信
仰"中说:"我推想织女星名的形成是和古代农耕社会中妇女以治丝纺织
为主要工作的实际社会现象有关。"这是完全正确的,上古时人所着衣,
除狩猎所得各种兽皮之外,同耕种养殖有关的,只有麻和丝。棉的传入在
南北朝以后,中原一带的种棉,更在唐以后。所以上古时人的纺织主要是
丝、麻。王孝廉先生在具体探索中得出的结论是:"织女做为天上的星名
的思想渊源当是产生于古代人对桑的信仰(树木崇拜),农耕社会中的古
代人把桑树看做是和'生殖'、'不死'、'再生'有关的神木,那么司掌
这种神木的自然是和人间纺织治丝有关的女神。"文中引了《史记·天官
书》"天女孙也",《汉书·天文志》"天帝孙也"及《后汉书》中"天之
真女"、《晋书》中"天女也"这些说法,也引到《山海经·中山经》中
有关"帝女之桑"的文字,同时对中国古代养蚕治丝的历史作了探索,虽
然未找到织女星名形成的思想渊源,但表现出一种探索的精神。

论文关于牵牛的探索,主要局限于《史记·天官书》中"牵牛为牺
牲"之说,但《天官书》中的"牵牛"是指二十八宿中的牛宿,所以沿
此而推论,结论是肯定错了。文中也引述到《山海经·海内经》中"叔均
始作牛耕"之语,但只是从牛耕开始的时间言之,没有能从史前阶段中国
农业最发达部族周人的历史考虑。文中驳了宋代学者郑樵《通志》中牛耕
始于汉代赵过的说法,是对的。事实上范文澜先生在《中国通史简编》第
一册中已指出:"孔子弟子冉伯牛名耕,司马耕字子牛,晋国有力士名牛
子耕。耕与牛相连,说明东周后半期已用牛耕田。"郑樵为宋兴化军莆田

人，他应是就福建一带牛耕的历史而言之的，可谓以点代面，据其末而论其首。但王先生亦未能寻得源头。

王先生论述牵牛织女传说中否定《白氏六帖》中所引《淮南子》"七夕乌鹊填河成桥渡织女"佚文，而引了几处文人行文中随意比附中说的"妾宓妃，妻织女""傅说兮骑龙，与织女兮合婚"之类的文字来推论，难免以末为本。《史记》中明言"织女，天女孙也"，一般官宦文人之类能以之为妻吗？

王孝廉先生根据《古诗十九首》中"迢迢牵牛星"一首，断定牛女传说形成的雏形时期当在王逸到曹丕的百年之间，同皮述民先生之说不相上下。

文章的第三部分《传说的内容检讨》论述了"天河""七夕""乞巧""鹊桥"四个问题。"天汉"一节说到，日本学者新城新藏以为"汉""星汉""云汉"等"汉"作为天河的名称是和中国的汉水有关的，但不能肯定是先有地上的汉水之名，还是先有天上的"云汉"之名；而出石诚彦则认为天上银河以汉为名是源于地下汉水的名称来的，其证据是中国的河流多是由西而东流，只有汉水是由北而南，正和天上银河的方向一致。新城新藏与出石诚彦二位确是具有学术慧眼的学者，最早关注到这个问题，而出石诚彦最后得出正确的答案。由汉水而使天上也有一名"汉"的"天河"，其根源在于秦人早期居于汉水上游，由北向南流的缘故，东汉水西汉水本是一条水，大约在西汉时代由于地震的原因其上游在略阳一带因阻塞不能向东，才折而向南流入嘉陵江，与其主要支流沔水分离。王孝廉先生最早注意到出石诚彦的《牵牛织女传说的考察》（原刊日本昭和三年早稻田大学《文学思想研究》第八期，收入作者的《中国神话传说研究》，东京中央公论社1943年版。赵逵夫译文刊《文化遗产》2013年第5期），也是难得的。只是王孝廉先生对天汉同牛女传说之间是否还有"原始的相互关系"尚抱有怀疑，似乎是受某些旧说的影响太大。

文中"七夕"的部分引了《诗经·七月》中"七月流火，九月授衣"等句，根据郑玄注"将言女功之始"的话，推想"以七月七日为特别行事的日子是否在牵牛织女七夕相会传说形成以前"，也提到日本的森三树三郎《中国古代神话》说明其是，出石诚彦则证明其非，但他们都认为"七月七日"相会的传说同牵牛织女的传说无关。而王孝廉先生认为见于《列仙传》《汉武故事》《汉武帝内传》的如"乘鹤上天""骑龙升天"和见西王母等故事是在牵牛织女传说形成以后、是受七夕相会的传说内容影响而形成,其理由是:"传说是先有事实而后有理论,民间大众是把传说当作真实的事情而相信着,仙话则是出于知识分子的伪造,是先有理论而后流行的。"他的结论是:

> 七夕相传的形成当是伴着具体的牵牛织女的传说而来的,由发现这两颗星在每年七月上旬互相接近的实际观察而产生了七月七日织女渡河会牛郎的传说内容。

这个看法联系天文现象,提出牛郎织女传说产生的天文方面的因素,是有意义的。

"乞巧"部分因不同意出石诚彦和森三树三郎"乞巧与牵牛织女传说原是两回事"的看法说:"可以断定《西京杂记》所说'汉彩女'所为,是绝对和织女传说有关的。"

"鹊桥"中引了《岁华纪丽》中《风俗通》佚文,指出钱大昕《风俗通义·逸文记》中有大体相同的文字,认为:"鹊阵群飞是遮云蔽日的一大片,有如空中架桥",所以传说中形成"使鹊为桥"的传说。

以上这些结论都体现了对此前一些正确看法的肯定与归纳,总体来说在相关问题研究上有较大推进。

第四部分《传说的演化——由唐到明知识分子笔下的传说》,第五部分《传说的变形——民间流传的牵牛织女传说》与本书关注点较远,不再详述。

以上三位先生之后,台湾大学曾永义教授的研究生洪淑苓对以往研究的成果作了很好的综合、总结与推进工作,也有些很有意义的独立探索和理论建树,取得引人注目的成绩。洪淑苓论文的题目为"牛郎织女研究"。曾永义先生本来是从事中国古典戏剧的,后走向俗文学和民俗技艺的研究,开有"俗文学概论"的课程,洪淑苓的学位论文通过答辩被接受出版时他为该书写的序中说:

我当初所以给她这个题目，是因为牛郎织女具有神话、传说、民间故事的多重意义，其内涵除了具备俗文学的一般特质外，更与民情风俗有密切的关系，倘能作纵横两层面的深入探讨，不止能有许多创发，而且可以尝试树立民间故事研究的典范。

看来曾永义先生就对这篇论文抱有很大的希望。因为他在这方面有深入而又开阔的理论思考，这足以让他的高才生洪淑苓在大的方面有准确的把握，从而凭借自己的努力在这方面的研究上取得成绩。该论文由台湾学生书局于1988年10月出版，这是中国历史上研究"牛郎织女"传说故事的第一部专著。

《牛郎织女研究》全书六章，第一章《绪论》，论述了神话、传说、民间故事的分类标准，并分别论述了三者的界义，又论述了牛郎织女的神话、传说与民间故事之间的区别。这些显然体现了曾先生思想对她的研究工作的宏观指导作用。书中关于"牵牛织女"神话提出：

牛郎织女故事在神话阶段中，应该以"牵牛织女"的名目来代表，它应该包括下面几个要素：（一）牵牛织女都被当作"神"看待，受到地上人的崇敬；（二）神化之内容解释了牵牛、织女星名的含义，以及特殊的相对峙的天文位置；（三）故事的时代是远古时代，崇高的天上；（四）神话之源头已不可考，但等到"叙述一件事情的始末"的文字记载出现，就算完成了神话的创作，建立了基础。

关于"牛郎织女"的传说，列出了四项要素：

（一）主角人物是牛郎或织女，但已逐渐成为典型人物；（二）活动事件与神话基型有若干线索关系，但是在近代的、现实的世界进行；（三）传说本身有其发展，若干情节也有可能反过来滋养神话基型，为相关的民间故事开启新机。

关于民间故事，这里就不多说。

总的来说洪淑苓女士将"牛郎织女"的神话、传说、故事分开来，并提出认定的条件，对于这个课题的研究是有意义的。这三者既有联系又有区别，注意到这三者之间的关联与区别，才能从时间和空间两个坐标上去考察研究它的传播、分化、演变情况。

第二章《牛郎织女之神话与传说》第一节《神话形成的脉络》部分指出："自然天象与人文社会，实是探索星座神话、牵牛织女故事起源的两大因素。"这是吸收了王孝廉先生的理论。书中对此前大陆和台湾重要的研究成果均广泛浏览，认真思考，有所吸收。该书关于牵牛、织女同牛宿、女宿的关系，即根据上言两方面因素分析，就其相混淆的情形列出两种可能，然后根据《诗经·大东》有关内容，说道：

> 《诗经》这首诗中星象的叙述顺序是天汉、织女、牵牛、启明、长庚、天毕、箕、斗这几个星座，都是天空中最明亮的大星，极易辨认，不可能唯独牵牛星是指光度极暗的牛宿。也就是说，天空中与织女同样引人注目的，是银河岸的河鼓——它才是神话的男主角牵牛星，而不是黄道附近的牛宿。

书中也谈到日本学者新城新藏以为最早受人注意的是被叫作河鼓的牵牛星，而且二者甚有可能是最初二十八宿中对应于牛宿、女宿名目下所指的星座，后来因观测知识更精确，重新确定了距黄道近的两星，而仍用原来的星名或稍作变化。书的注文中引用了高平子《史记天官书今注》（台湾书店1965年出版）的观点：按《尔雅》"河鼓之谓牵牛"来推测，在《尔雅》时代（战国）以前，河鼓星一星二名，它可能有另一个名称叫"牵牛"，但后来在天文学上，把"牵牛星"名送给了牛宿，故它只留存"河鼓"之名，而在民间依然叫作"牵牛星"或"牛郎星"。由这一论断也可以看出作者敏锐的眼光，能在繁纷的众说中指出有价值的观点以支持自己的理论。这里虽然尚未能揭示出"牵牛""织女"这两星得名之由，但是，书中对于中国从远古开始的农耕文化同"牵牛""织女"关系的探索，也是有意义的。牵牛、织女确实也反映了中国早期农耕文化的历史。

该书在牵牛星名内涵的认识上受到王孝廉"牺牲说"的影响，但对其过分强调"白色的牡牛"，并以之为白色闪亮的星光联想的依据的看法予以修正，认为牵牛星所具有的神格，是代表着谷物神；它的命名内涵寄托了乞求丰收、酬谢丰年的思想。关于织女星名的内涵，该书接受了大陆学者姚宝瑄《牛郎织女传说源于昆仑神话考》一文提出的"蚕神说"，只是补充说："至于是否为嫘祖，笔者仍存疑。"

第二节《神话形成的脉络》，先引用了其师曾永义教授的一段话：

> 民间故事的基型，可以说都非常简陋。可是基型之中，都含藏着易于联想的"基因"，这种"基因"，经由人们的触发，便会更滋长、更漫延……而孳乳展延的因素，则大抵有两个来源和四条线索。两个来源是：文人学士的赋咏和议论，庶民百姓的说唱和夸饰；四个线索是民族的共同性、时代的意义、地方的色彩、文学间的感染与合流。

该书即在这个理论思想的指导下，按"胚胎""雏形""形成"三个时期，探讨牵牛织女神话的形成过程。"胚胎期"是据《诗经·大东》和《大戴礼·夏小正》归纳出几条先秦时代含藏的基因。"雏形期"认为汉魏时代牵牛、织女已经是两个人格化的星神；由于它们所处的相对位置，人们已经逐渐附会了一个"相思离别的男女"的想象。"形成期"中引述汉魏时代有关诗文中的文字，言"嫁后废织"的解说正是胚胎期含藏的基因"不成报章"的孳乳。虽然联系秦简所反映牵牛织女已是人格化神这点来看，在时间的推断上迟了几百年，但在当时来说，能做到这样的分析已是难得的。

第三节《神话典型与传说基因》，对于此后孳乳出的新的传说故事，及其中转化传递的关键因素加以探讨。"神话典型的情节结构探讨"中认为"魏晋兴起相会说"，"乌鹊填河的传说经梁朝文士的发端，到唐代才明言'鹊填石'"。这显然是受了大陆或者台湾带有疑古思想学者的论文的影响。

在谈到传说之类型时举出两个，一是郭翰型，一是董永型，我以为都很不合适。牵牛织女传说中天帝之孙与农民为婚配的情节同魏晋时代的门阀制度不相容，因而上层社会文人在汉代故事中选出董永的故事加以改造，用以淹没、覆盖具有反对旧礼教、反对门阀制度的"牵牛织女"传说。至于郭翰的故事，只是个别文人的编造，与传说无关，也拿来作为分析研究对象，是欠妥的。

该书第三章《牛郎织女传说主流——董永故事》虽然分析中也有些好

的论述，但总体上说也是未能关注到其背后潜藏的社会根源。上面已提及，不多说了。

第四章是对"牛郎织女"民间故事之析论，包含六节：一、《民间故事成熟的契机》；二、《故事类型及内容分析》；三、《情节单元与故事主题分析》；四、《研究价值之分析》；五、《与小说戏曲之比较》；六、《其他相关文学之分析》。各部分理论分析是相当好的，因牵扯面太宽，也同本书主要论述"牛郎织女"神话传说的形成与在古代的传播、分化的问题关系不是很密切；第五章《有关七夕风俗之考述》也不在本书讨论的范围中，这里都不谈了。

总的说来，洪淑苓的《牛郎织女研究》研究"牛郎织女"神话传说形成、传播、发展、分化等问题，在理论分析方面有不少独到之处，引用材料也很丰富，有的地方论述深入而精彩。虽然也有不到位的地方，有的结论还可以作进一步研究，但作为这方面的一部专著在当时来说是独一无二的，至今也仍有重要的参考价值。

洪淑苓还有《"牵牛织女"原始信仰重探》（台北《民俗曲艺》双月刊第 51 期）。论文针对王孝廉的观点（以为牵牛是"谷物神化身的神圣动物"，织女是"桑神"），和日本学者中村乔的观点（以为牵牛织女与祭河神有关、牵牛是牺牲、供给河神，织女是嫁给河神的女人）进行讨论，表示同意王孝廉关于牵牛形象的解说，提出"织女则隐含原始蚕神的信仰，但其星名内涵已经是接近'女红之神'的信仰，它的形象，也是一个织衣女子的形象"。其他方面也对二位论文中的某些看法作了驳正或弥补的工作。但论文中也有欠妥之处，如说"一为动物，一为人类，两者之间如何发生恋爱呢？这正告诉我们，在最初，牵牛织女的地位本就不平等，必须等待后人慢慢来想象、充实这个神话故事的内容"，认为到班固的《西都赋》中"牵牛才以人形出现"。不要说《云梦秦简》所提供的材料，就在汉代的各种传说中，也没有一个说牵牛（牛郎）是动物的。

洪淑苓还有几篇论文刊于有关刊物，或专谈在俗文学中的特色，或侧重民俗方面，此不论。

郑芷芸的《"牛郎织女"与"孝子董永"故事合流之探讨》（台湾《民俗艺术汇刊》2006 年第 3 期），引大陆出版《汉代画像石》所载山东历城孝山堂墓石刻中牵牛星、织女星遥遥相对的图像，"证明汉代时期牛郎织女故事雏形的形成"。论文对于洪淑苓认为董永故事是以"牵牛织女神话"为基形的叙述表示了不同看法，提出："以目前最早出现的文献来看，董永故事刚刚开始出现时，便已有'神女相助'的故事情节产生。至少，董永不是个神话，而是传说，也许真有其人，只是后来加以烘托夸大。"这个观点是正确的。董永的传说故事同牛郎织女的神话传说毫无关系，只不过是汉末、魏、晋时的当政者对不符合当时门阀制度的牛女故事持否定态度，要突出"孝"的道德观以为篡汉作准备而推出来另外一个情节上相近而主题完全相对立的"典型"故事，来冲击、掩盖牛郎织女传说。

廖藤叶的《天文视域下的牛、女传说》（《历史》第235期，2007年8月）主要从天文方面谈牵牛、织女二星，也简单地谈这个传说的沿革和"中西星座神话的遥相呼应"。

台湾师范大学国文学系林素英教授指导的林柔雯的硕士学位论文《七夕节的由来及其节俗研究——兼论台俗十六岁成年礼》，2010年6月完成。《绪论》《结论》之外有四章，第二章《七夕节之主要由来》同"牵牛织女"传说有关。其第一节《星辰崇拜》，引言中说："在一般人的观念里，都认为七夕节日与牛郎织女神话传说有关。其实，牛郎织女的爱情故事，最早是源于星辰崇拜与农神崇拜，也与古代男耕女织的经济活动及农耕信仰、桑蚕信仰息息相关。"由此已可看出对此前研究成果的接受情况。在对有关问题的论述中，特别引据陈久金的《中国星座神话》与冯时的《中国天文考古学》较多，在有的问题上也作了较深入的探索。如论文根据冯时《中国天文考古学》，列出《织女牛郎五千年来赤纬表》，并说："是否因为在公元前3000年左右，牛郎和织女几乎并列，于是先民便赋予织女东渡与牛郎相会的神话情节。而且因为两颗星的赤径距离愈来愈大，也产生了两人被迫分离的凄美结局。"由此可以肯定，在公元前1000年左右的时候，牵牛织女在天汉两边虽也一定偏斜，但大体相对，斜度没有现在这样大。论文的学术视野开阔，其观点也很具启发性。至于牵牛星、织女星同牛宿女宿的关系，论文也依此来作解释。

该论文肯定班固、张衡赋中所写昆明湖上的石像是西汉时代的。文中说：

> 秦汉时期都城的建筑，都尽可能与天上星座的名称相对应，从
> 《史记·秦始皇本纪》记载可知一二：
>
> > 筑信宫渭南，已更命信宫为"极庙"，象天极，周驰为阁
> > 道……自阿房渡渭，属之咸阳，以像天极阁道，绝汉抵营室也。
>
> 汉代的长安城又称作"斗城"，那是因为将北城墙和南城墙筑成北斗
> 星和南斗星的形状。今将昆明池比之为"天汉"，旁又有牛郎织女之
> 像，正与秦汉时期，都城建筑和天上星座相对应的作法是一样的。

并附注：顾祖禹《读史方舆纪要》卷五三："汉惠帝时筑长安城，城南形
似南斗，城北形似北斗，故人又称'斗城'。"经这几条材料，即将因无法
证明而不断遭到否定的文献的可靠性增强了。即这一点，也抵得过很多盲
目猜想论断的文章。

论文还据陈久金《中国星座神话》列出西安交大汉墓壁画牛郎织女星
图（二十八宿北七宿分解图）和长安城斗门镇昆明池牛郎织女像及遗址照
片。可以看出作者在文献资料方面是下了很大功夫的，关注到了两种很多
学者都未能关注的有关著作。

第二节《农业社会的投影》论"牵牛与农耕信仰""织女与桑蚕信
仰"，大体斟酌于王孝廉、洪淑苓之说，如关于织女究竟是什么神，认为
"桑神"与"蚕神"均有可能。第三节《凄美的爱情故事》也大体未脱
王、洪二人之说的范围。

台北市立教育大学教师何石松博士指导的研究生何宜芬的硕士学位论
文《台湾牛郎织女故事研究》，完成于2013年。论文的第二章为《牛郎织
女故事溯源》，第一节《牛郎织女故事之形成》也是分了四期来谈，即萌
芽期、雏形期、发展期、定型期。其"萌芽期"相当于洪淑苓所说的"胚
胎期"，但时间下延至西汉时。论及昆明湖上的石像，看法与林柔雯一样，
并引《文选·西都赋》李善注："武帝作昆明池作牵牛织女于左右，以象
天河，言广大犹云汉无涯际。"对汉武帝在昆明湖边立牵牛、织女石像找
到了唐代人的支持意见。

"雏形期"部分引述东汉曹魏时诗文，认为"牛郎织女故事到汉代雏

形逐渐形成，故事的基本构架已经具备"。时段划分上较洪淑苓更清晰一点。

"发展期"部分以《月令广义》中所说《小说》（即殷芸《小说》）为标志，并据"吴均稍晚于殷芸"，认定《续齐谐记》所载桂阳成武丁言"七月七日，织女当渡河"的情节"是受了殷芸所辑录已经配成夫妻的牛郎织女故事之影响"，看法欠妥。

其"定型期"列出基本内容七点，和今所见清代以来小说、民间传说、早期年画所反映的主流传说一致，但所定时间范围不清。如下延至清代，恐怕这个"定型期"时间太长，而且这期间还存在很多分化、演变的情形，十分复杂。所以，似不如按洪淑苓的分法，将这两部分并作"形成期"。

该文第二节《牛郎织女故事代表的意义》开头极其概括地指出："综观牛郎织女故事产生于遥远的年代，而且长期广泛流传着，它不断地接受着民族文化的积累与沉淀，在其发展演变的每一个阶段，都打上了传统文化的烙印，体现着不同的民族生活背景。"下面谈了三个问题：

一、"对于民族生活背景的体现"，指出："牵牛织女二星的命名体现了先民的星辰崇拜与农耕信仰。"在王孝廉说的基础上，特别强调牛的"另一个重要的功能是'耕田'。周代设有牧人之官，而春秋中叶以后，由于铁器之发明、犁具之改良，农耕技术的逐渐推广，农耕技术普遍与否，更成为国家强盛的表征"。特别值得注意的是他肯定"牛耕的田祖"即叔均，并引了《山海经·海内经》"稷之孙叔均，始作牛耕"一段文字。遗憾的是没有能指出牵牛同叔均的直接关系，且误断"叔均"即商均，为舜之子。关于织女，在王孝廉与洪淑苓二说之间，认为"'桑神'与'蚕神'均有可能"，无所推进。

二、"对于故事文化内涵的反映"，文中说："汉代董仲舒独尊儒术，封建社教严重残害人们的心灵，对于爱情和婚姻，人们被剥夺了选择的权利，只能遵从父母之命，媒妁之言，所以牛郎织女的爱情悲剧在汉末大量出现。"能认识到这一点是很难得的。

三、"对于人类本身欲求的实践"的论述，总结出三点：（一）织女这一热爱人间的神仙形象，透露出人民对人类与人世生活的肯定与自豪。

（二）牛郎织女故事中生命欲望的流动、爱情意识的激荡及个人人格的张扬，首先显现出的是对个体生命愿望的尊重，其次，是对幸福生活的理解，如"传达出婚姻恋爱不附于门第，而以双方感情为前提的信息"，"透露出平等的情感内涵"等。作者总结："与传统观念不同，牛郎织女男耕女织，表现了一种平等互爱的爱情观念。"（三）认为"四大传说""皆直接面对生命的痛苦或毁灭，并大肆渲染主角人物顽强的抗争精神"。可以说，此前几位学者绕了很大的圈子，到这里，台湾地区才真正地对牛郎织女神话传说的文化意义作出了合于历史的正确的论述。

第三节为《牛郎织女故事之人物形象》，其故事依据清代以来北方地区所流传文本即近代以来"牛郎织女"传说的主流文本，论述中吸收了大陆学者的一些看法，分析很到位。

第三章为《台湾牛郎织女故事的传承与发展》，共两节，第一节为《牛郎织女故事的流变》，前一部分是"在中国其他地区的流变"，包括蒙古族、瑶族、苗族、傈僳族、藏族、傣族、纳西族、哈萨克族、满族、彝族和广东客家人十一个民族中流传"牛郎织女"的故事情节，并作了分析比较。后一部分是"牛女故事在台湾的流变"。第二节为《牛郎织女故事的文化呈现》，包括《〈全台诗〉相关作品》《闽南客家相关作品》《台湾庙宇的牛女故事》三部分，第四章为《台湾牛郎织女故事与七夕节俗的探讨》，均与本书内容相距较远，此处不论。

综合来说，该文思想上受各种旧说束缚较少、思路开阔，具有探索精神，能在前人的基础上尽量推进，而又重视文献的依据。应该说在何石松先生指导下江宜芬完成的这篇论文是有价值的，在洪淑苓研究的基础上有的地方的表达更为确切。

总的说来，约半个世纪中，台湾学者在"牛郎织女"传说的研究上作了极为广泛而深入的探索，而且在一些主要问题的认识上不断提升，得出越来越妥帖、近情理，又合于传统文献、合于历史发展的结论。篇幅宏大的专论是三篇硕士学位论文。但是老一辈学者或为之奠定了一定的基础，给予了多方面的启发，或在理论、文献等方面给以指导，在一些关键问题上对最后的结论的得出作了贡献。

在上述一系列的成果中可以看出，近几十年来台湾学者的研究有四点很值得关注：一、重视文献的依据，每有结论，必寻求文献上的支持；二、重视国外学者的有关研究；三、理论分析方面很有功底；四、重视大陆学者的研究。如江宜芬学位论文中以及我和我的研究生田有余、张银的论文都被引述，并列入《参考文献》中。尤其，这些论文所表现出的对祖国传统文化的热爱之情，读起来叫人感到十分的亲切。

五、进入 21 世纪的研究状况

进入 21 世纪以来，由于国家重视非物质文化遗产，各地又都在开发旅游资源，而"牛郎织女"的传说在全国各地都有流传，七夕节也是一个全国性节日，关于"牛郎织女"传说起源、形成的论文同关于"七夕节"的论文一样多了起来，产生了一些有价值的论文，出现了专书或论文汇集。有的人在宣传七夕文化旅游活动的同时，也联系当地的某些地名、传说，对"牛郎织女"传说的起源提出某种看法。今依述加以介绍和评说：

（一）山东沂源县旅游局网上的招商项目中介绍说，当地有始建于唐代的织女祠、牛郎庙等古建筑，因此认为此处即"牛郎织女"传说的产生地。我们认为，沂源燕崖乡有织女洞、牵牛庙遗址是由于《诗经·小雅·大东》中说到"牵牛""织女"，据《诗序》，《大东》一诗是谭大夫所作，而西周时期谭国其地正在沂水上游，故后来当地附会而建有牛郎庙又附会出织女洞。《大东》诗是用牵牛、织女来比喻周王朝和周王朝的卿大夫，说他们居于高位而不关心民众。如果说这首诗反映牵牛、织女同什么地方有关，只能说反映了他们同周地有关。21 世纪初，山东大学教授叶涛、刘宗迪等联合校外有关单位专家对山东沂源县燕崖乡牛郎官庄民俗作了广泛而深入的调查，并对国内文字、图像、出土文物等方面有关文献进行搜集整理，由叶涛等共同编辑了《牛郎织女传说》的"理论卷""民间文学卷""图像卷""沂源卷"，各卷又分别有主编。在山东沂源所作调查报告中反映，当地的一些姓孙的村民言自己是牛郎的后代，因为有的地方戏中牛郎哥哥名"孙有仁"，牛郎名"孙有义"。这本是小说家言，戏曲艺人临时发挥而来。清代《双星图》戏曲中，牵牛星被称之为"牛九郎"（因牛星在二十八宿中居第九），而明代小说《牛郎织女传》中只说"牛郎"，清末的章回小说中则亦姓"牛"，名"灵儿"。看来，在小说戏曲中比较早的说法是牛郎姓牛。这其实就是由"牛郎"的"牛"而来。其他较早的民间故事中或姓王，或姓张，大体都是一些当地的最常见姓。所以，庄中姓孙的说他们是牛郎的后代，恐怕有极力推动这里是"牛郎织女故事"的起源地的人为炒作的因素在里头。尤其能证明这一点的是：据近年社会调查的报告言，这些姓孙的人是外地迁入，并非原有居民，可见他们同当地的传说以及织女庙之类并没有传说上的关系。《大东》诗中在提到这两个星名之前先说"维天有汉"，也恰恰说明了他们同"汉"（天汉，云汉，同地上的汉水相应）有关，而同今山东沂源无关。

还有一个原因是汉末之时曹魏为了篡汉，淡化"忠君"在一般士人心目中的地位，而强调"孝"，选出了董永的故事。在这个故事中，七仙女不是因为爱牛郎而嫁给牛郎，是因为董永卖身葬父的孝行，天帝令七仙女下凡嫁与牛郎。最早的文本中，董永是千乘人（西汉时确有一人名董永，千乘人，曾被封为高昌侯。董永与七仙女相配的故事或因之而起），其地亦在沂水上游。后人将七仙女与织女混而同之，故联系为织女与牛郎的故事。这种情形不仅山东沂源，其他地方也有。

当然，不论怎样，沂源有"牛郎织女"的传说，这是肯定的。"牛郎织女"的传说在西汉水上游形成之后，应首先在北方流传开，何况山东沂源有上面所讲的两个原因。因此，沂源在国家非物质文化遗产名录中被列为"牛郎织女"传说保护地，也是有道理的。

（二）列入国家非物质文化遗产名录的"牛郎织女传说保护地"的，还有山西省和顺县松烟镇。当地有牛郎峪、南天池、天河梁等与牛郎织女传说有关的遗址。

（三）陕西省西安市斗门镇也是国家非物质文化遗产名录中的"牛郎织女"传说保护地。这是完全应该的。《民俗研究》2008年第2期刊陕西师范大学文学院傅功振和国学院樊列武的《长安斗门牛郎织女传说考证与民族文化内涵》，反映了他们从2006年暑假开始，在2007年3月至5月集中作的以斗门镇汉代牛郎织女石刻周围村庄为主要调查地区的一次社会调查。论文引《西安通览·斗门镇》言："斗门镇即在昆明池与沣水相通的调节斗渠闸口处,以此得名。"牵牛石像高 258 厘米,右手置胸前,左手贴腹,身体呈跪状,上身微微向左扭转,大眼阔鼻,表情朴实憨厚;织女像高 228 厘米,上身微微向右扭转,表情忧郁。元代骆天骧《类编长安志》卷十"织女石"条《新说》言:"汉昆明池,在长安县西南三十里,丰邑乡鹳鹊庄。昆明池今为陆地,有织女石,身长丈余,土埋至膝,竖发,戴首怒目,土人屋而祭之,号为石婆婆庙。"调查涉及斗门镇的南丰村等十个村庄,细柳镇的普贤寺村,未央区的周家河湾村,咸阳的王道村和灞桥、铜川、渭南等市区,采访各阶层约百人,收集整理了"牛郎织女"的故事约 18 个版本。从其简单介绍看,除一些细节上多有发挥外,大体与秦腔戏曲牛女剧目的情节大体一致。如文章中说:"整理上述故事中,我们切身感受到该地牛郎织女传说、故事独特的地方在于牛郎兄弟名叫孙守仁、孙守义,且有牛郎嫂子用毒药害牛郎、牛郎织女吵架的情节。"

值得注意的是第二项关于七夕乞巧风俗调查所得,计有七点:1. 七夕一天妇女们拜石婆的多。2. 七月七这天村民们用麦草扎成巧娘,装扮起来,"一妇女领着姑娘娃们抬着游街串巷,谓为耍巧娘"。3. "七夕晚,人们供奉着巧娘,用一块大布把所有趴在地上的女娃们一盖,一个妇女跪在两旁磨碗,有一个娃就站起来像石婆附身一样,并说要传授大家巧艺。"4. 没有出嫁的女孩子生巧芽,"到了七夕晚上摆上时令水果点心,烧香,祭拜,唱乞巧歌"。然后掐巧芽看投影卜巧。5. 听牛女私语。有的在葡萄树下或花椒树下,有的趴在井口沿上听。6. 看牛女相会。"拿着镜子,围绕着盛满水的盆走,就能看到他们相会"。这些同陇南西和县、礼县的乞巧风俗相比,虽然只有七月七晚的一段时间,但也很有特色,而且两者之间也有共同之处,如作巧娘娘像、生巧芽、投芽卜巧等。石婆附身的仪式与西和、礼县一带跳麻姐姐的仪式有共同点。看来当地原来是把石公、石婆看作一般神灵祭祀。另外,每年正月十七前后,石婆庙有一次庙会。现在所唱为玩灯的唱词,看不出与牛女传说的特殊关系。七月初七前后也有一次庙会。论文也主张"牛郎织女"传说故事的形成在西汉时期。在论及长安斗门"牛郎织女"传说的民族文化内涵时,对有些人提出的七夕节为"中国的情人节"的观点,认为"这是一种不负责任甚至荒唐的提法",也表现出正确的观念和艺术研究的严肃性。

《唐都学刊》2008年第5期刊肖爱玲的《牛郎织女传说源地探微》一文指出："两千多年前的牛郎织女至今矗立在汉昆明池两岸。汉代的昆明池到唐代得以扩展，至宋时废弃。"又引唐童汉卿《昆明池织女石》诗："一泛昆明池，千秋织女名。见人虚脉脉，临水更盈盈。苔用青色衣，波为促杼声。岸云连鬓湿，沙月对云生。有脸连同笑，无心鸟不惊。还如朝镜里，形影两分明。"文章据此断定，织女庙出现于宋元之际，而人们将牵牛、织女称之为"石父""石婆"。据当地居民讲，1949年以后牛郎织女像曾短暂置于碑林博物馆，随后迁往户县草堂寺，1986年迁回旧址。现在石爷庙在斗门镇棉花厂院内，石婆庙位于斗门镇常家庄村北田地中，二者相距二公里。这是现存历史最悠久的牵牛、织女像，也是历史上时代最早的牵牛织女像，证明了牛郎织女传说形成的时代，反映了西汉初年"牛郎织女"传说流传之广及影响之大。

所以，我认为以上三个地方列入国家非物质文化遗产名录，都是应该的。这里必须将民俗、传说的流传与学术上对"牛郎织女"传说起源地的考察区分开来看。

（四）《文史杂志》2003年第4期刊有王红旗的《"七夕"与炎黄两族的融合》，将《山海经》中有关文字同牵牛织女的传说相比附，认为牛郎织女的传说起于山西、陕西、内蒙古的黄河河套一带。其说颇为牵强，然而认为"牛郎织女"的故事起源于西北，最早流行于北方，则从大的方面说，也反映了一定的事实。

另外还有人提到几个地方，也被说成同"牛郎织女"传说有关，便值得商榷。

2004年农历七月初，首届"中国七月七爱情节"在河北鹿泉开幕。当地有关于"牛郎织女"的传说，是不用说的。弘扬传统节日中有利于精神文明和有利于建立和谐社会的因素，也是完全正确的。但一定要附会上当地的抱犊山，就不必要。"抱犊"名称只能说同牛有关系，同牛郎的传说并无关系。而且"抱犊山"这个名称也产生在南北朝以后。《元和郡县志》卷十七莽山："今名抱犊山。韩信伐赵，从间道莽山而望。后遂改为莽山。后魏葛荣之乱，百姓因山抱犊而死，故以为名。"则此山在汉代名莽山，名抱犊山是公元527年之后的事。但牛郎织女的故事在战国时代已形成基本情节。实际上此处同"牛郎织女"传说联系起来也就是二三百年的事。应该肯定，河北涿鹿有关于"牛郎织女"的传说，在新时期被整理出来，并且整理得很成功①，应该肯定，这是新时期搜集整理"牛郎织女"传说中具有代表性的作品之一。但是，"牛郎织女"传说在全国大部分地区都有流传，只是缺乏整理，其区别也只在哪一些更接近于最早的面目（如云梦出土秦简和汉代《迢迢牵牛星》一诗所反映等），哪一些时代较迟，哪一些为主流传文本，哪一些为分化变异的文本而已。总的说来，北方所流传更接近于本来的面目，而南方流传带有地域性和社会阶层性变异。南方所流传大部分是织女自己上天，在牛郎追上来之后织女拔下簪子之类划出一道天河，将自己与牛郎隔开。这与传说中牵牛织女隔河相望想长久相聚而不得的情形相悖。

"中兴江苏新闻网"2004 年 5 月 24 日刊发了倪敏毓的《900 年前中国的情人节起源于太仓南码头》一文，倪氏根据宋代《中吴纪闻》和《吴郡志》的有关文字，认为 900 年前北宋末期已形成的有关节俗，起于太仓。《吴郡志十三·祠庙下》载，昆山县东三十六里有一黄姑庙，其地也名黄姑，"父老相传，尝有牵牛织女星精降焉。女以金簪划河，河水涌溢，今村西有百沸河，乡人异之，立其祠。旧留牛、女二像，后人去牵牛，独祠织女"。按："河鼓"本牵牛星异名，而吴中误作"黄姑"，设黄姑庙，后来又解"黄姑"为织女，正如赵翼《陔馀丛考》卷十九《湘君湘夫人非尧女》所述《蓼花洲闲录》中一个事实："杜拾遗讹为杜十姨，而以之配伍子胥（讹为'髭须'）也。"古代南方淫祀，往往因音假想，即奉为神。清初诗人孙枝蔚有《乌鹊桥》七绝一首，其前二句云："乌鹊桥今存茂苑，黄姑庙却在昆山。"自注云："黄姑即牵牛星，繇'河鼓'讹也。父老言此精尝降于此，因祀之。"同《吴郡志》所记一致，都是言河鼓星精虽降于此地，讹成黄姑，又误为织女。宋代其地有过七夕节的习俗，完全可信，但其地同"牛郎织女"故事的起源无关，不用多说。

《太原理工大学学报》2006 年第 3 期刊任振河的《舜居妫汭是"牛郎织女"爱情故事的发源地》。文中将《诗经·小雅·大东》中"跂彼织

---

① 《清华大学学报》2012 年第 4 期。

女……皖彼牵牛"① 引作 "汭彼织女……汭彼牵牛",以迁就《史记·五帝本纪》中 "舜居妫汭"之语,已见其立论之不严谨。这篇论文的长处在于论述了历代统治者宣扬孝道而杜撰了董永的故事,"偷梁换柱,移花接木,用卖身葬父的河东万荣人孝子董永,置换篡改了春秋时民间传说中敢向天神挑战的'牛郎织女爱情故事中的牛郎',用另外一个人物替代了神话人物织女"。唯他将这个时间提至西汉时代,并且归结为是 "西汉以降的儒家文人,对牛郎织女的婚恋地点讳莫如深",则是难以说通的。我在《论牛郎织女故事的产生与主题》(《西北师大学报》1990 年第 4 期)和《牛女传说在魏晋南北朝时期的传播与分化》(《长江学术》2008 年第 1 期)提出,封建统治阶级及其文人要冲淡、抹杀、掩盖的是 "牛郎织女"故事本身,要歪曲、曲解的是它的主题,而不是什么 "婚恋地"。文章随意引述所谓当地传说曲解文献之处,多不可取。

《湘南学院学报》2011 年第 2 期刊张式成《牛郎织女传说及七夕文化源于郴州实考》一文,同该文作者刊在《郴州日报》2006 年 8 月 14 日《周末版》上和《郴州风》2006 年第 4 期上的《牛郎织女与郴州成仙》一样,都是引用《续齐谐记》中 "桂阳成武丁有仙道,常在人间,忽谓其弟曰:'七月七日织女当渡河,诸仙悉还宫;吾向已被召,不得停,与尔别矣'"一段文字,以 "古郴县即后来之桂阳郡",而认为 "古文献明确记载的'牛郎织女传说'和'七夕'最早最具体的流传范围有汉代桂阳郡",从而确定 "牛郎出自郴州" "牛郎织女传说的标志——'七夕'出自郴州",不知这种逻辑关系是如何形成的。

在网上还有一些说法,这里不一一加以评述。可以肯定的是全国很多地方都有关于牛郎织女的传说,而且根据民间传说的一般规律,每个地方在讲述中都会同当地的生活习俗联系起来,有的还会同当地的某些地名、地方风物联系起来,这是民间传说的特点,显示着传说的地域特征,不能说哪一个对,哪一个不对。但如果我们要探索传说的本事及起源,弄清它的流传过程,则是另外一回事,我们得联系历史文献、出土文献、地理状

---

① 皖,《十三经注疏·诗经》作 "皖",据阮元《十三经校勘记》改。《广韵》:"皖,明星。"本形容星之明亮。《广韵》:"睆,大目也。"与诗中之意不合。

况、历代地名变化、风俗、节庆的具体表现等来认真研究，不能根据传说而作简单附会、得出结论。

《文史知识》2008年第5期刊杜全山、周仁明《牛郎织女传说当起源于南阳》主要根据是"牛郎织女"的民间故事中的话。此前张振犁先生的《中原古典神话流变论考》中和燕山出版社1997年出版的《民间节日·七夕的传说》也都是据民间故事中所说引述之。杜、周二位的论文中说"白河东岸二十里有牛郎庄"，"相隔一里多地，有史洼村，叫'织女庄'"，也同样是民间故事讲述中的比附。《山海经·中山经》中提到"帝女之桑"，"跪据树欧丝"，本蚕神。因张衡《南都赋》亦言之，遂以为此蚕神（文中引作"桑神"）"应是牛郎织女故事里最早的'织女'"，也嫌过于牵强。我们如果只是从民间故事、文人创作的方面去介绍它，应该也是很有趣味的一个细节。

以上几种说法，有的发言者并不以为自己是在论"牛郎织女"传说的起源，只是对当时的"牛郎织女"传说乞巧节的形成和传播作一解说而已。杜汉华的《牛郎织女流变考》（《中州学刊》2005年第4期）一文中还提到"日本福岗说"，此属猎奇之类，可以不论。

关于汉水同"牛郎织女"传说的关系，我在《连接神话与现实的桥梁——论牛女故事中乌鹊架桥情节的形成及其美学意义》和《论牛郎织女故事的形成与主题》两文都从不同角度作过论述和论证，杜汉华的文章也认为同汉水有关，这一点我们的看法一致。但其认为产生在襄阳的说法，证据却不充分。《汉广》一诗和"郑交甫会汉水之神"的故事同"牛郎织女"的传说无关。20世纪50年代范宁先生著文说"传说织女是天上的水神"，依据是唐代《开元占经》引《巫咸》语。而《开元占经》乃是星占家因织女星在银河边而附会出来的，也不足为据。

以往寻求牛郎织女的产生地，大多主要依据较迟的文献记载，我认为这种方法用于研究其他的民间传说和故事的起源是可以的，用于研究"牛郎织女"这个产生时代早、流传十分广泛，其人物、情节又具有高度概括性、典型性、代表性的传统故事，是难以达到目的的。我们必须依据较早、较原始的文献——传世文献与出土文献，以及中国历史地理方面的文献。

六、百年来探索的基本经验和本人的一些看法

我认为要考察"牛郎织女"传说的形成，应注意以下几点：

（一）要突破一般寻找故事传说形成时代的思路，而先考察"牵牛""织女"这两个星名相应的两个人物的形成，再看几时形成了故事的基本情节。

（二）要从我国早期经济发展的总体状况去考虑，而不要只着眼于后代某些地方形成的传说，因为"牛郎织女"故事流传十分广泛，各地关于它的传说，其故事的细节，提到的事物，总是同当地的风俗联系起来。这是民间文学的一般规律。

（三）关于其基本情节的形成应联系我国古代社会文化发展的历史，不能根据个别材料孤立地去下论断。

（四）要充分重视早期的文献，在文献的引述上要做到去伪存真。

（五）要充分重视时代很早的遗物遗迹与地下新出土的材料，包括文字材料和实物。

自然科学的研究有定义、定理、公理、公式。严格按照这些已经被证明了正确的定理等进行推算、推理或实验鉴别，就难以出错。社会科学与人文学科也有一些被证明了是正确的真理、规律、原理，有一些被前代学者证明行之有效的研究方法。但有的人认为社会科学是软的，由人说了算，人文学科更具主观性，完全以个人的好恶为转移，没有规律可言。这些看法是错误的。连人的心理活动也是有规律可以认识的，社会现象怎么不能被认识？人们对一个事物的看法会有差异，但总有共同性；个别人对某些事物的看法比较怪异，但大部分人的看法总是相近的。从事社会科学和人文学科的研究，也应尊崇客观规律，尊重前人已确定并被证明为正确的研究方法，只有这样，才能够得到正确的答案，即使得不到明确答案或最终的结果，也会靠近真理一步，而不至于言人人殊，永远争论不休。

我想，根据上面提到的几点，来探讨"牛郎织女"传说的产生时代、形成地域问题，真正严谨的、态度认真的学者，不会有意见。

我根据上面的原则，从 20 世纪 80 年代后期开始研究、思考"牛郎织女"传说故事、人物、情节、主题等方面的问题，寻找形成牵牛、织女这两个人物产生的线索，认为织女星是由秦人的始祖女脩而来。①

关于牵牛，上面提到的 1990 年刊出的两篇论文中认为是来自先公王亥。我当时确定牵牛是由先公王亥而来的原因有四：

（一）王亥是殷先公中十分重要的一位，有被殷人以象征性称谓命为星名的可能。王亥因服牛而出名，商人大约避讳直呼其名，而以"牵牛"命为星名。

（二）王亥服牛，是我国古代多种文献记载利用牛力的事件。《山海经》《楚辞》为我国古代神话的渊薮，其中曲折地反映了我国上古以至远古的历史；《竹书纪年》《世本》为记载先秦历史的史书，皆从五帝开始；《吕氏春秋》也是吕不韦组织一些博学文人在各种先秦典籍的基础上编纂而成。而这五部书都记载了王亥的事迹，写到他服牛之事，可见其影响之大。

（三）殷人敬奉王亥，视之为有神灵的人物，向他乞求丰年，长久流传中有可能转化为神话人物。

（四）司马迁在《史记·殷本纪》中说商祖契被封商，在《六国年表序》中又说："或曰'东方物所始生，西方物之成熟'，夫作事者必于东南，收功实者常于西北。故禹兴于西羌，汤起于亳，周之王也，以丰镐伐殷，秦之帝用雍州兴，汉之兴自蜀汉。"认为商祖契被封之地在西北。《史记集解》引郑玄说："商国在太华之阳。"又引皇甫谧说："今上洛商是也。"许慎《说文解字》中也说："亳、京兆杜陵亭也。"《史记正义》引《括地志》云："商州东八十里商洛县，本商邑，古之商国帝喾之子卨（契）所封地。"上洛即今陕西省商县，本西周邑，战国时属魏、后属秦。这样，商人早期的关于牵牛的传说有可能同秦人关于织女的传说结合，而形成"牛郎织女"的传说。

但随着研究的深入，觉得其中有两个疑问：

---

① 参见拙文《论〈牛郎织女〉故事的形成与主题》，《西北师大学报》1990 年第 4 期；《汉水与西礼两县的乞巧风俗》，《西北师大学报》2005 年第 6 期。

（一）从各方面看，商人早期是以畜牧业为主，并非农耕民族，这同后代牛郎（牵牛）的身份与形象特征不太符合。

（二）根据近年考古学上发现的文物分析，陕西商洛地区的西亳（或称杜亳）说已很少有人赞同为商都，而大部分学者主张商人活动的中心地带在冀南、豫北及豫东、鲁西地区。[①] 这样一来，秦文化同商文化的融合就要迟于周代，而《诗经·小雅·大东》中牵牛、织女已被联系在一起说，尽管当时都只作为星名，但这两星都在天汉边上（天汉实由汉水而来），则牵牛的原型应产生于汉水流域或距汉水不远之处。

由于以上这两个原因，我放弃了牵牛来自商先公王亥之说，根据我国早期农业发展的状况及先秦时各部族对自己早期历史的重述，以及从氏族社会末期至商周时代各部族的分布，认为他应来自周先祖叔均。

以往关于"牛郎织女"传说孕育、形成的研究很不够，所以关于其来源、时代、地点的说法很多，笼统地看来，都有所依据，都有一定的道理，但如作深入细致的整体研究就会发现有一些难以成立之处。大家的意见应如何取得一致呢？我以为，第一，应对材料的真伪和先后作一认真分析，尽量依据时间较早的、比较可靠的材料。第二，应分清哪些是反映民间传说的，哪些是文人借这个传说或相关节日的名目表现自己的经历或某种情感的。第三，应根据时代、地域、民族迁徙的情况，分清不同时代、不同地域文人作品中所写牛郎织女有关情节、场景，看哪些反映着传说的本来面目，哪些是演变、分化后的东西。第四，最好对有关问题进行通盘研究，以避免局部看起来有道理，联系其他问题来看又难以成立的结论，使问题趋于单纯和集中。这四点是探究古代神话和传说故事都应注意的，而对于"牛郎织女"这个孕育时代最久、产生最早、流传最广的传说，在研究中更应注意这几个方面。

---

① 参见李勤主编《中国古代文明与国家形成研究》下编第二篇第一章《先周时期的商方国》，云南人民出版社 1997 年版；王玉哲《中华古史》第四章第八节《商族的兴起和先商的社会阶段》，上海人民出版社 2000 年版；沈长云《中国历史·先秦史》第二章第一节《商族起源及商朝的建立》，人民出版社 2006 年版。

论 "牛郎织女" 故事的产生与主题

中国民间文学的四大悲剧故事中，除《孟姜女故事》具有反对封建暴力政治统治的意义之外，"牛郎织女故事""梁山伯与祝英台""白蛇传"都是表现婚姻悲剧的。这三个故事以"牛郎织女故事"产生最早、流传最广、影响最大。它不仅产生一年一度的七夕节日，而且其故事及有关风俗还远传日本、朝鲜等国。近两千年来，它鼓舞了无数青年为自由幸福而斗争的勇气。对于这一不朽的民间文学作品，我们以前的研究是不够的，对它的主要情节形成的时间，它的主题所包含的深刻的社会意义，它的情节主题的分化同时代地域及不同阶级的思想意识的关系，都还缺乏正确的认识，本人就有关问题略抒己见，以与学术界同仁共商。

一、一个古老传说的升华

我国古代天文学上一些星宿的命名，是随着人们认识范围的扩大逐步完成的。因此这些星宿的名称反映着我国古代不同时期文化和社会生活的状况。"牵牛""织女"这两个星座名，在西周以前就已经有了①，很可能产生在商代。顾名思义，"牵牛"指牵牛、服牛者，"织女"指织布帛者。《庄子·大宗师》中说：傅说因为相武丁"奄有天下"，才"乘东维，骑箕尾，而比于列星"。我国古代星宿名，基本上是部落、民族的始祖和传说有所发明造作的祖先。所以，"牵牛""织女"的最早命名，是指某一氏

---

① 《诗经·小雅·大东》。

族的祖先，或传说中有所发明造作的人。我认为这两个星座名，同周先公叔均及秦民族的祖先女脩有关。

《史记·秦本纪》中说："秦之先，帝颛顼之苗裔孙曰女脩。女脩织，玄鸟陨卵，女脩吞之，生大业。""织女"作为星名，当是根据了因织闻名的秦民族的始祖"女脩"。

《山海经·大荒西经》中说："有西周之国，姬姓，食谷。有人方耕，名曰叔均。稷之子①曰台玺，生叔均。叔均是代其父及稷播百谷，始作耕。"《海内经》又说："稷之孙曰叔均，始作牛耕。"周人是发祥于陇东庆阳一带的，并以农耕起家。牵牛星正是周人将天汉东北侧最亮的一颗星命名为"牵牛星"，以纪念其祖先中发明了牛耕的叔均。

相对于南方的吴、越、楚而言，周、秦都是发祥于西北的。随着奴隶社会的不断发展，部族间文化的交流、融合，"牵牛""织女"便成了至少是西北和中原各族普遍使用的天文名称。当"牵牛""织女"作为星名被越来越普遍地接受，它们本来的含义，它们最早所具有的纪念意义，便越来越淡漠。到西周后期，似乎人们只是把它当作一种标识名，完全忘记了它的本义。产生于西周末年的《诗经·小雅·大东》中说：

> 维天有汉，监（鉴）亦有光。
> 跂彼织女，终日七襄。
> 虽则七襄，不成报章。
> 睆彼牵牛，不以服箱。

在这首诗中，"牵牛""织女"已经失去了神圣的光环。人们已经借用它们来嘲讽窃居高位、不恤臣民的西周王朝最高统治者了。

劳动人民的传说故事同统治阶级出于文治的种种造作相互影响而又互有扬弃、改造，它们之间存在着极其复杂的关系。就同一个传说材料而言，只有统治阶级附加给它的故事、事件淡漠下去的时候，劳动人民才可能利用它反映自己的生活愿望，寄托自己的思想情怀。《大东》一诗把"牵牛""织女""天汉"同时提到，但我们从诗中尚看不出把它们联系在

---

① 子，原作"弟"，据《海内经》及吴任臣《山海经广注》之说改。

一起的故事传说。而且，当时它们还没有成为广大人民群众所同情、喜爱的形象。在奴隶社会中，劳动人民即使对"牵牛""织女"名称的含义有所扬弃，但还不可能借它们寄托生活的理想。奴隶们无论耕、织，都不过是为奴隶主阶级做牛做马，自己一无所有，也没有人身的自由。春秋时代，"牵牛织女"正处在对旧联系的遗忘阶段，正在作着"脱胎换骨"的准备。

随着奴隶制度的崩溃，产生了自耕农。自耕农逐步扩大，成了占人口绝大多数的农民，他们以家庭为单位进行农业和手工业生产，为社会提供最必要的生活资料。在漫长的封建社会中，"男耕女织"是我国经济基础中最基本、最重要的部分。并且，广大农民在种种剥削下把有地可耕、有丝可织、初得温饱视为生活的理想。在这种情况下，隔河相望的牵牛、织女便很容易使人联想到配偶，想到男耕女织、自给自足的生产、生活方式。

因此说，正是初期封建社会的经济形态使"牵牛""织女"完成了"凤凰之再生"一样的质的转变，获得了新的生命。从此，牵牛（后代所谓"牛郎"）成了农民的化身，织女虽然还保持着贵族的名义，但实际上成了封建社会农民家庭"半边天"的象征。

我国是世界上最早进入农耕社会的国家之一，几千年的封建经济中又一直以农业及依附于农业的家庭手工业为主。"牵牛""织女"最广泛地代表了我国封建社会的劳动人民。

随着封建社会的发展，牵牛、织女传说中"天帝"的形象慢慢显现和强化。最早的传说中"女修"是"颛顼苗裔之孙"，到西汉时代却成了"天帝"之孙。《史记·天官书》中说："其北织女。织女，天女孙也。"《汉书·天文志》中也说："织女，天帝孙也。"这就说明，具有绝对专制力量的天帝作为织女的家长，在传说中出现了。没有矛盾，没有代表两个对立面的人或事物，便不会有戏剧性，也不可能构成深刻的传说故事。牵牛织女分隔在银河两岸的情节，同天帝的作用联系起来，便在情节上有了很大的进展，从而获得了不朽的生命力。汉魏之间人所写《三辅黄图》中说：

> 秦始皇穷极奢侈，筑咸阳宫，因北陵营殿，端门四达以则紫宫，象帝居；渭水贯都以象天汉；横桥南渡以法牵牛。①

班固《西都赋》中也说："临乎昆明之池，左牵牛而右织女，似云汉之无涯。"李善注引《汉宫阙疏》说："西汉时长安昆明湖上有二石人，牵牛织女像也。"张衡《西京赋》中也说："乃有昆明灵沼，黑水玄沚。周以金堤，树以柳杞。豫章珍馆，揭焉中峙。牵牛立其左，织女处其右。"古人所说左右，都人面朝南时方位言之。"牵牛立其左"，是言牵牛像立在东岸。"织女处其右"，言织女像以跪姿处于西岸。令人感到高兴的是：成于汉武帝元狩三年（前120年）的这两座石雕像至今尚存。②《文物》1979年第2期上刊有汤池的《西汉石雕牵牛织女辨》介绍，在陕西省长安县斗门镇的常家庄村北有一石像，下半身埋于地下，露上半身在地表之上，高约190厘米，身着交襟式衣服，从侧面视可见束带迹象，具有刚健的眉目、硕壮的下颏，充分显示出男性的脸型特征。保存在斗门镇内的石像双手垂于胸前，做跽坐状，高约230厘米，具有后垂的长发，显示女性的形象特征。则在常家庄者为牵牛，在斗门镇者为织女无疑。其方位关系也与《西都赋》等文献所载一致：常家庄北在东，斗门镇内在西。但虽早有俞伟超《应当慎重引用古代文献》一文纠正误说，昆明池"东边的应为牵牛而西边的应是织女"。而其后一些有影响的论著仍然据顾铁符一文始作的介绍，以常家庄北者为织女，而以斗门镇内的为牵牛。这是因为第一，未弄清古人通常情况下据何以言左右；第二，未弄清《西京赋》中"处"字的含义（《诗经·小雅·四牡》"不遑启处"，与"启"（跪）连用，则意亦相通）。

---

① 何清谷：《三辅黄图校释》，中华书局2005年版，第22页。《三辅黄图》一书，作者佚名。关于成书时间，孙星衍在《平津馆丛书》本《三辅黄图》校本序中断为"汉末人撰"，《说郛》本《三辅黄图》苗昌言题词定为"汉魏间人所作"；晁公武《郡斋读书志》定为"梁陈间人作"；今人陈直《三辅黄图校正》认为"原书应成于东汉末曹魏初期"。按：如淳、晋灼注《汉书》已引《三辅黄图》，而如淳为曹魏时人，晋灼是晋代初年人，则《三辅黄图》之成书魏晋之前，自不待言。今存《三辅黄图》虽然增补，但大体或采自初本之其他传本，或从有关文献的旧注中采集佚文，或采用了《史记》《汉书》《西都赋》《西京赋》及六朝人的有关著作，均有依据，非同杜撰，应该可信。

② 参见顾铁符《西安附近所见的西汉石雕艺术》，刊《文物参考资料》1955年第11期。陕西省博物馆《西安历史述略》第三、五章，陕西人民出版社1959年版。

汤池的《西汉石雕牵牛织女辨》一文进一步作了分析与澄清。① 秦始皇时引渭水入咸阳以象天汉，其上架桥以象牵牛渡河，而西汉时的传说中牵牛和织女隔在银河两岸已带有被迫的性质。则秦代已形成牵牛渡河以会织女的情节。

汉代诗文中反映的牛郎织女故事，其情节和基调更为清楚。宋代郑樵《通志》卷三十八《天文一》在"牛六星"之下按：张衡云"牵牛织女七月七日相见"者，即此也。《古雅》云："河鼓谓之牵牛。"又歌曰："东飞伯劳西飞燕，黄姑织女时相见。""黄姑"即河鼓也，音讹耳。张衡当东汉中期，可见当时已形成七月七日牛郎织女相会的情节。无名氏的五言诗写道：

> 迢迢牵牛星，皎皎河汉女。
> 纤纤擢素手，札札弄机杼。
> 终日不成章，泣涕零如雨。
> 河汉清且浅，相去复几许？
> 盈盈一水间，脉脉不得语。

织女因为河汉将她同牵牛隔开不能相会，而且自己要整日地弄"机杼"，所以内心悲伤，"泣啼如雨"。这个故事的悲剧主题十分明了。这首诗同《古诗十九首》中的其他各首比起来更富于民歌的风味，它应是当时民间《牛郎织女》故事的片段而概括的反映。唐代韩鄂《岁华纪丽》卷三引汉末应劭《风俗通义》（佚文）中说：

> 织女七夕当渡河，使鹊为桥，相传七日鹊首无故皆髡，因为梁以渡织女故也。②

又蔡邕的《青衣赋》中说："悲彼牛女，隔于河维。"点明了这个故事的基本情调是"悲"。稍迟的曹丕抒写夫妇离别之苦的《燕歌行》中说："牵牛织女遥相望，尔独何辜限河梁？"曹植的《洛神赋》中说："叹匏瓜之无

---

① 汤池：《西汉石雕牵牛织女辨》，《文物》1979 年第 2 期。
② 《白帖》卷九引作《风俗记》，文字全同。宋罗愿《尔雅翼》卷一三亦作《风俗记》。

匹兮，咏牵牛之独处。"又隋代杜台卿《玉烛宝典》卷七引陈思王（曹植）《九咏》："乘回风兮浮汉渚，目牵牛兮眺织女，交有际兮会有期。"注："牵牛为夫，织女为妇，虽为匹偶，岁一会也。"又："织女、牵牛之星，各处河之旁，七月七日得一会同也。"牵牛、织女是一对夫妻，因犯了什么"罪"，被分割在银河两岸（匏瓜也是星名，但这里用了《诗经·豳风·东山》的典故，表现了夫妇离别之苦）。

牵牛、织女在七月七日渡河相会，这一情节也在汉代就已形成，而且已因此而造成了一个相当普遍的节日。《艺文类聚》卷四引东汉崔寔《四民月令》"七月"："七日……作干糒，采薏耳，食酒脯时果，散香粉于庭上，祈请于河鼓织女。"注谓："此言二星神当会。"又南北朝时陈国徐陵所编《玉台新咏》卷九之开头录有"歌词二首"，《乐府诗集》卷六八录其第一首标为"古辞"，歌词头两句是"东飞伯劳西飞燕，黄姑织女时相见"。《岁时记》云："河鼓、黄姑，牵牛也，皆语之转。"由这首古辞可以看出牵牛织女相会的情节在民间是广泛流传的。又《文选·洛神赋》李善注引曹植《九咏注》："牵牛为夫，织女为妇，各处一旁。七月七日得以会同。"同上面所引《四民月令》等书材料联系起来看，汉代已形成牵牛、织女在七月七日渡河相会的情节，是可以肯定的。

至于牵牛、织女相会的时间为什么安排在七月七日，其原因可能是：1.《夏小正》中说："七月初昏，织女正东向。"牵牛、织女传说本来就是由二星座分处在银河两岸这种天文现象萌发的。人们根据织女星在七月的初昏时节向东移动的事实，把故事中织女、牵牛的相会时间安排在七月。2. 古代神仙家常说到"七"和"七日"，正如俞正燮《癸巳类稿》卷十一《七夕考》所说：汉魏书中"神仙多以七日见于世"。《诗经·小雅·大东》说："跂彼织女，终日七襄。虽则七襄，不成报章。"织女星又同"七"有着这种不解之缘。那么，传说中把牵牛、织女相会的时间安排在七月七日，就很可理解。

七月七日相会时间的确定和民间有关风俗的形成，对牛郎织女故事的普及与传播具有重要的意义。与此相关，乌鹊引渡的情节，也在汉代已经形成。

《岁华纪丽》引《风俗通义》文不见于今本《风俗通义》，但新旧

《唐书》均著录《风俗通义》为三十卷，可见唐代尚为足本。至宋代时已散佚了三分之二的篇幅，韩鄂所引不见于今本，不足为怪。陆玑《诗疏》中说："俗说鹊梁蔽形，鹊石归酒。"这同后来《尔雅翼》说的"涉秋七日，（鹊）首无故皆髡。相传以为是河鼓与织女会于汉东，使乌鹊为梁以渡，故毛皆脱去"一致，反映了当时民间早有乌鹊引渡的传说。

对以上各点加以综合、归纳，可知在东汉末期"牛郎织女"故事已具有以下四个情节要素：

1. 牵牛、织女是一对夫妇，相互很有感情。

2. 织女是天帝之孙（或女），由于织女、牵牛犯了天帝的什么罪，因而被分隔在银河两岸，让织女整日工作在织机旁。

3. 牵牛、织女隔河相望而不能相聚，十分悲伤。织女常因此泣啼如雨。

4. 七月七日乌鹊为他们搭桥，使他们渡过银河相会。

这四点是牛女故事中最重要的情节因素。牛郎织女的故事虽然在以后的长期流传中有过种种分歧异说，但以上四点基本没有什么改变。据此，我们认为"牛郎织女"故事的主要情节及情感基调在汉代已经形成。

1955 年，范宁先生发表了《牛郎织女故事的演变》一文。文章说：

> 传说织女最初是天上水神，后来由于她和凡人农夫发生过恋爱关系，恰巧天上两个星座命名的原始意义已经模糊，人们就把他们同两个星座联结在一起，被想象成为一对夫妇，过着男耕女织的生活，到六朝时这对夫妇的美好生活在传说中有了变化，据说遭受到外力的破坏，扮演了爱情悲剧的角色。①

这里有两点值得注意：第一，范先生认为作为织女故事传说母体的情节原来是独立发展着的，后来才同"牵牛""织女"二星名联系在一起；第二，认为牛郎织女的故事到六朝时才转变为悲剧的性质。但是，以织女为天上"水官"，最早见于《开元占经》卷六五所引《巫咸》，应是星占家根据织女星位置在银河边而附会出来的。以牛郎织女故事的悲剧情节形成于六朝时，也与实际情况不符。范先生在论证产生时间时曾引了两个证据：一是

---

① 《文学遗产增刊》第一辑，作家出版社 1955 年版，第 433 页。

晋代杜预说过"星占之织女，处女也"；一是王逸《九思》说："就傅说兮骑龙，与织女兮合婚。"于是得出结论："可见这个传说刚刚完成，还未普遍地流行起来，以致王逸杜预还不知道。"当然，王逸不知道这个故事是可能的，但所举证据难以说明问题。因为王逸的话不过是模拟了《离骚》"见有娀之佚女""留有虞之二姚"等文意，随意想象罢了。至于星占书中的说法，有些反映了民间的传说，有些则纯属星占家的附会编造。即使来自民间传说的，也是反映了编撰此书时传说的情况，不能用来说明后来的传说情况。杜预是据前代星占家言为说，不能证明牛郎织女故事在晋代刚刚完成。

又范先生文章引晋代张华《博物志》第十卷一段文字后说：

> 不过无论如何，牛郎织女的生活是和平的，宁静的，同时他们的生活是富裕的，也是美满的。至少从这一幅男耕女织的画面上，看不出他们生活中的不幸。①

这些结论不但与东汉古诗及崔寔、蔡邕等人的文字不符，从所引《博物志》原文中也是得不出来的。《博物志》原文说：有浮槎沿海而行者，至一处，"有城郭状，屋舍甚严，遥望室中多织妇。见一丈夫牵牛渚次饮之。牵牛人惊问曰：'何由至此?'此人具说来意，并问此是何处。答曰：'君还至蜀郡访严君平，则知之。'竟不上岸"。这段文字只在说明"天河与海通"，写到"牵牛人"及"织妇"不过是暗示到了天河边，与牛郎织女故事无关，不能由此就认为牛郎织女故事在当时并未形成悲剧的主题。

新编《辞源》（1981 年版）"织女"条就是受了范先生观点的影响。其中说："至《文选·洛神赋》注引曹植《九咏注》'牵牛为夫，织女为妇，牵牛织女之星各处一旁，七月七日乃得一会'，始明言牵牛织女为夫妇，以后逐渐形成牛郎织女七夕相会的民间传说。"解说中既未提到《古诗十九首》、崔寔《四民月令》与蔡邕等人文字，只以后出材料为依据，又以文人对民间传说的零星反映为源而以传说本身为流，其结论就不可能没有差错。

---

① 《文学遗产增刊》第一辑，作家出版社 1955 年版，第 423 页。

《牛郎织女》的故事是我国民间文学遗产中的瑰宝，我们对它的形成时间和发展过程有一个清楚的了解，才能深刻地认识它产生的意义。

二、随着封建礼教的完备而逐步深化的主题

"牵牛""织女"的名称产生很早，为什么到汉代才形成了有关的故事？下面我们回顾一下我国从先秦到汉代婚姻和家庭方面社会意识的转变，从而揭示它的形成与社会的关系。

先秦时代尽管劳动人民的经济生活很差，但在婚姻恋爱方面并无过多的束缚。"中春之月，令会男女。于是时也，奔者不禁；若无故而不用令者，罚之。司男女之无夫家者而会之。"① "萚兮，萚兮，风其吹女。叔兮，伯兮，倡，予和女！"② 《诗经·国风》中的大量诗篇可以说明，当时青年男女在婚姻上是有较多的自由的。当时的婚姻悲剧，主要是由男权社会中妇女政治地位、经济地位低下，男子主宰一切的状况所造成。当时劳动人民在家庭、婚姻方面赞扬和企慕的，主要是男子对爱情的忠实和守信。流传在战国时代的尾生的故事，是今天可考知的我国最早的民间故事。尾生的形象在今天难以被人们所理解，而在当时则反映了千千万万妇女的愿望。屈原《九歌》中的《湘君》《湘夫人》两篇也表现了这一点。《九歌》是屈原在民间传说的基础上创作的，《湘君》《湘夫人》的基本情节自然来自民间传说。因而，它们也具体表现了当时人民在家庭、婚姻方面的顾虑与愿望。③ 在先秦时代，似乎还没有仅仅由于父母的意见而使夫妻离异的事。

"牵牛""织女"被劳动人民作为自我形象之后，由于题材本身的指向性，不可能发展为弃妇型故事。因此最初只能形成反映真挚爱情或表现男耕女织生活愿望的传说。

---

① 《周礼·地官·媒氏》。
② 《诗经·郑风·萚兮》。
③ 参见拙文《〈湘君〉〈湘夫人〉的抒情主人公形象》，刊《北京社会科学》1987年第3期；《〈湘君〉〈湘夫人〉的环境、情节安排与抒情》，刊《北方论丛》1987年第4期。

到了汉代，随着汉武帝"独尊儒术"专制思想的确立，男权制和家长制无形中得到强化，同儒家对妇女的歧视相一致，种种压迫妇女、钳制妇女自由、剥夺妇女人格的礼制陆续产生。形成于西汉而编定于东汉中期的《大戴礼》，已将迫害妇女的礼教系统化为"三从""五不取"和"七去"。到东汉中期，班昭的《女诫》又应运而生，它集西汉以来钳制、压迫妇女的礼制之大成，进一步从思想上毒害妇女。它提出的所谓"四行"（以后所谓"四德"），完全剥夺了妇女作为一个人应有的权利，剥夺了妇女的人格。中国整个封建社会中应用于妇女的精神枷锁，至此就完全齐备而且高度系统化了。

民间文学方面常有这样的情况：一个传说在长期流传中情节和思想内容均无大的发展，而到了某一特殊的时期，却由于社会生活的投影而化铁为金，获得了深刻的主题。如孟姜女的故事最初由于春秋时杞梁妻的传说而来，但真正成为一个有意义的悲剧故事，还是在经过隋朝沉重的徭役压榨，人们把它同秦始皇修长城的故事联系起来之后才获得深刻意义的。牛郎织女的故事到汉代才形成了一个悲剧故事的主题，情形也是这样。

《太平御览》卷三一引《日纬书》说：

> 尝见道书云：牵牛娶织女，取天帝钱二万备礼，久而未还，被驱在营室是也。①

这是目前可见的传说中天帝为何将织女与牵牛拆散的最早记载。这里把天帝说成一个专横而缺乏人性以至于把女儿当货物出卖的财主。这个传说情节上的极度夸张，有些漫画化，但宏观地看，这至少说明：家长的一句话，可以使女儿（或孙女）的婚姻成为悲剧，女子个人的意见、感情完全不被考虑。牵牛、织女被分隔在银河两岸，织女"终日不成章，泣啼零如雨"，表达了无声的反抗。

汉代表现婚姻悲剧的民间文学名著还有产生于东汉末年的长诗《孔雀东南飞》。这首诗是在真人真事基础上创作成的，所以形成过程较短；又由于它的故事的萌发就在东汉末年，所以一开始就深刻地表现了反对封建

---

① 《宝颜堂秘籍》本《荆楚岁时记》隋杜公瞻注引《道书》与此全同。

礼教的主题。"三从""四德""七去"之类是专门用以压迫、奴役妇女的，但它扼杀、迫害的不仅是妇女，剥夺了相亲相爱的一对中女方的爱情，也就扼杀了男方的爱情。《孔雀东南飞》正是把握住了这一点，以刘兰芝为主来安排情节，从而有力地揭露了封建礼教的罪恶。"牛郎织女"故事中的天帝同《孔雀东南飞》中的焦母又有所不同，焦母只是家庭中具体贯彻封建礼教的家长，天帝则是人间君权的影子。"牛郎织女"故事中，天帝不仅作为专制家长出现，同时还是被神化了的最高统治者。正因为这样，他对牵牛、织女美满生活的破坏，就更具有艺术概括性，更具有象征意义。

"牛郎织女"故事同《孔雀东南飞》是产生在相同土壤而各呈异彩的艺术奇葩。汉代反映封建礼教对青年男女的迫害的，还有其他作品。下面是一首人们熟知的汉乐府民歌：

> 上山采蘼芜，下山逢故夫。
> 长跪问故夫："新人复何如？"
> "新人虽言好，未若故人姝。
> 颜色类相似，手爪不相如。
> 新人从门入，故人从阁去。
> 新人工织缣，故人工织素。
> 织缣日一匹，织素五丈余。
> 将缣来比素，新人不如故。"

见到故夫要长跪，说明当时妇女社会地位低下。这里应该注意的是：这两个已经离异的夫妇碰见之后还要谈谈别后的情况，而且从故夫的口中流露出对故妻的情感。看来这个男子的出妻并非出于自愿。这同南朝民歌《华山矶》一样，只写出了爱情和婚姻的悲惨结局，至于由何造成，略去不谈。实质上这正反映了封建礼教破坏男女青年爱情和幸福生活的事在当时普遍存在，而且人们一般也不便直接地、正面地揭露这无形的杀人屠刀——因为执着这毒刀杀害青年的直接出面者往往是被害者的父母、长辈。

通过以上的回顾与比较可以看出，"牛郎织女"故事的转变与发展，是同我国古代社会意识形态的转变，特别是封建礼教对妇女压迫的加剧联系在一起的，它是我国妇女被套上种种枷锁之时，最早产生的反对封建礼教、表现劳动人民对自由幸福的强烈愿望的民间文学杰作。

必须指出，由于"牛郎织女"故事流传的广泛，所以封建地主阶级也接受了它的情节。但是，他们从劳动人民那里拿过来之后，便按自己的意愿加以改造；因为"牛郎织女"故事反封建礼教的主题是损害地主阶级的根本利益的。南朝一志怪小说中说：

> 天河之东有织女，天帝之子也。年年织杼劳役，织成云锦天衣，容貌不暇整。天帝哀其独处，许嫁河西牵牛郎，嫁后遂废织纴。天帝怒，责令归河东，但使一年一度相会。①

又齐梁之际另一部志怪小说任昉的《述异记》，所载与此相同。② 这里的天帝完全是一个苛刻伪善的地主形象；他对织女看不出有祖孙或父女的感情，而完全是地主对待长工和女佣人的态度。可是故事并不是指责天帝缺乏人性，而是说织女受到打击是罪有应得。天帝成了"公正"的化身。

当然，文学作品的主题是多样化的，民间文学中有不少表现奖勤惩惰一类主题的故事。勤劳是劳动人民的本色，而懒惰和贪婪是剥削者的本质；劳动人民对懒惰的嘲笑和讽刺，正是对不劳而获的剥削阶级思想的揭露。但是从东汉及魏晋时代的一些材料看，"牛郎织女"故事一开始就是表现反抗礼教的内容的，牵牛、织女一直是受人同情的，他们的不幸遭遇与他们自己无关。"尔独何辜限河梁?"这就是汉魏时人对牵牛、织女遭遇的悲叹。南朝志怪小说所说，是经过地主阶级篡改的；至少是地主阶级文人对"札札弄机杼，终日不成章"有意曲解的结果。按照这被篡改的情节，劳动人民不只经济生活水平的低下是由于自己的懒惰，连婚姻上的悲

---

① （明）冯应京：《月令广义·七月令》引《小说》。袁珂《中国神话传说词典》《中国神话通论》皆以为出于殷芸《小说》。但殷芸《小说》是殷芸编修史书把一些不可信的内容单独编成《小说》，其中人物都是实际存在的历史人物。则非出于殷芸《小说》。殷芸《小说》之外南北朝时名"小说"之书还有三种，见《归唐书·经籍志》《新唐书·文艺志》之《丙部子书·小说类》。

② （清）褚人获：《坚瓠二集》卷二《牵牛织女》条下注作《述异记》。稍前的祖冲之也有《述异记》一书，但其书多记当代之事而任昉之书多记神话传说，则《牵牛织女》亦见于任昉。今本任昉《述异记》无之，或有所散佚。

剧也是由自己的懒惰造成的；决定劳动者命运的"上帝"无论怎样都是正确的。这完全是为封建地主阶级服务和替封建礼教辩护的。这是我们在按照马克思主义的态度对民间文学遗产加以去伪存真的分辨时应该剔除掉的封建糟粕。

然而新编《辞海》"牛郎织女"条全用南朝某志怪小说的说法来解说这个故事，可见对牛郎织女故事的主题重新加以探讨是必要的。

三、"牛郎织女"传说在东晋南北朝的分化

"牛郎织女"故事作为在我国广泛流传的民间文学作品，在长期流传过程中受到多种因素的影响，经历了演变、分化和被曲解的过程。这些复杂的情况影响着我们对故事早期情节及主题的认识。本书不可能对各种因素及其错综复杂地作用于"牛郎织女"故事的状况进行详细疏说，而只能就影响到故事分化的主要方面加以分析；同时，我们也不可能对从故事产生至今演变、分化的情况全部加以讨论，而只能就属于流传的早期阶段、材料又异常复杂的东晋南北朝一段的情况加以爬疏清理，希望通过这一工作，来澄清一些事实，消除一些误解。

"牛郎织女"故事在东汉形成以后不久即进入东晋南北朝这个复杂、混乱、荒唐的时代，从而经历了一场严峻的考验。我们知道，东晋南北朝时代，北方先后被一些少数民族建立的政权所统治，社会极不安定。东晋偏安江东之后，北方同南方的士族地主阶级都疯狂地压榨农民。他们穷奢极欲，以侈靡相尚。一般知识分子则高谈玄理，严重脱离社会现实。至宋、齐、梁、陈四朝，除刘裕统治的一段时间外，上层统治阶级都极端腐化。由于南北社会状况有这么大的不同，南北文人作品中反映的有关牛郎织女的传说也就大不相同。

北朝文人作品中对牛郎织女传说的反映，上承汉、魏、西晋，大体保持了本来的主题与基调。为了看出其演变之迹，我们从魏晋时开始考察。前面谈过的曹丕、曹植的有关诗文，不再重述。西晋初年的傅玄在其《拟四愁诗》中说：

> 牵牛织女期在秋，山高水深路无由。

陆机《拟迢迢牵牛星》：

> 昭昭清汉晖，灿烂光天步。
> 牵牛西北迥，织女东南顾。
> 华容一河冶，挥手如振素。
> 怨彼河无梁，悲此年岁暮。
> 跂跂无良缘，婉焉不得度。
> 引领望大川，双涕零沾露。

王鉴《七夕观织女诗》写道：

> 牵牛悲殊馆，织女悼离家。
> 一稔复一宵，此期良可嘉。
> 隐隐驱千乘，阗阗越星河。
> 六龙奋瑶辔，文螭负琼车。

以上三人都是西晋时诗人。他们都叙写了阻隔在银河两岸的凄苦，突出了一个"悲"字。东晋初年李充《七月七日诗》：

> 朗月垂玄影，洪武截皓苍。
> 牵牛难牵牛，织女守空箱。
> 河广尚可越，怨此汉无梁。

同汉代《迢迢牵牛星》在情调上也是一致的。至苏彦的《七月七日咏织女诗》，虽然写到"织女思北沚，牵牛叹南阳"，"怅怅一宵促，迟迟别日长"，但已经在着重描写"琼佩垂藻蕤，雾裙结云裳。金垂耀华辎，耕辕散流芳"，把织女贵族化。这就体现了"牛郎织女"故事由西晋向东晋、由北方向南方传播中在文人笔下的转变。

南朝王侯官宦及文士咏七夕诗最多，但除去谢惠莲《七月七日夜咏牛女诗》、沈约《织女赠牵牛诗》、范云《织女诗》、庾肩吾《七夕诗》等个别篇章外，或者把七夕相会看作风流韵事，或借以描写贵族妇女不凡的气度，表现出一种企羡心理，或借写乞巧描摹仕女的娇美富艳。总的来说，都冲淡甚至完全刷洗了"牛郎织女"故事的悲剧气氛，将它变成了一种艳诗的题材。要遁入空门的梁武帝萧衍和亡国之君陈叔宝都有此类诗。这就使我们看到"牛郎织女"故事在南朝上层社会及诗人文士中的命运，从而认识到南朝志怪小说中的记载不过是反映了这个故事在南朝上层社会及文人中流传的面貌而已。

我们说南朝上层社会及文人诗文中对"牛郎织女"故事作了歪曲，这除了它同汉魏及西晋时代诗文中反映的情况不同这一点以外，还因为它同南朝民间流传的基本情调也不一致。北宋郭茂倩《乐府诗集》卷四五《清商曲辞·吴声歌曲三》所收《七日夜女郎九首》就是专门咏唱牛郎织女故事的一组抒情诗，今抄六首（四、五、六、七、八、九）于下：

> 春离隔寒暑，明秋暂一会。
> 两叹别日长，双情若饥渴。
>
> 婉娈不终夕，一别周年期。
> 桑蚕不作茧，昼夜长悬丝（叶音为"思"）。
>
> 灵匹怨离处，索居隔长河。
> 玄云不应雷，是侬啼叹歌。
>
> 振玉下金阶，拭眼瞩星阑。
> 惆怅登云轺，悲恨两情殚。
>
> 风骖不驾缨，翼人立中庭。
> 箫管且停吹，展我叙离情。
>
> 紫霞烟翠盖，斜月照绮窗。
> 衔悲握离袂，易尔还年容。

这九首诗以第一人称的手法，设身处地地表现了织女在将要相会、相会之时及即将分手时情绪的变化，那深沉的怨恨、短暂的欢娱、悠长的离情，都扣人心弦。它虽然没有叙述完整的故事，但九首诗按故事的时间顺序来写，又在抒情之中片段地描写了一些细节，描绘出了有关的环境，因而同赵令《西厢记蝶恋花鼓子词》一样，既具有浓厚的抒情味，又体现出一定的情节。因为它是借着人所共知的故事为题材写的抒情诗，因而只截取相会前后一段来写，突出描写织女的内心活动。诗中为她这个神女的起行所奏的箫管声，同她叙不完的离情，同她内心的悲苦成了尖锐的对立。这种对立，这种喜与悲的矛盾，实际上是虚伪的"礼"与真诚的"情"的矛盾。其他如"玄云不应雷，是侬啼叹歌"，"振玉下金阶，拭眼瞩星阑"等，也都饱含情感。又《月节折杨柳歌十三首》之《七月歌》、刘宋时《华山畿》第十一首等，所表现的情节与主题也与之一致。这些都同汉、魏、西晋诗文及有关文献所反映的"牛郎织女"故事相一致，而表现出同南朝大多数诗文的情调及南朝志怪小说所记载情节相对立的特征。

"牛郎织女"故事从根本上来说是民间创作，而不是文人作品。因而，我们要了解它的本来面目，把握它的真正主题，就要从民间流传的方面来进行考察。但是，民间文学在口耳相传的过程中难免会发生分化、变异，要了解早期的情况，仍然得从文人的记载和古代诗文入手。这样，我们就必须以早期的有关民歌为准，对文人的记载和诗歌中的零星反映做深入细致的分析，分析中特别要考虑到作者的阶级地位和有关材料产生的时间先后与社会背景。不这样就必然会造成以假乱真甚至以假代真的状况。

至于唐代以后一些人舞文弄墨，借写织女来描写私情或表现纳妾宠妓的愿望，这与"牛郎织女"的故事是毫不相干的。如《太平广记》卷六十八引《灵怪集》，写织女"因上帝赐命游人间"而下遇郭翰，对郭"深情密态"，极尽缱绻之意，文中写道："翰戏之曰：'牵郎何在？那敢独行？'对曰：'阴阳变化，关渠何事？且河汉隔绝，无可复知；纵复知之，不足为虑！'"这不过借"织女"之名写了一个行为败坏、腐化堕落的贵妇人形象，表现了上层社会相互勾引通奸又神往于"天仙艳福"的卑鄙心理。我们如果把这种文人想入非非的编造也作为考察"牛郎织女"故事的资料，就完全错了。

"牛郎织女"故事是植根于封建礼教刚刚完善阶段对妇女进行残酷压迫的社会现实的，是我国最早的反礼教的艺术杰作。我们只有按照历史唯物主义的观点，对有关资料进行科学的分析，去伪存真，辨明源流，才能展现地主阶级和广大劳动人民两个阶级、两种文化的斗争在它流传过程中的反映，从而显出它的本来面目，挖掘出它积极的思想意义。

（原刊《西北师大学报》1990 年第 4 期）

说明：

20 世纪 80 年代我主张牵牛星名来自商先公王亥，本文及刊于《北京社会科学》1990 年第 1 期的《连接神话与现实的桥梁——论牛女故事中乌鹊架桥情节的形成及其美学意义》原即持此说。后看法改变，认为来自周先公叔均（参拙文《汉水与西礼两县的乞巧风俗》，刊《甘肃文苑》创刊号，2004 年第 1 期；《西北师大学报》2005 年第 6 期），故在原文第一部分第一段之后删去论证牵牛星同王亥关系的一段文字，另加了一小段，个别地方的文字也作了相应改动。所删去文字及相关注文如下：

> 《世本·作篇》说："胲作服牛。"《帝系篇》说："冥生核。"《史记·殷本纪》述契之后殷商世系说："冥卒，子振立。振卒，子微立。""胲"、"核"即"亥"（同声假借），"振"由"核"而误。"冥"，甲骨文中和《楚辞·天问》中作"季"。"微"即上甲微。亥，王亥，是见之于甲骨文的殷先公。王亥在殷先公中显得很重要，祭祀特别隆重，后王有时向他求雨、求丰年。文献中说的"服牛"即可以服用的牛。《天问》中也说："该秉季德，厥父是藏。胡终弊于有扈（易），牧夫牛羊？"又说："恒秉季德，焉得夫朴牛？"王国维《殷卜辞中所见先公先王考》说："该与恒皆季之子。……皆见于卜辞。""该"也即王亥。《吕氏春秋·勿耕篇》说："王冰作服牛。"金文"冰"字作"仌"（"冰"字后出）。"亥"字残损而成仌，后人又写作"冰"，"王冰"亦"王亥"之误。
>
> 《山海经·大荒东经》中说："王亥托于有易、河伯仆牛。有易杀王亥，取仆牛。"郭璞注引《竹书纪年》："殷王孩宾于有易，而淫焉，有易之君绵臣杀而放之。"
>
> 以上"朴牛"、"仆牛"即"服牛"，指服务用牛。看来在先秦传

说中，王亥与牛很有关系。《周易·旅》的"旅人先笑后号啕，丧牛于易"，也是就王亥的故事而言。［注］甲骨文中有"犁"字，象牛牵引犁头启土之行，则商代时商民族已用牛耕。"牵牛"星名，可能是商民族为了使其祖先的业绩万世长存，而据王亥的传说命名的。

［原注］

《山海经·大荒东经》在"有易杀王亥，取仆牛"之后还说："河伯（"伯"字据王念孙校补）念（俞樾《读山》以为即"敫"字，《说文》云："塞也"）有易，有易潜出，为国于兽方，名曰摇民。"《天问》在"该秉季德"一节之后还有四节十六句，也同王亥的故事有关："干协时舞，何以怀之？平胁曼肤，何以肥之？有扈（易）牧竖，云何而逢？击床先出，其何所从？昏微遵迹，有狄不宁。何繁鸟萃棘，负子肆情？眩弟并淫，危害厥兄。何变化以作诈，而后嗣逢长？"结合《山海经》各篇和《天问》《竹书纪年》所载，王亥秉承其父之德而因故到有易之国放牧牛羊，他曾持胁盾而起舞，引起有易氏女的喜欢，因而有易氏女与之匹配，但被有易氏的牧竖发现，牧竖受命而杀之。王亥之弟王恒夺回了服牛，王亥之子上甲微又借河伯之力报仇，使有易氏不得安宁。从《天问》看，王亥的被杀同其弟王恒也有关系。又《海内北经》："王子夜之尸，两首、两股、胸、首、齿皆断异处。"日本小川琢治《穆天子传地名考》谓"夜"即"亥"之形讹，其说是。此即《左传·襄公三十年》史赵所云"亥有二首六身，下二如身"。看来王亥当时被杀，尸体被支解。

又：下篇《连接神话与现实的桥梁》中相关文字也有所修改，特此一并说明。

2006 年 4 月 18 日

连接神化与现实的桥梁

——论牛女故事中乌鹊架桥情节的
形成及其美学意义

一、反对封建礼教的第一首悲歌

牛郎织女的故事，典型而概括地反映了我国作为一个农业国家，作为一个经历了长期封建社会、受到封建礼教长期统治的国家的文化的特色。而且，它的孕育、产生和发展演变，同我国几千年古代经济和社会历史的演变有着形影相随般密切的关系。

"牵牛""织女"两星名最早分别代表着周、秦两族的一个祖先。"牵牛"即《山海经·海内经》等所载最早发明牛耕的周先公叔均。"织女"即《史记·秦本纪》所说的以"织"闻名的"帝颛顼之苗裔孙曰女修"。后来的传说中说织女是"天孙"，或曰"天帝之女"，也与最初的传说中她是"帝颛顼之苗裔孙"有关。从甲骨文可知，中国从商代以前就已经开始牛耕了，"王亥作服牛""稷之孙曰叔均，是始作牛耕"，反映了我国人民的伟大创造。① 中国也是世界上养蚕最早的国家，是世界上有名的"丝之国"。织女的传说反映了作为农业辅助形式的家庭手工业在我国历史上的地位。所以说，牛郎织女的故事是一个古老的封闭性农业国家文化、意识、民族心理的凝聚物，它的人物从一开始便是中华民族最基本的成分农业劳动者的象征。

① 《吕氏春秋·勿耕》，《山海经·海内经》。

产生于西周末年的《诗经·小雅·大东》借"牵牛""织女"二星，来讽刺西周奴隶主统治阶级。这似乎说明在西周时代的传说中，"牵牛""织女"还同传说母体殷民族和秦民族的祖先有着一些模糊的联系。牵牛星的星名能一直沿用至西周以后，织女星的星名能在周地通用，反映了商周文化的承传关系及秦文化与商周文化的交融。

随着春秋战国时代奴隶制向封建制的转变和大量自耕农的出现，人们便忘记了"牵牛""织女"的来源而纯粹从字面上来理解，或者说来再造他们的形象。于是，他们便成了我国最早的男女农民的象征。"男耕女织"是中国几千年社会生产结构的基本模式，也是我国历来占有人口绝大多数的农民的生活理想。

随着封建制度的逐步健全和汉初开始的儒家男尊女卑思想的不断发展，封建礼教对妇女、对男女青年在婚姻上的迫害越来越严重，残害妇女的封建礼教逐步被系统化为"三从""四容"（四德）、"七去"（七出）。西汉初年，"牛郎织女"故事中便出现了作为矛盾对立面的"天帝"的形象（《史记·天官书》："织女，天女孙也"）；于是，关于牛、女二星的一般传说便逐步演变成了一个悲剧故事。大约比根据真人真事创作的五言长诗《孔雀东南飞》稍早，牛女故事便具备了以后长久相传的主要情节。它实际上是我国古代反对封建礼教的第一首悲歌。

关于"牛郎织女"故事的产生与主题，我在《论牛郎织女故事的产生与主题》一文已有详细论述。[①] 本文拟只就在牛郎织女的故事中具有重要意义，而研究者又有着分歧看法的"乌鹊架桥"的情节作一考察和分析。

二、中国式想象与艺术精神的表现

乌鹊架桥的情节在汉代已经产生。唐白居易《白氏经史事类》卷九《桥》引《淮南子》佚文："乌鹊填河成桥而渡织女。"卷九五《鹊》亦引之，唯无"而"字。（宋陈元靓《岁时广记》卷二十六亦引之。宋蔡梦弼

---

① 《西北师大学报》1990 年第 4 期。

《杜工部草堂诗笺》卷二一《玉台观》注亦引之，"而"作"以"）。可见"牛郎织女"故事中鹊桥相会的情节，在西汉初期已经形成了。《淮南万毕术》中又说："鹊脑令人相思。"高诱注："取鹊脑雄雌各一，道中烧之，丙寅日入酒中饮，令人相思。"高诱所说，自然没有什么科学道理。但汉代民间以为"鹊脑令人相思"，则同"牛郎织女"传说的广泛流传有关。牛郎织女常常相思，只在每年七月七日因鹊桥而相会，无论是因为灵鹊多相思，故能助相思者，还是因为牛女相会时踩及鹊首，总之古人以为它总有益于相思。过去学者们多以为《淮南子》"乌鹊填河成桥而渡织女"的文字靠不住，联系《淮南万毕术》来看，是可信的。又唐代韩鄂《岁华纪丽》卷三引《风俗通》云："织女七夕当渡河，使鹊为桥。"《风俗通义》一般亦称为《风俗通》，作者应劭，东汉末年人。牛郎织女故事不仅表现了封建社会中青年男女在婚姻上受到的压迫，而且反映了他们的强烈反抗；不仅深刻地反映了现实，而且体现了人民的愿望，放射着理想主义的光芒。这是这个故事两千年中在民间流传不衰，一直得到人们喜爱的重要原因。

产生在东汉时代的《古诗十九首》中有一首就是以牵牛织女的传说为题材的——

> 迢迢牵牛星，皎皎河汉女。
> 纤纤擢素手，札札弄机杼。
> 终日不成章，泣涕零如雨。
> 河汉清且浅，相去复几许！
> 盈盈一水间，脉脉不得语。

在东汉时代的传说中，织女被迫与牵牛分开，她以其"终日不成章"的怠工方式和"泣涕零如雨"的情感反应表达了无声的反抗。在封建礼教作为统治思想而具有强大力量的情况下，这是织女唯一可采取的办法。它比起《孔雀东南飞》一事中刘兰芝与焦仲卿的"举身赴清池"和"自挂东南枝"的做法，似乎不够强烈，但却显示了更大的韧性。

天帝虽然最后允许牵牛织女每年在七月七日会面一次，但心里头还是不愿意的。不然，为什么不同时给他们以渡河的方便？劳动人民同情这一对被活活拆散的青年夫妇，他们将自己的心愿化为一座宏桥，让牛郎、织女得以相会于银河之上。

尽管人们可以想象出多种多样的桥来，但能把劳动人民的心愿带到天上，在人们的仰望与期待中完成架桥使命的，只有飞鸟。在飞机等现代化交通工具发明以前的古代，人们认为只有飞鸟最为自由，它可以越河过险，度岭超崖；可以上干云霄，穿云破雾。因此，放臣孤子、怨女旷夫、情侣爱侣等往往把希望寄托于灵鹊，寄托于飞鸟。归鸟致诗、鸿雁捎书、青鸟探看、鹦鹉传情等成了古今诗人和民间作家常常讲到的情节。所以说，在飞鸟上天帮助牛郎织女克服险阻、使之幸福相会的情节里面，积淀着劳动人民丰富的情感。

但是，飞鸟很多，为什么这里不是别的鸟，而是乌鹊呢？首先，一个原因：乌鹊是群飞的，而架桥不同于传信，它必须要无数的飞鸟来共同完成。梁朝徐勉的《鹊赋》一诗中说："观羽翼之多类，实巨细以群飞。既若云而弥上，亦栖睫而忘归。"隋代魏澹《园树有巢鹊戏以咏之》更描写了乌鹊这个壮举与"责任心"："畏玉心常骇，填河力已穷……知来宁自伐，识岁不论功。早晚时应至，轻举一排空。"这样群飞若云、轻举排空的集体行动，表现出了无比巨大的力量，显示了移山填河的气势。所以，在这段情节中，让喜鹊扮演了一个群体的英雄角色。

其次，很早的传说中，喜鹊就是架桥的能手、筑巢的巧匠，是百鸟中的鲁班。唐代段成式的《酉阳杂俎·羽篇》中有一段简短的观察记录：

> 鹊巢中必有梁，崔园相公妻在家时与姊妹戏于后园，见二鹊构巢，共衔一木如笔管，长尺余，安巢中。

你看这两个喜鹊架设桥梁的动作，是何等协调！由此看来，在乌鹊架桥的美丽想象中，也包含着人们丰富的生活经验。

再次，在北方，七月初乌鹊皆不见。这应同生活与生育规律有关。

最后，七月中旬之后见乌鹊顶上皆脱去毛。《尔雅翼》卷一三言："涉秋七日，鹊首无故皆髡。"已反映了这个事实，当然，这是因为北方七月正热之故，因为在北方，三伏之后，还有二十四个秋老虎，即二十四天很热的日子。

　　人们根据这些实际存在的现象，将乌鹊安排进牛郎织女故事的情节中，使这个充满了浪漫情调的故事又大大增加了真实感和亲切感。那虚无缥缈的天河，似乎离我们更近；翌年到头在痛苦、怨恨与盼望中生活的牛郎、织女，也好像离我们不远，一年一度的乌鹊架桥，使这个故事克服了时间、空间上的限制，永远以它奇幻而又真切动人的情节感染着千千万万的人。乌鹊起到了把人间同天上，把人们的思想情绪同故事中人物的情绪连接沟通的作用。牛郎织女故事意蕴丰富的结尾，强化了它反对专制礼教、追求自由幸福的主题，因而获得了不朽的生命力。

　　乌鹊是飞动的，却可以构成一座桥，这在实际生活中是不会有的。但因为架桥的地点在银河上，过桥的又是忠诚于爱情的天孙，去承担架桥任务的又不是几百只或几千只乌鹊，而是普天下的乌鹊，那么，这个桥是可以架起的，而且它一定是十分雄伟的。

　　我国伟大的爱国诗人屈原的《离骚》也体现着这种艺术想象的特色。《离骚》中写到"驷玉虬以乘鹥"。《山海经·海内经》中说："有五彩鸟，飞蔽一乡，名曰鹥鸟。"《离骚》中说的"鹥"，即鹥鸟，名字取其飞蔽一乡的意思。那么，屈原的"驷玉虬以乘鹥"是说由成群而飞的鹥鸟组成了车子，前面再加上四条玉虬。鹊桥与鹥车，都是由飞鸟组成。这是艺术的想象。但是，要腾空而起就得有一种能飞的车，要渡河就得有桥，这又是基于生活真实基础之上的。

　　像普希金《渔父和金鱼的故事》中写的，贪婪的老太婆指使渔父先后向金鱼要了木盆、木房子，要了世袭的贵妇人和女王的身份，每次渔父要了之后从海边返回去，就看到现实已经同他向金鱼所要求的那样，而且好像从来就是那样；最后一次渔父向金鱼说过老太婆想当海上女霸王的话，再回到老太婆那里时，"一看，在他的面前仍然是那个小木房，他的老太婆正坐在门槛上，摆在她面前的，还是那只破木盆"，好像以前没有发生过什么事一样。这类超脱了现实时间观念的想象，在俄国民间文学中早就存在。可以说，这是俄罗斯式的想象。《观佛三昧海经》卷一说："天见毛内有百亿光……于其光中，现化菩萨，皆修苦行，如此不异。菩萨不小，毛亦不大。"这种在小的东西中容纳大的，而且作为容体的小的不见变大，被容的大的不见变小，超脱了现实空间观念的想象，是印度式的想象（中国魏晋小说及敦煌说唱文学中此类情节系来自佛经)。在时空观念极强的中国人思想中，上述两种想象古代是没有的。但是，中国劳动人民能按照中国人民的传统心理和审美观念，创造出既合于生活真实，又表现奇特的幻想，而且能够缩短听众同故事中人物的距离，消除听众同故事时间上的隔阂的充满感情的情节。

鹊桥，同我国伟大诗人屈原写的鹥车一样，是我国人民追求真理、追求自由幸福的伟大精神和我国人民丰富想象力的表现。

三、乌鹊架桥情节形成的时代

目前学术界对牛郎织女故事中乌鹊架桥情节产生的时代问题，尚有不同的看法。范宁先生的《牛郎织女故事的演变》一文对《岁华纪丽》所引《风俗通》文字是否出于《风俗通义》，抱怀疑态度。他说："只有梁庾肩吾（约480—?）七夕诗说：'寄语雕凌鹊，填河未可飞'，算是比较可靠的最早记载。"[1] 我认为乌鹊架桥的情节至迟东汉末期已经产生，是没有问题的。唐代韩鄂的《岁华纪丽》卷三所引那段文字是《风俗通义》的佚文，是可信的。应劭的《风俗通义》一书《隋书·经籍志》都著录为三十一卷（包括《录》一卷），《旧唐书·经籍志》《新唐书·艺文志》都著录为三十卷。但到宋神宗元丰年间苏颂以官、私本互校时，总共只余十余卷，其余二十卷只能知道一些题目和见到一些片段佚文。可见这部书到宋代时便散佚了三分之二的篇幅。唐代的韩鄂所见为足本，所引文字不见于今本，是不足为怪的。从现在所见《风俗通义》的佚文看，有记述"五月五日""八月一日""元日""夏至"等节令节日的文字多条，则原书应有记述时令的一篇或一段文字，"七夕"一条，应属其中。《岁华纪丽》所引那段文字，《佩文韵府》入声十一陌"七夕"下也引了，但书名作《风俗记》。按西晋初年周处著有《风土记》三卷，其中说："七月七日夜，洒扫于庭，露施几筵，设酒脯时果，散香粉于庭上，以祈河鼓织女。言此二星

---

[1] 《文学遗产增刊》第一辑，第425页。

夜当会，守夜者咸怀私愿，咸云见天汉中有弈弈白气，有光耀五色，以此为征。"（《太平御览》卷三十一引）《佩文韵府》有可能是涉《风土记》一书书名而误。

又，白居易《白氏经史事类》引《淮南子》云："乌鹊填河成桥，而渡织女。"（同书卷九五《鹊》引无"而"字）。宋代陈元靓《岁时广记》卷二三六及清代渚人获《坚瓠补集》卷三引此文，亦作《淮南子》。今本《淮南子》中不见有此语，应是佚文。此时间更在《风俗通义》之前。《淮南子》与《风俗通义》中的记载是目前所见最早的两条记载。

乌鹊引渡的情节是在庾肩吾之前很早即已形成，还有其他资料可作为旁证。三国时吴陆玑《诗疏》中说：

> 俗说鹊梁蔽形，鹳石归酒。

"鹊梁"即"鹊桥"。宋罗愿《尔雅翼》卷一三说：

> 涉秋七日，（鹊）首无故皆髡。相传以为是河鼓与织女会于汉东，役乌鹊为梁以渡，故毛皆脱去。

亦作"鹊梁"。陆玑是引的"俗言"，反映了当时民间早有乌鹊为梁的传说。好写游仙诗的郭璞在其《客傲》一文中说：

> 夫攀骊龙之髯，抚翠禽之毛而不得绝霞肆，跨天津者，未之前闻也。

这"抚翠禽之毛"而"绝霞肆、跨天津"云云，也透露出当时已有乌鹊架桥的说法。郭璞也是西晋时代人，他同陆玑距应劭之时均不过百年。所以我们说，《岁华纪丽》所引《风俗通义》中的文字是可信的。

四、"牛郎织女"传说的传播与乌鹊架桥情节的分化

既然乌鹊架桥的情节产生于汉代，为什么在东晋及南朝的宋、齐两朝咏七夕的诗中没有一首写到，反而有些"星桥"引渡、凤凰引渡、舟船引

渡、燕子架桥的说法呢？这要从乌鹊架桥情节产生的地域来认识。乌鹊架桥的情节产生在北方中原一带，所以从东汉至南北朝时代，汝南南顿（今河南项城境）人应劭，南阳新野（今河南新野）人庾肩吾都知道。南北朝谈到这个情节的还有一个邢劭，是北齐河间鄚（今河北临漳）人。邢劭的《七夕诗》中说：

> 不见眼中人，谁堪机上织？
> 愿逐青鸟去，暂因希羽翼。

这同后来杜甫《临邑舍弟书至》一诗中"空瞻乌鹊毛"及《尔雅翼》中反映的乌鹊因架桥"毛皆脱去"的说法是一致的。显然，这里"青鸟"是借指乌鹊。

整个东晋及南朝偏安江左，所以东晋、南朝诗人反映的是南方传说。南方传说中成全牛郎织女的不是鹊桥，而是"星桥"，或凤凰、燕子、舟船等，这既有其自然环境方面的原因，也有社会方面的原因。

织女通过星桥渡银河的传说，最早见于庾信的《七夕诗》：

> 牵牛遥映水，织女正登车。
> 星桥通汉使，机石逐仙槎。
> 隔河相望近，经秋离别赊。
> 愁将今夕恨，后著明年花。

其次是陈后主的《同管记陆瑜七夕四韵诗》。诗中说：

> 月上仍为镜，星连可作桥。
> 唯当有今夕，一夜不迢迢。

其后有初唐张文恭的《七夕诗》："星桥百枝动，云路七香飞。"赵彦昭的《丰和七夕两仪殿会宴应制诗》："星桥渡玉佩，云阁掩罗帷。"刘禹锡的《七夕诗》"天衢启云帐，神驭上星桥"，等等。范宁先生引梁庾肩吾《七夕》诗中的"填河未可飞"为据否定乌鹊架桥的情节在东汉时代已形成，是对材料缺乏分析，也缺乏较全面了解的缘故。

新编《辞源》关于"星桥"解释道："星桥，银河之桥，即神话中的鹊桥。"这个解释泯灭了唐以前南北传说的差异，也影响到我们对"鹊桥"传说产生时代的推断。陆瑜诗中分明说："星连可座桥。"则南朝传说中有一种说法认为七夕织女渡河通过的是星星形成的桥梁，这是没有问题的。

星桥的情节产生于江南之地，同那里湖泊如串、水道若网的自然环境有关。人们俯视映在水中的星星，因而联想到用它作桥。星与银河是同类事物，"银河"上架"星桥"，从一般比喻和想象的角度看，显得贴切而自然。但是，这个想象却不能充分地体现出人们对牛郎织女婚姻悲剧的同情，不能使这个故事同人们永远保持着最近的距离、最亲切的关系。因而，还算不上具有创造性的想象。

好写宫体诗的梁简文帝萧纲在其《七夕诗》中说："紫烟凌凤羽，红光随玉辇。"说牵牛织女是通过凤凰渡过银河的。凤在我国人民心中是神圣的，但是，人民对它并无亲切感。它同帝王、后妃及一切高贵的人联系密切，而同劳动者是比较疏远的。这个传说是统治阶级造出来的，也很快就被淘汰了。

又如南朝民歌《清商曲辞·七日夜女郎歌九首》之二："七章未成匹，飞燕赴长川。"说赴义凌空的是燕子。燕子同乌鹊一样，是人所习见的。但是，"旧时王谢堂前燕"，它毕竟同士族豪门的联系更密切些，因而，此说也流传不广。燕子为桥之说比起凤凰引渡之说来，显示了民间传说的现实精神，但与鹊桥之说比起来，又体现着南朝士族社会的特色。它不能取代鹊桥引渡之说而很快被淘汰，实所必然。

唐以前鹊桥引渡之说主要流行在北方，而就全国来说，是几说并行。因此，生于北方而仕于南朝的庾肩吾诗中既写到"寄语雕凌鹊，填河未可飞"，又说过"天河来映水，织女欲攀舟"（《奉使江州舟中七夕诗》），又反映出织女乘舟渡河之说（毫无疑问，乘舟渡河之说的产生同南方江河纵横、舟船代车的生活环境有关）。李商隐《七夕诗》"鸾扇斜分凤帷开，星桥横过鹊飞回"，更在同一诗中融进"星桥"与乌鹊填河两说。但是，无论是"星桥"也好，凤凰也好，燕子也好，舟船也好，或者其他什么说法（如柳宗元《乞巧文》："今闻天孙不乐其独，得贞卜于玄龟，将蹈石梁，款天津，俪神夫于汉之滨"），都只是部分地区的分歧异说，始终未成为主流。

流传最广，影响最大，各代的时文中都持续有所反映的，是乌鹊架桥之说。南北朝以前的有关文字，前已谈过。隋代谢偃的《明河赋》说："度龙驾而容曳，钩鹊桥而迤逦。"唐代宋之问《明河篇》："乌鹊桥边一雁飞。"李白《拟古诗》："银河无鹊桥，非时将安适？"曹松《七夕诗》："牛女相期七夕秋，相逢俱喜鹊横流。"权德舆《七夕诗》："今日云軿渡鹊桥，应非脉脉与迢迢。"王建《七夕曲》："遥愁今夜河水隔，龙驾车辕鹊填石。"李商隐《辛未七夕》："岂能无意酬乌鹊，惟与蜘蛛乞巧丝。"刘威《七夕》："乌鹊桥成上界通，千秋灵会此宵同。"唐代诗人提到鹊桥相会的句子举不胜举。至五代以后，其他异说就全被"鹊桥"之说所代替了。

可以说，牛郎织女故事是我国劳动人民在上千年的时间中由无数人共同创造、加工、补充、提炼而成的，乌鹊架桥情节的产生、传播范围的逐步扩大和最终成为普遍流传的牛郎织女故事的重要情节之一，就充分地说明了这一点。乌鹊架桥的情节以其增加了故事的真实感和缩短了故事背景同述者、听者的空间距离，而取得无可比拟的美学效果。我国的民间故事、传说往往要找一个动物、植物或地方、地名作为"实证"，在一定程度上也是受了乌鹊架桥传说的影响。所以，我们可以称"鹊桥"为"连接神话同现实的桥梁"。

（原刊《北京社会科学》1990 年第 1 期）

再论"牛郎织女"传说的
孕育、形成与早期分化

一、"牛郎织女"传说的孕育

"牛郎织女"是中国文学和文化史上一个影响深远的传说故事。但是，历代文献中关于它早期流传的情况记载甚少，即使在南北朝以后，虽然很多诗赋中都提到"牵牛""织女""鹊桥""七夕"之类，但绝大多数是作为典故、史料应用，或侧重于写民间乞巧的活动，直接写这个传说故事的诗文很少。半个多世纪以前，范宁先生发表了《牛郎织女故事的演变》一文，认为"牛郎织女"的故事到六朝时才转变为悲剧的性质，乌鹊架桥以会牛女的情节，只有南朝梁庾肩吾《七夕诗》中"寄语雕凌鹊，填河未可飞"，"算是比较可靠的最早记载"①。我曾写了《论〈牛郎织女〉故事的产生与主题》和《连接神话与现实的桥梁——论牛女故事中乌鹊架桥情节的形成》两文②，对有关问题加以讨论。近日见到台湾学者洪淑苓的《牛郎织女研究》一书，觉得此书在总的看法上受范宁先生论文影响较大。如其中说："牵牛织女神话进入南北朝之后，已经呼之欲出。"认为董永故事是"牛郎织女传说主流"③，这同范宁先生的结论基本一致。虽然这部书引述了很多材料，理论分析中也有很多十分精彩的地方，但对"牛郎织女"

① 《文学遗产增刊》第一辑，作家出版社 1955 年版。
② 《论〈牛郎织女〉故事产生和主题》，《西北师大学报》1990 年第 1 期；《连接神话与现实的桥梁——论牛女故事中乌鹊架桥情节的形成》，《北京社会科学》1990 年第 1 期。
③ 洪淑苓：《牛郎织女研究》，台北学生书局 1988 年版，第 45、65—122 页。

孕育、形成和发展情况的看法，与实际情况有一定距离。我全面搜集有关"牛郎织女"传说的材料，去伪存真，以时为序加以考察研究，觉得这个传说的产生不是偶然的，它其中的两个主要人物深深地扎根于中国古代文化的土壤之中，具有高度的概括性，反映了先民对在农业生产发展方面作出了突出贡献的人物的赞扬；在它的情节不断丰富发展的当中，又先后形成反对婚姻上的门当户对的主题，反对以沉重的聘礼、奢靡的迎娶仪节破坏青年男女的婚姻的主题和反对封建礼教、门阀制度的主题，表现了劳动人民忠贞爱情、反抗强权、争取自由幸福生活及歌颂勤俭持家的思想。它经过漫长时间的孕育，在人物身份、情节和主题上经过几次较大的转变。

最早，织女和牵牛分别是秦人和周人的远祖中作出了杰出贡献、有重大影响的人物，他们的业绩反映着我国远古时代农业和手工业方面的重要发展进程：女修以纺织布帛而留名后世①，叔均以用牛力于农耕而受到后人永久的纪念。②秦人和周人概括他们的事迹分别将他们命名为星名。应该说，"牵牛""织女"两个星座的命名是很早的。《夏小正》"七月"云："汉案户（汉，银河。案户，直户，言成正南北方向），寒蝉鸣。初昏，织女正东向。"从夏末至西周末年的 800 来年中，牵牛、织女同神农氏之子柱等作出了突出贡献的卓越人物一起永垂长天，使人们惦记着他们的业绩。于是形成了牵牛、织女标识性的形象。西周末年谭（古国名，在今山东历城东南）大夫作的《大东》一诗将这两个星名写入诗中，已经将它们分别同牵牛驾车的人及织布的女子联系起来。《诗经·小雅·大东》中说：

> 维天有汉，监亦有光。
>
> 跂彼织女，终日七襄。
>
> 虽则七襄，不成报章。

---

① 《史记·秦本纪》："帝颛顼之苗裔孙曰女修。女修织，玄鸟陨卵，女修吞之，生大业。"大业为秦人之祖。秦人为纪念女修而将天汉边上最亮的一组星称为织女星。

② 《山海经·海内经》："后稷是播百谷。稷之孙曰叔均，是始作牛耕。"《大荒西经》："有西周之国，姬姓，食谷。有人方耕，名曰叔均。帝俊生后稷，稷降以百谷。稷之弟曰台玺，生叔均。叔均是始代其父及稷播百谷，始作牛耕。"又《大荒北经》云：旱魃自助黄帝战蚩尤下至人间后不得复上，叔均言之帝，而"置之赤水之北"，因而"叔均乃为田祖"。周人为纪念叔均而将天汉东侧的一组星命名为牵牛之星。周人发祥地豳、邰（今陕西中部靠西直至甘肃庆阳马莲河流域）皆在秦人发祥地西犬丘（今甘肃天水西南、礼县以东）东面。

皖彼牵牛，不以服箱。

这八句诗中有三点应该注意：

（一）用"终日七襄"来写织女。《毛传》："襄，反也。"郑玄《笺》云："襄，驾也。驾谓更其肆也。从旦至莫（暮）七辰，辰一移，因谓之七襄。"《毛传》注作"反"，《说文》："骧，马之低卬也。"字从"马"，而义从"襄"。则"襄"有反复、上下之义。然而"襄"字从"衣"，我以为本指织布中卷起一段已织好的布帛，重新展出一段经线的过程，这个动作在织布中也是反复进行的。也就是说，"襄"乃是指织布中的一种行为，在这里用为量词。①"不成报章"的"报"为反复之意。《毛传》："不能反报成章也。"此言虽然几经布线，但没有织出连续的图案来。那么，诗中也是从星名所标示的特征，把它看作织布之女。

（二）诗中说牵牛星"不以服箱"，实际上也是由"牵牛"的字面意思联想到了相关行为的人。

（三）在说"织女"和"牵牛"的当中，说到"汉"（天汉），可看出在当时民间传说中，已以"天汉"将此二星联系起来。这是"牛郎织女"传说中主要人物的孕育阶段，首先是由历史人物产生星座名，同时成为人间所信奉的神灵；其次又由星座名想到现实中相应的行为和相关的人。这是"牛郎织女"传说孕育、形成与发展演变的第一阶段。时间大约从商代以前至西周中晚期。关于这个阶段上的有关问题，我在《论牛郎织女故事的形成与主题》《汉水与西礼两县的乞巧风俗》《汉水、天汉、天水——论织女传说的形成》《先周历史与〈牛郎织女〉传说的起源》等文中已有论述②，此不赘述。

牵牛和织女作为星名长久流传，后来人们对它们的命名本义渐渐淡忘。西周时代已有自由耕种的农民。广大的农民通过男耕、女织的生产劳动，解决衣食问题，长期自给自足；其他方面的物质需求，主要通过以物

---

① 高亨《诗经今注·大东》注中以为"襄"可能是织布机的古名，联系其上数词"七"看，恐非是。

② 分别见《西北师大学报》1990 年第 4 期、2005 年第 6 期；《学林漫录》第 18 辑，中华书局 2006 年版；《人文杂志》2009 年第 1 期。

易物的方式进行交换而达到，如《诗经·卫风·氓》所写"抱布贸丝"那样。这是孕育以牵牛、织女为主要人物的农民家庭故事的温床。

《墨子·杂家》云："亭三隅，织女之。"孙诒让《墨子间诂》引陈奂《诗毛氏传疏》说："盖织女三星成三角，故防御筑三亭以象织女处隅之形。"又《六韬·军用》："两镞藜蔟，参连织女。"皆以织女星拟三角形。《夏小正》所谓"织女正东向"，正是指其两小星向东张开，如面东之势；而"东向"的说法，已有拟人的倾向。因牵牛星在其东，两星隔着银河，这就形成了孕育牵牛织女神话的基因。以后人们由星名的含义，进一步联系到现实生活中男耕女织的生活，给两个星名附加上了新的人物身份，使他们成为广大男女农民的代表。随着封建社会的发展，"牛郎织女"故事的情节在孕育之中。这个过程大约从春秋初期开始，至战国初期，有三百多年。这是"牛郎织女"传说孕育、形成、发展与演变的第二个阶段。在这个阶段中，只能说形成了一个至少同一头牛、同天汉有关，男的以耕地种田为主，女的以织布为主的农民家庭，女的是天帝的女儿或孙女，男的则是一个农民家庭的次子（这两点是由人物形象的母体决定的。以先秦时人物命名之通例观之，"叔均"的"叔"指在弟兄中非长子）。

这里特别要说一说朝鲜出土德兴里壁画墓的一幅壁画。这幅画的正中为两条微弯的平行双线条，呈相反的 S 形，为天河，其左侧一人牵牛，旁有"牵牛之像"四字；其右侧一女子，其后有一犬，尾巴卷起，抬头看女子，女子前上方有"织女之像"四字，"织女"二字残损严重，较模糊。墓葬被考定为高句丽永乐十八年（409）所下葬，其时间相当于中国东晋义熙五年。① 壁画的织女后有一犬，我认为这是表示织女同犬丘有关。这是传说中织女同秦人有关的又一个重要证明。《史记·秦本纪》：

> 非子居犬丘，好马及畜，善养息之。犬丘人言之周孝王，孝王召使主马于汧渭之间，马大蕃息。……孝王曰："昔伯翳为舜主畜，畜多息（按：指蕃息），故有土，赐姓嬴。今其后世亦为朕息马，朕其分土为附庸。"邑之秦，使复续嬴氏祀，号曰秦嬴。

---

① 《朝鲜画报》1979 年第 11 期《德兴里古坟壁画》。

其下又说到，周宣王之时召秦庄公兄弟五人，使伐西戎，破之——

> 于是复予秦仲后及其先大骆地犬丘并有之，为西垂大夫。庄公居其故西犬丘。

秦先民所居犬丘之地，有西犬丘，有东犬丘。秦人总的迁徙与发展方向是由西向东。东犬丘即陕西兴平县的槐里①，西犬丘即在今甘肃天水西南、礼县东部一带。是先有西犬丘，后有东犬丘。上引《秦本纪》文字中上言"犬丘"，下言"居其故西犬丘"，则其上所言"非子居犬丘"的"犬丘"也指西犬丘，且表明西犬丘为秦人故地。《山海经·海内北经》云：

> 犬封国曰犬戎国，状如犬。有女子，方跪进杯食。

这是就《山海经图》上的图画而言，反映了十分古老的传说。谈犬封国而只述及一女子，可知其为犬封国的始祖或传说中很重要的人物、祭祀的对象。所谓"犬封"之"封"与"邦"字同声旁，上古音同。《秦本纪》武公十年"伐邦"，《集解》引《地理志》陇西有上邦县，应劭曰："即邦戎邑也。"上邦之地即今天水，西南与秦西犬丘相接。我认为，《山海经·海内北经》所说"犬封国"的这个女子，即秦人传说中的女修，究竟是跪进杯食，还是跪而持梭，写经文者依画而说，是否有误解，也难说。汉代画像石上的织女像多作跪而织的样子，它们之间应该是有继承关系的。但无论怎样，朝鲜 5 世纪初的壁画上织女后有一犬，将战国以后形成的织女的传说，同秦人的祖先联系起来，又为织女为秦人之祖的结论提供了一个非常有力的证据。从我国中原地区传到朝鲜，应有一个过程。所以，这幅画所反映的是我国汉魏以前的传说，而所传递的文化信息则更早。

---

① 《史记·周本纪》司马贞《索隐》引宋忠曰："懿王自镐徙犬丘，一曰废丘，今槐里是也。"废丘为秦所更名，汉始治槐里县，隋废，故城在今兴平县东南。因北周大象二年移始平县于附近，故典籍或言东犬丘在始平县东南。

二、《诗·秦风·蒹葭》的本事
与牵牛织女早期传说

下面谈一谈与之相关的《诗经·秦风·蒹葭》的本事与主题问题。

对《秦风·蒹葭》主题和内容的理解，在《诗经》中分歧最大。此诗《毛诗序》认为秦襄公时的作品，三家诗无异义，郑玄《笺》、孔颖达《毛诗正义》及此后各家也少有持异说者。但《诗序》说："《蒹葭》，刺襄公也。未能用周礼，将无以固其国焉。"郑玄以来学者多从之。然而从诗本文一点也看不出有刺的意思，更不用说"用周礼"之类。故有不少学者不信《序》说。朱熹《诗集传》云：

> 言秋水方盛之时，所谓彼人者，乃在水之一方，上下求之而皆不可得。然不知其何所指也。

还有些学者提出其他解说，如秦穆公访贤得贤说①、思慕隐居贤人说②、言不可远人以求道说③、怀人说④、惜招隐难致说⑤，等等。甚至有的人附会是百里奚荐蹇叔之作，言"蒹葭以自喻也，白露喻蹇叔也"。真是痴人说梦。而各种解说层出不穷，其原因乃在旧说不能令人信服，既不合于诗意，也反映不出诗的文化蕴含，不能解释何以在粗犷质朴的《秦风》中有这样一篇秀婉隽永、缥缈含蓄的文字。其比较可取的，是引申朱熹《诗集传》各家。如王照园《诗说》云：

> 《蒹葭》一篇最好之诗，却解作刺襄公不用周礼等语，此前儒之陋，而《小序》之误也。自朱子《集传》出，朗吟一过，如游武夷、天台，引人入胜。

---

① （清）王质：《诗总闻》。
② （明）丰坊：《诗说》、（清）姚际恒：《诗经通论》、（清）郝懿行：《诗问》。
③ （明）季本：《诗说解颐》。
④ （清）汪梧风：《诗学女为》。
⑤ （清）方玉润：《诗经原始》。

陈子展先生《诗三百解题》云：

> 不错，我们不能确指其人其事。但觉《秦风》言车马田猎，粗犷
> 质直。忽有此神韵缥缈、不可捉摸之作，女子象带有象征的神秘的意
> 味，不免使人惊异，耐人遐思。在《三百篇》中有《汉广》和这首诗
> 相仿佛。可是《汉广》诗人自己明说是求汉上游女而她不可求，这诗
> 所求的是所谓伊人，伊人何人竟不可晓了。可晓的是诗人渴想求见伊
> 人竟不得而见。

我认为这首诗之所以在秦风中独具一格，因为其并非写实之作，而是有自古相传的优美的神话传说为背景、为本事。诗中表现诗人所求，也是神女，是同秦人早期居地中汉水有关的一个神女，但却不是郑交甫所遇汉上游女，因为这不仅时代不相值，除了同汉水有关这一点之外，地域也不相合。

首先，诗中所言这个"伊人"，"在水一方"，却怎么也不能靠近。毛《传》云："一方，难至矣。"朱熹《诗集传》云："伊人，犹言彼人也。一方，彼一方也。"台湾学者朱守亮《诗经通释》云："一方即一旁，在水之另一边。言隔绝也。"那么，诗中言"在水之湄""在水之涘"，也是言在对岸的水之湄、对岸的水之涘。所以"宛在水中央""宛在水中坻""宛在水中沚"，是言好像在水中央，好像在水中坻，好像在水中沚。① 朱熹《诗集传》云："在水中央，言近而不可至也。""跻，升也，言难至也。"我觉得这同《古诗十九首·迢迢牵牛星》一首中说的"盈盈一水间，脉脉不得语"的情形一致：《迢迢牵牛星》一诗从织女方面言之，《蒹葭》一诗从牵牛方面言之。

其次，诗中反复言"蒹葭苍苍""蒹葭凄凄""蒹葭采采"，言芦荻正盛之时。下又三言"白露"，正当初秋时节，也即《礼记·月令》所谓天河呈正南正北横贯天空之时，此时"织女正东向"（《夏小正》）。这与后来传说的牛郎、织女相会在七月七日初秋时节的情形也相一致。

---

① （清）马瑞辰《毛诗传笺通释》引《说文》"央、旁同意"，并云："诗多以中为语词，'水中央'，犹言水之旁。与下二章'水中坻'、'水中沚'同义。若以《正义》中央二字连读，则与下章坻、沚句不相类矣。"

再次，织女本是由秦人祖先女修演变而来。而据近年考古发掘情况和专家们的研究，秦人早期生活于今甘肃省天水市秦州区西南、礼县东部冒水河（古峁水）流域及大堡子山一带。这一带古有天水湖，是先秦时秦人的"天水"，也是天水最早的治地。在冒水河下游及同汉水交汇处为峡谷地带，同《蒹葭》诗中所写"溯洄从之，道阻且长""道阻且跻""道阻且右"的环境相合。

最后，牵牛织女故事同汉水有关①，而汉水也正从这一带流过。秦人将天汉边上最亮的一颗星命名为织女，正反映了秦民族同汉水的关系。周人发祥于陕西西部、甘肃东部，据李学勤先生的看法，最早应发祥于甘肃庆阳的马莲河流域，其后东迁，则距汉水也不是太远（今日之西汉水、东汉水本为一水，大约在西汉时代由于地震而中断，发源于甘肃的部分在略阳改为向南流入长江，发源于陕西宁羌的一支仍按旧河道经襄樊流入长江。故西汉以前所谓"汉水"包括今所谓西汉水和东汉水）。《蒹葭》一诗创作于汉水与峁水（冒水）相交的地方，同织女传说产生的背景相一致。

根据以上几点，我认为《秦风·蒹葭》一诗是诗人以牵牛（牛郎）的口吻表现对织女企慕和追求的情节，其构思、表现方式同《楚辞·九歌》中的《湘夫人》相近。

那么，这是怎样的创作动机和创作心态下写的呢？诗人为什么要写这样一首诗？

我认为这同秦民族祭祀女修之神或曰织女星，歌舞以乐神的活动有关。《汉书·礼乐志》曰：

> 高祖时，叔孙通因秦乐人制宗庙乐。太祝迎神于庙门，奏《嘉至》，犹古降神之乐也；皇帝入庙门，奏《永至》，以为行步之节，犹古《采荠》、《肆夏》之乐也；干豆上，奏《登歌》，独上歌，不以管弦乱入声，欲在位者遍闻之，犹古《清庙》之歌也；《登歌》再终，

---

① 参见拙文《汉水与西、礼两县的乞巧风俗》，《西北师大学报》2005 年第 6 期；杨洪林《汉水、天汉文化考——兼论〈牛郎织女〉故事的源流》，见陶玮选编《名家谈牛郎织女》，文化艺术出版社 2006 年版。

下奏《休成》之乐，美声明既飨也；皇帝就酒东厢，坐定，奏《永安》之乐，美礼已成也。

汉高祖刘邦所定宗庙乐史书明言是"因秦乐人制"，则秦本有宗庙祭祀之乐。文献载秦有《祠水神歌》①，则祀神以歌乐之俗，秦亦有之。《史记·秦本纪》言："戎王使由余观秦，穆公欲留之，乃令内史廖以女乐二八遗戎王，戎王受乐而悦之，终年不还。"又可见秦乐是有乐有舞，不然不至用十六人。李斯《谏逐客书》中说："夫击瓮扣缶、弹筝击髀而歌呼呜呜快耳目者，真秦之声也。"加之《史记·蔺相如列传》中说到蔺相如让秦王击缶的事，有的学者遂以为战国以前秦人之音乐无可称。其实此所谓缶、瓮也是一种乐器，犹中原的钟、鼓，为敲击乐器，声音悠扬清脆，自有其特色。《吕氏春秋·侈乐》批评过分排场的音乐，云："为木革之声则若雷，为金石之声则若霆，为丝竹歌舞之声则若噪。以此骇心气、动耳目，摇荡生则可矣，以此为乐则不乐。故乐愈侈而民愈乱，主愈卑，则亦失乐之情矣。"这自然也反映了秦人传统的音乐观。由文献所载秦地一些音乐人才的事迹看，秦地的音乐水平是很高的。《列子·汤问》云："薛谭学讴于秦青，未穷青之技，自谓尽之。遂辞归，秦青弗止，饯于郊衢。抗节悲歌，响遏行云。薛谭乃谢，求反，终身不敢言归。"张湛注："秦青、薛谭，并秦国之善歌者。"可知秦地有水平相当高的音乐家、歌唱家。那么，《蒹葭》一诗产生于秦，如果同祭祀和民间音乐联系起来考虑，便并不感到奇怪。

《史记·封禅书》言：

> 及秦并天下，令祠官所常奉天地名山大川鬼神可得而序也。……而雍有日、月、参、辰、南北斗、荧惑、太白、岁星、填星、辰星、二十八宿、风伯、雨师、四海、九臣、十四臣、诸布、诸严、诸逑之属，百有余庙。西亦有数十祠：于湖有周天子祠，于下邽有天神。沣、镐有昭明天子辟池。于杜亳有三社主之祠、岁星祠；而雍菅庙亦

---

① 《太平御览》卷五百七十一及《绎史》引《古今乐录》："始皇祠水神，有黑头公从河中出，呼始皇曰：'来，受天宝！'乃与群臣作歌曰：'洛阳之水，其色苍苍。祠祭大泽，倏忽南临。洛滨醊祷，色连三光。'"

有社主。社主，故周之右将军，其在秦中最小鬼之神者。

此是说秦并天下后祭祀情况，但也应与秦人传统风俗及宗教活动大体一致。由此看来，秦人祭祀星辰之神多种，同楚人差不多。其中未明列织女、牵牛，但有二十八宿，二十八宿中的牛宿和女宿，就是由牵牛星、织女星分化出来的。日人新城新藏《东洋天文学史研究》一书云：

> 比较下，后代所设立之牛、女、虚三宿，系沿着黄道不甚显著之星象，此恐于设定当初，今日所称河鼓、织女、瓠瓜之星，原各为牛、女、虚宿。惟厥后似在或时，改良整理之时，遂变为黄道方面之星象焉。……即有以河鼓与牵牛因训音而转讹之说，夫恐当整理之时，以同星之同音异字之名称，分离为二星之名欤。……夫恐当初设定二十八宿之时，务须以显著之星象为标准点。故所撰之星象自然散及黄道之南北，颇无规则。厥后因天文观象之进步，以及缘由于岁差之变动等，自然势必采用黄道附近之星象。更因如牛、女、虚三宿，特远离黄道，故于春秋末叶，乃至战国时代之间，曾经一次整理之后，遂致有如上之形象者欤。①

因为织女星一大二小星中织女一为零等星，为全天第五最亮星，在北方高纬度夜空则是最亮的一颗星，而且由于织女星纬度较高，一年中大多数的月份都能看见，牵牛三星之主星为一等之标准星，也是亮星，故织女星、牵牛星为人们所熟知，最初以之为确定岁星进程的标志。而二十八宿中的牛宿，即玄武七宿之第二星，有星六，而均亮度低；其东北为女宿，即二十八宿玄武七星之第三星，有星四，亦亮度低。这两个星宿最初都不可能被先民作为纪时的依据。只是后来随着二十八宿系统的建立，由于原来的牵牛星、织女星位置比较靠北，离赤道远，后来的天官才在临近赤道的星宿中，找到另两组星作为牛宿、女宿。为了区别，原先的牵牛就被改称为"河鼓"或曰"天鼓"，或曰"三将军"。织女星名称则因社会基础更广，故未变，而称二十八宿中相应的星座为"须女"或"婺女（务女）"。《史记·天官书》云："牵牛为牺牲，其北河鼓。""婺女，其北织女。织

---

① ［日］新城新藏著：《东洋天文学史研究》，沈璿译，商务印书馆 1929 年版，第 267 页。

女,天女孙也。"但民间仍称靠近银河者为牵牛,故常相混,《南阳汉画像石》中也有牛宿、女宿图,却同《史记·天官书》中说的恰恰相反:右上角牵牛星画有三星,其下一人牵牛,为牵牛星;左下角在相连四星中一女子作坐式,为织女星。则是仍以原牵牛星为牵牛星,而以二十八宿中四星组成的女宿为织女星。但孝堂山郭氏墓石祠石刻画上,织女却是三星。虽然负责观测天象的天官将牛宿、女宿同牵牛星、织女星作了区分,但由于民间根深蒂固的群体记忆,互相干扰,使得很多文献混淆、抵触,难以严格区分。

这里特别应该注意的是秦在雍(春秋时的秦都,即今陕西凤翔县西南七里南古城)所营建的祠庙中,有社主,并言为"周之右将军"。社即土地神,同叔均所封之田祖性质相近。秦人以畜牧为主,有社神而无田祖,故混而为一。为什么传说中叔均又为"周之右将军"呢?因叔均非周王族直系,不得称"公",故称为"将军";又因其非长子,而周人以左为上,故称为"右将军"。《史记·天官书》:"牵牛为牺牲,其北河鼓。河鼓大星,上将;左右,左右将。"则秦所谓"社主",秦人正是指牵牛星。《史记·天官书》以右将军指牵牛星座中右侧一星,指牵牛之星。这样看来,周人祭田祖的风俗也被秦人所接受,只是它反映着叔均传说在国家仪式和上层社会中保留的情况,同民间传说已分道扬镳,后来就变得完全没有关系了。到清代邹山撰《双星图》传奇,写牛郎星君奋义兴师,同王良、造父一起打败蚩尤,建立奇功,天帝嘉之,遂允每年七月七日与织女相会,又将牛郎写成了一位将军。由这也可以看出,后代传说中的牛郎,就是由周人的田祖,即汉代以前所传"周之右将军"叔均而来。

以《楚辞·九歌》中所反映楚人祭祀天神、地祇的状况言之,古人质朴,民间对上层社会的生活无法想象,其设想神灵的喜好,往往是凭借了自己的情感经历,所以祭神歌舞中常设想其相互恋爱的情形,也常有表现人神相恋的情节。具体表现,或所祀之神一为天神,一为地祇,演唱时由巫觋以其中一方的语气表现对另一方的爱恋(如《楚辞·九歌·山鬼》);或由巫觋直接向被祀神灵表达爱慕之情,如《九歌》中的《湘君》《湘夫人》。湘君是湘水之神,属地祇;湘夫人为天帝之女,属天神。《湘君》一篇是祭祀湘君时所演唱,故演唱时由女巫以湘夫人的口吻表示对湘君的追求；《湘夫人》篇是祭祀湘夫人时所演唱，故演唱时由男巫以湘君的口吻表现对湘夫人的企慕之情。看来秦人祭女修或曰织女，用的是第一种模式。《蒹葭》诗实际上就反映了传说中牵牛寻求织女的情节。晋傅玄的《拟四愁诗》中说："牵牛织女期在秋，山高水深路无由。"刘宋时谢灵运《七夕咏牛女诗》中写牵牛织女相会说："凌峰步曾崖，凭云肆遥脉。"唐成纪（今甘肃秦安）人李翱《百步桥》云：

> 亘险凌虚百步桥，古应从此上干霄。
> 不辞宛转峰千仞，且喜分明路一条。
>
> 银汉攀缘知必到，月宫斟酌去非遥。
> 牵牛漫更劳乌鹊，岁岁填河绿顶焦。

我不是肯定《蒹葭》就是用于祭祀、歌舞乐神之词，但它至少是受了牵牛织女传说和祭祀歌舞的影响，并以之为题材而创作的。其他什么刺襄公说、追求贤人说等都是未弄清其文化背景情况下的臆测。

三、《周易》卦爻辞与七月七日牛女相会

自古相传牵牛织女相会时间在农历七月七日。"七月七日"这也是构成"牛郎织女"传说的重要因素。确定在七月，这同七月间银河是从北向南横亘夜空有关。《夏小正》云：七月"汉案户"，"初昏，织女正东向"。因上古草木多，人民稀少，古人建房皆坐北向南，以向阳为上（以后人口渐多，聚落稠密，但上房、正屋及帝王、官府之殿堂仍以坐北向南为正，即此遗俗）。所谓"汉案户"，是言天汉正对门户，也就是说，是由北向南的方向。而在此时，织女星座，两小星向东开张，牵牛星在天汉以东，如两星相对。这是形成牵牛、织女七月相会情节的基础。

至于确定在七月之七日，这又同商周时代即形成的"反复其道，七日来复"的意识有关。《周易·复卦》云：

> 出入无疾，朋来无咎。反复其道，七日来复。利有攸往。

《彖传》曰："反复其道，七日来复，天行也。利有攸往，刚长也。复，其见天地之心乎？"朱熹《周易本义》云："反复其道，往而复来，来而复往之意。七日者，所占来复之期也。"又《震》："跻于九陵，勿逐，七日得。""无咎，婚媾有言。"又《既济》云：

> 初九曳其轮，濡其尾，无咎。
>
> 六二，妇丧其茀，勿逐，七日得。

这一卦讲的是"济"，即渡河，"曳其轮，濡其尾"，是说拉动车轮，渡过了河，只是濡湿了车尾（或牛尾、马尾），这无关紧要，所以说"无咎"。"妇丧其茀"，王弼注："茀，首饰也。"乃头上的大巾。这是传统的解释与传统的句读。但"茀"还有一义，为"隐蔽"。《诗经·鄘风·硕人》"翟茀以朝"，王先谦《诗三家义集疏》："三家茀作蔽。"二字一音之转。且《周易》卦辞多二言句。六二中爻辞似应作"妇丧，其茀。勿逐。七日得"。言妇丧失了，隐蔽不见。不必追寻，七日可以得到。这"七日"自然指过七天，但也可以理解为初七日。《周易》卦爻辞中的话本来理解起来就灵活性较大。可以看出"七日"这个数字在古人观念中的特殊含义。《周易》中本意是指"七天"，但"七"既有反复来往、回来之义，则古人自然也可确定初七为牵牛织女相会之日。

《彖传》所谓"七日来复，天行也"之意，是说不过七日，当开始回转，这是天的运行法则。但是，如汤炳正先生所说："古代神话传说之演化，往往以语言因素为媒介，由这一神话形态转变为另一神话形态。"[1] 实际上文人之作同神话传说之间的演化，也存在这种情形。汤先生举的例子是中原之地"月中有兔"的神话传到楚地后，因楚人称虎音近于"兔"，而演化为月中有虎的神话。所以，"七日来复，天行也"也不能说同牵牛织女的传说无关。《彖传》说的"复，见天地之心"，似也同牵牛织女经天上的主宰者同意后每年相会一次的情节有关。所以说，从《周易·既济》也可以看出些当时牵牛织女传说的蛛丝马迹。又《离卦》云："畜牝牛，

---

[1] 汤炳正：《〈天问〉"顾菟在腹"别解》，《屈赋新探》，齐鲁书社1984年版，第268页。

吉。"《离卦》之"离",《周易正义》解作"丽",唐李鼎祚引东汉荀爽曰:"阴离于阳,相附丽也。亦为别离,以阴隔阳也。"古以男为阳,女为阴。织女应随牵牛,而今男女分离,与卦辞合。女既离男而去,则男(牵牛)以畜牛为吉。宋代李衡《周易义海撮要·复卦》云:

> 复卦初爻体震。震,阳卦,有阳息之象焉。故称"七日来复",喜之也。兑在西方,胜于西。……震在东方,日生于东,震象得七,故曰七日,喜之也。"无疾"者,动以顺时也。

而据《兑卦》,兑为泽,为少女,震为长子,为萑苇,"其于稼也,为反生"。从《周易》这些卦辞的含义中,似乎也透露出一点牛女传说的消息。

《周易》卦爻辞中写到一些历史传说,有的点出了具体人名,有的概括其意,述及有关事而不及其人。如《大壮·六五》,只"丧羊于易,无悔"六字,《旅·六五》言"丧羊于易,凶",显然是言商先公王亥之事(见《山海经·大荒东经》《楚辞·天问》等),但并未点出王亥之名。此类约而用事的情况在《周易》卦爻辞中极普遍,有很多今天已失其本事,无从探索。但从《诗经·大东》看,西周之时已有"牵牛""织女"二星名,人们也将它们同天汉联系起来论说。因此,以上所论《周易》的卦爻辞如果说不是牵牛织女传说的反映,至少反映了故事形成中预有的情节模式。

又《周易·遁卦》云:

> 初六,遁尾。厉,勿用,有攸往。六二,执之用黄牛之革,莫之胜说。

朱熹《周易本义》云:"遁而在后,尾之象,危之道也。占者不可以少有所往,晦处静候,可免灾耳。"这如理解为织女被迫胁而遁,已隔天汉,牵牛尾之,而不能越河而有所往,只能静候,也可以通。古人行事求占卜,此类卦爻辞,人皆能熟知。但究竟它们无形中反映出了当时流传的牵牛织女故事的情节,还是成了牵牛织女故事发展的预设程式,则难以肯定。同样,"执之用黄牛之革",同牛郎追织女而上天时用黄牛的皮的情节,也应有一定的关系。

由以上的论述可以知道，"牛郎织女"传说孕育于中国文化的土壤，无论它的人物、情节还是传说要素，都同中国文化息息相关，深深地打上了中国文化的烙印。反过来说，它的人物、情节和传说要素的形成是受到三个方面的制约的：

（一）最早人物原形身份特征的制约。在关于这两个人物的最原始的传说中说"帝颛顼之苗裔孙曰女修，女修织"云云（《史记·秦本纪》），则织女的原型本是传说中古帝颛顼之裔孙。牵牛呢，"稷之孙曰叔均，是始作牛耕"（《山海经·海内经》），是人间以农耕而享祀于后代的后稷之孙。这也就确定了织女本天帝之女或孙，而牵牛为人间农民的身份特征。

（二）牵牛星、织女星和天汉在天空所处位置及其一年中变化情况的制约。

（三）先秦时代人们思想意识、原始宗教、有关传说及有关习俗的制约。

从春秋初到战国初是"牛郎织女"传说形成与发展演变的第二个阶段。在这个阶段中，牵牛、织女两个人物一为具有高贵地位、以纺织为技能特征的神女，一为以牛耕助力的农民的身份，被分在天汉两侧。也就是说它的主要人物、悲剧基调和表现忠贞爱情的主题已大体确定。

四、"牛郎织女"传说悲剧情节的形成

战国中期至东汉末年是"牛郎织女"传说的故事情节形成、发展的阶段，也是其孕育、形成、发展与演变的第三个阶段。

1975 年在湖北云梦县睡虎地秦墓中出土战国末至秦始皇三十年期间竹简。其中有《日书》两种。《日书》是在民俗、民间信仰和禁忌的基础上形成的，是以往经验、经历（自然有不少只能说是一些偶然的经历）和禁忌的总结，有的是由历日干支和相对应的十二生肖附会而产生，但都是约定俗成的产物，反映着秦以前人们的认识状况及风俗、传说，总之，它是在长期历史过程中形成的。秦简《日书》甲种第 155 简云：

> 丁酉、己丑取妻，不吉。戊申、己酉，牵牛以取织女，不果。三弃。

又第 3 简简背云：

> 戊申、己酉，牵牛以取织女，而不果。不出三岁，弃若亡。①

看来当时民间牵牛织女故事已广泛流传，其形成的时间至迟应该推到战国中期。文中所谓"不果""而不果"，是指有始无终，两人分离。简文中反映当时流传的大体情节是：戊申、己酉之日，牵牛娶织女。但他们的婚姻未能到底，未过三年，便被抛弃。第 155 简上作"三弃"，第 3 简背面作"不出三岁，弃若亡"，大约上面的"三弃"两字是"不出三岁，弃若亡"的节抄，句子不完整（当然也有可能是传闻之异，两述之）。

秦简中反映的有关传说中，最关键的究竟是谁弃谁，说得不清楚。学者们一般理解它同《诗经》中的《卫风·氓》《邶风·谷风》《邶风·日月》《王风·中谷有蓷》《郑风·遵大路》等诗的情节一样，是属于男子变心的弃妇类型。这样解释自然也说得过去。但细审文中主语是牵牛，其言"不吉"，应是对娶妻者牵牛来说不吉；那么，所谓"不果"，也是对牵牛来说婚姻未能到底。如果这样理解，"不出三岁，弃若亡"，是说结婚后未过三岁，织女弃家而去，使牵牛如同没有妻子一样（"亡"古通"无"）。这样看来，秦以前所流传"牛郎织女"故事的基本情节和汉代以后所流传完全一样。东汉时代的古诗《迢迢牵牛星》云："终日不成章，泣啼零如雨。河汉清且浅，相去复几许？盈盈一水间，脉脉不得语。"蔡邕的《青衣赋》云："悲彼牛女，隔于河维。"曹丕《燕歌行》第一首云："牵牛织女遥相望，尔独何辜限河梁？"看来汉代流传的牛郎织女的故事男女双方都不愿意分开，都希望能够永远在一起，不存在一方抛弃了另一方的问题。汉末阮瑀的《止欲赋》云：

> 伤匏瓜之无偶，悲织女之独勤。

---

① 以上见睡虎地秦墓竹简整理小组《睡虎地秦墓竹简》，文物出版社 1990 年版，第 206、208 页。

第一句是用了《诗经·豳风·东山》中的典故。《东山》是写一个青年男子离家三年回家途中思念家中的诗。其中思念妻子的部分:"有敦瓜苦,烝在栗薪。自我不见,于今三年。"又回忆当初结婚时情景说:"其新孔嘉,其旧如之何?"言刚结婚之时十分美满,现时男子久在外而无偶,女子亦一人而劳苦。后曹植将这两句加以变动,写入其《洛神赋》中"叹匏瓜之无匹兮,咏牵牛之独处",明确咏叹"牵牛之独处"。阮瑀从织女方面言之,曹植从牵牛方面言之。曹丕《燕歌行》所说"牵牛织女遥相望,尔独何辜限河梁","何辜"犹言何罪,这就从侧面反映出他们被分在天河的两侧是因为受到某种强权惩罚的原因。能惩罚星君、天仙者,大约非天帝、王母莫属了。又曹植《九咏》:

> 临回风兮浮汉渚,目牵牛兮眺织女。
> 交有际兮会有期,嗟痛吾兮来不时。

《文选》曹丕《燕歌行》李善注引曹植《九咏注》:

> 牵牛为夫,织女为妇,织女、牵牛之星,各处一旁,七月七日得一会同矣。

这些都反映了东汉时流传的"牛郎织女"故事的状况。结合汉魏时传说来看,在战国时的传说中,应是织女被迫离牵牛而去。

按我上面的理解,战国之时民间流传的"牛郎织女"传说,已同元代以后小说戏剧中的基本情节相一致。这个故事在战国秦汉时所流传的有些情节现在了解得不是很清楚,但从秦简所载,结合有关文献来看,有同后代情节相合的空间。比如:

(一)后代传说中都说生有两个孩子,战国时传说中说"不出三年,弃若亡"。则其分离时已在一起生活将近三年。一般说来,这也正好可以生两个孩子。

(二)后代传说中是由于王母或玉帝的干预,使他们夫妻分离。这在目前可见的先秦文献中尚看不出。但在男权社会中,男女双方在婚后由女方将男子抛弃的事,似乎极为罕见,《诗经·国风》中有很多篇是写男女婚姻的,但在整个《诗经》中还找不到一首反映女子抛弃男子的作品。男女婚姻悲剧中，除了男子抛弃女子的之外，便是家长对青年男女婚姻的干预。《诗经》中如《鄘风·柏舟》：

> 泛彼柏舟，在彼中河。
> 髧彼两髦，实维我仪。
> 之死矢靡它。
> 母也天只！不谅人只！
>
> 泛彼柏舟，在彼河侧。
> 髧彼两髦，实维我特。
> 之死矢靡慝。
> 母也天只！不谅人只！

我想，先秦时所流传牵牛织女的传说中，造成双方悲剧的原因，应与此相同，也应是女方家长从中作梗的原因。

（三）因为天上的牵牛星和织女星是分在天汉的两边的，所以民间传说中，牵牛和织女这一对夫妇也被分在天河的两岸，这种情节设计的走向是由原始素材所决定的。特别应引起我们注意的是，先秦时传说中也有这一对夫妻过桥相会的情节，何以见得？《三辅黄图·咸阳故城》中说：

> 秦始皇穷极奢侈，筑咸阳宫，因北陵营殿，端门四达以则紫宫，象帝居；渭水贯都以象天汉，横桥南渡以法牵牛。

其中说秦始皇时引渭水入咸阳以象征天汉，在水上加架了桥取法于牵牛渡河与织女相会之义。这自然是依据了民间广泛流传的牵牛织女相会的情节。在当时传播媒体很不发达的情况下，民间传说的形成是很缓慢的，不可能在短时间中即成为人们所熟知的故事。秦朝宫殿群的设计、修建中联系了牵牛渡河会织女的情节，可见这个情节在当时已广为人知。女的离开了男的，但后来又愿意相会，也可见其离开是被迫的。

《白孔六帖》卷九五引《淮南子》云："乌鹊填河成桥而渡织女。"（见宋陈元靓《岁时广记》卷二六引）民间传说中很早就形成牵牛、织女相会的情节，也同传说所凭借的牵牛、织女二星的变化有关。七月"初昏，织女正向东"的记载已见于《夏小正》。由秦始皇时"横桥南渡以法牵牛"的说法及《淮南子》佚文可知在汉初以前的传说中，已有乌鹊搭桥以渡牵牛、织女的情节。《三辅黄图》中言"法牵牛"，《淮南子》言渡织女，各举其一端。联系东汉时一些文人诗赋来看，上面的推断大体是不错的。

（四）上面说到先秦时所流传牵牛、织女的悲剧应是由织女一方的家长天帝或王母所造成。传说中织女是同天帝有关的，而牵牛就其原型叔均而言，也只能算一位地祇，或人间的祖先神。同人间的婚姻状况联系起来看，这就像地位悬殊的男女相恋爱一样，是不合于古代贵族与贵族通婚、平民与平民通婚的家族门第观念的。这就形成了矛盾冲突，产生了具有戏剧性的故事。

那么，在较早的传说中，织女一方的家长迫使他们分离的具体情节如何呢？《太平御览》卷三一引《日纬书》云：

> 尝见道书云：牵牛娶织女，取天帝钱二万备礼，久而未还，被驱在营室是也。[1]

纬书的大量出现是在西汉末年至东汉时代。一般说来，民间传说的产生总在被载之竹帛之前，故所记的传说产生在西汉时的可能性为大。关于这个传说情节的理解，侯佩锋先生有《"牛郎织女"神话与汉代婚姻》一文，谈得很好。[2] 该文重点论述了两汉时嫁娶奢靡之风盛行。《盐铁论》的《国病》《散不足》等篇将嫁娶之侈靡无度作为严重的社会问题指出。东汉之时，"奢纵无度"，嫁娶"尤为奢侈"（《汉书·章帝纪》）。侯佩锋先生的看法是很正确的。其需要补充者，西汉时赵共王刘充拟用聘金二百斤娶妻，可看出西汉迎娶财礼之重。达官贵族、富商大姓大体与此相近。汉初陈平"好读书"，且"为人长大美色"，然而至当娶妇之年，"富人莫与者"（《汉书·陈平传》）。可见此风气在汉初以前已成（陈平卒于公元前178年，以其卒时年50至60岁计，当生于秦始皇前期）。尤其《汉书·地

---

[1] 《纬书》出现在西汉末和东汉时代，所载传说之产生当在西汉末期以前。

[2] 侯佩锋：《"牛郎织女"神话与汉代婚姻》，《寻根》2005年第1期。

理志》特别谈到秦地"嫁娶尤崇侈靡",《太平御览》卷五四一引《李固助展允婚教》:"允,贫也,礼宜从约,二三万钱足以成婚。"用二三万钱还算是破规程而从简约,可看出当时一般人家嫁娶财礼之重,则展允虽职务低而毕竟为小吏(议曹吏),却五十岁"匹配未定",汉代由于财礼之重使很多青年男女不能结合的状况也就可以想见。那么"牛郎织女"传说在汉代以前所形成的女方家长干预、破坏男女双方的婚姻,除门第不当这个理由之外,男方办不起彩礼也是一个很重要的原因。这就弥补了秦简"牵牛以娶织女而不果"在根源方面文献记载的缺失。聘礼要求太重,迎娶宴席场面太大,不仅对男方和男方家是一个大的负担,甚至造成迎娶妻媳的很大障碍,对女方(被娶的姑娘)也是情感上的折磨。所以,"牛郎织女"故事的主题从战国到西汉主要是反对门第观念和聘礼很沉重的"买卖婚姻"陋习。

大约到了东汉时代,"牛郎织女"传说才逐渐转变为反对"门当户对"门第观念和反对封建礼教对男女双方婚姻的破坏与迫害的主题。《礼记·内则》云:"聘则为妻,奔则为妾。"在汉武帝独尊儒术以后,封建礼教对青年男女婚姻方面的迫害越来越严重,至东汉时形成了对妇女的思想、行动进行严格钳制的种种规定,这是"牛郎织女"传说主题转变的社会根源。

牵牛、织女努力的结果,是争取到乌鹊的同情,在每年七月七日为他们在天汉上搭桥。唐代韩鄂《岁华纪丽》卷三引《风俗通》:

> 织女七夕当渡河,使鹊为桥。

三国时吴陆玑《诗疏》中说:"俗说鹊桥蔽形,鹳西归酒。"也提到鹊桥。看来《风俗通》中这段佚文是可信的。东汉崔寔《四民月令》七月云:"七日……作干糗。采薏耳,祈请于河鼓织女。"注云:"此言二星神当会也。"与《淮南子》《风俗通》佚文所述一致。

汉代画像石中有些牵牛、织女的画。江苏徐州出土汉墓汉画像石上有一幅是下面画着星座,上面是一人牵着牛,显然为牵牛星。虽然画面上看不出故事情节,但联系以上材料可知牛郎织女的传说在当时民间的流传已很广泛,尤其在北方已成为人们常常提到、想到的话题。

五、由萧史弄玉故事和宝夫人叶君相会故事
看牛女传说早期的影响

在漫长的历史长河中，"牛郎织女"传说不可能没有影响和分化。以上考察的是"牛郎织女"传说的主体部分，包含着它的主要情节及未经变化的人物身份与特征。至于分化为另外的传说故事而在情节、人物方面变化较大的，则不在考察的范围之中。但是要全面了解"牛郎织女"传说的形成、流传与影响，对在它的影响下产生的和由它演变出来的故事，也不能不了解。本文以上四部分中，第一、第四部分是用雾中看山、管中窥豹的办法，第二部分《〈诗·秦风·蒹葭〉的本事与牵牛织女早期传说》、第三部分《〈周易〉卦爻辞与七月七日牛女相会》与本部分是用镜中看花或由影测形的办法。

刘向《列仙传》卷上载有关于秦国凤女祠的故事，我认为是牵牛织女传说分化的结果。故事如下：

> 萧史者，秦穆公时人也，善吹箫。能致孔雀、白鹤于庭。穆公有女字弄玉，好之。公遂以为妻焉。日教弄玉作凤鸣。居数年，吹似凤声，凤凰来止其屋，公为作凤台，夫妇止其上，不下数年。一旦皆随凤凰飞去。故秦人为作凤女祠于雍，宫中时有箫声而已。

> 萧史妙吹，凤雀舞庭。嬴氏好合，乃飞凤声。遂攀凤翼，参翥高冥。女祠寄想，遗音载清。

《传》为刘向据西汉以前传说所撰，后面的八句是晋人所作的赞。① 秦穆公时，秦已迁于雍。这个故事的最大特征是：女为秦国君之女，而男为替贵

① 这个故事又见于《水经注·渭水注》。《隋书·经籍志》杂传类著录曰："《列仙传赞》三卷，刘向撰，鬷续，孙绰赞。《列仙传赞》二卷，刘向撰，晋郭元祖赞。" "杂传类"小序又称："汉（据葛洪《神仙传序》应作"秦"）时阮仓作《列仙图》，刘向典校经籍，始作《列仙》、《列士》、《列女》传。"晋葛洪《神仙传序》云："秦大夫阮仓所记，有数百人，刘向所传又七十余人。"其《抱朴子·论仙》亦云："刘向博学……其所撰《列仙传》，仙人七十有余。"则今存《列仙传》为西汉末年刘向所撰无疑。

族服务的下层人物乐师。所谓"萧史",并非其姓名,是因掌吹箫之事,"萧"实因"箫"而来,"史"指执掌音乐、绘画之事的人(也指小佐史)。这也是破除了门第观念的婚配。这个故事被写入《列仙传》,已被根据神仙家的思想作过改造,其中已看不出什么矛盾,而只有神仙的超脱与遐思。推想原来的情节,未必如此单纯。

《史记·秦本纪》载,女修所生之子大业取少典之子女华,生大费。大费与禹平水土,已成,舜妻之以姚姓之玉女,赐嬴姓。大费"佐舜调驯鸟兽,鸟兽多驯服"。大费生子二人,一曰大廉,即"鸟俗氏"。其玄孙孟戏、中衍,"鸟身人言"。中衍之玄孙曰中潏,"在西戎,保西垂,生飞廉"。《离骚》"后飞廉使奔属"下洪兴祖《补注》引汉应劭曰:"飞廉,神禽,能致风气。"并引晋灼之说,其"头如雀"。由这些看来,秦人是以鸟为图腾的。这应同"女修织,玄鸟陨卵,女修吞之,生大业"的传说有关。《史记·封禅书》云:"秦襄公既侯,居西垂,自以为主少昊之神,作西畤,祠白帝。"《左传·昭公十七年》载郯子云:"我高祖少昊挚之立也,凤鸟适至,故纪于鸟,为鸟师而鸟名。"春秋时郯国在今山东(当郯城县西南二十里)。顾颉刚先生认为鸟为东方滨海鸟夷的图腾,秦人本东方鸟夷,因造父封于赵而迁于西。[①] 无论怎样,秦先民以鸟为图腾是可信的,史书载其为"鸟俗氏""鸟身人言",即是明证。我认为秦穆公女弄玉的传说实际上是牵牛织女传说的最早的分化,只是由于神仙家的改造,使它同牵牛织女传说失去了更多的共同点。所谓萧史之善吹箫,"能致孔雀、白鹤于庭",善"作凤鸣",弄玉从而学数年,亦"吹似凤声,凤凰来止"等,也不过是古老传说模糊记忆的反映。"萧史"其称呼实也是由以上情节而来,是先有对传说的模糊记忆,后有人物。

所以,我认为传说中秦穆公所作"凤女祠",实即秦人的女修祠,也即织女祠。秦穆公之女同其丈夫不可能"皆随凤凰飞去",这只能是一个故事。但其中传达的某些文化的信息却值得重视。尤其一个国君的女儿喜欢上了一个毫无地位的"下人",并结为夫妻,与"牛郎织女"传说的情

[①] 顾颉刚:《〈庄子〉和〈楚辞〉:昆仑和蓬莱两个神话系统的融合》,《中华文史论丛》1979 年第 2 辑。

节基本一致，所表现出的破除家族观念追求婚姻自由与幸福的思想，也正是"牛郎织女"传说的基本精神。由此可以看出二者之间的关系。另外，夫妻二人最后都上了天，而且是乘凤鸟，也可以看出其由"牛郎织女"传说变异改造而成的迹象。

《史记·秦本纪》载秦文公十九年得陈宝，唐司马贞《史记索隐》引臣瓒（晋人）曰：

> 陈仓县有宝夫人祠，岁与叶君神会，祭于此者也。

宝夫人有祠而叶君没有祠，似叶君为凡人（君为男子之称），这同《楚辞·九歌》中湘君为湘水之神，为地祇，而湘夫人为天神的情形相似。但这个传说同湘君、湘夫人没有关系，而显然同"牛郎织女"传说有关，应该是由牛女传说分化、演变而成。文献上再没有关于这个故事的其他记载，而只有他们一年相会一次的传说。故事的传说地在今陕西宝鸡，正当古代周秦文化交融之地。牵牛织女的传说流传到晋代，由于受到魏晋时代"以孝治天下"统治思想的排挤而发生了分化是完全可能的。但我们多少还可以找到一些同牵牛织女传说相关的证据。宝夫人为天神而叶君为凡人或地祇，他们一年会一次这些不用说。据《史记·秦本纪》载，秦文公二十七年（前739年）还扩建了牛神庙。《史记·秦本纪》载秦文公"二十七年，伐南山大梓，丰大特"。《集解》引徐广曰："今武都故道有怒特祠，图大牛。""特"，《说文》中的解释是"公牛"。那么，"大特""怒特"都是指大公牛，而其地在武都（西汉时期武都郡在今西和县洛峪镇，东汉时郡治下辨，即今成县以东，县治仍在洛峪）。则秦文公伐南山大梓，是为了扩建（"丰"）牛神庙。这个牛神，也应是周文化的遗存，同牵牛传说有关（今宝鸡一带先为周所有，秦文公移秦人于此，"收周馀民有之"）。则这个神牛同牵牛织女传说中的牛有关，也就显而易见。那么，宝夫人和叶君的故事是牵牛织女传说的分化，也就很容易明白了。

由上面的考述可以看出，牵牛织女的传说一方面主流部分在民间流传，另一方面由于种种原因，也产生了分化和演变。在魏晋以后一千多年中由于"牛郎织女"传说反封建礼教和揭示了道教尊神王母或玉帝的不近人情，而一直受到挤压、覆盖和冷淡，文人笔下很少有具体的论述，我们反倒在这些很早由"牛郎织女"传说分化出来的故事中，看到了它的一些早期传播的情形。联系《三辅黄图》中"横桥南渡以法牵牛"的记载来看，牛郎、织女一年相会一次的情节形成是很早的。

这里再谈谈"牛郎织女"传说中乌鹊架桥的问题。我在《连接神话与现实的桥梁——论牛女故事中乌鹊架桥的形成及其美学意义》一文中已经论述过，乌鹊架桥的情节在秦汉以前已经形成，也谈到古人意识中当时只有鸟类可以上天，因而用鸟来表现人们最好的愿望，及古人注意到鹊筑巢时在巢中巧作横桥的事。① 现在看来，"牛郎织女"故事中乌鹊架桥的情节，也反映着秦人的遥远的记忆：鸟同秦人有着密切的关系，在秦人看来是一种灵物，所以可以助人成事。凤凰、乌鹊都是来自同一传说因子；传说中秦穆公之女弄玉同其夫萧史"随凤皇飞去"，同牛郎、织女在鹊桥上相会，实际出于同一想象。

由《列仙传》中萧史与弄玉的故事，我们从侧面窥视到当时"牛郎织女"故事流传的一些情况，也看到了它的最早的影响与分化。

本文的四、五两部分谈的是"牛郎织女"传说形成与发展演变的第三个阶段。在这个阶段的末期，"牛郎织女"传说的基本情节和要素已大体形成。由于它孕育和形成历时甚久，所以它的原始情节在发展中产生了分化，形成另外的故事，但作为故事主体流传在民间的却随着社会的发展，不断融入广大人民群众的新要求与愿望，它的情节变得越来越确定，主题变得越来越明晰。我们之所以说第三阶段至汉末为止，是因为在汉末时人的诗文中所反映"牛郎织女"的传说，其悲剧的主题已经形成，七月七日鹊桥相会的情节也已经形成。文人之作和民间歌谣等都从不同方面透露出这个故事在民间流传的情况。

从魏晋到宋代是"牛郎织女"传说进一步扩散和在情节上产生分化，人物形象和故事的情感基调被曲解，以及主题上被多角度解读的时期，是"牛郎织女"传说形成、发展与演变的第四个阶段。元代以后民间艺术逐渐被一些文人所重视，所以，"牛郎织女"传说在民间流传的情况在民间艺人和个别文人的笔下得到反映，也就是说，虽然经过了长时间中封建统

---

① 《北京社会科学》1990 年第 1 期。

治阶级及其文人的挤压、曲解、以相近情节的故事替代，它的主流部分也由于时代风气的变化、民族风俗的不同、各地自然状况经济特点、社会心理的差异，细节和一些情节上有所变化，也打上了不同时代的烙印，带上了各个民族的特点，甚至同当地的某些故事黏合起来，同当地的某些山川风物联系起来，带上了浓厚的地方特色；元明以后文人和民间艺人的重写或记述，也往往带上了种种的缺陷，但它的主要情节、人物和情节的各要素，在主流传说中仍然被保留了下来。明代出现了杂剧《渡天河牵牛会织女》、小说《新刻全像牛郎织女传》，清代产生了《双星图》传奇，此后的各种梆子戏、皮黄戏及南方的绍兴戏、黄梅戏都有《天河配》《鹊桥相会》《牛郎织女》之类的剧目。至 20 世纪初更出现了多种民间传说的采录本和各种戏剧改编本。这可以看作"牛郎织女"传说形成、发展演变的第五个阶段。

可以说，从《牛郎织女》的孕育和形成的过程可看到中国文明的进程，而从它的流传、分化、演变的情况可看出中国古代社会意识形态的发展变化。这个古老的传说既体现了我国几千年中广大人民群众的，尤其是广大农民的愿望，也打上了古代几个大的历史阶段中意识形态与文化特征的烙印。

（原刊《中华文史论丛》2009 年第 4 期）

由秦简《日书》看牛女
传说在先秦时代的面貌

一、秦简《日书》有关牛女文字的
断句、释文商讨
——兼论《日书》的形成

1975 年 12 月在湖北省云梦县城关西部睡虎地的第十一号墓葬中出土了一批竹简，其中有 423 支为《日书》竹简，可分为甲、乙两种。甲种中有两简明确提到牵牛娶织女之事。其一五五简正面文字，先说娶妻的吉日，然后说：

> 戊申、己酉，牵牛以取织女，不果，三弃。

其第三简简背文字云：

> 戊申、己酉，牵牛以取织女，而不果。不出三岁，弃若亡。

两处"牵牛"二字均为合文。"取"古通"娶"。关于第二段文字，《睡虎地秦墓竹简》标点作：

> 戊申、己酉，牵牛以取织女而不果。不出三岁，弃若亡。①

翻译作：

---

① 睡虎地秦墓竹简整理小组《睡虎地秦墓竹简》，文物出版社 2001 年版，第 248 页。第三简简背"牵牛"二字为合文，该书释文未注出。

戊申日、己酉日，是牵牛星迎娶织女而失败的日子，假如在这个日子中结婚，婚后不到三年，妻子就会被丈夫休弃，或者妻子离开丈夫而逃走。①

关于第一段，虽然因为"不果"前没有"而"字，只能断开，但同样理解为只是指娶亲未成。后来有的论文谈到这两简，其理解也与之相近。如李立《云梦秦简"牛郎织女"简文辨正》② 不同意王晖、王建科《出土文字资料与古代神话原型新探》③ 一文所主张的牛郎织女故事"其原型是牛郎多次抛弃织女的婚姻悲剧"的观点，其总体看法是正确的，但对简文的理解与前此之说相近。认为"上述简文在意义上基本相同，其不仅包括两层意思，即'不果'和'三弃'、'不出三岁，弃若亡'"。同时认为"'不果'和'三弃'、'不出三岁，弃若亡'在意义上相差很大，且具有不同的性质。前者只是'不果'，而后者则是抛弃了乃至更严重的'弃若亡'。前者'不果'一般可以有两种解释：一种解释是没有成功，没有实现；一种解释是不果断、不果决。显然，不论哪一种解释，前者'不果'与后者'三弃'、'不出三岁，弃若亡'之间，都不能构成直接的因果关系"④。其实，"不果"同后面说明在此两日娶妻会造成不吉后果之词之间，并不存在矛盾，问题在于对"不果"的理解上。"不果"是言其婚姻没有到头，而不是说娶亲没有成功，也不是说"牵牛娶织女不果断"。所以我认为此前各家对这两简的理解有欠确切。首先，从标点方面说，"而不果"一句应断开，不要与前面的"牵牛以取织女"作一气读。如果娶亲无结果，就不会引出"不出三岁，弃若亡"的情节来。

《日书》在当时用以指导人的生活行为，古人认为具有预见性，即如第一简简背上文字说的"冬三月季丙丁，此大败日，取妻，不终"，第一〇简简背的"戌兴（与）亥是胃（谓）分离日，不可取妻。取妻，不终，死若弃"，第四简简背文字说的"壬辰、癸巳，囊（攘）妇以出，夫先死，

① 吴小强：《秦简日书集释》，岳麓书社 2000 年版，第 117 页。
② 李立：《云梦秦简"牛郎织女"简文辨正》，《长江大学学报》2008 年第 6 期。
③ 王晖、王建科：《出土文字资料与古代神话原型新探》，《北京师范大学学报》2005 年第 1 期。
④ 李立：《云梦秦简"牛郎织女"简文辨正》。

不出二岁"等，都是预言不利于将来。所以，"戊申、己酉，牵牛以取织女，而不果"，是说这两个时日是传说中牵牛娶织女的日子，他们的婚姻后来发生了变故，不能到头。"不果"同上引第一简简背、第一〇简简背上说的"不终"意思一样。将"牵牛以取织女而不果"作一气读，则意思便成了"牵牛娶织女未能娶成"。所以，"而不果"一句应断开。

"三弃"和"不出三岁，弃若亡"是说在戊申、己酉这连着的两天娶妻会造成的不良后果。但为什么会出现这种后果，而且预见的情形这样具体呢？因为这是参照民间传说中牵牛织女的传说确定的。所以，从《日书》的体例上讲，是说在这两日娶妻会造成的恶果，是对"不果"的一种具体说明，并不是与前面述事依据之词相连的。另一方面这也反映了牵牛织女传说在先秦时期流传的一些细节。

关于"不出三岁，弃若亡"的理解，此前各说，也都有误。吴小强先生译作"婚后不到三年，妻子就会被丈夫休弃，或者妻子离开丈夫而逃走"，简文中只一句而这里列出两种情况，有"增字解经"之嫌。王晖、王建科二位解释为"牵牛娶织女时间不长便弃之"，"不到三年，牵牛便抛弃了织女"[1]，从逻辑上来说顺当了，但从理解上来说就完全错了。因为《日书》此条言"娶妻"而非言"嫁女"，是从男方之利害言之，故解作女子弃丈夫而去始合文意。他们的这种看法被李立先生看作"否定或颠覆这一神话人物形象、情节架构、价值体系与道德模式"，因而李立从《日书》中"矫言"的不可信、从《易林》繇词所载神话并不反映汉代民间流传的情况而只是由五行理论推出等来驳他们的这种观点。其实他们这种说法本不能成立，李立在基本认可他们对两段简文的解释的基础上从外在的方面找一些理由来驳斥，所列理由也软弱无力，不能说明问题。同时，否定《日书》在反映民俗传说方面的作用，也是欠妥的。

王晖、王建科二位说："'三弃'是说织女被牵牛（牛郎）抛弃了三次。"又说："'三弃'极言牵牛抛弃织女次数之多。"[2] 关于第一五五简上的文字，标点正确，但吴小强先生也译作：

---

[1] 王晖、王建科：《出土文字资料与古代神话原型新探》。
[2] 王晖、王建科：《出土文字资料与古代神话原型新探》。

> 牵牛星在这个日子迎娶织女星，结果没有娶成，假如在这个日子娶媳妇，丈夫会三次抛弃妻子。①

其理解之误同上。另外，同一书中关于同一日吉凶性质的论述，应是一致的，尤其是在所依据的传说事例也完全相同的情况下，不可能导出两种结果。据这个翻译，一处为妻子会被丈夫休弃或者妻子离开丈夫而逃走，一处为丈夫会三次抛弃妻子，是欠妥的。同时，即使按"三弃"的文意解释，此条是言娶妻，从丈夫一方言之，译作"丈夫会三次抛弃妻子"，也显然有误。

《日书》中述例文字是否反映了当时的民俗传说或社会意识？我认为《日书》中各种吉凶的确定，并非由日者所任意编造，相当程度上是人们以此前流传各种传说和历史上一些突出事件以及现实生活中某些偶然事件为依据，形成吉凶禁忌习俗，日者在此基础上加以归纳，然后根据天干、地支、建除和五行理论加以推衍而成。所以有的条举出所依据之事例，有的没有。没有举出事例的，应是由推衍而来。比如第二简简背上文字所说：

> 癸丑、戊午、己未，禹以取梌（涂）山之女日也。不弃，必以子死。

这是因为传说中癸丑、戊午、己未三个时日是禹娶涂山氏女的日子。② 但人们知道的事实是禹后来离开了涂山氏女。禹又有后代，并建立了夏朝。于是，人们便认为，如果禹不离开涂山氏女，开四百年夏代历史之事也便没有了。因为战国以后，禹成了圣君典范，所以民俗推理中首先肯定禹的一切行为都是正确的。关于禹的功业，除治水之外，最重要便是与其子启建立了夏朝。根据战国时民俗观念，禹当时离开涂山氏女是对的；反过来说，如果当时禹不离开涂山氏女，便不会有禹以后的四百年夏朝。日书正

---

① 吴小强：《秦简日书集释》，第108页。
② 据最早文献记载禹娶涂山氏女之后，仅辛、壬、癸、甲四天时间，便离之而去。《尚书·益稷》载禹之语："予创若时，娶于涂山辛、壬、癸、甲。启呱呱而泣，予弗子，惟荒度土功。"有的论神之书在"娶于涂山"下加句号，以"辛壬癸甲"属下句，以为启之生日，误。辛、壬、癸、甲俱为天干，并非天干、地支结合记日之称。涂山氏生子也不至于难产至四天之久。

是根据这个观念来确定传说中相关时日的吉凶的。但《日书》是上至王侯贵族，下至一般老百姓都用，能坐天下为君者毕竟是极少数，故秦简《日书》中就变为"不弃，必以子死"，言在癸丑、戊午、已未三个时日娶的妻，必定要中途离弃，如其不然，儿子会死去。① 因为禹如果未能开夏代四百年天下，可能之一是其子早死。秦简《日书》中对禹的婚姻的解读只是从家庭婚姻方面说的，无论从嫁娶双方来说，刚成婚就离异总是不吉利的。但随着禹这个人物的圣君化以及后人对夏、商、西周三代社会政治的理想化，以及人们在婚姻关系上延及于政治地位范围的功利化，人们对禹娶涂山氏女这个日子的吉凶认识又发生了变化，因而有些地方的婚嫁习俗中在依此以判断时日吉凶的观念上亦发生了变化。《水经注·淮水注》引《吕氏春秋》文云："禹娶涂山氏女，不以私害公。自辛至甲四日，复往治水。故江淮之俗，以辛、壬、癸、甲为嫁娶日也。"② 这实际也就是南北朝之时江淮一带民间"日书"的内容，只是可能未被著之于书册而已。

再如第一四六简正面：

> 庚寅生子，女为贾，男好衣佩而贵。

简文中关于这一天所生男、所生女将来结果的预言，都没有说明依据。这一天所生女将来为商贾，依据何事不得而知，可能是推衍出来的。这一天所生男子"好衣佩而贵"，我认为同屈原的传说有关。《离骚》中说："惟庚寅吾以降。"又说："高余冠之岌岌兮，长余佩之陆离。"《涉江》篇说："余幼好此奇服兮，年既老而不衰。带长铗之陆离兮，冠切云之崔嵬。"屈原为楚人，秦代楚地《日书》中依据有关传说而将其生平特征作为他生日这一天生人特征的依据，是完全可能的。但有些习俗形成后老百姓并不能记得其所依据，或者《日书》中无引经据典之习惯，或整理此《日书》甲

---

① 睡虎地《日书》中关于禹娶妻之日同《尚书·益稷》所载只有癸丑这一日可以相合，戊午、已未距癸丑五六天，相距较远。同时，天干、地支结合纪日和只用天干纪日的现象在甲骨文中都已出现，但结合十日为一旬的习俗，只用天干记日的情形应产生更早。戊午、已未两个时日可能同其他传说有关，但现无人考知。也可能是凭借建除等规定推衍出的日子。

② 此段文字不见于今本《吕氏春秋》。然而《吴越春秋·越王外传》注、《楚辞补注·天问补注》《路史·疏仡纪》注引之。

种者认为屈原之事不宜列入《日书》文本，因而未写入，也都有可能。

上面论述这些，是要说明日书的内容不是日者们随意造作的，它是依据同某些日子相关的历史事件、传说中的相关情节以及身边发生的一些偶然事件进行归纳，又联系干支、建除、五行理论等加以推衍而成的。

由此可以说，睡虎地《日书》甲种中关于牵牛、织女的两条文字，是反映了秦代以前民间牵牛、织女传说的大体情节、人物特征及其某些细节。我这里说"秦代以前"，因为日书以牵牛娶织女之日为选择嫁娶之日中要回避的日子，说明牵牛织女的故事在民间流传已十分广泛，而且确实是一个悲剧，因此才写入《日书》，并将其传说中的成婚之日作为娶妻的禁忌日。吴小强先生《秦简日书集释》在《娶妻·作女子》部分的论述中说：

> 《日书》"取妻"章以传说中的牵牛星娶织女星的爱情悲剧发生日
> 子为婚嫁禁忌，这是民间"牛郎织女"故事在战国时期已经流传开来
> 的可靠证据。①

这个看法是十分正确的。可惜的是释文存在问题，有些学者的讨论文章也颇多失误，有些根本问题未能解决，因而未能引起学者们的广泛注意。

二、秦简《日书》所反映牵牛织女传说的基本情节

秦简《日书》甲种究竟反映了先秦时代所流传牵牛织女传说的哪一些信息，这也是应认真研究的。此前的论文似乎都没有说清楚。李立先生的结论是正确的，但缺乏细致的论证。

秦简《日书》中有关牵牛织女的两简文字有差异。如何解释这个现象，也是学者们未能解决的一个问题。到目前为止，都是就字面意思分别作解，同时也未考虑到简文是从男方的立场言说这一因素。因这两简所列日子完全相同（都是说的戊申、己酉），所标事项也完全相同（都是说娶

_____

① 吴小强：《秦简日书集释》，第 111 页。

妻之事），其所依据事例也相同（都是以"牵牛以取织女，而不果"这一传说），所以其不吉的具体表现应一致，而不应有所不同。

我认为应将这两段文字互校读之，可以解决这个问题。文字抄录中由于种种原因致误的情形在古文献中常有。如《新序·杂事五·卞和献宝》一篇："武王薨，共王继位。"但楚共王在武王六世之后，相距约百年，文字显然有误。《韩非子·和氏》记同一事，作"武王薨，文王继位"，可纠《新序》之错。《新序》同篇末尾："故有道者之不戮也，宜白玉之璞未献耳。"联系上文，意思不合。《韩非子·和氏》"宜"作"特"，文意通畅。则《新序》中此"宜"字应作"直"，义同于"特"，以形近致误耳。如不以校读之法，殊难得其确解。今只比较《日书》此两简后面叙事的部分：

> 牵牛以取织女，不果，三弃。（第一五五简正面）
> 牵牛以取织女，而不果，不出三岁，弃若亡。（第三简背面）

第一，上一简的"不果"同下一简的"而不果"一样，都是指没有好的结果，即后来双方分离两处。第二，"三弃"一语意思不明。根据上面所谈的道理，应是"不出三岁，弃若亡"的差错或省略（意同"三岁而弃"）。所谓"弃若亡"是说弃之而去，如同没有一样（"亡"通"无"）。这是从娶妻的男方角度言之，所以"弃若亡"是指女方弃丈夫而去，不含丈夫弃妻的意思在内。

以上两点是从《日书》中文字本身可以看出的。

现在还有一个问题，便是：在当时的传说中，牵牛、织女的分离，即织女的离家而去的结局，是怎么形成的？这从《日书》文本看不出来，得联系当时的社会状况来分析。

从《诗经》中大量反映婚姻家庭的作品看，男女婚姻中途发生变故，全是由于男子的变心引起，没有女子主动同丈夫离异的情形。这是由男权社会中男子的社会地位、经济地位决定的。妻子离丈夫而去，只有家长、家族干预这一种可能。至战国时代，由于儒家著作的一步步被经典化和儒生思想的逐渐僵化，家长家族势力对男女婚姻的干预越来越强。所以，在战国以前牵牛织女传说中，织女被迫离开了牵牛，他们悲剧的形成，不在他们自己，而是由于外力的干预，明确说是由于家长、家族方面的干预。这是我们应明白的第三点。

那么，是谁迫使织女离开了牵牛？这个问题从《日书》文本及当时社会状况也难以推知。我们可以依据较早的其他文献来考求。《史记·天官书》中说：

> 织女，天女孙也。

《史记·天官书》是司马迁父子根据此前有关文献写成，其中的不少思想、提法，实反映着汉初以前人们的认识。所以，所反映社会意识方面同秦简《日书》大体上是一致的。文中所说的"天"指天帝，"女孙"即孙女。这是说，织女是天帝的孙女。看来后代的传说同早期文献里关于织女身份的记述是一致的。那么，我们可以肯定：使织女同牵牛分离的，或者是天帝，或者是与天帝有关的其他人。但无论怎样，应是代表着天帝的意愿。又《日书》甲种第四简背面有一段文字：

> 直牵牛、女女，出女，父母有咎。

原文"牵牛"为合文。第一个"女"字下有一重文号，作"女二"。应特别指出的是："女女"之后应断开，"直牵牛、女女"为一句。《睡虎地秦墓竹简》将"直牵牛、须女出女"连读也误。《睡虎地秦墓竹简》释文"女女"作"须女"，注云："须女简文写作'女二'。"我认为还有一个可能是二十八宿中的女宿在日者和民间有可能就叫"女女"，如同牛星也称作"牛牛"一样。[①] 这里是说值（"直"通"值"，适值）牵牛、须女二星之时嫁的话，父母会有过失。不是言值牵牛、须女嫁女时父母会有过失。秦汉以后的牛星（也叫牵牛）同上古所说的牵牛星不是一回事，秦汉以后所说须女星同上古织女星也不是一回事。但二者之间有联系，所以在后代诗文中常混淆不清。[②] 古人为了根据日月五星的运行以说明节气的变化和

---

① 参见戴敦邦《仙道画集》，上海古籍出版社 2003 年版，第 31 页："北方牛牛星君，天界神将。牛为北方玄武七宿之二。"则正是指牛宿之神而言，反映了民间的称谓习惯。

② 因一般人不理解"河鼓"之意，致有误作"黄姑"者。如萧衍《东飞伯劳歌》："东飞伯劳西飞燕，黄姑织女时相见。"李白诗《拟古》也承其误："青天何历历，明星如白石。黄姑与织女，相去不盈尺。银河无鹊桥，非时将安适。"俱以"黄姑"代指牵牛星或牵牛。

记述时间，把黄道附近一周天按照由西向东的方向分为十二个等分，称作十二次，依次分别叫作"星纪""玄枵""娵訾"等。在斗宿、牛宿、女宿时均称作星纪宫，则在每一宿之时间，大体在十天左右，不等。因牵牛星和织女星都是天上最亮的星（织女星为零等星，牵牛星为一等星），故最早根据日月五星观察节气运行时，应是以牵牛星和织女星为准。后来因为这两颗星不在黄道附近，因而另确定牛星和女星（又称婺女、须女），而将原来的牵牛星改称"河鼓"。但在民间仍称原来的牵牛星为"牵牛"。简文是说，当太阳运行至二十八宿中牛宿与女宿之时日，如果出嫁女子，父母会有过失的。由此看来，在先秦时的民间传说中，牵牛、织女是自己走到一起的，所以在《日书》中才会说，当牵牛（指牛宿）、须女（由织女星而来）之时，父母不能嫁女；而且，如在这个时日出嫁姑娘，父母会有过错。这同后代流传的"牛郎织女"传说中家长迫使其分离的情节也还可以相合。这是我们要指出的第四点。

还有第五点：天帝为什么要强迫自己的孙女同牵牛分开呢？我认为除身份地位不相匹配之外，没有别的原因可以解释。当然这只是推测，但从秦简《日书》和《史记·天官书》所提供的材料看，至少当时的传说已为故事朝这方面发展埋下了伏笔。

由上面的分析可以看出，战国时有关牵牛织女的传说已具备后代所流传的情节要素，而且后代传说中有些细节也是在早期传说基础上生发出来的，比如上面说到的后代传说中牛郎织女的婚姻是自己做主形成这一点。还有，后代传说中牛郎、织女婚后生有一子、一女（如清代杨家埠年画、杨柳青年画中牛郎追织女的画面，便是用担子挑了一儿一女）。《日书》中说的"不出三岁，弃若亡"，本是《日书》根据上面所列象征性事例指出的凡在戊申、己酉这两天结婚会出现的结果。但这个断语总有一个依据。这个依据就是当时流传的牵牛、织女故事中织女同牵牛生活了多少时间这个细节。"不出三岁"而"弃若亡"，说明他们共同生活两年多时间。从一般的妊娠期限说，两年多正好可以生两个孩子。

秦简《日书》中关于牵牛织女早期传说的资料，除了上面引述的两条之外，我认为还有二三处，只是并非直接诠述，而是间接反映。比如秦简《日书》第七十六简正面文字：

> 牵牛，可祠及行，吉。不可杀牛。以结者，不择〔释〕。以入
> 〔牛〕，老一。

这是说，一年中日值牵牛宿之时，可以举行祭祀活动及远行，都吉利。不能杀牛。这个时间结交的朋友，永远不会分手（"择"借作"释"）；买进来的牛，至老死跟定一个主人。我认为星纪牵牛之时不能杀牛，买来的牛会至老死忠于主人，连这一个时日结交的朋友也永远是朋友，这似乎反映了早期牵牛织女传说中牛的地位和形象特征。"牛郎织女"传说中老牛对牛郎是十分忠实的，而且牛在这个故事中是推动情节发展的重要角色。顾名思义，"牵牛"一定是同牛有关的，但在有关《牛郎织女》的传世文献里，牛的出现很迟。这段简文为我们提供了一条重要的信息。

再如《日书》乙种"家（嫁）子□"部分第一条：

> 正月、五月，正东尽，东南夬丽……

"夬丽"即分离。《说文》："夬，分决也。""丽"之与"离"通，常见于先秦典籍。《文选·潘安仁·为贾谧作赠陆机诗》李善注："离与丽古字通。"上面这段简文，吴小强先生的译文是："正月、五月、九月，女孩子出嫁到正东方，夫妻白头到老，共度终生。女孩子嫁到东南方，夫妻被迫分离……"① 我认为这也同牵牛织女的传说有关。因为古时织女星在天河之西北，而牵牛星正在其东南。晋代陆机《拟迢迢牵牛星》：

> 昭昭清汉辉，璨璨光天步。
> 牵牛西北回，织女东南顾。

这就说得十分明确。又更早的班固《西都赋》："临乎昆明之池，左牵牛而右织女。"古人一般言左右是以面南时的左右言之，则牵牛在东，织女在西。南朝刘宋时谢灵运《七夕咏织女诗》：

> 徙倚西北庭，竦踊东南觑。
> 纨绮无报章，河汉有骏轭。

---

① 吴小强：《秦简日书集释》，第 243 页。

这是写织女徘徊于西北的庭院中，而起身朝东南方向望牵牛。唐代李复《七夕和韵》：

> 东方牵牛西织女，饮犊弄机隔河渚。

也是写的这个事实。①

当然，"牛郎织女"传说在后代的发展，也还会受到当时存在的其他一些观念的制约与引导。这类社会观念，有的在战国之时已经形成。比如关于牛郎织女七夕相会的时间，为什么一定是七月初七？《周易·复卦》："反复其道，七日来复。"这是说反复来往于一条路上，当七日则至（复，回来）。又《既济卦》："妇丧，其茀。勿逐，七日得。"这是说：妇人不见了，隐蔽了起来，不必追寻，当七日会来。② 这似乎透露出了"牛郎织女"早期传说的另一细节。我们至少可以认为，后来"牛郎织女"传说的发展，正是在这些已形成的思维习惯基础上进行的。③

以上我们主要依据秦简《日书》（甲种）中有关文字对"牛郎织女"早期传说的情况作了一些揭示与推测，可以肯定地说："牛郎织女"传说在战国时代已大体形成同后代基本相同的情节，主要人物的身份特征也基本确定，甚至有的后代传说中的细节也已形成，至少已形成了规定后代某些情节发展的因素。

特别要指出的是：我们对《牛郎织女》在先秦传说中某些未知内容的推测，也是在秦简《日书》所提供信息的基础上进行的。

---

① 由于古今天象的变化，现在牵牛星已稍偏西，由原来的二星宿主要是东西相对，变为了主要是南北相对。元赵孟頫《七夕二首》之二："牵牛河东织女西，相望千古几时期。"这是承袭古说。

② 茀（fú）：《说文》："茀，道多草不可行。"此为本义。《诗经·卫风·硕人》："翟茀以朝。"《毛传》："茀，蔽也。"与上一义相通。王弼于《周易·既济》注作"首饰"，缺乏依据。

③ 在《周易》原文中，"七日"应指天数，而在"牛郎织女"传说中，"七日"指初七日。由传说到文本及由简册之文到传说之间会有些误解、误读及有意曲解的情况，这个现象汤炳正先生的《〈天问〉"顾菟在腹"别解》一文有所论述。参见汤氏《屈赋新探》，齐鲁书社1984年出版。

三、秦简《日书》推翻某些权威的说法

秦简《日书》在"牛郎织女"传说形成问题上的意义不仅仅是使我们明白了一些我们未能了解的事实，更重要的是帮助我们推翻了几十年来根深蒂固的一种错误观念，使我们从根本上改变以往在这方面的错误认识。

"牛郎织女"传说是中国四大民间传说中孕育时间最久、产生最早、流传最广、影响最大的一个。它的孕育、形成与发展与我们民族的社会进程基本上是一致的。生动、突出地反映了我们民族在很长时间中保持的男耕女织的经济特征，生动地表现了广大劳动人民反对门第观念、追求婚姻自由的思想，是我国民间传说中最伟大的作品。但关于它的形成状况的研究却开始得很迟，而且在一些关键问题上分歧也较大。日本学者长井金风《天风姤原义——牵牛织女由来》一文刊于日本鸡声堂书店 1917 年 4 月出版的《艺文》第 8 年第 4 号，时间很早，该文由《周易·姤卦》的卦爻辞来看牵牛织女传说的影子，有一定启发性，但并未能确证哪些同"牛郎织女"传说有直接关系，最多是揭示了同"牛郎织女"传说有关的一些社会意识在《周易》中的反映。钟敬文先生以"静闻"为笔名所写作的《安陆传说·牛郎和织女》一文"附记"中说："这个传说在汉朝已很盛行，《淮南子》中便有'七夕乌鹊填河成桥渡织女'的话。"并引了《古诗十九首》中《迢迢牵牛星》一诗，说"此诗便是取材于这个故事的"。日本的出石诚彦《牵牛织女传说的考察》一文对"牛郎织女"传说有关文献作了较全面的清理，是一篇扎实的论文，虽然在结论上无大的推进，但算是第一篇有分量的研究论文。[①] 茅盾的《中国神话研究 ABC》也是论述到"牛郎织女"传说的最早的论著之一，其中说：

> 白居易《六帖》引乌鸦填河事，云出《淮南子》（今本无之），

---

① 出石诚彦：《牵牛织女传说的考察》，日本早稻田大学文学部《文学思想研究》第 8 期，1928 年 11 月出版，收入作者的《中国神话传说的研究》，东京中央公论社 1943 年出版。

则在汉初此故事已经完备了。①

文中虽无详细论证，但说"在汉初此故事已经完备了"，其推测与事实应是大体相近的。

但是，也正因为茅盾先生此书缺乏充分的论证，所以后来的研究中国神话传说者并不注意，加之《六帖》中所引《淮南子》文字也不见于今本《淮南子》一书，故一般认为难以为据。

虽然此后相当长时间中关于"牛郎织女"传说与七夕风俗的论文也不少，但没有人对"牛郎织女"传说的形成时代进行探讨。1955年范宁先生在《文学遗产增刊》第一辑发表了《牛郎织女故事的演变》一文，是此前二十余年中唯一研究"牛郎织女"传说的形成与演变的论文，也是20世纪80年代以前这方面影响最大的一篇论文。论文说：

> 纬书《春秋元命苞》（《初学记》卷二引）说："织女之为言，神女也。"才把一颗星看做一位女神；还不曾说她是牵牛妇。只是班固（三二——九二）《西都赋》说："临乎昆明之池，左牵牛而右织女，似云汉之无涯。"李善注引《汉宫阙疏》说："昆明池上有二石人牵牛织女像。"这样牵牛织女就成了两个具体的人物了。但从潘安仁《西征赋》说，"仪景星于天汉，列牛女以双峙"，看来这种建筑完全是根据《诗经·小雅·大东》篇所歌咏的情况，想象出来的。《诗》三家和毛郑的注释都不曾引用牛女故事，连解释诗而喜欢引用民间故事的焦氏《易林》也不曾提到它，可见昆明池上那两个石人，似乎还不是夫妇。②

他认为汉代之时，牛女故事尚未形成。

范先生文中也引了《三辅黄图》中文字："秦始皇并天下，都咸阳。营殿端门四达以则紫宫，渭水贯都以象天汉，横桥南渡以法牵牛。"但范

---

① 茅盾《中国神话ABC》完成于1929年，1930年由世界书局出版。收入《茅盾文集》时改名为《中国神话研究初探》。

② 《文学遗产》编辑部编《文学遗产增刊》第一辑，作家出版社1955年9月第一版。为全文体例一致及方便读者，本书引用原文时在所提及书名上皆加了书名号。

先生的解释是："把牵牛和桥联系在一起，是因为牵牛在天上'主关梁'，并非用作渡河去与织女会面。"

范先生根据《文选·洛神赋》李善注引曹植《九咏注》及蔡邕《青衣赋》和崔实《四民月令》之说推断："看来牛郎织女故事的产生可能在西汉，但完成却在汉末魏晋之间。"并说："在这时期以前，就我们现有的确凿可据的材料说，织女并不和牛郎发生夫妇关系。"

不仅这样，范先生还根据张华《博物志》所载有人乘槎至天河上，"遥望室中多织妇，见一丈夫牵牛渚次饮之"，于是说："不过无论如何，牛郎织女的生活是和平的，宁静的。同时他们的生活是富裕的，也是美满的。至少从这一幅男耕女织的画面上，看不出他们生活中的不幸。"范宁先生竟从上面这两句话中看出这么多内容，却不引述《古诗十九首》中《迢迢牵牛星》这首表现牵牛织女爱情悲剧的汉代五言诗，对《西都赋》《汉宫阙疏》《三辅黄图》中同后代"牛郎织女"传说相吻合的记述也武断地加以曲解，认为从中看不出牛郎和织女是夫妻关系，更不含有悲剧的因素。范宁先生这篇论文影响很大。最突出的一个例证便是新编《辞源》"织女"条全用了范先生之说。该条目文字如下：

> 织女，星名，在银河西，与河东牵牛星相对。《诗经·小雅·大东》："跂彼织女，终日七襄。"《春秋元命苞》（《初学记》卷二）、《淮南子·俶真》始谓为神女，班固《西都赋》"临乎昆明之池，左牵牛而右织女"，以牵牛织女并称。至《文选·洛神赋·注》引曹植《九咏注》"牵牛为夫，织女为妇，牵牛织女之星各处河鼓之旁，七月七日乃得一会"，始明言牵牛织女为夫妇，以后逐渐形成牛郎织女七夕相会的民间故事。

同样没有引《迢迢牵牛星》一诗。这首诗说：

> 迢迢牵牛星，皎皎河汉女。
> 纤纤擢素手，札札弄机杼。
> 终日不成章，泣涕零如雨。
> 河汉清且浅，相去复几许？

盈盈一水间，脉脉不得语。

这首诗把牵牛、织女一对夫妇强行分在天汉两侧不得相会，因此使织女无心织布而整日哭泣、泪下如雨的情节写得明明白白，依此而看《西都赋》中"临乎昆明之池，左牵牛而右织女"、张衡《西京赋》中写昆明池"牵牛立其左，织女处其右"、蔡邕《青衣赋》"悲彼牛女，隔于河维"、《三辅黄图》中"渭水贯都以象天汉，横桥南渡以法牵牛"等，可以肯定牵牛织女传说的基本情节与悲剧性质在秦代以前已经形成，为什么范宁先生回避了《迢迢牵牛星》一诗，从而对《西都赋》《青衣赋》《三辅黄图》等的文字作了曲解？原因是范先生首先肯定自己的看法是正确的，由此，与之不合的材料，便被断为靠不住。范宁先生于1946年在昆明的《边疆人文》第三卷三、四期合刊上刊过《七夕牛女故事的分析》一文，因这个刊物无从查找，不知两文看法有无差别，范先生是将旧文重刊，或第二篇文章是对早年看法的回护，不得而知。《辞源》"织女"条的撰稿人完全采用了范先生的方法。因为难以举出铁证说《迢迢牵牛星》一诗是汉代的①，所以范先生的说法至今被有的人奉为圭臬。在一本2008年出版的《"牛郎织女"传说研究资料选编》的"前言"中，编者尚说：

> 1925—2008年间，国内的牛郎织女传说研究论文不少于120篇（不含七夕风俗类专题及相关诗词研究），其中1955年范宁的《牛郎织女故事的演变》是文献资料梳理较为完备的一篇……②

这不能不叫人感到学术研究前进之艰难。当时《云梦睡虎地秦墓》（其中有《日书》的释文）已于1981年由文物出版社出版，《睡虎地秦墓竹简》于1990年由文物出版社出版，吴小强先生的《秦简日书集释》也已于2000年出版。笔者在《汉水与西礼两县的乞巧风俗》一文中已引述了秦简

---

① 《迢迢牵牛星》一诗，隋代杜台卿《玉烛宝典》引作"古乐府"。《玉台新咏》则列入"枚乘诗"之中。而且本诗在《古诗十九首》中同风格相似的四篇篇幅都较短，语言通俗，几处用叠字作形容之词，民歌特征较为明显，应为西汉所传乐府诗，故被误传为枚乘之作。参见拙文《〈迢迢牵牛星〉〈兰若生春阳〉二诗关系浅谈》，《中国典籍与文化》2010年第2期。

② 《中国牛郎织女传说·研究卷》，广西师范大学出版社2008年版，施爱东：《前言——牛郎织女研究简史》，第1—2页。

《日书》中关于"牛郎织女"传说的两段文字，并作了简单分析①，可能是编者没有看到，加之学界至今在对这两简文字的解说上还存在不少问题，我觉得有必要专门写一文论此。无论如何，所出土公元前 3 世纪中叶的简文，比权威学者的主观推断更为可靠。当然，首先对它要有一个正确的释读。我个人人微力薄，处于西北偏僻之地，说话的力量十分有限。今借秦简《日书》为杠杆，以撬起太阳。

又，范先生以焦氏《易林》中没有提到"牛郎织女"的传说，为其情节完成于汉以后的重要依据。其实这只是一个默证，并不能说明问题。而且，我认为恰恰《易林》中有几处就反映了"牛郎织女"的传说。《大畜之益》前二句为："天女推床，不成文章。"明言"天女"，据《史记》、《汉书·天文志》指织女无疑。"床"指织机的机床。所谓"不成文章"，正是《迢迢牵牛星》中"终日不成章，泣涕零如雨"之谓。又《屯之大畜》一首：

> 夹河为婚，期至无船。
> 摇心失望，不见所欢。

联系《大畜之益》看，也应是由牛郎织女的故事而来。

《辽海文物学刊》1990 年第 2 期刊有傅俊山的《试谈牵牛织女画像五铢钱》一文说，作者在挑选整理辽宁绥中县网户乡大官帽村出土窖藏古钱币的过程中，发现一枚未曾见过的五铢钱，面文"五铢"二字篆书，似有外郭；背无内外郭，且稍凹，钱径 2.6 厘米，穿径 0.9 厘米，根据书法分析为西汉五铢。值得注意的是：该钱"背面穿左三阳星，突起甚高，均似人之头像，再用 10 倍放大镜观察，前面一星极似男孩头像，做回头张望状；中间一星似成年男人头像，做昂首愤怒状；后面一星似女孩头像。头像均有向前奔跑、头发飘飞的姿态。穿下为三阴星，并用两条线相连，俱凹下"。"中间一星极似一女人头像，两侧二星似为天神像。"显然，这不是随意刻的，钱币上也不会刻上凡人的头像。联系汉代画像石上关于牵牛、织女的图像以人物形象与星象结合的表现形式，很容易解读出它的内

---

① 参见拙文《汉水与西礼两县的乞巧风俗》，《西北师大学报》2005 年第 6 期。

容。所以作者说："我认为穿左三阳星中间一星为牛郎，左右二星为牛郎的一双儿女；穿下三阴星中间一星为织女，左右二星为天神。"这段文字中唯一令人遗憾的是在"牛郎"下加括号注了"董永"二字，将董永的故事同"牛郎织女"传说混为一谈。除去这一点不论，作者的判断是完全正确的。作者还说："关于牛郎织女故事与民间传说，历史是很悠久的，在西汉时已经很普遍了，将这种优美的故事传说铸于钱上也是很可能的。"这个看法也是较一些学者的观点要更接近于实际。

古代文献中还有些可以与秦简《日书》相照应的材料，我在《再论〈牛郎织女〉传说的孕育、形成与早期分化》一文中已论及，可以参看。①不再烦叙。

（原刊《清华大学学报》2012 年第 4 期）

---

① 拙文《再论〈牛郎织女〉传说的孕育、形成与早期分化》，《中华文史论丛》2009 年第 4 辑，《新华文摘》2010 年第 9 期转载。

论秦史研究与秦人西迁问题

——读祝中熹先生《秦史求知录》

一、秦国是战国时政治改革中最彻底的国家

战国末年思想家荀况曾去齐至秦，见到秦昭王与秦相范雎。①《荀子·强国》中载应侯范雎问荀况"入秦何见？"荀况回答说：

> 其固塞险，形势便，山林川谷美，天材之利多，是形胜也。入境，观其风俗，其百姓朴，其声乐不流污，其服不挑（通"佻"。言不为奇异之服），甚畏有司而顺，古之民也。及都邑官府，其百吏肃然，莫不恭俭、敦敬、忠信而不楛（音"苦"，滥恶也），古之吏也。入其国，观其士大夫，出于其门，入于公门。出于公门，归于其家，无有私事也；不比周，不朋党，偶然莫不明通而公也，古之士大夫也。观其朝廷，其闲，听决百事不留（清闲，因其百事随时处理，不积压），恬然如无治者，古之朝也。故四世有胜，非幸（侥幸）也，数（必然的道理）也。是所见也。故曰：佚而治，约而详，不烦而功，治之至也（为便阅读，摘王先谦、卢文弨等人注于相关文句之后）。

这是荀况述亲眼所见当时秦国政治、社会、吏治、民风方面的情况及他的评价。荀况是战国末年集大成的思想家，他既继承了儒家以礼义治国的思想，又具法家思想，又兼采道、名、墨诸家之说，从认识社会的眼光

---

① 据钱穆《先秦诸子系年·荀卿赴秦见昭王应侯考》，荀况之去齐至秦在齐王建元（前264）。

和理论水平来说，在当时无以过之。荀况对当时秦国社会的看法，同后代很多史书中的评价不同。古今的很多著作说到秦多称之为"暴秦"，只看到它在统一六国之中的刀光剑影，及六国志士反抗中的悲剧。屈原的事迹和他的《离骚》等作品是十分感人的，而楚国朝廷中亲秦的郑袖、靳尚、上官大夫，及代表秦国几次到楚国玩弄挑拨离间之计的张仪也是为人所痛恨的。从人的品德及社会公德方面说，应该这样看：郑袖、靳尚、上官大夫作为楚国人而为个人或家族的利益不顾国家前途，应该受到谴责；屈原悲剧的造成也同张仪有关。从屈原和楚国的立场来看，郑袖及张仪等都应受到谴责。屈原是主张由楚国来统一全国的。在春秋战国数百年战乱之后，人心希望统一。战国中期之后统一全国可能的只有三个国家：齐、秦、楚。因为这三国的背后都有较大的发展空间：齐国东面是海，东南沿海而下可通吴越之地，唯远而难以制约。秦国以西有很宽广的地域，分布着数十个小部族。楚国以南发展的余地也不比秦小。拥有广阔的国土，就有了统一全国的物力、人力上的准备。相较而言，秦国、楚国的条件最好。很多学者论述当时形势都引述"横成则秦帝，纵成则楚王"这两句话，却不知其根本上的原因。秦楚两国都希望由自己统一全国，秦在商鞅变法之后迅速发展，又用"连横"之策对六国采取各个击破的办法，所以楚国要同齐国等山东五国联合以遏制秦国的向东发展。屈原主张对外联齐抗秦，秦国自然要设法打破山东六国的联盟，使楚国的计划落空。站在客观的立场来说，秦国、楚国都有承担统一全国这个历史使命的资格和可能，只在于哪一个采用的方式上更有利于社会的发展，哪一个的可能更大而已。

说起这两点，屈原主张进行政治改革，实行美政，先统一南方，待条件成熟再统一北方。这自然是有利于社会发展的。问题是楚国的旧贵族不会轻易地让步，屈原的设想难以实现。秦国则以迅马利剑开路，将一些国家腐朽的贵族制度连同他们的国家一起灭掉了。无论怎样，人们对仁政还是希望的，在广大人民群众对治理国家毫无发言权的封建社会中，仁政也成了人们永久的梦想。就像孔子一生主张仁政，却找不到一个愿意实行的国家，但人们仍以他为圣人加以膜拜一样，人们也永远思念、敬仰屈原，纪念这位为了美政、为了国家牺牲了自己生命的诗人。

很多人对战国时秦国的看法同此有关。但这是两回事，应分开来看。实质上，在战国时的政治改革中，最彻底的是秦国。商鞅虽然被迫害而死，但商鞅变法的成绩被保留下来了，所以才会有《荀子·强国》中说的那种吏治状况与社会风气。至于楚国，随着吴起的被杀，旧制度全被恢复了。其后莫敖子华（沈尹章）、屈原都作过改革的设想或进行了一些改革，但都未能最后成功。为什么秦国的政治改革能够成功？这同儒家思想在秦国的影响较小，"事皆决于法"（《史记·秦始皇本纪》）的法制状况有关。

从思想潮流来说，战国各国大体分三大片：三晋与齐鲁一带，受商周文化影响较深，子夏又讲学于西河，儒学的承传不断，讲仁义，重礼乐。陈、楚及其以南重巫觋、好祭祀，道家思想为主。秦地民性质直，而高上气力，虽然儒道思想均曾有所传播，但总体来说法家一套容易推行，墨家的影响也较儒、道为大。《汉书·地理志》中说：天水、陇西、安定、北地、上郡、西河之地，"皆迫近戎狄，修习战备，高上气力，以射猎为先"。同时，由于人民以射猎为先，刚强勇武，也必须有严格的法纪管理才成。清末湖南学者孙楷，湘潭人，遍搜群籍，综核史册，著《秦会要》一书，其《序》论及秦法，言：

> 自汉以来，递相沿袭，群以为治天下之具，无外于此；即或更张，而其在者，卒无以相易。

"文革"中毛泽东有《读〈封建论〉——呈郭老》七律一首，中云"百代都承秦政法"[1]，或即本于此。只是，毛泽东未能注意到周文化从思想方面影响中国三千多年，从意识形态、思想基础方面统一了全国，也是一个不容忽视的事实。秦在统一全国之后能突破此前数千年氏族分封制的传统，抛弃周代数百年传统的宗法制而实行郡县制，是有很深的文化渊源的。所以，秦国政治体制之影响中国两千多年，应该认真研究。但秦国统一全国前的历史，秦早期的历史、嬴秦的来源，活动情况、文化传统等，也都应该认真研究。但事实上，从古至今，对秦国政治、经济、文化的研究比起对三晋、齐鲁及楚文化的研究来薄弱得多。

---

[1] 《建国以来毛泽东文稿》第 13 册，中央文献出版社 1998 年版，第 361 页。

二、关于秦早期历史的研究

关于秦的早期历史，过去学术界虽然也提出过一些看法，但看法很不一致。即如关于秦人族源，虽然《史记·秦本纪》中有些记载，但在战国秦汉时代大一统思想的影响下远古史中很多部族被简单地归到五帝之下，好像华夏各族全出于黄帝，如《史记·三代世表》所记那样，所以也引起学者们的怀疑。

王国维《秦都邑考》说："秦之祖先，起于戎狄。当殷之末有中潏者，已居西垂。"又说："然则有周一代，秦之都邑分三处，与宗周、春秋、战国相当：曰'西垂'，曰'犬丘'，曰'秦'，其地皆在陇坻以西，此宗周之世秦之本国也；曰'汧渭之会'，曰'平阳'，曰'雍'，皆在汉右扶风境，此周室东迁，秦得歧西地后之都邑也；曰'泾阳'、曰'栎阳'、曰'咸阳'，皆在泾渭下游，此战国以后秦东略时之都邑也。观其都邑，而其国势从可知矣。"王国维这篇文章虽未具体论证秦人之来源，但其论都邑所得结论坚实不可移易，由其对都邑变化的方面看，自然会得出"起于戎狄"的结论。后来之学者如蒙文通等从王国维之说，又找出一些证据。从文献方面说，《史记·秦本纪》中载，申侯对周孝王说："昔我先，郦山之女，为戎胥轩妻，生中潏。"中潏为赢秦的正宗近祖。史所谓"郦山"即郦戎，则似中潏为戎人。《秦本纪》又明言中潏之父"胥轩戎"。《秦本纪》言"中潏在西戎，保西垂"，则从传世文献看秦人由西戎而来。而从文化遗存方面看，学者们认为赢秦墓葬的洞室墓、屈肢葬式、葬品中多铲脚袋足鬲，皆与中原文化不同而多见于甘、青地区的羌戎文化。似由此也说明赢秦来自西戎。

但也有学者主张秦人来自东夷。卫聚贤的《中国民族的来源》一文以为谷、黄、梁、葛、徐、江、奄等赢姓之国原蔓延于山东、江苏及河南、湖北，而秦亦赢姓，故谓秦民族发源于山东，后至山西、陕西、甘肃，然后再向东发展（《古史研究》第三集，商务印书馆1937年版）。黄文弼《秦为东方民族考》（刊《史学杂志》创刊号，1929年）、徐旭生《中国古史的传说时代》等主此说。黄氏并举鲁有"秦"地，及《楚辞·九歌》有"东皇太一"，前者名同于秦，后者与李斯所云"泰皇最贵"之说相合，为秦东来之证。徐先生在其书第二章《我国古代部族三集团考》之二《东夷集团》一节说：秦、赵"为殷末蜚廉的子孙西行以后所建立的国家"。第五章之《东西方的两种五帝说》一节也说到这个意思。但都是从华夏民族总的划分上笼统言之，未涉及对文献中一些具体论述的解释。此后学术界或主张"西方戎狄说"，或主张"东来说"，均有理由，难以遽定。

"文革"后林剑鸣先生发表《秦人早期历史探索》（《西北大学学报》1978 年第 1 期）、《秦起源于东方和西迁情况初探》（《求索》1981 年第 4 期）等文章。林剑鸣《秦史稿》（上海人民出版社 1981 年版）、马非百《秦集史》（中华书局 1982 年版）也先后出版，两书均主张"东来说"。段连勤有《关于夷族的西迁和秦嬴的起源地、族属问题》（《人文杂志·先秦史集刊》1982 年），后有韩伟《关于秦人族属及文化渊源管见》（《文物》1986 年第 4 期），并重申"东来说"，对一些问题加以梳理，以期解决一些疑问。如以为嬴秦墓葬的三大特征是秦人征服西北戎族后戎族文化融入秦文化形成等。

20 世纪 90 年代初以来，在今甘肃南部礼县大堡子山出土大量秦早期铜器等，发现了大型墓葬和车马坑，时间当西周晚期，于是，又引起关于秦人始源的讨论。虽然学界在一些看法上仍然不一致，但这是在新的材料基础上的探究。可以说，此前各说都包含有部分的真理，而自 20 世纪 90 年代以后，在一些问题上学者们的看法更为明确，尽管结论完全不同，但都更接近于真理。先是王子今先生有《从玄鸟到凤凰——试探东夷族文化的历史地位》一文（《中国文化研究集刊》第 5 辑，1987 年），后祝中熹先生发表《阳鸟崇拜与"西"邑的历史地位》（《丝绸之路》1996 年 10 月"学术专辑"）。结合历史文献、礼县大堡子山一带出土大量文物及有关出土文物上的图案等，对有关问题作了进一步的深入探索。接着，祝中熹先生的《秦人远祖考》《秦人与西周王朝的关系》《秦人早期都邑考》《地域名"秦"说略》《再论西垂地望》《南垭北垭与西垂地望》《大堡子山秦西陵墓主及其他》《试论礼县园顶山秦墓的时代与性质》等文，先后问世。

说来十分凑巧，祝中熹先生是山东人，毕业于山东大学历史系，而到了甘肃，曾长期在礼县工作，他的夫人便是距发现了秦先公陵墓的大堡子山不远的盐官镇人，祝先生20世纪90年代初到甘肃省博物馆工作。他对山东、对甘肃有关文献和地理状况、民俗、文化的了解极深，尤其对礼县一带大堡子山秦早期陵园、圆顶山秦贵族墓地出土器物及遗址形制都了如指掌，对礼县、天水、甘谷、张川、清水一带有关遗址的情况及出土先秦时器物也都了然于胸。别的且不说，只这种人生经历，似乎便是"上天"派他来揭早期秦史一系列谜底的专使。

祝中熹先生在专业上也十分痴心对历史文献的搜寻与研究，对前哲时贤之说极为重视。应该说，他的研究是在前人研究基础上进行的，但当中不少具体问题的解决，一些细节的说明，仍反映出祝中熹先生对史实的深入了解及他个人独特的学术见解。在许多问题上，他提出了一些与前人、今人不同的创见。比如，他也主嬴秦东来说，但他认为其由东至西的时间远在尧舜之时。《尚书·尧典》中载帝尧"乃命羲、和，钦若昊天，历象日月星辰，敬授人时"，尧所命羲仲、羲叔、和仲、和叔分别去东南西北方测定节气，而羲和部族是少昊与颛顼的后代，是属于崇奉阳鸟的部族。《左传·昭公十七年》郯子言，少昊氏的"凤鸟氏"即为"历正"，玄鸟氏为"司分"，伯赵氏为"司至"，青鸟氏为"司启"，丹鸟氏为"司闭"。"分"指春分、秋分，"至"指夏至、冬至，"启"指立春、立夏，"闭"指立秋、立冬。《大戴礼·五帝德》载孔子语，言高阳氏的功业，也说到"履时以象天"等作为。《尧典》所言"分命和叔，宅西，曰昧谷，寅饯纳日，平秩西成"。祝先生认为这个"西"即指汉代之西县地，自远古即名西。祝先生从古代文献、神话传说、历史地理等方面进行考证，可谓左右逢源，合若符契。

《史前研究》2000年发表了顾颉刚先生的《鸟夷族的图腾崇拜及其氏族集团的兴亡》，提出"'秦'本是东方的地名，随着移民而迁到西方"。"从东方驱走的飞廉一族，秦的一系长期住在今陕西和甘肃，所以得占周畿；赵的一系始终在今山西，所以得秉晋政。"顾先生认为《史记·秦本纪》所载"中潏在西戎，保西垂"的说法是秦人为掩盖从东方向西方被迫迁徙的讳饰，认为"非子住的'犬丘'于汉为右扶风槐里县，今在陕西兴平县东南十里；其后所封的'秦'，于汉为天水郡清水县，今在甘肃天水县西 50 里故城"。非子当西周晚期周孝王（公元前 891—前 886 年）时。但顾先生此文写成于 20 世纪 60 年代，而发表在四十多年之后。顾先生是史学泰斗，又是在对整个西周以前历史文化进行全面研究基础上提出，自然可以为"东来说"一方之中流砥柱。

但尽管这样，学界看法仍不能完全一致。因为"西戎说"与"东夷说"（东来说）对古代文献都有所依赖，也都有所否定，虽然对妨碍其说成立之文献之"不可信"各有所解释，但毕竟没有一个可以证明其绝对正确的史料可以依靠。

李学勤先生曾结合礼县出土的文物，礼县大堡子山发现秦先公墓葬情况，先后有《最新出土的秦公壶》（与艾兰合写）、《秦国发祥地》等文问世，肯定了王国维《秦都邑考》《秦公敦跋》关于西垂、西犬丘地望的看法，指出"秦已有西县之名，见《史记·周勃世家》。秦公簋出土于天水西南乡，证明了西县位置，也和最近的发现相呼应"①。2011 年李学勤先生又发表《清华简关于秦人始源的重要发现》一文，言据清华简中《系年》，秦国先人"商奄之民"原在东方，周成王时西迁到"朱圉"。"朱圉"其地，即今甘肃甘谷县西南靠近礼县方向的朱圉山（或作朱圄山，俗名白岩山、大山）。② 这样，秦本东夷而迁于西北的结论得以被学界普遍接受。

三、秦人远古时因受"寅饯纳日"之命而西迁

那么，祝中熹先生所提出嬴秦远祖和仲一族在夏代以前因肩负"寅饯纳日"的使命而西迁至西汉水上游的结论还能不能成立？我认为这两个结论并不存在互相排斥的性质，不能因为"商奄之民"在周成王之时迁至朱圉山，就认定秦人在西周初年才西迁到天水一带。我们还可以进一步问：为什么没有迁至别处，而迁之于朱圉？我认为这同秦人在这一带已有部分

① 见《中国文物报》1994 年 2 月 19 日、10 月 30 日。
② 《光明日报》2011 年 9 月 8 日。

氏族生活有关。如果看到这一点，祝先生论文中以及他的《早期秦史》一书中从《尚书》《山海经》《淮南子》等文籍钩稽出的一些传说事实，便全有着落了，不至于被一笔抹杀。

"西县"的"西"字，《说文》言其是"鸟在巢上，象形"。我认为在巢中者不是鸟，而是乌，古人以为日中有神乌。所以，"西"就是日落之处。《太平御览》卷三引《淮南子》，言曰：

> 爰上羲和，爰息六螭，是谓悬车。薄于虞泉，是谓黄昏；沦于蒙谷，是谓定昏；日入崦嵫，经细柳，入虞泉之池，曙于蒙谷之浦。日西垂，景在树端谓之桑榆。

这段话见于《淮南子·天文》，唯于"日入"下夺"崦嵫，经细柳，入"六字。而两书中"曙于蒙谷之浦"一句中"蒙"当是"旸"字之误，与本段开头"日出于旸谷"相照应。此处涉上而误。此各家所未言。这段文字虽带有神话色彩，但其中提到的一些地名，也应同先民对太阳运行的认识和同部族测日的活动有关。《淮南子》言"日入崦嵫"；屈原《离骚》中说："吾令羲和弭节兮，望崦嵫而勿迫。"王逸注："崦嵫，日所入山也。下有蒙水，水中有虞泉。"《山海经·西山经》言鸟鼠同穴山之南（原作"西南"。"西"当为衍文或"东"字之误）三百六十里"曰崦嵫之山"。新编《辞源》说："崦嵫，山名，在甘肃省天水县西，古代神话说是日入之处。"又说："兑山，嶓冢山，在今甘肃成县东北。《书·尧典》'分命和仲宅西。'郑玄注：'西者，陇西之西，今人谓之兑山。'"《后汉书·郡国志》汉阳郡"西县"下引郑玄此注作"今谓之八充山"，盖"八充"为"嶓冢"音之转。又《尧典》原文作"分命和仲宅西，曰昧谷"，伪《孔传》："昧，冥也。日入于谷而天下冥，故曰昧谷。"《十道志》言："昧谷，在秦州西南，亦谓之兑山，亦曰崦嵫。"崦嵫并不在华夏最西部，据《山海经》《穆天子传》等，昆仑、敦煌一带以至更西之地已在春秋以前人知识范围之内，怎么反倒以在今甘肃南部天水、礼县一带之山为"日所入山"？我认为这是秦文化的反映。秦人长期居于西垂（后之西邑、西县）地，而以其以西之山为日落之山，传于口耳之间，书于史籍、文献，以后遂融入中原文化，成为神话之一部分。所谓"昧谷""蒙谷"，我认为即礼县东部的峁水（今作"冒水河""昧""蒙""峁""冒"一音之转）。其水发源于朱圉山东南，秦人正是沿着这条河到了西汉水上游众水交汇之地的"西垂"的。据《说文》解释，"垂"为"边陲"之义。"垂"字从"𡴀"从"土"，是本义为下垂，用以指为地名，才从"土"。如此，则似《说文》将本义与后起义恰恰颠倒，"西垂"本指太阳落山之地，即上文引《淮南子》中"日入崦嵫，经细柳，入虞泉之浦，日西垂"云云中"西垂"义同，"西垂""西"之地名本起于嬴秦。

也就是说，很可能是嬴秦远祖和仲一支在尧舜之时先受命至朱圉山以南西汉水上游之地，西周初年成王之时，又将在今山东的商奄之民迁之于朱圉山。"崦嵫"之名，也同商奄之民纪念其所经历有关（"奄"应即"商奄"之"奄"，"兹"，通"滋"。"山"字旁为表明是山名而后加）。

谈以上这些个人看法，希望能消除祝先生一系列论文同清华简《系年》间的冲突，并对文献中有关山名、谷名、邑名等的原始之义加以探索，以对有关问题作进一步的论证。

前面说了祝中熹先生由近于古旸谷之地的山东西行至于古昧谷之地的陇南礼县。他据《山海经·中山经》中说"夸父之山……其北有林焉，名曰桃林，是广员三百里，其中多马"，及郝懿行注言夸父山"一名秦山"，以为夸父逐日的神话故事其原型正是秦人西迁的经历，反映了秦人模糊的记忆，将长期迁徙中的艰难困苦和嬴秦先民坚忍不拔的精神具象地表现在一个神话故事中。祝先生为了揭开这段被淹没几千年的历史也扮演了一个夸父的角色。他近二十年来潜心研究早期秦史，争分夺秒，与时间赛跑，潜心于历史文献与各种考古资料的"河渭"之中，并从神话资料中去发现历史的内核，在实地考察中发现古史的遗迹，取得了很大的成绩。现在他近二十年中的论文汇为一集，名曰《秦史求知录》，收入甘肃省先秦文学与文化研究中心之《先秦文学与文化研究丛书》，命我作序，因而顺便谈了自己在这方面的一些看法。

祝中熹先生此书：第一辑考辨嬴秦的族源及先祖，并评述在嬴秦发展史上发挥过关键作用的八位秦君。作者立意发扬自司马迁以来我国史学以人为纲的传统，通过对重要人物的论析，大致勾勒了嬴秦从西迁至崛起、至强盛的全过程。族源部分秉持现代文化人类学的新观念，对古文献记载作了细密的考释；人物部分注意联系当时的时代背景，揭示人物的思想观念，从而凸显其所发挥的历史影响。第二辑集中探究秦国的制度与社会面貌，内容包括生产力水平、政治结构、经济状况及文化传统。其中着力剖析了以土地制度为核心的生产形态。因为这是决定社会性质及发展程度的基本因素。此外也论述了秦国的农业、畜牧业、手工业和商业，兼及政务、爵制、赋役、婚俗及宗教，内容涵盖了秦国社会生活的各个领域。第三辑辨析嬴秦早期活动地域及都邑变迁。诸文运用古籍记载、方志碑刻、文化遗存等多渠道提供的信息，再结合实地考察山水形势及古老风俗，对嬴秦早期生活区域和城邑地望进行了较全面的探寻，进一步明确了不同历史时期族体中心邑地的演变、迁移。第四辑专论嬴秦的考古文化遗存，包括对各类墓葬、遗址的绍述及墓主的考辨，对出土及传世器物线索的追寻和梳理研究。作者在对礼县大堡子山公陵墓主及祭者的追索和对秦国青铜器发展演进的探求方面，耗费精力最多。本辑文章具有更强的专业性，但论述主旨却与其他部分内容紧相关联，贯彻了以物证史、述史的原则。

综观全书，我认为有以下三大特色：

一、内容系统，涵域面广。除对战国后期秦的军事、外交斗争较少论及外，关注到秦史、秦文化的各个方面，其设题谋篇立足于对秦史的整体认知。这是由作者的治学态度所决定的。作者从一开始进入这个学术领域，即着眼于秦史全局，抱定一个环节一个环节逐步深入，以求全面掌握的宗旨。

二、文献资料与考古信息结合紧密。论证中不仅有对经籍史志乃至甲、金、简、碑文字的大量征引，还包含着对田野考古及实物遗存的内涵揭示。作者在本书《前言》里业已谈到，已被确认为嬴秦早期活动中心区域的礼县，正是他多年工作、生活过的第二故乡，后又调到甘肃省博物馆历史考古部从事研究工作，这些经历无形中使他具备了一些其他人难以具备的条件。

三、敢于发前人所未发，提出了许多新的见解和思路，包括对某些误说的澄清。有些看法，如嬴秦族源及图腾的考述，非子封邑及襄公迁汧说的纠误，秦国田制及其变革的阐明，大堡子山公陵墓主及圆顶山墓群时代的判定，秦国青铜器演进轨迹的探讨，秦战国木板地图的辨识，西汉水及嘉陵江的正本清源等，都论证充分，坚实可信。有些看法，如嬴族西迁动因和时间的判断，嬴秦为和仲一族后裔的推论，犬戎族与寺洼文化关系的析述，秦都西邑和"西新邑"地望的考定等，则因论据不足或论证存在缺环，也曾引发争议。

无论如何，祝中熹先生此书的出版，对于早期秦史、秦文化的研究会起到推动的作用。有些问题还会有争议，但学术研究只有在讨论中才会得到发展。

（祝中熹：《秦史求知录》，上海古籍出版社 2012 年版）

秦文化的遗留与牛女传说

在全国，延续七天八夜，又跳又唱，十分隆重的乞巧节，只在陇南市的西和、礼县有。这一带地处西汉水上游，在秦人发祥地，这不是没有原因的。上古时代银河叫作"汉""天汉""云汉"。这"汉"的名称正是秦先民以自己居处的水名，作为天上星河的名称。秦人又将银河边上最亮的一颗星，命名为"织女星"，以纪念其远祖，即以"织"闻名于史的女修。近几十年来，在这一带发现了大量秦早期文化遗址，可以说是震惊世界。由此引发了学界对一些文化遗址的重新认识，对一些典籍中记述的事情及《诗经》中的作品作新的思考，以往存在的很多本不相关的事实就一下联系起来了；一些原本使学者们困惑的问题，也马上迷雾消散，显出了真相。

一、织女的原型——秦人始祖女修

我国古代以人物命名的星宿名，基本上是部落、民族的始祖和传说中有所发明创造、有杰出贡献的祖先，及上古时杰出人物，如轩辕、柱、造父、傅说、王良、奚仲等。《庄子·大宗师》中说，傅说因为相武丁"奄有天下"，才"乘东维，骑箕尾，而比于列星"。各个部族的星的命名不相同者，在民族融合的过程中有些被较通用的名称所替代，有些则在一统王朝形成后逐渐改用了官名（古代星宿以官职命名者很多）。"牵牛星""织女星"分别代表着周、秦两族的一位远祖。①

"牵牛"即《山海经·海内经》等所载最早发明了牛耕的周先公叔均，"织女"即《史记·秦本纪》所说以"织"闻名的"帝颛顼之苗裔孙曰女修"。后来的传说中说织女是"天孙"，或者说是"天帝之女"，也与最初的传说中她是"帝颛顼之苗裔孙"有关。从甲骨文记载可知，中国在商代以前就已经开始牛耕了，"胲作服牛"（《世本·作篇》）、"稷之孙曰叔均，是始作牛耕"（《山海经·海内经》），反映了我国人民的伟大创造。中国也是世界上最早养蚕的国家，是世界上有名的"丝之国"。织女的传说反映了作为农业辅助形式的家庭手工业在我国历史上的地位。牛郎织女的故事是一个古老的封闭性农业国家文化、意识、民族心理的凝聚，它的人物从一开始便是"男耕女织"的中华民族男女农业劳动者的象征。

《史记·秦本纪》说：

> 秦之先，帝颛顼之苗裔孙曰女修。女修织，玄鸟陨卵，女修吞之，生子大业。

女修是秦人在母系氏族社会的最后一位祖先，是以"织"彪炳史册的；大业是秦人的第一代男性祖先，是由母系氏族社会过渡到父系氏族社会的领袖人物。女修这位秦人女性始祖的业绩，在早期的传说中只留下了一个字："织"。一个历史人物、事件，在长期的流传中，总是逐渐地将一些细节和无关大局的因素忽略，最后留下最基本的要素，而且凝练为极为概括的语言，形成事情的核心，口耳相传。在流传中人们有时也加以想象，另外填上去一些情节，甚至演变为神话，但作为历史内核的那一部分，则总是不变。女修的事迹从远古传到后来，只留下一个"织"字，可见她在纺织方面是做出了重大贡献的。她应该是秦民族进入父系氏族社会前母系氏族社会的首领。后代称这位秦人始祖为"女修"，"女"言其身份，"修"

---

① 参见拙文《论〈牛郎织女〉故事的产生与主题》，《西北师大学报》1990 年第 4 期；《汉水与西礼两县的乞巧风俗》，《西北师大学报》2005 年第 6 期；《再论〈牛郎织女〉传说的孕育、形成与早期分化》，《中华文史论丛》2009 年第 4 期，《新华文摘》2010 年第 9 期；《陇东、陕西的牛文化、乞巧风俗与牛女传说》，《文化遗产》创刊号，2007 年 11 月；《先周历史与牵牛传说》，《人文杂志》2009 年第 1 期。

为其名号。古代"修"有修饰和治理二义，或者也与改进织布技术或组织妇女纺织有关。秦人以其在织布方面对氏族社会生活与经济发展的巨大贡献，而称她为"织女"，以之为银河西侧最亮一颗星的星名，把她看作神灵，永远受到后人的祭祀。织女星在银河西侧，这同秦人最早发祥于汉水上游的西岸是一致的。织女星为零等星，最亮，其命名应该是很早的，因给星星命名肯定是先从最亮的星开始的。《夏小正》"七月"部分说："汉案户（汉，银河。案户，直户，言成正南北方向），寒蝉鸣。初昏，织女正东向（织女星主星之旁正有二小组，形成开口向东张开）。"

二、秦人发祥地

西和县，早称西县。"西县"的"西"字，《说文》言其是"鸟在巢上，象形"。为什么"鸟在巢上"为"西"呢？因为秦人本为少昊氏后裔，以鸟为图腾，从很早的时候就从今山东迁至最西的朱圉山（在甘肃省甘谷县南部，与礼县接壤）。后从朱圉山沿茅谷（古代神话中所说昧谷、蒙谷）向南，到汉水上游（西汉水、东汉水本为一条水，到汉代才因地震而上游部分在峁阳南流，形成两条水），因而也名其地为"西"。文献记载秦代已有"西县"之名，则形成应在此前更早的时期。所以，"西"就是日落之处。《太平御览》卷三引《淮南子》：

> 日入崦嵫，经细柳，入虞泉之池，曙于蒙谷之浦。日西垂，景在树端谓之桑榆。

这段话见于《淮南子·天文》，唯于"日入"下夺"崦嵫，经细柳，入"六字。而两书中"曙于蒙谷之浦"一句中"曙"当是"暗"字之误（如作"曙"，则应为"曙于旸谷之浦"，才能与本段开头"日出于旸谷"相一致）。这段文字虽带有神话色彩，但其中提到的一些地名，也应同先民对太阳运行的认识，同部族测日的活动有关。《淮南子》言"日入崦嵫"；屈原《离骚》中说"吾令羲和弭节兮，望崦嵫而勿迫"。王逸注："崦嵫，日所入山也。下有蒙水，水中有虞泉。"《山海经·西山经》言鸟鼠同穴山之西南三百六十里"曰崦嵫之山"。新编《辞源》说:"崦嵫,山名,在甘肃省天水县西,古代神话说是日入之处。"《尚书·尧典》曰:"分命和仲宅西。"郑玄注:"西者,陇西之西,今人谓之兑山。"《后汉书·郡国志》汉阳郡"西县"下引郑玄此注作"今谓之八充山",盖"八充"为"嶓冢"之音转。"兑"乃是"八充"二字之误。又《尧典》原文作"分命和仲宅西,曰昧谷",伪《孔传》:"昧,冥也。日入于谷而天下冥,故曰昧谷。"《十道志》言:"昧谷,在秦州西南,亦谓之兑山,亦曰崦嵫。"我们想,崦嵫并不在华夏最西部,据《山海经》《穆天子传》等文献,昆仑、敦煌一带以至更西之地已在春秋以前人知识范围之内,怎么反倒以在今甘肃南部天水、礼县一带之山为"日所入山"?因为这是秦文化的遗留。秦人长期居于西垂(后之西邑、西县)地,而以其以西之山为日落之山,传于口耳之间,书于史籍、文献,以后遂融入中原文化,成神话之一部分。所谓"昧谷""蒙谷",即礼县东部的峁谷、峁水(文献中或作茅谷,今作"冒水河","昧""蒙""茅""峁""冒"皆一音之转)。其水发源于朱圉山东南,秦人正是沿着这条河到了西汉水上游众水交汇之地的"西垂"的。

"垂"字从"𡍂"从"土",本义为下垂,用以指为地名,才从"土"。如此,则似《说文》将本义与后起义恰恰颠倒,"西垂"也指太阳落山之地,即上文引《淮南子》中"日入崦嵫,经细柳,入虞泉之浦,日西垂"云云中"西垂"之义,"西垂""西"之地名本起于嬴秦。[1]

秦先民所居犬丘之地,有西犬丘,有东犬丘。秦人总的迁徙与发展方向是由西向东。东犬丘即陕西兴平县的槐里,西犬丘即在今甘肃天水西南、礼县东部一带。是先有西犬丘,后有东犬丘。

1923年王国维先生《秦公敦跋》(金文中簋都写作"毁",旧金石学家曾误释为"敦")中说:

盖"𣄧"者,汉陇西县名,即《史记·秦本纪》之西垂及西犬丘。秦自非子至文公陵庙皆在西垂。此敦之作虽在徙雍以后,然实以

---

[1] 参见拙文《论秦史研究与秦人西迁问题》,《天水师范学院学报》2013 年第 1 期;并参见祝中熹《秦史求知录》有关部分,上海古籍出版社 2012 年版。

奉西垂陵庙，直至秦汉犹为西县官物（《观堂集林》卷十八）。

大堡子山遗址及墓群位于甘肃西和县以北、礼县东部的永兴乡、永坪乡境内，嘉陵江一级支流西汉水与其由北向南而来的支流永坪河在此交汇。遗址所在区域的基本地形为西南—东北向相互连接的两个山梁。西南山梁的顶部有清代用夯土筑成的堡子，大堡子山因此而得名，其东北面地势较为平缓，已平整为多级梯地，东北山梁的南坡地势由陡而渐趋平缓，其西南部靠近西汉水一侧几近平坦，在东西长约250米、南北宽约140米的墓葬区内，共有中字形、目字形大墓两座，瓦刀形车马坑两座。墓地的东北、北部和西部山弯，有规律地分布着间距为5至7米的东西向中小型墓葬，总数在200座以上。这些墓葬中还出土了大量的青铜器和金、玉器，有的青铜器上明确铸有"秦公作铸用鼎""秦公作宝用簋"等铭文。

1998年春，甘肃省文物考古部门又对圆顶山墓地（与大堡子山隔河相望）进行了抢救性发掘和清理。清理了五座贵族墓葬和一座车马坑，包括一座七鼎墓和两座五鼎墓。共出土青铜器80余件，另有玉器、石器、骨器、铁器、陶器、贝类等百余件。青铜礼器组合为鼎、簋、方壶、圆壶、盘、匜、尊等，兵器有戈、剑、镞等，陶器有大喇叭口罐、鬲、壶、仿铜陶鼎，石器为圭、凿等，玉器有圭、环、四棱饰件及玉片。从墓区所处位置及其与大堡子山秦陵的距离看，从以往和现今出土器物的品类看，这里应是秦国的早期国人墓地，具体年代要比大堡子山陵园晚得多。

从大堡子山秦宫室遗址、圆顶山秦贵族墓的墓葬地域和出土文物可以断定，秦人早期都邑西犬丘、西垂宫及西县的具体方位，就是在西和县以北、礼县以东的大堡子山附近的永兴、长道一带。大堡子山的陵墓，应是秦仲、秦庄公（当周厉王、周宣王时）等秦先公先王之墓，其中两个大墓应是秦襄公（当周幽王、周平王时）、秦文公（当周平王时）之墓。① 《史记·秦本纪》中说秦人祖先"在西戎，保西垂"，"非子居犬丘"，又说"庄公居其故西犬丘"，"文公卒，葬西山"，则秦文公以前直至非子（当周孝王时）的秦先公、先王，俱葬于礼县大堡子山一带。

---

① 参见祝中熹《关于秦襄公墓》《大堡子山秦西陵墓主及其他》《礼县大堡子山秦陵墓主再探》等，见其《秦史求知录》，上海古籍出版社2012年版。

三、西和、礼县一带的秦文化遗存

公元前771年，周幽王在骊山为博得妃子一笑，烽火戏诸侯，导致身死国灭。前770年，申侯以王朝名义向各诸侯发出勤王的诏命。《史记·秦本纪》说：

> 秦襄公将兵救周，战甚力，有功。周避犬戎难，东徙雒邑，襄公以兵救周平王。平王封襄公为诸侯，赐之岐以西之地，曰："戎无道，侵多我岐丰之地，秦能攻逐戎，既有其地。"

则秦襄公之时，岐以西之地当被犬戎所占。秦文公十六年（前751），文公率兵打败戎，戎族败走，"于是文公遂收周余民有之，地至岐，岐以东献之周"。秦人东迁，周秦两族人的会合、杂居，周秦文化的融合，进一步促成了与现实生活联系的"牛郎织女"传说的形成。

《史记·封禅书》中说："秦襄公既侯，居西垂，自以为主少昊之神，作西畤，祀白帝。"因西方主白，白帝即西方之帝，指秦人之祖。故刘邦取天下时造了斩白蛇的神话以惑众，意思是他的天命是灭秦自代。关于上文所说西畤之所在，《史记集解》引晋灼曰：

> 《汉注》在陇西西县人先祠山下。

《索隐》《汉旧仪》说：

> 祭人先于陇西西县人先山，山上皆有土人，山下有畤。畤如菜畤，畤中各有一封，故云畤。

以上文中"陇西"犹言陇山以西、陇右。"人先"即祖先。"土人"应指祠堂所塑祖先神像。礼县东北的祁山（1946年以前归西和），从其山名看，应为上古祭祀之山（三国时代已变为军事要地，诸葛亮六出祁山即此），因为凡"示"字旁的字都同祭祀有关，而右耳旁则只是表示人聚居之地而已（义同邑）。则秦人的人先祠山，非祁山即大堡子山。畤指祭祀天地五

帝的场所。《汉书·郊祀志上》曰："自古雍州积高，神明之隩，故立畤郊
上帝，诸神祠皆聚云。"这是误以为因西北之地高才有畤，其实是秦人发
祥于陇南的缘故。其后秦逐步往东北移，先后又作吴阳武畤、鄜畤、密
畤、上畤、下畤等。这同甘肃、陕西有乞巧风俗的几个县的地域大体相合。

以上结合历史文献和考古资料的分析，使我们更加明确地认识到秦民
族、秦文化的兴起与西和、礼县和西汉水的密切关系。西汉水上游的这方
水土哺育了独特的秦文化，赋予了秦人质朴厚重、粗犷尚武的民族性格。
西汉水也深深地印到了秦民族的群体记忆之中。

四、天水、汉水与天汉

古人称分隔了牵牛织女的银河为"汉"或"云汉""天汉"。比如《诗
经·小雅·大东》曰："维天有汉，监（鉴）亦有光。跂彼织女，终日七襄。
虽则七襄，不成报章。睆彼牵牛，不以服箱。"《毛传》曰："汉，天河也。"
又《诗经·大雅·棫朴》："倬彼云汉，为章于天。"《毛传》曰："云汉，天
河也。"《诗经·大雅·云汉》曰："倬彼云汉，昭回于天。"《毛传》曰：
"云汉，谓天河也。"《广雅·释天》曰："天河谓之天汉。"又《大戴礼·
夏小正》七月"汉案户"卢辩注："汉，天汉也。"看来天河最早被称为
"汉"，后来为了与地上的"汉"——汉水有所区别，才称作"云汉""天
汉"。以"汉"为天河之名，显然是秦文化的遗留。以"天汉""云汉"
为银河之名，也揭示了"牛郎织女"传说的形成与秦文化的关系。

这里还得说一说两条汉水、两条漾水、两个嶓冢山孰先孰后的问题。

西汉水、东汉水本为一条水，后来可能是由于地震使河道淤塞的原
因，汉水在略阳中断，其上游发源于甘肃的部分南流，合白水江为嘉陵
江；发源于陕西的部分仍按旧河道经湖北入长江。如今铁路所经过的地
方，就是一条被遗弃的古河床，即汉水与沔水合流前的一段旧河床。[1] 于

---

[1] 李建超《我国又一条电气化铁路——阳安铁路》认为："原来嘉陵江上源由北向南流到阳
平关附近，不是继续南流入四川，而是东流入汉江的。如今铁路所经过的地方，就是一条被遗弃
的古河床。"《地理知识》1978 年第 7 期，第 1 页。

是后人称发源于甘肃的为"西汉水",称发源于陕西宁羌和留坝的原汉水的重要支流沔水为"东汉水"。沔水因为曾与汉水合流而得"汉水"之名。① 古汉水中断为二的时间大约在西汉时代。1933 年 8 月出版的由著名学者丁文江、翁文灏、曾世英所编纂《中国分省新图》上,标注发源于甘肃南部这一条为"汉水",就有正本清源、兼顾历史的意思。

处于陇南和陇东之间的是天水地区。天水之得名,据传世文献记载是始于汉武帝元鼎三年（前 114）。学者认为此即天水得名之始,因而在天水地名溯源上,出现了种种猜想。其实,"天水"之名非始于西汉,而始于先秦时。

1971 年底,在礼县永兴乡蒙张村秦墓中出土了一大批文物,其中有一家马鼎,盖上和腹上并有铭文曰:

　　天水家马鼎,容三升,并重十九斤。

该鼎现藏礼县博物馆。1996 年夏,在东距蒙张村不足二十里的盐关镇附近又出土一铜鼎,铭文曰"天水人家"（已流失）。1997 年秋,在距蒙张村更近的祁山乡又出土一铜鼎,铭文阴刻"天水"字样（亦已流失）。近年来,在距蒙张村三四里的文家村又出土一铜鼎,盖表铭文曰:"天水家马鼎,容三升,并重十斤。"家马本秦官,主国君私用之马。汉承秦制,至汉初仍有。秦国在天水有家马专主为国君养马,由此可看出两点:"天水"之得名在秦代以前,"天水"乃秦人所命名。

"天水"的命名即取义于"天汉源头"。《韵补》二"媒"字注引汉末陈琳《止欲赋》云:"云汉倬以昭回兮,天水混而光流。"正是将"天水"同"云汉"相联系而言。

"天水"是汉代以前汉水（今之西汉水、东汉水的合流）的发源地。"天水"之得名,同其地在汉水上游有关。

秦汉时所谓"天水",并非今日天水市的秦州区（20 世纪 50 年代至 80 年代的专署或地区所在地天水市）,而是指今天秦州区西南七十里的小

---

① 参见拙文《汉水与西礼两县的乞巧风俗》,《西北师大学报》2005 年第 6 期;《汉水、天汉、天水》,《民间文化》2007 年第 8 期。

天水（天水镇）及其以西至礼县冒水河一带。北魏太平真君七年（446）在今礼县以东水南县置天水郡，辖今礼县、西和二县地，北周废。《水经注·渭水注》曰："旧天水郡治，北城中有湖水。有白龙出是湖，风雨随之。故汉元鼎三年改为天水郡。其乡居悉以板盖屋，毛公所谓西戎板屋也。"《诗经·秦风·小戎》云："温其如玉，在其板屋。"二者相合。

1990年，在礼县东部冒水河中游草坝村出土了一通《南山妙胜廨院碑》，碑文云："秦州南山妙胜院，敕额古迹，唐贞观二十三年赐额昭玄院天水湖。"又云："南山妙胜廨院，在天水县茅城谷。""茅城谷"即今冒水河两岸之地。这里所谓"天水湖"的"天水"，应即汉元鼎三年置天水郡之地。联系礼县永兴乡出土的两件"家马鼎"来看，这里的"天水"之名，应产生于先秦之时。

综上所论，秦先民最早居于汉水上游，因而将晴天夜晚天空呈现的银白色光带也称作"汉"。周秦文化融合后，"汉"或"云汉""天汉"成了银河的通用名称。秦人将位于银汉西侧呈三角状排列的一大星两小星称作"织女星"，以纪念自己的始祖，保留了他们最古老的记忆。这个星名后来也成了织女星座的通用名称。天水的命名要迟得多，但也在先秦之时，那时"汉"既指天上的云汉、天汉。

五、《诗经·蒹葭》与"牵牛织女"传说[①]

《诗经·秦风·蒹葭》一诗，《诗序》以为系秦襄公（前777—前766年）时之作。产生于秦文公（前765—前746年）时的秦《石鼓诗》第二首中有"于水一方"的句子，与《蒹葭》中"在水一方"句型、句意一致，或者是袭用了《蒹葭》一诗的成句，则《蒹葭》应如《诗序》之说产生于《石鼓诗》之前。

秦襄公之时秦人尚居于西垂天水西南、礼县东部、西和县以北，《蒹

① 参见拙文《再论〈牛郎织女〉传说的孕育、形成与早期分化》，《中华文史论丛》2009年第4期；《〈秦风·蒹葭〉赏析》，《文史知识》2010年第8期。

葭》一诗为襄公时作品,则诗的自然环境与文化背景应就当时这一带求之。由甘谷朱圉山南流的冒水河(古㟎水,曾名茅水,"文革"中曾改称红河)同西汉水交汇处为峡谷地带,有几条河在那一段(当礼县东北)流入西汉水,其越向上游则水越小,可以泳渡,正与《蒹葭》一诗所写地理环境相合。《蒹葭》全诗如下:

> 蒹葭苍苍,白露为霜。所谓伊人,在水一方。
> 溯洄从之,道阻且长。溯游从之,宛在水中央。
>
> 蒹葭萋萋,白露未晞。所谓伊人,在水之湄。
> 溯洄从之,道阻且跻。溯游从之,宛在水中坻。
>
> 蒹葭采采,白露未已。所谓伊人,在水之涘。
> 溯洄从之,道阻且右。溯游从之,宛在水中沚。

本诗点出了所写时令是秋天。从诗中"溯洄从之""溯游从之"来看,抒情主人公应是男性,被追求的"伊人"是女性。诗人是希望走近他所向往的人,但总是可望而不可即,无法到伊人身边。"在水一方",即是说在水的对岸。"在水之湄","在水之涘",也都是说在对岸的水草相接之处,对岸的水边。"一方"与"湄""涘"互文见义。"溯洄从之",指沿着弯曲的水向上行。"洄"指回旋的水,引申为曲折、弯曲的水道,这由"道阻且长""道阻且跻"两句可以看出。"道阻且右"的"右",也是迂回的意思。顺着直流的河道走呢,伊人好像总是在水的中央。看来诗中所写,抒情主人公应是在一条直流同一条弯曲的水流交汇之处,水边又长满芦荻。诗不正面刻画或赞美"伊人",而只从诗人对她有着深切的爱来表现这是一个很值得追求的人。晋傅玄《拟四愁诗》云:"牵牛织女期在秋,山高水深路无由。"正是对《蒹葭》一诗所写景况的确切说解。傅玄,甘肃古代诗人。

我认为这首诗的内容同秦民族祭祀女修之神或曰织女星,歌舞以乐神的活动有关。由《史记·封禅书》看,秦人祭祀星辰之神多种,同楚人差不多。其所祀二十八宿中,就有牛宿、女宿,这是由牵牛星、织女星分化出来的。因为织女星一大二小星中织女一为零等星，为全天第五最亮星，在北方高纬度夜空则是最亮的一颗星，而且由于其纬度较高，一年中大多数的月份都能看见；牵牛三星之主星为一等之标准星，也是亮星，故织女星、牵牛星为人们所熟知，最初以之为确定岁星进程的标志。而二十八宿中的牛宿，即玄武七宿之第二星，有星六，而均亮度低；其东北为女宿，即二十八宿玄武七星之第三星，有星四，亦亮度低。这两个星宿最初都不可能被先民作为纪时的依据。只是后来随着二十八宿系统的调整，由于原来的牵牛星、织女星位置比较靠北，离赤道远，后来的天官才在临近赤道的星宿中找到另两组星作为牛宿、女宿。为了区别，原先的牵牛就被改称为"河鼓"或曰"天鼓"，或曰"三将军"。织女星名称则因社会基础更广，故未变，而称二十八宿中相应的星座为"须女"或"婺女"（务女）。但民间仍称靠近银河者为牵牛，故常相混，《南阳汉画像石》中也有牛宿、女宿图：右上角牵牛星画有三星，其下一人牵牛，为牵牛星；左下角在相连四星中一女子作坐式，为织女星。则是仍以原牵牛星为牵牛星，而以二十八宿中四星组成的女宿为织女星。但孝堂山郭氏墓石祠石刻画上，织女却是三星。虽然负责观测天象的天官将牛宿、女宿同牵牛星、织女星作了区分，但由于民间根深蒂固的群体记忆，互相干扰，使得很多文献难以严格区分。

古人质朴，民间对上层社会的生活无法想象，其设想神灵的喜好，往往是凭借了自己的情感经历，所以祭神歌舞中常设想其相互恋爱的情形，也常有表现人神相恋的情节。具体表现，或所祀之神一为天神，一为地祇，演唱时由巫觋以其中一方的语气表现对另一方的爱恋（如《楚辞·九歌·山鬼》）；或由巫觋直接向被祀神灵表现爱慕之情，如《九歌》中的《湘君》《湘夫人》。湘君是湘水之神，属地祇；湘夫人为天帝之女，属天神。《湘君》一篇是祭祀湘君时所用，演唱时由女巫以湘夫人的口吻表示对湘君的追求；《湘夫人》篇是祭祀湘夫人时所用，演唱时由男巫以湘君的口吻表现对湘夫人的爱慕之情。《蒹葭》诗实际上就反映了传说中牵牛寻求织女的情节。《蒹葭》至少是受了牵牛织女传说和祭祀歌舞的影响，并以之为题材而创作的。

所以说，《蒹葭》这首诗包含着中国民间流传的一个最古老的传说故事——"牛郎织女"传说。

六、西和与七夕风俗相关的名胜

(一) 历史沿革

西和是一块开化很早的土地。据考古发现，县境北端长道镇的宁家庄古文化遗址出土了新石器时代早期的彩陶、石斧、石刀、石铲等古人类器物。该文化遗址大多属于距今约五六千年前的仰韶文化范畴。它与临近的秦安大地湾、天水市赵村遗址大体相当，都属于我国近年来考古界所取得的突破性成果。宁家庄遗址是陇南市迄今为止所发现的最早的人类遗迹，也是甘肃省三处新石器早期文化遗存之一。这里出土的交叉绳纹陶片与秦安大地湾遗址发现的早期陶片特征完全一致。县北五公里处的西峪乡上、下坪村的西峪坪遗址，面积约十万平方米，属仰韶、齐家文化范畴。其中出土的彩陶盆，饰有变体鱼纹，造型优美，为一级珍品。这些古文化遗址与礼县大堡子山等早期秦人文化一起构成西和、礼县两县的乞巧源头。

汉代以前，西和县北部和礼县北部、天水（今天水市秦州区）西南属西县，是秦人的活动区域。西和县境南部仇池山一带为氐羌所居。县境北部先后为西犬丘、西垂、西县所辖，今礼县东北部、西和县北部一带属古西垂地，秦人的祖先大骆、非子曾在这里养马发迹，此地因之成为秦人的发祥地。后来，秦庄公、秦襄公和秦文公等几代君主均设都邑于此。秦文公四年（前763年），秦人才把都邑由西垂迁往汧渭之会（汧水和渭水交汇之处，今陕西宝鸡一带）的新邑，但西垂仍是秦人活动的重要地区。

战国时期，秦惠文王更元五年（前316年），秦灭蜀，拓地千里，今西和一带入秦，首置武都邑（西和县南部洛谷城）。秦始皇统一六国，行郡县制，天下始分三十六郡。时西和县北部属陇西郡，郡治狄道（今临洮）。狄道郡领七县，除西县（今西和县北、礼县等地）外，时本境已置武都（今西和县南部洛峪镇一带）、上禄（治今西和县东南部六巷乡）两县。汉武帝元鼎六年（前111年），首置武都郡，治武都道，辖九县，辖区相当于今陇南市白龙江以北大部分地区，隶益州刺史部。本县南部属武都郡上禄县，北部属陇西郡西县地。西和是古雍、梁两州经济和文化上的中转站。范文澜先生在《中国通史》中说：

> 中国特产之一的茶（《尔雅》称为槚），西汉时已被蜀人发现……武都地方，氐羌杂居，是一个对外的商市。巴蜀茶叶集中到成都，再运到武都卖给西北游牧部落。成都和武都是中国最早的茶叶市场。[1]

这里所说的"武都"是指今西和县南部洛峪镇一带。可见，在汉朝时期，四川成都的茶叶就已经通过武都运往西北边疆，西和因之成为中国最早的茶叶市场之一。

（二）与早期秦文化和乞巧风俗相关的名胜

1. 漾水河。西和境内的漾水为西汉水重要源头之一，哺育了早期秦文化。今西汉水上游实即古汉水上游，秦人早期居于以礼县东部、西和县北部为中心的一大片地方，故对漾水一带极为重视。西和县北部唐代置汉源县。清代几位县令都作《汉水源头》之诗以咏横岭山九眼泉（漾水的重要源头）。漾水及各支流是县内乞巧活动中迎巧、送巧之处，九眼泉则是县城及其以南各乡姑娘卜巧取水的重要地方。

2. 凤凰山。凤凰山在长道镇大柳河畔，大柳河、漾水河夹于东西两面。隔盐官河与祁山遥遥相望。满山树木葱茏，山顶有百年梧桐。其地近秦先王先公陵园礼县大堡子山和秦人祭天祭祖之祁山。凤凰山上庙宇宏大，依山势从山腰至山顶，殿堂一座接一座。拾阶而上，于高平处俯视，一片绿树海洋，绿波陡起。山上今存《补修圣母地师金像碑记》，言山上建筑"起自西汉"。此说虽未必可靠，但年代应已很久。山上有天孙殿，供织女星君；有云锦娘娘殿。有"同结良缘""百世流芳"碑。凤凰与云华山连为一线。凤凰山上神庙宫殿共十院，1966年全部被破坏、拆毁，木料则被拉到大柳公社等地。1980年以后开始重修。"天孙殿"三字为甘肃省八届人大常委会副主任穆永吉先生所书。赵逵夫撰两联，一联为：

---

① 范文澜：《中国通史》第二册，人民出版社1978年版，第85页。

> 和仲宅西，留西和锦地；
> 女修任织，成织女星神。

此联为甘肃省书法家协会顾问、甘肃省联合国教科文组织总顾问、中国书画鉴定管理中心高级顾问于忠正先生所书。一联为：

> 凤鸣陇右嬴秦起，
> 星照汉源禋祀长。

此联为甘肃省书法家协会副主席、甘肃省政协书画研究院顾问、兰州大学档案馆馆长秦理斌先生所书。

长道的凤凰山距礼县大堡子山秦公墓不是很远，有可能是一位秦人祖先的住地。山上宫观为山周围西和、礼县共四十八个庄所共有，从古以来有会首负责每年庙会和祭祀等事。凤凰山突出地反映了秦先民凤凰崇拜在西和礼县一带留下的烙印。凤凰形象的形成起源于我国古代先民的鸟图腾崇拜。

秦人以凤为图腾，故西和靠近礼县处有凤凰山，西和县汉源镇西的山也叫"凤山"，乾隆年编《西和县志》中也称作"凤凰山"。山上有城，叫"凤城"。这两座山都以"凤凰"为名同古代西和州、县治地的变迁有关，治地变了，后来人不知，编写地方志者以旧地山水之名指称新地山水之名，因而衍生为两个凤凰山。

3. 云华山。云华山位于县城东北 15 公里处，属丹霞地貌，山体挺拔俊秀，孤峰耸峙，悬崖高峻，耸入云端。三面临空，仅一面与南部山体塔子山山脉的一线相连，称"百步桥"，或曰"天桥"，宛如银河上的鹊桥。百步桥两边无所依傍，两侧松树葱郁遮阴，其下是悬崖绝壁，其险绝可与西岳华山相媲美。正如唐代李翔《百步桥》所说：

> 亘险凌虚百步桥，古应从此上干霄。
> 不辞宛转峰千仞，且喜分明路一条。
> 银汉攀缘知必到，月宫斟酌去非遥。
> 牵牛漫更劳乌鹊，岁岁填河绿顶焦。

云华山西南的牛家窑、牛家大地、野鹊湾，云华山西面的卧牛嘴，西南面的大草滩，东南面的青草湾都和牛郎织女的传说有关。云华山古庙占地随山势架设于峰巅之上，高耸云间。因为织女庙在峰顶之上孤耸，历史上几次被雷所击，神像也有残损，当地老百姓以为又是王母娘娘令雷神接织女回天上，后来在庙里增塑了王母娘娘和玄武大帝的像。因为王母在织女星君跟前，她便放心，而二十八星宿及北方玄武七星中，就有牛星和女星，据说这是织女和牛郎被招回天上之后的司职之神位。但即便这样，还是发生过庙几次遭雷击而火烧了宫殿之事。今存为"文革"后几次补修。赵造夫撰山门联：

> 拔地三峰成太极，
> 切天一岭判阴阳。

正殿联曰：

> 地灵人杰汉源水，
> 天锦云华织女祠。

登上云华山顶峰，眼前胜景一一入画，宛如天宫仙阙，琼楼玉宇。每当七夕前后，附近姑娘、妇女到此敬神祈福，而于新月初起之时看峰巅祠庙，真如在天上。每逢四时八节便有晨钟暮鼓从云华山山顶响起，声传百里之远，于是有"云华钟声响西（和）、礼（县）"之赞。

云华山西南的牛家窑传说是牛郎家住过的地方。在牛家窑向北翻过王山梁到牛家大地。再往北有一个村庄叫"牛家那哈"（"那哈"为指称方位中常用词语，相当于"那边""那里"），庄里有一个土地庙，当地人都说那个土地神是牛家老汉。

当地传说云华山北面的桑树湾是织女发现了桑树和蚕的地方，云华山西面的卧牛嘴是埋了神牛的地方，牛家窑和云华山之间有个野鹊湾是野鹊（喜鹊）上天为牛郎织女搭桥前相聚之处，七月七以前那里的野鹊很多。云华山西面的大草滩、东南的青草湾是神牛吃过草、牛郎种过地的地方。

4. 晚霞湖。位于县城以西5公里处的姜席乡境内的晚霞湖，过去叫晚家峡，水域面积1800多亩。

2006 年以来的五届"中国（西和）乞巧文化旅游节"都在此设立主会场。2009 年 7 月，由著名工艺美术大师、兰州黄河母亲雕塑的设计者何鄂女士创作的织女雕像运抵西和，落座于晚霞湖的湖心岛上。雕塑通高 13.7 米，其中雕塑底座 7.7 米，蕴含着"七夕"之意。赵逵夫撰联：

> 晚霞近城郭，云阁如期窥织女；
> 明湖通汉源，仙槎至此问牵牛。

晋张华《博物志》中载：

> 旧说云：天河与海通，近世有人居海渚者，年年八月有浮槎，去来不失期。人有奇志，立飞阁于槎上，多赍粮，乘槎而去。十余日中，犹观星月日辰。自后芒芒忽忽，亦不觉昼夜。去十余日，奄至一处，有城郭状，屋舍甚严，遥望宫中多织妇。见一丈夫牵牛渚次饮之。牵牛人乃惊问曰："何由至此？"此人具说来意，并问："此是何处？"答曰："君还至蜀郡，访严君平则知之。"竟不上岸，因还如期。
>
> 后至蜀问君平，曰："某年月日有客星犯牵牛宿。"计年月，正是此人到天河时也。

晚霞湖与西和县城隔着凤山，与《博物志》所写乘槎人所见景象颇为一致。

此外，西和县境内还有著名的仇池山，《水经注·漾水》言其"绝壁峭崿，孤险云高，望之形若覆壶，其高二十余里，羊肠蟠道，三十六回，《开山图》谓之仇夷，所谓积石嵯峨，嵚岑隐阿者也。上有平田百顷，煮土成盐，因以百顷为号，山上有丰水泉，所谓清泉涌沸，润气上流者也"。史书又言其"天形四方，壁立千仞"（《仇池记》），从汉末至东晋，曾以此一带为中心建仇池国，前后两百多年。杜甫入川中路过有诗咏此山。

至于历史文献中与流传在口头上的有关陇南乞巧文化的更多内容，则只能另文论述。

先周历史与牵牛传说

一、"牛郎织女"传说的文化蕴含与流传的广泛性

"牛郎织女"的传说是我国古代四大民间传说中孕育时间最久、产生时代最早、最集中而典型地反映了中华民族社会经济、历史文化的特征，有很强的思想性，在海内外影响最大的一个。无论从哪一个方面说，这在世界民间传说中都是少见的。说它孕育时间最久，因为它的两个主要人物的名称和身份特征分别来自原始社会末期秦人和周人的祖先；说它产生时代最早，因为它的故事产生于战国中晚期，定型于汉代末年；说它最集中而典型地反映了中华民族社会经济、历史文化的特征，是因为"牛郎""织女"事实上是我国从史前时代直至近代农业经济社会中男耕女织家庭结构与社会经济特征的反映。中国长久的农业经济在世界上是比较典型的，而《牛郎织女》的传说故事正反映了这一特征。说它有较强的思想性，因为它具有突出的反封建性。故事中的王母或玉帝既是家长的象征，又是国家政权的象征，还是神灵的象征。毛泽东在《湖南农民运动考察报告》中说：

中国的男子，普通要受三种有系统的权力的支配，即：（一）由一国、一省、一县以至一乡的国家系统（政权）；（二）由宗祠、支祠以至家长的家族系统（族权）；（三）由阎罗天子、城隍庙王以至土地菩萨的阴间系统以及由玉皇上帝以至各种神怪的神仙系统——总称为鬼神系统（神权）。至于女子，除受上述三种权力的支配以外，还受

男子的支配（夫权）。①

那么，《牛郎织女》故事中的玉帝或王母，便是政权、族权、神权的代表，是中国农民几千年中所受压迫力量的象征。相对来说，夫权的统治在广大劳动人民中不像上层统治阶级中那样突出，因为在劳动人民中男女双方都从事劳动，也都承受着沉重的剥削和压迫，要在相互支持、体贴中生存，因而在家中也都有发言权，也都同样地热爱自由。所以在这个故事中，不但没有男子对妇女压迫、歧视的情节，而且表现出他们为争取自由幸福的生活共同进行不懈努力的状况，也反映了他们对爱情的无限忠贞。这同大量民歌中所反映的精神是一致的。这个传说还反映出我国古代劳动人民对以沉重彩礼阻挠青年男女的婚姻和门第观念的否定与批判，作为农民形象代表的牛郎以王母的外孙女为妻，也反映了上层社会中妇女没有地位，男子对女子缺乏真诚爱情，因而上层社会的女子宁可以淳朴的农民为夫的愿望。这些都反映了我国古代社会中深层的问题，已涉及对整个封建制度、封建礼教的批判。说它是我国民间传说故事中流传最广的一个，因为它不仅在我国从南到北、从西到东的广大地区，包括汉族和各少数民族中广为流传，南方的苗、瑶等少数民族中也有不同的流传版本，同时在日本、韩国、越南、东南亚地区也广泛流传。比如日本不但有由"牛郎织女"衍生出的故事，而且有不少诗歌作品歌唱这个故事或者七夕节的乞巧活动。在日本的仙台，七月七日是一个十分盛大的节日，带动了当地的旅游文化。说它影响最大，因为它形成了流传两千多年，涉及好几个国家的"七夕节"，由此产生了无法统计的诗、词、曲、赋、文和深受广大人民群众喜爱的小说、曲艺、戏剧。我国的各个剧种中也都有《天河配》《牛郎织女》《鹊桥相会》之类的剧目。

二、叔均事迹与周人的发祥地

牛郎、织女是中国几千年中男女农民的象征。这两个人物，尤其是牛

---

① 《毛泽东选集》第1卷，人民出版社1991年版，第31页。

郎（牵牛）形象的形成，同我国发达很早的农业有关。而周民族是在农业发展方面做出了重大的贡献的民族，无论在土地的选择、耕作、优良品种的选择、农具的制作，还是病虫害防治方面，周民族都很早就有所探索和发明（参见《诗经》的《七月》《生民》《大田》《甫田》《载芟》《良耜》诸诗）。尤其发明牛耕以代替人力，对农业生产的意义更大。马克思说："畜力的使用是人类最古老的发明之一。"①《山海经·海内经》中说：

> 后稷始播百谷。稷之孙曰叔均，是始作牛耕。

《大荒西经》中又说：

> 有西周之国，姬姓，食谷。有人方耕，名曰叔均。帝俊生后稷，稷降以百谷。稷之弟曰台玺，生叔均。叔均是始代其父及稷播百谷，始作耕。

《史记·周本纪》云："封弃于邰，号曰后稷，别姓姬氏。"所谓"有西周之国"云云，是据周人后来所建国言之。又《大荒北经》中述黄帝蚩尤之战中"黄帝乃令应龙攻之冀州之野。应龙畜水。蚩尤请风伯雨师，纵大风雨。黄帝乃下天女曰魃，雨止，遂杀蚩尤"。其下云：

> 魃不得复上，所居不雨。叔均言之帝，后置之赤水之北。叔均乃为田祖。

神话是上古时代自然现象、社会生活与意识形态的曲折反映。在神话的外壳中，往往包含着模糊的历史事实。由《山海经》中的这些记载看来，叔均不仅发明了牛耕，而且曾组织人民抗旱，度过大旱。其中说将旱魔魃"置之赤水之北"，同《山海经·大荒北经》《海外北经》中说的夸父逐日的神话相近：前者认为大旱是由于黄帝、蚩尤之战中为对付蚩尤而让魃下到了人间，因无法再上天，造成人间旱灾，在叔均的要求下，帝置之于赤水之北，消除了西北的旱灾；后者认为大旱是由于天上太阳多了，应将它逐走，故夸父逐之至禺谷（虞渊，日入之所），西北和中原大地的旱灾也

---

① 《资本论》第1卷，人民出版社2001年第2版，第429页。

便消除了。① 至于《大荒北经》所记载神话中将叔均设法消除旱灾变为向天帝请命及将此事同黄帝蚩尤之战牵合一处，则是长久流传中所形成。在传说要素上有共同之点的神话、传说，流传中往往产生牵合、归并、交叉的情形。黄帝同叔均不在同一时期，是肯定的。《大荒西经》中说叔均为后稷之弟台玺之子，《海内经》中言为"稷之孙"，则传闻异辞，有所混淆。总之其父名"台玺"。古人之名一般为单字，我认为其父本名"玺"，"台"乃是地名，表示其与台地有关。"台"即"邰"。《诗经·大雅·生民》"即有邰家室"句《毛传》："邰，姜嫄之国也。"《史记索隐·周本纪》即云："邰，姜嫄之国也，后稷所生。"旧说《生民》诗中"即有邰家室"一句指后稷被封于邰。② 其实，应是指周弃取了母家姜氏族之女为妻室。周人直至公亶父之时仍与姜氏族联姻，公亶父所娶太姜，为姜氏女甚明。周氏族当时并不居于邰，后人追述，以"有邰"代表周氏族。邰之地望，《水经注·渭水注》云："渭水又东迳斄县故城南，旧邰城也。"《括地志》云："故斄城一名武功城，在雍州武功县西南二十二里，古邰国。"按徐旭生先生的考察研究，其地应在宝鸡一带。③ 因为在今武功一带发现的文化遗址大体在先周中晚期，当公亶父、季历及文王迁丰之际。叔均是公亶父之前的氏族首领，时周人应尚在豳地。传说中"台玺"前加"邰"犹称"周"，是后人之称。但称"台"而不称"周"，可见这个传说产生很久。

这里还应指出，"台"或"邰"之地名得名之义。王献唐先生《炎黄氏族文化考》第五篇第一章《伏羲族系》云：

　　……则牧牛之地，亦可以牛为名。古之牛地，字多作台，作牟，

---

① 《山海经·大荒北经》云："夸父不量力，欲追日影，逮至于禺谷。""日影"即日光，"禺谷"即虞渊，言夸父逐日使入于其所居之地，是也。《海外北经》作"夸父与日逐走"，是传抄中被不明文意者所改。徐坚《初学记》引《海外北经》作"夸父逐日"，与《大荒北经》同，保持原来的样子。逐日，即追赶太阳，以往之研究上古神话者多理解为与太阳赛跑，大误。

② 《列女传·母仪》："尧使弃居稷官，更国邰地，遂封弃于邰，号曰后稷。"将弃置于尧之时，也误。据《礼记·祭法》："夏之衰也，周弃继之"之说，应当夏之时。《左传·昭公二十九年》亦云："有烈山氏之子曰柱，为稷，自夏以上祀之。周弃亦为稷，自商以来祀之。"尧时后稷应指烈山氏之子柱。

③ 参见徐旭生《中国古史的传说时代》，文物出版社 1985 年版，第 41—42 页。

牟亦牛也。

"牟"之为牛，"牟"为牛叫时所发之声，今字作"哞"，当易明白。"台"亦指牛，王献唐先生曰：

> 《诗》、《易》、《楚辞》皆以牛与之部字为韵，字当隶之读咍；今读语求切，即其言转。其以咍呼牛者，殆为人口驱牛发出之声，迄今犹然。牛本无名，以咍呼牛，因为所呼之咍沿为牛名。后又造象形字为牛。①

我认为王先生的这个考证十分重要。如前所论，邰为姜原之国，而姜为炎帝之后。② 司马贞《补三皇本纪》说："炎帝神农氏，姜姓……人身牛首。长于姜水，因以为姓。"则看来"台"或"邰"本牧牛处，为姜氏族所居。而姜氏族最早是以牛为图腾的。不然，不会说其祖炎帝为"人身牛首"。周人出于姜姓，其后又居于邰，则其畜牛、用牛于农耕在上古历史上应是很突出的事件。虽然，这同周人早期所居黄土高原、土地肥沃、雨水充足、气候适宜有关。但在历史上影响很大。这同前面所考述的台玺之子叔均"代其父及稷播百谷，始作牛耕"的史实相一致。这是应该引起我们充分注意的。可以说，牛不仅大大推动了周人的农业生产，也是姜周氏族最早的图腾。当然，周氏族将牛由用于运输、食肉变为用于牛耕有一个过程，但无论怎样，总同周人的发展紧密联系在一起。

我认为"稷之孙曰叔均"的"稷"指弃，"稷之弟曰台玺"的"稷"指弃的后代之袭后稷之职者。《国语·周语上》"昔我先王世后稷，以服事虞、夏。及夏之衰也，弃稷不务，我先王不窋用失其官。"旧注："父子相继曰世。"则任稷之官者非一人。这也同《史记·周本纪》所言"不窋末年，夏后氏政衰，去稷不务，不窋以失其官"的记载一致。

周人是农业民族。我们由《生民》一诗可以知道，从后稷开始，已播种多种粮食作物，并选择良种（嘉种），芟除杂草，对作物的生长有细致的观察，讲究耕作技术（"有相之道"）。但后稷之时完全用人力耕作，至叔均而发明了牛耕，大大节省了人力，提高了耕作速度与质量，是一件了

---

① 王献唐：《炎黄氏族文化考》，齐鲁书社1985年第1版，第428页。
② 《国语·晋语》："炎帝以姜水成。""炎帝为姜。"

不起的事情。因为叔均最重要的事迹是发明了牛耕，所以从周人的远古传说中，他的事迹就同牛联系在一起。牛作为运输工具时是人赶着牛，作为交通工具时是人骑着牛，而用为耕作工具则是一人牵着牛（另有一人在后面扶犁）。牵牛而行于畎亩之中，是牛耕的象征，故周人以这位杰出的氏族首领为星名，名之为"牵牛"（我国上古星宿名多是部族、民族的始祖和传说中有所发明造作的祖先）。

关于我国开始使用牛耕的时间，有的学者根据孔子弟子司马耕字子牛，确定起于春秋时代。其实，这只能说是"牛"与"耕"用于人名的开始，还不能由此肯定产生在春秋之时。甲骨文不但有"牛"字，还有"牡"字、"牝"字，还有"牢"字，尤其是有"犁"字（作犁，像一头牛拉着犁），则商代已圈养牛并用于耕田甚明。

关于周早期活动地点的问题，专家们提出过好几种说法。但根据近几十年考古发掘的情况看，旧说中有的显然缺乏证据，有的则有欠确切。李学勤先生主编的《中国古代文明与国家形成研究》一书中加以全面总结，作了概括说明：

> 目前已知的先周文化遗址分布，主要在陕西中部泾渭流域一带，大致范围：北界达甘肃庆阳地区，南界在秦岭山脉北侧，西界在六盘山和陇山东侧，东界在子午岭西侧至泾河沿岸一线。……

书中说就遗址分布密度言，明显成为三大群：一群在泾河上游与甘肃接壤的陕西长武县一带，时间最早；一群在岐山、扶风、武功一带，次之；一群在长安丰镐一带，时代最晚。这正与周人早期居豳、公亶父迁岐、文王都丰及武王都镐的文献记载相合。特别值得注意的是书中还说：

> 在长武遗址群中，碾子坡先周文化遗址的发现，乃成为探索先周文化起源的突破口。
>
> 自这一带逆泾河，再循支流马莲河而上 100 多公里，为甘肃庆阳地区，传说周先公不窋"奔戎狄间"即在此。①

---

① 李学勤主编：《中国古代文明与国家形成研究》，云南人民出版社 1997 年版，第 483—484 页。

这马莲河即《水经注·渭水注》中所说流经不窋城的马岭水，后民俗以音作"马莲河"。据《中国古代文明与国家形成研究》一书所说，"文献所谓公刘迁豳，不是一个点，当为一个地域范围的'面'，所迁豳的最后定点，不是一代一次完成，其间当经几代周人在此'面'上的自北而南逐步迁徙与壮大"。甘肃庆阳地区属于古代文献中所说的豳地的范围之中，属于周人的发祥地和早期活动地区，是一个不争的事实。事实上，如果细考古文献，也是这样。《汉书·地理志》右扶风栒邑县下注云："有豳乡。《诗》豳国，公刘所邑。"郑玄《诗谱》亦云："豳者，后稷之曾孙曰公刘者，自邰而生，所徙戎狄之地名，今属右扶风栒邑。"唯关于汉代栒邑地望，后代学者或认为即今陕西旬邑，或认为即今陕西彬县，或认为今甘肃宁县，看法不一。但仍以汉代文献入手，排除因后代政区分并、治所迁徙及认识上的错误，则问题还是清楚的。班彪于西汉、东汉间由长安出发往凉州避难，作《北征赋》，其中说出长安城之后先居瓠谷（今陕西泾阳县境）的玄宫，又过云门（云阳县门，在今陕西淳化县西北），远望甘泉宫通天台（在今淳化西北甘泉山上），然后"乘陵冈以登降，息郇邠之邑乡。……登赤须之长坂，入义渠之旧城"。然而由今淳化县往北至旬邑县北职田镇（靠近甘肃正宁县三嘉村），大体为黄土塬梁沟壑区，并无太大的山梁，而在旬邑县与正宁县交界的子午岭秦直道一段却地势高耸。那么，翻过这个陵冈，就正到了正宁县、宁县一带。则当时所谓"郇邠之邑乡"，应是在甘肃正宁县、宁县境。又郑玄《郑志》答张云逸云："豳地今为栒邑县，在广山北，沮水西，有泾水从西南行，正东乃得周，故言西东云。"又云："岐山在长安西北四百里，豳又在岐山西北四百里。"其所云"广山"，正是指位于今旬邑与正宁、宁县间的子午岭。据以上所说，古豳邑在今甘肃宁县马莲河流域，无可疑。关于此，兰州大学历史系汪受宽教授有《豳国地望考》一文，论之甚详，可以参看。① 根据汪受宽先生的研究，北魏、隋大业初两设的豳州治今甘肃宁县，因此地古有豳国。而西魏在新平（今陕西彬县）所设豳州，后称南豳州。相对于此，以治今宁

---

① 《甘肃文史》2007 年第 2 期。

县之豳州称为北豳州。① 这也说明历代王朝及学者对古豳邑之地的认识。近年在宁县医院工地发现巨碑一方，额题"大氏持节豳州刺史山公寺碑题"，是实物证据之一。

1984 年，甘肃省、地、县文物部门和北京大学考古系在合水县蒿铺乡石桥村九站遗址区域内进行发掘，出土近千件陶器和一件铜器，一件铜饰，其绝对年代距今 3370+110 年。② 这与周先祖在庆阳地区生活的时代大体相合。九站遗址出土的马鞍形口橙陶双耳罐，近二十年在庆城县东山周祖陵宁县庙嘴坪等地也有出土。这些都应是周先祖的文化遗存。

叔均当生活于夏商之间。因为《史记·周本纪》中说：

> 后稷卒，子不窋立。不窋末年，夏后氏政衰，去稷不务，不窋以失其官而奔戎狄之间。不窋卒，子鞠立。鞠卒，子公刘立。

《左传·昭公二十九年》载晋史官史墨云："有烈山氏之子柱曰稷，自夏以上祀之。周弃亦为稷，自商以来祀之。"则"稷"非一人。被周人奉为始祖的后稷（"后"犹曰"王"），自然是指《诗经·生民》一诗所写之弃，但其在夏代继任"稷"之职者，却不止一个。上古的职务多为世职。因为那时候的"官"不主要在行政管理，更重要在技能方面，土地、建筑、天文、农耕莫不如此，家传其业，世有能者。"不窋失其官而奔戎狄之间"，即是到了今甘肃庆阳地区。叔均无论是台玺之子，还是后稷之孙，其生均较不窋为迟，故也应是生活于今庆阳市宁县、合水、庆城、正宁一带的人物。不窋和叔均正是这片黄土地上发展起来的先进农耕文化的杰出代表人物。

三、《诗经》的《甫田》《大田》
与周人祭田祖的仪式

叔均由于贡献大，周人奉以为田祖。《诗经》中有两篇祭祀田祖的诗，

---

① 汪受宽：《豳国地望考》，《甘肃文史》2007 年第 2 期。

② 北京大学考古系、甘肃文物考古研究所：《甘肃合水九站遗址发掘报告》，《考古学研究》（三），科学出版社 1997 年版。

这就是《小雅》中的《甫田》和《大田》。我们可以由之知道叔均在周代建国之后，仍然享祀的情况。今先录原诗，并对个别较难理解的词语稍加阐释如下。《甫田》诗云：

倬（zhuō，广阔貌）彼甫（大）田，岁取十千（言收获之多）。
我（祭祀之官自称）取其陈，食（sì，供食物给人）我农人。
自古有年（丰年），今适南亩。
或耘或耔，黍稷薿薿（yǐ，茂盛貌）。攸（语助词）介（休息）
攸止，烝（召集）我髦士（才能过人者）。

以我齐（zī）明（祭器中盛的黍稷），与我牺羊，
以社（祭土地神）以方（迎四方之气）。
我田既臧，农夫之庆。
琴瑟击鼓，以御（迎祭）田祖，
以祈甘雨，
以介（助）我稷黍，以穀我士女。

曾孙（祭者之称）来止（语气词），以其妇子，
馌（送饭）彼南亩，田畯（农官）至喜。
攘（让）其左右，尝其旨（香甜）否。
禾易（移，阿那貌）长亩（满田），终善且有。
曾孙不怒，农夫克能敏。

曾孙之稼，如茨如梁。
曾孙之庾（露天粮囷），如坻如京（高丘）。
乃求千斯仓，乃求万斯箱。
黍稷稻粱，农夫之庆。
报以介福，万寿无疆。

关于这首诗的诗旨，《毛诗序》云："刺幽王也，君子伤今而思古焉。"但诗中看不出一点刺的意思。朱熹《诗序辩说》云："此序专以'自古有

年'生说，而不察下文'今适南亩'以下，亦未尝不有丰年也。"其《诗集传》云："此诗述公卿有田禄者力于农事，以奉方社田之祭，故言于此大田，岁取万亩之入以为禄食。及其积之久而有馀，则又存其新而散其旧，以食农人，补不足，助不及也。"清牟应震《毛诗质疑》云："述祈年之礼也。茨、梁、坻、京皆拟议之词，故上文'善'、'有'言终，下文'千仓'、'万箱'两言求也。"王先谦《三家诗义集疏》引其弟子黄山之说：

> 以社者，蔡邕所谓春藉田祈社稷也；以方者，亦邕所谓春夏祈谷于上帝也；御田祖者，班固所谓享先农也；祈甘雨者，皇甫谧所谓时雩旱祷也。皆春夏王者重农所有事。

皆大体是，而未确。诗中首章言周人田地之广大，及春耕之时周王召集田畯开始春种（王先谦《诗三家义集疏》云："田畯之畯，《释文》'本文作俊'。是《诗》之以'俊'训'畯'，即以畯士为田畯之官"）。第二章写祭祀的场面。先敬土地神，迎四方之气，而主要是迎祭田祖，所以在"我田既臧，农夫之庆"之后说："琴瑟击鼓，以御田祖，以祈甘雨，以介我稷黍，以穀我士女。"全章重点落在迎祭田祖上。方玉润于此章下批："总点祀事。"是也。第三章写王侯公卿当开耕之日至田间省视，率犒劳的妇女儿童至南亩（古时地广，多耕种山南向阳之地），亲尝送至田间的饭食，和农夫们勤快劳动的景象。第四章设想夏秋之际的丰收景象。全诗以祭祀为中心，而祭祀又以田祖为落脚点。《毛传》曰："田祖，先啬也。"郑玄笺："设乐以迎祭先啬，谓郊后始耕也。"《甫田》实际上是春耕前迎祭田祖的仪式。方玉润《诗经原始》云：

> 此王者祈年，因而省（视察）耕也。祭方社，祀田祖，皆所以祈甘雨，非报成也。观其"或耘或耔，曾孙来省"，以至尝其馌食，非春夏耕耨时乎？至末章极言稼穑之盛，及后日成效，因"农夫克敏"一言推而言之耳。……不然，方祈甘雨，何以便报成耶？

《山海经·大荒西经》中说，叔均驱旱魔而成田祖，此诗中言"以祈甘雨"云云，也与之一致。后稷之神，夏以前为柱，商以来为弃，则田祖之神，在商周之时也未必统一，我认为叔均应是周人的田祖，周朝建立之后，有可能成为由国家确定的周王朝及周封姬姓诸侯国和齐、秦等由周天子所封他姓诸侯共祭的田祖，但夏商之时及周时非周天子所封诸侯如楚、越及夏后杞、商后宋，所祀田祖就不一定是叔均。《礼记·郊特牲》郑玄注："先啬者，若神农。"其言"若神农"，即是举其一，似谓也有其他。《周礼·春官·籥章》郑玄注："田祖，始耕者，谓神农。"也应是言"此处指神农"（至于此"神农"是否指神农氏的"神农"，则是另一问题，此处不论）。而后人遂误以为田祖即神农，不计其他，大误。当然，也可能郑玄以经师偏见，以《山海经》为荒诞之书而不信，而由《诗经》中《生民》等诗推测之，故解说有误。总之，周人所祭，应是叔均，而不是神农，可以肯定。

《诗·小雅》中第二首祭田祖之诗是《大田》。这两首诗的题材、内容相近，诗题的意思也一样，何以会有两首？各家说法不同。清牟应震《毛诗质疑》于《大田》篇云：

> 述报赛之礼也，前篇先言祀，后言穑事，故知为祈。此篇先言穑事，后言祀，故知为报也。前"曾孙来止"下云"禾易长亩，终善且有"，此"曾孙来止"下云"与其黍稷，以享以祀"，义尤显然。

结合古代祭祀的礼制，由对诗本文的分析立言，甚为有见。魏源《诗序集义》亦云：

> 《甫田》，"齿雅"也。公侯夏省耘而雩祭社，方及田祖，以祈甘雨也。
>
> 《大田》，"齿雅"也。公侯秋省敛，因报于方也。

方玉润《诗经原始》云：

> 此王者两戍省敛之诗，与前篇同出一时。盖春秋巡省，祈年报赛用以答神者也。前篇重在祈年省耕，故从王者一面极力摹写祀事巡典，神则致其诚，民则极其爱，所以尽在上者之心也。此篇重在播种收成，故从农人一面极力摹写春耕秋敛，害必务去其尽，利必使有

余，所以竭在下者之力也。

两人之说俱与牟应震大体相同。魏源所谓"豳雅"之说，前人已尝之（朱熹《诗集传》于"豳风"解题即有述说），自是一说。方氏巡省之说，若以为指就近省察臣民耕种情况、参加开耕祭祀之礼仪，则亦无不妥。

程俊英、蒋见元《诗经注析》言《甫田》是"周王祭祀土地神、四方神和农神的乐歌"，《大田》是"周王祭田祖而祈年的诗"，陈子展先生《诗三百解题》之说同。但如前所言，《甫田》中也以祭田祖为主，为祈年之诗甚明。比较而言，牟应震、魏源、方玉润之说与《诗》本文更为切合。是前者用于始耕之时，后者用于秋收之后也。

关于此诗与下一首诗中"曾孙"之义，《诗·周颂·维天之命》郑玄《笺》："曾，犹重也。自孙之子而下，事先祖皆称曾孙。"就《甫田》《大田》二诗言之，旧说多以为指周王，朱熹《诗集传》以为二诗皆"公卿有田禄者力于农事，以奉方、社、田祖之祭"（《诗集传·甫田》注），解"曾孙"为"主祭者"之称。那就是说，各姬姓诸侯都应包括在内。我认为朱熹的解说更合情理。周人以农业起家，故十分重视农业，并非只周天子有劝农、报赛之事，各诸侯国、卿大夫在其封地之内也应有相应的活动。在一定程度上，《甫田》《大田》是西周时代一种农业风俗的反映，而不仅反映了朝廷一种礼仪活动。这两诗也应是天子与诸侯、卿大夫祭田祖（祈年与报赛）所共用，非仅周天子所用。

下面是《大田》之诗：

> 大田多稼，既种（选种）既戒（修整农具），既备乃事。
> 以我覃（yǎn，借作"剡"，锐利）耜，俶（开始）载南亩。
> 播厥百谷，既庭（挺直）且硕，曾孙是若（顺）。
>
> 既方（房，指谷粒初生嫩壳）既皁（zào，谷粒初生而未坚实），
> 既坚既好，不稂不莠。
> 去其螟螣（míng、tè，皆害虫），及其蟊贼，
> 无害我田稚。
> 田祖有神，秉畀（付与）炎火。

有渰（云兴貌）萋萋（云行貌），兴雨祁祁（盛多貌）。

雨我公田，遂及我私（私田）。

彼有不获稚（嫩谷），此有不敛穧（jì，禾捆）。

彼有遗秉（禾把），此有滞穗。

伊寡妇之利。

曾孙来止，以其妇子，

馌（送饭）彼南亩，田畯至喜。

来方禋（洁敬的祭祀）祀，以其骍（赤黄色的牛）黑（指黑色的猪、羊），

与其黍稷。

以享以祀，以介（增大）景福。

关于这首诗的诗旨，《毛诗序》认为"刺幽王也，言矜寡不能自存焉"，显然与诗意不合，朱熹《诗集传》云："此序专以'寡妇之利'一句生说。"所言是也。

但值得注意的是《甫田》《大田》两诗，《序》《笺》都提到"思古"的意思。《甫田序》云："君子伤今而思古也。"关于《大田》，郑玄《笺》云："幽王之时，政烦赋重，而不务农事。……故时臣思古以刺之。"我认为"思古"之说应是传授有自，非凭空而言。《荀子·大略》云："《小雅》不以于汗上（指批评君王），自引而居下（言作者引退而疏远于执政者），疾今之政以思往者，其言有文焉，其声有哀焉。"也谈到"思往"。《毛诗》出于荀卿一派，上溯至于子夏，虽有师徒相传孔子之语（今所发现上博简《孔子诗论》即其残存）、有子夏之语，后毛氏据以成《诗序》，然而古代多口传心授，所记简约，各代各人的理解受到时代、环境、个人阅历学养之影响，各有偏重，而有所不同，难免以偏概全，或以末为本而失其原意。朱熹以来学者们批评《毛诗序》，往往切中肯綮，以此之故。我认为这"思古"，其本义实际上乃是指对田祖业绩之怀念，与《大雅》中的《思齐》《既醉》相类，虽然不同于《绵》《生民》《公刘》等所谓周代史诗的侧重于叙事，但在述今之中，也表现了对其远古先祖的缅怀与崇敬。《甫田》云："自古有年。"追溯至往古，也含有这一层意思。后来之

经学家将《诗经》的编排方式神圣化，提出什么"四始""正变"之说，以《小雅》的《民劳》以下为"变雅"，皆从怨刺的方面去解说，因而失其要领，只简单地从"思古刺今"方面加以发挥，这也是旧经学以僵化的思想，简单化、公式化的方式进行推论形成的谬误之一。

朱熹的《诗集传》于《大田》题下云：

> 前篇有击鼓以御田祖之文，故或疑此《楚茨》、《信南山》、《甫田》、《大田》四篇即为"齯雅"……亦未知其是否也。然前篇上之人以"我田既臧，为农夫之庆"，而欲报之以介福；此篇农夫以"雨我公田，遂及我私"，而欲其享祀以介景福。上下之情所以相赖而相报者如此，非盛德其孰能之？

朱熹不信《序》说，并且不认为是幽王时的作品。从诗的情调看，是有道理的，此两诗同《小雅》中《楚茨》《信南山》及《周颂》中《思文》《臣工》《噫嘻》《丰年》《载芟》《良耜》皆有关农事祭典之诗。可以看出，西周之时有关农业生产之祭祀乐歌很不少。明何楷《诗经世本古义》、清范家相《诗渖》、胡承珙《毛诗后笺》皆由《礼记》《左传》中有关礼仪推论，反对朱熹的公卿之说，其实是将古代礼俗看成十分死板、固定的东西，如同法律制度一般（其实古代法律解释中也往往结合情与理考虑，灵活性很大），没有考虑到周王朝是延续了数百年，又包括数百诸侯的国家，北至燕，东至齐、鲁，西至秦，南至江汉一带（汉水流域有很多周王朝所封姬姓小国。由《左转·僖公二十八年》栾贞子所说："汉阳诸姬，楚实尽之"一语即可看出）。如此广大范围之中祭田祖、行省耕之礼而一直只限于周天子，是不可能之事。

另外，朱熹认为两诗中表现了在上者（天子、诸侯、公卿大夫）对农夫的感谢、勉励与祝福之意和农夫对在上者的感激与祝福，认为"上下之情所以相赖而相报"，有的人以阶级斗争的观点分析，认为完全不可能，说朱熹"昧于史实，而意在调和上下，掩盖矛盾，不替人民设想，专为统治阶级帮腔，还在颂美这一阶级的盛德"①。实际上是简单地以阶级斗争学

---

① 陈子展：《诗三百解题》，复旦大学出版社 2001 年版，第 825 页，并参见第 822 页。

说代替了对社会习俗的考察与了解。据有的学者对四川凉山的奴隶制状况的考察，黑彝对白彝以下的奴隶也都很关心，尽量保证其健康、生命，也为之负责嫁娶。很显然，有钱买个牲口，也要喂草料，要避免其受伤，还要时时梳毛、抚背，使之依顺主人。奴隶主既然将奴隶看作牛马，也至少会像对待自己的牛马一样对待他们。同时，近年来越来越多的学者主张西周为封建社会，而非奴隶社会。那么，诗中"农夫"同主祭者之间也存在着一种互相依存的关系。当然，封建地主阶级同农民之间是剥削与被剥削、压迫与被压迫的关系，这是不可否认的，但他们一方面对立，另一方面也相互依存。在阶级矛盾缓和的情况下，后者会占主导地位。所以，他们在很多公益活动中表现出相互祝福的语气，是可能的，这同特定场合中喜庆的气氛相一致。

《周礼·春官·籥章》云：

> 中春，昼击土鼓，吹豳诗以逆暑，中秋夜迎寒亦如之。凡国祈年于田祖，吹豳雅，击土鼓以乐田畯。

关于土鼓，郑玄引杜子春云："土鼓以瓦为匡，以革为两面，可击也。"看来同今日之鼓相近，唯鼓身由瓦做成。关于豳籥，郑众云："豳籥，豳国之地竹。"郑玄则认为是"豳人吹籥之声"。以土鼓例之，恐以郑众之说为是。《诗·小雅·甫田》中言周人"琴瑟击鼓，以御田祖"，这里又说击土鼓，吹豳籥，可见祭田祖之时鼓乐大作，有歌有舞，十分欢闹。

由以上考述看，周人对祭祀田祖叔均的活动很重视，也延续很久。但必须指出的是：这是在统治阶级主持下，根据史官、乐师的记载、传授而进行的，虽然也有农民的参与，但同民间关于牵牛的传说完全不同。叔均的事迹在概括而命为星名之后，发生了分化，一在统治阶级祭礼的层面，一在民间口头文学和民俗的层面。在《诗·小雅·甫田》《大田》中，叔均从保持着周人祖先和牛耕发明者身份的方面说，是保持了历史，而从成为尊神和不再变化的偶像方面说，已完全脱离了现实。在民间传说中，从他转变为一个普通的农民来说是被世俗化了，但从其从事于农业生产的方面说，更符合氏族社会杰出人物的实际。在民间，他永远贴近生活，反映着广大农民的情感愿望。"田祖"与"牵牛"（牛郎）不仅是历史同文学艺术的区别，也是统治阶级同广大人民群众在情感、思想和精神生活上的区分。

四、叔均与牵牛（牛郎）的传说

古所谓"伯""仲""叔""季"表示在同胞兄弟姐妹中的排行。如《史记·周本纪》："古公（应作"公亶父"，司马迁误读了《诗经·大雅·生民》中"古公亶父"一句。"古"实犹言"昔"，表追述，司马迁误以"古公"为号。）有长子曰太伯，次曰虞仲。太姜生少子季历。"太伯、虞仲、季历中的"伯""仲""季"即表排行。所以，我认为"叔均"的"叔"也应表排行。如此，则其非长子可知。因为非长子，继承酋邦首领地位的可能性就小（商人曾用兄终弟及的制度。其他部族中由少者继承父业，只有在特殊情况下才发生。如长子死、病，或少者为宠妻所生，或少者已掌有较大权力。《左传·昭公十三年》晋叔向曰："芈姓有乱，必季实立。"也是说在国内有乱的情况下，才有可能由小儿子继位。我认为周之季历继承其父之业绩，而太伯、虞仲奔于吴，同西周末年周幽王逐太子宜臼而立褒姒所生子伯服，春秋时晋献公欲立骊姬之子奚齐，而杀太子申生，重耳流于外十九年的情形相近，只是周人统治时间长久，粉饰此事，说是太伯、虞仲主动让其弟而窜于外）。所以，叔均是周先公中一位旁系的杰出人物，而且由其名前冠以"叔"来看，也非台玺的长子。这一点，同清末出版的《牛郎织女传》、清末以来《天河配》《鹊桥相会》等各种戏曲演出本及流传的各种"牛郎织女"传说中牛郎都有哥哥的情节相合。

牵牛在中唐孟郊的《古意》中称作"牵牛郎"[1]，而在晚唐胡曾的《咏史诗·黄河》中已称作"牛郎"[2]。宋代以后诗词中已多称为"牛郎"。如南宋宁宗时词人卢炳《鹊桥仙·七夕》：

---

[1] 孟郊：《古意》："河边织女星，河畔牵牛郎。未得渡清浅，相对遥相望。"见《孟东野集》卷一。

[2] 胡曾：《咏史诗·黄河》："沿流欲共牛郎语，只得（一作待）灵槎送上天。"见《全唐诗》卷六百四十七。

余霞散绮，明河翻雪，隐隐鹊桥初结。牛郎织女两相逢，胜却人间欢悦。

南宋理宗时诗人朱南杰《七夕星坐间诸友留平次宿和靖书院次日》云："叶已鸣秋但渐去，年年织女会牛郎。"宋末汪元量《七月初七夜渡黄河》："牛郎织女涉清浅，支机石上今何年。"明代小说《新刻全像牛郎织女传》（约刻成于万历年间）中，只有开头作"牵牛"，其后均作"牛郎"。清代《双星图》传奇（邹山撰，康熙年间刊本）、清末《牛郎织女》小说及各种戏曲中均作"牛郎"。

辛亥革命后京剧名家王瑶卿在此前各种梆子戏《牛郎织女》《鹊桥相会》《天河配》的基础上编排了京剧《天河配》，表现牛郎放牛，最爱牛，由于哥哥外出经商、讨债，不在家中，受到嫂嫂的虐待，哥哥回家后，嫂嫂又在哥哥面前挑拨。兄弟分家时，牛郎只要了老牛和破车。后牛郎因老牛出主张，找来织女为妻，生了一对儿女。老牛死时让他将牛皮留下。后织女因王母派天神来迫令其上天，牛郎披着老牛的皮去追赶，被王母划了一道天河将二人隔开。后来各种戏曲的演出本大体都依据此本。①

民间传说、故事方面，较早的有赵景深、赵克章记述的《牛郎》：

据说，从前有弟兄两人，弟弟心肠忠厚，哥哥却很狡猾。弟弟因常赶牛的缘故，被人叫做牛郎。弟兄分家，弟弟只得了一辆破车和一只老牛。一天，老牛对主人说，某处河里，有许多仙女在洗澡。倘他能取得她们中间任何人的衣服，便可以得她做妻子。第二天，他跟了老牛出发，果然看见许多正在洗澡的仙女。他抱了一堆衣服上车（牛车）就走。结果便带回了一个仙女做妻室。她就是织女。织女和牛郎生下一对男女。一天，她用巧语骗得了自己以前被取去的衣服，便乘云而去。牛郎忙担了他的儿女，穿上牛衣（这是老牛死时所嘱咐的），急赶上去。谁晓得慌忙中少穿了一只牛腿，使他不能立即赶上织女。正在追逐的当儿，忽来了王母。她用金簪划成一道天河，把他们两人

---

① 参见杨绍萱《论戏曲改革中的历史剧和故事剧问题——从今年舞台演出的〈天河配〉说起》、刊《新戏曲》第2卷第5期，新戏曲月刊社、天下出版社1951年版。

分开。牛郎托了燕子去说合，不意被误传了日期，所以后来永远只能一年一会。①

钟敬文先生在其《中国的天鹅处女故事》一文中概括叙述了其梗概之后说："这个故事，没有记明所由采集的地域，但附注中有'北人称妻室为媳妇'的一句话，也许是我国北部的哪一省所流传的吧，虽然两记述者都是西部四川地方的人。"根据钟先生对这个采集本中语言特征和作者籍贯的说明，这个故事采集于西北的可能性为大。

洪振周记述的一篇流传在奉天的题为《牛郎》的故事。说从前有一个叫王小二的孩子，从小父母双亡，故只靠着哥嫂度日。哥嫂终日使他在外放牛，他们却在家里偷着做些食物吃。有一天他牵着黄牛出外放牧，忽然黄牛对他说起话来，说他的哥嫂正在偷吃美餐。他回去一看，果不其然。有一天牛又告诉他，哥嫂要在吃的食物中下毒药毒死他，叫他不要吃哥嫂给的食物，而提出分家，并说："什么东西都不用要，只要我老牛。"他按老黄牛说的做了。后来老牛说，自己是天上的星辰，"我死的时候，你把我埋在此地，过了三天，坟上必定长出一棵葫芦秧子，你就沿着秧子走去，到那时自然就有许多的福气给你享"。牛郎按其吩咐做了。结果找到了正在河中洗澡的织女领回了家。自此他们二人恩恩爱爱过了许久快活的日子。后来王母娘娘寿辰之日，织女同牛郎上天去拜寿。王母大怒，"把金钗拔下丢在他们中间，划了一道天河，说'你们来年七月初七再见面吧。'从此他们一个在此岸放牛，一个在彼岸织布。一年只有一次相会的机缘"②。牛是黄牛，其反映的故事自然也是以北方为背景。

钟敬文先生的《陆安传说：牛郎和织女》，刊于1925年出版的《北京大学研究所国学门周刊》第1卷第10期，他在1928年发表的《七夕风俗考》中又加引述，并且说："我幼年所听母亲讲过的关于牛女的故事，却和《齐谐记》所记载的，相差不远。"主要是介绍陆安（今广东陆丰大安镇）所流传"牛郎织女"故事。其情节与南朝志怪小说所载基本一致，只

---

① 参见钟敬文《中国的天鹅处女故事》引。钟文刊《民众教育季刊》1933年3月第1期。故事原刊赵景深编《中国童话集》第一册。

② 原刊于《妇女杂志》第七卷第九号"民间文学专栏"，上海妇女杂志社1921年版。

是结尾说，天帝让乌鸦去传言，让每七天相会一次，但乌鸦却说成了每年七月七日相会一次。所以"他们就永远每年只有一次的见面了"，乌鸦也因为去搭桥而"身上的羽毛都要脱得很精光"。

以上采录本三种，北方二种，南方一种，都是现存最早的采录本。比较起来，前两种更多体现着民间传说的特征，后一种更多地体现着历史文献的梗概，但又同民间传说融为一体（结尾部分民间色彩浓厚）。

孙佳讯采录于江苏省灌云地方的《天河岸》。说从前有一个贫少年，家里只有一头老水牛，因为他常常看管它，所以大家叫他牵牛郎。有一天，老水牛告诉主人，说草地的南边的河里，有七个仙女在洗澡，他前去把她们的宝衣藏起一套，便可得到一位做妻室，他照着老水牛所说，果然其中一位叫织女的因为衣服被拿掉，不能腾空驾云而去，只好做了它的妻子，不久老牛生病，临死时吩咐主人等它死后剥下它的皮来，装上黄沙，用它鼻子上的索子捆成包袱，每天背在肩上，遇紧急事时，一定能给他帮助。两三年后，织女生一男一女。一次，她问起自己的宝衣，且动以甘言，牛郎便告诉了埋藏的地方。她得了宝衣，驾云而去。牛郎拉了儿女，靠着肩上牛皮的法力，腾空而去。织女用金钗划成了一条大河，隔断牛郎，牛郎撒包袱里的黄沙，立时成了一道沙堰，因而再追上去。织女再划了一条天河，牛郎因黄沙已尽，把捆包袱的索子抛了过去，织女也抛出梭子来回报。此时来了一个白胡子的神仙，奉天帝之命，让他们各住河的一边，每年七月七日在河东相会一次。①

郑仕朝采集于浙江永嘉的《牛郎和织女》，说牛郎一天正要回家的时候，他的老黄牛忽然向他说起话来。说它本是天上的神仙，因为犯了罪，贬到人间来受苦。因为主人（指牛郎）对它特别好，心存感激，主人现在有性命之忧，所以不能不说。老牛接着说："原来你的哥哥和嫂嫂想吞没你的家产，打算将你害死，今天午饭里放有毒药，主人千万莫吃!"牛郎回家后把哥嫂给他吃的饭背地里倒给狗吃，狗即刻中毒而死。因为他按老牛事先的吩咐，要求分家。他请来舅父来给他们分家，舅父想帮助牛郎一些，但牛郎只要黄牛和一辆破车、一只破车箱。老黄牛拉着牛郎腾空而

① 参见林兰编《换心后》，北新书局 1930 年 2 月初版，1930 年 11 月再版，第 53 页。

去。在一个地方，变出一桌酒菜让牛郎吃过之后，给他说：前面河里有个女子，正在洗澡，名叫织女，"她和你有夫妻姻缘，你前去拿开她的衣服，你们就可以成为夫妇"。牛郎照它的话去做，织女最后答应嫁给了牛郎。三年过去，他们生了两个孩子。一天，老黄牛说自己的灾期已满，不久就要归天。让他在自己死后用它的皮做一双靴子，织女逃走时就可以赶上她。牛郎照它说的做了。后来织女果然趁牛郎不备，穿起三年前河边用过的浴衣，腾空而去。牛郎穿上那双靴子，抱着两个孩子追赶上去。织女看到牛郎越来越近，着了急，拔下金簪划了条天河，将牛郎隔住。牛郎无奈，拿起牛轭掷过河去，织女也拿着梭子抛过河来。"所以直到每年七夕前后，我们抬头一望银河两岸，还可以望见牛郎织女，牛轭、梭子依然遥遥相对看着呢。"后来天帝可怜他们，替他们说和，允许他们"逢七"见面。差一只鹌鹑去给牛郎报信，鹌鹑却误把"逢七"报成了"七七"。牛郎大怒，伸手抓住鹌鹑的尾巴，鹌鹑知道自己报错，嘴里喊着"不对！不对！"没命地飞去，尾巴却被牛郎抓掉了。这个故事也被钟先生所引述。①

与此比较相近的有流传在山东的《牵牛郎》。故事说牛郎的哥哥外出做活，嫂嫂虐待牛郎，因为老牛的通告，牛郎没有食有毒的饺子，免得一死。请舅舅分家，只要了老牛和破车。老牛临死时交代他，等它死之后，剥下牛皮，可以到天河。天河中有九个女子洗澡，偷取一件仙衣，可以娶得一个仙女为妻。牛郎依言，果然得一仙女为妻。几年后，仙女生下一男一女。后来仙女用计骗得被牛郎所藏的仙衣，升空而去。牛郎披着牛皮，抱着儿女追赶。王母娘娘听到仙女喊救命，用划水成河的方法，将牛郎隔在河的另一边。仙女对王母娘娘说，愿在娘家住得日子多，所以王母娘娘令二人每年七月初一至初七相会。此后每年七月初一就有喜鹊搭桥，到了初七两人大哭而别。② 而牛也是黄牛，也反映着这个故事较原始的情节要素特征。

还有一种收集于浙江上虞的"牛郎和织女"传说，情节同上面的相近，但牛郎和织女却都本是人间的孩子，都遭后母虐待，"天帝看他们如

---

① 原刊于钟敬文编《新民》半月刊第 5 期，1932 年 1 月 16 日出版。

② 赵启文讲述，见《山东民间故事》。北京大学《民俗丛书》第七七册，东方书局复印，第 55—65 页。

此痛苦，不觉大发慈悲，将两人叫到天上，变成牛郎织女两颗星，并当日结婚"。不料他们婚后终日贪欢，女不喜织布，男的不愿牧牛。神帝看了大怒，就将他们两人中间隔了一条天河，使他们不得欢聚，仍各行其职，每年只准七月七日夜，由喜鹊含石作桥，使他们在桥上相会。①

这几个采录较早的本子，只有孙佳讯采录的《天河岸》，那帮助牛郎的牛是老水牛，其他都是黄牛或曰老牛，或曰老黄牛。可以看出这个故事在南方长久流传之后的变异。

永嘉流传的"牛郎和织女"中，牛郎在家中遭受了后母的虐待，而且牛郎织女本都是人间的男女青年，天帝同情他们，将他们叫到天上，让其结婚。这都可以看出在南方的流传变异情形比较突出。而其中说婚后终日贪欢，废织纴与放牧，天帝怒，使其分离，这同南朝某志怪小说的"嫁后遂废织纴"的情形可谓一脉相承。

联系古代诗、词、赋、文及小说、戏曲等综合来看，"牛郎织女"的传说最早流传于北方，而溯其源，应产生于西北。这同叔均的传说，在《山海经》中只见于《海内经》和《大荒西经》《大荒北经》是一致的。《大荒西经》大体是由西北向西南述西部之地（其开头曰："西北海之外，大荒之隅"云云，其末尾云："西南渚中""西南海之外"云云，即可看出），记叔均一节在前面，即西北部分；《大荒北经》是由东北向西北叙述（其开头曰："东北海之外。"末尾曰："西北海之外"云云），记叔均一节在后面，即西北部分。总之，《山海经》记叔均之事，地属西北。

当然，流传在南北不同地方的牛郎织女之类的故事虽然有所分化，其中的共同点还有，比如都是说织女在河边洗澡时牛郎抱了衣服，使得织女不得不跟了他去，以后婚姻生活很美满。第一、第三、第五个采录本都是生了两个孩子（第一、第五都明确说是一男一女）。这自然同天上的牵牛星由一大星和两小星组成有关（牵牛星是一大星在中间，两边各两小星，织女星也是一大星两小星，但农历七月间两小星在其东面），故事中说牛郎带着两个孩子追到天上。第一、第三、第五个都是织女离去时牛郎听了

① 刊《中国民间趣事集》第三卷，上海儿童书局发行，1930 年 7 月初版。所获复印件上缺作者名。

老牛的话追去，而且是靠了牛皮的法力才得以腾空而行；都是用金钗划出了一条天河，将他们隔开；第四只说是用一条天河将他们隔开。唯第一、第二为王母所划；第三、第五为织女自己所划，第四为天帝所造成。看来，较原始的情节应是王母所划，流传到南方之后，才演变为由织女自己所划，或天帝所造成。

至于各种关于"牛郎织女"故事的采录本中，都有织女在河中洗澡的情节，以及都是有一条河将他们二人分开，这同织女星、牵牛星是在天汉边上有关。七月中织女在河西，牵牛在河东。银河古称汉、天汉、云汉、银汉，同地上的汉水有关。秦人发祥于今天水西南以礼县东部为中心的一大片地方，因而以其祖先织女之星在天汉边上，而此以东，便是陕西省的岐山、武功（先周时邰）和甘肃庆阳，陕西长武、旬邑、彬县（均属先周时豳的范围）。则牵牛传说同甘肃庆阳和陕西中部一带有关，应无疑问。

《史记·秦本纪》：

> 文公元年，居西垂宫。三年，文公以兵七百人东猎。四年，至汧渭之会，曰："昔周邑我先秦嬴于此，后卒获为诸侯。"乃卜居之，占曰吉。即营邑之。十六年，文公以兵伐戎，戎败走。于是文公遂收周余民有之，地至岐，岐以东献之周。……二十七年，伐南山大梓，丰大特。

汧渭其地在今陕西宝鸡一带，靠近甘肃秦安、天水。秦文公至汧、渭二水交汇之地，是已开始东迁。后又攻戎而得岐以西之地，其地本周先民所居邰，秦人居此而有其民，周秦文化之交融即开始。关于"丰大特"一句，"丰"即扩大、扩建之义。特，《说文》："特，朴特，牛父也。"指公牛。《史记集解》引徐广曰："今武都故道有怒特祠，图大牛。"《史记正义》引《括地志》云："大梓树在岐州陈仓县南十里仓山上。"并按云："今俗画青牛障是。"可见秦人在移至陈宝（今宝鸡）之地时已有些关于神牛的传说，并立以为祠。这正是周秦文化交融的结果。

陕西中部和庆阳各县也有关于牛郎的故事传说，还有不少同牛、牵牛有关的地名、祠庙，尤其是自古有着丰富的农耕习俗和独特的牛文化。我国几千年经济的特征是以农业为主，而陇东的庆阳一带和陕西中部之地由于气候适宜，土壤肥沃，又便于挖窑居住，故农业发展最早。而在上古，牛耕的发明是农业发展历史上最重要的发明，至今大部分农民仍由之而获其利。

"牛郎织女"的传说有丰富的文化内涵，固然，这些可以从其人物形象的高度概括性，从其情节的历史针对性、典型性和思想内容的深刻性方面都可以体会得出，但只有从其孕育、形成过程的考察中，才能有更深刻而全面的体会。因为它的孕育、形成基本上同我国父系氏族社会以后文明、经济发展的进程及意识形态方面的发展变化相一致，它其中的一些情节，甚至关于它的传播、演变、分化以至于在通俗文学与戏曲中的寂寞与被关注，都同我国意识形态领域的变化息息相关。所以，我们应该下功夫对其孕育、形成、发展、演变及分化的状况，对其思想、艺术等各个方面进行深入、细致的研究。

（原刊《人文杂志》2009 年第 1 期）

有关"牵牛织女"传说的
一首诗与《易林》的作者问题

一、杰出的西汉四言诗

《易林》一书，唐代王俞作于会昌六年（846）的《易林序》言其"言近意远，易识难详"。北宋学者黄伯思《校订易林序》言其"文辞雅澹，颇有可观"。但学者们很少从文学的角度看待这部书。明代著名学者杨慎第一个从诗歌的角度论述该书的价值。他说：

> 《焦氏易林》西京文辞也，辞皆古韵，与《毛诗》《楚辞》叶音相合，或似诗，或似乐府童谣。观者但以占卜书视之，过矣！如"夹河为婚，期至无船，摇心失望，不见所欢"。……其辞古雅，魏晋以后，诗人莫及。①

真可谓振聋发聩。"魏晋以后，诗人莫及"，不但肯定了书中所收诗歌的文学价值，而且给以很高的评价，把它置于魏晋以后很多诗人名家珠玉琼瑶之上。晚明钟惺、谭元春编《诗归》，其古诗中选录《易林》中作品53首。钟惺评曰：

> 焦延寿用韵语评古，盖访古繇辞，如"凤凰于飞，和鸣锵锵"之类也。其语似谶，似谣，似诨，似隐，似寓，似脱，弄想幽情，深文急响，取其灵警，可纯乎四言者，以存汉诗一派。

---

① 杨慎：《升庵集》卷五十三《易林》，文渊阁《四库全书》本，第1270册，第468页上。

又说：

> 其笔力之高，语法之妙，有数十百言所不能尽，而藏裹回翔于一字一句之中，宽然有馀者。其锻炼精简，未可谓无意为文也。

1939 年，闻一多先生完成了《易林琼枝》的选编，选录《易林》中一些作品，有的摘其精彩诗句，共 124 首。闻先生在其后案中说：

> 《易林》是诗，它的四言韵语的形式是诗，它的"知周乎万物"的内容尤其是诗——这意见在我心里远在十年以前就确定了。后来偶然翻到《诗归》，才知道三百馀年前，钟惺已经将这部书的部分内容收入他那著名的选本里去了，虽则我不能承认他所选的全能代表《易林》的真实价值。

他在所附《中国文学史提纲》中又列出：

> 汉诗中两大成绩：《乐府》、《易林》——唐诗的滥觞。
> 整个文学史二大杰作：《史记》、《易林》。

由此可以看出闻一多对此书评价之高。

至钱锺书《管锥编》第二册《焦氏易林》更引有明诸家之语盛称《易林》的文学价值。如引李嗣邺《后五诗人传》称胡一桂四言诗："奇文奥义，识学兼造，当是焦延寿一流，为后来词人所绝无者。……犹得存此一卷诗，使后世与《易林繇辞》并读。"因而说："盖《易林》几与《三百篇》并为四言诗矩矱焉。"并驳斥了冯班、冯惟讷、章学诚之偏见，以大量篇幅具体分析了《易林》的艺术性。于是，《易林》中所收诗歌作品渐为人们所注意。

《易林》明代以后也称《焦氏易林》，共十六卷，有明万历二十年《广汉魏丛书》本，有《津逮祕书》本，清康熙五十六年金溪王氏《增订汉魏丛书》本，宣统三年上海大通书局石印《增订汉魏丛书》本。近代易学家尚秉和有《焦氏易林注》《焦氏易诂》，由易象而解辞，可以看出繇辞和卦象的关系，即此卦何以选用此辞，说明辞之安排及其措辞，大体相同的诗歌何以在不同的卦之下文字稍有不同。这对我们了解《易林》搜集当时民间作品，又稍作修改的动机有所帮助。

二、《易林》中有关牵牛织女传说的诗歌

这里我们要说的是，《大畜》之《益》中写到织女，而杨慎曾经引述过的《屯》之《小畜》的繇辞，全篇为吟咏"牵牛织女"传说之作，值得注意。《大畜》之《益》前二句为：

> 天女推床，不成文章。

天女即织女。《史记·天官书》："织女，天女孙也。"司马贞《索隐》引《荆州占》："织女，一名天女，天子女也。"床，指织机。古称鼓栏、井栏皆曰"床"。织机前部较长，而后部如栏，故也称为"床"。今之"机床"一词，也由此而来。这两句繇辞是由《诗经·小雅·大东》一诗而来，但却是作为人物来写。所谓"不成文章"，是说因为心神不宁，织不出花纹来。这同《古诗十九首·迢迢牵牛星》一诗中说的"终日不成章，泣涕零如雨"意思完全一样。《屯》之《小畜》繇辞如下：

> 夹河为婚，期至无船。
> 摇心失望，不见所欢。

尚秉和曰："'摇'字，宋本、汲古阁本作'谣'，非。"尚氏从元刻本。今从尚氏《焦氏易林注》。这首小诗又见于《兑》之《屯》，文字与《屯》之《小畜》同。又见于《临》之《小过》，"期至"作"水长"①。"摇心"作"槌心"②。我们以此诗同见于《古诗十九首》的《迢迢牵牛星》一首对读之，其情节差不多，只是一个为四言，一个为五言，一个只4句，表现情节比较概括；一个10句，较多具体描写。

大概从汉代开始，牛郎织女七夕相会有鹊桥相会和渡船相会两种说

---

① "长"，从宋元本。汲古阁本作"涨"。
② "槌"，汲古阁本作"追"，元本作"遥"，尚秉和认为"皆非"。此处作"槌心"者，是依据《临》之《小过》卦象，略易数字。

法。到后来统一为鹊桥相会，因为这种形式既富于想象又同飞鸟可以上天的实际相合。但渡船相会的说法传到日本，在日本却被保留了下来。《万叶集》收有日本公元 4 世纪到 8 世纪四百多年间长短歌四千五百余首，大部分是奈良时代（8 世纪，相当于中国唐代）所作。其中从第八卷到第二十卷收录一百三十多首七夕和歌。有不少就说的是牛郎织女乘船相会。如第 1519 首：

> 银河河水广，此夜渡船开。今夕是何夕？吾君我处来。

再如第 1765 首：

> 银河天汉上，降雨雾难开。今日唯今日，待君船出来。

第 2055 首：

> 银河天汉边，渡口虽非远。盼君撑船出，一等是一年。①

这几首诗与《易林》中相比，意境完全一样。

《易林》中的四言诗有不少是当时流行的民歌，编者稍加删润、修改、调整，用以表现易理。也有很多诗是根据《诗经》中的作品改写的。上面说的这首《隔河为婚》，固然可以看作采自民间的作品，或作者根据当时流传的"牵牛织女"的传说而作成，但由其中一些词语看，似乎同《诗经·秦风·蒹葭》有些关系。你看，"夹河""水长""摇心失望"等。说这首诗是对《秦风·蒹葭》情节的概括，也不会有太大的问题。

以往都认为有关"牵牛织女"的传说在诗歌中最早为《古诗十九首》的《迢迢牵牛星》，又将这首诗的创作时间定在东汉末年。依我看，这首诗及与此诗同样被《玉台新咏》列入枚乘名下的《兰若生春阳》也都是西汉时代所传乐府诗；虽未必产生于汉初，但总是西汉中晚期的作品。

钟惺、谭元春的《诗归》和闻一多的《易林琼枝》都选录了《隔河为婚》这首诗。钟惺评曰："声情似乐府。"钱锺书《管锥编》的《焦氏易林·屯》引《夹河为婚》及《易林》中意境、构思与之相类其他几首，

---

① 杨烈译：《万叶集》（上，下），湖南人民出版社 1983 年版。

加以论述，而在《毛诗正义·蒹葭》中，论及西洋浪漫主义所谓企慕之情境，又引《易林·屯》之《夹河为婚》一首，并引《古诗十九首》"迢迢牵牛星，皎皎河汉女。……河汉清且浅，相去复几许，盈盈一水间，脉脉不得语"，及《华山畿》"隔河叹，牵牛语织女，离泪溢河汉"；引了孟郊的《古离别》"河边织女星，河畔牵牛郎。未得渡清浅，相对遥相望"。认为"取象寄意，全同《汉广》《蒹葭》"。

诸家认识到《隔河为婚》一首浓郁的诗意及同几首吟咏"牵牛织女"之作的相似点，但都没有明确指出，这首诗实际上就是吟咏"牵牛织女"的。班固《两都赋》中说："临乎昆明之池，左牵牛而右织女。"李善注引《汉宫阙疏》："昆明池有二石人牵牛、织女像。"班固为汉初人，其所著《汉书》为其父班彪（两汉之间人）所著基础上完成，则西汉时代昆明池上有牵牛织女石像，应为可靠记载。宋代徐天麟《西汉会要》："武帝元狩三年（前120）将讨昆明，昆明有滇池三百里，乃作昆明池以习水战。"那么，昆明湖上牵牛织女石像成于前120年以后的几年中。无论是昆明湖之成，还是与之相关的什么景致，都会成为当时和此后文人和民间歌咏赞颂的题材。越二十年，当太初改历后之第五年，又改元为"天汉"，以祈甘雨。则从文化氛围上来说，有关"牵牛织女"的传说产生于西汉后期直至西汉末，也就完全可能。

三、《易林》的作者与年代

关于《易林》的作者与成书年代，目前大体有两种看法：一种认为是汉昭帝（前86—前74）、宣帝（前73—前49）时人焦赣所作，成书于西汉中期；一种认为是西汉、东汉之间人崔篆所作，成书于东汉光武帝建武（25—55）年间。前一种观点存在的问题较多[1]，但至今仍有力

---

[1] 参见余嘉锡《四库提要辨证》卷十三《易林》条；胡适：《〈易林〉判归崔篆的判决书——考证学方法论举例》，刊国立中央研究院《历史语言研究集刊》第二十卷，1948年。

主此说者①，后一种说法，也有不确切处。对此不能不再加论述。

《易林》一书不见于《汉书·艺文志》，《隋书·经籍志》始著录："《易林》十六卷，焦赣撰。梁又本三十二卷。"其下又著录："《易林变占》十六卷，焦赣撰。《易林》二卷，费直撰。"《隋书·经籍志》主要依据梁代阮孝绪《七录》和《隋大业正御书目》，未能认真地核对原书，大多是依目列入。看来梁代有传本是将《易林》十六卷和《易林变占》十六卷合为一书，故言有别本为三十二卷。看来在隋代以前《易林》的传本已出现混乱。

关于《易林》一书的作者，宋代以来流行各本都署名焦赣，至明代郑晓《古言》始提出疑问：

> 今考《汉书·儒林传》、《艺文志》及荀氏《汉纪》，皆不言焦氏著《易林》。疑今之《易林》未必出于焦氏。延寿为京房师，今《明夷》之《咸》林云："新作初陵，逾蹈难登。三驹推车，跌损伤颐。"乃成帝时事。《节》之《解》林云："皇母多恩，字养孝孙。脱于襁褓，成就为君。"似言定陶傅太后育哀帝事，皆在延寿后，不应延寿预言之也。②

下面还说到刻本中署名"东莱费直"的序以焦赣为王莽时人，与史书所载不合。因为此序为后人所伪托，可以不论，但所提前两个问题，确实存在。清初顾炎武《日知录》卷十八有《易林》一条，专考其时代，其云：

> 延寿在昭宣之世，其时《左氏》未立学官。今《易林》引《左氏》语甚多，又往往用《汉书》中事，如曰"彭离洛东，迁之上庸"，事在武帝元鼎元年；曰"长城既立，四夷宾服，交合结好，昭君是福"，事在元帝竟宁元年；曰"火入井口，阳芒生角，犯历天门，

---

① 如陈良运在其论文《〈焦氏易林〉作者考辨》（《周易研究》1992 年第 3 期）、《一桩历史迷案的探索》《京房〈易〉与〈焦氏易林〉》《〈易林〉作者思想渊源辨略》《学术不可负前人、欺后人——〈焦氏易林〉产生时代再考，兼评胡适的"考证学方法"》四文和《〈焦氏易林〉诗学阐释》（百花洲文艺出版社 2000 年版。上面未注出处四文俱见此书下编）的《自序》中均力主为焦赣所作，并对胡适、余嘉锡等主崔纂说者的批驳语气十分严厉。

② 朱彝尊《经义考》卷六引。中华书局 1998 年影印本，第 47 页。

窥见太微，登上玉床"，似用《李寻传》语；曰"新作初陵，逾陷难登"，似用成帝起昌陵事；又曰"刘季发怒，命灭子婴"，又曰"大蛇当路，使季畏惧"，则又非汉人所宜言也。

因此，他认为"疑是东汉以后人撰，而托之焦延寿者"。关于最末一条，即文中称刘邦为"刘季""季"的问题，左暄《三馀偶笔》卷三说："《史记·高祖本纪》言'刘季'者非一，则固汉人所常言也。"（左暄也认为《易林》非焦延寿所作，但他据《后汉书·许曼传》，曼祖父峻亦著《易林》的记载，主张今传世《易林》为许峻所著）。顾炎武所指出其他各条，有的虽为《汉书》所记载，但事情发生在西汉，早者武帝时，迟者元成之际，无发生在东汉者。《汉书》虽成于班固而起于班彪，而且有些事在班氏父子之前已有流传，甚至有著之竹帛者，则如《易林》成书于西汉东汉之间，则并无妨。关于顾炎武文中提到《易林》引《左氏》语甚多一条，如认为焦延寿之书，自然不可能，而如成书于西汉末年或两汉之间，也并无不可，因为在汉哀帝时因刘歆之争，《左氏春秋》得立为学官。

由以上分析看，顾炎武所提出各条证非焦延寿之作则俱是，而以为"东汉以后人撰"则非。又《东观汉记》卷七载：

> 永平五年秋，京师少雨，上御云台，召尚席取卦具自卦，以《周易卦林》占之，其繇曰："蚁封穴户，大雨将集。"①

因此二语载《易林》的《震》之《蹇》中，则《周易卦林》即今所传《易林》，汉明帝永平五年（62 年）已用为占。因而黄汝成《日知录集释》录梁玉绳引许周生语，认为《易林》"亦非东汉人所为"。

值得注意的是黄汝成《日知录集释》所引清沈钦韩之说：

> 《后汉·崔骃传》载，其祖父篆著《周易林》六十四篇，用决吉凶，多占验。晋李石《续博物志》曰："篆著《易林》，或曰《卦林》，或曰《象林》。"②

---

① 刘珍等撰，吴树平校注：《东观汉记校注》，中华书局 2008 年版，第 236 页。《太平御览》卷十引《东观汉记》文《周易卦林》作《周易林》。

② 《续博物志》旧本题晋人，误，《四库全书总目·子部》五十三"小说家类"存目一有考。

同时沈钦韩还提到，王安石《许氏世谱》中说道："后汉汝南许峻者，为《易林》传于世。"以上两点，都同顾炎武之推断可以相合，而时间则限在了东汉及西汉之间。由于《易林》中并未见有东汉之事，故学者们更倾向于崔篆所作。事实上，在《旧唐书》《新唐书》中已著录有《崔氏易林》，有的并点出为崔篆所著。《旧唐书·经籍志》"五行类"：

> 《焦氏周易林》十六卷，焦赣撰。
> 《崔氏周易林》十六卷。

只是关于《崔氏周易林》未注明撰人。但在《新唐书·艺文志》中，除上一部书末注"焦赣"之外，在《崔氏周易林》十六卷之后注："崔篆。"则可见署名不同的两种传本都有。两种都是十六卷，且除姓氏不同外其馀全同，应是同一部书。

张之洞《书目答问》说："《易林》十六卷，旧题汉焦赣，依徐养原、牟庭相定为汉崔篆。"徐养原之文未见，但至少应该是在《旧唐书》《新唐书》著录的基础上提出了认为是崔篆所作的理由。牟庭相《校正崔氏〈易林〉序》提出费直旧序中关于焦赣生活年代上存在的疑问，然后说：

> 今世所传《易林》，本有汉时旧序，云六十四卦变占者，"王莽时建信天水焦延寿"之所撰也。余每观此而甚惑焉。据《汉书·儒林·京房传》，焦延寿是昭帝时人，何言乃为王莽时？焦延寿，梁人也，何为而言建信天水？……一日检《后汉书·儒林传》："孔禧拜临晋令，崔骃以《家林》筮之。"又检《崔骃传》云："祖篆王莽时为建新大尹，称疾去，在建武初著《周易林》六十四篇。"余于是执卷而笑曰："《易林》者，王莽时建新大尹崔延寿之所篆也。'新''信'声同，'大尹'形误为'天水'，'崔'形误为'焦'。崔篆盖字延寿，与焦赣名偶同，此所以致误也。"

牟庭相认为署名为"费直"的序，"本系东汉人之笔，而不考其名，遭遇妄人，辄加'东莱费直长翁曰'七字以冠之"。牟庭相的分析与解释，真是精辟到极点。

翟云升《书牟氏序后》又云：

> 李石《续博物志》："后汉崔篆著《易林》六十四篇，或曰《卦林》，或曰《象林》。"自唐以来言《易林》者，皆称焦氏，惟石得其实。

李石为宋人，则宋代学者已指出此书为崔篆所撰。看来虽然《旧唐书》《新唐书》未加辨析两存之，而当时有眼力的学者已看出俗本题名之误。

余嘉锡《四库提要辩证》卷十三对丁晏、刘毓崧之说又加辩驳①，并补充举出误《易林》为焦赣之书的几条有力证据，如敦煌石室发现唐代类书《修文殿御览》（罗振玉考定）写本残页，引《易林》的《谦》之《泰》"白鹤衔珠"一条，作"崔赣《易林》"。余先生说：

> 此必原作《崔氏易林》，后人妄改氏为"赣"，而忘改"崔"字，遂致以崔篆之姓冠延寿之名。可见崔、焦两人之书，以姓氏点画相近，往往互混为一。《艺文类聚》卷九"十鹤部纪"崔颢《易林》曰："白鹤衔珠。"又误"赣"为"颢"。至《太平御览》卷九百一十六转录《修文殿御览》，则竟改作《焦赣》，以灭其迹矣。然尚有改之未尽者。

下面举了《太平御览》卷三百四十七引"崔赣《易林》"，七百四十引"崔赣《易林》"两例。又日本人所撰类书《秘府略》残卷，也引"崔赣《易林》"，余先生言："疑古本《易林》有误题'崔赣'者，非钞书人偶然笔误"，而后之妄人径因"崔""焦"字形相近，自我作古，改作"焦赣"。余氏此说，较之牟庭相推测崔篆亦"字延寿"之说，更为可信。

余氏又引唐代赵麟《因话录》卷六十一段文字：

> 崔相国群之镇徐州，尝以《崔氏易林》自筮，遇《乾》之《大畜》，其繇曰："典册法书，藏在兰台。虽遭乱溃，独不遇灾。"……

其中所述繇辞即今本《易林》的《坤》之《大畜》，"溃"作"溃"，《因话录》"乾"盖"坤"字之误。余氏说："此可为今本实崔篆书之佳证。"

余氏《四库提要辩证》中又引牟庭相《雪泥书屋杂志》卷三论《易

---

① 丁晏《易林释文》之后附《书易林校略后》驳牟庭相，刘毓崧又为《易林释文》作跋，助丁氏之说。

林》并非以六十四直日用事文字，进一步证明《易林》非焦延寿所作。余氏又就《四库全书总目》中据辗转所引《东观汉记》中载东汉初沛献王刘辅于永平五年（62）以《周易卦林》占之，其繇辞在《易林》的《震》之《蹇》，以为书出焦氏的明证，而加以辩驳，亦十分有力。

20世纪40年代，胡适在各家基础上作一长文《〈易林〉判归崔篆的判决书——考证学方法论举例》，虽然很多材料与余嘉锡先生所引相同，但在成书年代的考定上，有十分精到的见解，但似乎未引起学者的关注。其全文结论曰：

> 其著作人可以确定为曾做王莽新朝的建信大尹的崔篆，其著作年代，据《后汉书·崔骃传》，是在东汉建武初期（西历二五至三五年）；但据本书的内容推断，此书的著作大概经过颇长的时期，而成书的时代大概在平帝元始二年（西历十一年）之前。书中有歌颂王莽德政的话，不会是东汉初期写定的书。

关于成书年代的考证，较《后汉书·崔骃传》所谓崔篆"在建武初著《周易林》六十四篇"之说更为可信。应该说，关于《易林》作者与成书年代的解决已十分彻底。

综合以上各家之说，《易林》一书为崔篆作，成书于西汉末年。《后汉书》卷五十二《崔骃列传》载崔篆"王莽时为郡文学，以明经征诣公车，太保甄丰举为步兵校尉，篆辞曰：……遂投劾归。莽嫌时不附己者，多以法中伤之。时篆兄发以佞巧幸于莽，位至大司空。母师氏能通经学、百家之言，莽宠以殊礼，赐号义成夫人，金印紫绶，文轩丹毂，显于新世。后以篆为建新大尹，篆不得已，乃叹曰……乃遂单车到官，称疾不视事，三年不行县。"以至于狱犴填满。因门下掾之谏，理狱出两千余人。后称疾去。"建武初，朝廷多谏言之者，幽州刺史又举篆贤良，篆自以宗门受莽伪宠，惭愧汉朝，遂辞归不仕。客居荥阳，闭门潜思，著《周易林》六十四篇，用决吉凶，多所占验。临终作赋以自悼，名曰《慰志》。"则崔篆著《易林》之时间、背景、心境，大体可见。同时，由此我们也可以知道，《易林》中何以将西汉正盛之时与昆明湖上牵牛织女有关之故事感兴趣而写入其中。

（原刊《古籍整理研究学刊》2010年第4期）

牛女传说在魏晋南北朝时期的传播与分化

一、魏晋的"以孝治天下"与《董永》
故事对牛女传说的覆盖

　　"牵牛""织女"作为星名产生于西周以前,从那时起至战国初期,是"牛郎织女"传说中主要人物的孕育阶段。在西周末年的《诗经·小雅·大东》中,诗人已将牵牛星同牵牛驾车的行为联系起来,将织女星同坐在织机上操作的织布帛的行为联系起来,也同时提到"天汉",其原始的取名之义人们已淡忘。随着封建社会的发展,牵牛、织女已转变为广大男女农民的代表。战国末期至秦代的简文中,已说到牵牛娶织女,然未过三岁,即被弃如同没有妻子一样①,作为民间传说,其形成时间至迟应推至战国中期。从战国中期至汉末,是《牛郎织女》悲剧情节的形成时期。这些,我已在《论〈牛郎织女〉故事的形成与主题》《再论〈牛郎织女〉故事的孕育、形成与早期分化》两文中加以论述,此不赘述。魏晋南北朝时期是"牛郎织女"传说进一步扩散和产生分化,被曲解及被多角度解读的时期。

　　魏晋时代在意识形态方面有一个比较大的转变,便是对"孝"的重视和提倡。因为曹丕篡汉,能说是不忠于汉室,但可以说是扩大了父业,尊崇了父亲的遗愿;司马氏代魏也同样。鲁迅先生在《魏晋风度及其文章与

---

　　① 睡虎地秦墓竹简整理小组《睡虎地秦墓竹简》第3简简背:"戊申,己酉,牵牛以取织女而不果,不出三岁,弃若亡。"第155简也记此,内容大体相同。文物出版社1990年版,第206页。

药及酒之关系》一文中说：

> 魏晋是以孝治天下的，不孝，故不能不杀。为什么要以孝治天下呢？因为天位以禅让，即巧取豪夺而来，若主张以忠治天下，他们的立足点则不稳，办事便棘手，立论也难了，所以一定要以孝治天下。

南北朝的宋、齐、梁、陈四朝的更迭，和北周之于西魏，北齐之于东魏，以及隋之于北周，也莫不如此。因此，考察"牛郎织女"的传说在整个魏晋南北朝时代的发展演变情况，它大体经历了这样两个阶段：魏至西晋时期，由于汉代形成之"牛郎织女"传说广泛流传于民间，尤其在作为文化中心地带的北部有很深的群众基础，统治阶级无法一下改变它的情节。但是第一，它所宣扬的不遵家长之命而自己许身于人的思想同魏晋时代所宣扬的"孝"的思想相冲突。第二，它所宣扬的不论家庭地位、门第而联婚的思想和曹魏时开始的"九品中正制"的门阀制度相抵触。因此，能够揣摩着当时执政者心意的文人们便由"牛郎织女"的故事之另外生发出一种包含了"牛郎织女"传说主要情节，却由反封建礼教变为宣扬"孝"的思想的"董永"的故事。董永的故事见于唐释道世著《法苑珠林》卷六二引"刘向《孝子传》"。其文如下：

> 董永者（郑缉《孝子感通传》曰："永是千乘人"），少，偏孤，与父居，乃肆力田亩，鹿车载父自随。父终，自卖于富公以供丧事。道逢一女，呼与语："愿为君妻。"遂俱至富公，富公曰："汝为谁？"答曰："永妻，欲助偿债。"公曰："汝织三百匹，遣汝。"一旬乃毕。女出门谓永曰："我天女也，天令我助子偿人债耳。"语毕，忽然不见。

天女竟然为了帮助一个孝子而由天上到人间嫁之为妻，并辛勤织作，助其偿债，而且，还是受天帝之命来完成这一功德。这里，天帝完全代表着公正和正义，连人间的每一件小事，属于不公正、不公平者，天帝都会知道，并且设法使需要救助者及时得到救助。这同"牛郎织女"传说中天帝或王母不论人的感情，不管青年男女幸福不幸福，只论地位、王法而拆散正常家庭，代表专制力量的情形完全相反。天帝、天女如果要帮助一个人，什么办法没有，还非得让仙女去下嫁一个穷汉，采用织以偿债的办法？而且好像人间只有这样一个既孝顺而贫困的人。《隋书·经籍志》《旧唐书·经籍志》《新唐书·艺文志》都不载此书，则为魏晋以后甚至隋唐以后文人所依托可以肯定。如果这类需要救助的人多，那天帝得有多少女儿？这种情节的幼稚可笑和充满欺骗性，只有在佛经中可以找到。我认为这是佛教传入之后的产物，旧所谓"刘向《孝子传》"之类，不过是拟托以增强其可信程度。这样宣扬孝道，以为只有孝可以感动上天的意识，只有魏晋时代才会有。"二十四孝"中的人物全产生在魏晋南北朝时代，什么"丁兰刻木""郭巨埋儿""王祥卧冰"之类幼稚可笑、不近人情的故事，全产生在这个时代。《隋书·经籍志》著录《孝子传》五种五十六卷（据《旧唐书·艺文志》载，王韶之《孝子传》为十五卷而非三卷，则总共应为五十八卷），还有不见于著录而传于隋以后的三种，及敦煌佚书中两种写本，全不见于汉代人引述，也不见于《汉书·艺文志》。传为刘向的孝子传语言近于白话，也不似汉代人行文，则编成于魏晋以后，无可疑。

董永的故事最早应是见于曹植的《鞞舞歌·灵芝篇》，其中说：

　　董永遭家贫，父老财无遗。举假以供养，佣作致甘肥。责家填门至，不知用何归？天灵感至德，神女为秉机。[1]

曹植的这篇诗当中讲到几个孝子：虞舜、丁兰、董永。这三个都是写如何孝顺父亲的事。这也正同曹魏时倡导孝道的用心相一致。曹植《序》云："异代之文，未必相袭，故依前曲，改作新歌五篇。"也就可以看出曹魏时调整舆论的大体情况。曹植当时虽受压抑，但在大的舆论导向上，总同朝廷一致，序中言及"先帝"云云，则可知其创作的动机与主导思想。

所以，我认为董永的故事是曹魏政治势力形成之后（当汉献帝建安时）才"挖掘"出来，并加以改造和张扬，随着朝廷大力宣扬孝道而流传开来；曹植撰作《鞞舞歌》之歌辞，也可以说明曹魏统治者的重视。

---

[1] 赵幼文《曹植集校注》列此诗于魏文帝曹丕时之作，是。见该书卷二，人民文学出版社1984年版，第323页。

这个故事后被西晋初年的干宝收入其《搜神记》（见卷一）。其内容基本一致，而经其加工，一些细节显得更合理了一些，而且写董永欲卖身为奴，"主人知其贤，与钱一万"，似乎世界充满了阳光。又其中加上"永行三年丧毕，欲还主人，供其奴职"，方道逢仙女。这样，便避免了父亲刚死，守孝期间娶妻不合丧礼的问题。主人让仙女织的，也不是三百匹，而变为了"百匹"，增添了人间温情。所当注意者，十日而毕，仙女临别时谓董永"我，天之织女也"云云，正显出了这个故事由"牛郎织女"所分化的迹象。

前面说了，因为魏晋南北朝的更替全是用了所谓的"禅让"的办法，大多是父亲奠定基础，儿子去取，以继父之志、光宗耀祖，所以"孝"道成了这一时期道统的纲领，《董永》的故事也便越来越流行，并越来越细致生动。

敦煌发现句道兴本《搜神记》中也引有这个故事，但作《孝子图》，叙述更为细致：

> 昔刘向《孝子图》曰：有董永者，千乘人也，少失其母，独养老父，家贫困苦。至于农月，与（以）辘车推父于田头树荫下，与人客作，供养不阙。其父亡殁，无物葬送，遂从主人家典田，贷钱十万文，语主人曰："后无钱还主人时，求与（以）殁（没）身主人为奴一世常（偿）力。"葬父已了，欲向主人家去，在路逢一女，愿与永为妻。永曰："孤穷如此，身复与他人为奴，恐屈娘子。"女曰："不嫌君贫，心相愿矣，不为耻也。"永遂共到主人家。主人曰："本期一人，今二来，何也？"主人问曰："女有何技能？"女曰："我能织。"主人曰："与我织绢三百匹，放汝夫妇归家。"女织，经一旬，得绢三百匹。主人惊怪，遂放夫妇归还。行至本相见之处，女辞永曰："我是天女，见君行孝，天遣我借君偿债。今既偿了，不能久住。"语讫，遂飞上天。前汉人也。[1]

---

① 参见王重民等编《敦煌变文集》卷八，1957 年版，第 882—885 页。又见汪绍楹校注：《搜神后记》，中华书局 1981 年版，第 143—144 页。

由此可以看出董永的故事由"牛郎织女"分化出之后，由于主流意识的引导，变得越来越丰满，流传越来越广泛的情况。句道兴《搜神记》和《太平御览》卷四百一十一引均作《孝子图》，看来魏晋南北朝时代又有人将它绘为图画，如变文的图画一般，完全用了宗教的一套手段，更见当时主流思想意识形态方面宣扬之力。

与"牛郎织女"传说在情节上比较相近，也在一定程度上可以代替"牛郎织女"的传说，起到在民间传说中挤掉"牛郎织女"传说的作用，在晋代还产生了一个类似"牛女传说"的故事，由之可以看出"牛郎织女"传说在魏晋以后数百年中所遭受到的挤压、歪曲和篡改的情况。这就是《搜神记》所载《白衣素女》：

> 谢端晋安帝时，侯官人也。少丧父母，无有亲属，为邻人所养。至年十七八，恭谨自守，不履非法。始出作居，未有妻，邻人共愍念之，规为娶妇，未得。端夜卧早起，躬耕力作，不舍昼夜。后于邑下得一大螺，如三升壶。以为异物，取以归，贮瓮中畜之十数日。端每早至野，还，见其户中有饭饮汤火，盘馔甚丰，如有人为者。……后方以鸡初鸣出去，平早潜归，于篱外窃窥其家，见一少女美丽，从瓮中出，至灶下燃火。……乃到灶下问之曰："新妇从何所来，而相为炊？"女大惶恐，欲还瓮中，不能得去，答曰："我天汉中白水素女也。天帝哀卿少孤，恭慎自守，故使我权为守舍炊烹。十年之中，使卿居富得妇，自当还去。而卿无故窃相窥掩。吾形已见，不宜复留，当相委去。虽然，尔后自当少差。勤于耕作，渔采治生。留此壳去，以贮米谷，常可不乏。"端请留，终不肯。时天忽风雨，翕然而去。……今道中素女祠是也。[1]

---

[1] 据李剑国《唐前志怪小说辑释》（修订本），上海书籍出版社2011年版，第276页，汪绍楹校注《搜神后记》，（中华书局1981年版）。亦收入，开头作"晋安帝时候官人谢端"。晋安本为郡名，晋初设，治侯官县（今福建福州）。此处被误加"人"字，变为帝号。汪绍楹注云："本条见《艺文类聚》九七、《北户录》二、《太平御览》八、九四一、《太平广记》六二、《太平寰宇记》一〇〇、《三羽群仙录》一、《类说》七引，均作《搜神记》。"又注："本事见束皙《发蒙记》，亦见任昉《述异记》上。由汪注亦可看出此篇未必属《搜神后记》。今据李剑国说于《搜神记》。

由女子的答语可以看出，其主题同《董永》完全一样，都是奉天帝之命来帮助孤苦老实人，而且明白点出是"天汉中白衣素女"，则是由"牛郎织女"传说分化产生，可以无疑。只是联系南方水地的地理环境，变为由田螺中出来（晋侯官其地当今福建福州）。同《董永》的故事一样，天帝在这里由阻碍青年男女自由婚姻的政权、族权、神权的代表，变成了正义、公正和慈爱的化身；天女下凡也不是为追求自由婚姻与幸福生活，而是为了完成天帝所交给帮助贫穷者的"神圣"使命。

更接近于"牛郎织女"故事，但不同织女、牵牛被分在天汉西侧之后织女"泣啼泪如雨的情节"是见之于句道兴本《搜神记》的《田昆仑》：

昔有田昆仑者，其家甚贫，未娶妻室。当家地内，有一水池，极深清妙。至禾熟之时，昆仑向田行，乃见有三个美女洗浴。其昆仑欲就看之，遥见去百步，即变为三个白鹤，两个飞向池边树头而坐，一个在池洗垢中间。遂入谷茭底，匍匐而前，往来看之。其美女者乃是天女，其两个大者抱得天衣乘空而去，小女遂于池内不敢出池。其天女遂吐实情，向昆仑道："天女当共三个姊妹，出来暂于池中游戏，被池主见之。两个阿姊当时收得天衣而去，小女一身邂逅近中间，天衣乃被池主收将，不得露形出池。幸愿池主宽恩，还其天衣，用盖形体出池，共池主为夫妻。"昆仑进退思量，若与此天衣，恐即飞去。昆仑报天女曰："娘子若索天衣者，终不可得矣。若非吾脱衫，与且盖形，得不？"其天女初时不肯出池，口称至暗而去。其女延引，索天衣不得，形势不似，始语昆仑："亦听君脱衫，将来盖我著出池，共君为夫妻。"其昆仑心中喜悦，急卷天衣，即深藏之。遂脱衫与天女，被之出池。语昆仑曰："君畏去时，你急捉我，著还我天衣，共君相随。"昆仑死不肯与天女，即共天女相将归家。见母，母实欢喜，即造设席，聚诸亲情眷属之，言日呼新妇。虽则是天女，在于世情，色欲交合，一种同居。日往月来，遂产一子，形容端正，名曰田章。

其昆仑点著西行，一去不还。其天女日（自）夫之去后，养子三岁。遂启阿婆曰："新妇身是天女，当来之时，身缘幼小，阿耶与女造天衣，乘空而来。今见天衣，不知大小，暂借看之，死将甘美。"……其阿婆乃于床脚下取天衣，遂乃视之。其新妇见此天衣，心怀怆切，泪落如雨，拂模形容，即欲乘空而去，为未得方便，却还吩咐阿婆藏著。于后不经旬日，复语阿婆："更借天衣暂看。"阿婆语新妇曰："你若著天衣，弃我飞去。"新妇曰："先是天女，今与阿婆儿为夫妻，又产一子，岂容背离而去，必无此事。"阿婆恐畏新妇飞去，但令牢守堂门。其天女著衣讫，即腾空从屋窗而出。其老母揺胸懊恼，急走出门看之，乃见腾空而去。①

这是故事的主体部分。我认为它是由"牛郎织女"分化而来，虽然流传中受到统治阶级思想的影响，将织女的被迫离去变为了主动离开，但他们的结合却是男子一方主动争取，又得女方应允而形成的。以田昆仑的农民身份而得到天女的应允，本身已说明天女的开明和对田昆仑的喜爱。这在门阀制度森严的封建社会兴盛时代的上层社会中是不能被理解的。同时，天女不通过家长而私允婚姻大事，也是违反礼教的。因此，这篇作品基本上保留了"牛郎织女"故事的基本精神，也反映了它的基本内容与情节（只有结尾天女离开一点不同）。这应该是"牛郎织女"传说流传中分化形成的一个支流，同《董永》故事出于对"牛郎织女"故事的排挤与覆盖目的而形成的情形不同。"田昆仑"，"田"为姓，实际上表示着人物的身份，同"牵牛"或"牛郎"的意思一样。"昆仑"本是山名，在这里实包含着人物生活地域的意思。民间故事的特征是宽泛的背景与类型化的人物，很少有确定的人名。"田昆仑"只是表现出人物故事本产生于西北而已。由《田昆仑》的故事可以看出，尽管南北朝至唐同魏晋时代一样，统治阶级文人在尽力淡化、掩盖"牛郎织女"的传说，改篡它的某些情节，但还是在民间得到流传。

《田昆仑》在上面所引述主体部分的后面叙天女到天上后思儿啼哭，两个姊妹因又同她借到人间游戏的机会，让她见其子。天上两日，人间五年。田章也因董仲出主张，到池边见其母，一同上天。天公知是外甥，教其方术技艺，又赐天书八卷，下到人间，无所不知，回答"官家"（皇帝）

---

① 汪绍楹校注：《搜神后记》，中华书局 1981 年版，第 137—141 页。

奇奇怪怪之问。

田章博学回答各种一般人不知的难题的故事，西汉时已产生，见于斯坦因在西北所获一汉代木简，简文为：

> 为君子？田章对曰：臣闻之天之高万万九千里，地之广亦与之等。风发溪谷，雨起江海震。①

这段文字同敦煌俗赋《晏子赋》甲卷梁王问晏子之语末句的"何者是小人，何者是君子"正合；"田章对曰"以下的话，也同《晏子赋》中梁王问"天地相去几千里"，及晏子回答的"天地相去万万九千九百九十九里"基本相合。容肇祖先生在《冯梦龙生平及著作》一文中曾论及此，认为"田章"可能是《晏子春秋》中"弦章"的讹传。看来，西汉时田章的故事乃是由《晏子春秋·内篇·杂下》的《晏子使楚》一篇敷衍而出，只是表现田章的无所不知。后来才嫁接到"牛郎织女"传说上，然而前后并不相侔，拼凑之迹显然。为什么要同天女下凡、同凡人生子的"牛郎织女"故事联系起来？从情节方面谈，是为了解释田章博学的原因，从思想方面说，我认为体现了魏晋以后对"牛郎织女"传说中赞扬织女违抗家长之命及揭露天公专制、不近情理这两方面的积极意义的消解。

由于曹魏、西晋之时期距汉代近，所以"牛郎织女"传说历史悠久，流传也广泛，因而故事本身尚处于较平稳地传播时期。西晋初年傅玄《拟四愁诗》云："牵牛织女期在秋，山高水深路无由。"傅玄为晋北地泥阳（今甘肃宁县东南）人。晋陆机《拟迢迢牵牛星》："牵牛西北回，织女东南顾"，"怨彼河无梁，悲此年岁暮"，"引领望大川，双涕如霜露"等句，写得一往情深，同《古诗十九首·迢迢牵牛星》中反映的情节、基调大体一致，而对织女形象的刻画更为细致生动。陆机（261—303）吴郡吴（今江苏苏州）人，太康十年（289）被征入洛阳，则其对南北之传说都会有所了解。西晋末年王鉴的《七夕观织女诗》开头云："牵牛悲殊馆，织女悼离家。"中间虽然铺排地写了织女出行与牵牛相会时仪仗之盛，但后面

---

① 此简文录入甘肃省文物考古研究所编《敦煌汉简》，中华书局1991年版。释文据裘锡圭先生《田章简补释》有所改动。见中国社会科学院简帛中心编《简帛研究》第三辑，广西师范大学出版社1998年版。

说："停轩纡高盼，眷予在岌峩。"表现了织女对牵牛的眷恋之情。以下写了牵牛随织女同游，以织女的口吻说："同游不同观，念子忧怨多。敬因三祝末，以尔属皇娥。"其结尾颇带诙谐之意，也表现了织女对牵牛的同情。王鉴（280？—321？），堂邑（今江苏六合北）人，而仕于北方。这首诗应是古代第一首写七夕的诗，开启此后历代文人咏七夕之先河，而且叙事生动，以热闹的场面反衬其悲情，颇得屈原《离骚》后半部分之真意。

总之，从曹魏、西晋时文人咏牛女、咏七夕的诗中，尚看不出"牛郎织女"传说本身在情节和主题上发生什么大的变化，产生了什么歧异，但却产生了《董永》这个在构思、情节、人物身份上都较接近，但主题却完全相反，以及生发出几种情节、思想内容都相近而人物身份却有较大差异的故事。由于统治阶级文人的宣扬，流传越来越广泛，对"牛郎织女"的传说形成排挤、覆盖之势。由于"牛郎织女"传说同魏晋南北朝统治阶级宣扬的"孝"的思想和森严的门阀制度相抵触，故只在民间流传。见之于载录的，只有合于当时统治阶级思想、由"牛郎织女"传说变异而来的几种故事。我们由这些故事，也可以间接看到当时民间流传"牛郎织女"故事的一些细节。

二、东晋南北朝上层文人对"牛郎织女" 传说基调、情节与主题的改变

西晋王朝灭亡之后，北方进入五胡十六国时期。晋王朝的士族显宦纷纷南迁，建立东晋王朝，贵族和士人生活、思想、风气发生了很大的变化。由于晋王朝大批人士南迁，使"牛郎织女"传说、有关节俗在南方更广泛地传播开来，而同时，也在内容、情调、细节上形成了分化。北方虽然是少数民族统治，但广大人民群众不可能也一起全部南迁。因而在北方的流传中倒大体保持着西晋以前的面貌。本来，在一个时代中，处于同一地域中的不同阶层对同一事件的传播既有区别，有时又很难分得清楚。因为一方面上层和下层之间看问题的角度、评价标准有所不同，另一方面又总是在相互影响（本是民间的作品却经由文人记述；本来是文人的造作，

有的却会成为民间传说的来源）。

东晋初年李充的《七月七日诗》中说：

> 牵牛难牵牛，织女守空箱。
>
> 河广尚可越，怨此汉无梁。

诗中仍保持着西晋以前"牛郎织女"传说中悲剧的情调。且直接称"天河"为"汉"，显示着这个传说要素的来源。《诗经·卫风·河广》："谁谓河广？一苇航之。谁谓宋远？跂予望之。"诗人咏牵牛、织女而想到这首诗，很有意思，意谓牛女之困难，比《河广》中反映的要更大，诗人的怨愁，也比那个卫国无名氏诗人的还深。"跂"字的用法也与《小雅·大东》的一致。

东晋王朝南迁之后贵族们生活奢侈腐化，醉生梦死，有的人一生未见过农民种田，不知道衣食是从哪里来的，他们对传统的节日和民间传说的理解也就发生了变化。如苏彦的《七月七日咏织女诗》：

> 织女思北沚，牵牛叹南阳。
>
> 时来嘉庆集，整架巾玉箱。
>
> 琼珮垂藻蕤，雾裾结云裳。
>
> 金翠耀华辐，鞿辕散流芳。
>
> 释辔紫微庭，解衿碧琳堂。
>
> 欢宴未及究，晨晖照扶桑。
>
> 仙童唱清道，盘螭启腾骧。
>
> 怅怅一宵促，迟迟别日长。[①]

虽然也说的是"牵牛""织女"，也说到"思""叹"，但看不出对他们忠贞爱情和深沉悲苦的称赞与同情，更多的是对织女作为天上神女装束的华丽高贵、乘随的神奇繁多的渲染，写其相见的环境是"紫微庭""碧琳堂"，相见后的行为除"解衿"之外，便是"欢宴"。因而给人的感觉，那末尾的"怅怅一宵促，迟迟别日长"似乎是写同宫中嫔妃或贵妇人的私

---

① 引诗见逯钦立辑校《先秦汉魏晋南北朝诗》，人民文学出版社1983年版。以下引诗同。

遇。那"牵牛叹南阳"的"南阳"从"牛郎织女"的传说上说，毫无依据。大概只是为了凑韵而已。如果说也受了什么影响的话，那就是受了晋曹毗《杜兰香传》的影响。《艺文类聚》卷七九：

> 《杜兰香别传》曰：杜兰香，自称南阳人。以建兴四年春，数诣张传。传年十七，望见其车在门外，婢通言："阿母所生，遣授配君，君可不敬从。"传先改名硕。硕呼女前，视可十八九，说事邈然久远。……钿车青牛，上饮食皆备。作诗曰："阿母处灵岳，时游云霄际。众女侍羽仪，不出墉宫外。飘轮送我来，岂复耻尘秽。……"至其年八月旦来……言本为君作妻，情无旷远，以年命未合，以小乖。……①

其中"自称南阳人"，今本《搜神记》（《学津讨原》本卷一）作"自称南康人氏"，并于文前加"汉时"二字。因建兴乃晋愍帝司马邺年号，于汉时无关，《太平御览》卷五〇〇作"晋太康中"，也明言为晋时。而今本《搜神记》也误"建兴"为"建业"。因为《杜兰香传》所写也是一个人神恋爱的故事，故传说中相混。今本《搜神记》又误《杜兰香传》之"南阳"为"南康"，给人造成"南阳"之说本同"牛郎织女"传说有关的误解。

刘宋时谢惠连的《七月七日夜咏牛女诗》、宋孝武帝刘骏的《七夕诗》、齐梁时沈约的《织女赠牵牛诗》、齐梁间范云的《织女诗》、梁庾肩吾的《七夕诗》、由陈入隋的王脩的《七夕诗二首》等，算是整个南朝中在主题、情调上较好的作品，但也显示着同东晋苏彦作品相近的情调。谢惠连诗云：

> 落日隐檐楹，升月照帘栊。
>
> 团团满叶露，析析振条风。
>
> 蹀足循广除，瞬目晒曾穹。

---

① 又见《艺文类聚》卷七一、卷八一、卷八二，又见《齐民要术》卷一〇，《北堂书钞》卷一四三、卷一四八，《太平御览》卷三九六、卷五〇〇、卷七九五、卷八一六、卷八四九、卷九六四、卷九七六、卷九八四、卷九八九，《太平广记》卷二七二。诸出所引，无作出《搜神记》者。今本《搜神记》收入，殆浅人妄改妄增。

云汉看灵匹，弥年阙相从。
退川阻昵爱，修渚旷清容。
弄杼不成藻，耸辔鹜前踪。
昔离秋已两，今聚夕无双。
倾河易回斡，款情难久慷。
沃若灵驾旋，寂廖云幄空。
留情顾华寝，遥心逐奔龙。
沈吟为尔感，情深意弥重。

写牵牛、织女相会时的情景及离别时难以割舍之情，颇为感人。末句对其虽长期相离而情意愈为深重的这一点，特别给以赞扬。刘骏诗云：

白日倾晚照，弦月升初光。
炫炫叶露满，肃肃庭风扬。
瞻言媚天汉，幽期济河梁。
服箱从奔轺，纨绮阙成章。
解带遽迴轸，谁云秋夜长。
爱聚双情欤，念离两心伤。

诗的主要部分写其相聚时的情景，而末两句言其平时之爱与七夕之聚都显示出深厚款曲之情谊，而平时的思念与离别时又都极为悲伤，可谓名句。沈约诗云：

红妆与明镜，二物本相亲。
用持施点画，不照离居人。
往秋虽一照，一照复还尘。
尘生不复拂，蓬首对河津。
冬夜寒如此，宁遽道阳春。
初商忽云至，暂得奉衣巾。
施衿诚已故，每聚忽如新。

全诗颇有《诗经·卫风·伯兮》"自伯之东，首如飞蓬。岂无膏沐，谁适为容"之意。就天象而言，牵牛在河东，而织女在河西。故诗中"蓬首对河津"句虽化用诗意，而十分贴切。范云诗云：

> 盈盈一水边，夜夜空自怜。
> 不辞精卫苦，河流未可填。
> 寸情百重结，一心万处悬。
> 愿作双青鸟，共舒明镜前。

承《古诗十九首·迢迢牵牛星》一诗之意，而将乌鹊填河同精卫填海联系起来。天河虽不能填平，而牵牛、织女"寸情百重结，一心万处悬"，对牵牛、织女忠贞感情的赞扬，无以复加。末两句写二人由填河之鹊想到如变为青鸟，可得时时相会，不但与以上诗意联系密切，且从鹊桥相会之外进一步表现对自由生活的追求，隐含有冲破玉帝、王母所定的清规戒律之意，闪耀着理想主义的光芒，更具积极意义。庾肩吾诗云：

> 玉匣卷悬衣，针楼开夜扉。
> 嫦娥随月落，织女逐星移。
> 离前怨促夜，别后对空机。
> 倩语雕陵鹊，填河未可飞。

所谓"填河未可飞"，意思是让这个桥长期保留，以便时时相会。同上一首一样，具有积极浪漫主义精神，而别出新意。王睿诗其一云：

> 天河横欲晓，凤驾俨应飞。
> 落月移妆镜，浮云动别衣。
> 欢逐今宵尽，愁随还路归。
> 犹将宿昔泪，更上去年机。

其二云：

> 终年恒弄杼，今夕始停梭。
> 却镜看斜月，移车渡浅河。
> 长裙动星珮，轻怅掩云罗。
> 旧愁虽暂止，新愁还复多。

也同样写得一往情深，刻画细致入微。以上皆专咏牛女故事，悬想其七夕相会情景，各有所长。而其中有的对织女的衣着、车乘等渲染过多，同牵牛织女传说原始的风貌欠合，也反映着牛女传说在南朝的演变痕迹。此外，刘宋时谢灵运《七夕咏牛女诗》、南平王刘铄的《七夕咏牛女诗》、王僧达的《七夕月下诗》、谢庄的《七夕咏牛女应制诗》、齐谢朓的《七夕赋》等南朝早期之作，与"牛郎织女"传说的悲苦基调也皆大体相合。

至于南朝其他大量咏七夕、咏牛女之作，多借写牛女而写自己身边的生活，或以自己熟知的女性的豪华，去想象织女，不光是在情节上大有不同，在故事的情感基调上，也已有大的变化。如梁刘孝威《咏织女诗》：

> 金钿已照耀，白日未蹉跎。
> 欲待黄昏至，含娇渡浅河。

本是十分悲苦的情节，却写什么"含娇"，好像一件风流韵事。再如萧纲的《七夕诗》：

> 秋期此时浃，长夜徙河灵。
> 紫烟凌凤羽，红光随玉軿。
> 洛阳疑剑气，成都怪客星。
> 天梭织来久，方逢今夜停。

堆了一些华丽的词语和典故，看不出对牛女分别的同情、对他们坚贞爱情的赞扬。尤其是将鹊桥变为了"凤羽"，可谓只求华艳，而不管传说本来的面目。何逊《七夕诗》：

> 仙车驻七襄，凤驾出天潢。
> 月映九微火，风吹百合香。
> 来欢暂巧笑，还泪已沾裳。
> 依稀如洛汭，倏忽似高唐。
> 别离未得语，河汉渐汤汤。

咏七夕，而联想到曹植《洛神赋》中写到的洛神，甚至于联想到了宋玉《高唐赋》《神女赋》中写到的"朝为行云，暮为行雨"的高唐神女，就可以看出作者对织女形象的理解和当时作者的心态了。再如王筠的《代牵牛答织女诗》：

> 新知与生别，由来傥相值。
> 如何寸心中，一宵怀两事。
> 欢娱未缠绵，倏忽成离异。
> 终日遥相望，只益生愁思。
> 犹想今春悲，尚有故年泪。
> 忽遇长河转，独喜良飙至。
> 奔精翊凤轸，纤阿警龙辔。

写牛女相会，而言及"新知"，所谓"一宵怀两事"，指"新知"之喜与"生别"之悲，则显然是借牛女以写自己的香艳经历。其他如江总等人的《七夕诗》之类，或情感难以捉摸，或用典牵强，均可不提。至于陈叔宝的《七夕宴重咏牛女各为五韵诗》，所谓"靥色随星去，鬟影杂云来"之类的句子，实借以写自己的宫廷生活，其在座者刘删、方华、张式、陆琼、顾野王、褚玠、谢伸、周孞、傅纬、陆瑜、柳庄、王瑳等十三人亦多有作，其内容由之可以想见。也正因其皆无聊之作，无关乎牛女的传说，又缺乏动人的感情，故皆未能流传于后世。陈叔宝还有《同管记陆琛七夕韵诗》《同管记陆瑜七夕四韵诗》及陆瑜、王琼的和诗，《七夕宴乐修殿各赋六韵》及张式、陆琼、褚玠、王琼、傅纬、陆瑜、姚察七人上诗、《七夕宴立圃各赋五韵诗》及顾野王、陆琢、姚察的上诗，《初伏七夕已觉微凉既引应徐且命燕赵清风朗月以望七襄之驾置酒陈乐各赋四韵之篇》及张式、陆琼、顾野王、傅纬、陆玠等五人上诗，也都属此类。随声附和的那些虚情造作和诗、上诗，也都没有留下来，只陈宝叔这几首诗使我们看到"牛郎织女"的传说在南朝末期被这些腐朽阶层所利用和曲解的情况。

可以说，南朝上层社会在借着"咏七夕"的题材，通过"牵牛织女"表现自己的情怀，同"牛郎织女"传说本身并无多大关系。

还应该注意的是，南朝文人所讲述的"牛郎织女"故事也对这个古老传说的情节与主题有所歪曲。如明张耀文著《天中记》卷二引某小说云：

> 天河之东有织女，天帝之子也。年年机杼劳役，织成云锦天衣，容貌不暇整。帝怜其独处，许嫁河西牵牛郎。嫁后遂废织纴，天帝怒焉，责令归河东，但使其一年一度相会。①

这个故事中有几处漏洞，显然非故事本原来的模样：

（一）故事中说天帝将自己的女儿许嫁牵牛郎。天帝作为主宰天上人间一切的最高神灵，作为现实社会中帝王的象征，是不会将其金枝玉叶嫁予一个牵牛郎的。在南北朝门阀制度森严的情况下，更不可能有这样的情节。因为这在当时是破坏礼法、有悖情理的行为。

（二）就天帝的女儿来说本不以织纴为业，如其愿织，则也不至因嫁牵牛反废织纴，天帝也不会如此用心去督察自己女儿织纴这样的区区小事。

（三）仅因废织纴而令他们分开，一年会面一次，似乎过于简单化，掩盖了他们被迫分在河两岸，后来争取到一年相会一次背后的尖锐矛盾与斗争。

我认为，南朝志怪小说和《荆楚岁时记》引道书所言，是当时江南土地高度集中，地主对农民的压迫十分严重情况下，地主同长工关系的反映。地主让长工和奴婢成夫妻，算是给长工娶了媳妇，以后就得更加竭尽全力效劳，稍有不周便是"忘本""无义"，说是娶了媳妇反而懒惰了。因之，这不是民间流传的"牛郎织女"故事的原来模样，是被地主阶级改造过的。"牛郎织女"传说本是民间传说故事，表现了劳动人民追求幸福、反对门阀制度的思想与愿望。地主阶级和上层社会中的文人，除改变它的基本情调以写自己的糜烂生活之外，还歪曲它的情节，淡化甚至完全抹杀了它的反抗精神，消解了它的进步意义，企图使它变成教育农民、长工的教材，因为这个传说故事在民间流传太广泛。之所以说它是上层文人所篡改，因为所谓"嫁后废织纴"之说，在《诗经·大东》的"跂彼织女，

---

① 参见（明）冯应京《月令广义·七月令》引《小说》。南北朝名《小说》者，殷芸之作外，南朝刘义庆、刘孝孙和无名氏各有《小说》一种。又明张鼎思《琅琊代醉篇》所录文字与《月令广义》所引文字基本相同，注云出于《述异记》（齐梁时任昉著）。因殷芸《小说》所记为历史人物之逸事，则《月令广义》所引或出《述异记》，"小说"盖泛指，或为殷芸之外其他人之《小说》，时间要早于《荆楚岁时记》和殷芸的小说。

终日七襄。虽则七襄，不成报章"的几句中可以找到一点"根据"，因而这些人可以名正言顺地说："民间流传的不对"，"嫁后废织纴，天帝怒"，因而使他们分隔两岸才是对的。这只有读了点经书，自以为博古通今的人，才能做到。当是出于南朝上层文人所著书中。

南朝关于"牛郎织女"传说除了在情感、主题方面加以曲解之外，对情节要素也有改变。其最荒唐者有三点：

一是因为牵牛星也称为"河鼓"①，南方因口音之异，读作"黄姑"②，一些文人也写作"黄姑"。于是从牵牛星中分化出一个黄姑（《玉台新咏》卷九《歌词》三首之一云："东飞伯劳西飞燕，黄姑织女时相见"），因而与之相关的传说中牵牛不见了，却成了织女同黄姑的故事。这本同南朝宫廷和贵族之家收罗大批青年女子（嫔妃、侍女、奴婢），缺乏正常的家庭生活及男女欢爱，而形成较普遍的同性恋关系有关（古称之"对食"）。这首歌词宋初李昉编《文苑英华》卷二百零六、明冯惟讷《诗纪》卷六十四作者作梁武帝。从全诗内容、风格看，不会很早，逯钦立《先秦汉魏晋南北朝诗》中归入梁武帝萧衍名下，是也。这种无知的"用典"，发展到唐五代时，竟出现了牵牛同黄姑的恋爱怪事，又不见织女的形象了。③

二是变鹊桥为星桥。前人或者称鹊桥为"星桥"，乃指星河上的桥，而到陈后主叔宝那里竟变为由星连成的桥，其《同管记陆瑜七夕四韵诗》云：

> 河汉言清浅，相望恨烟宵。……
> 月上仍为镜，星连可作桥。

不读书，缺乏必要的文化素养而又好舞文弄墨、吟诗作歌，竟造成这样的笑话，而后代一些文人竟相沿成习。真可谓一犬吠形，百犬吠声。

---

① 《尔雅·释天》："河鼓谓之牵牛。"《太平御览》卷三十一引《日纬书》："牵牛星，荆州时为河鼓，主关梁。"则"河鼓"之异名，起于楚地。而"主关梁"云云，似仍因其有渡鹊桥之情节而生。

② 《太平御览》卷六引《大象列星图》云："黄姑者，即河鼓也，为吴音讹而然。"

③ 李白《拟古》："黄姑与织女，相去不盈尺。银河无鹊桥，非时将安适。"此犹以"黄姑"指"牵牛"，虽就字面言之，叫人觉得滑稽可笑，但于传说言之，并非谬误。而李煜《落花》诗云："迢迢牵牛星，杳在河之阳。粲粲黄姑女，耿耿遥相望。"变成牵牛同黄姑为恋爱关系。

三是在河汉之外，凭空生出"南阳"的地名来（苏彦《七月七日咏织女诗》）。这成了后来补缀《牛郎织女》小说者以牛郎家在中州的依据。①

至于以鹊桥为"凤羽"，以"凤驾""霓骑"（陈叔宝《同管记陆琛七夕五韵诗》）之类渲染织女、牵牛的生活、改变这传说故事基调的一些情况不必再说。

曹魏、西晋时代由于"牛郎织女"故事广为人知，统治阶级难以歪曲、篡改，因而宣扬情节上相近，而思想内容相反的故事来排挤、掩盖和同化"牛郎织女"的故事。东晋南北朝则直接篡改、歪曲"牛郎织女"传说的情节、传说要素、基本情调和主题。"牛郎织女"传说能够经受这样来自各方面的挤压、篡改、歪曲而终于流传下来，这在世界神话与民间文学传播史上都是很少见的。

中国台湾学者洪淑苓《牛郎织女研究》是第一部全面研究"牛郎织女"神话传说的专著，全书六章，其第三章《牛郎织女传说主流——董永故事》，对董永故事有关问题也进行了十分全面的研究，收集资料丰富、完整，其中有些看法也很精到。文中对"牛郎织女"传说同《董永故事》的关系作了探讨，指出：

> 但由于传说中，天帝命织女下凡帮助董永织缣偿债，这就可以说是董永传说，系受"织女为世人恋慕对象"的基因触发。而且最初的传说——也就是董永故事的基型，亦承继牵牛织女神话典型的若干情节要素：织女、天帝、结婚及分离。另一方面，若以敦煌石室所见的董永行孝变文来看，以佣耕为生的董永与织女成婚，或许正是牛郎织女故事的舞台由天上搬到人间，河西牵牛郎成为人间牛郎的滥觞；而董永之子董仲寻母的事件，系与六朝毛衣女合流，也导引了民间故事里，牛郎河边窥浴偷衣的情节，且河中戏水的除织女外，尚有众女陪伴，也暗示了七仙女的人物增饰。由此可见董永故事与牛郎织女故事

---

① 参见无名氏所作《牛郎织女》，上海大观书局 1910 年出版。戴不凡《旧本〈牛郎织女〉》一文认为"这是一部经人补缀、改窜过的旧本《牛郎织女》小说"。见其《小说见闻录》，浙江人民出版社 1980 年版。

的密切关系。①

又说：

> 若无牵牛织女的故事在前，以董永卖身葬父的孝行为内容的传
> 说，决不可能逐渐侧重在爱情主题的发展。同类孝顺故事，譬如郭巨
> 埋儿，就没有董永故事一样，内容愈来愈复杂动人。这不得不归功于
> 牵牛神话的启发。②

这些看法都十分精辟而有意义，但遗憾的是未能关注到董永故事对"牛郎
织女"的替代、覆盖与挤压作用。说"董永说故事是牛郎织女传说的主
流"，甚至说"董永可说是文学作品中，第一个人间的牛郎"③，拿对董永
故事的详细的考察代替东汉以后至宋元时期"牛郎织女"传说的考察，其
看法是十分肤浅的，做法也有些简单化，因为这样做的结果掩盖了这两个
传说产生之初主题上的巨大差异和流传中的冲突，掩盖了很多从思想史和
社会意识形态的角度很值得注意的现象。

三、南朝与北朝的流传和千年后的文人重述

与上层社会一些风流君主、侍臣、文人之作中的情况相反，"牛郎织
女"传说在民间的流传，则仍保持着基本情节和情感基调，没有太大的变
化。但这作为文化传播的潜流，保持在口耳相传中，未能完整地反映于文
人笔下。今天，一是从当时封建地主阶级文人对其进行围剿的情况下，民
间以另外的人物名称保留其基本情节得以流传。见之于勾道兴本《搜神
记》的《田昆仑》即是。这在本文的第一部分已论及，不再重复。二是在
一些民歌中窥得其大概。《乐府诗集》卷四十五《清商曲辞·吴声歌曲三》
有晋《七日夜女郎歌九首》，实际是九章，每章四句，写牵牛织女久别的

---

① 洪淑苓：《牛郎织女研究》，台北学生书局1988年版，第65页。
② 洪淑苓：《牛郎织女研究》，台北学生书局1988年版，第114页。
③ 洪淑苓：《牛郎织女研究》，台北学生书局1988年版，第113、114、121页。

悲苦及感情的真挚，爱情的忠贞，同汉魏西晋时代所传"牛郎织女"故事基本情节及情感基调基本一致。如第三、四、五章说：

> 金风起汉曲，素月明河边。
> 七章未成匹，飞燕（一作鸾）起长川。
> 春离隔寒暑，明秋暂一会。
> 两叹别日长，双情苦饥渴。
> 婉娈不终夕，一别周年期。
> 桑蚕不作茧，昼夜长悬丝（思）。

尽管个别情节显示了在南方流传中的分化（如不是鹊桥而是燕或鸾作桥），但其情感基调未变。再如晋代《月节折杨柳歌》之《七月歌》：

> 织女游河边，牵牛顾自叹。一会复周年。折杨柳，揽结长命草，同心不相负。

这里的"河"，自然指天河。《诗·大雅·云汉》："倬彼云汉。"郑玄《笺》："云汉，谓天河也。"可见天汉在东汉时已普遍称为"天河"。这首民歌中写织女游于天河边，写牵牛孤独自顾而叹，实际上是互文见义，言牵牛织女均隔天河不能皆近，孤苦自叹。诗中点出"一会复一年"，虽无评说，而同情之意自在其中。又刘宋时《华山畿二十五首》之十一云：

> 隔津汉，
> 牵牛语织女，离泪溢河汉。

所表现的情感与《七月歌》一致。牵牛语织女，因她的离去，自己泪溢河汉。可见牵牛、织女是两心相印。唯二人之分离，乃因织女离去，对牵牛而言是意外的打击，故牵牛格外悲伤，并向织女表白。民间传说的大体情况，由此两首民歌可以窥见。

同东晋南朝上层文人、王侯笔下的描述不同，"牛郎织女"传说在北方文人笔下也大体保持着原来的模样。如历仕北魏、东魏、北齐的邢邵的《七夕诗》：

> 盈盈河水侧，朝朝长叹息。

> 不吝渐衰苦，波流讵可测。
>
> 秋期忽云至，停梭理云色。
>
> 束衿未解带，回銮已沾轼。
>
> 不见眼中人，谁堪机上织。
>
> 愿逐青鸟去，暂因希羽翼。

可以说句句饱含感情，一唱三叹，情深意切，可谓与汉代《迢迢牵牛星》一脉相承。诗中的"青鸟"，指乌鹊。"暂因希羽翼"（希，古通"稀"），即反映了乌鹊为桥的传说。民间流传的这一条线索，一直到明清时代，由于民主思想的兴起和通俗文学小说、戏剧的繁荣，才较完整地形之于文人的笔下。

隋亡以后经过几年的战乱，唐代达到新的统一，国力强盛，文化也空前发达，几百年中咏七夕、牛女的诗、赋、文章，不胜枚举。由于"牛郎织女"传说长期在民间流传没有完整的记录，因而民间流传中由之分化产生的各种传本的情况渐渐浮出水面，形成这个传说在文人作品中的不一致性。同时，由于受南朝君臣文人对"牛郎织女"传说基调歪曲的影响和此前个别作家对织女或织女星的随意用典，唐代文人作品中也出现了借"织女"的名目表现自己艳遇心态的作品。《太平御览》卷六八引《灵怪记》所写织女会郭翰故事即为典型一例。

由于种种原因，唐宋时期同魏晋南北朝时期一样，"牛郎织女"的传说没有留下来文人们根据民间传说重述的作品。

首先，因为唐代、宋代道教兴盛。李唐自高祖李渊开始，即认道教始祖老子李耳为李氏宗室的"圣祖"。因此唐代近三百年中，道教始终得到朝廷的扶持和崇奉。宋朝从太祖赵匡胤时就同道教关系密切，宋太宗提出以"五千言"治世，至真宗则大规模崇道，宋徽宗则竟自封为"教主道君皇帝"。南宋高宗赵构更借道教以巩固皇权。可以说，宋朝三百多年是唐以后道教的又一繁荣时期。玉帝、王母皆道教尊神，而"牛郎织女"传说中玉帝或王母是被抨击的人物，从整体的文化环境上不利于"牛郎织女"传说的流行，宣传孝行的董永故事则进一步流行，相当程度上覆盖了或者说在流传渠道上顶替了"牛郎织女"的传说。所以在文字表述的层面上，董永的故事同魏晋南北朝时期一样。

其次，也由于上述原因，唐代没有文人根据民间传说进行再创作的"牛郎织女"出现。因为唐传奇虽多神怪故事，但多借个人经历和当代人的经历表现一些神怪情节，少有完全取之神话题材，作为独立的神话故事完整加以叙述者。宋代传奇和话本多取现实题材，也少有神话故事。

最后，唐代经学和宋代理学的盛行，也不利于"牛郎织女"这样有违圣教的传说的流行。

元代以后，小说、戏剧这些属于下层文人创作、为广大人民群众所欣赏的文学艺术体裁繁荣起来，才有《渡天河牵牛会织女》《双星图》这类专演牛郎织女故事的剧本出现①；有了《新刻全像牛郎织女传》。② 清代花部中有了《牛郎织女》《天河配》等剧目上演③，清末产生了十二回的《牛郎织女》小说。④ 20 世纪初，京剧名家王瑶卿在以往流传演出各种梆子戏基础上编了京剧《牛郎织女》⑤，则更多地反映了这个传说在近代民间流传的样子。可以说，"牛郎织女"的传说作为一种文化的潜流，经历了一千年时间中专制思想、门阀观念，以篡夺起家的"政治家"的"文治"之功的挤压、覆盖、歪曲，最后仍然保持着基本的面目浮出水面。这个传说能被文人们写在书上，被艺人们搬上舞台，是民主思想在中国慢慢兴起的结果。明代末年进步思想家李贽的论著中就表现出对封建正统思想和传统世俗见解的批判，对婚姻自主以至寡妇再嫁都表示了肯定的态度。他说："斗筲之人，何足计事，徒失佳偶，空负良缘，不如早自抉择，忍小

---

① 明代杂剧《渡天河牵牛会织女》，已佚，剧目见明代晁瑮《宝文堂书目》，傅惜华《明代杂剧全目》（作家出版社 1958 年版）据以著录；清代邹山《双星图》传奇，现收入《古本戏曲丛刊》第 5 集第 4 函（上海古籍出版社 1986 年版）。

② 明代小说《新刻全像牛郎织女传》，卷下端题"儒林太仪朱名世编，书林仙源余成章梓"。余成章为明代著名书家兼小说家余象斗的堂侄。孙楷第《中国通俗小说书目》（作家出版社 1957 年版）著录之，以为万历间刊本。

③ 陶君起《京剧剧目初探》，有《天河配》，注云："一名《牛郎织女》，见《荆楚岁时记》……尚无定本。"中国戏剧出版社 1963 年版。

④ 无名氏所作《牛郎织女》，上海大观书局石印本。收入路工、谭天合编《古本平话小说集》上册，人民文学出版社 1984 年版，其说明中说："观此书格式，约为 1910 年左右印本。"

⑤ 参见杨绍萱《论戏曲改革中的历史剧和故事剧问题——从今年舞台上演出的〈天河配〉说起》，《新戏曲》第 2 卷第 5 期，新戏曲月刊社、天下出版社 1951 年 10 月 1 日。

耻而就大计。"① 他所谓"小耻",是指封建伦理道德和世俗舆论方面造成的压力。他认为卓文君不待父母之命、媒妁之言而自择佳偶是对的。他又作《夫妇论》,开头即云:"夫妇,人之始也。有夫妇然后有父子,有父子然后有兄弟,有兄弟然后有上下。"又云:"夫厥初生人,惟是阴阳二气,男女二命,初无所谓'一'与'理'也,而何太极之有?"② 将夫妇看作人伦之始,一切理都不能超过或压倒人的夫妇关系这一理。清代著名学者戴震著《孟子字义疏证》,肯定人欲、人情,而批判程朱理学的"以理杀人"。他批评程朱理学:"举凡民之饥寒愁怨、饮食男女,常情隐曲之感,咸视为人欲之甚轻者矣!轻其所轻,乃'吾重天理也,公义也',言虽美,而用之治人,则祸于人。"③ 并说:

> 尊者以理责卑,长者以理责幼,贵者以理责贱。虽失,谓之顺。卑者、幼者、贱者以理争之,虽得,谓之逆。于是下之人不能以天下之同情、天下之同欲达之于上。上以理责之下,而在下之罪,人人不胜指数。人死于法,犹有怜之者,死于理,其谁怜之?④

读这一段文字,叫人觉得就像是针对"牛郎织女"故事中的悲剧而发的一样。这种思想逐渐被越来越多的人所接受,便形成"牛郎织女"传说在文人笔下得到重述的社会条件。近代以来由于西方一些思想家、政治家、社会学家的著作被介绍到中国,自龚自珍始,民主思想越来越普遍,直至辛亥革命推翻了几千年的封建王朝,五四运动对封建礼教、孔孟之道中消极、毒害人的成分进行彻底的批判,"牛郎织女"传说如出土文物一样,马上显示出它的珍贵的文化价值,放射出它被掩埋一千多年的光彩。

当然,在这一千多年中,"牛郎织女"传说一方面在民间,在广大劳动人民中口耳相传,随着政治中心的不断转移、分散和战争、戍守、商旅等原因造成的人民的迁徙流转,其流传的地域越来越广泛,北至黑龙江,南至海南岛,西至新疆,东至山东滨海之地与浙江、福建、我国台湾地

① 李贽:《司马相如传论》,见《藏书》卷三十七。
② 李贽:《夫妇论》,《焚书》卷三。
③ 戴震:《孟子字义疏证》,《戴震集》,上海古籍出版社 1980 年版,第 328 页。
④ 戴震:《孟子字义疏证》,《戴震集》,上海古籍出版社 1990 年版,第 275 页。

区，包括西南一带的很多少数民族中，无不流传着"牛郎织女"的故事，无不有七夕乞巧的风俗，甚至很早就流传至日本、韩国、越南等国；另一方面，它也同当地的风俗习惯、地方风物结合起来，形成色彩各异的、能被当地人理解和感到亲切的细节与生活背景，在有些情节上，也适应当地人的心理特征而有所变化，甚至出现同当地某些传说故事相拼接或受其影响而归并的状况，但总是保持着它在人物、情节、构思上的一些基本要素。所以，它的各种传本、采录本虽然显得五彩缤纷，千姿百态，却总是保持着"牛郎织女"传说的一些基本特征。它不是某一个地方的传说故事，而是中华民族的优秀文化遗产，同中华各民族的文化结合在一起，同海外汉文化结合在一起，正在于此。20 世纪 50 年代初杨思仲先生就说："不论是对于认识过去中国人民生活和人民精神，或是认识过去中国人民的口头创作，'牛郎织女'传说都有其不可磨灭的意义。"① 这个结论是十分正确的。可以说，"牛郎织女"是经历了长时间考验的我国民间传说的不朽的瑰宝。

（原刊《长江学术》2008 年第 1 期）

---

① 陈涌：《什么是"牛郎织女"的正确主题》，《文艺报》1951 年 4 月 11 日。又见《陈涌文学论集》上册，上海文艺出版社 1984 年版，第 116 页。

立体地展现"牛郎织女"传说与"七夕"风俗的发展演变

　　民间传说故事和民族的节庆风俗最真实地反映着一个民族的生存环境与生产、生活状况，反映着民族的历史、文化传统、道德观念以至思维方式，也反映着该民族长时间中所抱有的生活愿望。就节庆风俗而言，直接与一个民族所处地理环境、气候特点及该地的生产节奏、生活传统相联系。文人的创作可能会因个人的特定地位、特殊身份、特殊遭遇而表现出某些不真实、不确切或者理想化的成分，历朝官修的史书会因为前朝后代之间"你死我活"的斗争历史而存在偏见，存在夸大、虚构、隐瞒、歪曲的情况，但民间文学则因为出于众人的创作、众人的修改、众人的订正，又是在政治权力不及的地域和场合，由远离政治行为的人群（老者、妇女、儿童）及受传统文化教育较少的人群（农民、手工艺人、小商贩等）传播和接受的，所以，较真实地表现着人的感情和愿望，尤其真实地表现着广大劳动人民的情感与愿望。文人官宦之家，其闺房、灯下，孩童聚于膝下之时，祖母、祖父、母亲也会讲述一些小时听来的故事，唱一些小时听来的歌曲。如果我们以下层社会没有文化的人群中传播的故事、歌谣等为民间文学的主流，那么在其他阶层的妇女、老者等不识字、半识字的人中所流传，应是属于民间文学长河的边缘或支流，虽然在思想上、细节描述上可能同劳动人民中流传的会有些不同，但与民间文学的主流共同形成了一个广大无边的文学潜流，存在于文人作品的层面之下，在其发展中又主要通过上述的边缘或支流与文人的创作互渗。民间文学常常成为文人作家创造的源泉，这是所有研究文学史与文学理论的学者都肯定的事实。而另一方面，文人作家的作品也对民间文学产生影响，使民间文学有时向原始文献靠拢，有时则产生影响下的变异。这一点却是学者们忽视了的。所以说，考察民间文学的发展历史，是一件十分复杂的事。而过去学者们关于"牛郎织女"传说的论述，存在很大分歧，原因是都存在简单化的倾向。

古代节俗既同一个民族的历史有关，也同该民族的生存环境、生产方式、生活节奏有关，而个别的又同某些传说有关。我国的七夕节，便是同以上三个方面都有密切关系的一个传统节日。

下面就"牛郎织女"传说与七夕节的孕育、形成、传播、演变及七夕节俗的主要内容等加以考察，并对有关研究中存在的问题谈一点看法。

一、"牛郎织女"传说的孕育、形成与发展

"牛郎织女"是我国孕育最久、形成最早，概括反映了中华民族历史进程的一个民间传说。

"牛郎织女""孟姜女""梁山伯与祝英台""白蛇传"是我国的四大民间传说，而其中"牛郎织女"传说孕育时间最久，形成时间最早。"孟姜女"次之，"梁山伯与祝英台"又次之。有的论著将"牛郎织女"的形成时间列在"孟姜女"传说之后，是不但未能弄清"牛郎织女"的孕育与形成过程，也未能弄清"孟姜女"的孕育与形成过程。顾颉刚先生和段宝林先生都认为是在隋唐之间孟姜女的故事才同秦始皇筑长城联系起来，段宝林先生文明确认为"是隋代修运河征辽东等繁重劳役之苦在文学上的反映"①。

但"牛郎织女"传说的悲剧，至战国末年已形成。1975 年 12 月在湖北省云梦县西部睡虎地发掘出一批秦代墓葬，在第 11 号墓中出土了 1155 支竹简，其中《日书》竹简 423 支，分为甲、乙两种。其成书年代大约在公元前 3 世纪中叶，具体为秦国设立南郡（前 278 年）到秦王嬴政元年

---

① 顾颉刚：《孟姜女故事研究集》第四册，上海古籍出版社 1984 年版；段宝林：《中国民间文学概要》，北京大学出版社 2002 年版，第 67 页。

（前 246 年）的三十年中。其中第 155 简上文字为：

> 戊申、己酉，牵牛以取织女，不果。三弃。

其第 3 简简背文字为：

> 戊申、己酉，牵牛以取织女，而不果。不出三岁，弃若亡。

看来，在战国末年不但牵牛、织女已由星名演变为故事中的人物，而且已以他们为主要人物形成了故事，并已得到广泛流传。在战国末期，此故事已经被用为占卜的依据或曰典故。简文中所谓"不果""而不果"，指其有始无终，离异而去。从《日书》的意义说，即"不吉"，此乃是就娶妻之家言之。那么，这是说的织女弃牵牛而去，就牵牛言，如同无妻子一般。战国之时，自耕农数量大大增加，形成男耕女织的自给自足的农村经济形态。于是，人们借天上的"牵牛"和"织女"两个星名反映当时的社会现实。在故事中，天帝（后来的传说中变为王母）既是神权和王权的象征，也是族权或曰家长的象征。在汉末，乌鹊架桥的情节也已经形成了。①

"牛郎织女"传说见之文献反映，时间还要早得多。《诗经·小雅·大东》中说：

> 维天有汉，监（鉴）亦有光。② 跂彼织女，终日七襄③，不成报章。④ 睆彼牵牛，不以服箱。⑤

---

① 参见拙文《连接神话与现实的桥梁——论牛郎织女故事中乌鹊架桥情节的形成及其美学意义》，《北京社会科学》1990 年第 1 期。

② 汉：天汉，即今所谓天河、银河，古代也叫云汉、银汉。这是由地上的汉水而来。汉水发源于今甘肃南部，汉代以前是东流到阳陕合沔水，东流入长江。西汉时汉水流到今略阳因地震原因中断，折而南流为嘉陵江，始形成西汉水、东汉水两条水。秦人居于汉水上游，周秦早期活动之地也接近汉水，因而以汉水为天上似水一样白色星带之名。监："鉴"本字。古人用盆子盛水以照面影，名曰"监"（鉴）。

③ 跂："歧"字之借。《说文》："歧，顷也。《诗》曰：'歧彼织女。'"段玉裁注："顷者，头不正也。"是言织女星身子前倾，如操织机状。段玉裁言"织女三星呈三角，言不正也"，与《诗》下文"终日七襄"云云不合，恐非是。襄：其字从"衣"，又上连"七"，用为量词，应是指织布的一种行为，即卷起已织好的一段布帛。《毛传》："襄，反也。"也应是从这一行为反复进行言之。

④ 报章：连续的图案。报：反复。章：文章，图案，花纹。

⑤ 睆（wǎn）：《广韵》："睆，明星。"原作"皖"（huǎn），据《十三经注疏》阮元校说改。服箱：驾车。服，负，指驾车。箱，车厢。

其中出现的天汉（又称"云汉""银汉"，汉代以后又称为"天河""银河"）、织女、牵牛（晚唐诗中已称为"牛郎"。"牛郎"之称应产生于民间传说），是"牛郎织女"传说中最重要的三个要素。当然，这首诗中牵牛、织女都是指天上的星：牵牛星与织女星。关于《大东》一诗的背景，《毛诗序》说："刺乱也。东国困于役而伤于财，谭大夫作是诗以告病焉。"郑玄《笺》说："谭国在东，故其大夫尤苦征役之事也。鲁庄公十年，齐师灭谭。"鲁庄公十年为公元前684年。此诗作于周厉王之世。或以为《大东》在《诗经·小雅》中次于幽王之世，因而以为产生于周幽王朝（前781—前771年）。其实《诗经》中每类作品编排并未以作时为序，幽王之说无据。据《毛诗序》，此诗为谭大夫所作。《汉书·古今人表》以谭大夫列于厉王之世，则诗成于周厉王（前877—前841年）之时。由之可以看出，在公元前9世纪中叶，人们已经将牵牛、织女二星同它们名称所显示的人的行为联系在一起，而且同天汉联系言之，已显示出由星名而现实化、人物化、情节化的迹象。

这里应该注意的是：

（一）诗中用"终日七襄"来写织女。"襄"字从"衣"，又有"成"义①，应是指织布中计算长度的术语，其计算是同织机操作联系在一起的。"七襄"指一定长度的七段。② 不管怎样，这里已由"织女"而联想及具体的织布活动，已有了将织女星转变为"织布之妇女"的迹象。

（二）诗中说牵牛"不以服箱"，也由牵牛星而联想及从事相关劳动的人，同样反映出赋予了新的意义的迹象。

（三）由上文考证可知，从西周末年开始，"牛郎织女"的故事已开始孕育。

然而，我们进而追寻"织女""牵牛"二星的产生，从而弄清这两个成为中国几千年农民代号或曰名称的形成过程，发现其开始时间则更在史前时代。

---

① 《书·皋陶谟》："赞赞襄哉。"蔡沈《集传》："襄，成也。"《左传·定公十五年》"不克襄事"，杜预注同。

② 高亨《诗经今注·大东》以为"襄"可能是织布机的古名。由"七襄"连称看，恐非是。

远古之用来命为星名的人物，都是在部落、部族、国家中作出了杰出贡献的人物，如柱①、轩辕②、奚仲③、造父④、傅说⑤等。织女、牵牛也不例外。在记载史事、大型祭祀、星象命名等方面毫无发言权、参与权、不掌握文化的广大庶民、奴隶，是不可能将自己的劳动身份为星名并得到部族、史官等的认可的。命为星名的只能是某部族的首领、祖先或杰出人物。

"织女""牵牛"，由其名称看，其人应是在纺织和用牛、驯养牛的方面做出了贡献的人物。《商君书·画策》中说："神农之世，男耕而食，女织而衣。"应该说"牵牛""织女"的原型也是史前社会农耕文化和原始纺织文化的象征。

《史记·秦本纪》载："秦之先，帝颛顼之苗裔孙曰女修。女修织，玄鸟陨卵，女修吞之，生子大业。"女修以"织"出名而长期在秦人中流传，故秦人将天上最亮的一星（织女星为零等星）名之曰"织女"，而以星旁的星群白色一带，名之曰"汉"。因为秦人早期生活于汉水上游（今西汉水上游）。西汉水、东汉水本为一水，在汉代大约因地震的原因中断，其上游部分在陕西略阳以西向南流入嘉陵江的，以后称为"西汉水"；其发源于陕西宁强县的，本为汉水支流，自此独立沿旧道入长江，以后称为"东汉水"。近二十年来在甘肃礼县发现的秦先公先王陵墓出土的大量青铜礼器等证明，秦人兴起于以礼县东部红河为中心的一片地方，包括天水西南与西和县北部之地。"玄鸟陨卵，女修吞之，生子大业"，表明了女修是秦人由母系氏族社会向父系氏族社会过渡的人物，大业是秦人历史上建立

---

① 《国语·鲁语》："昔烈山氏之有天下也，其子曰柱，能植百谷百蔬。"

② 《史记·五帝本纪》："黄帝者，少典之子，姓公孙，名曰轩辕。"

③ 《世本·作篇》："奚仲作车。"《管子》："奚仲之作车也，方圜曲直，皆中规矩准绳，故机旋相得，用之牢利，成器坚固。"据《山海经·海内经》载，奚仲是帝俊四世孙。明陈耀文《中天记》卷二引《观象赋》："奚仲托精于阳。"注云："奚仲四星在天津北，近河傍。太古时造舆者，死而精上为星。"

④ 《史记·秦本纪》："衡父生造父，造父以善御幸于周缪王。……徐偃王作乱，造父为缪王御，长驱归周，一日千里以救乱。缪王以赵城封造父，造父族由此为赵氏。"则造父为秦人之先祖命为星名者。

⑤ 《史记·殷本纪》："武丁夜梦得圣人，名曰'说'。……于是乃使百工营求之野，得说于傅险中。……得而与之语，果圣人，举以为相，殷国大治。"则傅说为商之圣人而为星名者。

父系氏族社会的第一人，是秦人始祖，女修则是"祖之所自出"，是"圣母"，在其历史传说中，同始祖一样神圣。《礼记·丧服小记》中说："王者祀其祖之所自出，以其祖配之。"秦人之祀女修，并以其命为天上最亮的一颗星名，即是这样。

女修所生子、秦人之祖大业究竟生活在什么时代，也有线索可寻。据《列女传》，大业即皋陶。《史记正义》引《列女传》："陶子生五岁而佐禹也。"曹大家注云："陶子者，皋陶之子伯益也。"《史记·秦本纪》言："大业取少典之子曰女华。女华生大费，与禹平水土。"因而受到舜的褒奖。"大费拜受，佐舜调驯鸟兽，鸟兽多驯服，是为柏翳。舜赐姓嬴氏。"柏翳即伯益。那么，大业的时代，即舜禹的时代。秦人很早由今山东之地迁于西北，其进入父系氏族社会较东部和中原一些氏族为迟。

当然，大业的时代，秦人是否生活在今甘肃南部礼县一带，是另外一个问题，但秦人将其"祖之所自出"命为星名，则应在居于汉水上游之时。

《诗经·秦风·蒹葭》一诗，其诗旨究竟讲什么，各家看法莫衷一是。陈子展先生《诗三百解题》说：

> 我们不能确指其人其事，但觉《秦风》善言车马田猎，粗犷直质，忽有此神韵缥缈、不可捉摸之作，好像带有象征的神秘的意味，不免使人惊异，耐人遐思。在《三百篇》中只有《汉广》和这事相仿佛。

我认为《蒹葭》一诗正是牵牛织女早期传说在秦代民歌中的反映。秦襄公（前777—前765年）在谭大夫百年之后，秦地的有关传说应较春秋时东方之国所传更为完整。至西周末年，牵牛、织女星作为天汉两侧的星名已为位于今山东的谭大夫熟知，可知当时已成为西周各地所公认的星名。那么，其"织女""牵牛"命为星名的时间应在西周中期以前。我认为《周南·汉广》也是牛郎织女传说的早期反映。①

---

① 参见拙文《〈秦风·蒹葭〉新探》，刊《文史知识》2010年第8期；《〈周南·汉广〉探微》，刊《古典文学知识》2010年第3期。

在春秋战国以后人的意识中，牵牛乃农民的化身。我国黄河流域上古各民族，以周民族的农业发展最早，而且当时周人所居之地距秦人最近。周人的始祖弃，据《诗经·大雅·生民》所载，是姜嫄履大人迹而生，应是周人由母系氏族社会向父系氏族社会过渡的人物。因为他在农业上的卓越贡献，被祀为农神。① 而他的侄子（或曰孙子）名叔均者，发明了牛耕，大大地推动了农业生产力。《山海经·大荒西经》中说：

> 有西周之国，姬姓，食谷。有人方耕，名曰叔均。帝俊生后稷，稷降以百谷。稷之弟曰台玺，生叔均。叔均是始代其父及稷播百谷，始作耕。

《山海经·海内经》中也说：

> 后稷是播百谷。稷之孙曰叔均，是始作牛耕。

则叔均是发明了牛耕的人物。马克思在《资本论》中说：

> 畜力的使用是人类最古老的发明之一。②

因为在当时，以畜力代人力而耕地播种，不仅节省了人力，增加了动力强度，提高了生产速度，还带动了农具的改革。当时生活在中华大地上的大部分氏族、部落、部落联盟由狩猎或采集农业进入种植农业、以农业生产为主要经济形态的情况下，叔均的这个创举是有重大意义的。因而，周人也将叔均作为神灵，以"牵牛"的称号命为天汉东侧一颗亮星（牵牛星为一等星）的星名。③ 织女星在天汉以西，牵牛星在天汉以东，这同秦人在汉水以西、周人在汉水以东的方位相合，反映了远古传说史上周秦两个民族中两位杰出人物的不朽业绩。

《史记·周本纪》载："后稷卒，子不窋立。不窋末年，夏后氏政衰，去稷不务，不窋失其官而奔戎狄之间。"据此，叔均与不窋大体同时，应

---

① 《尚书·吕刑》："稷降播种，农殖嘉谷。"《国语·鲁语上》："稷勤百谷而山死。"《孟子·滕文公上》："后稷教民稼穑，树艺五谷，五谷熟而人民育。"《左传·昭公二十九年》载晋史官蔡墨说："有烈山氏之子曰柱为稷，自夏以上祀之。周弃亦为稷，自商以来祀之。"

② 马克思《资本论》第1卷，人民出版社2001年版，第429页。

③ 南北朝以后一些文人诗作以织女在东，牵牛在西，是以讹传讹之误。

随不窋一起奔戎狄间。其具体地方，即今甘肃省东部庆阳一带。在陕西同甘肃紧邻的长武县碾子坡发现的遗址约 7000 平方米，发掘出先周墓葬 230 多座，及陶窑、铜器、卜骨、陶文、生产工具、炭化谷物高粱等，其文化面貌与年代较晚的先周文化和西周文化有明显的同一性和连续性。① 李学勤先生主编《中国古代文明与国家的形成》一书中说：

> 自这一带逆泾河向西北，再循其支流马莲河而上 100 多公里，为甘肃庆阳地区，传说周先公不窋"奔戎狄之间"即在此。《括地志》有云："不窋城在庆州弘化县南三里，即不窋在戎狄所居之城也。"唐庆州弘化县即今之庆阳县，又王先谦合校《水经注》卷十九渭水下补泾水逸篇云："泥水南流经尉李城东北。尉李城亦曰不窋城，合马岭水，号白马水，故泥水一名马岭水。"马岭水，今名马莲河。此条材料也说周先公不窋的居邑在甘肃马莲河流域的庆阳一带。②

碾子坡遗址的时间为公元前 15 世纪到公元前 13 世纪。那么，传说中的叔均，大体生活在公元前 15 世纪，相当于商代初年。至于他被命为星名的时间，大约在周人取得了天下，致力于制礼作乐的西周之时。

到西周末年，"织女""牵牛""云汉"，"牛郎织女"传说的这三个要素已被人们并提，并联想到相关的人和相关的活动。春秋初年，周人东迁，秦据周人岐以西之地，收周之余民有之，形成周秦文化的进一步融合。也就在这个时期，周王朝的地位逐渐下降，诸侯迭起，礼崩乐坏，奴隶社会走向崩溃，而自耕农不断增加，"男耕女织"渐渐成为很多家庭的生产、生存方式，"牛郎织女"的传说在孕育之中。

周秦两个民族的交流由来已久。据《史记·秦本纪》记载，秦人先祖中有几位曾供职于周王朝。"孟增幸于周成王"（约前 1042—前 1021 年），"造父为周缪王御"（约前 976—前 922 年），非子为周孝王（约前 891—前 886 年）"主马于汧渭之间"。周宣王时（前 827—前 782 年）以秦仲为大

---

① 中国社会科学院考古研究所泾渭工作队：《陕西长武碾子坡先周文化遗址发掘纪略》，《考古学集刊》第 6 集，1989 年。

② 李学勤主编：《中国古代文明与国家形成研究》下编，云南人民出版社 1998 年版，第482 页。

夫。其后宣王召秦仲之之子五人（长子即秦庄公）"与兵六千人，使伐西戎，破之。于是复予秦仲后，及其先大骆地犬丘并有之，为西垂大夫"。秦君及上层首领同周王朝有如此密切的关系，则使臣、士兵、商贾等接触也必然比较频繁，那么周秦文化的交流也就成了必然之事。尤其秦文公（前765—前716年）击败戎人之后，占岐以西之地，"遂收周馀民有之"，秦人和周人混杂居住，形成了秦文化与周文化的进一步融合。而这个时期，中国社会由奴隶社会逐渐走向封建社会，自耕农占劳动人口的绝大多数。于是织女星的传说同牵牛星的传说转变成反映着中国农民男耕女织的生活特征与思想愿望的"牛郎织女"传说。所以说"牛郎织女"传说的产生不仅是周秦两个民族融合与文化交流的结果，也反映着我国历史发展的进程。

从传说原型的产生到"牛郎织女"故事情节的形成与主题的确定，大体经历了三个阶段：

第一个阶段：从史前社会大约舜禹时代（约前2100年前后）起至西周中晚期的1000多年，是织女、牵牛两个人物的原型活动并产生影响的时期，也即"牛郎织女"传说原型的形成时期。这一时期又可以分为三段：第一段约从传说的舜禹时代至商代初年，是作为织女原型的女修活动并产生影响的时期；第二段约为商代中叶至西周初年，是作为牵牛原型的叔均活动并产生影响和"织女""牵牛"被命为星名的时期；第三段约从西周中叶至西周末年，为由星名联想到现实生活中相应的行为和相关的人的时期。

第二个阶段：约从春秋初期至战国初期，随着奴隶制趋于崩溃，封建社会因素的扩大，自耕农的增加，人们联想到普遍存在的男耕女织的家庭状况，从而给"牵牛""织女"两星所象征的形象赋予了新的身份。这是"牛郎织女"传说的基本人物与基本情节的形成期，也大体形成了悲剧的情调与忠贞爱情的主题。

第三个阶段，约从战国中期至东汉，由于封建礼教的逐渐加强，家长对男女双方的婚姻进行干预、破坏，从而使得"牛郎织女"传说中青年男女婚姻悲剧的主题得到凸显。也就是说，这是"牛郎织女"故事情节进一步完善与发展的阶段，从传说要素到情节、到主题都已形成同现在基本相同的形态。

"牛郎织女"传说从第一个人物原型的产生到传说故事的形成,经历约1800年的时间。从故事的形成至今,也有2400多年的历史。只其形成的时间,还比孟姜女的故事早一千年。

不但出土秦简中反映了在秦代传说中织女离牵牛而去的情节已形成,而且战国时代已有了在天河上过桥相会的情节。《三辅黄图》中说:

> 秦始皇穷极奢侈,筑咸阳宫,因北陵、营殿、端门四达以则紫宫,象帝居,渭水贯都以象天汉,横桥南渡以法牵牛。

"法"即取法的意思。这是说,将渭水引进都城咸阳,象征天河,在上面架了桥,象征牵牛渡桥与织女相会。其中还特别说到在咸阳营造宫殿以天帝所居的紫宫、帝居为准。联系其引渭水以象征天河的几句,看来秦代的传说中,织女便是天帝的女儿。

西汉末年产生的古诗中说:

> 迢迢牵牛星,皎皎河汉女。纤纤擢素手,札扎弄机杼。终日不成章,泣涕零如雨。河汉清且浅,相去复几许。盈盈一水间,脉脉不得语。

则牵牛、织女是被迫分在天河两岸,一年中长时间不能相见,完全可以看出。《古诗十九首》中《迢迢牵牛星》一诗学者们多认为是东汉末年作品。此诗在《玉台新咏》中被列入《枚乘杂诗》。其实,此诗与同样列在《玉台新咏·枚乘杂诗》中的《兰若生春阳》,以及《古诗十九首》中篇幅较短、语言通俗、表现手法上民歌特色比较突出的四首,共六首诗,本是西汉晚期民间作品,被收入乐府,流传于后代。后人因其为西汉所传,故以为"枚乘杂诗"。隋代杜台卿撰《玉烛宝典》卷七引《迢迢牵牛星》作"古乐府",《文选·陆士衡拟古诗》李善注《拟兰若生春阳》引《兰若生春阳》二句作"枚乘乐府诗",可证。

《兰若生春阳》一诗,也是咏牵牛织女传说的,只是这一首是以牵牛的口吻说的,诗曰:

> 兰若生春阳，涉冬犹盛滋。愿言追昔爱，情款感四时。美人在云端，天路隔无期。夜光照玄阴，长叹恋所思。谁谓我无忧，积念发狂痴。

由诗中"美人在云端"等句看，应是表现了牵牛对织女的思念之情。其中的"长叹恋所思"等，同《迢迢牵牛星》中的"泣涕零如雨"意思相近。① 汉末蔡邕《青衣赋》中说："悲彼牛女，隔于河维。"阮瑀《止欲赋》中说："伤匏瓜之无偶，悲织女之独勤。"也反映出在东汉时代的传说中，织女与牵牛的分离是一个悲剧，织女长年织布，是勤苦的。这是具有民歌气息的作品对"牛郎织女"故事的反映。在此后的传播、扩散与演变时期，"牛郎织女"故事的被掩盖、歪曲以及主题的恢复等，都同中国社会每一时期的状况有关。可以说"牛郎织女"传说的孕育、形成同中华民族的形成与发展历史相始终。这是我国古代民间故事中文化蕴含最为丰富、深厚的一个。

二、"牛郎织女"传说在魏晋南北朝时期的被覆盖、挤压与在唐朝的被歪曲

"牛郎织女"是克服各种歪曲、抹杀与覆盖的"群体阴谋"而流传下来最具生命力的传说故事。之所以说是"群体阴谋"，因为它不是某一个人的行为，而是一个阶级、阶层的行为；不是在一个时代中，而是持续的几百年、上千年中的一种持续行为。

"牛郎织女"传说从东汉时在传说要素、人物、情节和主题确定之后，又经过了曲折的流传过程。大体说来，从魏晋至明初，是统治阶级曲解、挤压与覆盖下在民间传播扩散的时期。明代中叶以后是进入文人重述的时期。近代以来，随着反帝反封建思潮的兴起，由民间浮出口传文学的水面，是被从各个方面进行解读，反封建、反对旧礼教和反对门阀制度的主

---

① 参见拙文《〈迢迢牵牛星〉〈兰若生春阳〉二诗关系浅谈》，《中国典籍与文化》2010年第2期。

题不断得到凸显的时期。

曹魏时期统治者特别强调"孝",即鲁迅先生说的"以孝治天下"。鲁迅先生在《魏晋风度及文章与药与酒之关系》中说：

> 魏晋是以孝治天下的，不孝，故不能不杀。为什么要以孝治天下呢？因为天位从禅让，即巧取豪夺而来，若主张以忠治天下，他们的立足点便不稳，办事便棘手，立论也难。所以一定要以孝治天下。

但"牛郎织女"的传说，却恰恰是反对父母之命、反抗礼教、主张男女青年婚姻自主的。而且，在"牛郎织女"故事中，织女为天帝的女儿，天帝象征人间帝王；牵牛只是一个与牛为友、辛勤于畎亩之中的农民。一在九天之上，一在九地之下。织女下嫁与一个农民，是门不当、户不对，有违礼法的。曹魏时代讲"九品中正"，向朝廷推荐士人要先看门第。而到东晋、南朝，士族门阀制度更为森严，一般庶族即使为官宦也难以同士族高门通婚姻。士族高门如果同士族以外的人通婚姻，被视为"婚姻失类"，要受到士族中人的非难和鄙视。而皇亲国戚同农民通婚成亲，简直是异想天开。

正由于以上两个原因，"牛郎织女"的传说虽然在民间得到广泛传播，而且也形成了与之相关的节庆风俗，但上层统治阶级、士族阶层甚至一般文人，一直对它采取排斥的态度。他们先后用过两种方式企图使它消失，或使它完全改变了反封建、追求自由生活的主题：一是在汉代或汉以后流传的故事中挑选出一个情节上与之相近，也是天上仙女下凡同穷苦人成婚的传说故事，以替代、排挤"牵牛织女"传说，一方面混淆视听，以此代彼；另一方面削弱该传说在广大人民群众中的影响。二是对它进行篡改。

从曹魏时代开始由王公贵族张扬、宣传的一个故事，便是董永的故事。这个故事同"牛郎织女"的传说在人物与基本情节的构思上完全一样：（一）女主人公都是天帝的女儿，男主人公都是贫苦农民；（二）其情节都是仙女下嫁给农民；（三）都是偶然相遇而成婚；（四）后来仙女都离农民而去。但这两个故事最大的不同之处在于：

（一）织女是违抗父母之命下嫁一个上无片瓦、下无立锥之地的农民，而董永故事中的仙女却是受天帝之命去帮助一个贫困的孝子。所以，织女的选择体现着对自由婚姻与幸福生活的追求，而下嫁董永的仙女（后来的小说、戏剧中称作"七仙女"）却只是执行天帝的命令，或者说是去完成一件任务，最多只能说是做一件"善事"。在这里仙女本人对自己的婚姻并无选择权与决定权，真可谓"父母之命"代替一切，突出地体现了封建社会中包办婚姻的特征："嫁鸡随鸡，嫁狗随狗。"

（二）织女离开牵牛（牛郎）是因为天帝知道了她私离天庭与凡人为妻的事实，强迫她回到天上，而下嫁董永的仙女则是为了完成救助的任务（据托名刘向的《孝子传》载，董永与人做工，父死无物葬送，遂从主人家典钱，贷钱十万。神女遇其于葬父之后回主人家的路上，主动提出为妻，同到主人家劳作以偿债。结果经一旬，女即织绢三百匹，主人遂放其夫妻还家。二人行至当时相见之处，仙女说："我是天女，见君行孝，天遣我借君偿债，今既偿了，不能久住。"遂飞上天）。这当中不但没有一点违抗父命的意思，而且依父命返回交差。

（三）"牛郎织女"传说中，牵牛、织女不愿分离，因而牵牛追到天上去，却被分在天汉两侧，由于他们对爱情的忠贞，如《迢迢牵牛星》一诗所写，常常是隔着天河流泪，后来天帝允许他们每年相见一次。这既反映出青年男女反抗封建礼教与门阀制度的决心与气魄，也表现出一定的乐观主义精神：他们通过抗争取得了一定的胜利。董永的故事则没有这个情节。

托名刘向的《孝子传》末尾注"前汉人也"，很靠不住。托刘向为其编者的目的不过是为了说明它产生的时代早而已。第一，这所谓"刘向《孝子传》"，《汉书·艺文志》既不载，也不见汉代人有所引述。第二，《隋书·经籍志》载萧广济《孝子传》十五卷，卞韶之《孝子传》三卷（《新唐书·艺文志》作十五卷、赞三卷），师觉授《孝子传》八卷，宋躬（《旧唐书·经籍志》作宗躬）《孝子传》二十卷，郑缉子《孝子传》十卷。两《唐书》作《孝子传赞》十卷。此外，还有不见史志记载的王歆《孝子传》、周景式《孝子传》、无名氏《孝子传》，在敦煌遗书中还发现了《孝子传》的两种写本。这些作品在初唐所修史书中多见记载，应皆成于魏晋南北朝时代。传为刘向的《孝子传》也产生于魏晋之时无疑。第三，《孝子传》中关于董永的那段文字真为魏晋以后的白话文，从文字风格上看也绝非刘向文笔。第四，其中情节幼稚可笑，应是佛经传入之后编成。自古以来，孝顺父母而生无以赡养、死无以葬埋者何以千万，如果天帝都打发自己的女儿去为之解难偿债，那天帝得有多少女儿？而且天帝竟将自己的女儿打发下界临时作凡人的妻子，似乎连最起码的贞操观念也不讲究，非儒家思想统治瓦解、早期佛教产生了大的影响不能至此。关于董永的一条记录见于佛教经典唐释道《法苑珠林》（卷之二），也说明了这一点。

尤可注意者，"董永"的故事是突出写他孝顺父亲，而不是母亲。这同一般写孝子的故事有一点不太一样，这也是魏晋时代最高统治阶级用心之所在，非明眼人不能洞察之。因为篡逆取帝位者，总是秉承父志，而不是秉承母志。

董永故事最早见于曹植的《鞞舞歌·灵芝篇》：

> 董永遭家贫，父老财无遗。
> 举假以供养，佣作致甘肥。
> 责家填门至，不知何用归？
> 天灵感至德，神女为秉机。①

赵幼文《曹植集校注》列这首诗于其后期，即曹丕继位之后，显然是体现着曹丕的思想，因曹丕对其弟曹植的忌恨，多所为难，而曹植则力争改善关系，也希望在朝廷的典礼宴享中能显其文才。曹植所作《鞞舞歌》，汉魏时用于宴享，舞人执鞞（同鼙，小鼓）舞于前（或两旁）。曹植于这种歌舞词中写进这个内容，反映出魏王朝对这个故事的倡导。可以看出董永故事的最早倡导者就是曹丕、曹植，而不是别人。这也是以往的论者所未注意到的。

同董永故事一样，起着覆盖、顶替"牵牛织女"故事的作用的，在魏晋南北朝时代还有两个作品：

一个是晋代郭璞《玄中记》中所载《姑获鸟》（后一部分又见《搜神

---

① 举假：等于说"告贷"。佣作：卖力做工，即后世言做长工或打短工。此处应是做长工。致甘肥：以甘肥之食物供养父母，使能吃好。责家：犹债主。责借为债。填门：塞门，言其众多。何用归：用什么偿还。秉机：持机织布。

记》卷一四,作"豫章新喻县男子"):

> 姑获鸟昼藏夜飞,盖鬼神类。衣毛为飞鸟,脱衣为女人。一名天
> 帝少女,一名夜行游女,一名钩星,一名隐飞……昔豫章新喻县男子
> (《水经注》卷三五引作"新阳男子"),见田中有六七女,皆衣毛
> 衣,不知是鸟。匍匐往,得其一女所解毛衣,取藏之,即往就诸鸟。
> 诸鸟各飞去,一鸟独不得去。男子取以为妇,生三女。其母后使女问
> 父,知衣在积稻下,得之,衣而飞去。后复以迎三女,女亦得飞去。

其中说此女一名"天帝少女",似也透露出由织女传说改篡而来的痕迹。
又其中说:"一名钩星。"按魏何晏《景福殿赋》云:"烈若钩星在汉,焕
若云梁承天。"《文选》张铣注:"钩星,星名,在河汉中。"则由织女星
附会而来,已十分明显。其中男子身份未明言,但文中说藏女之毛衣于
"积稻下",则为农民也甚明显,可以看出乃由牵牛(牛郎)转化而来。

　　另一个是见于东晋末年陶潜编著《搜神后记》卷五的《白水素女》。
白水素女不声不响、不留名地帮助贫穷、未有妻室的农民谢瑞,当被发现
之后,自言:"我天汉中白水素女也。天帝哀卿少孤,恭慎自守,故使我
权为守舍炊烹。十年之中,使卿居富得妇,自当还去。"好像天底下只有
这一个特困户,天帝便派了这个仙女做"好人好事",当无名英雄,来帮
助他脱贫致富。其情节的幼稚可笑,同董永故事一样。且此仙女言:"我
天汉中白水素女也。"也同"天汉"挂起钩来,则由"牵牛织女"故事生
发出来,其目的在于覆盖和取代"牵牛织女"的传说,便昭然若揭。按照
当时篡改和取代的规律,有些情节也来自"牵牛织女"。

　　所以,尽管"牛郎织女"故事在民间广为流传,在曹丕的《燕歌行》、
曹植的《洛神赋》与《九咏注》中也有反映,但并不张扬,也不曾叙述其
完整的情节。曹丕、曹植等也只是将其作为人人熟知的故事,用为典故而
已。魏晋之时,最多在文人的作品中见到关于这个故事的一鳞半爪。如傅
玄《拟天问》中说:"七月七日,牵牛织女,时会天河。"又其《拟四愁
诗》:"牵牛织女期在秋,山高水深路无由。"傅玄为北地泥阳(今甘肃宁
县)人,其作品无形中反映了当时西北民间传说的情况。陆机的《拟迢迢
牵牛星》云:

> 昭昭清汉晖，粲粲光天步。
>
> 牵牛西北回，织女东南顾。
>
> 华容一何冶，挥手如振素。
>
> 怨彼河无梁，悲此年岁暮。
>
> 跂彼无良缘，晥焉不得度。
>
> 引领望大川，双涕如霑露。

也保持了汉代古诗中反映的悲剧主题。但因为"牛郎织女"的故事深入人心，其情节广为人知，在魏晋时代的文献中，尚未见到有篡改其情节、歪曲其主题的情况。

到南北朝时代，土地高度集中，广大农民沦为雇农、长工。士族人家生活骄奢淫逸，搜刮劳动人民的血汗不遗余力。"牵牛织女"的故事既有违于其门阀制度，又给一个农民以非分之想，所以对其进行了篡改，从而完全改变了故事的性质。南朝的一部《小说》中说：

> 天河之东有织女，天帝之子也。年年机杼劳役，织成云锦天衣，容貌不暇整，帝怜其独处，许嫁河西牵牛郎，嫁后遂废织纴。天帝怒，责令归河东，但使一年一度会。①

这里将干预、破坏青年男女的婚姻变为了对懒惰的惩罚。汉代的《日纬书》云：

> 尝见《道书》云：牵牛娶织女，取天帝钱二万备礼，久而不还，被驱在营室是也。②

则牵牛完全成了一个为娶妻借地主的钱，因无力还贷而被关押的贫困农民

---

① 见明代陈耀文纂类书《天中记》卷二。明冯应京《月令广记》中也有引录，出处同样为"小说"。殷芸《小说》与唐代刘𫗧的小说所记皆历史人物之逸事，"牵牛织女"故事与之不类，当非出于此二书。刘宋时刘义庆、梁朝刘孝孙均有《小说》，还有一无名氏的《小说》，或出于其中之一。然而明张鼎思《琅邪代醉篇》卷一"织女"条所引基本相同之文字而注明出《述异记》。名"述异记"之书有二，皆南北朝时书，一为祖冲之所撰，皆现实人物，一为任昉所撰，为志怪小说，包含神话内容。则此《述异记》指任昉之书。另外，20世纪20年代以来一些学者引大体相同文字，注明出于《齐谐记》，乃据清褚人获《坚瓠二集》所引。如此，则《天中记》和《月令广义》所谓"小说"只是泛称。

② 《太平御览》卷三一引。

形象。好像他的贫困完全是自己的罪过，怪不得任何人，这个"天帝"同董永故事中的天帝相去何等之远！

但要特别提出的是，在东晋时期的民间流传和北朝的流传中，仍保持着"牛郎织女"传说的基本情节和中心主题。这由晋代《七月歌》和晋清商曲辞《七日夜女郎歌九首》及北朝邢邵的《七夕诗》可以看出。另外，针对统治阶级对"牛郎织女"传说的排挤与否定，南北朝时代民间也还以其他的方式保留着"牛郎织女"传说的基本情节与精神。敦煌佚书中发现的句道兴本《搜神记》中有一篇《田昆仑》的故事，写田昆仑"其家甚贫，未娶妻室"。一日到田地里去时，见自家地里的池中"有三个美女洗浴"，田昆仑"匍匐而前，往来看之，其美女者乃是天女，其两个大者抱得天衣乘空而去，小女遂于池内不敢出池"。天女向田昆仑索天衣，田昆仑不予，后来让田昆仑脱下自己的衣衫，用以遮体，并答应与田昆仑结为夫妻，婚后生一子，后田昆仑西行不归，子三岁，天女于阿婆处骗得天衣，"即腾空从屋窗而出"。

男主人公叫"田昆仑"，田与牛都是农民最重要的依靠，简直就是农民的象征。又故事中说到田昆仑去田里的情节，则是一个青年农民可以肯定。他同仙女的结合是经过自己的努力，又得仙女的同意，这与《董永》《白水素女》《姑获鸟》完全不同。其二人结合的方式，也与民间传说中牛郎、织女结合的方式一样。其中还说婚后生一子，而不是仙女在完成救助使命之后即离去，毫无感情可言。只是结尾受当时社会环境的影响，变天帝强行拆散为仙女自己离去。可以看出这个故事是由"牛郎织女"传说演变而来，是"牵牛织女"传说被封建统治阶级及其文人封杀之后，在民间传说中换了一个面目出现。①

到了唐代，士人宦游之风日起，难免接触青楼歌伎以至轻薄妇女，有文人竟将织女形象写成偷情的贵妇。唐代张荐（744—804 年）撰志怪传奇小说集《灵怪集》中所收《郭翰》即突出地反映了这一点。② 这样，织女对爱情忠贞不渝的形象特征完全被改变了，但这只是个别文人的白日梦，

① 参见拙文《牛女传说在魏晋南北朝时期的传播与分化》，《长江学术》2008 年第 1 期。
② 《太平广记》卷六八。

他们以为织女这样的仙女竟同一个农民结合，似乎太不可理解，而只有他们这种能够舞文弄墨的人才配。这是完全忽略了爱情的价值。虽然脱离了魏晋以来门当户对的枷锁，却又掉进了郎才女貌的窠臼。这篇无聊的东西在明人辑《绿窗女史·神仙部》中改名《织女星传》收入，并署名"宋张君房撰"。在清人辑的《香艳丛书》中又被改名《织女》。① 李商隐的七绝《海客》也带有这种情调。可见使用这种卑劣的手段对"牛郎织女"传说进行歪曲篡改，从南北朝至清代并未中断，就像董永的故事，到唐代有《董永》词文②，宋代话本有《董永遇仙记》（见《清平山堂话本》），明代有梨园顾觉宇撰《织锦记》（或名《天仙记》《槐荫记》《织绢记》）传奇，清代有佚名的《卖身记》、评讲《大孝记》及《小董永卖身宝卷》、弹词《槐荫记》等。20 世纪 50 年代又被改编为黄梅戏《天仙配》，20 世纪 80 年代台湾有的学者的著作中竟将它看作"《牛郎织女》传说的主流"。由此可以看出以往关于"牛郎织女"传说研究的肤浅程度。

三、"牛郎织女"传说在唐以后文献中的分化、潜沉与浮出

在文人的诗词作品中，由于作者思想意识的不同，对"牛郎织女"传说与七夕节俗的看法也不尽相同。下面看看在唐及唐以后文人诗、词、赋作品的反映。

总体上说，唐代作家的思想较南朝文人要开阔一些，其作品也能反映一些民间的状况与社会风俗。唐代诗人对于"牛郎织女"传说的反映，突出表现在对其忠贞爱情的赞扬上。虽然只局限在这一个范围之中，总也是在封建礼教允许的范围中的一种肯定。唐代元稹《相和歌辞·决绝词二

---

① 《绿窗女史》，丛书，明代秦淮寓客辑，编辑者姓名不详。十四卷，分为十部。《香艳丛书》，清虫天子辑，现有清宣统元年至三年国学扶轮社排印本。虫天子为张廷华号，其人事迹不详。

② 参见王重民等编《敦煌变文集》卷一，题作《董永变文》。然该篇中并无散文叙述，非讲唱结合体，而同《季布骂阵词文》一样，应为词文而非变文。

首》之第一首前半云：

> 乍可为天上牵牛织女星，不愿为庭前红槿枝。
> 七月七日一相见，故心终不移。
> 那能朝开暮飞去，一任东西南北吹。

唐长安（今陕西西安）人李郢（一作赵璜）七律《七夕诗》前四句云：

> 乌鹊桥头双扇开，年年一度过河来。
> 莫嫌天上稀相见，犹胜人间去不回。

以织女、牵牛的深厚夫妻之情，为人间夫妻之情的榜样或曰理想。大历诗人清江《七夕》诗云：

> 七夕景迢迢，相逢只一宵。
> 月为开帐烛，云作渡河桥。
> 映水金冠动，当风玉佩摇。
> 惟愁更漏促，离别在明朝。

两诗描写牵牛、织女相会情节，细致而动人，反映出民间传说故事对文人诗作的影响。同时，由民间的乞巧活动也可以看出"牛郎织女"传说在民间的广泛流传。因为七夕节是同"牛郎织女"传说相辅相依而传播的。又唐懿宗时诗人曹唐《织女怀牵牛》诗云：

> 北斗佳人双泪流，眼穿肠断为牵牛。
> 封题锦字凝新恨，抛掷金梭织旧愁。
> 桂树三春烟漠漠，银河一水夜悠悠。
> 欲将心向仙郎说，借问榆花早晚秋。

则完全从织女方面，表现她的夫妻情深。只是多少带有才子佳人的味道，实开明代小说《牛郎织女传》一派之先河。晚唐诗人王建《七夕曲》云：

> 河边独自看星宿，夜织天丝难接续。
> 抛梭振镊动明珰，为有秋期眠不足。
> 遥愁今夜河水隔，龙驾车辕鹊填石。

流苏翠帐星渚间，环珮无声灯寂寂。

两情缠绵忽如故，复畏秋风生晓路。

幸回郎意且斯须，一年中别今始初。

明星未出少停车。

以上在唐代咏牛女的诗作中，算是有各方面代表性的作品。我们读这些作品，一方面是了解唐代文人的层面上是怎样反映"牛郎织女"传说的，另一方面借以间接地了解这个传说在民间流传的情况以及民间的七夕风俗。由于文人们受封建礼教的影响，在这些作品中看不到关于"牛郎织女"传说细节的描写，这是因为写到织女违抗天帝之命而嫁牵牛，便会犯忌讳，而如按《天中记》和《月令广义》所引"小说"中的说法，又与赞扬牛女的主要思想不合，而《道书》中所谓"取天帝钱二万备礼，久而不还"，因而被分隔的说法，在唐代一般文人看来又太荒唐。

到了宋代，理学大盛，道学之士看"牛郎织女"的故事在情节上是违犯礼法、有污神灵的，因而从史证的角度加以怀疑，或干脆予以否认；在承认这个传说的角度上，则对织女进行谩骂。宋初诗人梅尧臣五律《七夕》云：

古来传织女，七夕渡明河。

巧意世争乞，神光谁见过。

隔年期已拙，旧俗验方讹。

五色金盘果，蜘蛛浪作窠。

又其《七夕》：

织女无羞耻，年年嫁牵牛。

牵牛苦娶妇，娶妇不解留。

来往一夕光，奕奕河汉秋。

轻传人世巧，未知何时休。

喜鹊头无毛，截云驾车辀。

老鸦少斟酌，死欲同造舟。

明月不到晓，是夜曲如钩。

> 天意与物理，注错将何求。
>
> 尝闻阮家儿，犊鼻竹竿头。
>
> 人生自有分，岂愧曝衣楼。

第一首只是否认"牵牛织女"传说。这一方面同他以理学家的眼光看"牵牛织女"传说有关，另一方面，他将民间文学同史实混同为一，不知神话传说与民间故事不过表现了人民的一种愿望，未必实有其事。第二首则直接采取谩骂的态度，而且不惜歪曲故事的情节。牵牛、织女本是夫妻，被迫分隔在天汉两侧，一年才见一面，梅尧臣则歪曲为织女每年出嫁一次，这是宋代对"牛郎织女"传说的一次明目张胆的篡改。为了否定"牛郎织女"传说的思想意义，梅尧臣还写了一篇《乞巧赋》：

> 孟秋七月，夕户未扃，余归自外，见家人之在庭，列时花与美果，祈织女而丁宁，乞天巧之付与，恶心手之钝冥。余既寝而弗顾，又乌辨乎列星？儿女前曰："故事所传，馀千万百龄，何独守拙，迷犹未醒？"

于是他"遂起坐而叹"，讲了一通大道理，认为人的"愚愚慧慧"天赋已定，乞巧之事，乃是人的"妄营"。并且说：

> 故虑之巧，不过多谋多智；使尔多智谋，则精骛而魄离。词之巧，不过多辩言；使尔多言多辩，则鲜仁而行遗。技之巧，不过多能艺；使尔多能多艺，则艺成而迹卑。驰之巧，不过多履多历，则速老而精疲。如是，则吾焉用而乞之？

照他这种说法，人巧则反有害，简直是不成道理，强词夺理。其文末说：

> 吾学圣人之仁义，尚恐没而无知，肯乞世间之轻巧，以汩吾道而夺吾之所持，吾决守此而已矣。尔勿吾疑！

表现了他理学家的主张。末尾几句似乎反映出他持这种偏激观点，是有言外之意。但联系前引两首诗来看，他的这篇《乞巧赋》并不同于柳宗元《乞巧文》借乞巧之事抒发政治上受到打击迫害后的不满情绪的情形。苏轼《洗儿诗》云："人皆养子望聪明，我被聪明误一生。惟愿孩儿愚且鲁，无灾无难到公卿。"这是他作于被放黄州之时，其情绪可知。这首诗并不能说明苏轼是不愿意自己的儿子有聪明才智的，其旨趣与柳宗元的《乞巧文》相同。但梅尧臣的这三篇诗赋之作却看不出这一点。这不能不说是梅尧臣这位北宋杰出诗人思想的一种局限。

北宋李廌（1059—1109 年）《七夕》诗序说："某观晋汉以来七夕诗数百篇，皆同俗说。某以为牛女之会不然，故作此诗。"诗为五古，四十四句，其末四句云："宣淫五云上，此论乃吾欺。吾为牛女辨，欲判千古疑。"北宋末、南宋初年高登（？—1148 年）的五律《七夕》中说："天道遥难凭，人言殊不经。佳期传七夕，欢事话双星。女呆占蛛巧，儿痴托鹊灵。吾诗非好诋，聊与订顽冥。"又南宋末包恢，尝见朱熹于武夷，后尊崇陆九渊之学。他的五古《和吴伯成七夕韵》中云：

> 稍养浩然气，终当凌斗牛。巧夕乞巧者，稚儿辈可羞。老拙眼尚明，却笑群目幽。

宋末于石《七月七日》诗云："相传织女星，今夕嫁牵牛。翩翩联鹊桥，亭亭拥龙蛇。……谁与倡邪说，诞谩不复收。淫亵转相袭，寝使其辞浮。"于石与李廌、高登都是刚正方严之士，但对"牛郎织女"故事却抱着不理解、不接受的态度，认为民间俗说玷污了二星神，而不认为是反映了青年男女和广大劳动人民的生活愿望。南宋末年的魏了翁在《七夕南定楼饮同官》一诗中甚至从天象的角度对"牛郎织女"的传说加以否定。由此可知，宋代产生的这种现象不只是这几位作者思想固执、偏狭和道学气太重，而是反映了一种社会思潮。

由于社会发展缓慢和封建礼教的根深蒂固，这种以道学家的眼光看待"牛郎织女"传说并企图篡改或抹杀它的思想一直存在。明代初年，瞿佑《剪灯新话》中的《鉴湖夜泛记》是明代这方面作品的代表，其中写元处士成令言一日至天河，遇织女，织女言并无与牛郎结为夫妻之事，说："妾乃天帝之孙，灵星之女，禀秉贞性，离群索居。岂意下士无知，愚民好诞，妄使秋夕之期，指作牵牛之配，致令清洁之操，受此侮辱之名。"明末人据之改编的《灵光阁织女表诬词》中写成令言二至天河，见到织女、牵牛，言牵牛乃织女之弟。这些道学家的"担心"和"良苦用心"只是反映了"牛郎织女"传说流传中受到的阻力和干扰之大。

然而，"牛郎织女"传说同样扛过了这股理学风气的抵制和曲解，在民间，在一些开明知识分子中传了下来。这里首先要强调欧阳修。欧阳修（1007—1072年）是宋代古文运动的最有力的倡导者，创作上诸体皆能，文学理论上高出同时诸文学家，在对社会一些问题的看法上也能打破当时思想上的某些框框或偏激之论，而提出合情合理的看法。他首创《鹊桥仙》之词，写牛女鹊桥相会情节，显然是受民间传说的影响。"鹊迎桥路接天津，映夹岸、星榆点缀"，写天上牵牛、织女相会之景色如画。"云屏未卷，仙鸡催晓，肠断去年情味"，写其情真意切，也含蓄而有情味。至于秦观的《鹊桥仙》一词，吟诵之广，不用多说。"两情若是久长时，又岂在朝朝暮暮"，这已成了以牵牛织女的深情比喻夫妻深情的名句。李复（1052—?）的七古《七夕和韵》十九韵则既写了当时七夕节的习俗，又细致地描绘了牛女相会的情节。

大体上从宋代到明代，上面所说表现着两种思想意识的咏牵牛织女和咏七夕之作都一直存在。

到了明代末年，资本主义思想萌芽，人们的婚姻观念也相应地有所变化，自由婚姻成为青年男女的理想，因而文人重述"牛郎织女"故事的作品产生，戏剧、小说在一定程度上继承了民间传说的精神。到明清时代，有关"牛郎织女"传说的小说、戏剧、曲艺都出现，而且不止一种，如明代后期产生的小说《新刻全像牛郎织女传》、杂剧《渡天河织女会牵牛》、传奇《鹊桥记》等。有的作品虽然由于旧的思想势力的排挤和抹杀，未能流传下来，但从题目也可以看出它们大体上保持着一些基本要素和基本情节。清代产生的《双星图》《双星会》，传奇杂剧《银河曲》等，虽然有的也已经散佚，其存者或取材于反映着统治阶级思想的传世文献，或受到传世文人论著的影响，但总体上表现出对它基本情节的维护与对它中心主题的坚持。

近代以来，民主思想渐兴，西方关于男女婚姻自由、自主的思想也渐渐扩大影响，所以，长时间中主要在民间流传、在文人诗文辞赋中得到间接反映的"牛郎织女"传说，开始浮出民间传播的水面。除产生了一部章回体小说《牛郎织女》外，各个剧种大体都有《天河配》《牛郎织女》

《鹊桥相会》《牛女配》《黄牛分家》之类的剧目，而以名《天河配》者居多。据《春柳》1919 年第 8 期所刊署名露厂的《旧剧谈话·说天河配》介绍，此前有京剧名家王瑶卿所编京剧《天河配》，有秦腔《天河配》，这些都应是在民间流传各种地方戏基础上所集中的演出本，情节有差异，甚至牛郎和他哥、嫂的姓名，一个剧和一个剧不同（京剧分别叫傻三、张有才、嘎氏，秦腔叫孙守义、孙守仁、王氏，绍兴文戏叫王伯琴、王伯仁、胡氏，等等）。但基本情节和基本内容相同。秦腔的影响较大，河南越调《天河配》、山东梆子《黄牛分家》等人物姓名与秦腔的相同。看来王瑶卿先生根据当时各种剧本统编京剧演出本时未取秦腔演出本为底本。"王"为大姓，较"孙"姓更为普遍，可能是他用了"王"为牛郎之姓的原因。1910 年前后出版的小说《牛郎织女》是一部有完整情节的长篇小说，共十二回，主要情节也同戏的相近，唯牛郎与其兄、嫂的姓名分别叫牛金童、牛金成、马氏。这种姓氏和名字的严重分歧，反映了"牛郎织女"传说长时间中在南北各地民间流传，未被文字记载，因而一直缺少可以统一众说的"中心版本"。因为缺乏"中心版本"，所以除了传说的最基本的情节和人物的身份之外，人物名称和一些细节也就难免歧说百出。但不论怎样，"牛郎织女"传说终于克服了重重的阻力，冲破了种种的束缚，在各种覆盖、挤压之下，顽强地流传下来，直至 20 世纪 50 年代被选入中学课本，被收入各种民间文学故事集。

如果把文人创作的流传状况比作地面的河流，那么民间文学就如地下水。地下水是只有打井或偶然的地面坍塌，人们才能看到它在某个地方的存在。一个时代的民间文学则只有被文人著之于文字才能被后人所知。然而地下水到了地面之后，可能被任意地派用场，或者蒸发；即使成流，也往往被改变了方向。"牛郎织女"传说在文人笔下的反映，即是如此。然而，地下水被引出地面的部分，被改变了流向或汇入明流是一回事，它向我们显示了地下确实存在着丰富的潜流又是一回事。所以我们一方面结合各个时代统治阶级的主导思想、当时的社会思潮来考察一些关于"牛郎织女"传说与七夕风俗之作所反映的思想意识，另一方面也借以间接地了解下层人民中流传的情况及节俗实际。

四、"七夕"节俗的异化与回归

七夕节风俗,虽起于民间,但从西汉之时在宫廷中被确定为以"乞巧"为主题之后,实际上也成了淡化"牛郎织女"故事中争取婚姻自主、反对封建礼教、反对"门当户对"观念的手段之一,经过两千多年的封建社会,七夕节被定型为"乞巧节"。由于历代宫廷与贵族之家的重视、带动,乞巧风俗到唐代更为时兴,上至宫廷嫔妃,下至平民妇女,无不参与。随着历代政治中心的转移、战争等原因形成的大规模的人口迁徙和文人诗文的交往、东南西北间的文化交流等,七夕节传到各地,各地在保留其穿针乞巧、浮针乞巧、青芽卜巧、蛛网卜巧、祭祀织女、陈设瓜果、欢聚赏月叙旧等传统习俗中的某几项之外,又结合当地的气候、物产及生产、生活习俗,形成具有地域特色的七夕节俗,内容大大拓展,参与的范围也扩大了许多。但是,可以看出,在长期封建社会中处于被压迫地位的广大妇女、广大劳动人民在"乞巧"这个题目之下,仍然表现了对牛郎织女追求婚姻自由、反对封建礼教及忠于爱情的精神的向往与赞扬,表现了对劳动生产的热爱与积极的生活态度。

今主要依据古代诗词作品和《古今图书集成·岁功典》中材料对全国各地从古到今的七夕节俗加以述说,以便更全面地了解它的文化内涵,及在这个节俗中所体现的不同阶层、不同人群的不同情感与愿望。

(一)乞巧、卜巧。如穿针乞巧、浮针卜巧、浮青芽(麦芽、豆芽等)卜巧、蛛网卜巧等。前两项文献中多有记载,不必多说。关于浮青芽卜巧,宋孟元老《东京梦华录》卷八《七夕》条:"又以绿豆、小豆、小麦于磁器内,以水浸之,生芽数寸,以红蓝彩缕束之,谓之种生。"浮青芽乞巧,就是用这种青芽代替针,投入水中,看其投影以卜巧。《古今图书集成·岁功典》引山西志书述临晋风俗:"七夕,先期以麦豆浸瓦器内,生芽六七寸许,谓之巧芽。是夕儿女插麦豆置盂上曰'漂针试巧',针影作笔尖,鞋底之状,以为得巧。"这不仅是以一种与钢针、铁针相似的东西代替了针的问题。麦芽、豆芽不但容易浮起来,而且形状、大小不规则，投影的图像变化丰富，给卜巧以更大的想象空间，而且由实物而变为一种象征性的东西，则卜巧活动完全成为一种锻炼形象思维、表现想象能力的游艺活动。同时，种芽要在十多天前开始，这也就无形中拉长了乞巧活动的时间进程，对女孩子做事的细心等也是一种锻炼。

关于蛛网卜巧，南朝梁宗懔《荆楚岁时记》载，当时七夕风俗"陈瓜果于庭以乞巧。有喜子网于瓜上，以为符应"。喜子即蟢子，也即蜘蛛。五代王仁裕《开元天宝遗事》中说唐代宫中，女于七月七日"各捉蜘蛛闭于小合（盒）中，至晓开，视蛛网稀密，以为得巧之候。密者言巧多，稀者言巧少。民间亦效之"。还有在织机上、花上寻蛛网，找见即以为得巧之验的。为什么要以蛛网卜巧呢？因为蜘蛛善织，而在农业社会的"男耕女织"分工中，妇女的工作主要是织。由此又形成民间以蜘蛛垂线而下为"喜从天降"之兆。秋天蚊虫多。蛛网卜巧活动无形中也形成对蜘蛛网的保护。因而，从实际生活来说，也是有一定意义的。

（二）同牛女传说相关的习俗。如陈瓜果祭织女，供祭织女像，看银河，听织女渡河声，葡萄架下听牛郎织女相会时私语，讲牛郎织女故事等。北朝王褒《闺怨诗》中说："几年留织女，还应听渡河。"南宋吴潜《鹊桥仙》中说："痴儿妄想，夜看银汉，要待银车飞渡。"《古今图书集成·岁功典》述直隶省宣府镇乞巧风俗："七月七日，人家设酒果殽醴在庭院中，谈牛女银河之会。"清代窦光鼐、朱筠《日下旧闻考》中说，当时都中人于七月"张挂七夕牵牛织女图，盛陈瓜果、酒饼、蔬菜、肉脯，邀请女流作巧节令"。至今西汉水上游的西和县和礼县东部一带乞巧仍供织女的像（俗称"巧娘娘"），从农历六月三十日迎入坐巧之处，到七月七日凌晨，姑娘们又跳又唱。据先父子贤公编成于 1936 年的《西和乞巧歌》，其中有很多表现反封建的内容。① 乞巧的供桌上除各种鲜果、干果外，还有姑娘们自己制作的各种花样的油炸面果和糕点。七月七日的晚上则集中举行豆芽卜巧等活动。《日下旧闻考》中又说："七夕，各宫供像生牛郎、织女、从人、麒麟、象、羚羊、海马、狮子、獬豸、兔、海味、糖果，俱用白糖浇成。"今广东东莞、广州等地的"贡案""摆巧"风俗即

---

① 参见赵子贤搜集整理《西和乞巧歌》，香港银河出版社 2010 年版。

如此。

（三）制作各种花样精巧的面点。这当中自然包含有作供品祭织女神的意思，但主要是练习、提高或显示厨艺。只是七夕时妇女重在面食制作，不在菜肴的水平上，这反映着这种"赛巧"同农业生活关系密切，而与庆典待客以及商业范围的烹饪手艺关系不大。近代以前一般人家说到妇女的能力，一是茶饭；二是针线，而茶饭主要是各种面食的制作。当然，劳动妇女，主要工作是纺织，虽然也参加农业上的耕种、收割，但这些毕竟主要是男子的事。

此外，有的地方在七月七日清洗厨房。因为厨房是妇女长年工作之地，平时打扫刷洗，总是一些常接触到的地方，常用的器具。而在七月七日的一天，做一次彻彻底底的卫生清洗和扫除，体现了古代重视饮食卫生的优良传统。

（四）同纺织刺绣相关的习俗。《古今图书集成·岁功典》据湖广志书，言"七夕俗，俭薄妇女务纺，无乞巧事。士人或举酒"，这是民间清贫之家的情形。家计稍好的家庭，姑娘要学刺绣。又《新唐书·百官志》："织染署七月七日祭杼。"织染署是专为宫廷织纺丝绸衣物用品的，多制刺绣之物，是织染刺绣之人集中之地。杼即织机的梭子。祭杼即祭织神，祭织女。

（五）晒衣物、皮革、书籍。因为衣物、皮革之类的保管，是妇女的事。所以也在七月七。这从风俗的起因上说，是纱织、针黹等女红之事的延伸，同七月七清洗厨房、炊具、餐具时妇女饮食茶饭之事的延伸一样。东晋戴逵《竹林七贤论》中说："旧俗七月七日法当晒衣。"《太平御览》卷三一引《韦氏目录》中说："七月七日晒曝裘，无虫。"则此俗开始很早。七月七当秋初，夏衣渐次收去，秋冬衣服取出备用，将收起者及取出将穿者俱晒一晒，收起者去潮使之干燥，将穿者也去去贮存大半年产生的霉气。这个风俗至今流行于南方一些省份。

文人在这一天也晒书籍。这是笔砚卜巧、诗文赛巧活动的延伸，既是作准备工作，也防潮防蛀，同时也有祈求神助的意思在内。东汉崔寔的《四民月令》中说："七月七日作麹合蓝丸及蜀漆丸，曝书及衣裳，习俗然也。"《晋书·高祖纪》中写到司马懿七月七日"曝书"之事。《古今图书集成·岁功典》中引直隶省志书，言内丘县"七月七日曝书"；引江南志书，言建平县"七月七夕，日中曝书辟蠹"。

（六）七夕望云卜丰歉或卜斗价高低。这些习俗是从牛郎（牵牛）的方面引发出来的。《古今图书集成·岁功典》卷六十五据江南志书，言高邮州"七月七夕前望潢河（即天河）影出没，占荞麦丰歉"，因为此时其他庄稼大体已收完，荞麦成熟迟，故此时只能卜荞麦丰歉。

到七月七日虽然大多数粮食已收完，丰歉已定，然而来年斗价（粮价）如何却难以预料。丰收自然是好事，但各处都丰收，商人便会尽量压低粮价。"谷贱伤农"，是人人都知的道理，但奸商不管这些。在大面积丰收之时，农民等着用钱，他们却迟迟不开盘，迫使农民一再降价，然后由他们以极低的价格囤积起来，或转运他处。到粮缺之时，他们又一致不发售，迫使粮食涨价。因此，农民希望丰收，但丰收却不等于就增加了收益。《古今图书集成·岁功典》卷六十五据江南志书，言太湖县"七夕相传是日银河没，以其去口远近，占谷价多寡"。据江西志书，铅山县"七夕以前占河影没三日而后见，则谷贱，七日而后见，则谷贵"。据湖广志书，衡州府"七夕乞巧之会……但以此后数夜天河隐现定来岁米价，归早米贵，归迟米贱"。表现了广大农民在大半年的辛勤劳动之后希望改善生活状况的良好愿望。对社会的下层来说，七月七仍然是农民的节日，这同"七月七"这个节日形成的最早的根源是一致的。

（七）贺牛生日。因近代以前中国农业生产主要靠牛耕，而牵牛织女这一天相会，牵牛为农耕之神，在民间流传中，将此日有关农事的庆典等解释为庆牛生日。乾隆三十九年《永平府志》载，当地于七夕节在妇女儿童乞巧之外，"又以为牛生命日，挂花枝于角，可无灾，以面饼赏牧童"。永平府属北平行中书省，治所在今河北卢龙县，辖境为当今河北长城以南的陡河以东之地。上面所述节俗《古今图书集成·岁功典》亦载之，并引山东志书，言禹城县"七月七日牧童采野花插角，谓之贺牛生日"。陇东庆阳有的地方也有类似风俗，但无牛生日之说。

（八）祭田祖，报田公。这也是由北方的祭牵牛星习俗而来，可以追溯到先秦时周人的祭祖、祀田祖仪式。《古今图书集成·岁功典》引山西志书，述广灵县风俗说："七月七日折柳枝、挂楮钱（即纸钱）插田中以报田公。""报"即回报祭祀、祭享的意思。《诗经·小雅》的《甫田》《大田》二诗，便是祀田祖的。《毛传》说："田祖，先啬也。""啬"借为"穑"，先穑即先农、农神。《周礼·春官·籥章》郑玄注："田祖，始耕者，谓神农。"郑玄说的田祖即始耕者是对的，说即"神农"，则在今天容易被误解，因为今天我们说"神农"是指"神农氏"或后稷。实际上这个"始耕者"，据《山海经》载，叔均"始作耕"，"是始作牛耕"之语，乃是指周人的祖先之一叔均，即牵牛传说的原型。① 在甘肃陇东、陕西宝鸡一带，也有祭田祖的风俗。陇东庆阳有周先祖庙，有关的祭典活动较多。

（九）学生、士人以笔砚卜巧、诗文赛巧。这是由妇女的乞巧活动扩散形成的风俗。七夕初秋，天气不冷也不热，一般人家多借此陈瓜果于庭院中全家欢聚，男女俱在，故姑娘们的乞巧、卜巧活动也带动在学的男孩子以及文士们卜巧竞志、比字赛文的活动。《古今图书集成·岁功典》据福建志书载，长汀县"七夕社学小生清晨歌诗，击鼓，竹悬纸葫芦，藏所习课纸焚校外，谓之乞巧"。

（十）治失明、健忘等病。明代高谦《遵生八笺》引《常氏日抄》说，七月时"七日采蒺藜子，阴干，捣末，食后服，治眼失明"。为什么七月七日采治眼病的药呢？因为古人说的"聪明"的"明"，即眼睛亮。"眼明手快"也是指人巧、精明。这同"乞巧"之意相同。

《常氏日抄》又云："七日取蜘蛛一枚，著领中，令人不忘。""不忘"即增强记忆之意。这是男孩子的心愿。古人读书要背诵，即使不背，也得记住一些典故等，所以记忆力很重要。但这恐怕是来自寻蛛网之俗。民俗的形成总是通过联想、联系而拓展它的内容与表现形式的。又明代李时珍《本草纲目》："七月七日收麻勃一升，人参二两，为末，蒸之气遍，每临人服一刀圭，能尽知四方之事。此乃治健忘，服之能记四方事也。"比起上面说的带有民俗性的行为，这里同治眼病一样，是用药物医治了，无论其功效如何，总体现着人的一种主动探索，但日子上仍离不开"七月七日"。因此，这实际上仍有依靠节令、习俗活动来健脑的成分。药物方面的疗效不说，就依靠七月七日这一天的因素而言，是毫无科学意义的，最

① 参见拙文《先周历史与〈牛郎织女〉传说的起源》，《陇东学院学报》2008 年第 1 期。

多起着心理暗示的作用。但作为古代民俗,一可以看出七夕的"乞巧"扩展到了何等的地步,二可以看出人们对于提高观察认识能力、增进知识的愿望。

(十一)小孩子、妇女玩七巧板。七巧板因"七"和"巧"二字同七夕风俗相联系,成为七夕节中妇女和孩子们,特别是孩子们的活动之一。这个活动古代在闺房中较流行,在儿童平时的教育中,很多家长也指导孩子们玩,但七夕及七夕以前的几天成了孩子们必玩的智力活动。比起上面所说的几种增明、增智的活动,这是真正有益于智力发展的游戏。今存有清代嘉庆八年(1803)刻印的《七巧图合璧》、嘉庆二十一年(1816)重刻的《七巧新谱》,可见在此前早有几种七巧图行世。七巧板在民间的流传已很久,而且欧洲在1805年已出版《新编中国儿童谜解》,其中就有二十四幅七巧图,并附有一套木制的七巧板。随后,1810年在法国,1818年在德国和美国都出版了关于七巧板的书。在意大利出版的《中国谜解副刊》中还介绍了中国历史。看来,西方最早具有现代科学思想的国家在对中国文化的吸收上十分敏锐地发现了那些具有实际价值的东西。此后,西方很多国家出版有研究七巧板的书。1978年荷兰出版的有关七巧板的书搜罗了1600个图形,被译为多种文字出版。清代以来国内有关七巧板的书亦有多种。

(十二)妇女用凤仙花染指甲及妇女和青年男子进行健美、美容活动。《古今图书集成·岁功典》引江南志书,言武进县"七月七日妇女采凤仙花染指甲祀织女星乞巧"。因此又有在春夏之间女子栽种凤仙花的风俗。这既是乞巧的准备,也是最早的美甲行为。甘肃省的陇南、天水一些地方,姑娘们在六月底迎巧之时都用凤仙花将指甲或指甲尖染为红色。因此,有女之家院中多种凤仙花。

又《淮南万毕术》中说:"七月七日午时,取生瓜叶七枚,直入北堂中,向南立以拭面靥,即当灭矣"(《太平御览》卷三一引,作《淮南子》据其内容,当出于《淮南万毕术》,该书已佚,清人有辑本)。又《太平御览》卷三一《韦氏月录》:"七月七日取乌鸡血和三月三日桃花末,涂面及全身,三二日肌白如玉。"《遵生八笺》中还载有七月七日生已脱眉毛、生黑发、除黡子的方法。这些方法未必都科学,但说明了古人对七月七日这一特殊日子的看法，以上所说也算是他们的一种解读与参与的方法。因为七夕是青年男女，尤其是青年妇女，特别是姑娘们的节日，青年人追求美，无论从哪个方面来说，都是应该的，也是很自然的现象。

还有很多书中说到七月七日洗发、沐浴的事，讲了一些经验，也都是从美容、美发及不得皮肤病方面说的。

（十三）青年男子央人问字，男女青年订婚。问字是过去在提亲之后问双方生辰八字的一个仪程，为聘定（订婚）之前初步确定婚姻关系的仪式。因为生辰八字决定双方是否能合。八字相合的有情人，便可以在七夕这天大体确定关系。《古今图书集成·岁功典》引河南志书，言白水县"七月七日男家馈女仪竞丰，几与聘等"，可见其重视的程度。

《古今图书集成》又引湖广志书，言新田县于七月七日"多定婚纳彩"。这个风俗的形成，同牛郎织女在这一天相会有关。牛郎织女是几千年农业社会中男耕女织、勤俭持家的农民的象征。又忠贞于爱情，其情天长地久，所以人们视他们相会之日为吉日。

（十四）女子拜新月。因为近代以前男女婚事都是男方家请人向女方家提亲，没有女方家主动提亲的（过去这种情况叫"倒上媒"）。至于姑娘们自己提出来嫁谁的那便更少了。那么姑娘们就只有在这天，就自己的婚姻大事独个拜月表示心愿。因为七月七日月亮半圆，所以古人称之为"拜新月"，祈求花好月圆、婚姻满意。拜月和乞巧不同，乞巧是一种群体性活动，虽以姑娘们为主，但大部分地方已结婚的青年妇女及年幼小孩也参与。而拜月则完全是个人的事，是避开众人单独进行的。所以唐代罗隐《七夕》诗中说："金针穿罢拜婵娟。"是先和大家一起乞巧欢乐，然后独自拜月表心愿。拜月带有私密性，所以南宋胡铨《菩萨蛮》词中说："玉人偷拜月，苦恨匆匆别。"也只是已及笄女子尤其是近于婚龄的女子才有的事，目的是向月表白心事，祈求婚姻完满。

拜新月从其主导思想来说与"牛郎织女"传说及妇女乞巧的深层思想相一致，但由乞于牛女变为祈求新月，则在构成因子上发生了变化。从形式上说这是七夕风俗异化的表现，而从思想意识方面说则是向原始七夕风俗的回归。

将同"牛郎织女"传说有关的七夕风俗只确定为"乞巧"，是从西汉宫廷内开始的，由于历代统治阶级及其文人的鼓吹、强化，成为"七夕节"的主题。但广大劳动人民尤其是广大妇女在这个题目下借题发挥，作尽了文章，仍然处处体现着它最初的精神。

当然，每个时代的主流思想都是统治阶级的思想。七夕节俗在长期封建社会中也时时受到异化和扭曲的干扰。除上面论述中可以看出的之外，最突出的是佛教神摩诃罗的加入。南宋吴自牧《梦粱录·七夕》载："七月七日，谓之七夕节……内廷与贵宅皆塑卖磨喝乐，又名摩睺罗孩儿，悉以土木雕塑，更以造彩装襕座，用碧纱笼罩之，下以桌面架之，用青绿销金桌衣围护，或以金玉珠翠装饰尤佳。"南宋末周密《武林旧事》卷三《乞巧》载："七夕节物，多尚果食、茜鸡及泥孩儿，号摩睺罗，有极精巧饰以金珠者，其直不赀。"贡摩诃罗起于佛教盛行的唐代，当时也只兴于皇宫中"以为生子之祥"。南宋时朝廷南迁，很多七夕风俗变异，形成摩诃罗与七夕节相混的情形。其实无论从其来源上，还是从其所体现思想意识上，抑或是人们贡它的目的上，都与牛郎织女传说及七夕风俗无关。有的学者提出保护七夕节俗，应恢复供摩诃罗，这是对传统七夕文化的历史缺乏了解的表现，是不妥当的。

可以看出，七夕节俗的差异的形成，不仅有时间和空间方面的原因，也还有社会阶层、群体方面的原因，对它的考察，也应分层次，作立体的关照。这样，才能通过它正确认识历史与文化，不致形成错觉，在保护七夕文化上有一个正确的主导思想，而不作简单的限定或肯定。

五、"牛郎织女"传说在少数民族和亚洲一些国家的传播

说"牛郎织女"传说影响最大，首先因为它形成了一年一度的七夕节，传遍了全国，甚至也传到我国周边的国家。七夕节俗遍布黄河上下、大江南北，根据其地理特征，气候，物产与生产、生活习俗，各有特色，但相互之间又有一定的联系。"牛郎织女"传说由北方传至南方之后，也发生了分化，尤其在少数民族地区与亚洲其他国家发生了较大的变异，但

传说的要素变化不大,往往有无互见,尚可以看出相互联系之迹。

"牛郎织女"传说与七夕风俗的向南传播,主要凭借了两种方式:一是政治中心的几次南迁;一是客家人的几次集中迁徙。因为群体性节俗,尤其是同妇女儿童相关的节俗,不是个体流动(商贾、宦游等)能有效传播的,只有整个家庭尤其是成批的家庭的迁徙才能形成。

我国古代政治中心的南移主要有两次:第一次为西晋灭亡,东晋王朝建都建康(今南京),在北方一片混乱之中士族官宦纷纷南迁。第二次为北宋灭亡,金兵驰骋于大河两岸之际,南宋王朝建都临安(今杭州),又是大批豪族大姓南迁。毫无疑问,这两次几乎是豪族大姓、仕宦之家的整体搬迁,将中原的节令习俗及有关传说带到了长江流域,并在当地扩散开来。

古代客家人,除了上面说的两次大事件之外,还有两个时期发生了较大规模的迁徙,有的是从中原之地南迁,有的是在前一两次迁徙后的定居之地再次南迁。一次是唐代末年因黄巢起义等由中原之地长途南迁,或在五胡乱华中迁至皖、豫、鄂、赣等长江流域之地后,又再次向皖南、赣东南、闽西南以至粤东北迁徙。再一次是明末清初,清兵入关之后如迅雷洪水,以猝不及防之势横扫黄河流域,饮马长江,原居皖、赣、闽之地的客家人,又向南迁至粤中部及滨海地区。这是近代以前客家人的几次主要的大规模迁徙活动。可以说,"牛郎织女"传说及七夕节俗一直传到福建、广东滨海以及台湾,主要是客家人迁徙所带去。

以上所说是汉语圈中的传播。而事实上"牛郎织女"传说在少数民族中也有传播,并结合该民族的地理、社会环境有所变异;有的则只是对某些民族的传说故事产生了影响,从中掺进了"牛郎织女"传说的因子。

北方的少数民族中,生活在新疆的锡伯族,流传有"放牛娃和仙女"的故事。① 从故事名称就可以看出主要人物的身份同"牛郎织女"的联系。故事中指点放牛娃将湖中洗澡的仙女中最贤惠、最美丽的七仙女的衣服藏起来的,不是黄牛,而是小鹿。这同锡伯族人以狩猎为主的生活方式有关。其中岳母拔出头上的玉簪划出一道大江将放牛娃与仙女隔开,以及喜

---

① 关宝学主编:《锡伯族民间故事集》,辽宁民族出版社 2002 年版。

鹊聚集起来要搭桥而未成功的情节，也来自汉族古代所传，只是产生了一点变异。其中所增加岳母考验女婿的情节，差不多见于所有少数民族中所流传"牛郎织女"的故事。内蒙古所流传"天牛郎配织女"同清末秦腔、京剧等戏曲所演极为相近。① 达斡尔族中流传的"孤儿与黑鹿"，虽故事名称中没有出现女主人公，而是黑鹿，反映出同锡伯族中流传的"放牛娃和仙女"之间的联系，而故事中的女主人公仍然是仙女，并且是玉帝的女儿，也同样有藏羽衣、三年后生了两个孩子，后来仙女上天、孤儿追去，玉帝在考验女婿之后同意他们到人间生活的情节。② 鄂温克族中流传的叫"牛郎"，满族中流传的叫"三仙女"，朝鲜族中流传的叫"牵牛桥"等③，同汉族中所流传及北方其他少数民族中所流传的互有异同，可以明显看出其之间的关系。

南方很多少数民族中，也流传着关于"牛郎织女"的传说或受其影响而产生的传说故事。有的连故事名称也大体相近。如贵州清水苗族中流传的即作"牛郎织女的故事"。④ 大部分的稍有不同，而可以看出其同"牛郎织女"传说的关系。如湘西苗族地区流传的"天女与农夫"，滇西傈僳族中流传的"花牛牛与天鹅姑娘"，贵州黎平侗族中流传的"牛郎都与七妹"，海南黎族中流传的"阿生哥与七仙妹"。⑤ 还有一类只以其中一个主要人物为故事名，而情节上则大体一致，如贵州普定、郎岱地区苗族中流传的"七姊妹"，云南昭通地区苗族中流传的"仙女的故事"，布依族中流传的"天池仙女"等。⑥ 当然，还有不少从其名称上看不出同"牛郎织女"传说的关系，但从故事组成要素、情节上却可以看出其间的演变之

① 秦地女讲述，孙剑冰整理：《天牛郎配织女》，《民间文学》1957年第9期。
② 呼思乐、雪鹰编：《达斡尔族民间故事集》，内蒙古人民出版社1981年版。
③ 分别见杜梅搜集整理《鄂温克族民间故事》，内蒙古人民出版社1989年版；《白头山传说集》，延边人民出版社1989年版。
④ 李贵廷搜集、整理，见《民间文学》1979年第4期。
⑤ 分别见于苗族文学史编写组编：《民间文学资料》第21集，中国作协贵州分会印，贵州民研会翻印，1959年；怒江州《傈僳族民间故事选》编辑组编：《傈僳族民间故事》，云南人民出版社1984年版；杨通山《侗族民间爱情故事选》，广西人民出版社1983年版；《黎族民间故事集》，花城出版社1982年版。
⑥ 分别见《傈僳族民间故事》，云南人民出版社1984年版；苗族文学史编写组编：《民间文学资料》第22集；祖岱年编《布依族民间故事集》，贵州人民出版社1982年版。

迹。如其中男主人公的名称与中原地区"牛郎"的叫法多不相同。但这不是本质的问题，在口头传说中人们总是依自己的生活知识来称说他。事实上载汉族中的传说里最早叫"牵牛"，后来叫"牵牛郎""牛郎"，而清代剧本《双星图》中作"牛九郎"，清末小说中作"牛金郎"。近代戏曲中，牛郎的姓名更不一致。所以，我们可以不计较人物叫什么名，而应看重故事的基本情节与人物身份上的特征。从这个方面说，"牛郎织女"传说在大部分少数民族中有流传或有影响。

与此相应，在一些少数民族中，也有七夕的节俗。曾经入主中原统治了黄河流域大片地方或统治了全国的辽、金、元、清都不用说，差不多同汉族一样过七夕节，并且见之于一些诗词曲作品；即长期居住于周边地带的一些少数民族中，也有七夕节，如北方的朝鲜族，南方的苗族、瑶族、壮族、纳西族等。具体表现同汉族的有所异同，这同当地的气候、地理状况、居住特征及当地习俗有关，而视其实质，与汉族某些地方的也相通。如湘西吉首一带苗族的"七月七"鼓会，人们穿戴一新，欢聚群舞，同汉族一些地方乞巧中歌唱跳舞的情形一样。瑶族的"七月香节"备佳肴美味及盐茶等，也同汉族备瓜果以欢聚的情形相近。壮族不少地方将七月七作为"女儿节"或"乞美、乞巧节"，其活动形式同我们在前面介绍的汉族妇女欢聚、乞巧、比赛手艺、打扫厨房卫生及作一些美容活动的情形相近。

由以上这些可以看出，"牛郎织女"传说不只是我国汉族的民间传说，它是中华各民族共有的民间文学的瑰宝，是中国民间文化的瑰宝；七夕节也不只是汉族的节日，也是中华各民族的传统节日。

但以上这些尚不能充分说明"牛郎织女"传说与七夕节的影响。"牛郎织女"的传说和七夕风俗还传到了日本、韩国和东南亚一些国家。日本公元4世纪到8世纪的和歌总集《万叶集》中，从第八卷到第二十七卷收录了一百三十多首七夕和歌，不少诗中有"银河"这个词，有的也出现"织女"，或"牛郎"与"织女"都出现，写他们的相思之情，表现了一种纯真的感情。

在朝鲜德兴里出土的壁画中，就有织女、牵牛分隔在天河两岸的画面，旁边分别写有"牵牛之像""织女之像"（"织女"二字残破）。专家们考订这个墓葬是高句丽永乐十八年（409）所下葬，时间相当于中国东晋末年。可见"牛郎织女"传说很早就传入朝鲜。日本、朝鲜的"牛郎织女"传说则有些方面更接近于中国早期传说的情节。

越南的相关传说叫"织女和牛郎"①，菲律宾的叫"七仙女"，也都具有中国"牛郎织女"传说的基本情节。当然，也有变异，比较起来同中国古代和后来中国南方流传的比较接近。这些都为我们提供了考察其流传与发展演变过程的痕迹。

关于七夕风俗，在日本、朝鲜、东南亚一些国家则变异更大。因为风俗总是同人们的生存方式、生活习惯联系在一起的。但无论怎样，"七月七"成了一个共同的文化信息，这一点已足以说明一切。

我们从对"牛郎织女"传说与七夕节俗的全面考察中，看到了这二者流传过程中产生的变化，看到了它作为民间文学与民俗文化在不同地方形成的地域特征，从这些细微的变化中，也看到了它们之间的时间差；从共时性材料的考察中，发现了历时性方面的现象。同时，传世文献和口头流传的交互影响，也在不同地域中有不同反映。

六、注意"牛郎织女"与"七夕"风俗传播中社会阶层上的差异

"牛郎织女"传说和七夕文化反映的各种现象立体地展现在我们面前，而我们以往的研究却多是平面的，有的还只是单浅的推导，有的甚至只据其一点，便下普遍性结论。所以，对以往的很多说法，不能不作认真的反省。

二十多年来，我一直在钩稽古代文献中有关"牛郎织女"传说的资料，哪怕是一鳞半爪，也都十分珍惜地辑录起来，以时为序加以排列，考求其相互关系，推想有关时段上的整体状况。不但不能轻易将不同时间平面上的材料拼接在一起，也不能将大体同时期、不同地域的材料拼为一个

---

① 参见张玉安主编《东方神话传说》第6卷，北京大学出版社1999年版。

整体。甚至，在同一个时间范围，同一地区中的材料，也不一定就能拼出一个完整的"牛郎织女"传说来。除时间流程中的演变和不同地域的分化之外，不同阶层的人对同一个传说也有不同的述说。这里有一个传说人群的层次问题。

至迟在魏晋南北朝之时，"牛郎织女"的传说已产生了由于传播主体社会地位的不同而形成的不同层次。

从汉代的《迢迢牵牛星》《兰若生春阳》到晋代的《月节折杨柳歌》之《七月歌》、清商曲辞《七日夜女郎歌》九首和南朝刘宋时《华山畿》二十五首之第十一首，突出地表现了牵牛织女传说的悲剧结局及两个主要人物的忠贞品质，与青年男女争取婚姻自由的主题。这些都反映着"牛郎织女"传说当时在民间流传的情况。而东晋与南朝贵族文人所吟咏，则着重渲染织女的装束与骈车的华贵、侍从的盛奢，实际上是借以写宫廷和贵族之家妇女的豪华高贵，冲淡甚至抹杀了牵牛、织女相会所表现出的对爱情忠贞不渝的高尚品质；以极肤浅的外表描写，甚至只以渲染装束与侍从来代替对人物品质、内心的表现。当然，宫廷嫔妃、贵族的妾媵等，本说不上真正的感情，即夫人、公主之类，也主要是讲"门当户对"，相当程度上只是"政治婚姻"或"门第婚姻"而已。故这些文人学士之作就只有写装束、侍从之盛。

唐代、宋代道教兴盛，宋代以后相当长时间中思想领域以理学占统治地位，形成文人对民间"牛郎织女"传说的漠视，甚至对其采取抹杀的态度。见之于文字记载的，基本上是遵循了南朝志怪小说中的记述：织女"嫁后遂废织纴。天帝怒焉，责令归河东，但使其一年一度相会"。北宋张商英（1043—1121）的《七夕歌》即用诗的形式表现了这样的内容。直至清代末年的白话小说《牛郎织女》，仍主要据此加以演绎。这个白话小说本是浅学文人据浙江一带说书人的讲说整理而成。① 江南的"牛郎织女"传说主要是客家人几次南迁传播而去，代表了东晋、唐末、宋末南迁士族官宦之家的意识，因而与古代贵族文人的说法一致。而西北、北方、东北

---

① 参见拙文《有关小说〈牛郎织女〉及其校订的几个问题——〈牛郎织女〉阅定本后记》，《甘肃高师学报》2011 年第 1 期。

一带及少数民族地区的传播，则虽然联系当地自然条件及风俗较多，地域特色突出，但基本上保持着争取婚姻自由、忠于男女爱情的主题。这一事例说明，流传中的地域分化，也同流传群体的层次有联系，不仅仅是时间的因素及地域的因素。

由上面的事例也可以看出，"牛郎织女"的传说由西北、中原向周围的扩散，不完全如水的圆形波纹一样均匀地推向四周，而表现出两种特征：一是定向的传播，大体说来是由西北、中原向周围传播，持续较久的是向南方传播；二是不同的传播方向带有不同的人群层次特征。

以往的研究者未能注意到这些问题，因而产生了不少错误的结论。如范宁先生 1955 年发表的《牛郎织女故事的演变》一文，依据张华《博物志》所记有人浮槎至天河见到牵牛的传说，认为晋代的传说中牛郎、织女的生活还是富裕的、美满的，到南北朝时才形成悲剧的情节。[①] 这就是将文人层面的叙说看作了当时唯一的传说，从而也抹杀了汉代民歌中对于牵牛、织女悲剧情节的反映。而 20 世纪 60 年代至 70 年代《辞源》的"织女"条就取了范先生之说。1990 年我发表《牛郎织女故事的产生与主题》对此说进行过辩驳。[②] 还有些学者将董永故事看作"'牛郎织女'传说主流"[③]，而未看到它并非"牛郎织女"传说流传中的自然分化，而是统治阶级拿来抵御"牛郎织女"传播、用来覆盖"牛郎织女"传说的作品，与"牛郎织女"在主题上完全对立。更有甚者，拿无聊文人之作《郭翰》来说明"牛郎织女"传说在唐代的流传，大大歪曲了织女的形象，得出了十分荒唐的结论。

所以说，"牛郎织女"传说的传播是立体的，对它的分析、研究也应是立体地进行，不能只作单线的推导，也不能对同一个时代的材料作同一平面碎片的拼接。

事实上，即据今日各地"牛郎织女"传说的情节，也可以看出它在历史传播的大体线索与顺序。因此，我们可以将近代以来的采录本分为几类。比如南方汉族的传说中多称织女为"七仙女"，将织女同董永故事中

---

① 范宁：《牛郎织女故事的演变》，《文学遗产增刊》第 1 辑，作家出版社 1955 年版。
② 参见拙文《牛郎织女故事的产生与主题》，《西北师大学报》1990 年第 4 期。
③ 洪淑苓：《牛郎织女研究》第三章，台北学生书局 1988 年版。

的七仙女相混，而北方传说则多只称"织女"；南方汉族传说中多为织女取得仙衣（羽衣）后主动离去，而北方传说中则多为王母或玉帝令天兵天将捉其回天宫；南方汉族传说中天河多为织女所划，而北方传说中则为王母所划等。这只是举例言之，全面细致分析起来，各地都有一些情节或细节上的差异，同时又有某些联系。我们可以据此画出"牛郎织女"传说流传的地图来。

关于"牛郎织女"传说的研究不仅要用科学的方法、科学的手段，还应有科学的观念。不然，尽管运用了各种理论，也引入了现代西方先进的理论，但也难以得出正确的结论。

由于"牛郎织女"传说产生的时间很早，流传广泛，而在清代以前又一直受统治阶级的挤压、覆盖、歪曲、篡改，所以见之文人记载很少；有之，也多据封建地主阶级思想有所篡改。它在民间的流传，偶然在民歌、文人记述的民间故事中有所反映，在一些文人作品中零星地透露出一鳞半爪，有如地下水，只在地表有塌陷的地方，或洞穴之中露出水流，或人们有意地打井，才能看到它的存在。要了解它的全貌，就要对有关材料作全面的搜集、研究、整理。以往有的学者，认为织女星本是由水神而来，认为地名同"黄姑"有关者即织女传说的起源地，把表现文人嫖妓或勾引贵妇心理的《郭翰》也作为"牛郎织女"传说的材料等，都是由于对这个课题未能作全面探讨，研究方法欠科学，认识上极端片面化之故。

事实上，以往学术界也没有人弄清为什么从魏晋到明清没有完整的关于"牛郎织女"传说的记叙或小说，看到的多是文人的曲解和篡改，因而也只有把这些看作"牛郎织女"传说的正流。

从两条引文看牛女传说研究中的文献问题

自西方文艺思想传入之后，很早就有人对民间流传的"牛郎织女"传说进行采录，改编为戏曲上演的事也产生很早。但是，对"牛郎织女"传说的真正研究工作起步较迟。而且自研究起步于今八十多年，在文献资料运用上普遍存在辗转相抄、以讹传讹的情况。人文社科工作，根据作者的专业积累，工作性质、读者对象等，本来就是分层的，有针对其中难点和前沿问题的专门的研究，有的是一般性地谈谈自己对某些问题的看法，还有些只是作普及、宣传工作。像后面的两类，只要能够认真多读一些专家的论著，在全面掌握材料的基础上能谈一些自己的心得，或能够将学术研究的新进展介绍给读者，就不错了。而个别人在发现了其中的某一点之后，或者是因为见此不见彼，或者是出于个人的感情偏向，大加申斥，其中也不免有以错攻错的地方。今举一例加以论述，或有利于学风建设。

钟敬文先生的《七夕风俗考略》（《国立中山大学语言历史研究所周刊》第11、12期合刊，1928年1月）应是国内最早的研究性文章。后来之研究七夕风俗者，很少能出其范围。关于这篇文章的学术价值，将在另外的文章中论述之。这里专谈关于一处引文的事。文章在引录了《古诗十九首》中《迢迢牵牛星》一诗，引述了《风土记》和傅玄《拟天问》后说：

> 后来《齐谐记》、《荆楚岁时记》等书出，而这故事的记载，亦见详细具象了。《齐谐记》说：
>
> 天河之东，有织女，天帝之孙也，勤习女工，容貌不暇整理。帝怜其独处，许嫁河西牵牛郎。嫁后竟废女工。帝怒，令归河东，惟七

夕一会。（按：某辞书，于七夕织女两条，都援引这故事，文字与此略同，而以为出自《荆楚岁时记》，我手头所有《汉魏丛书》本的《荆楚岁时记》，实无此段记载，未知其引用自何书，或那种不同的版本。记此待考。）

《荆楚岁时记》云：

尝见道书，牵牛娶织女，借天帝二万钱下礼，久不还，被驱在营室中。（按：我之《汉魏丛书》本《荆楚岁时记》，亦无此语。）

按语中说的"某辞书"，指旧版《辞源》。大概考虑到同商务印书馆的关系，不便指明。茅盾用"玄珠"的笔名于 1929 年出版的《中国神话研究 ABC》之第六章《自然界的神话及其他》在讲"星的神话"时，引到《荆楚岁时记》，与钟敬文先生标明引自《齐谐记》的情节基本相同，而文字多有不同：

天河之东有织女，天帝之子也，年年织杼劳役，织成云锦天衣。天帝怜其独处，许嫁河西牵牛郎。嫁后遂废织。天帝怒，责令归河东，使一年一度相会。

两相比较，主要不同有：一、钟引作"天帝之孙"，茅盾引作"天帝之子"；二、钟引作"勤习女工，容貌不暇整"，茅盾引作"年年织杼劳役，织成云锦天衣"；三、末尾钟引作"惟七夕一会"，茅盾引作"使一年一度相会"。其他文字也有稍异者，意思相同。

欧阳云飞 1937 年刊于《逸经》第 35 期之《牛郎织女故事之演变》上面两段文字均引录之，第一段之下加破折号注明"齐谐记"，接着说："宗懔的《荆楚岁时记》亦云"，下录文字大体同茅盾，唯"遂废织"后补"纴"字，末句作"唯每年七月七日夜，渡河一会"。亦加按语云：

此则见于《辞源》"七夕"条与"织女"条引。按我手头两部《汉魏丛书》本的宗懔《荆楚岁时记》均无此文，不知该书编者引自何人所辑，抑或版本不同，志以待考。

其实《辞源》在"七夕"条和"织女"条两处所引《荆楚岁时记》文末

尾一句是不同的。茅盾所引是据"织女"条，欧阳云飞是据"七夕"条。欧阳云飞于《齐谐记》文字同钟先生一样仍未指明所据，显然是据钟敬文先生文照录之。但关于所谓《荆楚岁时记》中一段文字所取态度十分谨慎。

此后的大半个世纪中，引述以上两段文字都径标注为《齐谐记》与《荆楚岁时记》，而无任何存疑待考之词，亦未标明引文依据者，举不胜举，几成"常识"，连赵景深、陈毓罴、范宁三位研究神话与古代文学的大家也未能免。赵景深先生20世纪30年代所刊《牛郎织女故事》评梅觉女士《粤南民间故事集》中《牛郎织女》采录本说：

> 与《荆楚岁时记》所载相仿佛，只说天帝许织女嫁给牛郎，织女婚后便懒得织杼，"天帝怒，令其七月七日夜渡河一会"。

陈毓罴先生《谈牛郎织女的故事》（《光明日报》1950年5月28日）中又引"梁朝宗懔的《荆楚岁时记》"，文字全同欧阳云飞所录。范宁先生《牛郎织女故事的演变》（《文学遗产增刊》第一辑，作家出版社1955年版）第二部分引录程云祥采录自潮州的《七月七日的传说》后也引录："宗懔（四九九？——五六二？）《荆楚岁时记》"文字，与欧阳云飞、陈毓罴所引完全相同，只是补出了宗懔的生卒年。

其后便有罗永麟先生在其《试论〈牛郎织女〉》一文，引了注明为任昉《述异记》的逸文一段，与诸家所引《荆楚岁时记》中文字又有不同：

> 天河之东有美丽女人，乃天帝之子。机杼女工，年年劳役，织成云雾绡缣之衣，辛苦无欢悦，容貌不暇整理，天帝怜其独处，牵与河西牵牛之夫婿，自后竟废织纴之功，贪欢不归，帝怒责归河东，但使一年一度相会。

罗先生并加一注以为考按：

> 此段逸文见明张鼎思《琅琊代醉篇》卷一织女条。但近人玄珠的《中国神话研究ABC》、范宁的《牛郎织女故事的演变》（《文学遗产》增刊一辑）以及初中《文学》第一册教学参考书都注明引自《荆楚岁

时记》。但查该书《汉魏丛书》、《宝颜堂秘笈》和《四部备要》各版本，均无此段文字，是传抄之误，或别有所本（逸文），尚待考证。

罗先生引文的规范处是注明了自己据以引录的文献，而且在正文的《述异记》书名后特加括号说明为佚文。同时，他虽然说查了几种《荆楚岁时记》的版本都未找到前人所引文字，但仍以"尚待考证"作结，并无武断的评判。由以上这些可以看出老一辈学者治学严谨又尊重他人、行文谨慎的良好学风。陈毓黑等先生的文章本就是一般介绍性文章，据前人文章转引，也可以原谅。因为如果人们每写一篇文章都要追根究底去寻原始出处，那么人文社会科学研究与普及工作，其效率不知要降低多少。在前人的基础上进行研究，在广泛阅读了一些专家之作的基础上进行普及，本来就是研究与普及工作的规律。必须要求专门研究中对一些关键的材料一定要追根究底，引据确凿。

顷见《文史哲》2007 年第 4 期刊《牛郎织女研究批评》（以下简称《批评》），论及茅盾《中国神话研究 ABC》关于《牛郎织女传说》的论述，说道：

> 茅盾在该书中罗列了许多涉及牵牛与织女的材料："（一）《诗经·小雅·谷风之什·大东》；（二）古诗十九首里的《迢迢牵牛星》；（三）曹子建的《九咏》；（四）梁吴均的《续齐谐记》；（五）《风俗记》和《荆楚岁时记》；（六）《李后主诗》、《艺文类聚》所载古歌、宋张邦基《墨庄漫录》、周密《癸辛杂识》、白居易《六帖》等。"这些材料几乎全都成为后辈学者们反复引证的主要论据，甚至他对"织女又名黄姑"的论述，都被后辈学者反复征用，但是，绝大多数学者都未在文中提及"茅盾"二字。

> 其中被后人引证次数最多的是茅盾注明出自《荆楚岁时记》中的一段……

> 有趣的是，钟敬文早在发表于 1928 年 1 月的《七夕风俗考略》中即已引述这个故事，注明出自《齐谐记》……

> 如果说钟敬文的这篇文章一般人很难见到，罗永麟始发于 1958 年的《试论〈牛郎织女〉》就很容易找到。

论文对数十年中学术浮躁之风表示不满，这是值得肯定的，但态度过于偏激，同时也有些见此不见彼的情况和不应有的疏漏。首先，"织女又名黄姑"乃是古代不学文人因"河鼓"而误，始作俑者为荒殆政事、只知吟风弄月又疏于典籍、为阶下囚尚舞弄文墨的李后主，茅盾引宋张邦基《墨庄漫录》已言之。《玉台新咏·歌辞之一》："东飞伯劳西飞燕，黄姑织女时相见。"清吴兆宜注引《岁时记》："河鼓、黄姑，牵牛也。"唐元稹《决绝词》之二："已焉哉，织女别皇姑，一年一度暂相见，彼此隔河何事无。"这些都算是用事不误而用字误，尚以黄姑（河鼓、牵牛）与织女为夫妻关系，采录民歌者未能纠其讹传口误，然亦不可取。茅盾提及民间有以"黄姑"为织女者，但未见得认可其说，更不能认为是茅盾的学术创新，我认为后之论及此者不注明"茅盾"也罢。

其次，作者认为茅盾先生所引《荆楚岁时记》文即钟敬文先生所引，为同一出处，也有些武断。其实加上罗永麟先生所引，关于"牛郎织女"传说其来源有四，文字小有差异：

一为茅盾、欧阳云飞、陈毓黑、范宁等所引，云出《荆楚岁时记》，乃是据旧版《辞源》转引。茅盾依据的是"织女"条，欧阳云飞依据的是"七夕"条。茅盾文章是以欧洲人类学派的理论为第一次系统，全面地"搜剔"、清理、研究中国古代神话，提出了一些十分精辟的见解，可谓中国神话研究的开山之作。他还不可能对每一个神话中每一条材料的来源、异同以至一些书的真伪、年代都作细致的考证。他的精力不在此，功劳也不在此方面。因为《辞源》在当时本就是用现代理论与方法编的辞书，是很有权威性的工具书。他据以引录，以为不会有误，因而未注明据何书转引。其实钟敬文先生1925年刊于《北京大学研究所国学门周刊》第1卷第10期上的《牛郎和织女》在"附记"中说："梁人《荆楚岁时记》所述，大概和我们这里现在传说很相似。"钟先生所记故事中并无向天帝借钱下礼的情节，而说道："那知缔婚之后，两人只管深深地爱恋着，再不把各人自己的职务放在心中——牧牛、织布的事，都抛荒了。这种情形，后来给天帝知道了，他心里很是愤怒，即刻下了一道圣旨，将二人分割两处。"如果茅盾先生行文时也受了什么影响的话，应是受了钟先生此文的影响也难说。欧阳云飞、罗永麟都指出是据《辞源》所引，都查了能找得见的《荆楚岁时记》文本，均未找到，但也只言"不知该书编者引自何人所辑，志以待考"等，并未武断地加以评判。《荆楚岁时记》，《四库全书》本据两江总督采进本，仅一卷，《四库全书总目提要》以为本只一卷，但也指出："然周密《癸辛杂识》引张骞乘槎至天河见织女得只机石事，云出《荆楚岁时记》，今本无之。则三十六事当非完本也。"而余嘉锡《四库提要辩证》卷八云：

> 今本乃明人自类书中辑出，而检阅未周，罅漏百出，《提要》仅举《癸辛杂识》所引一事，殆犹考之未详也。……盖是书之无善本久矣。其间所记，可以考见六朝时民间风俗，有益于史事不少，而残阙如此，致可惜也。

并言及有人重辑一本，在《麓山精舍丛书》中，"较旧本为有条理"，然"见书太少，挂漏仍多"。孙续恩《关于牛郎织女神话故事的几个问题》（《武汉大学学报》1985 年第 3 期）说："比较完整地记叙了这个故事的则是梁任昉《述异记》和宗懔《荆楚岁时记》。"并加注说：

> 今本《荆楚岁时记》不载此故事。《佩文韵府》引用之。考《荆楚岁时记》今存一卷。《文献通考》作四卷。《四库全书总目提要》谓唐宋志书皆作一卷与今本合。《通考》为传写之误。然王谟在编是书《后识》里比较韩鄂《岁华纪丽》所引文，谓是书已多残缺。《四库提要》又据周密《癸辛杂识》谓其"当非完本"。则《佩文韵府》所引，当是佚文。

孙续恩所讲，不是没有道理。看来《辞源》"织女"条就是依据了《佩文韵府》。但《批评》一文驳斥孙说道：

> 且不论《佩文韵府》乃清代类书，校书不精，错讹杂出，删改亦多，难以为学术引证所据；就算可据引证，范宁所引《荆楚岁时记》"佚文"最后一句为"责令归河东，唯每年七月七日夜，渡河一会"与茅盾所引不合，明显多出了"七月七日"的时间节点。但这并不妨碍后来的学者继续将这段文字作为考察牛郎织女的重要材料……

自然，作为学者应该严谨，作到引据确凿，避免转引，但一般人据权威学者之书转引恐难避免。如此看，则《辞源》所录，未必无据。

二为钟敬文先生所引，说明出《齐谐记》。《批评》一文似乎认为"天河之东有织女"那一段文字无论有无差异，皆出于此书。然而《齐谐记》一书也早在宋代已佚。因为除《艺文类聚》《北堂书钞》《法苑珠林》《初学记》《白帖》之外，仅见于宋初《太平御览》《太平广记》所征引。南宋陈振孙《直斋书录解题》卷一一吴均《续齐谐记》下云："《唐志》又有东阳无疑《齐谐记》，今不传。"《齐谐记》一书，唐书《经籍志》著录在"传记类"，《新唐书·艺文志》著录在"小说家类"，则佚于宋代。马国翰辑一卷，共15则，鲁迅《古小说钩沉》所辑同，唯校录文字较马辑精到。两书中均不见"天河之东有织女"那一段文字，《批评》一文同样未复按原书，以为一定是见于其中的，其实不然。这样，《批评》一文所认定的这唯一的出处，也成了水花雾月。

三为罗永麟先生所引《述异记》佚文，注明见明张鼎思《琅琊代醉篇》卷一。我要特别说明的是，除《琅琊代醉篇》之外，清褚人获《坚瓠二集》卷二"牵牛织女"条引也作《述异记》，只是文字也有差异。其文曰：

> 天河之东有美女，天帝女孙也。机杼劳役，织成云雾天衣，容貌不暇整理。帝怜之，嫁于河西牵牛。自后竟废织纴，帝怒，责归河东，使一年一度与牵牛相会。

最大的不同是第二句《坚瓠二集》作"天帝女孙也"，而非"乃天帝之子"。从行文与第二句看，反倒是后出的《坚瓠二集》所载更为近古。但无论哪一文本，鲁迅《古小说钩沉》都未收，盖诸家所辑多只据宋代以前类书等，对元明以后之书不太重视。《四库全书总目提要》以为《述异记》"其书颇杂""为后人依托"，故学者们多不以为引据。然而《四库全书总目提要》所说理由也未必就能成立。比如所举此书不见于《隋书·经籍志》，《梁书》卷一四、《南史》卷五九本传亦未载此书。但南北朝以前之书《隋书·经籍志》失载者亦有。《梁书》《南史》本传虽未载《述异记》，但两书俱载其有《杂传》二百四十七卷，据其书名和卷数看，其中应包括《述异记》之类。至于书中个别条目所记事在任昉之后，乃窜乱所致，后代所传汉魏六朝书中此类现象多有之，不独此书。则早期类书多引录其文，其书应非伪书。唯祖冲之也有一书名《述异记》，但以二书今存条目观之，祖书多记当时之事，而任书多取自古相传神话之类。则有关"牛郎织女"文字在任昉《述异记》可能有载录。

上三书之外，第四个出处，为明冯应京《月令广记·七月令》引《小说》：

> 天河之东有织女，天帝之子也，年年机杼劳役，容貌不暇整。帝怜其独处，许嫁河西牵牛郎。嫁后遂废织纴。天帝怒，责令归河东，许一年一度相会。

名《小说》之书有：一为梁殷芸之作，属志人小说一类，不会有神话传说的内容；一为唐代刘餗之作，又名《隋唐嘉话》，述近代当代事，同样不会有神话传说内容。此外有刘义庆（403—444）和齐梁时刘孝孙及佚名各一种。应出于这三书中之一书。而明代的《琅琊代醉篇》所收录注明出于《述异记》，清代褚人获《坚瓠二集》所收又注明出《齐谐记》，而且我们也不能肯定《荆楚岁时记》原书一定未载，则《天中记》《月令广义》所谓"小说"，盖为泛称，非专指一书。

根据以上考述，关于《牛郎织女》的"天河之东"云云一段文字，目前可考知者主要有三个来源：一为任昉《述异记》佚文，为《琅琊代醉篇》所引；一任昉《述异记》，为清《坚瓠二集》所引；一为佚名《小说》佚文，为《月令广记》所引。此三书所录与前面所说茅盾等据《辞源》所录文字互有异同，关于织女的身份多作"天帝之子"，唯出于《坚瓠二集》的《齐谐记》作"天帝女孙"或"天帝之孙"。当然，若据传记的原貌，肯定是作"孙"或"女孙"者为是，因为《史记·天官书》中说："织女，天女孙也。"《汉书·天文志》同。"天女孙"即天之女孙。《史记索隐》言："织女，天孙也。"义同。唯《荆州占》云："织女，一名天女，天子女也。"乃由对"天女"作字面解释而来。从这一点说，传为出于《荆楚岁时记》者同《荆州占》一致，以为出于《齐谐记》者与《坚瓠二集》所录《述异记》一致。

所以说，仅就"天河之东"这一段有关"牛郎织女"传说的引文而言，不仅以为出于《荆楚岁时记》的一段"来历不明"，标为出于《齐谐记》的一段也来历不明；而且，前面一段虽然"是茅盾注明出自《荆楚岁时记》"，但始作俑者也还并不是茅盾。

末了，还有一个问题：文章开头所引钟先生《七夕风俗考略》引文之第二段："《荆楚岁时记》云：尝见道书"云云，引文后加一按语："我之《汉魏丛书》本的《荆楚岁时记》，亦无此语"，但也并未指出究竟出于何处。其实这段文字出于《太平御览》。近代以来学者们也同样一而再、再而三地只标明出于《荆楚岁时记》，《批评》一文却未论及。

以上所说不是对钟先生有不敬之意。钟先生是我尊敬的前辈学者，我从青年时代起至今仍在读他的书，受他的著作的启发与滋养，他不仅为中国民间文学与民俗学研究作出了开拓性的贡献，也为中国民间文学与民俗学研究培养了大批成就卓著的学者；他主编的《中国民俗史》是他主持完成留给学界的最后一笔宝贵遗产。从内心讲，我对他同茅盾先生一样的敬仰。我是说，我们有些青年学者在批评别人的时候，要求过于苛刻，态度过于严厉；在评判学术是非的时候，过于轻率。我认为自己首先应该认真地读了人家的东西，弄清楚有关问题，尽可能做到准确，更不能"执法犯法"。学术研究只有在讨论中才可以发展。也只有通过批评才能维护良好的学风。但批评者也要体现出良好的学风。当然，我这篇对《批评》的批评，可能也有问题，也欢迎朋友们的批评。

牛女诗考证与鉴赏

一、《秦风·蒹葭》赏析

《诗经·国风》中《秦风·蒹葭》被有的当代诗歌评论家认为是"中国最早的朦胧诗",历来的《诗经》研究者和评论家也给它以很高的评价。但关于这首诗的内容与主题的理解,从古至今学者们看法分歧却很大。我觉得是受传统经学的影响太大,总脱离不了它的藩篱,未能弄清其形成的文化背景与传说本事的缘故。其实本诗反映了牵牛织女传说早期流传中的状况。今先录原诗如下:

> 蒹葭苍苍,白露为霜。
> 所谓伊人,在水一方。
> 溯洄从之,道阻且长;
> 溯游从之,宛在水中央。
>
> 蒹葭萋萋,白露未晞。
> 所谓伊人,在水之湄。
> 溯洄从之,道阻且跻;
> 溯游从之,宛在水中坻。
>
> 蒹葭采采,白露未已,
> 所谓伊人,在水之涘。

溯洄从之，道阻且右；

溯游从之，宛在水中沚。

《诗序》说："《蒹葭》，刺襄公也。未能用周礼，将无以固其国焉。"但秦人的崛起正是在襄公之时，国人不可能刺襄公；秦襄公当西周灭亡之际，以兵送周平王迁都洛邑，周平王因而封秦襄公为诸侯，当时是秦国稳定、强盛，而西周败亡，也说不上什么用不用周礼的问题。郑玄《笺》说："秦处周之旧土，其人被周之德教日久矣。今襄公新为诸侯，未能用周礼以教之。"事实上秦襄公时因护送周平王有功而周赐以岐以西之地，但只是一个空头支票。平王说："戎无道，侵夺我岐丰之地，秦能攻逐戎，即有其地。"至秦文公十六年伐戎，戎败走，这片地方才成为秦国地，"于是文公遂收周馀民有之"。郑玄《笺》在这里弄错了时间关系。总的说来《诗序》是不顾文意地套了"美刺说"的框框，不可信。郑玄《笺》、孔颖达《疏》都回护其说，唐以后成了经书正解，定于一尊，故影响于学人至深至广。朱熹《诗集传》说："言秋水方盛之时，所谓彼人者，乃在水之一方，上下求之而皆不可得。然不知其何所指也。"朱熹真是一位大学者，而且立说通脱，不受《诗序》影响，也少牵强附会。后来又有学者提出秦穆公访贤得贤说（宋代王质《诗总闻》，清吴懋清《毛诗复古录》），慕思隐居贤人说（明丰坊《诗说》，清姚际恒《诗经通论》，郝懿行《诗问》），不可远人求道说（明季本《诗说解颐》），惜招隐难致说（方玉润《诗经原始》）。学者们真是搜索枯肠，以求其解，甚而至于有人提出："《蒹葭》，百里傒荐蹇叔也。"（牟庭《诗切》），还有的认为"所谓伊人""盖指周礼"（宋吕祖谦《吕氏读书记》），不啻痴人说梦。以上这些都难以揭示出这首诗在风格不仅同《秦风》中其他各篇迥异，在《诗经》三百五篇中也以极强的抒情性和朦胧的叙事片段而使人玩味无穷的原因。它展现给读者的真如云中神龙，见首不见尾，令人产生无限遐想。

我认为本诗是"牵牛织女"早期传说的反映。织女原型即秦人始祖女修。《史记·秦本纪》开头便说："秦之先，帝颛顼之苗裔孙曰女修。女修织，玄鸟陨卵，女修吞之，生子大业。"大业即秦人由母系氏族社会过渡到父系氏族社会的第一位领袖人物。秦人这位女性始祖的业绩，在早期的传说中只留下了一个字：织。一个历史人物、事件，在长期的流传中，总是逐渐地将一些细节和无关大局的事件忽略而除去，最后留下最重要的、最基本的事实、事件，而且凝练为极概括的语言，定型为一种说法，口耳相传。在流传中人们有时也加以想象，另外填一些情节上去，甚至演变为神话，但作为历史内核的那一部分，则总是不变。女修的事迹从远古传到后来，只留下一个"织"字，可见她在纺织方面是作出了重大贡献的：或发明了纺织工具，或改进了纺织方法，或在本民族中推广、教人以纺织之法，总之和"织"有很大关系。她应该是秦民族进入父系氏族社会前母系氏族社会的首领。那个时候氏族间通婚的形态有点像至近代仍存留于个别少数民族中的走访婚，家庭中是女子当家，子女只知其母，不知其父。后代称这位秦人始祖为"女修"，"女"言其身份，"修"为其名号。古代"修"有修饰和治理二义，或者也与改进织布技术或组织妇女纺织有关（女修的"修"字又作"脩"，与"修"同）。其后秦人以其在织布方面对氏族社会生活与经济发展的巨大贡献，而称她为"织女"，并以之为天汉西侧最亮一颗星的星名。上古时代作为星名者，是把他（她）看作神灵的，永远受到后人的怀念、赞扬和祭祀。织女星在银河西侧，这同秦人最早发祥于汉水上游的西岸是一致的。织女星为零等星，最亮，其命名应该是很早的，因古人给天上星命名肯定是先从最亮的星开始的。

牵牛的原型为周人远祖叔均，《山海经》中有两处记载他发明了牛耕（《海内经》《大荒西经》），并且赶走旱魃，后人以之为"田祖"（《大荒北经》）。牛耕代替人力，大大地推动了农业的发展。中国是一个农业国家，中华民族从很早就开始农业生产，而周民族是以农业起家的，在发现优良品种、精耕细作、田间保护等方面作出过重大贡献，而牛耕的发明是最大的贡献。所以，周人将发明了牛耕的叔均作为田祖，每年进行专门祭祀（《诗经·小雅》中《甫田》《大田》两诗皆祀田祖乐歌，参方玉润《诗经原始》），并以"牵牛"为名号，作为星名。牵牛星为一等星，也是亮星之一，其命名也是很早的。牵牛星在银河东侧，也与周人处于汉水上游东侧的情形一致。

牵牛与织女这两位杰出的人物被本民族分别命名为天汉边上的星名，最早见于《诗经·小雅》中产生于西周末年的《大东》一诗。周平王东迁之后，秦人有周人之地，"收周馀民有之"（《史记·秦本纪》），周秦文化的交融形成了"牵牛织女"的故事。睡虎地秦墓竹简中已有"牵牛以取织女而不果，不出三岁，弃若亡"的记载，看来，在秦代以前已形成"牵牛织女"的悲剧故事。汉水发源于今天水西南（西汉以后上游部分由略阳折而南流，与发源于陕西宁强的东汉水分之为二），自古天河被称为"汉""天汉"，俱同秦文化有关。①

《蒹葭》一诗，《诗序》以为秦襄公（前777—前766）时之作。产生于秦文公（前765—前746）时的秦《石鼓诗》第二首云："于水一方。"此指文公初迁至汧渭之间所见情景，与《蒹葭》中"在水一方"句型、句意一致，或者是袭用了民间流传诗歌的成句。则《蒹葭》极可能产生于《石鼓诗》之前。秦文公为秦襄公之子，时代相接。《诗序》之说应非无据。

秦国发祥于甘肃南部天水西南、礼县东部、西和县北部之地。20世纪80年代在礼县西汉水上游、礼县永兴乡大堡子山发现大型秦先公先王墓葬群，出土大量精美的礼器、乐器等陪葬品，其中有54件金棺饰，2只金虎，成对的秦公壶和成套的编钟。从墓葬地域和出土文物可以断定，秦人早期都邑西犬丘、西垂宫及西县的具体方位，就是在大堡子山以东附近的永兴、长道一带。大堡子山的陵墓，应是秦仲、秦庄公（当周厉王、周宣王时）等秦先公先王之墓，秦襄公（当周幽王、周平王时）、秦文公（当周平王时）之墓也应在此。《史记·秦本纪》中说秦人祖先"在西戎，保西垂"，"非子居犬丘"，又说"庄公居其故西犬丘"，"文公卒，葬西山"，则秦文公以前直至非子（当周孝王）的秦先公、先王，俱葬于大堡子山一带。实际上早在1919年，礼县红河乡王家台东就出土了极为珍贵的秦公簋，1923年王国维考其铭文撰《秦公敦跋》（"敦"应作"毁"。金文中簋都写作"毁"，旧金石学家曾误释为"敦"），中云：

> 盖齕者，汉陇西县名，即《史记·秦本纪》之西垂及西犬邱。秦

① 参见赵逵夫《论牛郎织女故事的产生与主题》，《西北师大学报》1990年第4期；《汉水与西礼两县的乞巧风俗》，《西北师大学报》2005年第6期；《汉水、天汉、天水——论织女传说的形成》，《学林漫录》第十六集，中华书局2007年版。

自非子至文公陵庙皆在西垂。此敦之作虽在徙雍以后，然实以奉西垂陵庙，直至秦汉犹为西县官物（《观堂集林》卷十八）。

秦襄公之时秦人尚居于西垂，《蒹葭》一诗为襄公时作品，则诗的自然环境与文化背景自然应就当时这一带求之。冒水河（古峁水，曾名红河）下游同西汉水交汇处为峡谷地带，有几条河在那一段流入西汉水（古汉水上游），其越向上游则水越小，可以泳渡，正与《蒹葭》一诗所写地理环境相合。

本诗前两句点出了时令是在秋天，时间是早晨。诗人通过老青色的荻、芦和秋天的霜、露，描绘出一幅静谧、清冷的图画，表现了"我"的孤独。从诗中"溯洄从之""溯游从之"来看，抒情主人公应是男性，被追求的那个"伊人"是女性。

诗人是希望走近他所想往的人，但总是可望而不可即，无法到伊人身边。而那个人呢，则给人以缥缈不定的感觉，诗人无论怎样追求，总不得如愿。"在水一方"，即是说在水的对岸。"在水之湄"，"在水之涘"，也都是说在对岸的水草相接之处，对岸的水边。"一方"与"湄""涘"互文见义。"溯洄从之"，指沿着弯曲的水向上行。"洄"指回旋的水，引申为曲折、弯曲的水道，这由"道阻且长""道阻且跻"两句可以看出。沿弯曲的一条水走，水靠近以至于紧挨峭崖，便没有了路，这就被挡住了，因而说"阻"；要攀登到崖上去，在半山或山梁上行，所以说"跻"（攀登）；上山走要绕很大的圈子，所以说"长"。"道阻且右"的"右"，也是迂回的意思。顺着直流的河道走呢，伊人好像总是在水的中央。看来诗中所写，抒情主人公应是在一条直流同一条弯曲的水流交汇之处，水边又长满芦荻。"宛在水中央"，宛，宛然，好像。可望而不可即，这种心情是失望、急切掺杂着的。诗不正面刻画或赞美"伊人"，而只从诗人对她追求的强烈愿望来表现这是一个很值得追求的人。晋傅玄《拟四愁诗》云："牵牛织女期在秋，山高水深路无由。"刘宋时谢灵运《七夕咏牛女诗》写牵牛、织女相会云："凌峰步层崖，凭云肆遥脉。"又唐代李翔《百步桥》云：

> 亘险凌虚百步桥，古应从此上干霄。

> 不辞宛转峰千仞，且喜分明路一条。
>
> 银汉攀缘知必到，月宫斟酌去非遥。
>
> 牵牛漫更劳乌鹊，岁岁填河绿顶焦。

这都同《秦风·蒹葭》一诗所写意境相近，很有益于我们对《蒹葭》诗意的理解。尤其傅玄、李翔皆甘肃古代诗人，更可令人玩味。

陈子展《诗三百解题》说："我们不能确指其人其事。但觉《秦风》善言车马田猎，粗犷质直。忽有此神韵缥缈不可捉摸之作，好像带有象征的神秘的意味，不免使人惊异，耐人遐思。在《三百篇》中只有《汉广》和这首诗相仿佛。可是《汉广》诗人自己明说是求汉上游女而她不可求；这诗所求的是所谓伊人，伊人何人竟不可晓了。可晓的是诗人渴想求见伊人而伊人竟不得而见。"陈先生虽未能指明诗的本事，但注意到了它的特征的几个方面，尤其注意到同汉水边相关传说的关系，是有启发性的。日本学者白川静据《汉广》三家《诗》汉水女神的传说，以为此诗是汉水上游祭祀女神的歌曲（《诗经研究》）。他将此诗同《汉广》的本事看作同一来源，以为此诗的形成同汉水上游祭祀女神的活动有关，也是卓见。与中国学者比起来，白川先生受中国传统经学和旧学的束缚少一点，故可以打破其藩篱而出新见。但白川先生毕竟也是一位日本汉学家，其所依据，依然是旧有关于《诗经》的文献，故仍未能摆脱《韩诗》的影响。汉水边上神女的传说，应该是织女传说的早期分化。

诗中所写男女双方分隔在汉水两岸，不能相见，这同牵牛、织女被隔在天汉两侧的情节是一致的。所以说，《蒹葭》这首诗的朦胧诗意中，实际上包含着"牛郎织女"中国民间流传的一个最古老的传说故事。1975年在湖北云梦县睡虎地出土《日书》秦简中有两简写到牵牛织女的情节。《日书》甲种155简云："牵牛以取织女，不果，三弃。"第三简简背云："牵牛以取织女而不果，不出三岁，弃若亡。"看来《三辅黄图》中载秦始皇并天下以后"渭水贯都以象天汉，横桥南渡以法牵牛"，是可信的。秦简中说"牵牛以取织女而不果"，是说他们分离了。在古代极少有丈夫被妻子抛弃的，有之，则是女方家长因门第的原因而从中作梗，加以破坏。所谓"不出三岁，弃若亡"，是说他们夫妻在一起只三年，女的便离去，丢弃了他们，就像从来没有一样。这个传说在民间流传很久，才有可能成为民间嫁娶选择吉日的参考或忌讳，写入《日书》。《秦风·蒹葭》为我们考察"牛郎织女"传说早期流传的情况提供了宝贵的文献。

关于此诗意境之深远与抒情的韵味深长、引人遐想，古今评论家没有不称赞的。清人牛运震《诗志》说："只两句，写得秋光满目，抵一篇悲秋赋。真乃《国风》第一篇飘渺文字，极缠绵，极惝恍。纯是情，不是景；纯是窈远，不是悲壮。感慨情深，在悲秋怀人之外，可思不可言。萧疏旷远，情趣绝佳。"反映了学者们的普遍感受。

（《文史知识》2010 年第 8 期）

二、《周南·汉广》探微

《诗经·国风》的《周南·汉广》一诗，古今学者皆以为《诗经》中意境深远、情感真挚，极具诗味而引人遐想的佳作之一。但关于它的说解尚存在不少问题，古今学者虽反复玩味，多作新解，却都未能完全摆脱旧经学的影响，故不能有惬于心。今在前人基础上作一探索。全诗如下：

> 南有乔木，不可休思。
> 汉有游女，不可求思。
> 汉之广矣，不可泳思。
> 江之永矣，不可方思。
>
> 翘翘错薪，言刈其楚。
> 之子于归，言秣其马。
> 汉之广矣，不可泳思。
> 江之永矣，不可方思。
>
> 翘翘错薪，言刈其蒌。
> 之子于归，言秣其驹。

> 汉之广矣，不可泳思。
>
> 江之永矣，不可方思。

这是江汉一带流传的民歌。诗中抒情主人公是一个青年男子，看到汉水对岸的一个女子，却不能接近。作品带有神话色彩，似乎在诗的背后还隐藏着一个故事。关于《汉广》一诗内容的理解，前人分歧较大，当今学者的看法也并不完全一致。《诗序》说是表现一个男子爱慕一个女子，但于礼不合，男子"无思犯礼，求而不可得也"。孔颖达《疏》云："美化行于江汉之域，故男无思犯礼，女求而不可得也。"根据《诗序》之言，诗中男子所爱慕女子的地位要比他高，因而求之不合于礼。这当中似乎多少透露着一点可借以探索诗本事本义的信息，但完全被后代学者所忽略。郑玄《笺》说："纣时淫风遍于天下，维江汉之域先受文王之教化。"以诗的背景在周建国之前。从其关于诗反映本事和文化背景方面言之，有可取之处，但具体解说，则完全不着边际。朱熹《诗集传》说："文王之化，自近而远，光及于江汉之间，而有以变其淫乱之俗。故其出游之女，人望见之，而知其端庄静一，非复前日之可求矣。"将诗中"游女"解释为"出游之女"，表面看来有据，其实将诗中所写完全定位为现实生活中的事。他所谓"变其淫乱之俗"云云，乃承郑玄《笺》之说，也给人形成一个错误的引导。欧阳修《诗本义》驳《传》《笺》与《疏》之说，释云：

> 本义曰：南方之木，高而不可息，汉上之女，美而不可求。此一章之义明矣。其二章曰：薪刈其楚者，言众薪错杂，我欲刈其尤翘翘者；众女杂游，我欲得其尤美者。既知不可得，乃曰："之子既出游而归，我愿秣其马。"此悦慕之辞，犹古人言"虽为执鞭，犹忻慕焉"者是也。既述此意矣，末乃陈其不可之辞，如汉广而不可泳，江永而不可方尔。

欧阳修为卓越的文学家，其对三章诗兴词的解说极是，但对二、三章诗意的解说，同首章及二、三章后四句所表现的情绪不合。至于后来一些学者提出的美及时嫁女说（明季本《诗说解颐》）、刺昭王娶房女为后，而又南征说（清庄有可《毛诗说》）、刺周南公不能求贤说（清牟庭《诗切》）、美世家阃范说（清吴懋倩《毛诗复古录》）、樵夫入山男女赠答说（方玉润《诗经原始》）等，都是就字面之意作些猜想，缺乏依据，也与全诗之意不合。然而至今异说纷出，也正说明此前各解都缺乏充分的证据。

《诗序》说：“《汉广》，德广所及也。文王之道被于南国，美化行乎江汉之域，无思犯礼，求而不可得也。”虽大而无当，又以儒家礼教之说解诗，但也反映了一定的事实。从西周到春秋时代江汉一带确实有很多周王朝所封姬姓小国，是这些周天子的同姓诸侯将周文化带到了江汉流域。于是，也就会有一些周人的神话传说传布于这一带。我有几篇文章论述周秦文化的融合产生了“牵牛织女”传说，证明这个传说的孕育、形成应该是很早的。① 从《汉广》这首诗中，似乎也可以看到“牵牛织女”传说的影子。清代牛运震《诗志》说：

> 乔木托兴，极为游女占品格。偏是游女不可求，更有身份、有意趣。若深闺闭处，则不可求不必言矣。……汉广不可泳，江永不可方，言游女有江汉之隔，亭亭独立，可望而不可即也。正与古诗“盈盈一水间，脉脉不得语”相似。

牛运震论诗，多有会心独到处。乾隆年间，曾主讲于兰州兰山书院，颇为甘肃学人所称道。他对此诗之解，也是超迈前人。可惜后来之学者就此诗之本事未能深研，反而据刘向《列仙传》，以郑交甫遇江妃二女故事为本事。② 然而郑交甫所遇为二女，而《汉广》所表现情绪专主一人，二者并不相同。至于《列仙传·江妃二女》文末“诗曰：‘汉有游女，不可求思’，此之谓也”几句，不过同《韩诗外传》在一个故事或一段议论之后

---

① 参见拙文《汉水、天汉、天水——论织女传说的形成》，刊《学林漫录》第十六集，中华书局 2007 年版；《再论牛郎织女传说的孕育、形成与早期分化》，《中华文史论丛》2009 年第 4 期。

② 郑交甫遇江妃二女的故事，见《列仙传》卷上，《文选》阮籍《咏怀诗》李善注和吴淑《事类赋》引也作《列仙传》（《琴赋》李善注作《列女传》，盖“女”为“仙”之误），而《文选·江赋》李善注引作《韩诗内传》，《南都赋》李善注引作《韩诗外传》，而《琴赋》李善注引作薛君说，许慎《说文解字·鬼部》引作《韩诗传》。似均出于薛君章句，而称说来源未能审慎。据杨树达《韩诗内传未亡说》（见《积微居小学金石论丛》）以为今本《韩诗外传》十卷实包括《内传》《外传》。《汉书·艺文志》载《韩诗内传》四卷，《外传》六卷，杨先生又从内容方面举出若干论据，应属可信。今本《韩诗外传》前六卷（实即《韩诗内传》）中并无郑交甫遇江妃二女的事，则此故事不出于《韩诗内传》，而出于薛君章句及刘向《列仙传》。

引《诗》几句，借以阐发诗意，及刘向所辑其他传记之类文末引《诗》几句借以归纳主旨一样，同所述事件并无关系。《韩诗外传》卷一述孔子南游遇阳阿处子，写孔子通过子贡与之交谈一段文字之后，也引《汉广》四句，但我们不能认为《汉广》是以孔子同阳阿处子故事为本事的。胡承珙《毛诗后笺》说："古籍不完，难以遽生訾议。"是比较谨慎的态度。而联系《秦风·蒹葭》，从牵牛织女早期传说方面探索，似更近诗旨。

钱锺书《管锥编》论《秦风·蒹葭》，并引《汉广》一诗说："二诗所赋，皆西洋浪漫主义所谓企慕之情境也。古罗马诗人桓吉尔名句云：'望对岸而伸手向往'，后世会心者以为善道可望难即，欲求不遂之致。"以下引中外诗赋、小说、文献中有关文字，阐发其意。可见，《汉广》确实写出了人类社会中常有的一种情感体验，或者说一种普遍性的心理状态，具有典型意义。

前人读此诗各立新说而意见不能一致，究其原因，于诗文本的理解未能明白者有五：

（一）诗开篇以"南有乔木，不可休思"起兴，实隐喻对方地位高，而自己不能及之。《毛传》："乔，上竦也。"则乔木指高耸的树，即高而枝条向上的树。"休思"的"思"本作"息"，孔颖达《疏》云："《传》先言'思，辞'，然后言汉上游女，疑'休息'作'休思'。《诗》之大体，韵在辞上，疑'休'、'求'为韵，末二字俱作'思'。"其说极是。段玉裁《毛诗故训传》也说："思作息者，讹字。"清代其他学者也多持此说，并各有论述，可谓定谳。关于这一句的意思，郑玄《笺》云："不可者，本有可道也。木以高其枝叶之故，故人不得就而止息也。"所释大体合于诗意。后代也以"枝叶"喻子女或后裔，如说"金枝玉叶""枝布叶分"等。宋程颐《伊川经说》卷三《汉广》条云："夫人之休于木下，必攀枝跛踦。乔木不可攀及也，故人绝欲休之思，兴女有高洁之行，非礼者自无求之之思也。"除去末尾承《诗序》说所带维护旧礼教的思想外，其疏说也是合于诗意的。

（二）第二、三章开头"翘翘错薪，言刈其楚""翘翘错薪，言刈其蒌"，也是说，要在芸芸众女之中，只认定那最杰出的、自己最看重的。这层意思欧阳修《诗本义》有说，但后人多不注意。诗中"翘翘"为众多的样子，"错薪"即杂乱的柴草。楚，是一种落叶灌木，即牡荆，又名黄荆。沈括《梦溪笔谈·药议》："黄荆，即《本草》'牡荆'是也。"果实和叶可以入药，茎干坚劲柔韧，其枝条古代可作发钗（因此古代谦称妻子为"拙荆""山荆"）。则荆在灌木中为人所重。另外，古代婚礼仪程中有束楚以象征男女结合的风俗，所以《诗经》中有"扬之水，不流束薪，彼其之子，不与我戍申。扬之水，不流束楚，彼其之子，不与我戍甫"（《王风·扬之水》），"绸缪束楚，三星在户。今夕何夕，见此粲者"（《唐风·绸缪》）等诗句，以"束楚""束薪"以写婚姻（互文见义），而以"葛生蒙楚"之句写悼亡（《唐风·葛生》）。《汉广》二、三章与首章"南有乔木，不可休思"之意是从两个角度上言之，而互相照应：首章是说按其地位不能求之，二、三章是说尽管如此，自己也唯她是求。

（三）诗中的"汉"同"江"都是指汉水（也称汉江）。上古"江"字在一般情况下专指长江，但又是一种通名。《书·禹贡》"九江孔殷"，孔颖达《疏》："江以南，水无大小，俗人皆呼为江。"即使长江以北，大的水也可概称为"江"。《大雅·江汉》："江汉浮浮。"马瑞辰《毛诗传笺通释》说："古者江、汉对言则异，散言则通。《吕氏春秋》言：'周昭王涉汉，梁败，王及祭公陨于汉中。'《左传》僖四年杜注亦云：'昭王涉汉而溺。'而《穀梁传》则曰：'我将问诸江。'《史记·周本纪》曰：'昭王卒于江上。'此汉亦名江也。"汉代以来学者皆释此"江"为长江（《毛传》、郑玄《笺》、孔颖达《疏》以来多不释及，则也是以常义视之）。如"江"指长江，则诗中又是汉，又是江，则诗人所追求之人究竟在汉水对岸，还是在长江对岸；诗人究竟要渡汉水以求，还是要渡长江以求，便含混不清。所以明白"江"和"汉"都是指汉水，变换以避复，甚有关乎诗意的理解。

（四）诗中的"方"指绕过，即从上游水小之处绕到对岸。不是指用筏子渡。因为《毛传》说："方，泭也。"所以后人遵循，少有其外。但上句说水很长，同能不能用筏子渡无关。《周髀算经》"圆出于方"，赵君卿注："方，周匝也。"余冠英先生曾主此说，惜无人注意，未能被广泛接受。细玩诗意，应是说眼看到对岸，却无渡河工具，其意大体同于《秦风·兼葭》的"溯洄从之，道阻且长。溯游从之，宛在水中央"。陈奂

《诗毛氏传疏》是尊毛之书，凡《毛传》皆尽量疏说使能成立，但因《传》说于训诂上不能通，故说："'汉'以绝流而渡言，故曰'广'；'江'以顺流而下言，故曰'永'。"就诗中关于"汉"的一句和关于"江"的一句的句意中《毛传》、郑《笺》所未言及者加以发挥。只是陈奂未能悟出诗是就从上游水小处渡过言之，故仍以乘泭（筏）为说。如真乘竹木之筏，虽稍顺水斜渡，但仍以横渡为目的，同汉水之长无关。所以，这里"方"实指绕至上游水小处涉过或游过，而不是就下游水大处言之。

（五）第二、三章中"之子于归，言秣其马""之子于归，言秣其驹"，都是想象如可接近游女，抒情主人公将特别喂好马去迎接她，而不是写看到心爱的人出嫁。之子，相当于说"那个姑娘"，指一直所期盼者。于归，出嫁，到夫家。诗中写看到汉水对岸的那个人，但不能接近，则下面说的"之子于归"并非眼见，而是设想可知。如作为看到的实境解说，则与前几句在意境上冲突。

以上五点涉及训诂与习俗两方面，是正确体会诗情的基础。

另外，还有一点是前人知之，而于理解本诗之意上未能注意的，便是"汉"上古也是天河之名，天河可直称作"汉"，因在高空，也称作"云汉""天汉"；因发白光，也称为"银汉"。如《小雅·大东》："维天有汉，监亦有光。跂彼织女，终日七襄。"就只称作"汉"，《大雅·云汉》则称作"云汉"。《汉广》一诗中的"汉"，学者们都理解为地上的汉水，但由于中国古代神话常常以现实社会中有的山川地名为背景，"汉"的多义性同游女相照应，便很难说清究竟是人间，还是天上，全诗只给人以浪漫主义的企慕的感觉。

《诗经·国风》中的作品基本上是写现实的，这类带有神话色彩的作品，必有当时的传说为根据，反映着当时的一种民间文化。本篇的时代，与《秦风·蒹葭》《小雅·大东》相近，我认为是同一本事的反映，只不过《蒹葭》一诗产生于秦地，更近其传说的本来面目，《大东》是谭国大夫借二星名以刺周王朝，反映出织女星同织布的关系，牵牛同驾牛赶车的关系，却不是在说传说本身；《汉广》则是由周人将"牵牛织女"的传说传至江汉一带，情感上或稍有差异。基本上保持着原来传说的梗概（天帝的女儿或孙女"织女"同人间农民成婚，后被迫分离，织女在天河之西，牵牛在天河之东，二者隔河相望而不能相会）。

诗共三章，而三章的后四句完全一样，如后代的副歌，造成一种宽阔渺远的意境，情调上给人以无限忧思之感。清代学者牛运震《诗志》说："意思无多而风神特远，气体平夷而风调若仙，《湘君》、《洛神》，此为滥觞矣。"邓翔《诗经译参》说："古诗'河汉清且浅，相去复几许'四句，便从'广'、'永'二字背面翻出，此为善于夺胎。"都是善于品诗者，唯二人均未能悟出这首诗其实就是以"牵牛织女"为传说背景的。

（《古典文学知识》2010 年第 3 期）

三、《迢迢牵牛星》《兰若生春阳》二诗关系浅论

汉代咏及"牵牛织女"传说的诗歌，最早为《文选》所收《古诗十九首》之第十首《迢迢牵牛星》。学者们普遍认为这首诗是东汉末年之作。因而，学界认为"牵牛织女"传说见之于诗歌在汉末。今先录此诗于下：

> 迢迢牵牛星，皎皎河汉女。纤纤擢素手，札札弄机杼。终日不成章，泣涕零如雨。河汉清且浅，相去复几许？盈盈一水间，脉脉不得语。

《迢迢牵牛星》一首中未写及气候时令，也未言及典章制度之类，难以考知其时代，但如认为它一定是东汉末年之作，也过于武断。《三辅黄图》说秦始皇筑咸阳宫，"端门四达以则紫宫，象帝居，引渭水贯都以象天汉，横桥南渡以法牵牛"。说明牵牛织女渡天汉以相会的故事情节在秦代已在民间广泛流传，因而才有秦筑咸阳宫以牵牛渡河会织女的情节作设计依据的事。但以前学者们多认为《三辅黄图》成书时代较迟，故多不相信。但魏晋时学者如淳、晋灼注书已多次引《三辅黄图》。① 而更有力的证据是湖北云梦睡虎地 11 号秦墓出土《日书》中有关牵牛织女的两条简文。

---

① 如淳曾任曹魏陈郡丞。他撰《汉书注》曾多次引《三辅黄图》。晋灼是晋初人，曾任晋尚书郎，他做《汉书集注》也常引《三辅黄图》。

其中《日书甲》中第三简简背说：

> 戊申，己酉，牵牛以取织女，而不果。不出三岁，弃若亡。

可见在战国末期"牵牛""织女"两个星名已转化为故事中的人物，在当时的传说中牵牛在娶了织女之后，未过三年，弃之而去，就像没有妻子一样。由此看，《三辅黄图》中所记载秦始皇时在渭水上架桥，取法牵牛织女相会的情节，是可信的。

东汉初年班固《西都赋》中说："临乎昆明之池，左牵牛而右织女，似云汉之无涯。"古人在不说明面向的情况下言左右，都是就面南而言。那么，言昆明湖上的牵牛织女像，是织女像在西，牵牛像在东。这同我所考证织女来自秦人远祖女修，因而在西，织女星也在天汉西侧；牵牛来自周人祖先叔均，相对而言在东面，因而牵牛星在天汉东侧的情形一致。①这进一步证明了"牵牛织女"传说同周秦文化的关系，同时也说明了西汉前期牵牛织女的像，已成为帝王苑池中的景物，而且其位置也体现着相关的情节。

《迢迢牵牛星》一诗在《玉台新咏》中被列入《枚乘杂诗》中。自然这些诗未必为枚乘所作，有的也可能不是西汉时的作品。但在南北朝以前即传说为汉初枚乘之作，则应是见之于较早的文献的。

《玉台新咏》所收《枚乘杂诗》中，又有《兰若生春阳》一首，不见于《古诗十九首》，也不在《文选》所收"苏李诗"之内，我认为也是以"牵牛织女"的传说为题材的。全诗为：

> 兰若生春阳，涉冬犹盛滋。
> 愿言追昔爱，情款感四时。
> 美人在云端，天路隔无期。
> 夜光照云阴，长叹恋所思。
> 谁谓我无忧，积念发狂痴。

---

① 参见拙文《汉水与西礼两县的乞巧风俗》，刊《西北师大学报》2005 年第 6 期；《先周历史与牵牛传说》，刊《人文杂志》2009 年第 1 期；《再论"牛郎织女"传说的孕育、形成与早期分化》，刊《中华文史论丛》2009 年第 4 期。

诗中说兰草、杜若至冬还枝叶茂盛，生机勃勃，若按夏历，显然与实际情况不合。清初宗长白《柳亭诗话》卷十二论《古诗十九首》中《明月皎夜光》一诗云："《淮南子》：'孟秋之月，招摇指申。'此诗有促织、秋蝉之景，则是汉朔之孟冬，非夏正之孟冬也。《汉纪》：高祖以十月之霸上，因用为岁首，至武帝元初年丁丑五月，始改夏正。然此诗为汉初人作，又何疑哉？"所引《淮南子》文见《天文》篇，其中所说的"招摇"，同诗中的"玉衡"一样，都是指北斗七星的斗柄。① 申是指西方而偏南的角度。《淮南子》这句话是说北斗七星的斗柄所指方向由南向西，到了指向申的方位时，便是孟秋七月。但《明月皎夜光》一诗既说"玉衡指孟冬"，又说"促织鸣东壁""白露沾野草""秋蝉鸣树间"，所写全为秋景。又说"玄鸟逝安适"，玄鸟即燕子，其向南飞也是在秋季。所以宗长白说此诗之所谓"孟冬"，指夏历之孟秋七月。《兰若生春阳》一诗说兰、若之草"涉冬犹盛滋"，据宗长白之说，也应为太初改历以前之作。

有没有可能诗中的"冬"字是"秋"字之误？作为可能性，是存在的。陆机《拟兰若生朝阳》（"朝"或作"春"）曰："凝霜封其条。"言"凝霜"而未言及"冰雪"，则是秋季。拟诗是据原诗立意，依此，则"冬"为"秋"字之误。而如果是这样，这首诗同《西京杂记》卷一所载西汉之时宫廷中即有初秋七月七日举行穿针乞巧活动的事实相合。咏牵牛织女之诗以秋景起兴（朱熹《诗集注》中所说"兴而比也"），是自然之事。

这首诗中所写情节同《迢迢牵牛星》相比，有异有同。不同的是：（一）这首诗的抒情主人公是男性，所思念的是女性。（二）男女双方，男的在人间，而女的在云端。

相同的是：（一）诗中说"追昔爱"，看来原来在一起，而后来被分开了。（二）诗的抒情主人公希望早日相会，但"天路隔无期"，没有办法，只有"长叹恋所思"。这同《迢迢牵牛星》的"泣涕零如雨"等正好相应。

---

① 玉衡为北斗七星的第五星，见《史记·天官书》。招摇为北斗的第七星。《礼记·曲礼上》："招摇在上，急缮其怒。"《释文》："北斗第七星。"古代皆用以代指斗柄三星。

因此，我觉得这首诗同《迢迢牵牛星》是一组诗，表现了"牵牛织女"故事中两个主要人物的感情。这是以前研究汉诗者所未言及的。诗中说："夜光照云阴。""夜光"即月光。前半夜见到月光，正当夏历上旬时景象，也同汉代宫廷在七月七日举行乞巧风俗相一致。民俗总是先在民间流行，以后才传入宫廷。诗开头的两句说兰草、杜若这两种香草生于春天阳和之际，但入秋仍然繁盛润泽，用以喻爱情的忠贞。这同汉代写婚恋爱情作品中，表现一般的思念和怕被对方抛弃、忘却（如《悲与亲友别》一首所说"念子去我去，新心有所欢"），或担心对方不能履行诺言（如《孟冬寒气至》一首所说"一心抱区区，惧君不识察"）等，都有所不同。而同《迢迢牵牛星》合读之，则双方情感都得以更深的展现。上面所谈不同的第二点，可以看作：《兰若生春阳》是就牵牛没有追到天上时的情形言，《迢迢牵牛星》是就牵牛追到天河边，被阻隔河两岸时情形言。在这"异"的当中，暗示出了双方身份与情节的变化。

我认为这两首都本是民间的作品，是民间所流传，后来被收入乐府，作为乐府诗传下来。关于这个看法有以下几点理由：

第一，马茂元先生《古诗十九首初探》把《古诗十九首》中作品分为两类，"一类描写游子的感慨，一类刻画思妇的心情。"[①] 其列在第一类"描写游子感慨"的有《古诗十九首》的第三首《青青陵上柏》、第四首《今日良宴会》、第五首《西北有高楼》、第六首《涉江采芙蓉》、第七首《明月皎夜光》、第十一首《回车驾言迈》、第十二首《东城高且长》、第十三首《驱车上东门》、第十四首《去者日以疏》、第十五首《生年不满百》、第十九首《明月皎夜光》，共 11 首。其余 8 首为第二类。

实际上，这 11 首有的表现"贫士失职而志不平"的感慨，有的表现当国家荐贤之际无知音以引荐的哀伤，有的表现对已经显贵的同学朋友不援引自己的怨望，有的是叹老伤时，表现及时行乐的思想。从中并不能看出是宦游在外，也并无思家念妻的情绪。这 11 首诗，除《涉江采芙蓉》以外，都可以看作文人之作。这类作品在《古诗十九首》中还有《行行重行行》《冉冉孤生竹》《凛凛岁云暮》《孟冬寒气至》4 首，共 14 首。

---

① 马茂元：《古诗十九首初探》，陕西人民出版社 1981 年版，第 4 页。

这 14 首诗除《去者日以疏》《生年不满百》《明月何皎皎》3 首每首 10 句外，其馀 11 首篇幅都比较长：

《行行重行行》16 句、《青青陵上柏》16 句、《今日良宴会》14 句、《西北有高楼》16 句、《明月皎夜光》16 句、《冉冉孤生竹》16 句、《回车驾言迈》12 句、《东城高且长》20 句、《驱车上东门》18 句、《凛凛岁云暮》20 句、《孟冬寒气至》14 句。以上 11 首最长者 20 句，最短者 12 句（只一首），平均将近 18 句。

《古诗十九首》中包括《迢迢牵牛星》在内的另外 5 首，加上《兰若生春阳》共 6 首，则篇幅都比较短，《涉江采芙蓉》8 句，其馀皆 10 句。一般来说，民歌总是短小一些，而文人之作则刻意铺排，篇幅较长。

因此，从形式上说，《迢迢牵牛星》《兰若生春阳》等 6 首应是民歌的类型。

第二，《迢迢牵牛星》《兰若生春阳》等 6 首在表现手法和语言风格上民歌的特征比较明显。语言的口语化，一读可知。虽然《古诗十九首》中的作品也不同程度地表现出这些特征，但我们在确定这两首作品的类型时，也不能不特予指出。比如《迢迢牵牛星》一首中出现了"迢迢""皎皎""纤纤""札札""盈盈""脉脉"等叠音词，这在《古诗十九首》中也并不多见。

第三，隋代杜台卿撰《玉烛宝典》卷七引《迢迢牵牛星》，作"古乐府"。《文选·陆衡拟古诗》李善注《拟兰若生朝阳》云："枚乘乐府诗曰：美人在云端，天路隔无期。"所引正是《兰若生春阳》中二句，而称作"枚乘乐府诗"。李善于《文选》注其他处引该诗中这两句也称作"枚乘乐府诗"。则此二诗本为乐府诗无疑。

据以上三点，我认为《迢迢牵牛星》与《兰若生春阳》二首，是西汉时的乐府诗而流传下来的。

汉武帝时代在昆明池上雕刻牵牛、织女二石像，朝野不会不以为盛事而称说之，"牵牛织女"的传说无形中得到强化和进一步扩散，在文人当中、在民间成了常常说起的故事、传说；而宫廷中采集民间歌谣，也会对这个题材更感兴趣。《西京杂记》卷一说：

汉彩女常以七月七日穿七孔针于开襟楼，俱以习之。

由此也可以看出西汉时代七夕乞巧风俗的流行。关于《西京杂记》的作者与材料来源，东晋葛洪《西京杂记跋》肯定是西汉末年的刘歆。北宋黄伯思《东观馀论》以此为据说："此书中事，皆刘歆所记，葛雅川采之，以补班史之阙耳。"清代卢文弨、姚振宗，近人张心澂等均认为此书为刘歆所撰，而葛洪编集。但自清李慈铭以来，多疑为葛洪杂抄汉魏百家短书而成，葛洪托名以自重。我的博士生丁宏武副教授有《〈西京杂记〉非葛洪伪托考辨》《考古发现对〈西京杂记〉史料价值的印证》和《从叙事角度看〈西京杂记〉原始文本的作者及其写作时代》，论证精详，可以参看。①七夕风俗同"牵牛织女"的传说是联系在一起的。西汉时代七夕乞巧活动的流行，也从侧面证明了"牵牛织女"传说在西汉时代的流行。成书于两汉之间的《易林》中，也有同"牵牛织女"传说有关的民歌被收入。②《易林·屯之小畜》云：

夹河为婚，期至无船。摇心失望，不见所欢。

其中并无"牵牛""织女"的字样，但所表现情节同"牵牛织女"的传说一致，至少反映了这个传说的影响。那么，两汉时代"牵牛织女"的传说已广泛流传，在各方面产生了深刻的影响，是可以肯定的。《迢迢牵牛星》《兰若生春阳》二首产生于西汉中期以后，也就是完全有可能的。

总之，我认为《玉台新咏》所收《枚乘杂诗》中《迢迢牵牛星》和《兰若生春阳》二诗都是西汉时所传乐府诗，也都是咏"牵牛织女"传说的，不过一个是从织女的角度写、一个是从牵牛的角度说罢了。这两首诗本产生于民间，有可能经过文人的润饰，但不失民间作品的本色。因为见于西汉时文献，或传为西汉时作品，才被后代文人同西汉时三首文人之作

① 前两文依次刊《图书馆杂志》2005 年第 11 期，《文献》2006 年第 2 期，末一文近期将在《图书馆杂志》刊出。

② 《易林》，旧题西汉焦赣撰，又名《焦氏易林》。然书中林辞有些是言焦赣以后事。由早期传本所题作者籍贯及有关文献记载看，应为王莽时崔篆所撰。"崔""焦"二字形体相近，也是致误的原因之一。原书应名《崔氏易林》。参见拙文《有关"牵牛织女"传说的一首诗与〈易林〉的作者问题》，《古籍整理研究学刊》2010 年第 4 期。

和其他几首乐府诗一起被看作枚乘之作，最后被编入《玉台新咏》。

南朝诗人颜延之（384—456）有《为织女赠牵牛诗》，沈约（441—513）有《织女赠牵牛诗》，王筠（481—549）有《代牵牛答织女星》。三诗未必同时之作，而互相关联，同《迢迢牵牛星》《兰若生春阳》二诗的情形相近，是否受此二诗的影响，不得而知，要之论有关"牵牛织女"对答之组诗，当以见于"枚乘杂诗"中此二首为最早。而这种表现形式在唐宋以后甚多，成了咏"牵牛织女"诗作的一种特殊形式，可堪注意。

（《中国典籍与文化》2010 年第 2 期）

四、读杜甫的《天河》《牵牛织女》等诗

（一）杜甫流落秦州与《天河》《初月》等之诗之作

唐肃宗乾元元年（758）六月，杜甫因房琯牵连由左拾遗之职被贬为华州（今陕西华县）司功参军。次年夏天关内久旱不雨，物价腾涨，无法生活，因其侄杜佐在秦州（今甘肃天水）的东柯谷盖了几间草堂，曾给杜甫许多帮助。与杜甫在一起同一年被放逐出京的大云寺僧人赞公也在秦州西枝村开了几间窑洞，因而杜甫于乾元二年（759）秋天辞职携眷西行，到了秦州。他在秦州写了五律组诗名篇《秦州杂诗二十首》。其第八首之前四句云：

> 闻道河源使，从天此路回。
> 牵牛去几许，宛马至今来。

首二句言秦州（今天水）即传说中受命寻找河源的人见到牵牛之处。梁庾肩吾《奉使江州舟中七夕》中四句云："天河来映水，织女欲攀舟。汉使俱为客，星槎共逐流。"其子庾信《七夕诗》亦云："牵牛遥映水，织女正登车。星桥通汉使，机石逐仙槎。"均已将织女、牵牛所在天汉同汉使典故联系在一起。《诗经·小雅·大东》："维天有汉"句，《毛传》："汉，天河也。"则汉代初年已称"汉""云汉"为"天河"。又《诗经·大雅·

云汉》："倬彼云汉。"郑玄笺："云汉，谓天河也。"似至汉代已通称云汉维"天河"。这应是"牛郎织女"传说中的"天汉"河源相通的起因。晋傅玄《拟天问》云："七月七日，牵牛织女，时会天河。"此称天汉为"天河"之始。晋张华《博物志》云：

> 旧说云：天河与海通，近世有人居海渚者，年年八月有浮槎来，甚大，往返不失期。人有奇志，立飞阁于槎上，多赍粮，乘槎而去。十余日中，犹观星月日辰，自后芒芒忽忽，亦不觉昼夜。去十余日，奄至一处，有城郭状，屋舍甚严。遥望宫中多织妇，见一丈夫牵牛，渚次饮之。牵牛人乃惊问曰："何由至此？"此人具说来意，并问此是何处，答曰："君还至蜀郡，访严君平则知之。"竟不上岸，因还如期。后至蜀，问君平，曰："某年月日有客星犯牵牛宿。"计年月，正是此人到天河时也。

文中关于乘槎者未言其姓名，而南朝梁宗懔《荆楚岁时记》载为张骞，后来遂传为张骞之事。杜甫也将乘槎至天河同张骞事联系起来，这或者同其欣羡大汉帝国平定外患、开疆拓土的心理有关。值得注意的是杜公以秦州即为天河之源。西晋时移天水郡于秦州，北魏辖今天水、秦安、甘谷等市县地，隋开皇三年废。大业及唐天宝、至德时又曾改秦州为天水郡，后一次距杜甫至秦州，也只两三年时间。从《秦州杂诗二十首》各诗中多写到秦州及周围的山川风物、历史掌故看，杜公到此后对秦州一带历史有了较多的了解。他到秦州在初秋之时，正当七夕前后，故言及天河、牵牛。他在秦州还有一首五律《天河》：

> 常时任显晦，秋至转分明。
> 纵被浮云掩，犹能永夜清。
> 含星动双阙，伴月照边城。
> 牛女年年渡，何曾风浪生。

诗中说"秋至"，亦应初秋之作。前四句借写天河表白自己的胸怀，后四句"含星"指天河带着星宿移动着，同紫微垣的距离有所变化，借以表现自己思念朝廷的心情。"牛女年年渡，何曾风浪生"二句，是写天河的平静。这一方面是衬托当时社会的动荡不安，另一方面借天河以写自己所到秦州之地相对安定的生活环境。他在秦州又有《初月》一首，其后四句云：

> 河汉不改色，关山空自寒。
> 庭前有白露，暗满菊花团。

虽因在七夕前后，因时写景，而身在汉水源头之地，也算是因景抒情。东汉末著名文学家蔡邕《汉津赋》云："配名位乎天汉，披厚土而载形。"已指出地上的汉水与天河相应，有"天汉"之名。蔡邕之赋开后代由于汉水而联想到天汉之先河。

（二）杜诗中的"天河""河汉"与唐前天水的地望

"天水"之名，旧说认为产生于武帝元鼎三年（前 114 年），因《汉书·地理志下》载："天水郡汉武帝元鼎三年置。"其实这是置郡的时间，并非"天水"得名之始，以往学者皆混同为一，非是。《水经注·渭水注》云："五城相连，北城中有湖水，有白龙出是湖，风雨随之，故汉武元鼎三年改为天水郡。"是郦道元误解了《汉书》文意，后人遂沿误至今。又刘宋（420—479 年）时郭仲产撰《秦州记》载："武都山前有湖，冬夏无增减，义熙初，有百龙升于此。"二者互相抵触。郦道元（469?—527 年）杂取有关史料及传说，但未说清楚时间。《秦州纪》所言义熙，则东晋年号（405—418 年）。秦州当时为北魏所有，刘宋在今陕西汉中、安康一带侨置秦州，郭仲产著《秦州记》收罗故籍旧闻，以寄故国之思，有些记述也得之传闻（东晋义熙时秦州其地属前秦）。实际"天水"这个地名，是先秦时已产生，本是秦人地名。1971 年在礼县永兴乡蒙张村秦墓中出土一家马鼎，覆盖附耳圆底，盖与器和为一扁圆体。腹与盖各阴刻秦隶书十三字："天水家马鼎容三升并重十九斤。"1996 年夏季，在盐关镇附近出土一铜鼎，铭文曰"天水人家"。1997 年秋，在祁山乡又出土一铜鼎，铭文阴刻"天水"二字。近年在礼县永兴乡文家村（距蒙张村三里之地）又出土一铜鼎，盖上铭曰："天水家马鼎，容三升，并重十斤。""家马"乃秦官名，掌国君用马（汉承秦制，至汉武帝太初元年始更"家马"为"挏马",见《汉书·百官志》)。则最早的"天水"其地乃在今礼县东部冒水河流域。

汉武帝元鼎三年设天水郡,而实袭秦代天水之地名,其地望亦在礼县东部。东汉永平十七年(74)改为汉阳郡,也因其地在汉水之阳的缘故。旋移治冀县(今甘谷县南),而仍袭旧名。如果初治平襄或冀便不得改为"汉阳",自然也同"天水"之名无关。至三国时魏又改汉阳郡为天水郡,西晋始移治上邽县,即今天水市秦州区。

因古代州郡县治地多在原故地一带迁徙,新旧治地相去不是太远,其所辖地区也一般是在原属地基础上有所变化,治地、属地虽变而沿用旧名,所以后代人多弄不清,往往承其前之掌故而论后来之地。

杜甫在秦州诸作中多称说"天河""河汉""牵牛"等,虽然同天水最早的治地不甚一致,但同天水得名之义则完全相合,而且从大体的地域方位上说,也是正确的,可见杜公对"牛郎织女"传说中"天河"在现实社会中所对应之水,对"牛郎织女"传说的起源地都有所认识。

杜甫在秦州住了不到四个月,衣食不给,因有"佳主人"来信言同谷(今成县)可居,当年十月初赴同谷。由秦州西南赴同谷,正在秦汉时古天水之地的东部经过。其五古《发秦州》一诗云:

> 汉源十月交,天气凉如秋。
> 草木未黄落,况闻山水幽。

明确言其地为"汉源"。

最耐人寻味者,是这段时间中他也用《诗经·秦风·蒹葭》之题,也写了一首《蒹葭》之诗。《秦风·蒹葭》,《诗序》谓秦襄公时之作,据《史记·秦本纪》秦襄公时尚居于西垂,其地正在今礼县东部之地。杜甫往同谷路途所作《铁堂峡》①、《盐井》②皆在东汉以后西县(以先秦之西垂为中心)地域之内。

---

① 《方舆揽胜》:"铁堂山,在天水县东五里。"此天水县即今天水镇,也叫小天水。峡在铁堂山之侧。

② 旧注:"在成州长道县东三十里。"即今礼县东部盐官镇、《寒峡》西和县长道镇以南的祁家峡,又名大晚家峡。

（三）杜甫《牵牛织女》诗所反映古天水一带的传说与七夕节俗

杜甫在秦州，及由秦州经古西垂之地至同谷，无"牵牛织女"为题材之作，当时他携妻将子，不似在长安、凤翔及初至华州时的夫妻分离，心境上可能也引不起对神话传说的兴致，可能是一个原因。但他头脑中根深蒂固的儒家思想，对"男女授受不亲"及"父母之命、媒妁之言"一类传统观念的尊崇，恐怕也是一个很重要的原因。他后来在夔州时所作的五古《牵牛织女》，其开头部分云：

> 牵牛出河西，织女处其东。
> 万古永相望，七夕谁见同？
> 神光竟难候，此事终朦胧。
> 飒然精灵合，何必秋遂逢。
> 亭亭新妆立，龙驾具曾空。

诗人认为"牵牛织女"的传说只是一个神话故事，并非实有之事，如果天上真有牵牛、织女两个神仙，其精灵即可相合，何必非得至七夕这一天才能相会？因为天河并不能挡住神仙（织女）的龙驾（"曾空"犹言数重天的高空。"曾"通"层"）。联系他的《天河》和《秦州杂诗二十首》之八来看，他将"牛郎织女"的传说完全看作一个神话故事，这是正确的。《牵牛织女》诗的中间部分写人间七夕一天曝衣及夜晚陈瓜果乞巧的热闹场面：

> 世人亦为尔，祈请走儿童。
> 称家随丰俭，白屋达公宫。
> 膳夫翊堂典，鸣玉凄房栊。
> 曝衣遍天下，曳月扬微风。
> 蛛丝小人态，曲缀瓜果中。
> 初筵裛重露，日出甘所终。

诗中说世间也因牛女相会的传说，有乞巧习俗。特别说道"祈请走儿童"，因祈请织女下凡，一些儿童奔忙不息。看下一段开头所说，这"儿童"指的是"未嫁女"。这一点，同陇南西和县、礼县一带仍保留的乞巧风俗一致。参加乞巧的，只能是尚未出嫁的，一出嫁，即使只有十四五岁，也便不能参加跳唱等活动，只能去听或帮助做些事。"祈请"，应指请神，这同西和、礼县一带请巧娘娘（织女）的习俗应是一回事。"称家随丰俭"，也应与西和、礼县乞巧收份子是一回事，多了多出，家庭困难的少出一点也可以。"蛛丝"是言一些小孩子用竹子曲成的圆圈去取蛛网，然后加在瓜果上。乞巧的姑娘在深夜露重之时初宴，直至第二天清晨。这也同西和、礼县一带彻夜乞巧活动的情形相似。这首诗可以说再现了唐代秦州一带乞巧活动的状况。

诗的后一部分云：

> 嗟汝未嫁女，秉心郁忡忡。
> 防身动如律，竭力机杼中。
> 虽无舅姑事，敢昧织作功？
> 明明君臣契，咫尺或未容。
> 义无弃礼法，恩始夫妇恭。
> 小大有佳期，戒之在至公。
> 方圆苟龃龉，丈夫多英雄。

朱鹤龄《杜诗辑注》云："言夫妇之义通于君臣，近虽咫尺，非佳期不合。苟弃礼失身，能不为丈夫之所贱耶？"仇兆鳌《杜诗详注》云："牛女渡河，说本荒诞，旧俗乞巧，更涉私情，故以牛女无私会之事，以兴男女无苟合之道也。"这些都对杜甫诗多少有些曲解。从"嗟汝"二字看，杜甫对这些未嫁女的"郁忡忡"是同情的。"防身动如律，竭力机杼中"是礼教对女子的束缚；"敢昧织作功"表现了女子的无奈。末二句更是说，婚后男女双方有所争论，总是丈夫大显威风，女子则无可奈何，只能逆来顺受。这里表现出来对于女子的深切同情。杜甫诗中表现的这种思想，也有人认为是"托意君子进身之道，故感牛女故事而赋之"（见《杜诗镜铨》引），是有道理的。但诗中也反映了他在青年男女关系问题上的一些看法，这恐怕是唐宋以后很多知识分子所不具有的。

最后，有关《牵牛织女》诗的两个问题。

目前流行的几种杜诗选本,《牵牛织女》一诗均置于《去蜀》《上白帝城》《谒先主庙》等诗之后归于夔州时之作品。这是一个错误。《牵牛织女》显然是在秦州之作,其中真实地反映了当时秦州一带的乞巧风俗便是有力的证明。还有一个问题,便是诗开头的两句,我认为原来有可能作"织女出河西,牵牛处其东"。编杜集者据诗题中提到二人的顺序妄改而致误。因为就杜甫的博学与创作上的认真态度,不会出现这样的错误。

(《天水师院学报》2009 年第 3 期)

五、跂彼织女,在水之湄

——读况澍的集《诗》"七夕"诗

清末况澍,字雨人,广西临桂人,为晚清词学大师况周颐的伯父,有《杂体诗钞》二十四卷。况周颐曾言幼时曾受其《杂体诗钞》的影响,仿效"自君之出矣"体,写过"自君之出矣,不复画长眉,眉长似远山,山远君归迟"的诗。况周颐 1924 年在刻《蕙风词语》于《惜荫堂丛书》中之前有《餐樱膴词话》,其中一部分发表于 1920 年《小说月报》十一卷五号至十二号,为《蕙风词话》的重要基础。近有人将其中发表于《小说月报》而不见于《蕙风词话》的各则,和散见于有关论著所引而不见于《蕙风词话》及《小说月报》的《餐樱膴词话》佚文分别辑出。① 在刊于《小说月报》而不见于《蕙风词话》的删稿中,有《雨人杂体诗钞》一则,云:"先世父雨人比部辑《杂体诗钞》八巨帙,凡一百二十八体,集经、集句、集字、集古今成语、集星名、六府、干支、八音、十二辰、建除数目、易卦、将军百姓人名、郡州县名、道里宫殿、屋名、车船鸟兽草木药名、词曲名、龟兆针穴相名,各体悉备。"看来况澍是一位学问十分渊博,在集句方面曾经专门研究、下过很大功夫的人。删稿中又有《雨人七夕集经》一则,录其伯父况澍集《诗经》句所成"七夕诗"一首,曰《七夕集经》共 76 句,实为古今咏七夕诗中的一篇奇文,今录之如下,以与同

---

① 孙克强:《况周颐〈餐樱膴词话〉考辨与辑佚》,《中华文史论丛》2006 年第 2 辑。

好共赏。为便于查对和了解诗句在原诗中的意义，今在各句下小字注出该句出自《诗经》哪一部分及原诗的篇名。同一诗句见于《诗经》中几首诗者，按其在《诗经》中之次序标出最先见的一篇的篇名。另外，集句中有三处引《诗》有误，或系排校有误，或作者误记，今俱正之，而加注予以说明。

今夕何夕《唐风·绸缪》，月出皎兮《陈风·月出》。

明星有烂《郑风·女曰鸡鸣》，湛湛露斯《小雅·湛露》。

彼姝者子《墉风·干旄》，瘼寐无为《陈风·泽陂》。

蟏蛸在户《豳风·东山》，鸡栖于埘《王风·君子于役》。

我心蕴结《桧风·素冠》，言缗之丝《大雅·抑》。

卜云其吉《墉风·定之方中》，美人之贻《邶风·静女》。

跂彼织女《小雅·大东》，在水之湄《秦风·蒹葭》。

河水瀰瀰《邶风·新台》，秋日萋萋。①

瞻望弗及《邶风·燕燕》，好人提提《魏风·葛屦》。

忧心悄悄《邶风·柏舟》，谅不我知《小雅·何人斯》。

睆彼牵牛②，中心有违《邶风·谷风》。

爱而不见《邶风·静女》，怒如调饥《周南·汝坟》。

莫往莫来《邶风·终风》，道阻且跻《秦风·蒹葭》。

休其蚕织《大雅·瞻卬》，弃予如遗《小雅·谷风》。

自诒伊阻《邶风·雄雉》，女心伤悲《豳风·七月》。

谁谓河广《卫风·河广》，有鸟高飞《小雅·菀柳》。

造舟为梁《大雅·大明》，鸟覆翼之《大雅·生民》。

二人从行《小雅·何人斯》，尔牛来思《小雅·无羊》。

---

① "凄凄"集句作"萋萋"。《诗经》中无"秋日萋萋"之句。此句应出于《小雅·四月》，原句作"秋日凄凄"。《毛传》："凄凄，凉风也。"作"萋"者，盖涉《周南·葛覃》"维叶萋萋"、《小雅·天保》"卉木萋萋"、《小雅·杕杜》"其叶萋萋"而误，今正之。

② "牛"，集句原作"衣"。此句出《小雅·大东》，原诗作"牛"。盖抄录或排字之误，今正之。句首"睆"，《十三经注疏》本《诗经》作"晥"。《经典释文》引一本作"睆"，阮元校云："《杕杜》释文云：'字从白，或作目边。'是小字本睆，当晥之误也。《广韵》：'睆，明星。'即此经字。"今据改。晥、睆俱音 wǎn。睆音 huǎn。

见此粲者《唐风·绸缪》，蓁首蛾眉《卫风·硕人》。

亦既觏止《召南·草虫》，云胡不夷《郑风·风雨》。

倡予和女《郑风·萚兮》，亲结其缡《豳风·东山》。

如鼓瑟琴《小雅·常棣》，如取如携《大雅·板》。

我有旨酒《小雅·鹿鸣》，式饮庶几《小雅·车舝》。

以永今夕《小雅·白驹》，罄无不宜《小雅·天保》。

爰笑爰语《小雅·斯干》，备言燕私《小雅·楚茨》。

终日七襄《小雅·大东》，不愆于仪《大雅·抑》。

或负其糇《小雅·无羊》，岂曰不时《小雅·十月之交》。

维此良人《大雅·桑柔》，彼美淑姬《陈风·东门之池》。

黾勉同心《邶风·谷风》，则具是依《小雅·小旻》。

言之长也《鄘风·墙有茨》，夜如何其《小雅·庭燎》。

子兴视夜《郑风·女曰鸡鸣》，颠倒裳衣《齐风·东方未明》。

鸡既鸣矣《齐风·鸡鸣》，东方未晞《齐风·东方未明》。

执子之手《邶风·击鼓》，言旋言归《小雅·黄鸟》。

睠睠怀顾《小雅·小明》，行道迟迟《邶风·谷风》。

昊天曰明《大雅·板》，我征徂西。①

日为改岁《豳风·七月》，秋以为期《卫风·氓》。

及尔偕老《卫风·氓》，振古如兹《周颂·载芟》。

我心悠悠《邶风·泉水》，作为此诗《小雅·巷伯》。

全诗借《诗经》中原句写牛郎织女七夕相会的情节，而语意连贯，如出己口，想象其相会前、相会中及离别时的情景，细致生动，曲尽其情，颇见艺术的匠心。

诗中写想象中牵牛的生活环境与心情：

蟏蛸在户，鸡栖于树。

我心蕴结，言缗之丝。

---

① 《小雅·小明》原集句作"自东自西"，然而《诗经》中无"自东自西"之句，只有"自西自东"（《大雅·文王有声》）和"自西徂东"（《大雅·绵》）。但句末作"东"则上下不入韵。今依原集句之韵脚字改作"我征徂西"。

> 卜云其吉，美人之贻。

开头只两句即画出了一个贫困农民家庭的景象；抓住有代表性的事物，以少胜多，也与牵牛织女分别后悲苦心情相应，也与一个不完整的家庭、一个受到沉重打击之后不能全身心地致力于生产的农民的状况相应，很有写意性。《诗经·大雅·抑》"荏染柔木，言缗之丝"原是说柔软的木料（指桐、梓、漆楸、木）可以加上丝弦做成乐器。缗，义为"被"，指安上。况氏此处则用"言缗之丝"来形容内心蕴结如同有一团丝。"卜云其吉，美人之贻"，是指七月七日这一天可以与织女相会。"贻"的本义为赠送，这里指给予了机会。活解诗义，俱可上下贯穿。

诗中写织女相会前的情景云：

> 跂彼织女，在水之湄，
> 河水瀰瀰，秋日凄凄。
> 瞻望何及，好人提提。
> 忧心悄悄，谅不我知。

写牵牛云：

> 皖彼牵牛，中心有违。
> 爱而不见，愻如调饥。
> 莫往莫来，道阻且跻。
> 休其蚕织，弃予如遗。

愻（nì），饥饿之意。调，借为"朝"。"朝饥"喻男女间渴望相见的心情。"休其蚕织"是言织女离家后蚕织之事遂废。"予"乃牵牛自称。诗中悬想牵牛同织女久别后的心情，入情入理，细致入微。

下面写二人相见的过程云：

> 谁谓河广，有鸟高飞。
> 造舟为梁，鸟覆翼之。
> 二人从行，尔牛来思。
> 见此粲者，蝾首蛾眉。

> 亦既觏止，云胡不夷。

特别值得注意的是，作者虽为南方人，却没有取南朝以后一些诗人咏牛女故事时常常提到的"星桥"，而取了以鸟为桥梁的传说。看来，诗人在"牛郎织女"传说的情节上，也是有考究的。

诗中写双方相见时欢娱的心情云：

> 倡予和女，亲结其缡。
>
> 以永今夕，馨无不宜。
>
> 爰笑爰语，备言燕私

喜悦之情，溢于字里行间，即专门写牛郎织女之事者，亦少有至如此诗意盎然，且充满感情者。其写将别时的情形云："言之长也，夜如何其。""鸡既鸣矣，东方未晞。执子之手，言旋言归。睠睠怀顾，行道迟迟。"对他们临别时难舍难分状况的描摹刻画，也颇为感人。

由以上这些自然看出作者对《诗经》熟悉的程度，同时也可以看出，作者通过对牛郎织女传说的吟咏，表现了对由于政权、族权、门第观念、封建礼教的原因造成的青年男女爱情悲剧的同情。这在清代末年封建礼教的禁锢仍然十分严重的社会背景下，是难得的，反映了作者进步的社会理想。

这里要特别提出来说的是集句中"跂彼织女，在水之湄"二句。上句出于《小雅·大东》，"跂"本义为多出的脚趾，引申为分歧、分列角隅的样子。孔颖达《毛诗正义》引孙毓之说："织女三星，跂然如隅。"因而说："然则三星鼎足而成三角，望之跂然，故云隅貌。"《说文·匕部》"頃，頃也。"引《大东》作"頃彼织女"。依《说文》是倾斜的样子。段玉裁注："頃者，头不正也。隅者，陬隅不正而角。织女三星成三角，言不正也。"与空颖之解说本可相通。然而，我认为这里是抬起脚后跟站立的意思。《诗·卫风·河广》："谁谓河远，跂而望之。"《荀子·劝说》："吾尝跂而望之，不如登高之博见也。"此皆东周时书证，与《大东》时代相同，其用法亦应一致。在《大东》之中，"织女""牵牛"虽然都是用为星名，但已想象为人。所以"跂彼织女"一句是说织女在天汉之西抬起脚跟向对岸远望;"终日七襄"一句是说她从朝至暮要织七襄的布(襄,《毛传》:"襄,反也。"有"反复"之义。其字从"衣",应是指织布中完成一定长度后卷起的动作。这里用为动词,指每次卷起的长度)。下面"皖彼牵牛,不以服箱",也联想到了具体的人。诗中还说到天汉。这应是"牵牛织女"由原始的人名含义向民间传说故事转变的开始。下句出于《秦风·蒹葭》。"水",集句原作"河"。《诗经》中无"在河之湄"之句,而《周南·关雎》中有"在河之洲",《王风·葛藟》有"在河之浒""在河之涘""在河之漘",《秦风·蒹葭》有"在水之湄"。则此句系作者误记,或排校有误。集句中此句末字同"萋"押韵,以先秦古韵言之,以末字为"湄"者为是,则应作"在水之湄"。这样,也与下句的"河水"可以避重,今正之。

关于《蒹葭》一诗,《诗序》以为秦襄公时诗。郑玄《笺》云:"秦处周之旧土,其人被周之法教日久矣。今襄公新为诸侯,故国人未服也。"清人胡承珙《毛诗后笺》认为《诗序》之说"必自有所受之",对朱熹以来朱迁、黄佑、唐顺之等人之说加以辩驳。清魏源《诗大微》云:"秦襄公处有岐西之地,以戎俗变周民也。豳、邵皆公刘、太王遗民、久习礼教,一旦为秦所有,不以周道变戎俗,反以戎俗变周民。"虽然仍承《诗序》的刺襄公之说,但仍认为秦襄公时之作,并且注意到了周人东迁之后秦人有周之地,形成周秦文化交融的事实。《史记·秦本纪》中载,周宣王即位后以秦仲为大夫,后来又召秦仲之子秦庄公兄弟五人,"与兵七千人,使我西戎,破之。于是复予秦仲后,及其先大骆地犬丘并有之,为西垂大夫。"西垂其地,《括地志》言即"秦上邽县西南九十里,汉陇西西县是也"。上邽即今天水。西县其地在天水西南约九十里之地,大体即今天水镇(旧称小天水)一带。北魏太平真君七年在今礼县以东的水南县置天水郡,辖今礼县、西和二县地。由此以考知古西县之地的范围,也可以大体推测到西周末年、春秋初年秦人所居之地。但西垂究竟确指何处,学者茫然。近二十年中在礼县大堡子山发现了大批秦先公先王陵墓,出土了大批规格很高、十分精美的礼器,学者们一致认为此一带即秦人发祥之地,即西垂之地。《史记·秦本纪》又载犬戎杀幽王于郦山之后:

秦襄公将兵救周，战甚力，有功。周避犬戎难，东徙雒邑，襄公以兵救周平王。平王封襄公为诸侯，赐之岐以西之地，曰："戎无道，侵多我岐丰之地，秦能攻逐戎，既有其地。"

则秦襄公之时，岐以西之地当被犬戎所占，周平王不过开了一个空头支票，让秦去以武力收复，能收复来，便归秦所有。从《秦本纪》看，至襄公之子文公继位，秦仍居于西垂，至文公十六年（前759）文公以兵伐戎，戎败走。于是文公遂收周余民有之，地至岐，岐以东献之周。秦襄公在位十二年（前777—前766），时在西垂，那么，《蒹葭》这首诗应作于前777至前766年之间。

先秦时西垂之地，当汉水上游。同时，据《水经注·渭水注》载："旧天水郡治，北城中有湖水。有白龙出是湖，风雨随之。"据1990年在冒水河（峁水）中游草坝村出土《南山妙胜廨院碑》，其地即"天水县茅城谷"，该处原有"天水湖"。"茅""峁""冒"一音而三种写法，或声调稍异。峁水流入汉水，两水相交，峁水中游又有湖，则其地河滩湿地多有芦荻，可以想见。则《蒹葭》的情境与两千多年前今礼县以东汉水上游的自然状况完全相合，作于其地，可以肯定。况澍的这首集诗中还用了《蒹葭》中"道阻且跻"一句，也很符合于汉水上游的地理状况（汉代以前西汉水、东汉水相连为一条水，后因地震或其他地理变故，发源于陇南的部分才由略阳改而向南为嘉陵江，分之为二）。

关于"织女"之名，我已有文章考定本来自秦人的祖先女修。[①]"女修织，玄鸟陨卵，生子大业"（《史记·秦本纪》），此即秦人之祖。所以秦人以"织女"为星名。《秦本纪》言女修为"帝颛顼之苗裔孙"，这也同织女为天帝之女的情节大体相合。那么，织女的最原始的传说，应形成于秦人居于汉水上游的西垂之时。那么，况澍的"跂彼织女，在水之湄"二句就显得十分有意义。

前人集句，多集唐诗，而以集杜者为多。南北朝时代，以集陶者为

---

① 参见拙文《牛郎织女故事的产生与主题》，《西北师大学报》1990年第4期；《汉水与西礼两县的乞巧风俗》，《西北师大学报》2005年第6期；《西礼两县乞巧风俗》，《文史知识》2006年第8期；《汉水、天汉、天水——论织女传说的形成》，《天水师院学报》2006年第6期。

多。而集《诗》者少见，因为《诗》为经书，孔颖达以来定解，后人不得曲解亵渎。此诗集《诗经》之句，多作灵活理解，颇合古人"赋诗断章，余取所求"（《左传·襄公二十八年》）之义，也反映了《诗经》在近代慢慢被除去"神圣经书"光环的情况下学者们对它的态度的转变。

（天水师院学报》2007 年第 3 期）

论牛女传说在古代诗歌中的反映

"牛郎织女"传说是我国形成最早、流传最广、影响最大的一个民间传说，织女的原型是秦人的始祖、因"织"而名垂青史的女修，牵牛（牛郎）的原型是周人始祖、发明了牛耕的叔均。"牵牛（牛郎）织女"传说的形成是周秦早期文化交流的结果。① 由于它所表现的思想与汉代以来不断加强的门阀制度相抵触，故元代以前文献中没有关于这个传说的较完整的叙述。但是它一直在民间流传。西周以来的诗篇中，有一些零星的反映，有的表现了某些情节，有的写到某些情节要素。存留下来的这类作品中，有个别民歌，而更多的是文人的作品。虽然这些作品的着眼点不完全一致，但总体上可以使我们看到它的基本情节，同时又可以看到它在不同时期、不同地域传播与分化的状况。其中有些作品此前未引起学者们的注意，今加以论证，以为研究"牛郎织女"传说提供一个方面的材料。

一、反映牛女传说根源的诗歌

（一）先秦时代咏牛女的诗歌

"牵牛织女"的传说从西周末年已在民间广泛流传。大体作成于公元前9世纪中叶的《诗经·小雅·大东》中说：

---

① 参见拙文《再论"牛郎织女"传说的孕育、形成与早期分化》，《中华文史论丛》2009年第4期，《新华文摘》2010年第9期。

> 维天有汉，监亦有光。跂彼织女，终日七襄。虽则七襄，不成报
> 章。皖彼牵牛，不以服箱。

据《诗序》，此诗是处今山东之地的谭国大夫因西周王朝对东部诸侯国的
沉重剥削而作。诗中以织女、牵牛的有名无实，比喻地处西北的周王朝的
有名无实：一层是说对异姓小国毫无支持扶助；二层是说周王室无所事
事，一切靠诸侯供养。诗中之所以用牵牛、织女为喻，应该是当时一些掌
握史籍的贵族阶层尚知道牵牛织女的传说均起于西北，牵牛由周人始祖后
稷之孙、发明了牛耕的叔均而来①，故以牵牛代指周人。手法上是由织女
而及于牵牛，显得婉转一点。由此诗可知，牵牛织女的传说在西周末年已
传至今山东境内。只是《大东》中并不是从引述"牛女"传说的角度提到
牵牛、织女，而是因其与周人之间的关系而借以讽刺周王朝。诗中把牵牛
星、织女星都看作活着的人，并且同天汉联系起来说，是应该予以注意的
地方。

《诗经·秦风·蒹葭》为秦襄公（前777—前766年）时作品，当成于
公元前8世纪六七十年代。这首诗表现一个人一直想靠近水对岸的"伊
人"而总无法靠近的情节。其第一章云：

> 蒹葭苍苍，白露为霜。
> 所谓伊人，在水一方。
> 溯洄从之，道阻且长；
> 溯游从之，宛在水中央。

第二章、第三章文字稍异，而同第一章一样，都是表现一个男子迫切希望
靠近自己追求的人，却总无法靠近的思念。关于这首诗的诗旨，学者们看
法分歧，但当代大部分学者认为是表现了爱情的主题。诗中写"蒹葭苍
苍，白露为霜"，正是初秋季节，同自古相传牛女相会于夏历七月初七的

---

① 《山海经·海内经》载："后稷是播百谷。稷之孙曰叔均，始作牛耕。"又《大荒西经》：
"有西周之国，姬姓，食谷。有人方耕，名曰叔均。帝俊生后稷，稷降以百谷。稷之弟曰台玺，生
叔均。叔均是代其父及稷播百谷，始作耕。""稷之弟"，"弟"为"子"字之误。参见拙文《先
周历史与牵牛传说》，《人文杂志》2009年第1期；《再论"牛郎织女"传说的孕育、形成与早期
分化》，《中华文史论丛》2009年第4期。

时间一致。"所谓伊人，在水一方"，同《古诗十九首》中《迢迢牵牛星》一诗所表现的情节也一致。朱熹《诗集传》云："伊人，犹言彼也。一方，彼一方也。""在水中央，言近而不可至也。"这同《迢迢牵牛星》一诗中说的"盈盈一水间，脉脉不得语"的意思是一样的：《迢迢牵牛星》是从织女角度言之，《蒹葭》是从牵牛角度言之。西周以前，秦人居于西犬丘，即今天水西南、礼县东北部、西和县北部的一大片地方，正当汉水的上游地带（西汉水、东汉水在西汉以前是一条水，西汉之时由于地震，其上游东流至略阳以西而淤塞，故南折而流入长江，与沔水分为二）。那一带有几条水交汇，又有丘陵，正与《蒹葭》所写景况一致。晋代甘肃诗人傅玄的《拟四愁诗》中说：

> 牵牛织女期在秋，山高水深路无由。

也同《蒹葭》所写一致。1975 年 12 月在湖北云梦秦简中出现了两段有关牵牛织女的文字，其第三简中言"牵牛以取织女，而不果。不出三年，弃若亡"（"亡"同"无"，言织女弃之而去，若无其人），同后代传说中牛郎织女婚后又分离的情节一致。这说明牛女传说在先秦之时已经形成。[①]又成书于东汉末、曹魏初的《三辅黄图》一书中载，秦始皇之时，引渭水入咸阳，其上架桥，取法牵牛织女横渡天汉相会的情节[②]，可见牵牛织女传说在秦人群体记忆中的深刻印象。

在周族群中，情形也是一样。《诗经·周南·汉广》也是以"牵牛（牛郎）织女"传说为背景的。因为在 20 世纪 50 年代有的学者尚主张"牛郎织女"传说的悲剧情节形成于魏晋以后，所以人们对《汉广》一诗的理解同对《蒹葭》的理解一样，一直突不破旧的思想观念的束缚。《汉广》第二、三章如下：

> 南有乔木，不可休思。

[①] 参见拙文《由秦简〈日出〉看牛女传说在先秦时代的面貌》，《清华大学学报》2012 年第 4 期。

[②] 何清谷撰《三辅黄图校释》卷一《咸阳故城》一节："始皇穷极奢侈，筑咸阳宫，因北陵营殿，端门四达以则帝宫，象紫居；渭水贯都以象天汉；横桥南渡以法牵牛。"中华书局 2006 年版，第 22 页。法：取法。

> 汉有游女，不可求思。
>
> 汉之广矣，不可泳思。
>
> 江之永矣，不可方思。
>
> 翘翘错薪，言刈其楚。
>
> 之子于归，言秣其马。
>
> 汉之广矣，不可泳思。
>
> 江之永矣，不可方思。

第三章与第二章相近，只是个别字词有变化。乔木，即高大的树木，"不可休思"，言不可在它下面休息停歇，即不可靠近。这是比喻天汉边上的游女，因其地位太高，自己不能靠近。诗中每章都说汉（实指天汉）太宽，不是可以游过去的；太长，也不是可以绕过去的。然而追求者的态度，如欧阳修《诗本义》所理解："薪刈其楚者，言众薪错杂，我欲刈其尤翘翘者；众女杂游，我欲得其尤美者。"抒情主人公是男子。诗言虽女方地方高，但他永远不放弃。我认为这正是表现了三千年前牵牛织女的传说。诗的第二章、第三章还说如女方要过来，他会备马去接，表现出极端的热情与迫切心情。全诗总的是表现了牵牛不懈追求与无比思念的情形。《古诗十九首》中的"迢迢牵牛星，皎皎河汉女"，"河汉女"其实也由"汉之游女"而来。梁朝女诗人刘令娴有《答唐娘七夕所穿针诗》，是贵族妇女对一个并不认识的女娘所赠诗的答诗，其开头说："倡人效汉女，靓妆临月华，连针学并蒂，萦缕作开花。"似南方乞巧中有让乐人扮作织女者。"汉女"即《诗经·周南·广汉》中的"汉之游女"，指织女。这是南北朝之时人以"汉之游女"即织女之证。

《汉广》与《蒹葭》是分别产生于周秦两地的最早的咏"牵牛织女"传说的民间歌谣。

将《诗经》中的《大东》《蒹葭》《汉广》三篇联系起来可以看出，牵牛织女有关传说在西周末年已初步形成。《蒹葭》《汉广》分别产生于秦国与汉水流域的周南之地，不是偶然的。以往受《诗序》的局限只在"文王之化"的说教中打转转，而一直未能揭示出其传说上的根据。我们揭示出其藏在作品背后的本事，不仅有利于认识诗歌本身所包含的丰富内容，也有利于对于我国"四大民间传说"中影响最大的"牛女传说"形成、传播过程有一个较清晰的认识。

（二）汉代的咏牛女之诗

汉魏间人所著《三辅黄图》中载秦始皇"渭水贯都，以象天汉；横桥南渡，以法牵牛"，是秦人对于牵牛织女记忆的具体表现。至西汉之时，在长安西南昆明湖两侧立了牵牛、织女二石像，体现牵牛织女被阻隔天汉两侧的古老神话。① 这又同以周人为中心的关中一带人们的群体记忆有关。可见"牵牛织女"传说在周人、秦人群体记忆中印象之深，与这个传说对周秦文化的影响之大。大汉帝国的空前统一与强大，汉王朝同周边少数民族和西域各国的频繁交往，不用说也进一步扩大了牵牛织女故事的传播。昆明池边这一对石像，在东汉班固的《西都赋》、张衡的《西京赋》中也都写到。②

产生于汉代的《迢迢牵牛星》全诗描写牵牛织女隔着河汉流泪悲伤的情节，为人们所熟知。传为枚乘之作的《兰若生春阳》也是以"牵牛织女"传说为题材的，却一直为人们所忽略。诗云：

> 兰若生春阳，涉冬犹盛滋。
> 愿言追昔爱，情款感四时。
> 美人在云端，天路隔无期。
> 夜光照玄阴，长叹恋所思。
> 谁谓我无忧，积念发狂痴。

此诗应为西汉末年民间之作，是以牵牛的口吻抒发了对织女的想念之情，与《迢迢牵牛星》正好各写一方。③"美人在云端"一句同《诗经·汉广》

---

① 《三辅黄图校释》卷四："《关辅古语》曰：昆明池中有二石人，立牵牛织女于池之东西，以象天河。"中华书局 2006 年版，第 254 页。

② 班固《西都赋》："临乎昆明之池，左牵牛而右织女，似云汉之无涯。"张衡《西京赋》："昆明灵沼，黑水玄阯。牵牛立其右，织女处其右。"古之左右是以人面南言之。

③ 参见拙文《〈迢迢牵牛星〉〈兰若生春阳〉二诗关系浅谈》，《中国典籍与文化》2010 年第 2 期；《〈玉台新咏〉所收〈枚乘杂诗〉作时新探》，《西北师大学报》2010 年第 4 期。

中"南有乔木，不可休思。汉有游女，不可求思"的意思相近。

如果还在以往的思维定式中认为西汉之时不可能有以"牵牛织女"为题材之诗，我们还可以举出一个学者们公认产生于西汉末年之书中所载歌谣为证。汉代《易林》的《夹河为婚》一首（"屯之小畜"繇辞）为：

> 夹河为婚，期至无船。
> 摇心失望，不见所欢。

这是一首民歌，在《易林》中又见于"临之小过"。又《天女推床》一首（"大畜之益"繇辞）中说："天女推床，不成文章。"① 用《诗·大东》的句意，明显是写织女的孤独忧思甚明（"床"即机床，指织机）。则"牵牛织女"的传说从西汉至东汉一直流传于民间。如说"牵牛织女"的传说在汉代没有流传，只能说在南方和东南一带尚未流传开。在东南、南方的流传应在汉末三国的社会动荡，一些北方人开始南迁之后，尤其在西晋之末很多士族豪门大批南迁之后。

由以上这些可以看出从西周末年直至汉代，牵牛织女的传说在西北以至整个北方已广为流传，并多次出现于歌谣之中。这同《秦简·日书》中已写到牵牛织女婚后不足三年织女即离去的情形是一致的。

东汉末年蔡邕（133—192）的《青衣赋》中说："非彼牛女，隔于河维。思尔念尔，怒焉且饥。"又其《协初婚赋》（《协初赋》）中说："其在近也，若神龙彩鳞翼将举；其既远也，若披云缘汉见织女。立若碧山亭亭竖，动若翡翠动其羽。"② 这篇赋是写男女婚姻之和谐的，所谓"惟情性之至好，欢莫备乎夫妇"。所写牵牛披云沿汉水而求织女的文字，与《蒹葭》一诗意境颇为相近。

以前学者们都认为汉代以前咏牵牛织女之诗只有《古诗十九首》中的《迢迢牵牛星》一首，这是由于受到经学思想等旧的思想观念的约束，使

---

① 见《易林注》，据《四部丛刊》影印本标点，河北人民出版社1989年版，第19页、第168页、第228页。
② 费振刚、胡双宝、宗明华《全汉赋》，北京大学出版社1993年版，第591页。唯该书将同一篇之佚文以传抄、篇名之异而分为两篇。参拙著《读赋献芹》，中华书局2014年版，第166页。

我们不能将《兰若生春阳》等作品同"牵牛织女"传说联系起来。秦简《日书》中说"牵牛以取织女，而不果。不出三岁，弃若亡"①，为我们提供了捅破堵隔我们思维的那一层薄膜的利刃。但多年中对这段文字及《日书》中另外两段相关文字的解释也受以前某些学者关于"牛郎织女"传说产生时代看法的影响，未能起到振聋发聩的作用。现在可知，从西周至东汉，牵牛织女的传说一直在民间流传，吟咏"牵牛织女"传说之诗不下六首。

(三) 魏晋南北朝

魏晋南北朝咏牛女之诗歌中有不少也表现出牛女传说的基本情节及同周秦文化的关系。

魏曹丕《燕歌行》一诗中说：

> 明月皎皎照我床，星汉西流夜未央。
> 牵牛织女遥相望，尔独何辜限河梁。

这几句诗反映出牵牛织女本为夫妇，因罪而被隔在银河两岸。诗中的"尔"为复指，即"你们"。"辜"即罪。"河梁"，即河上的桥。"限河梁"言分隔在天水的两面。牵牛、织女究竟因何罪被分离，传说中不是很清楚。但隔离在"星汉"两岸是清楚的。"河汉""星汉"实都是由汉水上游（西汉水）而来。

齐梁之间诗人王僧儒有《为人伤近而不见诗》，开头两句为："嬴女凤皇楼，汉姬柏梁殿。讵胜仙将死，音容犹可见。"以下言及自身的忧虑："我有一心人，同乡不异县。异县不成隔，同乡更脉脉。"然后说："脉脉如牛女，何由寄一语。"诗由牛女之事想及自身，言如牛女之相隔不能相亲。则"嬴女凤皇楼"正是写出织女同秦人的关系，秦人为嬴姓，少昊之后。少昊（也作少皞）之立，"凤鸟适至"，故以凤鸟为图腾，其后裔有凤鸟氏、玄鸟氏、伯赵氏等。元代傅若金（1304—1343）的《七夕》诗云：

---

① 睡虎地秦墓竹简整理小组《睡虎地秦墓竹简》，文物出版社 2001 年版，第 248 页。个别地方标点有所订正。文中"牵牛"二字本为合文，该书未注意到，已作订正。

> 耿耿玉京夜，迢迢银汉流。
> 影斜乌鹊树，光隐凤皇楼。
> 云锦虚张月，星房冷闭秋。
> 遥怜天帝子，辛苦会牵牛。

写"天帝子"而说到"凤凰楼"。比傅若金稍早的元代作家刘秉忠（1216—1274）的七律《银河》一诗中也说："一道银河万里横，遥看似接凤凰城。"下面写七夕之夜牛女相会。其中又说到"凤凰城"，反映出传说中潜在保留的有关传说本事之根源。明代小说《牛郎织女传》中写到织女、牛郎婚后也是居于凤城之凤凰楼。可见这部小说是吸收了一些较早传说的。如其卷二《凤城恣乐》一节，说牛女成亲一月后，天帝令"送归凤城居止"。"离了宫禁，送归凤城"。下一节《天孙拒谏》中也说："自归凤城，半毫不念及职事"，"一在凤凰楼并肩凝眺，则在珠翠幏对饮笙歌"。书末诗中也说："凤城聚首梦重圆。"

杜甫流寓秦州期间所作《天河》云：

> 常时任显晦，秋至辄分明。
> 纵被微云掩，终能永夜清。
> 含星动双阙，伴月照边城。
> 牛女年年渡，何曾风浪生。

诗的前四句都是写天河。第三联的下句"伴月照边城"由天河而联系及秦州。当时之天水在今秦州区之西南发十里，当今秦州与礼县一带。天水之得名，即由天河而来。早期秦人居于漾水河与汉水上游交汇处，故用所居之地的水名"汉"命名天上的星带，然后将秦人因"织"而名留青史的始祖女修来命名天汉边上最亮的一颗星，称之为"织女星"。杜甫所居近其地，故借以抒发感情。其第二联两句含有对"安史之乱"前唐朝政治的感慨在其中。末句似表示了对于秦州一带少受战乱骚扰的庆幸。杜甫在秦州还有五律《蒹葭》，其中有"秋风吹若何"和"丛长夜露多"之句，也作于秋季，伤贤者之失意。杜公还有五古《牵牛织女》，也应作于秦州之时，诗中所表现思想感情同上两首一致；前人误编至居夔州之时，乃是只以诗的体式为断，以为五古之作皆不在秦州，实误。这些作品虽属政治感怀，但从字里行间透出诗人对于牛女传说同秦地关系的了解。

（四）关于织女、牵牛在天际方位的反映及误解

晋初著名诗人陆机的《拟迢迢牵牛星》一诗中说："牵牛西北回，织女东南顾。"这是言牵牛在向西北方向回转，织女向东南方望牵牛。谢灵运《七夕咏牛女诗》中写织女"徙移西北庭，竦踊东南顾"，是说织女在西北的庭院中徘徊焦急等待，又有时抬起脚跟向东南面张望。因为织女虽有心，但她因其所处的地位，不能轻易外行，只有牵牛在无休止地想方设法走近织女。这同前面所说《诗经》中《汉广》《蒹葭》二诗所表现是一致的。这两诗是最早表明织女星、牵牛星在天际的方位的作品。《史记·天官书》载："婺女，其北织女。织女，天女孙也。"张守节《正义》云："织女三星，在河北天纪东，天女也。"此言织女星在天河以北。其实织女星在天河以东，与早期秦人在汉水上游、漾水河以西，周人在今陇东马莲河流域的方位大体一致，只是织女星稍偏北，牵牛星稍偏南。所以，这早期的几首诗反映出了织女星、牵牛星的正确方位，也反映出牛女传说同周秦文化的关系。

北宋著名文学家欧阳修（1007—1072）的《渔家傲·别恨长长欢计短》中二句："河鼓无言西北盼，香娥有恨东南远。"诗人李复的古体诗《七夕和韵》中说："东方牵牛西织女。"北宋末葛胜仲（1072—1144）的《鹊桥仙·七夕（凉飙破暑）》中说："天孙东处，牵牛西望"（上句是言织女本在西而东处以会牵牛）。南宋吴泳（1180—？）的《七夕闻雀》中说："黄姑（指牵牛，详后）西不娶，织女东未嫔。"元代赵雍（1290？—？）的七绝《七夕》二首之二说："牵牛河东织女西。"同时的诗人李序有七古《七夕篇》，其中说："河西织云天帝子，今夕东行见河鼓"（"河鼓"指牵牛）。以织女在天河之西或言西北，以牵牛在天河之东或言东南，这些表述都是正确的。

因为天河从北向南并非由正北向正南，而是上部偏东，下部偏南。故南宋时周紫芝《牛女行》言"灵河南北遥相望"，也无大错。

但有的人在这上面就犯糊涂了。晋初苏彦的《七月七日咏织女诗》中

说："织女思北沚，牵牛叹南阳。"这就完全错了（山之南、水之北为阳）。而南朝各种志怪小说之类竟据此说："天河之东有织女，天帝之子也，年年机杼劳役，织成云锦天衣。容貌不暇整，天帝怜其独处，许嫁河西牵牛郎。"① 于是此后很多论牵牛星、织女星者都将方位搞错。

真正引起学者们关注的是杜甫的《牵牛织女》开头两句，今本各种杜集中均作："牵牛出河西，织女处其东。"其实牛女相会是织女由河西走向河东，是"出其西"，牵牛原在河东，是"处其东"。故清浦起龙《杜诗新解》说：

> "牵牛""织女"四字宜倒转。牵牛三星如荷担，在河东；织女三星如鼎足在河西。公涉笔偶误耳。②

我认为杜公原诗本是作"织女出河西，牵牛处其东"，是后来的编集、整理者轻意改动而成现在的样子。推测被改动的原因有二：一、诗题作"牵牛织女"，"牵牛"在前，"织女"在后；二、旧注认为该诗表现了"三纲"中"君为臣纲，夫为妻纲"的思想③，故疑原诗以织女在前与诗意有违，是传抄中形成的窜乱，故加以对调。这就引起清戚学标（1742—1825）的辩驳。戚学标《七夕》一诗云：

> 织女不在东，牵牛不在西，
> 何故杜陵老，诗乃颠倒之？
> 东西既易位，心态安得齐？④

如上所说，在杜甫之后李复、赵雍等已有意无意地作了纠正。但此后还是有人因杜诗中的这两句而犯错误。如北宋张商英的《七夕歌》开头说："河东美人天帝子"，"河西嫁得牵牛夫。"南宋王之道《次韵鲁如晦七夕》

---

① 见明张鼎思《琅琊代醉篇》卷二引《述异记》（齐梁间任昉有志怪小说集《述异记》）。明陈耀文《天中记》、冯应东《月令广义》两类书引文基本相同，只标明出"小说"。
② 清浦起龙《读杜心解》，中华书局 1961 年版，第 1 册，第 133 页。
③ （明）王嗣奭《杜臆》卷四于《牵牛织女》一诗云："盖以牛女无私会之事，以兴男女无苟合之道。又以男女之合，比君臣无苟合之意也。"然而看杜甫此诗末二句云："方圆苟龃龉，丈夫多英雄。"似杜公对于夫妻间一有矛盾总是丈夫一方有理，且对妻子蛮横摧残以致休去，并不称赞。
④ 见《晚晴簃诗汇》卷一〇四，中华书局 1990 年版，第 4401 页。

写织女："明朝河汉隔，西向望牵牛。"所以戚学标所针对不仅是杜甫一人。我想杜甫可能是冤枉的。

总之，从晋至清代，在大部分人的诗作中以织女在天河之西或西北，牵牛在天河之东或东南，是清楚的。宋代以后所存杜诗《牵牛织女》文字上有问题，致使此后个别诗人行文错误，本不足怪。但至今日还有个别学者犯糊涂，就很不应该了。因为这既不合于实际，在意识上也完全抹杀了牛女传说同周秦文化的关系，从学术上来说，是极其肤浅、轻率的表现。

"牛郎织女"传说是有悠久历史的，近几十年地下出土的文献与早期秦史、先周历史的探索，为我们打开了一扇又一扇看到很多以前未知现象的窗户，我们应该对有些问题进行认真思考，作出正确的结论，再不能因循守旧，以讹传讹。

二、反映牛女传说情节要素的诗作

据《淮南子》佚文，乌鹊架桥的情节在西汉初年已经形成。但是，还有些传说要素是从历史文献中看不出来的，如什么时间形成牛郎作为一个农民的身份特征的？古代民间传说中，最早的说法是玉帝（天帝）发怒将他们分别处于天河两岸，后来变为王母将他们分隔在天河两岸，这个转变是什么时间形成的？北方传说中是王母在牛郎快要赶上织女时，在二人之间划出一道河来，形成天河，而近代南方传说中则是织女自己离开，是织女自己划出了一道天河将牛郎与自己隔开，这个分化是怎么形成的？还有，牛郎所养的牛具有灵性，也是在几个情节的形成中起到关键作用的角色，这是什么时间出现的？等等。下面我们借古代诗词对牛女传说中的一些传说要素加以窥探。

（一）"鹊桥"描写及其在某些诗中的误解

白居易《经史事类六帖·史事类》卷九引《淮南子》文："乌鹊填河成桥而渡织女。"唐代韩鄂《岁华纪丽》卷三引《风俗通》："织女七夕当渡河，使鹊为桥。"《风俗通》即《风俗通义》，东汉应劭所著。如前所说，牵牛织女鹊桥相会的情节西汉时已产生。按理，至东汉之时传播应更为广泛。古代大部分的诗作中都写到乌鹊（喜鹊）架桥的情节。元初赵秉文（1159—1232）的《七夕与诸生游鹊山》中更说："灵仙役鹊渡河去。"古代的传说中认为是有仙人令乌鹊为桥的。这同北宋张耒（1054—1114）的《七夕歌》中"神官召集役灵鹊"，有灵官专门司其职的表现是一致的。

"牵牛织女"传说传至南方以后，在南方发生了一些变化，其中之一是出现了"星桥"的说法。这是由于词义的误解而形成的。南朝著名诗人庾信（513—581）《七夕诗》云：

> 牵牛遥映水，织女正登车。
>
> 星桥通汉使，机石逐仙槎。
>
> 隔河想望近，经秋离别赊。
>
> 悉将今夕恨，复著明年花。

庾信这里说的"星桥"是指"星河"上之桥。"星河"即银河。如西晋王鉴（280？—321？）《七夕观织女诗》云："隐隐驱千乘，阗阗越星河。"南朝齐张融《海赋》云："浪动而星河如覆。"庾信之父庾肩吾（553—604）的《七夕》诗中说："情语雕陵鹊，填河未可飞。"雕陵鹊是寓言中的巨鹊，见《庄子·山木》。[①]"填河"这里指群飞于河面上成为桥。因为河谷处总低于两岸，故言"填河"。诗中言"不可飞"，是说不可骤然飞去，以免织女踩空。庾信所接受"牛女相会"中的情节要素，不可能同他父亲的完全不同。只是因为庾信的作品影响大，有的浅学文人又未能理解原文之义，产生了误解。陈后主叔宝的《同管记陆瑜七夕四韵诗》中说："星连可作桥。"这也就可以看出这个以宫体诗见长，成日只知道玩弄词句的亡国之君的学养。唐天宝诗人梁锽的《七夕泛舟》写牛女相会，后四句先说："片欢秋始展，残梦晓翻催。"接着说："却怨填河鹊，留桥又不回。"意思是乌鹊填河架桥使她（织女）渡过之后，并不撤去，而是等她天亮前再渡河回去。可见"填河"只是架桥之鹊很多而已。刘禹锡《七夕二首》之二："神驭上星桥。"这未必如陈叔宝之理解而应同庾信之"星桥

---

① 《庄子·山木》："庄子游乎雕陵之樊，睹一异鹊自南方来者，翼广七尺，目大运寸。"

通汉使"一样。李清照《行香子（草际鸣虫）》云："星桥鹊架。"便说得最为清楚。

南宋赵长卿《满庭芳·七夕》中说：

> 星桥外，香霭霏霏。
> 霞韬举，鸾骖鹊驭，稳稳过飞梯。

写到"星桥"，也写到"鹊"，只是鹊的任务变成了"驭"，而不是架桥。这就产生了另一个混乱。我认为"鹊"与"鸾"非同类，在人们的意识中不在同一档次，"鸾骖鹊驭"的"鹊"似乎是"凤"字之误。《乐府诗集》卷四五载晋《七日夜女歌》唱《牛女相会》，其第八章云："凤辂不驾缨，翼人立中庭。"南朝梁诗人何逊《七夕诗》中说："仙东驻七襄，凤驾出天潢。"王筠（481—549）的《代牵牛答织女》末二句："奔精翙凤轸，纤阿警龙辔。"萧纲（1214—1297）《七夕》中说："紫烟凌凤羽，红光随玉骈。"陈叔宝《同管记陆琛七夕五韵诗》中说："凤驾今时度，霓骑此宵迎。"由陈入隋王眘《七夕诗二首》之一中说："天河横欲晓，凤驾俨应飞。"初唐沈叔安《七夕赋咏成篇》："彩凤齐驾初成辇，雕鹊填河已作梁。"唐高宗李治《七夕宴县圃二首》之一："羽盖飞天汉，凤驾越层峦。"之二中又说："霓裳转云路，凤驾俨天潢。"北宋晏几道（1038—1110）《蝶恋花二首》其一："喜鹊桥成催凤驾。"南宋陈著《江城子·七夕风雨》开头："纷纷都说会双星，鹊桥成，凤骖迎。"元、明、清时代诗词中提到"凤辂""凤轸""凤辇""凤驾""凤骖"的诗词也不少，且多"凤鸾"并列之例。据此，则"鸾骖鹊驭"本作"鸾骖凤驭"。作"鹊"恐是后人因其写七夕应有鹊而轻改。这样看来，赵长卿这首词所写"星桥"，应如刘禹锡、李清照之作，是指星河上之鹊桥。

又宋初杨亿《七夕》诗中"鹊桥星渚有佳期"，"星渚"即星河之渚，也从另一方面对"星桥"作了正确的说解。晏几道《鹧鸪天·当日佳期鹊误传》云："桥成汉渚星波外，人在鸾歌凤舞前。"意思也一样。

但因为不少诗中出现"星桥"，很可能作者也并未弄清是怎样的含义，只是照前人之句嵌入。于是，明代小说《牛郎织女传》中便将"星桥"作为了天上的一个景点。其第二卷即有《星桥玩景》一节。由这即可以看出古代诗词对后来小说戏剧创作的影响。

古代诗作中还有一个"乌鹊衔石填河"的说法。中唐诗人王建（847—918）七古《七夕曲》写织女在相会前后的心情："遥愁今夜河水隔，尤驾车辕鹊填石。"将此前诗人说的"乌鹊填河"误解为"精卫填海"那样的衔石填河。北宋李复（1052—?）的《七夕和韵》是写牛女故事和七夕风俗的诗中较长的一首。其前半写牛女故事的部分中说：

> 银潢七月秋浪高，黄昏欲渡未成桥。
> 却向人间借乌鹊，衔石欲半河已落。

诗中写到乌鹊也是"衔石"造桥，承王建之意，同自西汉以来关于"鹊桥"的理解完全不同。又宋初杨亿七律《七夕（清浅银河）》"匆匆一夕填桥苦"，也是意思不清楚。按《淮南子》中说"乌鹊填河成桥"不是说如"精卫填海"那样衔石填海，而是很多乌鹊飞到天河上形成桥。李复同王建一样将"填河"理解为"鹊填石"，才有了"衔石欲半"之说。齐梁间诗人范云《望织女诗》中"不辞精卫苦，河流未可填"，是以牵牛的口吻，言如天河可填平，他都愿意像精卫那样去填，但这做不到。所以，其义同架桥没有关系。唐沈叔安《七夕赋咏成篇》"雕鹊填河已作梁"，李峤《奉和七夕两仪殿会宴应制》"桥渡鹊填河"，都是指飞鹊在天河上搭桥，而不能理解为"鹊桥衔石填河"。注解有关诗者不能不注意这一点。

由于"鹊桥相会"的故事产生很早，流传广泛，文人诗作中以上的误解歧说，同"以星作桥"的说法一样，终被广泛而深入的民间传说淹没了。中唐李商隐《七夕》诗中说："鸾扇斜分凤幄开，星桥横过鹊飞回。"就是将"星桥"解作星河上的桥，即鹊桥，是明确回到了原点。李清照（1084—1155?）的《行香子（草际鸣虫）》下阕云："星桥鹊架。"更明白不过。南宋以后"乌鹊衔石"的说法很少有人提起①，一些含混的说法，也基本上消除了。

北宋梅尧臣（1002—1060）五古《七夕咏怀》中说：

---

① （明）汤显祖七律《七夕·文昌桥上口占》首句"共言乌鹊解填桥"，是为牵就平仄格式将"架桥"说作"填桥"。（明）夏言（1483—1548）《踏莎行·七夕》中也说"底须乌鹊为填桥"。"填桥"不词，有语病。

> 喜鹊头无毛，皆云驾舟车。

韩琦（1008—1075）的七律《七夕》中说：

> 若道营桥真浪说，如何飞鹊尽秃头。

南宋吴咏（1180—?）的五古《七夕闻鹊》二首之二：

> 独有雕陵鹊，造梁河之湄。
> 频年事填河，头秃弗爱身。

这些诗为民间主流说法找到"证据"。喜鹊由于七夕为织女架桥而头上的毛也被踩踏脱去的说法至今仍存于民间故事中。唐末徐夤有七律《鹊》，其前四句云：

> 神化难源瑞即开，雕陵毛羽出尘埃。
> 香闺报喜行人至，碧汉填河织女回。

此诗中虽然说到"填河"，但同时说"雕陵毛羽出尘埃"，则显然与庾肩吾诗中"雕陵鹊""填河"的意思一致。

（二）关于"云桥"的说法

中唐会稽人清江《七夕》诗中说："月为开帐烛，云作渡河桥。"流传了几千年的"鹊桥"，怎么又变成了"云桥"？联系古代七夕节俗来看，应是七夕时人们看夜空，以为有云朵在银河上飘过，即是织女或牵牛渡河相会。于是形成"云桥"之说。晚唐诗人李商隐七律《辛未七夕》对这个现象作了很有意义的说解。该诗第六句"微云未接过来迟"，尾联接着说："岂能无意酬乌鹊，惟与蜘蛛乞巧丝。"这是说乌鹊架桥是以云为辅助"材料"。这也是因为尘世抬头看高空，所见只有云的缘故。清江的"云作渡河桥"一句也可能只是因为对仗的需要临时发挥而已（"鹊"字为入声，而此处当用平声字）。这是一些浅学文人创作中常见的现象。但那些富于学养的诗人，面对"山重水复疑无路"之境况，能现出"柳暗花明又一村"的境界。元赵秉文《七夕与诸生游鹊山》先言"灵仙役鹊渡河去"，认为是乌鹊架桥，末尾又说："长看云驭织女会牵牛。"说看到的天河上飘过的云是载织女来过桥的。这就为天河上飘过的云朵找到了一个更合理，也更形象的解说。又明代瞿佑（1341—1427）《风入松·七夕》中说："天上桥成乌鹊，人间采结云轺。"说得更为明白。

南宋许及之（？—1209）的七律《次韵酬张岩卿七夕》第五句云："因依'鸿烈'成桥语"即将乌鹊架桥之说追溯至《淮南鸿烈》（《淮南子》）中"乌鹊填河成桥而渡织女"之记载。

南朝梁萧纪（508—553）《咏鹊诗》："今朝听声喜，家信必应归。"乌鹊后来被叫作"喜鹊"，韩愈、李正封《晚秋郾城夜会联句》中说："室妇叹鸣鹳，家人祝喜鹊。"则中唐时已有"喜鹊"之称。这同传说中喜鹊为织女架桥，使牵牛织女得以相会的情节有关。上引梅尧臣《七夕咏怀》中也作"喜鹊"。南宋蔡伸（1088—1156）的《减字木兰花·庚申七夕》："金风玉露，喜鹊桥成牛女渡。"都说明了这一点。

（三）因乌鹊误传而形成一年中只在七夕会面一次情节的形成

北宋杭州钱塘诗人强至（1022—1076）的七古《七夕》写出不少流传在民间的情节，对我们了解"牛郎织女"传说宋代在南方流传的状况有很大参考价值。其中说：

> 世传牵牛会织女，雨洗云路迎霞车。
> 初因乌鹊致语错，经岁一会成阔疏。
> 牛女怒鹊置诸罪，拔毛髡脑如钳奴。

天帝命牵牛、织女每七天相会一次，而喜鹊错传为七月初七会面一次[①]，因而罚喜鹊任架桥之劳。晏几道的一首《鹧鸪天》开头两句说："当日佳期鹊误传，至今犹作断肠仙。"南宋赵以夫（1189—1256）的《夜飞鹊·七夕和方时父韵》中说："佳期鹊相误，到年时此夕，欢浅愁深。"元代张翥（1287—1368）词《眉妩·七夕感事》开头三句："又蛛分天巧，鹊误

---

① 参见静文编《陆安传说·牛郎和织女》，原刊《北京大学研究所国学门周刊》，1975年第10期。有的地方又演变为本来是许他们"逢七相见面"，让鹌鹑去报喜，鹌鹑误报成"七七"。参见郑仕朝采录《牛郎和织女》，原刊《新月》半月刊，浙江省立民众教育实验高校主办，1932年第5期。

秋期，银汉会牛女。"至今民间传说中说七夕之后见乌鹊头秃是受到惩罚（或言是织女过天河时踩去了其头上的毛，或言车子碾去了头上的毛，见前引宋梅尧臣《七夕》、韩琦《七夕》、吴咏《七夕闻鹊》）。

关于一年中牛女相会的次数，中唐时诗人王湾提出一个看法。他的五绝《闰月七日织女》后两句说："今年七月闰，应得两回归。"也是很有意思的事。南宋姜特立（1125—?）的七绝《闰七夕》《闰七夕呈谯内知舍人》也是由此发论。

(四) 关于牛女传说细节及同七夕节关系的描写

咏牛女故事的诗当中写得好，而且反映了正确的理解和较好的思想情趣的作品很多，但也有些承袭着魏晋时形成的有意歪曲的说解，影响及后世。有的诗人则对此提出自己的看法。

南朝梁宗懔《荆楚岁时记》引《道书》云："牵牛取织女，借天帝二万钱下礼，久不还，被驱在营室之中。"这实际是土地高度集中的东晋与南朝统治者为愚弄广大劳动人民所编造的情节。宋初刘筠（971—1031）的《戊申年七夕五绝》之一云："天帝聘钱还得否，晋人求富是虚辞。"可谓一语中的。南宋许及之七律《仲归以结局丁字韵二诗七夕连和四篇至如数奉酬》之四云："聘钱犹欠入驱营，野语讹传乱史青。"也是对此说的否定。虽然是文学作品，但也反映出作者的学识，很是难得。

张耒（1054—1114）有七古《七夕歌》，所写故事的基本情节，仍然是南朝文人所撰志怪小说中所讲"年年织杼机劳役……容貌不暇整。天帝怜其独处，许嫁河西牵牛郎。嫁居遂废织纴。天帝怒，责归河东，但使一年一度相会"那一套，但写到七夕夜神官召集喜鹊架桥，及牵牛、织女离别之时千言万语说不尽，而来接织女的龙驾已备好，天河边上灵官怕误了限定的时辰，一再督催上车开车的情节，"空将泪作雨滂沱，泪痕有尽愁无歇"。表现了一种深刻的思想，同《红楼梦》中所写元春省亲后回宫前一段情节很相近。"天地无穷会相见"，立意也很好。从这个方面说，仍是历代写牛郎织女故事的诗中的优秀作品之一。

元代中期诗人方叔高（名积，泰定四年进士）的《七夕词》：

> 织女女有夫，牛郎郎有妻。
> 可惜不相守，夜夜河东望河西。
> 一岁才一会，会合一何稀！
> 吾闻河西有田郎可犁，云中织锦女有机，
> 胡不一耕一织长相随。长相随，无别离。

从"夜夜河东望河西"一句看，过来相会，然后离去的是织女，故牵牛夜夜向河西望。诗人谓：天河之西也有地，何不让牵牛即居于河西，牵牛耕地织女织布，一起生活？这是针对南方传说中由织女主动离去这一情节而说的。方叔高为江州湖口（今江西湖口）人。这实际上对当地的传说提出了怀疑，对于这个变异的传说中所体现的豪门士族的意识表示了否定的态度。

清戚学标《七夕》的诗后半云：

> 年年七夕会，一渡河之糜（赵按：借作"湄"）。
> 既会辄又返，何如不渡为？
> 岂惟人事迕，天上有乖离。
> 不见奔月人，忘为后羿妻。
> 帝孙本骄贵，益视田夫卑。
> 天钱纵可贷，劝君勤耕犁。

戚学标是天台齐召南之高足，于《说文》《毛诗》研究有成，著述丰厚。前面已说过，作为学者，他看出了杜甫《牵牛织女》一诗前两句中的问题。他是浙江太平（今温岭）人，诗中言牛女分离是织女自己离牵牛而去的，原因是"盖视田夫卑"。这和南方传说中织女从牛郎口中套出藏其仙衣的地方，即穿上仙衣离去，牛郎追赶，快要赶上时织女拔出簪子在身后划了一道天河将牵牛堵在天河另一面的情节是一致的。我之所以说这些情节及这种对织女的看法是牛女传说由北向南传播中形成的分化，反映了从西晋末年及以后几次大批南迁的中原豪门大户的意识，因为它同汉代的"迢迢牵牛星"所表现"终日不成章，泣啼零如雨"的情形完全相反。这说明近代南方民间文学中的这种表现不是凭空产生的，也不是近代才形

成，它有着很深的历史根源。

明末金陵人杨宛（？—1644）有《思佳客·七夕后一日咏织女》云：

> 迢递佳期又早休，鹊桥无计为迟留。
> 临风吹散鸳鸯侣，远近空传鸾凤俦。
>
> 从别后，两悠悠，封题锦字倩谁投。
> 金梭慵整愁添绪，泪逐银河不断流。

描写牛女相会时间短暂引起的愁绪，十分细腻。其中"封题锦字倩难投"之句，反映了南方的传说。今存明代小说《牛郎织女传》中，牛郎织女间时有书信往来，这二者有一致性，是值得注意的。

三、反映人物称说与变化的诗作

（一）由"牵牛"到"牛郎"称说的变化与"河鼓""黄姑"的误会

织女的名字自古未变，但在牵牛（牛郎）的称说上有变化，且也存在混乱。这主要表现在一些诗人骚客的作品中。

首先，称牧牛者、牵牛农耕者为"牛郎"，至迟在西晋时已经出现。葛洪（283—363）《神仙传·苏仙公》中说："先生家贫，常自牧牛，与里中小儿更日为牛郎。"至唐代自然已成普遍之称。

其次，牛女传说中的牵牛在南朝志怪小说中已被称作"牵牛郎"，见上文引。在唐代民间称作"牛郎"应已比较流行。中唐诗人孟郊《古意》："河边织女星，河畔牵牛郎。未得渡清浅，相对遥相望。"这里称作"牵牛郎"，很可能是因为五言诗句子为"二三"结构，后面必须是三个字。为了补足字数而在"牛郎"之前加了"牵"。晚唐诗人胡曾《咏史诗·黄河》云：

> 沿流欲共牛郎语，只得灵槎送上天。

则直作"牛郎"。此后,诗文中称"牛郎织女"者渐多。如两宋之间陈渊《七夕闺意戏范济美三首》之三:

> 祝君樽酒醉罗裳,此夜应须石作肠。
> 幸自书生恶滋味,那堪千里羡牛郎。

这是民间的称说进入文人笔下的表现。

（二）有的诗中称牵牛为"河鼓",在南方又音变为"黄姑",而至浅学文人又将"黄姑"作为织女之称

在天文学著作或论星象之著作中称牵牛星作"河鼓",并无不妥。因为牵牛星与织女星都是天上最亮的星,上古之时作为测定日月及五星（金、木、水、火、土）运行的坐标,后来随着天文学的发展,二十八宿另选距黄道（古人想象的太阳运行的轨迹）较近的两个星座代替了牵牛星、织女星,名之为"牛宿""女宿"。后来因为称说中"牵牛星"与"牛宿（或称牛星）"易混,在天文学著作中改称牵牛星为"河鼓"。《太平御览》卷六引《大象列星图》:"河鼓三星在牵牛北。"又《尔雅·释天》云:"河鼓谓之牵牛。"但"河鼓"是古代天文学中的星名,同牛女传说没有关系。有的诗人在这一点上思维不清,叙及"牛女传说"中称牵牛作"河鼓",就不妥了。如中唐诗人徐凝（唐睦州,即今浙江建德人）《七夕》诗:"一道鹊桥横渺渺,千声玉佩过玲玲。别离还有经年客,怅望不如河鼓星。"南宋许及之七律《仲归以结局丁字韵二诗七夕乃连和四篇至如数奉酬之四》中说:"河鼓牛郎隔河汉,成桥乌鹊为津亭。"同时李处全（1131—1189）《贺新郎·再和》云:"河鼓天孙非世俗。"元代李序《七夕谣》云:"河西织云天帝子,今夕东行见河鼓。"这就形成了混乱。造成这个混乱的原因,除知识方面的不足之外,考虑句子的平仄和字数、押韵也是一个因素。可见一些诗人由于学养诗才有限,就会留下蹩脚的印记。

古代南方"河鼓"又被音误成"黄姑"。梁武帝萧衍《东飞伯劳歌》（《玉台新咏》卷九作《歌辞》）:"东飞伯劳西飞燕,黄姑织女时相见。"李白《拟古十二首》之一应即拟此,其中说:"黄姑与织女,相去不盈

尺。"《乐府诗集》卷四十一《相和歌辞》收元稹的《决绝词三首》，第一首开关为"乍可为天上牵牛织女星，不愿为庭前红槿枝"，第二首却作"织女别黄姑，一年一度暂相见。"则出于模仿的原因甚明。他们要拟古，故称说上依之，作为"古"的印记。他的五绝《白微时募县小吏入吏卧内尝驱牛经堂下令妻怒将加诘责白呕以诗谢云》末二句云："若非是织女，何得问牵牛。"在他的意识中是并不误的。南唐后主李煜的《落花》诗中说："迢迢牵牛星，杳在河之阳。粲粲黄姑女，耿耿遥相望。"竟然将织女变成了"黄姑女"，这可以说是典型的不学无术、只会玩弄字句的诗人。所以他只有亡国后的几首词有点真情。宋初西昆体诗人杨亿七律《七夕（东西燕子）》中说"河鼓天孙信灵匹"，又说"定与黄姑享偕老"，"河鼓""黄姑"出现在同一首诗中，不知他究竟是怎么理解的。

但杨亿在另外一首诗中将"河鼓"处理为牵牛星在天汉边上所处的位置，则消除掉了名称上的冲突，是一个很聪明的办法。其《戊申年七夕五绝》之一说："天孙已渡黄姑渚。"这就解决了这个矛盾。同时这一组诗的第四首中说："莫恨牛渚隔凤州。""黄姑渚"也称"牛渚"，于理也顺。南宋向子湮（1085—1152）的《更漏子》一词开头说"鹊桥边，牛渚上"，即承其意。杨亿的《七夕（东西燕子）》可能是其早期的作品，故较为随意。

宋代学养深厚的著名作家宋祁（998—1061）的七律也取杨亿"黄姑渚"之说而张扬之。他的《七夕》二首之一说："乌鹊桥头已凉夜，黄姑渚畔暂归人。"其后韦骧（1036—1099）《七夕》中又云："漫道银潢能限隔，未畏河鼓畏风波。""河鼓"与上联"银潢"相对，与本联"风波"平列，亦指河渚，即"黄姑渚"或曰"牛渚"。这样，冲突便消解掉了。明代小说《牛郎织女传》中即吸收了这一点。其卷一《牛女相逢》一节开头即说："天汉之西有黄姑渚，天孙于此浣纱，牛郎从此饮牛。"这是有学问、有头脑的诗人针对民间广泛误解、一些浅学文人在谈牛女传说、以七夕为题材作诗也常提到"黄姑"的情况下用的一种对策，同陈叔宝、李煜之流比起来，可谓天壤之别。所以说，在作诗用事中也体现着学问素养和智慧。

(三) 关于牛郎、织女身份、技能与心理的反映

南宋同时的三位诗人各有一诗点出了牛女传说中"男耕女织"的身份特征，值得注意。一首是项安世（1129—1208）的五律《绍兴次韵赵卿闰七夕》，其后四句云：

> 耕织关民事，婚姻自俗讹。
> 乾坤大务本，观象莫蹉跎。

一首为许及之（？—1209）的七律《次韵酬张岩卿七夕》。其首二句云：

> 星文人事古难磨，女织男耕力最多。

在咏牛郎织女的诗中，先后点出人物身份上"男耕女织"的特征。范成大（1126—1193）《鹊桥仙·七夕》中从故事情节的角度提到这两点："双星良夜，耕慵织懒，应被群仙相妒。"也表现出男耕女织的农民的身份。因为南朝志怪小说中载，织女"年年机杼劳役，织成云锦天衣，容貌不暇整。天帝怜其独处，许嫁河西牵牛郎，嫁后遂废织纴。天帝怒，责令归河东，但使一年一度相会。"范成大诗中之意，说牵牛织女"耕慵织懒"，是因为牵牛织女婚姻美满引起群仙的嫉妒而献谗言造成，并不真实。诗人仍是从男耕女织方面述说二人的身份，而且完全作为现实社会的人物来论说。

元代郝经（1223—1275）有《牵牛》一诗，40句，前16句写牵牛所居之环境，意为迎织女处，"野花照天星，星中花亦盛。长夏蔓草深，疏篱掩斜径。""堂阴青锦帐，墙背紫苔莹"，完全是一片农家居处的景象，其描写的具体细致，很有小说家想象铺排的特色。下面说：

> 时方鹊桥成，佳节当秋孟。
> 织女能剪裁，天河浩尤称。
> 女以秋为期，郎将花作证。
> 风雨开云屏，鸾皇锵月镜。

织女虽本为天仙，但其特长还是剪裁女红及在天河中洗衣之类妇女干的

活计。

元代方叔高（名积，泰定四年进士）《七夕词》云：

> 吾闻河西有田郎可犁，云中织锦女有机。
> 胡不一耕一织长相随。长相随，无别离。①

方叔高为江州湖口（今江西湖口）人。南方七夕节侧重于乞巧活动，所讲牛郎织女故事，情节上也产生了分化（如以织女是哄骗牛郎找到仙衣后自己去的）。方叔高的诗体现着较早的传说，以牛郎、织女本是农民（织女与牛郎成亲以后变为农民），是清楚的。

明清之间吴景旭《满江红·七夕》首二句："女织男耕，不过一阿家翁耳。"也是把牛郎织女看作农民。

从有关神农氏及神农时代的传说和史前阶段的地下考古发掘看，我国从母系氏族社会的繁荣时期开始，即以农业为主要经济形态（从采集农业到种植农业）。在奴隶社会时期也是一个农业国家。进入封建社会后，自耕农人数不断增加。至20世纪中期，仍然有90%以上的人口为农业人口。男耕主要解决吃的问题，附带提供有关穿、住、取暖、燃料的材料；女织，主要解决穿的问题，同时又协助耕种收割。"牛郎织女"的故事是对中国几千年农业经济社会的高度概括的反映，体现了中国几千年社会中广大人民群众普遍的"男耕女织"的生产状况与长期农业社会经济的基本特征。②

古代诗词中写到织女之巧的地方很多，如"谁能重操杼，纤手濯清澜"（李治《七夕宴悬圃二首》之一），"织女能剪裁"（元郝经《牵牛》），"金梭正飞织烟雾，织作青鸾寄丝素。青鸾织成不飞去，仙郎脉脉愁无语。"（明初张以宁《七夕吟同张士行赋》）

萧齐时诗人范云所写《望织女诗》以牵牛的口吻表现之。"盈盈一水间，夜夜空自怜。"写出一个地位低下而钟情农民的心态，写得很生动。我们后面会谈到。有的诗中甚至写出了人物的性格特征。南宋初年王庭珪

---

① 吴景旭《南山堂自订诗》，《丛书集成续编》第173册，第452页。
② 参见陈涌《什么是"牛郎织女"的正确主题》，《文艺报》1951年第4期。

（1080—1142）的七绝《牵牛》：

> 一泓天水染朱衣，生怕红埃透日飞。
> 急整离离苍玉佩，晓云光里渡河归。①

写牵牛在与织女相会过之后，自己一个红尘凡俗生怕遇到其他天仙，急急离开。历来写七夕牛女相会的诗作中，因为多同乞巧风俗相联系，绝大多数是从织女角度写，从牵牛（牛郎）角度写的很少。再则此前写织女渡河去会牵牛，都是龙车凤驾，仪仗排场，此诗所写似乎只见到织女一人，故匆匆来去，更接近于民间故事的口吻。

还有一点要特别指出的是，该诗首句"一泓天水染朱衣"以"天水"代指天汉，正揭示出今甘肃"天水"地名之来源。汉武帝改上邽郡为天水郡。《汉书·地理志下》载："天水郡、武帝元鼎三年置。"至何以名"天水"，《水经注》："上邽北城中有湖。水有白龙出，风雨随之，故汉武帝改为天水郡。"这带有传说的性质。"白龙"实隐喻秦。《史记·高祖本纪》言高祖醉斩白蛇，即"白帝子"，以古代白于五行配西的缘故。《秦州记》亦言："郡前有湖，冬夏无增减，故有天水之名。"天水湖在礼县东北部之故"天水县茅城谷"，即今草坝乡草坝村。村里今存宋代《南山妙胜廨院碑》言："唐贞观十三年赐额'昭玄院'、'天水湖'，至本朝太祖皇帝登位，于建隆元年将昭玄院赐敕皇改'妙胜院'，天水湖改'天水池'。"天水的得名就因为地处西汉水上游秦人发祥地之故。天水后又名"秦州"，也因此，礼县东北部的永兴乡曾出土两个西汉时代的"天水家马鼎"。礼县东北部至宋代之时仍归天水。则"天水"实由"天汉"而来，可见这里同"牛郎织女"传说有密切关系。

（四）传说中的玉帝和王母

北宋张商英（1043—1121）的《七夕歌》后四句写牛郎织女何以被分隔在天河两岸云：

---

① 此诗见《全宋诗》第二五卷16876页。然而卷六二第39026页又题作"牵牛花"，原文只有"铢"作"朱"，"蜚"作"飞"，"云"作"河"，其他全同，而归于施清臣名下。

> 贪欢不归天帝怒，谪归却踏来时路。
>
> 但令一岁一相逢，七月七日桥边渡。

张商英是蜀州新伊人，所写情节与南朝志怪小说中所写一样，应是上层社会所传，显示了同广大人民群众不同的另一个层面的传说。诗中所写阻碍了牵牛、织女正常家庭生活的是天帝。

周紫芝（1082—1155）有七古《牛女行》和《七夕》，从对牛女传说的描写方面说，则更为细致生动。其《牛女行》云：

> 天孙晓织云锦章，跂彼终日成七襄。
>
> 含情倚杼长脉脉，灵河南北遥相望。
>
> 天风吹衣香冉冉，乌鹊梁成月华浅。
>
> 青童侍女骖翔鸾，玉阙琼楼降华幰。
>
> 明朝修渚旷清容，归期苦短欢期远。
>
> 昔离今聚自有期，天帝令严何敢违。

此诗于情节、场面的描写具体形象，能引起人的想象，很可传诵。诗中说"天帝令严何敢违"，反映了当时安徽一带传说中左右牛女境遇的也是天帝。这些都同西汉文献所载织女为天孙的说法一致，反映着早期阶段的传说。

杨亿《戊申七夕五绝》第一首"天孙已渡黄姑渚，阿母还来汉帝家"，是联系《汉武故事》言之，阿母指西王母。杨亿为建州浦城（今属福建）人。晏殊七律《七夕》中说："天孙宝驾何年驻，阿母飙轮此夜来。"以上两诗都是"天孙"与"阿母"并提，则北宋时南方民间流传中，同织女的命运相关的人物变为王母。至近代传说中作"王母"。天宫中梗阻织女同牵牛为夫妻者由天帝变为王母，同普遍社会意识形态的转变有关。第一，认为天帝至高无上，不可能查及此类小事；第二，后代女儿的婚事以母亲、祖母具体关照者为多。所以这种变化中实际上也体现出社会意识形态与习俗的影响。今北方民间传说中都说织女为王母的外孙女，体现出"牛郎织女"的传说在不断地融入社会现实的要素。

（五）牛郎织女故事中的牛与牵牛花

关于牛女传说故事中的牛，古代诗词中也有所涉及，至少是注意到这个传说的因素。如中唐诗人王建《宫词》中说："画作天河刻作牛，玉梭金镊采桥头。"宫中乞巧要摆有木刻的牛，可见唐代"牛郎织女"故事的情节中已有牛。又北宋刘筠的《戊申年七夕五绝》之第四说："淅淅风微素月新，鹊桥横绝饮牛津。"杨亿《七夕（清浅银河）》云："谁泛星槎见饮牛。"宋祁《七夕两首》之二："西南新月玉成钩，奕奕神光渡饮牛。"据张华《博物志·八月槎》所写，饮牛者即牵牛。然而这里指出"饮牛"，则不是如"牵牛"为专有名词。这也为后代小说中写到一条老黄牛作了铺垫。前引张澍《牵牛赠织女》中说"我亦饮吾牛"，王树楠诗《织女赠牵牛》中的"牛兮莫使扣尔角"，《牵牛复织女》中的"只管牵牛不服箱"都提到牛。《织女戒牵牛》一诗中"莫忘牛衣卧泣时"一句，虽然"牛衣"本指供牛御寒的披盖物，但也同民间故事中牛郎披着牛皮追织女至天上的情节有一定联系。牛是近代拖拉机、电动犁发明以前最重要的生产辅助力量。牛女传说中有关牛的一些情节，也体现出牛在我国长期农业社会中同人的亲密关系。

牵牛花在这个传说的后期也成了一个重要的因素。南宋释元肇（1189—?）《牵牛花》一诗云：

> 星河明灭映篱根，风露开成碧玉温。
> 晓来未开忙敛恨，柔条无力绊天孙。

这是说牵牛花应代替牵牛（牛郎）缠住织女，不要让她离去，但它未能做到。这就巧妙地同牛郎织女传说的故事情节联系了起来，很富于艺术想象力。

宋末林逋山的《牵牛花》：

> 圆似流钱碧剪纱，墙头藤蔓自交加。
> 天孙滴下相思泪，长向秋深结此花。

这是说牵牛花是因织女思牵牛而流泪，至人间变成花。这是关于牵牛花同牛女传说关系的另一种说法。

联系前面提到的喜鹊头上脱毛（因入秋换毛）等都是突出的事例，可以看出，在民间自古以来人们将牛女传说故事同现实中的一些现象联系起来。这反映牛女传说从古以来的深入人心。

南北朝以后兴起的格律诗多是抒情之作，即使叙事性很强的作品，也只是写到鹊桥相会这个主干情节或某些情节要素。但由这些零星的文字中，也可以看到"牛女传说"在民间流传的情况及一些要素。

"牛郎织女"这个长期流传在广大人民群众中的传说故事同几千年封建礼教，尤其同汉代独尊儒术以后"男尊女卑""三从四德"等封建礼教的对立，而遭到统治阶级及其文人的排斥与掩盖。在这个传说中，最突出地体现了它的主题思想的，是织女这个人物自己愿意同一个牵牛人生活在一起，才有了这个故事。以至于上层统治阶级及其文人造出了一个受天帝之命救助董永的"七仙女"来混淆视听，替换织女在广大人民心目中的地位，消除牛女传说在广大人民心中的影响。

历史上在牛女传说的叙说上闹出最大笑话的三个人，一是梁武帝萧衍，写出"黄姑织女时相见"的句子；二是陈后主陈叔宝，误读庾信之诗，写出"星连可作桥"的句子；三是南唐后主李煜，写出了"迢迢牵牛星……粲粲黄姑女"的句子。这应该不是偶然的。在这似乎偶然的表现上有很多必然的原因包含其中，读者可以自己去思考。这三名所谓诗人，在"七夕文学"与"七夕文化"的研究史上已钉在了耻辱柱上。

四、以牵牛织女口吻所作之诗

南北朝诗人有关牛女传说的诗作中，有一些是用了牵牛和织女的口吻，它既反映了当时关于牵牛织女传说的情况，对后来"牛郎织女"故事的戏剧、小说创作以一定的启发，可以说是民间戏剧创作的滥觞。

（一）南北朝诗人以牵牛、织女口吻所作之诗

以牵牛、织女口吻所写之诗最早有南朝诗人颜延之（384—456）的

《为织女赠牵牛诗》、沈约（441—513）的《织女赠牵牛诗》、范云
（451—503）的《望织女诗》和王筠（481—549）的《代牵牛答织女诗》。
颜延之《为织女赠牵牛诗》为：

> 婺女俪经星，姮娥栖飞月。
>
> 惭无二媛灵，托身侍天阙。
>
> 阊阖殊未辉，咸池岂沐发。
>
> 汉阴不夕张，长河为谁越。
>
> 虽有促宴期，方须凉风发。
>
> 虚计双曜周，空迟三星没。
>
> 非怨杼轴空，但念芳菲歇。

婺女，即女宿，二十八宿之一。本来牵牛星、织女星命名很早。后来因牵
牛星、织女星距离黄道较远，故另选二星座以代替之，一名牛宿，一名女
宿（又名婺女）。本诗作者以织女的口吻言，自己不如婺女、姮娥之能侍
于天阙。明显以婺女为另一星。但诗中又将婺女作为神话中与织女、嫦娥
并列的人物，体现出诗人丰富的艺术想象。因为女宿本是天文学上代替织
女星列入二十八宿的一个星座，本与神话传说无关。古代神话传说中也没
有婺女同经星（木星，也称岁星）的什么故事。"阊阖殊未辉，咸池岂沐
发"杂用《离骚》与《诗经》之典，表现了织女对牵牛的真挚感情。诗
的末六句说，只能等到七夕才能相会，表现了对牵牛的安慰之情。

沈约的《织女赠牵牛诗》：

> 红妆与明镜，二物本相亲。
>
> 用持施点画，不照离居人。
>
> 往秋虽一照，一照复还尘。
>
> 尘生不复拂，蓬首对河津。
>
> 冬夜寒如此，宁遽道阳春。
>
> 初商忽云至，暂得奉衣巾。
>
> 施衿已成故，每聚忽如新。

织女说自己的粉黛等红妆之具和明镜经一年之久上面满是灰尘，只有每年

秋天到来才拭一次。这体现了古人"女为悦己者容"的思想。诗通过写镜子而将织女忠于爱情的内心世界揭示出来。古人将五音同四季相配，商音配秋，因而用"商"代指秋季。"往秋"与"初商"相对而言，指每年的七月之初。"每聚忽如新"一句表现了对织女忠贞爱情的赞颂。

范云的《望织女诗》是以牵牛隔着天河遥望织女时的口吻写的：

> 盈盈一水边，夜夜空自怜。
> 不辞精卫苦，河流未可填。
> 寸情百重结，一心万处悬，
> 愿作双青鸟，共舒明镜前。

表现了牵牛由于自己地位的低下，不能与织女在一起的自我可怜，及积极争取长期在一起的决心。然而环境无法改变，他只是怀着深深的感情，抱着一个美好的愿望而已。

王筠的《代牵牛答织女诗》：

> 新知与生别，由来偬相值。
> 如何寸心中，一宵怀两事。
> 欢娱未缱绻，倏忽成离异。
> 终日遥相望，只益生愁思。
> 犹想今春悲，尚有故年泪。
> 忽遇长河转，独喜凉飙至。
> 奔精翊凤轸，纤阿警龙辔。

"凉飙至"也是指时至初秋。"翊"（yì）即飞。"凤轸"即凤车，指织女所乘。"纤阿"为神话中御月运行的女神，也用以指善驭者。龙辔犹言龙驾，指以龙为御的车。诗中将牵牛相遇时的欢喜与即将分离的悲忧情绪表现得淋漓尽致。

这四首诗，可能先是沈约、范云拟颜延之之作，或二人大体同时动笔；王筠则因三人之作有意和之。四首诗各有意趣。

齐梁之际的诗人谢朓（464—499）的《七夕赋》中有以织女口吻所作歌一首，也属此类。歌曰：

> 清弦怆兮桂筋酬，云幄静兮香风浮。
>
> 龙镳蹀兮玉銮整，睠星河兮不可留。
>
> 分双袂兮一断，何四气之可周？

表现织女同牵牛临别时心情，抚琴而内心悲怆，互敬桂花酒以谢。接织女者的一切准备工作就绪，所以织女看着星河再不能迁延不行。"分袂"用《楚辞·九歌·湘夫人》中"捐余袂兮江中"的典故。诗中写牛女相会是由织女渡河到牵牛一边来，这同近代很多年画中织女从桥上过来，牛郎和孩子迎上去的情节是一致的。由此也可以看出后代相关传说中的一些情节甚至细节，也都是在民间长久流传中形成。

值得注意的是，南朝诗人所写织女会牵牛时的排场，凤轸、龙辔、云幄、香风、龙镳、玉銮，给人的感觉同《红楼梦》中写的元春省亲相类。这也是早期传说中强调织女为天帝之女孙的表现。

（二）唐以后诗人以牵牛织女口吻所作的诗

唐代的戴叔伦（732—789）有《织女词》一首，完全是用织女的口吻写的。诗如下：

> 凤梭停织鹊无音，梦忆仙郎夜夜心。
>
> 难得相逢容易别，银河争似妾愁深。

"仙郎"指牛郎，因为牛郎（牵牛）也是天上的星神。末句表现织女的情感深沉真切而不落旧的窠臼，写出了多少男女分隔两处的妇女的悲愁。

晚唐曹唐的《织女怀牵牛》也可归于此类。诗云：

> 北斗佳人双泪流，眼穿肠断为牵牛。
>
> 封题锦字凝新恨，抛掷金梭织旧愁。
>
> 桂树三春烟漠漠，银河一水夜悠悠。
>
> 欲将心向仙郎说，借问榆花早晚秋。

"封题锦字凝新恨"之句及上面所讲以牵牛、织女口吻写的代言体的诗作，对后代的戏剧小说的形成产生了一定的影响。第一部反映这个民间传说故事的通俗小说明代的《牛郎织女传》中，牛郎、织女表情达意就往往各吟一诗。至于从元代开始产生的有关牛女故事的戏曲作品，不用说主要是由词曲联结起来，以代言体的形式揭示人物的心理活动，展示情景和表现情节的发展的。

宋末蒲寿宬的一首七绝虽题作"七夕"，完全是以织女的口吻来写的：

> 盈盈一水望牵牛，欲渡银河不自由。
> 月照纤纤织素手，为君裁出翠云裘。

末句中的"君"联系第一句看是指牵牛。全诗是织女在孤独与思念中织素时的自白。织女在分离之时为牵牛织出衣裘，也是他人所未道。

元代初年诗人方夔的《七夕织女歌》完全是以织女的口吻写的一首歌：

> 牛郎咫尺隔天河，鹊桥散后离恨多。
> 今夕不知复何夕，遥看星月横金波。
> 抛梭掷纤愁零乱，彩凤飘飘度霄汉。
> 重来指点昔游处，香奁宝箧虫丝满。
> 一年一度承君颜，相别相逢比梦间。
> 旧愁未了新愁起，已见红日衔青山。
> 当初漫道仙家别，日远月长不见接。
> 不似人间夫与妻，百岁光阴长会合。

描写织女在七夕相见之后的心理细致感人，其所推想也皆合于情理。末四句实际上借着以天上与人间的比较，对上层社会中妇女的生活处境表示了同情。尤其说"重来指点昔游处"一句，蕴含了对过去经历的回顾，使叙述含有了时间上的立体感。比起只在写织女的排场与鹊桥相会中的壮观环境来，情节性更强一些。末四句表现了对于将他们分离两处的怨恨。"不似人间夫与妻，百岁光阴长会合"，包含着对上层社会一些妇女由于门户之见等原因所造成婚姻悲剧的同情。

清代甘肃著名学者、诗人张澍（1782—1847）《养素堂诗集》中有《牵牛赠织女》《织女答牵牛》各一首。其《牵牛赠织女》为：

绛河涨鸿波，帝子渺何处？

恨望待灵查，金凤吹残暑。

生别倏一年，寸心填离绪。

何期聚今宵，玉露湿白纻。

凤轸莫稽迟，龙镳莫延伫。

凉夜静无声，婉娈定华余。

白榆影自横，丹桂香如许。

桥架雕陵毛，药成扚握杵。

我亦饮吾牛，寻欢来前渚。

相见翻缄愁，暂停七襄杼。

未尽缱绻怀，虬漏催莲炬。

思逐浮云飞，脉脉不得语。

曲尽情愫，多感人之句。末二句言相见后未尽情怀，织女返回的时刻已到。"虬漏"指上有虬龙装饰的漏壶（古代计时器具）。"莲炬"指接其返回天宫的侍卫所持火炬。其《织女答牵牛》云：

一别顿经年，膏沐若为态。

相思水一涯，坐使针黹废。

妆镜凝暗尘，璇闺织愁字。

夏日浩苦长，幕外静龙吠。

火逝商飙来，蹀足整龙辔。

修渚水盈盈，清晖想昵爱。

消息乌尼通，投杼玉钗坠。

暂得侍衣巾，款情写未易。

明睐飞霞庄，桂觞莫辞醉。

忆昔结发时，聘钱为君累。

谪居怅河梁，恨无晨风翼，

会促夜已阑，赠君盈袂泪。①

---

① 张澍：《养素堂诗集》卷四，第14页，《续修四库全书》第1506册，第161页。

"幕外静龙吠"用《诗经·野有死麇》的典故，言龙之吠不吠皆无关，本无生人至也。两诗分别从牵牛、织女二人的角度抒发思念之情，将一些情节在表白中带出。

这种以织女或牵牛口吻为诗的表现方式到戏曲产生之后便很少有人采用。近代王树楠（1851—1936）却用它写出了四首佳作。其《织女赠牛郎》云：

> 年来理我机上丝，为郎织就云锦衣。
> 牛兮莫使扣尔角，背上稳稳驮郎归。

《牛郎答织女》云：

> 茫茫大界起风波，为避风波莫渡河。
> 我心坚比支机石，肯向君平眼底过。

又《织女戒牛郎》云：

> 从古仙凡无定种，前身郎是牧牛儿。
> 而今得意来天上，莫忘牛衣卧泣时。

《牛郎复织女》云：

> 府库空虚道路荒，天残天猾更披猖。
> 从今河上逍遥去，只管牵牛不服箱。①

直如戏曲的佚曲。由之可以看出这种表现方式对同题材戏剧作品的推动作用。其中《织女戒牵牛》中说的"前身郎是牧牛儿"一句，也很符合牵牛由人（叔均）变为星名（牵牛星），又由之而变为民间传说故事中人物的变化过程。最末一首末句中的"牵牛"不是星名或人名，而是一个动宾词组，是要注意的。

王树楠为清末至民国初学养深厚又具有现代科学意识的学者，曾入张之洞幕府、充清史馆总纂，对欧西史乘也有所探索，著有《希腊春秋》

---

① 王树楠：《陶庐诗续集》卷十一，第20、21页，载《中国西北文献丛书》第六辑《西北文献》第十五卷，第385、386页。

《欧洲列国战事本末》，是否对"牵牛织女"传说的本事也有所思考，今不可知。当然，本诗中其实也反映了作者对当时政治形势的一些忧虑，只是以平静心情出之。在这一组诗的前面有《七夕》七绝四首，在《牛郎答织女》和《织女戒牛郎》之间又有《七夕》七绝四首。

唐以后写牛女传说的各类诗作更侧重于表现她本是牛郎的妻子，曾是农民这一点，更贴近现实生活，更具民间性。

总之，以上这些作品在有关"牛郎织女"传说的戏曲与小说出现以前从不同方面反映古代民间传说的大体状况，除作品在内容上、表现形式上，构思语言等方面的艺术创造之外，它在"牛郎织女"传说的丰富、发展方面的意义，也不容忽视，它们实际上是牛女传说由诗歌向戏剧、小说的过渡。

从汉代至宋元，没有完整、细致表现"牛女传说"的小说、戏剧作品产生。我们只能从历代文人的诗词作品和不多的民间歌谣中窥见关于它的斑斑点点。而我们将这些斑斑点点合起来观察，也还大体可以看到它在民间流传的情况。这样，就不仅完全可以否定个别人认为"牛郎织女"完整故事形成很迟的种种看法，也可以使我们发现一些古代文学创作中值得重视的现象。

再论牛女传说在古代文学作品中的反映

古代还有很多以牛女传说为题材的优秀的诗词作品。从先秦两汉时代已有，而魏晋以后更多。除去以牵牛、织女口吻所作、反映传说情节要素和人物身份特征之作以外，描写牛女故事尤其是鹊桥相会之作、借写牛女故事抒发个人情感之作很多。元明以后又有反映牛女故事的戏曲、小说产生。由这些作品可以看出牛郎织女传说流传、分化的情况，也反映出它对不同地位、不同遭遇的人所引起的不同思想反应，更反映出不同时代社会风气的差异。本文拟在这些方面加以考察。因为明清时代已有相关戏剧、小说产生，故诗词部分的论述除明代有所涉及外，清代不再论及。

一、魏晋南北朝诗人笔下的牛女故事
——由写牛女分离之苦向突出表现织女"天孙"地位的过渡

曹植的《九咏》中有句："临回风兮浮汉渚，目牵牛兮眺织女。"联系其《洛神赋》中"叹匏瓜之无匹兮，咏牵牛之独处"看，曹植显然是继承了汉代以前牛女传说的基本情节。

晋初傅玄（217—278）的《拟四愁诗》中说："牵牛织女期在秋，山高水深路无由。"虽只两句，但其意境与《诗经·秦风·蒹葭》相近。傅玄为北地泥阳（今甘肃宁县）人，他当时能见到的先秦历史文献及所能了解的一些地方的传说与民俗，比我们现在所见要多一些，故很值得注意。

西晋诗人王鉴（280？—321？）的《七夕观织女诗》五言26句，是第一首较长的以牵牛织女传说为题材的诗作。全诗如下：

> 牵牛悲殊馆，织女悼离家。一稔期一宵，此期良可嘉。赫奕玄门开，飞阁郁嵯峨。隐隐驱千乘，阗阗越星河。六龙奋瑶辔，文螭负琼车。火丹秉瑰烛，素女执琼华。绛旗若吐电，朱盖如振霞。云韶何嘈嗷，灵鼓鸣相和。停轩纡高盼，卷予在岌峨。泽因芳露沾，恩附兰风加。明发相从游，翩翩鸾鹭罗。同游不同观，念子忧怨多。

这首诗从牵牛、织女分隔天汉两岸互相思念写起。所谓"悲殊馆"，言伤心居于自家之外的馆舍。这同民间传说牛郎是由人间追到天河边上的情节相合，也同后来戏剧、小说中天帝将牵牛另作分配以示惩罚的情节一致。"一稔期一宵"即一年中只盼着一宵的相会（"期"为希望之义）。王鉴诗写牛女相会情节细致，将织女的随从仪仗写得十分庞大壮观，如"隐隐驱千乘"至"灵鼓鸣相和"八句，写随从之车有千乘，六龙、文螭（无角之龙）为其负车，瑰烛照耀，绛旗飘飘，若闪电在高空扫动。车上朱盖如霞，音乐之声回荡。这个声势便是天孙出行的样子。同时诗人苏彦的《七月七日咏织女诗》五言18句，全诗写牛女相会，同样着重从"天孙""星神"的角度看织女，其后8句为：

> 释辔紫微庭，解衿碧琳堂。欢燕未及究，晨辉照扶桑。仙童唱清道，盘螭起龙骧。怅怅一宵促，迟迟别日长。

同样将牛女相会写得十分排场，织女的装饰也豪华光艳。苏彦与王鉴大体同时，是晋武帝时（262—290）人。以上两首诗对后来写牛女相会之诗有很大影响。苏彦还有《秋夜长》一首，中云"牛女隔河以延伫，列宿双景以相望"（"景"同于"影"），是在表现"睹迁化之遒迈，悲荣枯之靡常"的思想情绪中念及牛女的故事。二诗均反映出魏晋时代上层社会和一部分文人对牛女相会情节的理解与想象。从这个角度描写的诗作，在后代也不少。东晋李充的《七月七日》：

> 日朗垂玄景，河汉截昊苍。牵牛难牵牛，织女穿空箱。河广尚可越，怨此汉无梁。

同《迢迢牵牛星》一样，着眼于牵牛、织女相思相望而不能相会的状况。

《乐府诗集》之卷四十五有《七日夜女歌》，下标"九首"，盖本为附注，传抄中变为诗题中后二字。其实此诗是一篇而九章；该书目录中作"女郎歌"，即是证明。第二章以顶真的手法与第一章相连接，也说明这一点。诗云：

> 三春怨离泣，九秋欣期歌，
> 驾鸾行日时，月明济长河。
> 长河起愁云，汉渚风凉发。
> 含欣出霄路，巧笑向明月。
> 金风起汉曲，素月明河边。
> 七章未成匹，飞燕起长川。
> 春离隔寒暑，明秋暂一会。
> 两叹别日长，双情若饥渴。
> 婉娈不终夕，一别周年期。
> 桑蚕不作茧，昼夜长悬丝。
> 灵匹怨离处，索居隔长河。
> 玄云不应雷，是侬涕叹歌。
> 振玉下金阶，拭眼瞩星阑。
> 惆怅登云轺，悲恨两情殚。
> 凤辂不驾缨，翼人立中庭。
> 箫管且停吹，展我叙离情。
> 紫霞烟翠盖，斜月照绮窗。
> 衔悲握离袂，易尔还年容。

因是女郎歌，故全从织女的角度叙述之。古有"思春"之说，故此处以"三春"代指长年；"九秋"即秋季，这里代指相会的时节。"九秋欣期歌"反映了很多地方普遍存在的七月七日乞巧及乞巧中唱乞巧歌的节俗。全诗写了织女同牵牛相会前、相会中及即将离开中的情景，细致生动。"汉"与"长河"并提，指天河。"汉渚"即天河边。"金风"即秋风。第四章言"明秋暂一会"，同样与一年相会一次相应。黑云上的声响不是雷，而是织女的叹息之声，也反映了民间传说中很有意义的一个情节。

本诗《乐府诗集》中收在《清商曲辞》的《吴声歌曲》中。《乐府诗集》在《清商曲辞》前总论中说：

> 清商乐，一曰清乐。清乐者，九代之遗声，其始即相和三调是也。并汉魏以来旧曲，其辞皆古调及魏三祖所作。自晋朝播迁，其音分散，苻坚灭凉得之，传于前后二秦。及宋武定关中，因而入南，不复存于内地。

此是就曲调言之。但古代歌曲皆与具体歌词相依，所以在一定程度上也能反映歌辞的传播情况。西晋末及东晋初年大批士族大户的南迁及战争中的俘获搬迁，形成中原文物图籍及文化资源以至民间节俗、礼仪向南方的传播。

同书卷四十一《决绝词三首》之一云：

> 乍可为天上牵牛织女星，不愿为庭前红槿枝。
> 七月七日一相见，故心终不移。
> 那能朝开暮飞去，一任东西南北吹。

又同书卷四十六《华山畿》第十一首：

> 隔津叹，牵牛语织女，离泪溢河汉。

又卷四十九《清商曲辞》的《西曲辞》有《月节折杨柳歌》，十三首，其《七月歌》云：

> 织女游河边，牵牛顾身叹。
> 一会复周年。折杨柳，
> 揽结长命草，同心不相负。

两首都是牵牛、织女同等关注，与文人诗中专写织女的情形大不相同。同《七日夜女歌》一样反映出牵牛织女传说在民间的影响，在思想上与汉代《迢迢牵牛星》《兰若生春阳》及《易林》中《夹河为婚》（"屯之大蓄"）等所表现的思想情感一致。①

总的来说，魏晋时代反映牵牛织女故事的诗作已经不少，但保持其本来面目与正确主题的牛郎织女的传播，是在民间。七夕节俗应是西汉末、东汉末两次大的社会动乱之后，由宫廷逐渐扩散至民间，开始只在上层社会中流行，慢慢扩散至民间。关于牛女的传说故事，则一直在民间，它同将牛郎织女的故事简化转变为一种"乞巧"的节俗并不一致。上层社会、官宦之家、文人阶层中，受到由宫廷乞巧中各种游艺性活动的影响，诗的内容侧重于乞巧习俗和牛女一年一度的相会，极少涉及牵牛、织女结为夫妻男耕女织家庭生活情节的描写，更没有对门阀制度、"门当户对"观念的批判。我们从云梦秦简反映出的织女与牵牛分离的文字，及东晋民歌中，仍可看出侧重于对其爱情的歌颂。即使南朝文人书中所说牵牛向玉帝贷钱及织女牵牛婚后怠工的情节，虽然反映出门阀制度压制个人情感的思想，也反映出牵牛是一个靠借贷才能成婚，即使新婚之后，也得照常下地，媳妇得照常上机织布的农民。

东汉至晋初诗人写牵牛织女都是侧重于写其分在天汉两岸不能相遇之悲苦，而西晋末年的王鉴在写到"牵牛悲殊馆，织女悼离家"的同时已大力铺排着重写其相见时的排场了。

联系秦简《日书》中对于牵牛、织女传说的反映和《诗经》中有关"牵牛织女"传说的诗来看②，同民间传说的情景较为相合的有南朝刘宋时诗人谢灵运、谢惠连的《七夕咏牛女诗》，宋孝武帝刘骏的《七夕诗二首》，范云的《望织女诗》，梁武帝萧衍的《七夕诗》，刘孝威的《咏织女诗》和北朝邢邵、何逊、庾信等以"七夕诗"为题的作品。谢灵运（385—433）诗中说："凌峰步曾崖，凭云肆遥脉。"同傅玄《拟四愁诗》中说的"山高水深路无由"意思一样，写出了与《诗经·蒹葭》相同的意境。其他大部分集中在织女七夕相会时的打扮及心理状况的描写上。如刘

① 参见拙文《〈迢迢牵牛星〉〈兰若生春阳〉二诗关系浅谈》，《中国典籍与文化》2010 年第 2 期；《有关牵牛织女传说的一首诗与〈易林〉的作者问题》，《古籍整理研究学刊》2010 年第 4 期。

② 参见拙文《由秦简〈日书〉看牛女传说在先秦时代的面貌》，《清华大学学报》2012 年第 4 期；《〈周南·汉广〉探微》，《古典文学知识》2010 年第 3 期；《〈秦风·蒹葭〉新探》，《文史知识》2010 年第 8 期。

骏（430—464）之作的第一首，前四句写七夕时的自然景致，然后写牵牛织女的相会：

> 瞻言媚天汉，幽期济河梁。
> 服箱从奔轺，纴绮阙成章。
> 解带遽回轸，谁云秋夜长。
> 爱聚双情歌，念离两情伤。

写织女于七夕之时急切赴会的情形，也表现出对短暂相聚的同情与对他们忠贞爱情的赞美。刘孝威（496—549）的《咏织女诗》：

> 金钿已照耀，白日未蹉跎。
> 欲待黄昏至，含娇渡浅河。

虽只四句二十字，却极含蓄地写出了织女在渡天河之前欣喜之态。北朝齐诗人邢邵（496—?）的《七夕诗》：

> 盈盈河水侧，朝朝长叹息。
> 不吝渐衰苦，波流讵可测。
> 秋期忽云至，停梭理容色，
> 束衿未解带，回銮已沾轼。
> 不见眼中人，谁堪机上织！
> 愿逐青鸟去，暂因希羽翼。

着重对织女将近七夕相会时及匆匆相会后返回时的心理刻画，对二人的相见未着一字，故显得十分含蓄。"回銮已沾轼"言织女忽接让回天宫的声音，泪下垂沾湿了车轼。

齐梁间诗人范云（451—503）诗中说："不辞精卫苦，河流未可填。"这为清代剧作《双星图》创作中精卫姑娘人物的形成以启发。庾信《七夕诗》云："牵牛遥映水，织女正登车。"也同此前此后故事中讲鹊桥相会是织女踏鹊桥过天河，牵牛迎上去的情节一致。结尾"复将今夕恨，复著明年花"，在憾恨之中，又指出希望，别是一番新意。

历梁、陈、隋三代的江总（519—594）有《七夕诗》：

> 汉曲天榆冷，河边月桂秋。
>
> 婉娈期今夕，飘摇渡浅流。
>
> 轮随列宿动，路逐彩云浮。
>
> 横波翻泻泪，束素反缄愁。
>
> 此时机杼息，独向红妆羞。

"期今夕"的"期"是期盼之意。五、六句想象奇特，很富于诗意。七、八句写相见时的激动心情，带有突出的夸张。

由陈入隋的王眘有《七夕诗二首》，也是写牛女鹊桥相会的。其第一首云：

> 天河横欲晓，凤驾俨应飞。
>
> 落月移妆镜，浮云动别衣。
>
> 欢逐今宵尽，愁随还路归。
>
> 犹将宿昔泪，更上去年机。

其第二首云：

> 终年恒弄杼，今昔始停梭。
>
> 却镜看斜月，移车渡浅河。
>
> 长裙动星珮，轻帐掩云罗。
>
> 旧愁虽暂止，新愁还复多。

这两首诗着重写织女在相会前后的情态、心理上的变化，写得十分生动。末两句也可堪回味。

东晋、南朝诗人完全在七夕相会上大做文章，虽然在诗的末尾也会写一两句织女与牵牛分别时的痛苦心情，但同全诗的情调比起来，已只是一个程式化的尾巴。而且只写织女，牵牛最多是行文中提到，基本上不着笔墨。这反映出牛女传说在东晋与南朝的发展状况。这当中同社会的变化、当时主流观念的作用及仕宦文人阶层对牵牛织女传说的阉割有关：淡化了悲剧的成分与牛女抗争的成分，而突出、增强了七夕相会的娱乐性情调。

特别提出来说一下：王眘此诗同庾信的《七夕诗》、阴铿的《秋河曙耿耿诗》、陈叔宝的《初秋七夕已觉微凉》、虞世基的《赋昆明池一物得织女石诗》已基本上形成了五言律诗的格式，当中二联的对仗完全与唐代近体诗一样，只是在平仄粘对上尚不稳定。

二、唐宋诗人笔下的牛女故事
——由写牛女传说向借题发挥的过渡

初唐沈叔安、何仲宣、许敬宗三人俱有《七夕赋咏成篇》，应是同题共作。三首诗都是写牛女传说的。许敬宗（592—672）之作云：

> 一年抱怨嗟长别，七夕含态始言归。
> 飘飘罗袜光天步，灼灼新妆鉴月辉。
> 情催巧笑开星靥，不惜呈露解云衣。
> 所叹却随更漏尽，掩泣还弄昨宵机。

从平时的分离到鹊桥相会，再到织女第二天开始停了一天的织事，文中渗透了对织女的同情。稍后的杜审言（645？—708）的《七夕》：

> 白露含明月，青霞断绛河。
> 天街七襄转，阁道二神过。
> 袨服锵环珮，香筵拂绮罗。
> 年年今夜尽，机杼别情多。

称天河为"绛河"，始于《汉武帝内传》。古代观天象以北极为基准，天河在北极之南，南方属火，尚赤，因而称作"绛河"。"天街七襄转"是说织女在织机上操作。"阁道二神过"是言织女、牵牛分别由阁道走向渡天河之处。

宋之问（656？—712）的《牛女》（一作沈佺期），录之如下：

> 粉席秋期缓，针楼别怨多。
> 奔龙争渡月，飞鹊乱填河。

> 失喜先临镜，含羞未解罗。
>
> 谁能留夜色，来夕倍还梭。

"倍还梭"指加倍于织作之事。尾联二句表现织女不忍遽然离去的心情，表达方式很有新意。

杜甫（712—770）的《牵牛织女》全诗 36 句，主要写他在秦州看到的乞巧活动，但也反映了牛女传说在当时当地的流传。唯今传各种杜集此诗首二句文字有误。原文"织女出河西，牵牛处其东"，因题目中"牵牛"在前，集辑者可能还误以为此诗讲君臣男女之大义，以夫妇之德比君臣之义，故轻意将"牵牛"移于句首，将"织女"称于第二句，成"牵牛出河西，织女处其东"。我在《论牛女传说在古代诗歌中的反映》一文中有所论证。

杜甫还有五律《天河》，主要是当秦州之时正值七夕，将写牛女相会传说同个人抒情结合为一。"纵被微云掩""何曾风浪生"等句似有政治抒情的意思在里面。

此后，以写牛女题的五言律诗出现了不少。如梁鍠的五律《七夕泛舟》也一样写牛女相会与个人抒情结合为一。

中唐韦应物（733—793）的七律《七夕》中，将牛女相会同个人经历结合起来写，而主要写个人情怀。卢殷的五律《七夕》云：

> 河耿月凉时，牵牛织女期。
>
> 欢娱方在此，漏刻竟由谁。
>
> 定不嫌秋驶，唯当乞夜迟。
>
> 全胜客子妇，十载泣生离。

前六句写牛女相会，只两句即可看出作者借题发挥之意。

又杨衡（贞元四年前后进士）五律《他乡七夕》：

> 汉渚常多别，山桥忽重游。
>
> 向云迎翠辇，当月拜珠旒。
>
> 寝幌凝宵态，妆奁闭晓愁。
>
> 不堪鸣杼日，空对白榆秋。

这同上面几首一样，大都是将牵牛、织女置于均等的位置，同晋南北朝时代只着重写织女不同。本诗在细节上描写新颖而细致生动。同时的诗人清江的五律《七夕》在结构和表现手法上与之相近，也有新意。

刘禹锡（772—842）的五律《七夕二首》，由第一首的"谁知观津女，竟夕望云涯"和第二首的"非是人间世"来看，当为宫闱中失宠嫔妃而作。"观津女"谓汉文帝窦皇后，见《汉书·外戚传》。其第二首云：

> 天衢启云帐，神驭上星桥。
> 初喜渡河汉，频惊转斗杓。
> 余霞张锦幛，轻电闪红绡。
> 非是人间世，还悲后会遥。

写织女渡河相会景况，颔联二句想象奇特而意境壮阔，甚有诗意。尾联二句言非是人间而仍有不能相见之悲。"非是人间"之语意双关：一是相对于天上而言；二是相对于宫廷生活而言，借写织女之悲而喻宫中之事。作者要表达的思想十分含蓄。

晚唐王初的七律《银河》、赵璜的七律《七夕诗》（一说为李郢诗）、李商隐的七绝《七夕》、唐彦谦的七律《七夕》、曹松的七律《七夕》等都有些细致精彩的刻画。赵璜又有七绝《题七夕图》说明唐代牵牛织女七夕相会的画图。成纪（今甘肃秦安）诗人李翔的七律《百步桥》更是写了与七夕传说密切相关之地传为牛女相会之地的百步桥，对于我们认识牛女传说具有重要意义。徐夤的七律《鹊》不仅写出其"雕陵毛羽出尘埃"，还写出乌鹊因此而被改称为喜鹊的原因："香闺报喜行人至，碧汉填河织女回。"由之可以看出牵牛织女传说在唐代的传播与对民族文化的巨大影响。

总之，在唐代写牛女之诗虽因七夕的乞巧风俗主要是姑娘妇女之事，固然地侧重于织女，但总体上是关顾到牵牛织女两个方面：首先，不似晋南北朝的除个别咏及牵牛外，皆只写织女，并着重表现她的排场华贵。其次，借写牛女传说而抒发个人情感者大为增多，有的甚至抒发对于社会的感怀。这一点似乎与杜甫的影响有关。

北宋苏轼（1037—1101）的《菩萨蛮》：

> 风回仙驭云开扇，更阑月堕星河转。
>
> 枕上梦魂惊，晓檐疏雨零。
>
> 相逢虽草草，长共天难老。
>
> 终不羡人间，人间日似年。

上阕写牛郎织女短暂的相会。由屋外疏雨之声，他们从梦中惊醒。该离开了。那疏雨声也就叫人想到他们的伤心之泪。但苏轼所有的作品都表现出一种旷达开朗的胸襟。故下阕以乐观的情绪说："终不羡人间，人间日似年。"当然，这也从另一面写出他与家人分离之久的思念之情。

晏几道的《蝶恋花》二首，俱写牛女相会及人间女子的乞巧心态，设想情节具体而生动，表现委婉细致，具宋词清空的特征。其第二首上阕云：

> 碧落秋风吹玉树。
>
> 翠节红旌、晚过银河路。
>
> 休笑星机停弄杼，凤帏已在云深处。

晋南北朝时诗人写织女渡河去会牵牛，都是龙车凤驾，仪仗排场，到唐代便不是十分突出。此诗所写似乎只有织女一人，匆匆来去，更接近于民间传说。

李复（1052—?）有《七夕和韵》一首，全诗 38 句，其前半写牛女故事：

> 东方牵牛西织女，饮犊弄机隔河渚。
>
> 西风忽起怨夜长，相望盈盈不得语。
>
> 走投上帝贷金钱，五云飞来结香輧。
>
> 曳裾拂露天榆冷，照影回身桂叶偏。……
>
> 碧雾为帐霞为裳，绛节欲尽两旗张。
>
> 灿然一星中耀芒，前瞻汉曲喜色长。
>
> 飙轮俨雅灵龙翔，相迎交赠双明珰。
>
> 临席举袖开雕扇，故人有似新相见。
>
> 共持深愿祝天工，海底乌沉参不转。

诗着重写牛女分离的幽怨和相见时情景，想象丰富而奇幻，诗味很浓，并表现出牵牛、织女对爱情的忠贞。以气节之伟而出名的诗人葛胜仲（1072—1144）的《鹊桥仙偶》的"平时五夜似经年，问何事，今宵便晓"和写其分离时"云车将驾，神夫留恋，更吐心期多年"，刻画相聚与分离时心情也都十分生动。

周紫芝（1082—1155）《七夕》一诗序，其中说："凡援笔而赋七夕者，皆托儿女之情以肆淫媟之言，渎蔑天星，无补真教，使人间异事泯然无闻，良可痛惜。因律稚川之文而为之歌，以广其传云。"对一些所谓的"诗人辞客"借牛女之事表现自己污卑心理的做法提出批评。不过这样的人毕竟不多，突出者莫过于唐张荐《灵怪集》中所收《郭翰》，五代前蜀杜光庭《神仙感遇传》中《姚氏三子》。然而至今仍有些人将《郭翰》之类的东西看作"七夕"文化的内容大发议论，令人不解。周紫芝是以葛洪（字稚川）的《西京杂记》所载有关记述而成文。《西京杂记》卷一和卷三都载有西汉初年宫中乞巧之事。其《七夕》共22句，其开头说：

> 七夕相逢说牛女，晋魏以来传乐府。金冠玉帔照灵河，不见此身闻此语。何如当日两神仙，空中一别五千年。五龙驾车各异色，万里乘云来九天。

写得场面十分盛大。尤其其中说牵牛织女二仙"空中一别五千年"，以约数视之，也颇有见地，超过近几千年来包括20世纪后期一些学者的看法。因为牵牛的原型叔均为后稷之孙（《山海经·大荒西经》"稷之弟曰台玺，生叔均"，"弟"盖"子"字之误）。织女原型女修为秦人第一位男性祖先大业之母。据《史记索隐》，大业即皋陶，为帝尧之臣。那么，牵牛、织女的原型也都是四千多年前的人物。周紫芝对牛女传说确是有思考、有研究的。"晋魏以来传乐府"一句回顾了"牛女"传说的历史，这也是所有咏牛女的诗中少见的。周紫芝还有七古《牛女行》，诗云：

> 天孙晓织云锦章，跂彼终日成七襄。含情倚杼长脉脉，灵河南北遥相望。天风吹衣香冉冉，乌鹊梁成月华浅。青童侍女骖翔鸾，玉阙琼楼降华幰。明朝修渚旷清容，归期苦短欢期远。昔离今聚自有期，

天帝令严何敢违。犹胜姮娥窃仙药，一入广寒无嫁时。

描写生动，语言也新颖自然，并且渗透了牵牛织女的同情与称赞。与很多诗不同的是拿嫦娥以比织女，对其行为予以充分肯定。

范成大（1126—1193）的《南柯子·七夕》也是有新意之作：

> 银渚盈盈渡，金风缓缓吹。
> 晚香浮动五云飞。
> 月姊妒人、颦尽一弯眉。
>
> 短夜难留处，斜河欲淡时。
> 半愁半喜是佳期。
> 一度相逢、添得两相思。

写牛女相会情景，充满诗意。因七月初七上弦如弯眉，故有上阕的末二句。下阕写相会时心绪与离愁之特殊，为他人所未道。

赵长卿的《满庭芳·七夕》写牛女相会，也想象丰富，描写细致生动：

> 雨洗长空，风清云路，又还准备佳期。
> 夜凉如水，一似去秋时。
> 渺渺银河浪静，星桥外、香霭霏霏。
> 霞辀举，鸾骖凤驭①，稳稳过飞梯。
>
> 经年，成间阻，相逢无语，应喜应悲。
> 怕玉绳低处，依旧暌离。
> 和我愁肠万缕，嫦娥怨、底事来迟。
> 广寒殿，春风桂魄，首与慰相思。

---

① 鸾骖凤驭：凤，原作"鹊"，当是传抄或编集以其写七夕而误改。"鹊"与"鸾"并显然不伦，看前后诗词，均"鸾""凤"并提，今正。拙文《论牛女传说在古代诗歌中的反映》一文第二部分有所论述。

上阕写织女渡河时之环境如"渺渺银河浪静",前后数句都描摹如画。下阕写牛女相会时情境如"相逢无语,应喜应悲"等也很生动。

南宋时有两首以《牵牛花》为题的诗,分别为释元肇、林溥山所作。都是借咏物以写牵牛织女的事,从中自然也有所寄托,均有意趣。

三、金元至明代诗人笔下的牛女故事
——保持着同过去一样的兴趣和情调

金末元德明(1156—1203),元好问之父,其诗清美圆熟,气象开阔。有《七夕》是从牵牛的角度写其与织女相会,一瞬间织女离去的情景,很有诗意:

> 天河唯有鹊桥通,万劫欢缘一瞬中。
> 惆怅五更仙驭远,寂寥云幄掩秋风。

有情节,有议论,而又含蓄而耐人寻味。赵雍(1290?—?)的《七夕》二首之二,以诙谐之笔写牛女之事,算是别出心裁。其诗云:

> 牵牛河东织女西,相望千古几时期。
> 夜深只恐天轮转,地底相逢未可知。

同北宋李复的"东方牵牛西织女"一样,明确说"牵牛河东织女西",显然是有意纠正杜甫以来一些诗人的误说。诗中想象到天轮的旋转,言可能当牵牛、织女在一起之时,天河正好转于地下。因每年七月初黄昏时即可看到天汉及牵牛、织女二星。诗人大约是悬想到中夜以后,可能二星旋转于下。这当中已反映出地球旋转的思想,同以前人们以为天上的日月和群星是绕着大地旋转的观念不同。其实人在地球上是不分上下的。

明初张以宁(1301—1370)的《七夕吟同张士行赋》云:

> 银河迢迢向东注,玉女盈盈隔秋渚。
> 金梭飞飞掷烟雾,织作青鸾寄幽素。

> 青鸾织成不飞去，仙郎脉脉愁无语。
>
> 无语相望朝复暮，白榆摇落成秋树。
>
> 藕花香冷鸳鸯浦，天上银桥宝车度。
>
> 风清蕊殿开瑶户，云屏雾褥芙蓉吐。
>
> 经年香梦遥相许，一夕离肠为郎诉。
>
> 羿姬妒人留不住，天鸡角角扶桑曙。
>
> 龙巾荏苒啼红露，乱点云开逗飞雨。
>
> 伯劳西飞燕东矞，河干石烂愁终古！

诗细致地描写、刻画了相会之前牵牛、织女的心情，尤其写了织女的生活。对相会中的"一夕离肠为郎诉"及多留一些时间恐遭嫦娥之妒等，很有情节性，又诗情画意，带有浪漫主义的色彩，显示出了故事本身的神话特色。语言活泼灵动，也具民歌风味。末四句是写乞巧女，未录。

明代汤显祖的《七夕·文昌桥上口占》，由牛女的故事而及于人间的乞巧，以抒发自己的感情，有其独特的体会：

> 共言乌鹊解填桥，解度天河织女娇。
>
> 织锦机中闻叹息，穿针楼上倚逍遥。
>
> 新欢正上初弦月，旧路还惊截道飙。
>
> 并语人间有情子，今宵才是可怜宵。

前两联言人间因乌鹊填河架桥的传说推想织女当时的心情，因长时间的分离而叹息，人间女子则因此节日而在楼上穿针赛技。第三联是说牛郎织女的相会如新欢之聚，经历种种遮拦。这也是言无论天上、人间，爱情往往来之不易，应该珍惜。故尾联以告诫"人间有情子"的语气，言"今宵才是可怜宵"。这里"可怜"是值得珍惜的意思。缺点只在为迁就平仄格律将"架桥"说成了"填桥"，语意不通。其实"解填桥"作"架平桥"亦可。

在各种文体中，诗是长于抒情的。即使叙事诗，也包含有浓厚的抒情色彩，而于叙述上并不是各个环节都紧密联结，作很具体的交代和细致的刻画。且文人之作，大都为篇幅有限的律诗或绝句，因而绝大部分短小，而且多是七夕节感兴之作，写到情节大都集中在七夕的鹊桥相会上，延伸到前后情节的很少。当然，鹊桥相会是牛女传说故事中最重要的一段情节，正由于这一情节才形成一年一度的七夕节。它不但反映出牛女是被迫分于天河两岸，一年相会一次，而且表现了他们忠贞不渝的永存的爱情。所以，歌颂、描写、表现这一段也就是正确表现了牛女传说的故事的主题。而如果联系我们在《论牛女传说在古代诗歌中的反映》一文所引述以牵牛织女口吻所作一些诗和反映出情节要素的一些诗来看，对牛女传说在明代以前民间流传的情况就会有一个大概的了解。因为"牛郎织女"传说故事在元代以前没有留下较详细完整的文本。所以说，诗词作品中从各方面的叙说，对我们了解"牛郎织女"传说在古代各个时期的流传状况及发展演变、同其他传说交融的情况，都有一定的意义。

四、牛女传说通过戏曲小说的完整展现

（一）董永故事对牛女故事的覆盖、替代

牛女传说中作为天帝孙女的织女下嫁一牵牛耕作的农夫，是同魏晋以后逐步强化的门阀制度相冲突的；织女不听家长之命而在婚姻上自作主张，也同从西汉时代开始即不断得到强化的封建礼教相对立的。所以，从魏晋时开始，统治阶级及其文人便大力宣扬一种为葬父而卖身为佣，因而感动了天帝、天帝派了仙女来帮助还债的孝子的故事。这就是"董永"的故事，明顾觉宇作《织锦记》（又叫《天仙记》《槐荫记》）即演此。帮了董永的这个仙女帮董永还清了债以后即离去。织女是违背、抗拒天帝之命，而帮董永还债的仙女（人们常说的七仙女）是奉天帝之命而来的；织女是为自己的爱情而抗争，七仙女是为了救助一个孝子而应命。董永的故事在南北朝以后一直广为流传，就是因为它受到统治阶级的宣扬、提倡。鲁迅先生指出："魏晋是以孝治天下的。"（《魏晋风度及文章与药及酒之关系》）因为魏晋全是以篡夺而取得天下的（南北朝各王朝一样），不能提倡"忠"，不然自己从道义上便站不住脚，因而一味讲"孝"。"牵牛织女"

这个广泛流传且有着悠久历史的传说故事，不可能从人们的记忆中抹去其影响，因而他们采取了以相近情节的故事混淆其主题并用以淹没、排挤、替代它。鼓吹董永的故事而企图将"牵牛织女"的故事完全替代，这是历来封建统治阶级和道学家所努力的。

每一个朝代的主流思想，都是统治阶级的思想，连劳动人民观念中也难以完全避免这一点。同时，每一个朝代在意识形态方面继承的，也主要是前一时期占统治地位及历史上占统治地位时间较长的思想。一个民族的思想总是深深地打上了历史的烙印。只有在思想上发生巨大变革之后，才会较多地摆脱传统意识形态的影响，但也并不能完全摆脱或排除。

由于以上的原因，元代以前的戏剧小说中没有以"牛郎织女"完整故事为题材的戏剧、小说，元代白朴的《梧桐雨》中有一段关于牛郎织女传说的插曲，两个人物都上场了，但只是作为天上同爱情有关的神仙出现，并未敷衍其故事。

（二）戏剧中的表现

从明代开始，西方的一些思想观念逐渐渗透进来，反抗封建正统思想、否定封建礼教的思想观念暗暗滋长，至明后期之李贽而凸显于世。正是在这种社会氛围中，牛郎织女的故事才作为中心题材进入戏剧小说之中，但还不如民间流传之广，而大多在思想上还受着南朝志怪小说等上层文人述说的局限。

明代产生两个以牛郎织女为题材的戏剧，明晁瑮的《宝文堂书目》著录杂剧《渡天河织女会牵牛》一种，今已不存。明祁彪佳《祁忠敏公日记》之《归南快录》部分载，崇祯八年（1635）八月十九日绍兴梅里曾演传奇《鹊桥记》。从剧名看，应同传说中牛郎织女被迫分离，隔在天河两侧，每年七月七日由喜鹊架桥得以相会的基本情节一致。

今存清代有关牛郎织女的剧本有三部：一部为清初邹山的《双星图》传奇，一部为司马章的《双星会》传奇，一部是缪谟（？—1741）的《银河曲》杂剧。成就突出的是邹山的《双星图》。邹山，字宙景，号禹封，湖北天门人，顺治辛卯（1651）举人，曾任江西玉山县知县。《双星图》今存康熙乐余园刊本。这个剧本基本上依照南北朝时文人作品中有关叙述，吸收了上古神话传说中一些人物。由于有的古代天文文献中言牵牛为"三将军"，从而生发出牵牛作为将军平定蚩尤之乱，救回被掳的织女，又因其计败蚩尤、安定天庭而受天帝嘉奖的情节。剧中以精卫为织女之姑母，王良、造父为牵牛之朋友，从中牵线作伐而使其成婚，均见出作者在丰富情节、加强戏剧性方面之艺术匠心。精卫填海的坚强不屈的精神与织女有一致处。王良、造父皆古之善御者。据《史记·秦本纪》载，造父为秦人祖先，"以善御幸于周缪王"，受封于赵城，故造父之后为赵氏，春秋时晋国的赵衰即其后。其居于犬丘的一支也蒙赵城以"赵"为氏，秦王室即此一支。而据《淮南子·览冥》高诱注，王良亦晋人，为赵简子之御，同秦部族有关。邹山的这种情节安排，也多少反映出牛女传说同秦民族的关系。

清代末年，各地关于牛郎织女的剧目很多，或作《牛郎织女》，或作《天河配》，或作《鹊桥相会》，情节也不完全相同。京剧名家王瑶卿在各种梆子戏的基础上编成京剧《牛郎织女》，影响较大，以后戏曲演出本大体都出于此本。

(三) 小说中的展现

产生于明代的《牛郎织女传》，今存刻本名《新刻全像牛郎织女传》，四卷五十七节，卷端下题"儒林太仪朱名世编，书林仙源余成章梓"。陈大康《明代小说史》认为该书刻成于万历三十七年（1609）之前，应为可信。这部小说的主要情节依据了南朝志怪小说中所载，又吸收了有关文献中其他人物加以敷衍，牵牛、织女动辄诗一首，书一封，一方面受南北朝以来以代言体所写反映牛女传说诗作的影响，另一方面也受当时流行的才子佳人小说的影响，文人色彩较浓而缺乏民间气息。其中值得肯定的一点是写了牛郎织女结为夫妻，有一个认识、熟悉、建立感情的过程，同小说中以织女、牵牛俱为天上神仙的人物身份和基本情节框架一致。应该说，这一点反映了牛郎织女传说的较早面貌，因为从故事传说的这一点说，织女、牵牛俱由天上星名而来。从明清以后其他相关作品看，牛郎、织女生活在人间的构思，是通过天帝将牵牛贬在人间的情节完成的。而织女同众仙女洗澡，牛郎藏了织女衣服，其他仙女化为仙鹤飞去，唯织女不能飞而留下来的情节，当是受了北方游牧民族中流传的天鹅型故事的影响而形成。

该书《凤城恣乐》一节的牛郎诗中说：

> 蒹葭获与玉相依，金屋婵娟洞辟扉。
> 锦帐得交天地太，不知身世在华胥。

《蒹葭》为《诗经·秦风》中一首诗。上文已说过，我认为这首诗就是反映了牵牛织女的传说在秦地早期阶段的流传情况。《牛郎织女传》中提到天河，多作"汉"。如卷二有《汉渚观奇》一节言"天孙越数日，又邀牛郎往汉渚游玩。"与古代诗词中措辞一致。卷四《鸦鹊造桥》一节末有诗，前两句云："云汉横河架鹊桥，济而牛女会良宵。"卷二《谪贬牛女》一节说是罚在天河的东西两侧，下一节《牛女泣别》写太上老君慰牛女曰："东汉西河，乃少年建造（犹今言锻炼成才之意）之地。"将"河"与"汉"对言之，"天河"也即"天汉"。这也是这篇小说在故事要素的说解上继承了更早传说的地方。

诗中"不知身世在华胥"的"华胥"，应在甘肃南部。《太平御览》卷七八引《诗含神雾》："大迹出雷泽，华胥履之，生伏羲。"又《云笈七签》卷一百引《轩辕本纪》："帝游华胥国，此国神仙国也。"原注："伏羲生于此国，伏羲母此国人也。"而据《太平御览》卷七八引《遁甲开山图》："仇夷山，四面孤立，太昊之治，伏羲生处。"仇夷山即今仇池山。《水经注》述其四面陡绝。其地在今甘肃西和县，北去秦人发祥地不远。则"华胥"是指秦地。

清代末年有《牛郎织女》十二回，戴不凡先生《旧本〈牛郎织女〉》（《小说闻见录》，浙江人导出版社 1980 年版）一文谈到，该书"王萍校阅"本。经我研究，王萍的校阅只是改动了回目文字，作了一点面子活，于原文并未作必要的校订。而且，其所改回目文字也并不是十分高明，有几回上下两句也并不对偶，平仄方面更是关顾不到。今存上海大观书局 1910 年前后石印本，有三幅插图，第一幅题"众星神朝拜玉帝"，第二幅题"牛郎巧遇织女，欲拔花调戏"是第一回的，第三幅题"牛郎因调戏天孙问斩，太上老君来救"是第二回前半部分内容的。似乎原书每回有两幅插图，石印本刻只取了前三幅。戴不凡先生所言王萍校阅本为上海民众书店 1937 年印本，据戴先生说，该书"第一页有调戏织女，太白点化上下两图，人物宽袍大袖，很有清末某些石印小说学任渭长版画的那种风格"。根据戴先生所说，封面表现了第十一回的内容。是否是用了原第十一回插图？因为此回中金童（牵牛）、天孙（织女）因婚后怠于天职，玉帝大怒，遣天将捉拿，故金童、天孙"二仙慌忙挽手奔出室外，由天井飞腾半空"。其第一页是上下两图，上图即同第一回后半对应的"牛郎巧遇织女欲拔花调戏"，下图与第八回前半"太白星点化金郎"内容相应。看来，1937 年印本的文字与石印本相同，但插图另有依据，是否来自更早的原刻本，难以确定。

这部小说在内容构思上是将民间传说同文人的记述加以综合，或者说用了一种调和的办法加以吸收。据《诗经》中《汉广》《蒹葭》二诗看，从先秦之时民间流传的是织女作为天孙，同地位低下的牵牛（牛郎）结为夫妇，天帝（或曰王母）强迫其分离，分在天汉两面。从古代诗词作品所反映织女渡河以会牵牛的传说，便证明了这一基本情节。而南北朝时文人所记述，则是天帝以居于天汉以西的天孙织女寂寞，因而许其与居于河东的牵牛成婚配，婚后二人皆怠懈不务正业，天帝怒，而分二人在天河两侧。

这部小说，写金童为玉帝驾前侍童，因调戏织女，被贬人间，织女也被罚在织锦宫独居织锦。这样，便形成一在天上，一在人间，就同民间传说一致起来。将民间传说中牛郎受兄嫂虐待的情节及神牛帮助牛郎的情节，织女在天上孤寂苦闷思念牛郎的情节，神牛脱下皮，牛郎披上方能上天的情节也吸收了。小说中写因太白金星求情，玉帝恩准后招金童（牛郎）返回天宫；将牛郎看到织女同众仙女一起洗澡因而偷了织女仙衣的情节，放到金童返回天界、尚未见到玉帝之时。这里移花接木、强为移动的痕迹明显：金童只是说了些调戏的话，抢了织女鬓上插的一朵花，便被贬人间十三年，连织女也受罚；牵牛刚回天庭，便能偷看仙女洗浴，并且又偷织女的衣服，而且众仙女离去后，织女穿好衣服后两个又叙旧情，温情脉脉，这不是太不合情理了吗？犯了这么大的过错，金童尚向织女说："吾见玉帝之时，自有相当解决！"理直气壮，就如生活于今日社会环境中的青年一样，与前面所述情节相矛盾。

至于下面写的玉帝同意金童（牛郎）与织女成婚，及婚后二人怠于职责，因而又罪其分居于银河两岸，是太上老君和太白金星求情，才准许以后一年一度七月初七相会。这又取于南朝志怪小说之类。

总之，清末这部《牛郎织女》基本上把此前形成的有关"牛郎织女"的传说都吸收了，只是在组织结构上有些问题，让牛郎织女受罚两次，细节上也有不协调之处，缺少民间传说的简单朴素而蕴含深厚的特征。它的好处是使我们看到了近代以前民间关于"牛郎织女"传说的一些主要情节。①

总的来说，古代相关戏曲小说吸收了此前相关文献和诗、词、曲中的某些反映，并逐渐向民间传说靠拢。这同明代以后整个思想领域的变化有关。

五、"牛女传说"在中国文学史、文化史与社会意识形态发展史上的意义

"牛郎织女"传说是中国四大民间传说中产生时间最早、流传最久、传播最广、影响最大的一个。由它而形成了一年一度的"七夕节"，也在思想意识方面形成了一种积极的鼓动力量。

首先，牵牛（牛郎）、织女成了历代男女青年冲破封建礼教，追求婚姻自主、自由，追求幸福生活的象征。宋元戏文《刘文龙菱花镜》、元王实甫的《西厢记》、李好古的《张生煮海》、元末明初刘东生的《金童玉女娇红记》等杂剧及不少戏剧传奇中都表现出这类主题，不能说同民间所流传"牛郎织女"传说无关。

其次，牵牛（牛郎）织女也成了冲破门阀制度，摆脱宗族出身、地位，而以真情为基础追求婚姻自由的典型。古代小说如《列异传》中的《谈生》、《搜神记》中的《紫玉》，戏曲如元代王实甫的《吕蒙正风雪破窑记》（一说关汉卿作）、关汉卿的《拜月亭》，杂剧、明汤显祖《牡丹

---

① 清末《牛郎织女》有陇南赵子贤1932年阅定本，甘肃人民出版社2011年版。

亭》传奇、顾觉守的《织锦记》(《天仙记》)传奇、明代月榭主人的《钗钏记》传奇（一说王玉峰作），及传统剧目《武家坡》(《彩楼配》)、《李彦贵卖水》(《火焰驹》)等写女子抛弃很高的家庭地位，而跟了一个贫穷无依的人，甚至是讨饭的或卖水的，却毫不妥协，不惜脱离家庭关系。这些显然是受到牵牛织女为故事传说的影响。

再次，牵牛织女也成了忠贞爱情的象征。历代大量的诗词曲赋都表现了这一思想，尤其是夫妻分离之时相互惦念，遥寄情思，常以牵牛织女的两心相应、永久忠贞为喻。元稹《相和歌辞·决绝词二首》之一云："乍可为天上牵牛织女星，不愿为庭前红槿枝。七月七日一相见，故心终不移。"晚唐赵璜《七夕诗》云："莫嫌天上稀相见，犹胜人间去不回。"宋秦观《鹊桥仙》词云："金风玉露一相逢，便胜却人间无数。"又云："两情若是久长时，又岂在朝朝暮暮。"这都突出地表现了这一主题。

最后，牛女传说也表现出蔑视彩礼、蔑视建立在财产基础上的婚恋观，通过自己的辛勤劳动创造幸福生活的思想。牛郎是男性农民的象征，织女是几千年"男耕女织"自给自足的农业社会中妇女的象征。人们赋予牛郎织女被拆散以前的生活以幸福的含义。就表现出劳动创造生活，劳动创造幸福的含义。自由婚姻与勤劳致富、勤俭持家也成了广大劳动人民的生活理想。

只从文学形象方面说，由两个主要人物的原型及两个象征性名称，经长时间的不断丰富发展，所形成的织女巧慧、坚强和牛郎淳朴、执着两个形象，对后来之文学作品产生了深远的影响。祝英台与梁山伯、《白蛇传》中的白娘子与许仙也都体现出这样的类型特征。它对中国文学的影响也是巨大的。

论以"牵牛织女"传说为题材的两首诗作

一

我曾论证汉代《易林·"屯"之"大畜"》中"夹河为婚,期至无船。摇心失望,不见所欢"一首是写"牵牛织女"传说的,同《"大畜"之"益"》中"天女推床,不成文章"一样,反映了牛郎织女故事在西汉时代的流传情况。① 至东汉吟咏牛郎织女故事的诗歌渐多,最著名的是《古诗十九首》中的《迢迢牵牛星》,这首诗从织女的一面写双方思念之情。《玉台新咏》所收《枚乘杂诗》中《兰若生春阳》一首也是写牛郎织女的传说的。前一首中说"皎皎河汉女"是"纤纤擢素手,札札弄机杼。终日不成章,泣涕零如雨",是从织女方面说的;而《兰若生春阳》则说:"美人在云端,天路隔无期。夜光照云阴,长叹恋所思。谁谓我无忧,积念发狂痴。"是从牛郎方面说的。后面这一首与《易林》中《夹河为婚》一首一样是西汉时民歌,后人因其自古相传,附会为枚乘之作。② 汉代这两首咏牛女传说的五言诗和《易林》中《夹河为婚》,皆上承《诗经·秦风·蒹葭》和《周南·汉广》,反映了"牵牛织女"的传说从先秦到汉代的流传情况。这些诗都比较短。

① "天女"即织女,见《史记·天官书》。"床"即织机之机床。"不成文章"即《迢迢牵牛星》中说的"终日不成章",言一天织不出一个花纹来,因思念牛郎之故。《易林》作者为崔篆,成书于西汉末年。参见拙文《有关"牵牛织女"传说的一首诗与〈易林〉的作者问题》,《古籍整理研究学刊》2010年第4期,第96—99页。

② 参见拙文《〈迢迢牵牛星〉〈兰若生春阳〉二诗关系浅谈》,《中国典籍与文化》2010年第2期,第4—7页。

《乐府诗集》卷四十五所收东晋民歌《七日夜女郎九首》，"九首"二字盖为附注，在传抄或翻刻中误为篇题中文字而加入题中。毛晋宋刊本题作"女郎歌"，无"九首"二字即可证明。它其实是一首诗的九章，因为它是完整描写七夕相会中各个阶段上织女的心态的，是一个整体。第一章与第二章之间用顶真手法连起，也说明了这一点。此诗有着突出的细节刻画的特征，因为它只是写牛女相会相离的过程，未及整个故事的情节。

二

南北朝以后，似只有北宋诗人张耒（1054—1114）的《七夕歌》，是牛女题材诗作中篇幅最长的一首。原文如下：

> 人间一叶梧桐飘，蓐收行秋回斗杓。
> 神官召集役灵鹊，直渡银河云作桥。
> 河东美人天帝子，机杼年年劳玉指。
> 织成云雾紫星衣，辛苦无欢容不理。
> 帝怜独居无与娱，河西嫁与牵牛夫。
> 自从嫁得废织纫，绿鬓云鬟朝暮梳。
> 贪欢不归天帝怒，谪归却理来时路。
> 但令一岁一相见，七月七日桥边渡。
> 别长会少知奈何，却悔从来欢爱多。
> 匆匆万事说不尽，烛龙已驾随羲和。
> 河边灵官催晓发，令严不管轻离别。
> 空将泪作雨滂沱，泪痕有尽愁无歇。
> 我言织女君莫叹，天地无穷会相见。
> 犹胜姮娥不嫁人，夜夜孤眠广寒殿。①

前四句是写当初秋之时，天上神官召集充役的灵鹊用云朵在天河上架桥。

---

① 见北京大学古文献研究所编《全宋诗》第 20 册，北京大学出版社 1995 年版，第 13034 页。

以下引出牵牛、织女的故事。"蓐收"为西方神，主司秋令（见《吕氏春秋·孟秋纪》《礼记·月令》）。回斗杓，即北斗星回转。北斗星为杓状，故曰"斗杓"。《淮南子·时则》："孟秋之月，招摇指申。昏，斗中。"招摇为北斗七星的第七星。北斗星旋转，招摇星如同今日钟表上时针的针端，所以言季节时令，常以招摇代指北斗。北斗星由南向西转，七月指向申的方位，即西南方。"昏，斗中"是说初入夜之时，斗星指向南方正中的位置（此时人们观星最为方便）。诗言此时天上神官召集喜鹊让它们在天河上架桥。称喜鹊为"灵鹊"，一因其通于神灵，二因其灵巧。唐代段成式《酉阳杂俎·羽篇》中言：

> 鹊巢中必有梁。崔园相公妻在家时与姊妹戏于后园，见二鹊构巢，共衔一木如笔管，长尺余，安巢中。

则传说中的由喜鹊架桥，不是无因。唐白居易《白氏六帖事类集·史事类》卷九引《淮南子》佚文："乌鹊填河成桥而渡织女。"又唐代韩鄂《岁华纪丽》卷三引《风俗通》佚文："织女七夕当渡河，使鹊为桥。"《淮南子》为西汉时书，《风俗通》即《风俗通义》，为东汉时书。可见最早的传说是乌鹊以自身在天河上为桥。而按此诗之意，是因灵鹊会架桥，让它们用云朵在天河上架桥。张耒是南方人。"牛郎织女"传说最初产生于西北，由北方传至东南一带，在细节上有所分化。看来关于"鹊桥"在宋代便产生了歧说。

　　这首诗的叙事部分在第五句以下二十句。"机杼"指织机与梭。"劳玉指"言其辛苦，白玉般的手指不停地操作。"玉"言其白，也示其尊贵。"云雾紫星衣"，言所织衣料的非同一般。"容不理"言由于忙碌，容颜也无暇修饰。以上写织女婚前辛勤织作。"自从嫁得废织纴"以下写婚后。"绿鬟云鬟朝暮梳"言只知梳妆打扮。"绿鬟"指两鬟下垂的头发乌黑发亮，"云鬟"指向上卷起蜷曲发型。"谪归"指惩罚他们使各归其原来的地方。"烛龙已驾随羲和"言接织女回宫烛龙所驾之车已随太阳之准备东升也作好了出发的准备。

　　该诗在情节描写上大体依据南朝志怪小说。明代类书《天中记》引南朝"小说"云：

> 天河之东有织女，天帝之孙也，年年机杼劳役，织成云锦天衣，
> 容貌不暇整。帝怜其独处，许嫁河西牵牛郎，嫁后遂废织纴。天帝
> 怒，责令归河东，许一年一度相会。

从基本情节上说，张耒诗简直就是对南朝"小说"文字的重述。我在《牛女传说在魏晋南北朝时期的传播与分化》（《长江学术》2008年第1期）一文的第二部分《东晋南北朝上层文人对牛郎织女传说基调、情节与主题的改变》部分指出，南朝志怪小说所述这个情节与主题同汉代前后流传的是不同的，也不合乎情理。因为：第一，作为天地间至高无上的"天帝"不可能将自己的孙女嫁给一个牵牛郎。第二，天帝的孙女也不会没有其他事可做，只是拼命于织纴之事。第三，婚后沉浸于男女欢爱中，只顾梳妆打扮，就其身份而言，也不见得有违礼法。第四，天帝也不至于像封建社会财主对女奴一样对自己的孙女那样严厉凶暴，只因一时放弃织纴，便令其与丈夫分居两处。所以，我认为《荆楚岁时记》和当时志怪小说所写应是南朝土地高度集中的社会中，士族官宦阶层中所流传。虽也算是民间传说，但与广大劳动人民中所流传的有所不同，它实际上反映了当时江南地主对长工、奴婢的态度，反映了统治阶层的社会意识。张耒据南朝志怪小说所写以成诗，算是为文有据；但从"牛郎织女"故事的流传历史来说，脱离根植于广大人民群众的主流传说，违背了基本情节。①

另外还有一个问题，就是最早的传说中牵牛与织女究竟谁在河东，谁在河西的问题。织女的原型是秦人的始祖女修，天汉（汉代以前也称为"汉""云汉"）是秦人以所居之地汉水之名名之。秦人早期居于汉之西。牵牛原型是周人的远祖、发明了牛耕的叔均。②周人发祥于陇东，在天汉以东。所以，汉代以前的传说中，是织女在天汉之西侧，牵牛在天汉之东侧。这同秦人早期居住地（礼县东北部、天水西南部、西和县北部）当天水至礼县这一段西汉水的西部，周人早期居住地庆阳一带在西汉水之东方

---

① 参见拙文《从广东七夕节的传播源流看其文化特征》，《文化遗产》2011年第3期，第84—92页。

② 参见拙文《论牛郎织女故事的产生与主题》，《西北师大学报》（社会科学版）1990年第4期，第56—63页。

向是一致的（上古之人以西和县漾水，即今西和河为汉水源头）。班固《西都赋》中说："临乎昆明之池，左牵牛而右织女。"张衡《西京赋》中也说："牵牛立其左，织女处其右。"如统言左右而不是以说话者当时的面向为准，则古人言左右都是以面南之时为准言之。人面南则左为东，右为西。由此可知，汉代以前传说中是织女在天河之西（或曰西北），牵牛在天河之东（或曰东南）。晋代陆机的《拟迢迢牵牛星》一诗中说："牵牛西北回，织女东南顾。"谢灵运《七夕咏牛女诗》中也说："徙移西北庭，竦踊东南顾。"言牵牛在天河东侧向西北移，织女在天河西侧向东南望牵牛。天汉本是西北向东南的走向。因为天象的变化，以后织女星更侧向天汉之西北，而牵牛星更侧向天汉之东南。故北朝作家王褒（511？—574？）《和庾司水修渭桥诗》中说："东流仰天汉，南渡似牵牛。"南朝诗人阴铿《渡岸桥诗》中也说："何必横南渡，方复似牵牛。"而杜甫《牵牛织女》诗中说"牵牛出河西，织女处其东"，就完全错了。张耒诗中说"河东美人天帝子"，"河西嫁与牵牛夫"，是跟上杜甫错了。这也是诗人骚客多只重辞藻典故而缺乏历史文献基础及科学常识的通病所造成。与张耒同时的李复有《七夕和韵》一首，其开头第一句就说："东方牵牛西织女。"似乎是有意纠前杜公以来诗人之错，可惜张耒未能注意到。清代诗人戚学标《七夕》一诗更是明确对杜甫的失误进行批评：

> 织女不在东，牵牛不在西。
> 何故杜陵老，诗乃颠倒之？

对这个问题作出了一个明确的结论。注古代《七夕》题材及注杜诗者，不能不注意。

张耒这首诗从传说层次上来说还不能算作真正的民间传说，在情节叙述上也有一些缺点，但诗人在细节描写之中还是反映了一些传说要素，也表现出了一定的艺术创造性，在为数不多的侧重情节叙述的有关牛郎织女的诗歌中，还是值得称道的。

这首诗对七夕相会的描写，突出表现了织女作为天孙的高贵身份。前面虽然写到役灵鹊、架云桥，但有烛龙为驾，和羲为御。《楚辞·离骚》云："吾令羲和弭节兮。"王逸注："羲和，日御。"《初学记·天象部》引

《淮南子·天文》云："爰止羲和，爰息六螭。"又引许慎注："日乘车，驾以六龙，羲和御之。"张耒此诗中写织女的排场，应是反映了当时民间传说中的场面，这同其受士族阶层传说的影响加进的因废织纴而被罪、永远分隔两岸的情节是不协调的。作者在创作中反映出广大劳动人民与士族阶层观念的杂糅。

这首诗好的地方是用诗的语言讲述了南北朝到宋代在上层社会和文人中关于牛女的传说。诗开头及当中情节描写中"机杼年年劳玉指""织成云雾紫星衣""绿鬓云鬟朝暮梳"等都是很优美的诗句；上面所举关于离别时情景的描写既富于想象，又合于当时社会状况下作者所设想的织女当时的身份，言简而意赅，颇堪玩味。另外，这首诗写了织女、牵牛深厚的夫妻感情。与唐代"张翰"一类文人轻薄文字不同，可以说基本上坚守了这个传说的正确主题。

还有诗中写织女牵牛七夕相会，不但去时烛龙驾车十分壮观，而且第二天返回时，也是河边灵官时催晓发，有专人侍候。诗中特别说道："令严不管轻离别。"虽然因为织女为天帝孙女，行动前呼后拥，但却不敢延误天帝之限令。这不禁让人联想到《红楼梦》中元春省亲的描写。关于《红楼梦》中省亲准备过程及省亲仪仗的盛设的描写就不用说了。关于离去一段的情节，就与此诗极相似：

> 众人谢恩已毕，执事太监启道："时已丑正三刻，请驾回銮。"贾妃听了，不由的满眼又滚下泪来。却又勉强堆笑，拉住贾母、王夫人的手，紧紧的不忍释放，再四叮咛："不须挂念，好生自养。……"贾母等已哭的哽噎难言。贾妃虽不忍别，怎奈皇家规范，违错不得，只得忍心上舆去了。

一方面是地位极高，出行排场之盛大，非凡尘所可想象；另一方面又受着极严厉的束管，与犯人无异。张耒的《七夕歌》写出了这一点，是有意义的。这里生动地揭示出了封建礼教下妇女真实的社会地位。

结尾四句诗以诗人的口吻对织女进行劝慰，同以上第三人称的写法不同，但能够协调，只是诗人不是从其对忠贞爱情方面加以赞扬，也不是从秦观《鹊桥仙》"金凤玉露一相逢，但胜却人间无数""两情若是久长时，以岂在朝朝暮暮"两方面加以宽慰和称赞,却从与嫦娥相比较方面言之,似乎表现出一种比上不足、比下有馀的意思,思想性不是太强。但从另一方面看,则表现了对男女青年婚姻的充分肯定,从突破封建礼教的方面说,有积极意义,也拓展了对牛女故事主题的探究。所以说,在所有咏牛女之作中,这首诗也是有其独到之处的。

三

李复（1052—?）的《七夕和韵》38句,但后小半是写人间乞巧的。其前半云:

> 东方牵牛西织女,饮犊弄机隔河渚。
> 西风忽起怨夜长,相望盈盈不得语。
> 走投上帝贷金钱,五云飞来结香輧。
> 曳裾拂露天榆冷,照影回身桂叶偏。
> 银潢七月秋浪高,黄昏欲渡未成桥。
> 却向人间借乌鹊,衔石欲半河已落。
> 碧雾为帐霞为裳,绛节欲尽两旗张。
> 灿然一星中耀芒,前瞻汉曲喜色长。
> 飙轮俨雅灵龙翔,相迎交赠双明珰。
> 临席举袖开雕扇,故人有似新相见。
> 共持深愿祝天工,海底乌沉参不转。①

这首诗是从牵牛织女已分在天汉两侧说起。第二句中"饮犊"借指牵牛,"弄机"借指织女。"隔河渚"言隔在天河的两岸。下文言"汉曲",相对为文。前四句是写其婚后双方分离而不得相见之情。"走投上帝贷金钱,五云飞来结香輧"是补叙言其当成婚乃借天帝之金钱,才得结香輧而行婚礼。这是来自南朝梁宗懔《荆楚岁时记》引道书"牵牛娶织女,借天地二

---

① 见北京大学古文献研究所编《全宋诗》第19册,北京大学出版社1995年版,第12442页。

万钱下礼，久不还，被驱在营室中"之说。然而这样理解诗意上有些突兀，文中并未交代因未还钱而被分离之情节，似乎缺了两句或四句。而如果照原文来理解，诗人是说向上帝贷金钱才得有渡天河相会的条件。不管怎样，这都反映了古代江南一带的传说。

诗的末尾叙及人间乞巧的事，借以抒发个人感怀；所以，这首诗与人们常说的叙事诗还有些距离。但以主要的篇幅写牵牛织女分隔天河两岸及七夕时设法相会，写得极为细致生动。如"银潢七月秋浪高，黄昏欲渡未成桥。却向人间借乌鹊，衔石欲半河已落"。有些句子也明畅新颖，情景交融。如"银潢七月秋浪高"以上几句，描写生动，曲尽其情。"相迎交赠双明珰"，"临席举袖开雕扇，故人有似新相见"等，设想入情入理。从叙事的角度说不及张耒《七夕歌》完整，但从描写与铸词练句方面说，多精彩之处，与张耒之作各有短长。而从情节上说，都体现了宋代南方一带的传说体系。

张耒（1054—1114），字文潜，号柯山。楚州淮阴（今属江苏）人。所为诗平顺晓畅，自然有情致，很少用事，更不用僻典，仿佛出口而成，近于白居易的风格。他早岁及晚年生活清苦，仕宦中几次任临民小吏，对劳动人民生活有较多了解，所以其所写古体诗多描写农家生活，民生疾苦。其诗的风格应同其经历与思想有关。看来他能以传说中牛郎织女故事为题材作诗，也不是偶然的。他是"苏门四学士"之一，所以也同苏轼一样，虽然二十岁中进士，除早期放外任十年外，在京十余年，而因元祐党籍故，此后十来年中先后徙宣州（今安徽宣城）、复州（今湖北天门）、兖州（今山东）、颍州（今安徽阜阳）、汝州（今河南临汝），其间曾三贬黄州，长期处于播迁之中。这样，与家人久久不能团聚。他的《七夕歌》或者是以牵牛织女传说为题材抒发对妻子的思念，并借以安慰妻子。"犹胜嫦娥不嫁人，夜夜孤眠广寒殿"似流露出这样的意思。他曾在妻子生日时作《内生日》一诗赞妻之贤惠，又有《风流子》一诗抒发思家之情曰："玉容知安否？香笺共锦字，两处悠悠。空恨碧云离合，青鸟沉浮。"与《七夕歌》之情调甚为相近。看来，张耒这首《七夕歌》不是无故而作。但无论怎样，他毕竟以生动的诗笔写出了当时流传的"牛郎织女"故事中最能表现这个故事的主题的一段情节，无论从"牛郎织女"传说的传播历史方面还是从宋诗题材的开拓方面，都是值得关注的。

从《牛郎织女传》到《牛郎织女》考述

一、从《牛郎织女传》到《牛郎织女》

关于牛郎织女的小说，最早有明代《牛郎织女传》。此书正文卷首题"新刻全像牛郎织女传"，署"儒林太仪朱名世编"，二、三、四卷并署"书林仙源余成章梓"。余成章是万历年间福建建阳书坊主人余象斗的堂侄，则书当刻于明万历（1573—1619）年间。全书用上图下文的形式。共两册，分四卷，五十七则（其中五十四则标题上有一圆点，三则上没有圆点，应是遗漏或刻板损坏所致）。学者们多将此书与 1910 年前后的石印本《牛郎织女》相混，故将各卷则目移录如下：

一卷：牵牛出身，织女出身，织女献锦，织女训织，天孙论治，牛女相逢，月老金书，天帝稽功，天帝旌勤，陈锦激内，玉皇阅女，太上议亲，牛郎纳聘；

二卷：成亲赐宴，牛女交欢，凤城恣乐，天孙拒谏，星桥玩景，歌儿导淫，汉渚观奇，行童进直，遣使谏淫，玉皇阅表，拘禁牛女，牛女上书，圣后救女，谪贬牛女，牛女泣别；

三卷：星官窃婢，二婢谐缘，七姑结义，七姑助织，披捉星官，牛郎遣史，织女回书，七姑服义，七姑上本，玉皇批本，越河被絷，致书慰友，兄弟上本，老君议本；

四卷：圣后戒女，织女回诗，老君议本，准本重会，奏造桥梁，鸦鹊请旨，鸦鹊造桥，天帝观桥，贵家乞巧，平民乞巧，文人乞巧，七夕宫怨，遗书谢友，鹊桥重会，褒封团圆。

此本为日本文求堂田中庆太郎旧藏，1942 年 12 月周越然先生在《大众》第 2 期上发表《孤本小说十种》，其中就介绍了《牛郎织女传》。1932 年周越然先生将此书从日本购回①，现藏中国国家图书馆。此本 20 世纪 90 年代前期有上海古籍出版社《古本小说集成》影印本。

《牛郎织女传》根据几种文献所载录的南朝小说所载内容，又依据一些民间传说敷衍而成，叙述上带有明代才子佳人小说的风格，书中人物包括牛郎、织女时时有诗抒怀感旧，这两个主要人物给玉帝的上书之类也文绉绉一派文士的口吻。情节不紧凑，故事性不强。

清代末年出现了一种石印本《牛郎织女》，封面题作"新编神怪小说牛郎织女"，彩印封面上绘有牛郎织女天河相会的情景。封二有牛郎牧牛图，书中鱼口题"大字足本牛郎织女"，白口有"上海大观书局发行"八字。前二回有三幅白描插图，每幅在版页的上部占少半页的篇幅。第一幅题"众星神朝拜玉帝"，第二幅题"牛郎巧遇织女，欲拔花调戏"，第三幅题"牛郎因调戏天孙问斩，太上老君来救"。该书比一般石印本版面小。这本小说关于牛郎织女故事的情节有几处与北方民间传说很不相同：一是民间传说中织女本在天上，牛郎是在人间，此小说中则织女、牛郎（此书中天上叫"金童"，人间叫"金郎"）俱在天上，而金童因调戏织女受罚曾投胎人间受苦。二是民间传说中织女受惩罚是因为与凡人成婚，而此则是因为金童（牛郎）嬉戏织女的原因。三是牛郎同织女成为夫妻不是仙女们到人间洗浴之时牛郎趁机藏起了织女的衣服，要求成婚，而是玉帝赐婚。四是将金童在织女洗浴时藏起衣服的情节安排在金童在凡间受苦期满被接上天之后。它同朱名世的《牛郎织女传》有同有异，但总体上差异很大。

戴不凡先生在 1956 年据其 1955 年春节时的一个发言提纲写成《旧本

---

① 参见周越然《牛郎织女传》，收入《书与回忆》，辽宁教育出版社 1996 年版；程有庆《谈北图所藏明版〈牛郎织女传〉》，《文献》1986 年第 3 期；官桂铨《明刻〈牛郎织女传〉是建阳麻纱本》，《文献》1987 年第 2 期。

〈牛郎织女〉》一文①，说到《牛郎织女》这本小说的另一个刊本，其原文如下：

> 日来偶翻家中乱七八糟的古书，不意却忽然发现一本铅印薄册《牛郎织女》小说。书的封面，大字题"牛郎织女"，旁有二号楷字"重编白话鹊桥相会"。首页第一行及各页边上都题"牛郎织女鹊桥相会"。版权页上写的出版者是上海民众书店，校阅者王萍，一九三七年四月再版本。这也是属于当时"一折八扣"的洋装书，但与其他"一折八扣"本有所不同；一是全书正文计二十四页，全用五号仿宋排版；二不是"新式标点"，全用"·"号断句；三是五彩封面，上为凌霄宝殿，下为人世城、河，中为牛郎、织女飞天而下，画的既不俗，印的也不像"一折八扣"本那样大红大绿一片俗气，而颇雅素；四是第一页有调戏织女、太白点化上下两图，人物宽袍大袖，很有清末某些石印小说学任渭氏版画的那种风格。

戴先生关于该书的有关情况谈得很详细。他当时未能见到石印本，但根据这个铅印本研究，作出了科学的推断。他认为这本书仍应是出于古本而非"近撰"。他提出四条理由：

> 三十年代大量出现的这类洋装"一折八扣"本小说和古书，就我所见，无一不是据旧本翻印的。它们全是靠不需支付稿费赚点钱的，书店不可能专请人写一部《牛郎织女》以增加自己的开支。二是近人撰作，那必然在封面、首页，至少在版权页上题名"以垂永久"，而此本则只有"校阅者"姓名。三是如上所述，这部书在"一折八扣"本中是印得最讲究的一部（错字也很少），如果书店老板不以为这书罕见，当不致如此做的。四是这部书没有晚清以来章回小说作家那种"卖弄"自己的气味。而且，就内容文字来看，还是比较质朴的。

于是他说："因此种种，我以为这本小说该是有旧本根据的。它或许是根据清末的一个石印本子翻印的；所以首页的两幅图，还有那个时期的风

---

① 收入戴氏 1980 年 2 月出版的《小说见闻录》中，以下引文均见此书。

格。"算上后面这一条，实际上是提出了五条理由。戴先生论证的正确性被后来发现的石印本所证明。

戴不凡先生又认为这个《牛郎织女》小说又有更早的依据，比王萍据以校阅的石印本还要早；可能原来缺损，后人补缀之，才有不少现代词汇杂入其中。他说：

> 清末小说作者化名的尽多，根本不署名的却绝无；而且那时小说作者总是要在卷前来一篇或几篇序文甚至请人题诗题词的；可是此本序跋题词全没有。因此我推断这石印本当又是有古本作为依据的；至于书中在上述那几处忽然夹入现代词汇，这毫不奇怪：可能它的底本有缺页、断烂不全处，经校阅者补缀成文，所以现代词汇在某几处是连续出现的，而在其他回中却没有。又，书的第十回"召天将大闹天宫"，已不合情理；可叙述这段情节却又在第十一回前面。这些该是底本残缺不全，经人补葺完书所遗下的痕迹。

下面又说：

> 摘鬓上梅花，玩风筝跌入金鱼池，白石化纸终于击毙马氏之类的情节，我看不是晚清以后那些爱编小说的小说家所能够写得出来的。"快活无非天宫，不料你我不能脱出苦海"这样的语言，也决不是晚清以后那许多语言贫乏的鸳鸯蝴蝶派的大作家说得出来的。

戴先生的推断今无法证实，但值得重视，因为他确实讲出了一定的道理。文中提到谭正璧《日本所见中国佚本小说述考》和孙楷第《中国通俗小说书目》所著录日本田中庆太郎藏明万历年间余成章梓、朱名世编《牛郎织女传》，但当时戴先生未见到此书，他说："我估计也未必会有更多内容或精彩处。"理由是：

> 冯梦龙所编集的《情史》卷十九中，对此也仅有简略的记载："牵牛织女两星，隔河相望，至七夕，河影没，常数日复见。相传织女者，上帝之孙，勤织，日夜不息，天帝哀之，使嫁牛郎。女乐之，遂罢织。帝怒，乃隔绝之，一居河东，一居河西，每年七月七夕方许

一会。会则乌鹊填桥而渡。故鹊毛至七夕尽脱，为成桥也。"下面又引成武丁的故事了。冯梦龙是明末小说、戏曲大家，见闻甚博，其所辑《情史》网罗各种爱情故事殆尽，而它的记载却如此简单，可见明代的牛郎织女小说未必会有更丰富多彩的内容的。

这个推断也大体不差。戴先生没有讲出来的一点是：从明末到清末近三百年中，或者说在冯梦龙的《情史·牛郎织女》、朱名世的《牛郎织女传》同无名氏石印本《牛郎织女》之间，应该还有一个《牛郎织女》的本子，石印本《牛郎织女》是根据这个本子补缀而成的。

二、关于小说《牛郎织女》的作者与相关问题考察

我家原有一本上面所说《牛郎织女》的石印本，还有一本《诸葛亮招亲》（此书在我所见各种小说书目中皆未见著录），两书薄厚、大小差不多，是先父子贤公（讳殿举）购于天津，由我三叔到银川看我父亲时带回家的。先父于1932年在银川时对它进行了一番增删润饰，算是一个"阅定本"。我对该书作了一番研究。我认为戴先生推断出版于1910年前后的这个石印本不是依据了一种已成书的本子，而是据说书人讲述记录稿整理而成，或者在说书人讲说提纲的基础上，根据其所讲述整理而成，是说书人与粗浅文人结合的成果。

首先，这本《牛郎织女》小说中除其中有一些近代新名词外，还有些很口语化的语句，又往往带一些文言虚字。这是文化水平不高的说书人的语言特色。五十多年以前何迟先生整理天津著名评书艺人陈士和先生的《画皮》记录稿，他在《整理后记》中说："原稿有些'半文半白'的话。"① 正是道出了说书人的语言特征，因为说书人的文化水平一般不是很高，又面对的是一般市民，所以口语化特色突出，甚至会有些突出的方言语汇。但讲的是古代的事，说书人要表现自己读过古书，言之有据，又要

---

① 《评书聊斋志异》第一集，百花文艺出版社1980年版。

增强故事的时代感，故往往要用些"之、乎、者、也"之类。

其次，有的地方前后矛盾。如果由一个人完成，一般不会出现这种情况。而说书人一次与一次所讲并不完全一样（有的地方可能同提纲或底本也不一样）。据其前后几次所讲综合，整理人关顾不到，便会有相互抵触的两段并存的情况。

再次，有些段落夸张过分，这与讲书人面对一些文化水平不高、只图消遣的市民，为求热闹临时大力铺排的情形相似。

最后，有些不必要的铺排和节外生枝的敷衍。前者如对安云生出场时的一番介绍，后者如第五回写牛金成"请了一位秀士，姓任名笑凡"教金童读书的情节。第十一回写天兵天将捉拿金童、织女部分最突出。

以上四点是主要的证据。下面再从该书语言文字的运用方面举几个例子。从这些细小的蛛丝马迹上，也可以看出它的成书过程和作者的大体情况。

（一）第一回开头开场诗本非熟悉于格律者所作，但押韵应大体无误。其前四句的韵脚字是"移""离"，属平水韵上平声支韵。后四句为：

> 为贪欢娱致坎坷，贬下凡尘受折磨。
> 感得玉皇补遗恨，鹊桥相会胜如初。

第一个韵脚字为"磨"，属下平声"歌"韵，第二个韵脚字却是上平声的"鱼"部字"初"。"初"与"磨"在韵部上相去甚远，显然有误。且"胜如初"意思也不清楚。阅本改末句的"相会胜如初"作"一会胜如多"。"胜如多"是说虽相会一次，其感情却胜过一些常在一起的夫妻，用了秦观《鹊桥仙》词中"两情若是久长时，又岂在朝朝暮暮"的句意，应是合于原意的。"多"变为"初"，一个可能性是误听误记所致，第二个可能性是整理者不理解"如多"的意思，而改作"如初"。不知牛郎织女一直感情很深，他们的分离是因为外力的干涉，而非自己方面的感情波折造成，同时，他们也并未因被迫分离而情感上有所疏远，因而不能说"胜如初"。阅定本改作"鹊桥一会胜如多"，"多"与"磨"同在歌部，也与诗韵相合。

（二）第一回中引诗"原将天河古来事，留与后人把话传"二句，上句的前四字及第六字都是平声，显然有误。"天河"应为"天汉"。其误为"天河"者一个可能性是"天河"常听说，而"天汉"一般人较生疏，以为有误，故径写作"天河"。第二个可能性是"汉"的俗体草书（今简化字写法）与"河"的草书亦相近，抄录者不知，将"汉"字抄为"河"字。

（三）书中有些错字，有的可能是笔误，但有的明显是误听误记造成。如第一回说第十二金童看见织女"正坐在望月阁下织机"，这"机"字显然是"锦"字之误。第四回牛员外对长子所说"岂不惹人传闻笑柄"。"传闻笑柄"又见第六回。"惹"为"让"之误，"闻"为"为"之误。第五回"马氏被丈夫打骂了一顿"，但上文只说"以手指着马氏骂道"，并未打，则"打骂"为"大骂"之误。第十一回写金童、天孙被天兵追赶"误入天河，满头过顶"，"满"为"漫"字之误。第十二回"只得分投而去"，"投"应为"头"字之误。"咱且按下"，"咱"应为"暂"字之误。可见为据他人所讲而记述。

（四）由上面所讲各条也可见记述者文化水平并不高。关于这一点，还有一个很突出的例子。第一回写金童到瑶池宫前按下云头，"即有红绋仙女接着"，又有"红绋仙女道……"等，本回及第二回以后也几次出现王母身边的"红拂仙女"。第一回下文还有金童与织女为夺梅花"正嚷之间，只见四个值宫仙女执绋过来"。但"执绋"乃指丧葬时手执牵引灵柩的大绳以助行。"执绋"肯定是"执拂"或"执拂尘"之误。同样，"红绋仙女"也应作"红拂仙女"。唐传奇《虬髯客传》中有妓女名"红拂"，不作"红绋"，"红拂仙女"之"红拂"当由此而来。文中因音同和字形之半边相同而误。

但无论如何，就此书的篇幅、整体情节结构、有些部分的叙述而言，也不是一个文化水平很低又缺乏创作经验的人所能完成。有一定的创作能力与经验，又不自著成书，这就只有说书人的情形与此相合。

由以上这几点看，这个石印本是据说书人所讲说或并参照其提纲，整理而成。

此故事的最早讲述者，我认为江浙一带人的可能性大。这有四个证据：

一是文中称牛郎为"第十二金童",这同绍兴戏《牛郎织女》中的一致（参见戴不凡《旧本〈牛郎织女〉》一文）。

二是牛郎哥哥姓牛,与北方姓孙、姓张、姓王的传说不同。

三是称织女为"斗牛宫中第七位仙女"（第一回）、"瑶池宫中之七仙姑"（第十回）,这正是南方传说中将牛郎织女同"七仙女与董永"故事中的七仙女相混的表现。①

四是其中个别词语带有南方方言的特色,如上文举的将"为""闻"相混,至今浙江诸暨一带老人的口语仍是如此。又如"讵",意本同"岂"（如本书第十二回"讵知自分别以来,彼等思念,抱苦不堪"）,但也有一处用为"岂料"之意。考清代以来,有的南方学者有如此用者。如冒襄《影梅庵忆语》："场事既竣,余妄意必第,自谓此后当料理姬事以报其志。讵十七日忽传家母舟抵江干……遂不及为姬商去留。"冒襄为清代如皋（今江苏如皋）人。此等用法至近代南方较普遍。如吴趼人《二十年目睹之怪现状》第一〇一回："过一天,又写个条子去约苟子出来谈谈,讵接了回条,又是推辞。"吴趼人为南海（今属广东）人,但长期在上海生活,其语也应带有上海、江苏一带特征。

再一个证据,书中以"伊"为女性第三人称代词。第四回写牛员外临死前对长子牛金成说："尔妻生性骄愚,亦宜和平对付于伊。""伊"用为女性第三人称代词,主要出现在南方作家作品中。如《儒林外史》第十三回："断还伊父,另外择婿。"吴敬梓为安徽全椒人,长期生活在南京。鲁迅的作品中以"伊"为女性第三人称的例证更多。蔡元培的《在国语传习所的演说》中说："近来有人对第三位的代名词,一定要分别,有用'她'字的,有用'伊'字的。"蔡元培和鲁迅都是浙江绍兴人。这些都反映了一定的事实。

当然,以上只是一种推测,这部书的实际传播与记述过程要复杂得多。

---

① 杜颖陶辑《董永沉香合集》收有弹词《董永卖身张七姐下凡·织锦槐荫记》（古典文学出版社1957年版）,董永故事中仙女作"张七姐"（又见李建业、董金艳编《董永与孝文化》,齐鲁书社2003年版）。又豫剧有《张七姐临凡》（又名《织黄绫》《天仙配》《老槐树说媒》）也作"张七姐",然而豫剧形成较迟,此剧当由南方剧种或弹词之类移植而来。

由于《牛郎织女传》和《牛郎织女》这两部小说艺术水平都不高,故皆流传很少,至今将两书都见到的人更不多,因而使不少学者或将两书混同为一,或将两书的书名相混,或以为后者是据前者改编而成。

首先,有的著作以为后者是由前者改编而成。如:

(一)浙江文艺出版社 1984 年版谭正璧、谭寻《古本稀见小说汇考》在《牛郎织女传》条下说:"三十年代国内出现过一本写牛郎织女故事的小说,书名即题《牛郎织女》,旁有二号楷书'重编白话鹊桥相会'……据戴不凡氏云,此书初以为是近人编作,经反复研究,这部书应是出于古本而非近撰,就其内容文学来看,还是比较质朴的。故以为此书是由旧本整理而成,但可称是国内有传本的最早的一部小说了。我以为这部书可能与日本所藏万历本《牛郎织女传》不无关系……"戴不凡先生是只见到十二回的排印本《牛郎织女》,谭正璧先生是只见到明刻四卷本《牛郎织女传》,作了一些推测,而且行文很严谨,并非断定。

(二)人民文学出版社 1984 年出版路工、谭天二先生主编《古本平话小说集》(上)(《中国小说史料丛书》之一)收有《牛郎织女》,其前刊有编者的说明:"《牛郎织女》的小说,有明代万历年刻本。谭正璧《日本藏中国佚本小说述考》,孙楷第《中国通俗小说书目》均有记载,傅惜华曾收藏此刊本。惜傅先生已被'四人帮'折磨而死,不知此书下落。只有用经无名氏据明刊本修改加工过的石印本刊印。"误以石印本由明代《牛郎织女传》而来。

谭正璧、戴不凡两位先生和路工先生都是治学严谨的前辈大家,所以他们的说法都有很大影响。由于《古本平话小说集》的说明中措辞明白,故此后不少学者直接断定石印本与明刊本有联系。

(三)齐鲁书社 1991 年出版苗壮主编《中国古代小说人物辞典》的《牛郎织女》条说明也说:"神魔小说,十二回。……此系据明刊本修改加工过的石印本。大概刊于 1910 年左右。"

(四)四川人民出版社 1992 年出版《中国古代文学名著辞典》列《牛郎织女传》,介绍说:"平话小说,明刊本不标回数。民国初年改编本析为十二回。题'儒林太仪朱名世编',则作者当即朱名世也。"又说,"1910年左右上海大观书局石印《新编神怪小说牛郎织女》系改编本。"

实际上这两书完全没有关系，无论在内容、情节上，还是构思、结构上都差距很大，毫无共同之处。

其次，是将两本小说的书名相混。如：

（一）江苏省社会科学院明清小说研究中心编、中国文联出版公司1990年出版《中国通俗小说总目提要》则列了两种《牛郎织女传》，一种注"十二回，不题撰人，1910年前后上海大观书局石印本"；一种注"四卷"，"题'儒林太仪朱名世编'"，评价上也全照1989年学苑出版社出版《古代小说辞典》（见下）。

（二）北京图书馆出版社2002年出版《小说书坊录》在"1933大观书局"下著录："清末石印《牛郎织女传》十二回。"

（三）黄山书社1995年出版《中国近代文学大辞典》有词条《牛郎织女传》解释说："章回小说，十二回，不题撰人，写牛郎本玉帝处第十二金童，因瑶池调戏织女，被贬下凡，有金牛星化黄牛下凡为伴。织女则被罚河东。十三年功果圆满，牛、女同返仙班，天河边不期相遇，各诉离情别绪。后由玉帝赐完婚。然婚后二人太过缠绵，不由疏了朝觐，遂再次受罚分离。一居天河西天将行宫，一居天河东云锦宫。后太白金星及老君上奏玉帝，云二人怨气过大。玉帝下旨，每年七月七日，允其相会一次……"完全是说《牛郎织女》一书的内容。

（四）华东师范大学出版社2002年出版之《中国近代小说编年》于宣统二年之末列："大观书局出版《牛郎织女传》十二回，不题撰人，标'新编神怪小说'。"

（五）上海古籍出版社2008年出版《晚清小说目录》："《牛郎织女传》（新编神怪小说）十二回，不题撰人。上海大观书局，1910年前后。"

实际上，明朱名世编四卷本叫《牛郎织女传》，大观书局石印本叫《牛郎织女》，没有"传"字。

最后，有的学者将此两书完全混同为一。如：

（一）香港中华书局1988年出版吴村著《二百种中国通俗小说述要》，有《牛郎织女传》，说明："《牛郎织女传》四卷。全称《新刻全像牛郎织女传》，明朱名世撰。"但下面介绍的故事情节，却完全是石印本《牛郎织女》的情节。此书台湾汉欣出版社1990年又重印。后面不少书中的错误，可能都同它有些关系。

（二）学苑出版社 1989 年出版《古代小说鉴赏辞典》有《天孙女宫中思情，玉清殿圣母请旨》一回，副标题作"《牛郎织女传》第七回"。所录文字出自十二回本《牛郎织女》却标作《牛郎织女传》。其鉴赏文字中也说："目前所知较早的有明代万历书林余成章刊本，题'儒林太仪朱名世编'此后有上海大观书局的石印本，大概出于 1910 年前后。"

（三）敦煌文艺出版社 1991 年出版《中国长篇小说辞典》，条目作《牛郎织女》，说明却是"作者朱名世"，"明万历书林余成章刊本"。并说："上海大观书局石印本题'新编神怪小说牛郎织女'，十二回。"

（四）天津人民出版社 1991 年出版八卷本《中国文学大辞典》第三卷"牛郎织女传"一条解释说："明代神魔长篇小说，朱名世著。今存明万历书林余成章刊本，全名为《新刻全像牛郎织女传》，四卷不分回，上图下文，题'儒林太仪朱名世编'。民国年间上海大观书局石印本将其分为十二回。"以下介绍情节，完全是大观书局本《牛郎织女》的内容。

（五）上海辞书出版社 2010 年出版《中国文学大辞典》列《牛郎织女传》介绍说："全名《新刻全像牛郎织女传》白话小说，明朱名世编，四卷不分回。"这全对。但介绍的内容却完全是据十二回本《牛郎织女》。

这种混乱的情况，使有的见到过明刊朱名世《牛郎织女传》的人在论及清末《牛郎织女》时，也产生错误。如周玉娴曾写有《〈新刻全像牛郎织女传〉考述》，从其文章可知是见到了《牛郎织女传》的影印本的。但她在同年所发表《从戏曲、小说看牛郎织女传说在清代的演变》中，仍称清代末年无名氏的这本小说为《牛郎织女传》，并且说："《牛郎织女传》第一节'通明殿玉帝宣纶旨，戏织女金童遭天谴'中……"① 而实际上清末这本《牛郎织女》分为十二回，所引为第一回回目。不同于《牛郎织女传》分章分节的形式。这类问题本来是完全避免的，是不应产生的。但同时也说明，即使专门研究这两本书的人，也不易见到它们。则此两本小说的流传情况可见。

---

① 两文分别见于《贵州文史论丛》2008 年第 4 期，《阜阳师范学院学报》2008 年第 6 期。

三、《牛郎织女》的语言、情节与王萍校阅本

无名氏的《牛郎织女》从表现上说，有两方面的缺点：一在语言运用上；一在情节叙述上。

语言运用上存在的问题是：（一）混有一些现代词汇。（二）文白夹杂而不够协调。（三）表达欠准确简练，不够生动传神。1937 年上海民众书店再版的王萍校阅本我未见书，但从戴先生所引来看，这个所谓的"校阅本"在这些方面未作任何工作。如戴先生所引述：

> "安云生即带上了眼镜细看一遍"，犹有可说（《红楼梦》里的贾母已戴眼镜），但第五回"请了一位秀士姓任名笑凡……（中略五十二字）作西宾颇有经验……（中略五十八字）但夫妇之间不免发生不睦之态度"；第十回"同往天河西灵藻宫内行结婚礼……（中略二百二十字）神仙主义向以慈悲为本"；同回末"何能以爱情作为应分之事"；第十二回"金童下凡时代未成夫妇"等处，无论如何是二十世纪小说人的语气。

原书中现代词语不止这些，这个我们暂时抛开不说。我们将戴先生所引述校阅本与石印本对照，一字不差，毫无删削修改。

关于这本书在语言表现上的缺点，我们放到下一部分去讲，这里先说情节叙述上的问题，而且也只限于民众书店再版本中尚存在的（因此印本我未见到，故实际只限于戴不凡先生所引述到的部分），因为我们想同时让读者了解一下所谓"校阅本"究竟做了哪些工作。

戴先生说："书的第十回'召天将大闹天宫'已不合情理；而叙述这段情节却又在第十一回前面。"下面又说：

> 牛员外原是因受长子金成夫妇的气郁郁得病而死的；但金成后来咋们又转过来关心金郎？特别是他聘任笑凡作教师的全部经过约三百字，和全部情节既不挂钩，和人物描写亦毫无帮助。更奇怪的是玉帝

> 后来为何要差李天王率五百天神去捉拿牛郎织女？这岂不是杀鸡大动牛刀？而且这十一回开头后五六百字的描写，只写"金童、天孙手无寸物"、"且战且走"和第十回标目"大闹天宫"毫不对茬。

经与石印本对照，戴先生所说上海民众书店再版本中的情形与石印本一模一样，于石印本在情节安排、场面描写以至文字方面均未作任何工作。很可能的是，所谓"校阅本"并未从头到尾将此书读一遍。

但也不是说这个本子未作任何工作。其所作，便是将其中几条回目作了修改，全部改为"上三下四"句式的七言句。因原文的回目七言句只有第三、六、七、九、十一回，其馀为八言。回目是面子活，看小说的人往往先翻看回目，看有意思没有。将回目改得整齐，显得校阅者下了功夫，对原来本子进行了修改。

然而，这个校阅本对石印本回目的修改是应改者未改，不该改者改了；改的结果不是更好了，而是出了错。如第二回原作"李老君慈心救金童，天孙女被谪云锦宫"，这本来是切合本回内容的，但被改作"救金童老君慈心，责玉女贬出天宫"。看上句，似乎本回前半主要是表现老君的慈心。这个还算问题不太大。更大的问题在下句，将"天孙女"改作"玉女"，已欠妥，而言织女被"贬出天宫"，更是不合实际。因为织女并未被贬出天宫。与此相关的是第十回，原作"叙旧情二次遭天谴，召天将大闹云锦宫"。上句删去了"天"字。下句改为"大闹天宫"，这里又认为被贬之后仍在天宫。在《西游记》等神魔小说（或曰神话小说）中，天宫指包括玉帝、王母、老君等所居之处在内所有神圣所居的天界，灵霄殿、兜率宫、瑶池宫、云锦宫、斗牛宫、天将行宫等全包括在内。织女被贬到了云锦宫，还是在天上，在天宫。还有，天兵到云锦宫等处提织女、金童，不能说是"大闹天宫"。由这一回回目的改动，可见修改者缺乏相关的常识，逻辑思维也不是很清楚。

再如第十二回，原作"天孙如愿鹊桥重会，七夕相逢留名千载"，意思是牛郎织女互相忠贞，名留千古。王萍本改作"鹊桥会天孙如愿，留后世七夕相逢"。这下句的句意就不清楚。把什么"留后世"？不清楚，句子也不通。改者只是追求字数的相同。

原书玉帝令托塔天王去云锦宫捉拿金童、织女，是第十一回的事，回目中标在第十回。戴不凡先生言，这正是重编的人照顾不周产生的漏洞，原写故事的人不至出现这类牛头不对马嘴的事。王萍校阅本修改回目，对这样明显的错误却未加以改正。

由以上三处，已可看出上海民众书店这个"校阅本"其实只是一个骗人的东西，挂羊头卖狗肉，是书商或靠胡乱点窜旧书骗钱的半瓶水文人用改换包装的办法造出来的。不但毫无学术价值，还平白增加了一些错误。

小说《牛郎织女》在情节叙述方面的缺点、疏漏尚多，这里不一一列举。

小说《牛郎织女》阅定本修订继述

我家原有一本上面所说《牛郎织女》的石印本,这是先父子贤公(讳殿举)购于天津的。先父于1932年在银川时对它作了一些文字上的订正。我对该书作了一番研究,认为先父的阅定本对这部默默无闻的小说的流传很有意义。这主要表现在以下两个方面:一是阅定本对原书语言与细节方面的修改;一是阅定本在关于情节与人物形象方面的改订。2010年在整理出版阅定本时,又进一步做了勘校、订正和改动。我对阅定本的整理一是将繁体字改为简体字,二是加以标点(原书只是加圈断句)。除此之外,有三点文字上的改动需要说明。

一、阅定本对原书语言与细节方面的修改

关于先父对石印本《牛郎织女》修改的情况,他在阅定本跋语中已大略言之。他的修改主要是在行文方面,于原书结构、情节基本没有什么改变。今为说明其阅定的价值,关于行文方面的删改润色,主要就前几回中略为举例言之。

(一)对原文表述不确之处有所删削修改

如:第一回,原文写玉帝要派人去瑶池借玉温凉杯,"便传随身伴十二位金童",但实际上是第十二金童,阅定本将"十二位"改作"第十二"。

原文写织女"嫁后竟废女工,天帝大怒",删去了"大"字。体会删

去的原因,外甥女即使新婚荒废女工,也毕竟不是什么大事。

又如原文写织女:"他是斗牛宫中第七位仙女,系玉帝之婿张天君所生,俗呼作张七姐,天帝之外孙女,故又称天孙织女。"阅定本删去了"之婿张天君所生,俗呼作张七姐,天帝"十五字。其删去之意,当因将张天师(书中变为张天君)说为玉帝之婿,乃是道教龙虎派为了抬高道教的地位而造出来的。① 产生甚迟,影响也很有限。今全国也没有将织女称作"张七姐"的,说是"天帝外孙女",自然为天帝之女所生,也不必绕到婿是谁上去。

原文写织女因金童将她鬓角上所簪梅花摘去,正值王母差人来宣,"把个金童吓得魂不在身,织女趁势道'好、好、好! 我同你见圣母去!'当即一拥进宫。"见了王母以后,"织女首先跪下,哭奏道……"阅定本改前几句为:"把个金童吓得魂不在身,只好随织女去见圣母",后两句中删去了"哭"字。下文中的"织女便全推到金童身上",一句也删去。体会删去之意,照原文,好像织女是一个没有感情、不讲道理的女人,态度变化太大。这与二人后来忠贞的爱情不相一致。

(二) 对原文叙述前后矛盾之处加以删改

如:第一回写金童往"瑶池仙宫",进了宫门,"直至瑶池",在"望月阁"见到织女,有摘其鬓上梅花之事。而第八回写太白金星下凡对金郎说:"那年玉帝圣诞命你往瑶池圣母斗牛宫中,借取温凉玉杯,你到了斗牛宫中,见天孙织女美貌,你即违旨戏侮天孙,摘取梅花"云云,似斗牛宫又在瑶池宫之内。所谓"斗牛",指星斗而言,为牛星等星宿之宫,不当在瑶池之内。第十回写玉帝因金牛星下凡救金童之功,加封为金牛大王,并说"你可仍回斗牛宫休息",下文写"金牛大王领旨……直往西斗牛宫去了"。第一回也说织女"他是瑶宫中第七位仙女",则可见上文以斗牛宫在瑶池中为叙述混乱。阅定本删去了第八回中"斗牛宫"字样。还有第七回写王母去见玉帝,"出了斗牛宫,驾起六云车","斗牛宫"阅定本

---

① 由于董永故事中的仙女在南方民间被传作"张七姐",故民间甚至有玉帝姓"张"的说法。如陈建宪编《玉皇大帝的传说》(《中国民俗文化丛书》,中国社会出版社 2006 年版) 中说:"张玉皇有七个姑娘……七仙女是玉帝的幺姑娘。"但这种说法极少见。

俱改为"瑶池宫"。

第一回、第二回写王母见玉帝在玉清宫，而第二回王母对织女说却是"适才至通明殿，已奏知玉帝"。阅定本改"通明殿"为"玉清宫"，与后面写王母见玉帝皆在玉清宫的情形相合。

第三回孩子满月时写安云生为孩子取名，先说安云生"此人滑稽非凡，行为不正，又是酒肉之徒，员外见了，心中并不喜悦"，同下面写其所取之名得当、为牛员外接受的情节不合，更与后面牛金成妻虐待金郎、极力主张分家时安云生的态度及骂金成妻马氏的行为不合。阅定本删去了"行为不正，又是酒色之徒"及"员外见了，心中并不喜悦，只好听其自然"数句。

第四回写牛员外死后"李夫人及长子、长媳皆痛哭不已"，这同长媳马氏此前辱骂其公公及后来虐待金童的情形完全不一致。阅定本删去"长媳"二字。

第五回说那小牛"又能言人语。那牛说话，却只对金郎一人可言，对金成众人概不出声"。但后面写牛要对金郎说他嫂要害他的事，说话以后，文中写："金郎被牛脚踢醒，唬得魂不附体，怎的牛能说起话来？"阅定本将前面"又能言人语"以下几句删去，而在下面紧接的"自金郎天天放牧小牛，每日受其嫂虐待"之后加上"有什么苦楚，就对这牛说说。那牛也善解人意，常常拿角、头在金郎身上蹭，好像疼爱他，安慰他的一般"数句，既消除了矛盾，也为后面牛说话的事作了铺垫。

第二回写金童被贬，并未说有期限，以所写当时情形，也不会确定期限，而至第八回以后，又说十三年的期限。但实际上是正月间下贬，十三年之后七月间招回，共十三年半。阅定本依前后语言环境，对后面相关文字作了适当的修改，使前后一致。

第十回末尾玉帝言"朕将发瑶池天兵捉拿见朕"，而第十一回开头却是宣李天王率天兵去捉拿，李天王到天帅府点了天兵天将。阅定本删去上文的"瑶池"二字。

第十一回写玉帝处分金童："命金童永居天河西天将行宫内，派天兵四名驻行宫看守，金童不得越出范围，不得偷会天孙。"而第十二回又写金童是被关在灵藻宫内，写托塔天王"到了天河西灵藻宫中"劝慰金童，又说"一日太白金星驾云行经天河，见灵藻宫并云锦宫二面怨气现于空中"，后面写玉帝赦免牵牛、织女之后太上老君也是"往天河西灵藻宫内传旨"，皆与前不一致。阅定本改第十回玉帝所说"同往灵藻宫内成婚"为"同往天将行宫内灵藻宫成婚"，以灵藻宫在天将行宫内，消除了矛盾。阅定本又改第九回"天河之西天将行宫"为"天河之东天将行宫"，将书中"天河之东云锦宫"皆改为"天河之西云锦宫"，以与上古织女星居天河西，牵牛、织女分在天河两岸的事实相一致。

（三）对原文重复、啰唆或语句不顺之稍加以删削调整

如：第一回原文王母处分织女、金童，"即命黄巾力士将金童看住，命守珍仙女带了温凉玉杯，登时乘了六云车，带了十二对仙童仙女，黄巾力士押了十二金童，驾起彩云"。阅定本将"黄巾力士押了金童"移到前面，删去了"黄巾力士将金童看住"一句。体会其原因，这相邻两句实有些不必要的重复，而且后面的"带了"同"看住"也相矛盾。

第三回写牛员外老年生幼子，"丫环抱至厅上，众亲友见了莫不赞慕，人人喜爱。只见那小孩子生得天庭饱满，地角方圆，面如冠玉，两耳垂肩，两手过膝。牛员外见了不胜欣喜"。自己孩子的样子，牛员外应是此前就见了的。所以，阅定本将"只见那小孩"以下四句提前至"丫环抱至厅上"之下。这样关于小孩外貌的描写便是客人眼中所见，"牛员外见了不胜欣喜"，是因为大家都称赞的情形。另外，"两手过膝"一句不适于对婴儿的描写。因而删去。"赞慕"改为"赞羡"，亦据一般用语习惯。

第四回原文写牛员外之死，"立刻气绝而亡，登时眼闭足直"，阅定本作"登时眼闭足直，气绝而亡"，语句较顺。

第十回金童被召回天上，玉帝赐婚，云锦圣母传命仙娥："吩咐天孙仙女停工，修整容貌，备装衣饰，送至天将行宫内，夫妻团圆。"时尚未成婚，不能说"夫妻团圆"，阅定本改为"喜结良缘"。

（四）对原文不合情理、不合常识处加以删改

如：第一回原文写玉帝临朝"但见国师太上老君，领着左右二相"，又提到"四方观音大士"，阅定本删去"国师""左右二相""四方观世音

大士"等，在"左右二相"处加了"天、地、水三官大帝"。其原因，当因神话传说及传统神魔故事中未闻太上老君为玉帝"国师"之说，亦未闻玉帝有"左右二相"。观世音为佛教神，不当在玉帝朝班之列①，而天、地、水三官大帝既是道教最早敬奉的神，也是民间普通遍敬奉的神灵。

原书写太上老君言正月初六为玉帝圣诞，阅定本改为正月初九，查各种道书及民俗皆以正月初九为玉帝生日，乃因言"初六"与道教传统说法及民俗常识不合。

原文中老君为庆玉帝寿诞设蟠桃会，玉帝道："往年蟠桃大会，被孙猴儿闹翻了全局。今又躬逢盛典，不可不赏。"阅定本在这些地方，也作了删削。可以推想，无论从孙悟空大闹天宫的故事形成的时间说，还是从故事所依附的时代说，都要迟得多，虽为神话故事，时间上也不当过于混乱。这且不说，自己的寿诞，而言"躬逢盛典"，不合情理。

原文写王母"方与东方朔大仙下棋"。东方朔为汉武帝时人，虽民间传其成仙，但人仙与神灵为两回事，以王母同东方朔下棋，颇为不类。阅定本改作"东王公"，极是。六朝人托东方朔之名所撰《神异经·中荒经》中说"昆仑之山……上有大鸟，名曰稀有，南向，张左翼覆东王公，右翼覆西王母。……西王母岁登翼上会东王公也。"则东王公会西王母乃自古相传神话。原文之"东方朔"，当为"东王公"之误。

（五）对行文表述不确或语法上有问题之处加以修改

如：第一回原文写玉帝因王母亲自呈送玉杯，说："致卿家跋涉仙步。""跋涉"改作"劳动"。

第二回太上老君向玉帝进谏免斩金童说："但以摘取梅花之事，令金童一人兼罪，可见此事，未曾公允。"不合臣下进谏口吻。阅定本改后几句作："但摘取梅花之事，即斩金童，或有未妥。"原文下面紧接"玉帝闻奏，沉吟半晌，始带笑说道"，"带笑"二字与上大怒、命斩的描写转变过于突兀。阅定本即删去"带笑"二字。

---

① 《宋史·徽宗纪》载宣和元年诏改佛祖为大觉金仙，改观世音菩萨为观音大士，归入道教之中，但一般仍视为佛教神灵。尤其他同有所职守的天宫神灵不同，不在天宫朝班之列。

第二回老君向玉帝上奏从轻处理织女，金童说："彼二人既有凡心，在天宫本不应该有此事，总得姑念二人年幼无知，从宽惩罚，以儆效尤。天孙织女，其先一笑留情，亦当处置。令其独居河东工织数年，若有疏忽，再行严加警戒。……"书中几处提到金童、织女，均作"二仙"，此处作"二人"，不但矛盾，且亦不当。"既有凡心"，表述也不确切。"总得姑念""其先一笑留情"，语皆欠通，而且后面这一句的意思上面已提到，亦不必再啰唆。同时，按原文之意，似乎是玉帝在徇私情，老君揭发织女罪过，语气上也未见妥。阅定本删改为"妄生凡念，在天宫非应有之事，理应惩治，以儆效尤。然念其年幼无知，仙养不深，乞一并从宽处罚。天孙织女，可令其独居河西工织，以为天下万千织绩妇女典型。若有疏怠，再行严加警戒……"这样语气上更切合人物身份及所论事之实际。因为织女毕竟是天帝的外孙女，想来太上老君不会议及将来找机会严加警戒，而点到织女同天下织绩妇女之关系，也算得是照应到了织女传说与民俗乞巧风俗的关系。将"河东"改为"河西"，与古代织女星在天河之西的实际相符。

第四回写金郎掉在水中后，家人对金郎说："若见其嫂，老仆自当说情。"阅定本改"其"为"你"。

第六回写安云生接到其甥金成、金郎的信，自言："妹丈死后，遗留幼子，既遭家嫂凌虐，只有分居最妙。"阅定本改"家嫂"为"其嫂"，删去"最妙"二字。因马氏为其甥之妇，他不能称为"家嫂"；分家是不得已之事，不能说"最妙"。

（六）对句意不完整或叙述不清之处据上下文而增一二语者

如：原文写玉帝殿上仙风吹动，香烟缭绕，"殿上笙箫笛管"。"笙箫笛管"如何？应有一二句说明，阅定本加了"细乐悠扬"四字，使句意完整。

第一回写织女向王母奏道："金童无礼，乞圣母作主。"以下即写王母的话，末尾说"尔等究是何人起意？照直奏来！"书中写："织女便全推在金童身上，又指金童手中梅花作证。那金童只得低头默无一言。"阅定本在此前"织女首先跪下，奏道：'金童无礼，乞圣母作主'"之下加上

"金童亦连忙跪在旁边"九字，体会增此句之意，按原文好像织女告状时金童一直呆站着，无恐慌畏惧之感；增此九字之后读者读"低头默无一言"一句，也便于想象金童是如何的低头姿势，使金童当时的形象清晰一些。并且阅定本在王母训斥织女"说的织女面赤，俯首请罪"的下面，加了"那金童只是以额抵地，不敢抬头"，以与上面相应，显示出场面的整体性。

原文王母向玉帝陈说金童、织女二人之罪说："金童戏侮天孙织女，藐视天律，委实有罪。织女，臣已将其看守，金童亦带在阶下，请陛下发落。"据其所讲，只是金童有罪，而将织女看管。但末尾又言"请一并发落"，没有道理。故阅定本改"委实有罪"为"织女不能正色斥拒，亦是有过"，将二者均叙及，但轻重有别。

第二回原文写玉帝上殿，"这里内侍星官及金童等摆驾护送"，阅定本于"金童"前加"众"字。因为文中提到因与织女戏要被治罪的一个，也常简称作"金童"，加"众"字则可以与之相区别。

（七）人物、官职、宫殿名的称谓十分随意，有的过于混乱，适当加以统一

如织女，有的地方作"天孙"或"天孙织女"，或"织女"，有的地方又作"天孙仙女"，阅定本将"天孙仙女"皆改作"天孙织女"；"陪织仙娥"有的地方作"陪织仙女"或"陪织天娥"，或"仙女"，阅定本统一为"陪织仙娥"或"仙娥"，以与"看守仙娥""守宫仙娥"一致，而与"红拂仙女"等瑶池圣母的近侍仙女相区别；"刑曹星官"又作"刑曹星君"。阅定本统一作"刑曹星官"，以与第一回写到的南斗星君、北斗星君相区别。另外，第十一回回目中，"李金星二次解围"，指太上老君解救金童、织女，作"李金星"则与太白金星相混，因为民间或传太白金星姓李。本书第十二回写太白金星与太上老君的奏章中即自称"李长庚"。阅定本改"李金星"作"李老君"，以与第二回回目一致。

全书中多次提到玉帝的"玉清宫"，没有第二种叫法，第七回回目却作"玉清殿"，阅定本也改"殿"为"宫"。第九回写太白金星领金童到了南天门，让其暂住"神将行宫"，但后面多次出现都作"天将行宫"。阅

定本改"神"为"天"。

另外，阅定本也改正了原书个别的错字，这就不具体说了。

阅定本在原书语言表达上采取尽量迁就的办法，能不删尽量不删，能不改尽量不改，能不增尽量不增，因此基本上保持了原文的表达方式与语言风格。

二、阅定本在情节与人物形象方面的改订

上一部分所举多为语句上明显可以看出有毛病因而加以增删修改的。还有些从语句本身看不出什么问题，但从情节上说不合理、不顺当；从人物的思想、性格上说前后抵触。这些地方也往往只增减、改动一二字或一二句，却可以使情节更合理，使人物形象更生动。比如原书在金童摘织女鬓上梅花之事而受到惩罚之后，写到织女"懊悔"，又言"事已至此，无可挽回"（第二回），金童也说："莫不悔恨前非，不可挽救"（第三回），与其后面表现的忠贞相爱的情形相抵触。所以，这些文字虽只删几字，则可以使人物形象完整，情节合理。第十回写金童回忆当年在瑶池宫中违犯天条的文字，将自言中"调戏天孙仙女"改为"见到天孙织女花容月貌，脉脉含情，自己一时丧魂落魄，不能自禁，以致忘记玉旨在身，而夺其簪花，动作唐突，惹其动怒"，既对当时情形作了合理的解释，也表现了其喜爱之情产生的过程。

再如原书写牛金成，开始说"牛员外因子不孝、媳不贤，后又续娶李氏"，在李氏生下金童以后，也说："惟有牛金成夫妇心中大为不悦，却也不敢说出口，只好夫妇暗中说话，终是无法可治，惟有暗骂其父：'老而不死，今已五十有余，年纪已老，又育儿子可见令人切齿！此恨此怨，何日可以勾消！'"下面又说："惟有长子金成，长媳更加比前作怪。……所以愚子泼妇行为应分如此。"但在第四回写牛员外临死前对牛金成说了一番话之后，原书中写："牛金成听了其父一番教训言语，也感动心思，自己觉悟，不禁泪流满面。"同前面所写金成久不看视其父的情形差距太大，显得转变过于突兀。阅定本则根据书中的"愚子泼妇"四字对牛金成与其

妻的形象加以定位，完整保留了第三回中写牛员外"无如前妻只生此一子，以致视如掌上珍珠，溺爱心田，非止始于一日。今虽生育幼子，而长子已不及管束，而况又有悍妇从中作梗"一段文字，与此相一致对其他相关部分文字稍作删削或增改，在上引的"惟有牛金成夫妇，大为不悦"中删去"大为"二字，而在"惟有暗骂其父"前加了"那媳妇"三字，在那段骂其父的话之后加了"那儿子牛金成也不吭声"十字，使金成与其媳妇的行为态度有程度、性质之别，而将后面的"不禁泪流满面"，改作"不禁泪下"，使前后能够衔接。阅定本在有关王母、玉帝、云锦圣母等描写中也有少量的删改，使人物思想、作风、行为前后一致，发展变化合于情理。

阅定本中删改最大的一点还是有关牛金成的部分。这就是戴不凡先生提到的第五回牛金成为金郎聘请老师教其读书一小段，及下面叙述中涉及教师及金童学习的文字，阅定本都予以删除。牛金成既然糊涂，又有悍妇从中作梗，不可能为其弟专门请老师来教其读书。这段描写不但同前所写不能衔接，同后面的故事也无关，删去了这方面文字是对原书所作最大的一个切除手术。

在情节叙述方面增加文字最多的也有三处，第一处是第二回之末写金童被贬下凡，织女在云锦宫中思念金童的一段。原文末尾为"但愿后来成为夫妇，也不枉痛苦一场"。接着写道："思及此，倒在仙榻上昏睡至天明，清早起身泪痕犹存。"显然，如果没有做梦，则不至先一天夜里的泪至第二天尚未干。如果没有梦，从情节安排上说，这一觉便真是白睡了。阅定本体会文情，在"昏昏睡去"之下加了一小段文字：

> 忽觉得自己在天河边上，看着水雾波光。忽见金童一副农家打扮，满脸尘土，向自己走来。自己即忙跑上前去相抱，哭出声来。以此惊醒，原来是一梦。

这看来是凭空加上，实际是文中话到口边应说而未说的事。所谓"日有所思，夜有所梦"，不做梦，何能"清早起身泪痕犹存"？所写金童形象，正是织女所思想的。这样写也带一点浪漫主义的味道，与全书风格相合。

第二处是第七回在云锦宫中同陪织仙娥的对话。原来的简短对话，多与当时织女的思想、情绪不合，不能较确切地反映各人身份，也不能反映织女在十三年中的情感经历。经增改之后，作品主题、织女和陪织仙娥真挚感情均得以体现。

第三处是第九回写金童返回天宫后夜至天河边上，增加了点文字，表现对当年见织女的回忆，及对天河边情景的描述，作为见到织女衣服之后竟然去藏了衣服的铺垫。前次金童只是夺去簪花而一个被贬下凡十三年，一个被贬与织工一起操作十三年，此次藏衣行为更是越礼，应有一定的心理活动，不然不近情理。

情节上修改幅度较大的，只有一处，即托塔天王捉拿金童、织女一段。戴不凡先生说到这一段的问题。第十一回开头写玉帝向托塔天王说道"差你带领天神天兵五百"云云，似乎要去抓孙悟空或什么凶神恶煞一般，说的天神天兵数目那样具体，也不合玉帝身份。所以阅定本只说"差你"如何如何。原书下面写托塔天王"传令已毕，闻锣鼓齐鸣，号炮之响，杀气腾腾"，及金童、织女"听得宫外擂鼓炮响，震动天地，摇旗呐喊，好不惊人"及"下面放炮擂鼓呐喊助威，弓箭齐发，一时间哄天动地，鬼哭神号"，金童、天孙"手无寸物，只仗自己道法，况且寡不敌众，金童、天孙刀砍斧伤固然不少，弓箭锥刺，可惨可怜，逃不得走，战亦不能，二仙只好且逃且走"等，阅定本皆删去，乃因其过于夸张，甚为离谱，好像织女、金童是铁扇公主和牛魔王。阅定本将"宫外天兵天将围的水泄不通"，也改作"天兵严守宫门"。阅定本对相关文字稍加删削点窜。虽文字变动不多，但情节、场面完全不同了。总体说来，这是改动较集中、变化较大的一部分。

估计全书增减情况，大体相当，故全书字数亦应与原书相当。

另外，阅定本有些增加的文字看似凭空增添，其实是为了同文献传说及民间有关风俗相照应。如第二回写玉帝将织女贬云锦宫织锦说"亦不容汝独享安逸自在"，并对看守仙女及黄巾力士说道："着尔等押送天孙织女往天河西云锦宫内，令其终日工织，不得疏忽。尔等可监管。倘有不遵情形，速来奏知，再行严加处置。"这不像是处分天孙仙女的样子。阅定本丢开什么"看守仙女及黄巾力士"之类，只作对织女说："汝在望月阁织云锦有年，工艺精巧，然而时织时停，未能尽力。且独自操作，不能将技艺传于他人。今令汝往天河东云锦宫内，与众女一起织作，一日七襄，逐日考课，不得疏怠。有不遵情形，将严加处置。"这样，第一次对织女在"织"的方面的经历与能力作了概括说明，照应了传说与民俗，凸显了织女作为妇女劳动者代表的一层意思。同时第二次处分金童、织女，只因贪欢忘乎所以。但书中此前对金童也并未安排具体工作。阅定本则在此前玉帝给织女分配织事一段文字下加了"金童着至斗牛宫，任牵牛星君，为金牛大王从官"，此后提到金童，一般作"牵牛"或"牵牛星君"，这样，同民间"牛郎"之呼相一致，也不显得第十二回金童向太上老君、太白金星致谢时所说"牛郎永世不忘"及末尾的"自此，天孙织女每年七夕走过鹊桥与牛郎相会"改称"牛郎"过于突兀。

又原文在第十二回玉帝据太上老君、太白金星之奏将宽宥金童、织女，说道："可传朕旨：定每年七月七日始可相会一次，余只不许自由，倘敢故违，决不姑宽！"这同上面两次要严惩，而都因太上老君之奏"姑宽"的情形很不一致，且在这里也不必要说这类话。阅定本改作："每年七月七日金童、天孙织女相会一次。天孙当精心织锦，教其他工织仙女以巧慧。金童究心农事，教人耕播。各尽职守，勿负朕意。"也应是出于与上面所说同样的原因。

全书末尾在"自此金童（阅定本改为牵牛）、天孙每年七夕相逢，万古不更。一载离情，一夕倾肠"之后加了"天下女子亦望空乞巧，天下农家七夕看云以卜风雨丰歉"，将"惟七夕一相逢"改作"七夕鹊桥相会"。这样，使民俗称的"牛郎"同金童大体可以对应，也使牛郎织女故事中十分重要的传说因素"鹊桥"得以彰显，也与民间七夕节广泛的乞巧活动及其他活动相联系。

与整体构思相关的，是回目问题，所谓"王萍校阅本"改动回目甚大，但真正有问题的地方并未改动。我父亲阅定本于回目基本上保留了原样，只有两处改动：一是改第九回"会织女天河洗浴"为"会织女河边藏衣"。因为按旧的回目文字，似乎是金童也在天河洗浴，实际上是金童看到天孙织女在天河洗浴，金童藏起了她的衣服。二是对第十回的回目作了调整与修改。原书作："叙旧情二次遭天谴，召天将大闹云锦宫。"但实质上天兵天将到云锦宫捉拿金童、织女是在第十一回。这层意思，在第十一

回的"李金星（阅定本作"李老君"）二次解围"中也已包含：因为有
"围"才要"解"，这"围"便是"天将大闹云锦宫"的事——实际上也
说不上"大闹"，故即使不在回目点出，关系也不大。另外，金童、织女
的"二次遭天谴"，据书中所写，乃是因为贪于欢娱，未向王母表示感谢
（阅定本中加了失于职守的一层，不然，显得王母也太小人气，玉帝等似
乎也都是糊涂蛋）。所以，阅定本将第十回回目改作："思旧情夜叙天河
岸，失职守二次遭天谴。"则与该回内容完全相应。

总的来说，阅定本虽然保留了原书的基本线索、基本情节、基本叙述
顺序，但在不多的删改之后，情节更合理，场景更明晰，人物形象也比较
鲜明了。应该说，阅定本于此书是有功的。

三、阅定本的整理

我对阅定本的整理一是将繁体字改为简体字，二是加以标点（原书只
是加圈断句）。除此之外，有三点文字上的改动，需要说明。

（一）关于织女的身份，原书第一回中有"他是斗牛宫中第七位仙女"
及"俗呼作张七姐"之语，第十回又有"天孙系陛下之外孙仙女，瑶池宫
中之七仙姑"。阅定本删去了"俗呼作张七姐"一句，其馀尚存。今于
"第七位仙女"，删去"第七位"三字，"七仙姑"中删去"七"字，使能
与董永故事中七仙女有所区别。同时，原书第八回言织女本在"斗牛宫"
中，则是原作者也认为织女本二十八宿中"女星"（二十八宿中女星本指
织女星，后为观测方便定为靠近黄道之一星）。而女星在二十八宿中排第
十。删去"第七"的字样，也消除了同古代星象常识上的冲突。清初传奇
《双星图》第二出，牛郎上自白道："下星牛郎是也。列星垣之九，居坎位
之中。"下面，造父上场便称之为"牛九郎"①。其所谓"列星垣之九"，
指牛星在二十八宿中居第九。所以，称作"第九金童"比"第十二金童"
要好些。但这关系传说的来源与发展系统，故不加改动。另外，关于牛郎

---

① 《双星图》，邹山（1645—?）著。收入《古本戏曲丛刊》第五集。

的排行，我认为清末民初京剧艺术家王瑶卿在内廷演出的《天河配》中称作"傻三"，排行为三，最为确当而有据。[①] 因为其原型"叔均"，"叔"在古代"伯、仲、叔、季"的排行中正指老三。[②] 在民间传说中他有一个哥哥，但古代生育死亡率高，实际上是老三的可能性也大。这是题外话。总之我既无意于改"第十二金童"为"第九金童"，也无意硬将织女称作"十仙女"。

（二）原书第二回写金童投胎，说"那河南有个洛阳府洛阳县"，这应是某些地方的牛郎织女传说同晋朝流传的另一个人神恋爱的故事《杜兰香》相混而形成。《艺文类聚》卷十九载晋曹毗作《杜兰香传》曰："杜兰香，自称南阳人。"[③] 魏晋南北朝时代"以孝治天下"，又是门阀制度森严的时代，"牛郎织女"故事中织女违抗家长及天帝之命私嫁凡人，门不当，户不对，故统治阶级及其人造出各种情节上与"牛郎织女"传说大体相似而主题完全相反的故事，以冲淡、排挤、掩盖"牛郎织女"传说，以致南方普遍将"牛郎织女"传说中的织女同董永故事中的"七仙女"相混（本书亦然），为表现之一。《杜兰香传》也是在这个社会背景下产生出来的。牛郎织女同河南扯上关系，当由于此。

据我考证，织女的原型来自秦人始祖女修。《史记·秦本纪》中说："颛顼之苗裔孙曰女修。女修织，玄鸟陨卵，女修吞之，生子大业。"大业即秦人之祖。二十多年来甘肃礼县大堡子山发现的大量秦先公先王陵墓，正在汉水边上。周先民曾居于陇东庆阳一带，其地距汉水流域不是很远。《史记·秦本记》言秦文公伐取岐以西之地，"收周馀民有之"。周秦文化的交融正当中国社会由奴隶制向封建制转变的时期，大量自耕农随之产生，于是形成了牵牛织女的传说。[④] 现在有不少地方说该地是牛郎织女传

① 参见露厂《旧剧谈话·说天河配》，刊《春柳》，1919 年 10 月。
② 参见拙文《汉水与西、礼两县的乞巧风俗》，《西北师大学报》2005 年第 6 期；《先周历史与牵牛传说》，《人文杂志》2009 年第 1 期。
③ 又见《艺文类聚》卷七一、八一、八二，《齐民要术》卷一〇，《北堂书钞》卷一四三、一四八，《太平御览》卷三九六、五〇〇，七五九、八一六、八四才、九六四、九七六、九八四、九八九，《太平御览》卷二七二等。可见其流传之广。
④ 参见拙文《论牛郎织女故事的产生与主体》，《西北师大学报》1990 年第 5 期；《再论〈牛郎织女〉传说的孕育形成与早期分化》，《中华文史论丛》2009 年第 4 期，《新华文摘》2010年第 9 期。

说发源地，因为有的地方戏中，牛郎哥哥名"孙守仁"，牛郎名孙守义，有的地方说该地方姓孙的是牛郎的后代，甚至在地方杂志上登出了有关领导同牛郎后代孙某某握手的照片，以证其真实可靠。这同前不久有的地方说孙悟空是他们那地方的人，当地姓孙的都是其后代的情形一样，不仅缺乏科学性，也不够严肃。事实上，牛郎姓什么，各地传说很不一致，讲述者就当地常见之姓随口言之。如王瑶卿编《天河配》中，牛郎之兄名"张有才"，民国初年演出秦腔《天河配》中牛郎之兄名孙守仁、牛郎名孙守义。此后各地方戏《天河配》大抵皆如此。但1921年《妇女杂志》刊民间的采录本《牛郎》中，牛郎叫"王小二"。大部分的民间故事采录本没有提到姓什么。本书中因"牛郎"之名而作"姓牛"，也算有据。但我们不能说姓孙、姓张、姓王、姓牛的都是牛郎的后代（全国各姓氏以姓王、张的所占比例最高，姓牛的所占比例也不低）。我们只能说，在近代以前，全国农民占人口的大多数，牛郎、织女是中国男女农民的象征。关于其传说的产生、形成，要通过严谨的科学研究得出结论。我根据自己二十多年来研究的结果，将书中的"中州"改为"雍州"，"洛阳"改为"汉阳"或"汉水边上"。汉阳后为郡名，也可作为泛称。

（三）将书中所写故事的发生时间提前。原书中第一回玉帝接见各神仙时问道："下界汉室重建，岁时如何？"五谷星君奏言中有"下界汉室重建，王莽授首"及"光武乃应运之主，救民于水火之中"的话。我觉得将这个神话故事的时间定得太迟，因而将玉帝的话改作"下界厉王无道，国人攻王，王奔于彘，共伯行政十有四年，尚且无事。今太子静主政，岁时如何"，五谷星君之语改作"下界周室中兴，周、召二相辅之"。"光武乃应运之主"一句改作："那周太子静是下民攻王之时，召伯虎将自己亲生之子顶替彼交了出去，换得他一条性命。他自当救民于水火之中。"这样，可以同"牛郎织女"传说形成的时间大体相应。

可以说，以上三点改动同提高书的艺术水平毫无关系，这三点无论如何处理，都不会太大地影响到阅读效果，一般读者也根本不会注意这些地方。我只是希望这本书能同文献有关记载，同广泛的民间传说尽可能吻合，在较高的层次上也具有一定文化意义。读者功我，罪我，在所不计。自信随着时间的流逝，这几处变动会越来越多地得到认同。

　　我父亲当年对《牛郎织女》这本小说的涂抹增润，大概主要是为了消遣，没有想到在他为之整容之后，我会对它在形象设计上再作调整。好处是我的工作对此前的整容毫无妨碍，而且文字上牵扯面不大，但对牛郎来说增加了他的年岁，改变了他的口音；对织女则消除了与另外一个仙女的称呼相混的可能而已。

　　"牛郎织女"的传说孕育于周秦文化之地，也形成于西北。随着时间的推移它逐渐地传播开来，同时也产生分化。这个过程应该是很复杂的，但总体上说，从南北朝时代志怪小说之后形成了文人层面的传播与民间的传播两个层次，而民间的传播大体可分南北两个系统。

　　这本刊于1910年前后的小说《牛郎织女》从情节说是属于南方系统。我父亲的删改阅定和我在个别地方的手术，并未影响到流传系统上的特征，尤其是基本情节。

　　这个工作我以前做过一点，没有做完，总感到不是时候。2010年春，西和县主要领导关心，出资将我父亲1936年编《乞巧歌》交香港银河出版社出版，因而我匆匆整理完毕，予以出版。我想，这至少可以为热心七夕文化的人增添一点谈论的材料，也为研究民国以前通俗小说的同志提供一个可资比较的版本。

日本汉学家长井金风
《天风姤原义》标点校议

一、《天风姤原义》的理论依据与得失

有学生持《牛郎织女传说·研究卷》（广西师范大学出版社 2008 年版）收近代日本汉学家长井金风《天风姤原义——牵牛织女由来》相询，言文中之意难以理解。原文本文言，行文简省，而重刊之文照原刊仍只断句，只将竖行变为横行，未作新式标点，书名、篇名、卦名均未加书名号，引文也未加引号，起讫不明，加之原文排印中又有数处错字，也未校改，确实难以卒读。因此今加以标点，引文也注明出处，以便读者查看上下文及索读有关注疏，以利理解文意。原刊 1917 年 4 月出版的日本《艺文》第 8 年第 4 号。今据原文而改繁体字为简体。原文有误者，也随文出校记加以说明。

对中国"牛郎织女"传说的研究，日本学者早于中国学者，长井金风的《天风姤原义》应是最早的一篇之一。长井金风（1868—1926），士族家庭出身，少年时学习了一些汉学知识，1889 年开始游历亚洲诸国，到过朝鲜、中国及俄、英、法、荷兰、西班牙等国，对中国丝绸之路及以西相关民族的历史源流有深入研究。回国后曾任报纸主编，在东京外国语大学等高校任教，创办了《汉史汉文丰志》，三十岁正逢抵抗学阀运动而成为学界最具光彩的一颗新星。他设立了"金风会"，讲授《周易》。1918 年再次来到中国，在北京、上海滞留了一段时间，得到中国一些文人学者的高度评价，也得中国学者的帮助。著有《周易纯束义》，由庆应义塾大学

印行。

论文名"天风姤原义",因《姤卦》上为乾,乾为天;下为巽,巽为风,即《象传》所谓"天下有风",故曰"天风姤"。"原义"为考求最早含义的意思。"原"用为动词。长风氏此文以为中国古代关于"牵牛织女"的传说由《周易·姤卦》而来。其立论依据除摘引《彖》《象》传和郑玄以来一些学者的论述外,特别用了爻辰理论。爻辰为东汉郑玄所倡《易》学条例。其说始于西汉京房"八卦六位法",郑玄稍作变更。京房以《乾》六爻自初至上分别配子、寅、辰、午、申、戌;《坤》六爻自初至上,配未、巳、卯、丑、亥、酉。以八卦各卦均配以五行,每卦六位又各以干支、五行相属。如乾配金,初九为甲子水,九二为甲寅木,九三为甲辰土,九四为壬午火,九五为壬申金,上九为壬戌土。郑玄于《乾》六爻所值六辰从京房,《坤》爻则依次值未、酉、亥、丑、卯、巳。清人惠栋《汉易学》据郑玄爻辰说,更取二十八宿、二十四节气相配。爻辰虽立于《乾》《坤》十二爻,其用却可广泛引申于六十四卦三百八十四爻。清代朴学大师王引之《经义述闻》卷一《爻辰》条云:

> 《易》之取象见于《说卦》者较然可据矣。汉儒推求卦象皆与《说卦》相表里,而康成则又以爻辰说之。……舍卦而论爻,已与《说卦》之言乾为坤者异矣,而又取义多迁曲。如九二爻,郑以为辰当值寅者也,而于《困》九二"困于酒食"注云:"二据初辰在未,未上值天厨酒食象"(见《士冠礼》疏),则舍本爻之寅而言初爻之未,未值天厨,何不系于值未之初六,而系于值寅之九二乎?

以下又举数例说明其理论之疏漏舛违不可据,言其"展转牵合,徒见纠纷耳"。王氏又引《周易正义·乾》的一段话,认为唐时的孔颖达对爻辰之说"固已非之矣"。中唐李鼎祚《周易集解序》说:"刊辅嗣之野文,补康成之逸象,而所采郑注,不及爻辰。"王氏言李鼎祚"知所专取矣"。

首先,清焦循也是一代大师,其治《易》主于"旁通""相错""时行"之义,而对爻辰之说也多所攻驳。清吴翊寅《易汉学考》依《易》汉学之例,析流别之异同,证义训之化失,学者称之,而其中言"李鼎祚《集解》补郑逸象,独删爻辰之说,颇知别择"。也认为爻辰之说乖谬。长井金风则又进而与分野相配，以为"独发"。可见其理论依据本身就牵强，不可信据。

其次，郑玄的"一阴承五阳，一女当五男"是据《姤卦》初六为阴，九二以上五爻皆为阳言之，其他几句也是就此推而言之，长凤氏则只由女与男"苟相遇"这一点来了灵感，牵附其他以成此文，对卦爻辞及郑玄等人说解中与牛女传说相抵触之处如"一女当五男"等，则皆回避不谈，所以即使其理论可行，论证也是不够严谨的。

最后，论文有几处疑及引文，改引文以就己，更见其说之难立。

但此文毕竟反映出近百年以前学者们对"牵牛织女"这个传遍东亚、东南亚各国的中国古代传说的来源的重视。同时，该文虽然用爻辰之法，迂曲牵强，但有的地方也直接由《易》本文言之，从方法上说，也还是有启发性的。《姤卦》卦辞"女壮，勿用取女"。长凤氏以"壮"为"妆"字之误。看来他是据郑玄"姤，遇也。一阴承五阳，一女当五男。苟相遇耳"等，联想到牛女传说。他说："姤，遇也，二星会，为姤。"（见"上九"按）因为牛女传说中也是因织女与牵牛"苟相遇耳"，未得家长同意而私自下配，属"非礼之正"。

长凤氏论述中牵附稍为近理的还有两处：一为上九"姤其角"，他说："角者，牛角也"，似乎隐指牵牛或者牛。一为九五"以杞包瓜，含章，有陨自天"，以为杞为棬杯（古代曲木制成的杯盂，也叫"杯棬"，如《孟子·告子上》："以人性为仁义，犹以杞柳为杯棬"）。以"包瓜"即"匏瓜"，"杞包瓜"即"杞有瓜"，引《荆州占》："匏瓜，一名天鸡，在河鼓东"，这就同牵牛扯上了关系，因为牵牛星又名"河鼓"。文章又在上九按语中引崔寔《四民月令》："七月七日，曝书，设酒脯时果，散香粉于筵上，所请于河鼓织女。言此二星神当会，守夜者咸怀私愿。"又引《荆楚岁时记》"陈瓜果于庭中"一段文字，以与"杞包瓜"的说解相应。

虽然论文的理论本身和推理方面存在迂曲牵强的毛病，但反映出了作者的学术敏感度。学术研究，只要目的端正，态度认真，且有创说，即使不能成立，也会引起人们对有些问题的思考。在一百来年前能想到牛郎织女传说和七夕风俗可能在先秦时就萌芽，虽然他论证起源于《易·姤卦》的卦爻辞难以成立，但二者是否有关系，我们尚不能肯定地下结论。直到半个世纪之后还有学者认为《牛郎织女》"故事的产生可能在汉代，但完成却是在汉末魏晋之间"（范宁先生 1955 年发表的《牛郎织女故事的演变》），则长风氏将人们的目光引向先秦时代，也应是根据了汉代文献中的很多记载而推断的。又《周易》中有"反复其道，七日来复，利有攸往"（《复》），"勿逐七日得"，"震不于其躬，于其邻，无咎。婚媾有言。"（《震》）"曳其轮，濡其尾，无咎。""妇丧其茀，勿逐七日得。"（《既济》）我认为古代牵牛与织女在七月七日相会的说法应同此有关，或者说上面的卦爻辞中透露出了"牛郎织女"传说形成中的一些信息（参见拙文《再论〈牛郎织女〉传说的孕育、形成与早期分化》，刊《中华文史论丛》2009 年第 4 期，又《新华文摘》2010 年第 9 期转载）。所以说，也不是说《周易》中卦爻辞同"牛郎织女"传说完全无关。

说来也很有意思，在历史过了近六十年之后，1975 年 12 月在湖北云梦睡虎地秦墓中出土了大批竹简，其中两简上明确记述了"牵牛""织女"之事。其中一简上说："戊申，己酉，牵牛以取织女，而不果，不出三年，弃若亡。"另一简上文字稍简省，大体内容应一样（参见拙文《由秦简〈日书〉看牛女传说在先秦时代的面貌》，刊《清华大学学报》社会科学报 2012 年第 4 期）。在《日书》而言，是举此故事说明戊申、己酉这两天不能取女，这似乎又同《姤卦》中的"勿用取女"一致。这究竟是巧合，还是长风氏讲的确实有道理，这里不下结论。请同行专家进一步研究。

二、《天风姤原义——牵牛织女由来》原文标点

余读《易》，至《大畜》，始悟时义，知汉唐旧注阙遗颇多，而惜清儒考证征实之学，尚未能及者不鲜。今试举《姤》一卦之义，以待博雅君子明教。爻辰分野，皆余所独发也。

☰
☴

上乾下巽

《姤》：女壮，勿用取女。[一]

《彖[二]》曰：姤，遇也。[三]柔遇刚也。"勿用取女"，不可与长也。天地相遇，品物咸章也。刚遇中正，天下大行也。姤之时义大矣哉。

《象》曰：天下有风，姤。后以施命诰四方。[四]

虞翻曰："女壮，伤也。阴伤阳，柔消刚，故'女壮'也。"郑玄曰："姤，遇也。一阴承五阳，一女当五男。苟相遇耳，非礼之正，故谓之'姤'。女壮如是，壮健以淫，故不可娶。"今按：女壮，女妆也。"妆"一作"装"，由是致讹耳。《丰》上六《象传》"自藏也"，郑氏本作"自戕"。戕，伤也。大壮，伤也；女壮，妆也，两者自别。女妆，则女红之谓。妆（繁体作"妝"），《说文》"从女，牀省声"，《剥》"剥床"亦与此通。

补按：《夏小正》："八月：剥瓜。畜瓜之时也。"孔广森曰："剥，尽之也。"失其义。《诗·小雅》"或剥或享"[五]，郑云"有解剥其皮者"是也。今日本俗有乾瓠，剥瓜则其事。剥瓜状如丝牵篗，可依《易》以证《诗》《礼》矣。"玄校。玄也者，黑也。校也者，若绿色然。妇人未嫁者衣之。"[六]《周礼》"春暴练，夏纁元"[七]，《豳风》"八月载绩，载元载黄"[八]，黑而有赤曰元。"校"读为"绞"，《礼》有"绞衣"[九]，郑云："绞，苍黄之色也。"今按："元"则《易》"大赤"之谓，故黑而有赤。广森曰："苍黄者，若俗所称平果绿[十]矣。未嫁者，未成人，可以服间色。"亦非其义。绞，苍黄相交为章也。《易·姤》苍黄相间，犹若黄黑白相间，是可以证焉。乾为"大赤"，则元也。坤为黄，初六黄，之四，黄间于大赤，玄校也。"姤"旧作"遘"，"遘"读"绞"。"未嫁者衣之"，"女壮，勿用取女"是也。《周礼》"夏纁元"，《月令》季夏"命妇官染采"，《夏小正》"八月剥瓜"。"玄校"，孔广森疑本在七月，然尚视之于《周礼》《月令》为晚。然此卦辰，前者下卦仲夏，上卦季夏，亦当改作上卦季夏，下卦孟秋也。顷再考定之。

初六，系于金柅，贞吉。有攸往，见凶。羸豕蹢躅。

《象》曰："系于金柅"，柔道牵也。

《九家易》曰：丝系于柅，犹女系于男。

今按：柅，也，《广韵》："络丝柎也。" 一作"屎"[十一]，《集韵》："篗柄也，收丝具。"王弼曰："柅，制动之主。"《正义》引马云："柅者，在车之下，所以止轮，令不动者也。"王注本此，失义之大。私考爻辰，《姤》初子丑，二己亥，三辰戌，四午未，五寅申，上卯酉。下卦为仲夏，《礼·月令》"季夏之月，日在柳"，六五为杞，杞柳属。是月"命渔师伐蛟取鼍，登龟取鼋"，故二"包有鱼"。"命泽人纳材苇"，杞柳生于泽，中央土，土于四时无不在，故无定位专气，而寄旺于辰戌丑未之末。未月在火金之间，又居一岁之中，其器圜以闳，故为棬杯也。季夏之月，命妇官染采，黼黻文章必以法，一阴，蓝也。《姤》以染采，品物咸章也，故曰"姤女妆"。乾为圈，巽为绳直。籆圈有柄，初应四，故四为"金柅"。系，丝系也，《象传》"柔道牵"是也。初辰在子，四在午，初阴初阳，"柔道牵也"，故"贞吉"。孟子曰："顺杞柳性以为棬杯。"棬，《玉篇》："屈木盂[十二]也"，《广韵》："器似升，屈木为之"。《玉篇》亦云："同'桊'[十三]，拘牛鼻。"《吕览·重己篇》云："五尺童子引其棬，而牛知所以顺之也。"今九五杞，屈为棬，又为桊。初辰在丑，丑为牛，皆初四相应，子午相牵之谓。二辰在亥，亥为豕，初失位，二无可依，故曰"羸豕"。阴将息，至二，故孚适躑也。

九二，包有鱼，无咎，不利宾。

《象》曰："包有鱼"，义不及宾也。

虞翻曰："巽为白茅，在中称包。""或以包为庖厨也。"

今按：《毛诗·小雅》："谁谓尔无羊？三百维群。谁谓尔无牛？九十其犉。""牧人乃梦，众维鱼矣，旐维旟矣。大人占之：'实维丰年'。"郑笺："鱼者，庶人之所养也。今人众相与捕鱼，则是岁熟，相供养之祥也。"《易·中孚卦》曰："豚鱼，吉。"《正义》云："庶民不得杀犬豕，维捕鱼以食之。"[十四] 彼注云："三辰在亥，亥为豕。爻失正，故变而从小名，言豚耳。四辰在丑，丑为鳖蟹。鳖蟹，鱼之微者。爻得正，故变而从大名言鱼耳。"[十五] 今鱼豕包鱼与此义同。巽、大过为白茅，为白杨。郑《中孚》："'四辰在丑，丑为鳖蟹'当为'上辰在辰，辰为鳖蟹'，今本讹耳。四辰实在丑，而丑不可以为鳖蟹也；三上相应，故从大名也。《石鼓文》"其鱼维贯之柳"，今九二"包有鱼"，九五之"杞"贯之也。《剥》六五"贯鱼以宫人宠"，亦《姤》杞贯也。鱼者，庶人之所养，故义不及宾也。

九三，臀无肤，其行次且，厉，无大咎。

《象》曰："其行次且"，行未牵也。

义已见《夬》。《夬》"牵羊"。《夬》三辰在未，未为羊，午未之间天街。《姤》四辰在未，三四天地之际也，故"行未牵也"。

九四，包无鱼[十六]，起凶。

《象》曰："无鱼"之凶，远民也。

义见后。

九五，以杞包瓜，含章，有陨自天。

《象》曰：九五"含章"，中正也。"有陨自天"，志未舍命也。

今按："杞"音"起"。五辰在己。季夏之月，日在柳。今不言柳言杞，爻辰在己也。《诗·郑风》"无折树杞"。杞，柳属，顺杞柳之性以为桮杯，其器圈以阔，桮圈杯阔。乾为桮，巽为杯。巽又为绳直，故二"包有鱼"。贯，柳也。四"包无鱼"，桮无鱼也；五"杞包瓜"，杞有瓜也。《诗·小雅》"楚楚者茨"，"济济跄跄，絜尔牛羊，以往烝尝。或剥或亨，或肆或将。"郑云："冬祭曰蒸，秋祭曰尝。祭祀之礼各有其事，有解剥其皮者，有煮熟之者，有肆其骨体于俎者，或奉持而进之者。"《姤》"包瓜"，至《剥》"剥之"，又义。"包瓜"，匏瓜也。《天官书》"北宫玄武，匏瓜有青黑星守之，鱼盐贵。"《荆州占》云："匏瓜，一名天鸡，在河鼓东。匏瓜明，则岁大熟。"初六，蓝汁也，染采。初之四，九五匏瓜，客星守，鱼盐贵，故四"包无鱼"。"含章"者，染采之谓。黼黻文章必以法，故曰"中正"也。北有织女，故以"杞"言。梠者，簋也。

上九，姤其角，吝，无咎。

《象》曰："姤其角"，上穷吝也。

今按：角者，牛角也。上辰在辰。《律书》云："音始于宫，穷于角。……角，言万物有枝格如角也。三月也，律中姑洗。姑洗者，言万物洗生，其于十二月为辰。辰者，万物之蜄也。清明风居东南维，主风。"《夏小正》：七月"汉案户"。汉，天汉也；案户也者，直户也，正南北也。崔寔《四民月令》云："七月七日，曝书，设酒脯时果，散香粉于筵上，所请于河鼓织女。言此二星神当会，守夜者咸怀私愿。"《荆楚岁时记》云："七夕，妇人结丝缕，穿七孔针，或以金银鍮石为针，陈瓜果于庭中，以乞巧。有喜子网于瓜上，则以为得。"《姤》下卦仲夏，季夏也；"上穷"则七月。"姤其角"，姤，遇也，二星会，为姤。织女、七襄见于《诗》。《易》"女壮"，女红也。"以杞包瓜"，故乞巧陈瓜果。圣人制礼不易俗，故知汉魏风土由来皆久远也。

三、简注与附校

[一] 女壮，勿用取女：《姤卦》初六为阴，二以上皆为阳，以一女对五男，可见女之强壮，故曰"女壮"。古代男尊女卑，男以强壮，女求温顺，所谓"男主外而女主内""夫唱妇随"，"夫荣而妻贵"。对妇女最重者为贞节、孝敬与顺从。以女强则伤于男，不利，故曰女壮则勿用取女。取，同"娶"。虞翻（164—233）不取郑玄（127—200）"壮健以淫"之说，而曰："女壮，伤也。阴伤阳，柔消刚，故'女壮'也。"其说是。而孔颖达《正义》云："一女二用五男，为壮至甚，故戒之曰：此女甚壮，勿用取此女也。"又说："女之为体，婉娩贞顺，方可期之以偕老，淫壮若此，不可与之长久，故勿用取女。"可谓差之毫厘，谬以千里。而以治学通达的朱熹在其《周易本义》中释此二句也说："遇已非正，又一阴而遇五阳，则女德不贞，而壮之甚也。取以自配，必害乎阳，故其象占如此。"从阴阳两性言之，故历来说《易》者多从此。依此说，反而掩盖了《彖传》在此卦说解中对中国古代社会意识的深刻反映。《彖传》中或者含有此义，但非专就此而言。

[二] 彖：《艺文》原文误作"象"。

[三] 姤，遇也：焦循《易通释》卷十九："《彖传》、《序卦传》、《杂卦传》皆'遇'赞之，则其字通于'遘'。（薛虞《记》"姤"古文作"遘"）。"按薛虞为汉魏间人，其说《易》之书久佚，唯马国翰《玉函山房辑佚书》与黄奭《汉学堂丛书》有辑本。小字注引薛虞佚文见《经典释文》。

[四] 后以施命诰四方：焦循《易通释》："'后以施命告四方'，又以'后'赞"姤"。"乃读"风"为"风化""风教"之"风"，故曰"后以

施命告四方"。此下各爻于理解文意关系不大，看长风氏论述可知其大意，为避免繁而无当，除几处引文外，于卦爻文辞之文义，不再一一作注。

[五] 见《诗经·小雅·楚茨》。

[六] 此亦《夏小正》（收入《大戴礼记》）文。上承前文而引之，故未标为原文。

[七] 见《周礼·天官·染人》。

[八] 见《诗经·豳风·七月》。"元"本为"玄"，因作者使用清刻本避康熙帝名改之。后三"元"字同此。为反映作者运用底本情况，今保留原文写法。

[九]《礼记·玉藻》："绞衣以裼之。"

[十] 平果绿：当作"苹果绿"。

[十一] 尿：原作"床"，与上下文意不合，当为"尿"（chì）字之误植而失校。《说文·木部》："尿，篡柄也，从木，尸声。尿或从木，尼声。"尿，《广韵》丑利切。

[十二] 盂：原作"孟"，于义不通，当为"盂"之误植而失校，今据改。

[十三] 桊：原作"豢"，于义不合，当为"桊"（juàn）之误植而失校，《说文·木部》："桊，牛鼻中环也，从木，关声。"文中引《玉篇》曰"拘牛鼻"，则作"桊"无疑。今据改。桊，《广韵》居倦切。

[十四] 今本《周易正义》无之。

[十五] 此引郑玄注文字。

[十六] 原脱"无"字，今补。

由上校记中第 [二]、[十一]、[十二]、[十三]、[十四]、[十六] 几条看，当时日本有的学术刊物在汉学研究论文方面的校对很粗疏。这自然也同汉学知识的深入与普及情况有关。作者应该是没有看校样，不然问题不至如此之多。看来编校程序也不是很完善。所以我上面的校改，应该是符合作者本意的。

一篇富于创见的牛女传说
与七夕风俗研究论文

——评《"牵牛织女"传说的考察》

　　日本汉学家出石诚彦（1896—1942）是日本第一位专攻中国神话学的学者，为津田左右吉和白鸟库吉的学生，发表这方面论文20余篇，后结集为《中国神话传说研究》，由日本中央公论社于1943年11月出版，时作者已于先一年因病去世，年46岁。出石诚彦还有《对中国帝王传统的一项考察》，论朱元璋出生时的"圣瑞"现象，刊日本《东洋学报》第1号（1935年）。出石诚彦在1928年11月发表了《牵牛织女传说的考察》（早稻田大学文学部《文学思想研究》第八，后收入作者的《中国神话传说研究》一书，东京，中央公论社会1943年出版。译文将刊《文化遗产》2013年第5期），是在钟教先生的《七夕风俗考略》（1928年1月《中山大学语言历史研究所周刊》第11、12合刊）刊出不久对"牛郎织女"传说与七夕风俗作了十分深入的研究的一篇论文，提出了一些即使在八十多年后的今日仍很值得重视的极具创造性、开拓性的看法。赵景深刊于《新民报晚刊》1953年7月20日上的《关于牛郎织女的传说》一文中曾提到这篇论文，文中说："但从神话的观点来作世界神话比较的，除小泉八云的《银河传说》外，却要推日本出石诚彦的《支那神话传说研究》一书中那篇《牵牛织女传说的考察》材料最为丰富，特别是他摹印汉代的石刻画像，使我感兴趣。此外他还引了《史记·天官书》《星经》《尔雅》《淮南子》《楚辞》《大戴礼》、班固《西都赋》、曹丕诗、张华《博物志》、唐韩鄂《岁华纪丽》《西京杂记》《陔馀丛考》、杜甫和宋之问的诗等，注释共四十五条。"但赵景深先生对其内容缺乏详细介绍。

　　论文分两部分。

第一部分《关于银河的认识》。这部分引述了先秦、汉代以至魏晋文献中有关于"汉""云汉""天汉""汉水""汉江""河汉"的文字，包括《尚书》《诗经》《楚辞》《淮南子》《史记》《星经》《援神契》《说文》《三辅黄图》及《文选》中有关诗文等。在此基础上得出结论：

> 无论是指银河的"汉"，还是指河流的"汉"，基本都出现在同一个时期的文献里，换句话说，笔者确信，在现存的古文献形成之时，银河和汉水就用同一名称来称呼了。然而却不能因此认为以上二者只不过是偶然用了同一名称。或是把银河的名称借用在河流上，或是把地上的河流的名称用在星系上，二者必居其一。

作者最后的结论是：

> 于是我确信，是采用地上的河流的名称来命名银河，换言之，以本来就有的"汉水"衍生出"天汉"之名的看法不是没有道理的。

作者提出这种看法的理由明白易晓，也完全符合人的认识规律："既然人类生活的基础是大地，那么先产生了和生活有直接关联的河流的名称，其后才把这个名称用在银河上，是非常自然的。"而且对这个充分坚实的理由又从归纳旁征的方面作了极有力的说明：

> 特别是，汉民族对天体的称谓，可以说几乎都是从现实世界中的事物的称谓而来的，因此，从其贯穿始终的思路来看，相信将地上之物的名称用于天上之物的推定，不会有大的差错。

这是在牛郎织女与七夕文化研究上的一个大的贡献，既具开拓性，又揭示出了几个十分关键十分重要的一个事实。

关于中国古代"牛郎织女"传说和七夕风俗的研究，从国内外来说，最早有荷兰汉学家高迪 1886 年出版的《厦门的节庆日》，后有日本汉学家长井金风（1868—1926）刊于 1917 年 4 月出版日本《艺文》第 8 年第 4 号上的《长风姤原义》。两文基本上都如黑暗中的摸索，某些看法虽然对后人有一定的启发性，但并无多少有价值的结论。

在天文历算方面很有成就的日本汉学家新城新藏有《牵牛织女考》，

未见。从出石诚彦文中所引新城氏《宇宙大观》一书的观点看，他认为"牵牛织女"的传说起源于非常古老的时代，大概同竺可桢《二十八宿起源的时代与地点》（《思想与时代》月刊第 34 期，1944 年）所引薛莱格之说一样是从两星何时相聚这一点来断定的（薛莱格断定中国牵牛织女两星座故事起源于公元前 14000 年），所以新城氏倾向于汉水之名是由天上的银河"汉"而来。当然，新城新藏的看法也不是毫无意义，它至少说明了民间传说中"牵牛织女相会"的情节是以很早很早就产生的天文上牵牛织女两星相聚的事实为依据的，说明了这个传说所包含的丰富的文化信息。

出石氏对于为什么在众多的河流中唯独选了"汉"这个名称来命名银河，他认为"中国绝大多数有名的河流在地势上都是由西向东流的，唯独汉水是由北向南流的，这个方向正好和银河的方向一致"。这个看法也是很有意义的。这至少反映了我们的祖先对天象观察的细致真切，以及将之比喻为地上的汉水的确切性。

出石氏在当时尚未能将天汉的命名与秦人早期活动联系起来，因为在当时的学术发展整体状况下还不可能做到这一点。但他论证了天汉同汉水的关系，不但给后来的研究以极有意义的启发，也为后来的研究奠定了一个很好的基础。

另外出石氏在文中引述了古代亚、欧、非一些民族关于银河命名的大量材料。如古埃及人把银河叫作"天上的尼罗河"，巴比伦人把银河叫作"天上的幼发拉底河"一样，对我们解开秦人以"汉"命名银河的心理基础与思维方式很有参考价值。又，文中说到古希腊人等"将银河看作死亡灵魂的聚焦地"，这对我们理解秦人将其始祖女修命为银河边上最亮一个颗（零等星）的星座的原始宗教心理，也有很大帮助。人类早期发展至大体相近的阶段上，即使相互间并无文化上的交流，其对一些问题的看法与对自然现象、社会现象的认识、理解与思维方式，也会有一些共同性。出石诚彦的这篇论文差不多在关于"牵牛织女"传说和"七夕"风俗研究没有多少成果的情况下，以宽广的学术视野在国际学术研究范围内广泛搜索资料，孤军深入，取得了突出的成就。

出石诚彦论文的第二部分为《关于"牵牛织女相会"的研究》，也同样以十分开阔的视野，对中国古代文献与西方学者有关研究加以全面钩稽与总结，在此基础上提出一些很具启发性的看法。

第一，引用了新城新藏《宇宙大观》中的观点，以为牵牛、织女二星因很早就为人们所熟知，故纳入二十八宿之中，后随着中国古代天文观测法的发展，以其离黄道太远而以另外两星相换，即后来之牛宿、女宿（也叫婺女、女须）；为避免相混，原来的牵牛星依据稍相近的星而改称为"河鼓"。织女星之名未变。出石氏肯定学界以新城新藏说为极精确的卓见，自己也接受了这个观点。这就解决了很多学者一直弄不明白的织女星与女星的关系，牵牛星与牛宿的关系及为何牵牛星又叫"河鼓"的问题。事实上到现在有些人在这上面仍有些扯不清，甚至于颠倒了其间的关系。

第二，关于牛郎织女相会情节形成的时代，出石氏先列出三种观点。

第一种观点是即新城新藏之说，认为天体之间相互产生吸引力，七夕时牵牛织女两星试图渡过银河相会。出石氏认为此说存在弊端，因为虽然中国的天文学在古代已经达到很高的水平，但并未用引力学说解释天体间的相互关系。出石氏在其论文的注 34 中所引述山本一清博士在其《天文与人生》第六节中所讲观点，与此相类，都难以信据。

第二种观点是荷兰著名汉学家高迪。他在《厦门的节庆日》中说到"七夕节"，言织女星初冬季节会在深夜时闪耀于中天之上。冬天妇女都在家里工作，主要是纺织之事，这颗星象征着她们工作的开始，所以被誉为"织女星"。而且认为这可以追溯到 18000 年前（相当于山顶洞人时代）的冬至这个节庆。因为中国人认为冬至为阴阳交会的时候，因而发展成为"织女"与在银河对面被喻为"牵牛"的男性星球相会的故事，到后来可能由于出现了差异，变成了七月相会。出石氏认为，如不能用相当庞大的数字来论证说明冬至同七夕之间岁差形成的情况，就很难证明牵牛织女相会是由冬至阴阳交会观念的形成。同时，为了用阴阳交会之说去解释牵牛织女相会传说的形成，而将这个传说形成之始推至 18000 年前，似乎过于渺茫。当然，作者在 130 年前作这样的探索和假设是难得的，也确给后代学者以某些启发。

第三种观点，由于牵牛星可按农时观察到，作为农业民族的上古汉民族对它很注意，因而成了的农业象征。《周易》中"坤为地……为牛"和观念与此一致。织女以织为事，所以得出结论："牵牛织女相会"的传说发源于周，兴盛于汉代。汉代天子重视籍田礼，皇后亲自养蚕纺织，农桑思想被有识之士所尊重，这个传说也就因此发展为民间故事。

出石氏倾向于第三种观点。他说：

> 笔者确信这个传说故事是从中国非常早的年代流传下来的，在后世被人们同农桑思想巧妙地结合在了一起，或者说经过润色加工，这一点也是非常明晰的。这个传说是在农桑思想被认可、推崇，依据此思想或者说是受了此思想影响而发展形成的。

作者在注释中说明，这种根据农桑思想所作的解释是根据了他的老师白鸟库吉的学说。只是白鸟氏以为作为人物的名称是汉代以后农桑思想在知识阶层受到重视以后才出现的，而出石氏倾向于更早的时代。论文中说：

> 众所周知，牵牛星在以农业经济为主的古代汉民族中受到莫大关注。既然对牵牛星关注，不难想见，当时的人们也观察到了与牵牛星在银河相对的位置熠熠生辉的织女星。然后人们会发现相向的织女星和牵牛星在一年的周期运动中有相距较远的时期，也有以银河为中心明显逐渐靠近的时期。且最接近的时间在七月初。

这就以简洁明了的论证说明了"牛郎织女"传说何以形成双方一年中分隔银河两岸，唯七月初一次相会的原因。故事情节的形成与发展，是以两星距离一年中的变化规律为基础推衍而成的，是对这个规律的社会世俗化的解读与表现。文章在论证中还引征了《大戴礼·夏小正》中"七月汉案户……初昏，织女正东向"，再次指出："我确信'牵牛织女'的传说故事不是一次定型的，而是不断演化过程中逐渐形成的。"

值得重视的是：出石氏的论文中还提到中国山东肥城孝堂山郭氏祠画像石中一幅有星像与人物的画像石，确定是表现了牵牛与织女两个人物的形象，又根据画像石上"平原湿阴邵善君以永建四年四月二十四日来过"的残存文字，论定其时间是公元 129 年，当东汉中期。并说："那么牵牛织女传说产生在此之前不会有疑问。"文中也说到法国汉学家沙畹和布谢尔的相近观点，又引述了班固《西都赋》中"豫章之宇，临乎昆明之池，左牵牛而右织女"及曹丕、曹植诗中有关文字，对晋南北朝及以后有关诗文中的反映也有所评述。可以说，国内在此后数十年中的一些论著所引述重要材料，鲜有出其范围者。

第三，是对何以喜鹊搭桥这个问题的探究。论文指出："几乎在中国所有的地区都有喜鹊栖息地，有时候喜鹊会成群结队地飞向城镇、村庄，或许在人们的心目中很容易联想到喜鹊成群结成鹊桥的场景。"论文中虽然未提到唐代段成式《酉阳杂俎》论及的喜鹊在窝中搭桥这一点，但对于认识"牛郎织女鹊桥相会"的传说何至于传遍中国大地，还是有意义的，虽然南北朝梁代徐勉的《鹊赋》、隋代魏瞻的《园树有鹊巢戏以咏之》都已说到喜鹊"巨细以群飞""轻举一排空"的特征，论文却更引了《中国的鸟》一书的调查，科学地证明喜鹊在中国各地存在的普遍性。论文中引了唐代韩鄂《岁华纪百日》卷三七夕"鹊桥已成，织女当渡"注引《风俗通》"织女七夕当渡河，使鹊为桥"两句，并特别说明钱大昕编《风俗通逸文》中也收此数句。这也就说明，作者相信鹊桥相会的情节在西汉中期以前已经形成。

虽然出石诚彦的这篇论文后又收入《中国神话传说研究》于1943年出版，但仍然流传不广，中国学者见到者很少，所以在此后五十多年中，中国学者谈"牛郎织女"传说的形成一直无人论及天汉同汉水的关系，而这一点正是探索"牛郎织女"传说以及断定其产生时代的一个十分关键的问题。钟敬文先生的《七夕风俗考略》只是引了《诗经》和汉魏六朝文献中一些常见文字和安陆传说，对"牵牛织女"传说加以介绍而已。茅盾1929年出版《中国神话研究ABC》关于"牵年织女"传说也只是作了不足千字的介绍，还说不上深入探讨。后来的研究也有比较深入的，但少有讨论其起源的，有则也只是一般从农耕和蚕桑生产的发展方面加以论述，罕有从历史、天文、早期社会风俗与思维特征等方面入手的。赵景深发表于1953年7月《新民报晚刊》上的《关于牛郎织女的传说》一文中虽然提到出石诚彦这篇论文，并说："但从神话学的观点来作世界神话比较的，除小泉八云的《银河传说》，却要推日本出石诚彦的《支那神话传说研究》一书中那篇《牵牛织女神话的考察》材料最为丰富，特别是他摹印了汉代的石刻画像'牵牛织女星象'使我感兴趣。"遗憾的是他并未对出石氏这篇论文作全面介绍，对其价值的评价范围也大大缩小了。此外国内再无人提及出石诚彦的这篇论文。

这篇论文从学风、学规范方面说还有两点值得我们重视：

一是学术视野开阔。当时中国国内关于"牛郎织女"传说起源的研究基本上是空白，但作者除对中国古代有关文献作了认真的筛选外，还广泛搜罗了此前西方和日本学者有关原始文化、神话、民俗、天文、美术史、考古、图录等类著作。其中引及西方著作 15 种，有 5 种是 19 世纪的著作。不少材料成为其观点、结论的有力支持，有些虽然与其结论无关，但作为一种重要的文化现象纳入论述范围之中，给以后之研究者认识相关问题以很大帮助，大大扩展了学者们的研究视野。比如其第一部分末尾提到澳大利亚那林伊犁族有传说认为努雷盖得克在追赶出逃的妻子时，大怒而呼："什么水涨上来吞没了他们！"由此而引发了洪水，水流到天上形成了银河，深色的部分是浮在水面上的船。我很怀疑澳大利亚有关努雷盖得克的妻子不辞而别，努雷盖得克追赶，并因之引发了银河的形成的故事，是中国南方所传"牛郎织女"传说传到那里之后产生变异而形成。因为在南方的传说中，织女是主动离开的，而且当牛郎快要追上她时，她用簪子一划形成了天河，将牛郎隔开，而不是王母划出天河来将他们两个隔开。[①] 澳大利亚所传则将形成天河的由女方转到男方一面。南方沿海地区往南洋辗转至澳大利亚的人较多，将当地所传牛郎织女故事带到澳大利亚的可能性较大，故有此相近的情节。

二是十分严谨。凡所引证，都来之于原书，所以没有国内学者从 20 世纪 20 年代至今在辗转相引中存在查无实证的引文情形。如论文中几次提到《荆楚岁时记》，都只涉及"七月七日为牵牛织女聚会之夜"一段，并不如 1929 年茅盾《中国神话研究 ABC》以来，大多学者引录"天河之东有织女，天帝之女也"一段文字，并都注为《荆楚岁时记》而不查其有无，个别的改注他书而仍然存在查无实据的情形。出石氏所引"天河之东有织女"一段说明见于明代张鼎的《琅琊代醉篇》中"织女"条所引《述异记》，并说明现存《述异记》中没有这一段文字。而国内直至 1957 年罗永

---

① 参见拙文《从广东七夕节的传播看其文化特征》，《文化遗产》2011 年第 3 期。

麟先生的《试论牛郎织女》一文才回到这一点上。这对我们也应该是有启发意义的。

今天我们所能看到的刊在出石氏《中国神话传说研究》中的文本，引述古代文献时有错字，断句上也存在一些问题。这些可能是误植失校造成，有的也可能是版本问题，都是一些小瑕疵。无论如何，我认为这是至今仍有着学术价值和示范意义的一篇论文。

（原刊《长安学术》第八辑）

附录:"牵牛织女"传说的考察

出石诚彦（著）　赵逵夫（译）

（原刊日本昭和三年十一月早稻田大学文学部《文学思想研究》第八期，收入作者的《中国神话传说研究》一书，东京，中央公论社1943年出版。译文据《中国神话传说研究》第111—138页所刊。）

在中国古文献中，鲜有关于浩瀚太空里闪耀繁星的神话传说或爱情故事，然而与银河有关的"牵牛""织女"二星聚会的神话故事，即"七夕"的传说，却自古就脍炙人口。或许因为这是中国所流传的唯一一个关于星的传说，又或许是在古代大量作品中，关于星的传说，唯有此流传至今。不管原因如何，"七夕"传说是在中国民间传说研究中不容忽视的课题。不仅如此，"七夕"传说也为日本文学增色添彩。而牵牛织女传说作为其渊源，亦是应予关注之课题。今试作探究，不足之处敬请方家斧正。

一、关于银河的认识

对牛郎织女相会，即所说的"七夕"传说进行研究之前，今先就古代中国人是如何理解与此有密切关系的银河这个问题，陈述浅见。众所周知，关于银河在古代有"汉""云汉""天汉"和"星汉"等多种称谓。例如在《诗经》里有"维天有汉，鉴亦有光"①，在《史记·天官书》《星

---

① 《诗经·小雅·大东》第七章。《史记·天官书》中也提到了"汉"："天梧后六星绝汉抵营室""汉中四星曰驷"，《星经》中也谈到了牵牛。

经》等文献中也可以看到关于"汉"的表述。"云汉"同样在《诗经》里有"倬彼云汉，为章于天"①，在《楚辞》里有"越云汉兮南济，秣余马兮河鼓"②的记述。关于"天汉"的记述，《博物志》引《援神契》曰："五岳之神圣，四渎之精仁，河者水之伯，上应天汉。"《三辅黄图》载："紫宫象帝居，引渭水灌都以象天汉。"③同样的说法在《文选》所收魏文帝、陆士衡的诗句中也可见其踪迹。此外，在《文选》④里还可看到"星汉"的说法。

然而，上述共用的"汉"这个名称，不只用以指银河，也用于地上的河流的名称。现将这些例子逐一列出。《说文》"汉"条："漢，漾也。"其后复云："泉始出山为漾。按漾言其微，漢（汉）言其盛也。"还有"漾水出陇西豲道，东至武都为汉"的论述。汉水是人们所熟知的。《水经》里也有"汉水出陇西氐道嶓冢山，东至武都沮县为汉水"的记述。因此，"汉"显然又是长江的一条支流的名称。此外，"汉"用作为河流名称《诗经》里有"南有乔木，不可休思。汉有游女，不可求思。汉之广矣，不可泳思。江之永矣，不可方思"⑤。《书经·禹贡》里有"江汉朝宗于海"，"嶓冢导漾，东流为汉"的记述。《楚辞》⑥里也有"汉"的称谓出现，《淮南子》里也随处可见"江汉"⑦的说法，《文选》中也出现同样的称谓。⑧以上例子或单独称"汉"，或合称"江汉""河汉"等。可知作为

---

① 《诗经·大雅·棫朴》第六章，《诗经·大雅·云汉》第八章中也有"倬彼云汉，昭回于天"。

② 《楚辞》卷十七《九思》章句。

③ 《博物志》卷一《山水总论》。

④ 参见该文第一百六十二页陆士衡的诗（译者按："一百六十二"指《文学思想研究》第八期页码。收入作者的《支那神话传说的研究》，在第一二〇页）。"星汉"的称呼是出现在《文选》卷二十七魏文帝《燕歌行》中"星汉西流夜未央，牵牛织女遥相望"一句中。

⑤ 《诗经·国风·汉广》前三章。《大雅·江汉》第六章中有"江汉浮浮，武夫滔滔""江汉汤汤，武夫洸洸。经营四方，告成于王"。

⑥ 《楚辞》中这个称呼很少，只举一例。《抽思》："倡曰：有鸟自南兮，来集汉北。"

⑦ 《淮南子》中有"汉水重安而宜竹"，"汉出嶓冢"（《地形训》）；"日月之所道，江汉之所出"（《时则训》）；河汉涸而不能寒也"（《精神训》）；"江汉以为池"（《兵略训》）；"不爱江汉之珠"《说山训》。

⑧ 《文选》中有"江汉限无梁"（卷二十六，谢玄晖《使下都夜发新林至京邑赠西府同僚》），"江汉分楚望"（卷二十七，颜延年《始安郡还都与张湘州登巴陵城楼作》），"奉义至江汉，始知楚塞长"（同上，江文通《望荆山》），"二别阻汉坻"（卷三十，谢玄晖《和王著作八公山一首》）。

地上河流的汉水，也是称作"汉"的。

从以上例子中还可以看出，无论是指银河的"汉"，还是指河流的"汉"，基本都出现在同一个时期的文献里，换句话说，笔者确信，在现存的古文献形成之时，银河和汉水就用同一名称来称呼了。然而却不能因此认为以上二者只不过是偶然用了同一名称。或是把银河的名称借用在河流上，或是把地上的河流的名称用在星系上，二者必居其一。新城博士对此也有论述，他指出："把银河（天汉）比作河流也不足为奇，然而，究竟是先有地上'汉水'的叫法，再将银河比作'汉'，还是一开始称天上的银河为'汉'，之后才将地上的河流称作'汉水'？中国文化传至汉水地区相对较晚，研究其先后顺序，可对古代文化提供非常重要的材料。"① 于是我确信，是采用地上的河流的名称来命名银河，换言之，以本来就有的"汉水"衍生出"天汉"之名的看法不是没有道理的。这样说的理由是：既然人类生活的基础是大地，那么先产生了和生活有直接关联的河流的名称，其后才把这个名称用在银河上，是非常自然的。特别是，汉民族对天体的称谓，可以说几乎都是从现实世界中的事物的称谓而来的，因此，从其贯穿始终的思路来看，相信将地上之物的名称用于天上之物的推定，不会有大的差错。这种观念的根源正如"天河"的名称所示，无疑存在认为它是天上的河流的想法。但是有一点是需要研究的，为什么在中国众多的河流当中，唯独选用了"汉水"这个名称来命名银河呢？原因恐怕是：中国的绝大多数有名的河流在地势上都是由西向东流的，唯独汉水是由北向南流的，这个方向正好和银河的方向一致，所以应该是将银河比作地上的河流之时，而赋予其唯一一条由北向南流淌的著名河流——汉水的名称吧。

据以上的考察可知，称银河为"汉"的由来一在于汉水，二在于中国江淮河汉等著名河流中，唯独汉水大致与银河方向一致，因此比附而以其名称说银河。因此，以下试就汉民族上述对银河的认识与其他诸多民族的认识作一对比，并就其占有何种地位加以考察。

在西方，银河被称为"牛奶路"（Milch Strasse, Voie lactée）[i]，起源

---

① 新城新藏博士《宇宙大观》一七《七夕物语》，第 273—274 页。

于希腊神话中赫拉的乳汁在天上流淌之后留下的印迹①，这是一个由来已久、众人皆知的事实。这种想法的来源是：银河的清澈、绵延不绝会让人联想到流淌的乳汁。产生这种联想有明显的事实依据。那就是银河与乳汁联系起来的传说：在斯堪的纳维亚的传说中，母牛的乳汁从最高的北天极流出而形成了银河。② 这与前面的传说在思维模式上是相同的。上述神话传说讲述如何看待银河，同时对其起源作了说明，但据笔者所知，世界各个民族对银河认识还有三个最显著的特点。述之如下：

第一，将银河看作死者灵魂的聚集地，或是灵魂升天的通道。就像古希腊一部分人认为人死之后，灵魂都会聚集到银河一样③，芬兰人和立陶宛人认为人死之后灵魂会变成鸟从嘴里飞出，通过被称作"鸟的通道"的银河升至天界。这里所谓的"鸟的通道"就是银河。④ 另外，墨西哥人认为所有有光的地方都是灵魂安居的场所，比如日、月等。⑤ 一部分玻利维亚人认为银河是灵魂通道⑥，布什曼人和印第安土族人也认为银河是灵魂的通道，灵魂就像篝火或者闪耀的星星，野游在从坟墓到银河的路上。诸如此类的说法都是把银河看作灵魂的归宿。⑦ 甚至在印度民间传说里，银河是人唯一能够抵达天界的通道，不仅狭窄，而且高低不平，十分险恶。诸神就是通过这条险峻的道路到达天界的，能够被肉眼观察到的就是银河。⑧ 在有关阿朱那（Arjuna）的传说中，银河是天上马车欢送魑魅、仙女时行驶的道路。⑨ 在北欧神话中，有关连接天地的悬桥上的守护神 Heimadald 的传说以及斯拉夫人的传说中，银河是连接天地之间的桥。可以想象类似的传说故事也都源自将银河作为灵魂的聚集地或者升天的通道。这种说法是由来已久的。

---

① CR. 施瓦茨（CR. Schwartz）：《太阳、月亮河星星》，1864 年，第 279—280 页。
② 乔治瓦特（Churchward）《宗教的产生、革命与走向》，1924 年，第 198 页。
③ 泰勒（Tylor）：《原始文化》，1913 年第一卷，第 359 页。
④ 考克斯（Cox）：《民俗入门》，1897 年，第 195 页。
⑤ 泰勒提及的作品。
⑥ 史彭斯（Spence）：《神话入门》，1921 年，第 141 页。
⑦ 泰勒提及的作品。
⑧ 霍普金斯（Hopkins）：《埃及神话》，1914 年，第 59 页。
⑨ 麦肯齐（MackenzieE）：《印第安神话传说》，第 69 页。

第二，认为银河是白昼间太阳走过的路，也就是我们看到的黄道。条顿民族（Teuton）认为银河是昼间太阳的马车通过后在天空中留下的宽阔的闪闪发光的条状印迹[1]，阿拉伯人认为银河是太阳神每年从南向北旅行，然后又回到南方通过的道路，克罗尼亚民族认为银河是太阳从夏天的住所迁徙至冬天的住所的轨迹。[2] 诸如此类的说法都可以归为第二类。

第三，是把银河比作现实生活中的道路或河流，英格兰的一部分人把银河称为"惠特林大道"[3]（Watling Street）。这个称谓的缘由，现在的当地人也都很少有人知道。把银河比作从古代德克赛尔（Doxer）到伦敦的道路，而且把这条道路的名称附和在银河上，比如叙利亚、波斯或者土耳其的一些地区。把银河称为"秸秆路"（Straw Road）[4] 的是认为从远处来观看银河，就像是搬运药物不慎洒落的药屑形成的印迹。古埃及人把银河叫作天上的尼罗河，巴比伦人把银河叫作天上的幼发拉底河[5]等，都是把自然界中已经存在的河流的名称用于银河。

以上是作者从狭隘的见闻范围所形成的愚见。当然在世界各民族之间还有很多其他的关于银河的说法，比较独特的有：有民间传说认为，和太阳一起转动的水车在磨谷物时流出来的白色的面粉变成了银河[6]；依据这样的原因将银河称作"面粉路"（Der Mehlweg），"磨坊路"（Müllenweg）。另外，澳大利亚的那林伊犁族（Narrinyeri）有传说认为努雷盎得克（Nu-runderc）在追赶出逃的妻子时，大怒而呼"什么水涨上来吞没了他们"时引发了洪水，水流到了天上形成了银河，深色的部分是浮在水面的船。[7] 古希腊人认为银河是连接地球和宇宙的通道。[8] 以上几种说法都不属于前

---

① 雅各布·格林（Jacob Grimms）：《条顿神话》，1882 年，第 356—357 页。

② 休伊特（Hewitt）：《原始风俗史》，1907 年，第 136 页。

③ 泰勒提及的作品，第 360 页。

④ 考克斯（Cox）：《雅利安民族神话》，1903 年，第 199 页。

⑤ 麦肯齐（Mackenzie）：《巴比伦与亚述神话》，第 309 页。除了上述之外，斯宾斯（Spence）和吉伦（Gilien）合著的《澳大利亚中部的北方民族》一书中对于将银河看称一条河流还是银河存在于澳大利亚中部这个问题进行了阐述。

⑥ 奥尔科特（William Tyler Olcott）：《历史上的太阳神话》，1914 年，第 125 页。

⑦ 范热内普（A. Van Gennep）：《澳大利亚神话传说》，1905 年，第 60 页。

⑧ 奥尼尔（Oneill）：《上帝之夜，一个关于宇宙和宇宙起源神话和象征查询》。1897 年第 II 卷，998 页。

面所说的三大类，当然通过研究肯定还能发现很多其他的说法，应该也存在更多种类的说法。

人类文化发展的幼年时期，人们为了解释所看到现象，尝试着用已知的知识、事物进行说明，是非常自然的现象。前面提到的银河和乳汁的联系，从表面上看银河黎明时给人的感觉恰好与流淌的乳汁相似；还有认为银河是灵魂聚集或者灵魂升天的通道的想法，是因为银河好像很接近地平线，而且有很多耀眼的星辰连接南北而引起的遐想。还有非常现实的说法是从已有的河流、道路，联想到天上也有这样的通道。这些都是非常自然的。

综上所述，我推测古代中国人用"汉"称银河是源于地上的"汉水"。这的确在其他民族也同样存在。显然，这属于上述的第三类。如此，一旦明白亦存在其他类似的例子，必将比仅研究实例更增加了推论的准确度。

二、关于"牵牛织女相会"的研究

关于古代中国人对银河的认识在上面已经作了阐述，下面就本文的主题"牵牛织女相会"，即所说的"七夕"的传说故事进行考证。现就"牵牛织女"在文献中是如何记载的进行论述，并尝试解读"相会"，最后论述一下"乞巧"。

那"七夕"传说中的"牵牛"，不用解释这是星宿的名称，就是天鹰座河鼓星。《史记·天官书》"北宫玄武"条"牵牛为牺牲，其北河鼓"中的"牵牛"，像虚、危、室、娄、女等一样也是星宿的名称，在《尔雅·释天》里有"星纪，斗牵牛也"，另外还有"何鼓谓之牵牛"的说法。这就说明"牵牛"既是星座名，又是星星名称。还有《星经》里说"牵牛六星主关梁"，这也说明是指星座的名称。接下来，我们讨论一下"织女"。"织女"是天琴座的 A 星。《史记·天官书》对名为"婺女"的星宿有这样的记述："婺女，其北织女。织女，天女孙。"《星经》里还有"织女三星在天市东端，天女主瓜果丝帛收藏珍宝"的记述。《楚辞》里说

"傅说兮骑龙，与织女兮合婚"①，《淮南子》言"若夫真人动溶于至虚，而游于灭亡之野。（中略）妾宓妃、妻织女，天地之间何足以留其志"②。这些记述中的"织女"仅取其作为女性的一面，对星宿的研究并没有大的价值，因而在这里不作论述。这里首先必须要探究的是：牵牛星和牛宿、织女星和女宿到底有着什么样的关系？可以想象，与此问题相关的中国古代星名必定经历了漫长的变迁和淘汰，因此必须进行整体性的考察。然而，由于这是应该特别慎重研究的重大问题，所以在处理这一问题时我想暂时搁置其形成的年代以及与西方的关系等问题，而借用新城博士的高见。博士就此有以下论述：

> 据考证，二十八宿的说法最初是在中国的周朝初期形成的，并且当时"牵牛织女"的故事在中国已经脍炙人口。可见二星已在民俗层面为民众所亲近。因此，它们虽然距离黄道有点远，但还是被纳入二十八宿之中。二十八宿的这种古老形式原封不动地传入印度，以至今日。后来随着中国天文观测法的进步，考虑到将距离黄道过远的星放在二十八宿中不便观察，大约于战国时期重新整理，将"牵牛"的名称让于接近黄道的一星，称作"牛宿"；而用与牵牛星多少存在一点关系的"河鼓"，附会原来的古牵牛。不以"织女"之名，而以"婺女"或曰"须女"命名黄道附近的一个星，归入二十八宿中，令原有的"织女星"保有"织女"之名。③

此说被认为是极精当的卓见，我对这个问题的理解也就暂借新城博士的高论。

文献中对"牵牛织女相会"有明确记载的，是晋朝宗懔所著的《荆楚岁时记》"七月七日为牵牛织女聚会之夜（下略）"。无论怎样解释此次聚会的意义，都可断定该传说的起源是早于晋朝的。那么这个故事会不会产生在更早的时候呢？相比于《荆楚岁时记》中的记述，我们发现尚有比之更早的、可以从中得到某些暗示的记述。虽然其意义未必明了，可以想

---

① 《楚辞》卷十七《九思》章句。
② 《淮南子》卷二。
③ 新城博士：《宇宙大观》，第 227 页以下。

到《诗经》① 里已说："维天有汉，鉴亦有光。跂彼织女，终日七襄。虽则七襄，不成报章。睆彼牵牛，不以服箱。"另外，《文选》中对两星相慕之事有更富情趣的描述。而最著名的是《古诗》中的一首："迢迢牵牛星，皎皎河汉女。纤纤濯素手，札札弄机杼。终日不成章，泣涕零如雨。河汉清且浅，相去复几许？盈盈一水间，脉脉不得语。"还有晋陆士衡的拟古诗《拟迢迢牵牛星》："昭昭清汉晖，粲粲光天步。牵牛西北回，织女东南顾。华容一河冶，挥手如振素。怨彼河无梁，悲此年岁暮。跂彼无良缘，睆焉不得度。引领望大川，双涕如霡露。"而上面所说的《诗经》中的表述，只是单纯借"牵牛织女星"来诉说痛苦，还是在其中蕴含了两星相慕的意思，这一点不是很明确，有必要作进一步的研究。关于这个问题，在后面会有论述。那么如何解释两星相会，是一个非常重要的问题。现在我先不自量力地试评论前人之说并陈述自己的拙见。

学术界对这个问题有三种观点。第一种观点认为，天体之间相互产生吸引力，人们把牵牛星和织女星形象化，编出牛郎织女相思慕的传说。新城博士在其著作中说道："星球与星球之间存在强大的引力作用，形成永不分离的稳定集团。"并说："物质的大量存在毕竟是宇宙形成的根源②，是现在得以成立的基础。七夕时牵牛、织女两星试图渡过银河相会，可以说这一古老的传说正象征着天地宇宙的根本原理。"

第二种观点，为狄葛乐（De Groot）氏在其名著《厦门的节庆日》③中的"庆祝埃莫伊节日"之前的"七夕节"所述。试摘其要点如下：包括织女星在内的天琴（LyRa）座，于初冬子夜时闪烁于天顶。冬季是妇女专于室内从事家务的季节，家务之中最重要的是织事。由此而将指示这一时

---

① 《诗经·小雅·大东》第七章。

② 《宇宙大观》第27—28页。从这里的记述可以看出新城博士不认为这个传说故事是后来形成的，暗示起源于非常古老的时代，但是和我所说的作为民间传说故事从古代就开始流行是不同的。

③ 高迪（荷兰著名汉学家 JAN JAKOB MARIA *DE GROOT* 1854—1921）：《厦门的节庆日》（法国吉美博物馆年鉴），1886 年，第 137—140 页，施古德（SCHLEGEL, GUSTAVE（GUSTAAF）1840—1903，荷兰人）：《星辰考原——中国天文志》（SING CHIN KHAO YOUEN, URANOGRAPH-IE CHINOISE. —1875）：《荷华辞典》，1875 年，第 192—493 页，牛，牵牛，放牛人，第 493—494 页，织女。

期开始的星称作"织女星"。这可以追溯到一万八千年前冬至这个节气，中国人认为冬至是阴阳交会的时候，从而发展成为"织女"与在银河对面被比喻作"牵牛"的男性星球相会的传说故事。到了后来可能由于岁月的流失出现了岁差，而被认为发生于七月之初。狄葛乐的这个说法主要祖述了薛莱格（Schlegei）之说。

第三种观点：由于牵牛星亦可按照农时规则观察得到，因而作为农业民族的上古汉民族对之注意甚勤。在此意义上，牵牛星作为农业的象征，连它的名字也出现在《周易》中。《易》有曰："乾为天……为马。"相对应的有"坤为地……为牛"。明显是农业的象征。同时"织女"以织为事，势必与蚕桑也有密不可分的关系，势必是桑的象征了。第三种观点即认为，"牵牛织女相会"的传说是发源于周，兴盛于汉代的。汉代天子重视籍田礼，皇后亲自养蚕纺织，农桑思想被有识之士所尊崇，这个传说也就因此发展为民间故事。①

接下来试论以上三种观点哪一种解释确当。新城博士的天体引力说，正如博士自己所说，是从现代天文学角度用自然科学的知识进行阐释，明显存在弊端，它一厢情愿地牵强引用自然科学知识解释这个质朴的民间传说。中国的天文学在古代就已经达到了很高的水平，这是不争的事实。尽管如此，也并未用引力学说解释天体相互间的关系。就算是用天体引力学

① 这种根据农桑思想所作的解释正是白鸟博士的主张。博士拟对"牵牛""织女"的名称给予充分的思考，这给我们以切当的指引，即由此正可推知，这些名称是及至汉代以后农桑思想在知识阶层中受到重视以后才出现的。还有，除了本文中所举的三种说法之外，山本一清博士在他的著作《天文和人生》六之《从天文学的角度来看关于"七夕"的传说》（第174—178页）中讲到，两颗星辰相会一事是这样解释的："难道不能从'牛郎织女'的传说故事和牵牛星、织女星之间找到一个恰当的联系吗？从古代开始在银河中或其附近发现的新恒星大约有四十几颗。每次发现一颗恒星，它的亮度从强到弱，先发蓝色的光芒，然后发白光，最后发黄光逐渐消失有一个过程。'七夕'的民间传说故事是不是和一颗新发现的恒星是有关系的呢？如果假设在上古某个时代发现了一颗位于牵牛星和织女星之间的一颗恒星，它美丽的光芒由蓝白红色逐渐变化，这个非常神奇的过程被观测到，而演化为一个传说故事的可能性也不是没有。"晋代周处的《风土记》里有"七月初七日，其夜洒扫于庭，露施几筵，设酒脯时果，散香粉于筵上，以祈河鼓织女，言此二星神当会。守夜者咸怀私愿，或云见天汉中有奕奕正白气，有光耀五色，以此为征应。见者便拜而愿祈富祈寿，无子祈子，惟得祈一，不可兼求……"的记述，特别是"天汉中有奕奕正白气，有光耀五色"这正和山本博士所说相吻合，从这个角度来解释两颗星辰相会，笔者认为是合理的。

说进行说明，为何在众多星宿中偏偏设定牵牛星和织女星之间是相互爱恋的关系，象征引力学说呢？既然博士并未充分阐明此问题，笔者不认为这个解释是令人信服的说法。还有德格鲁特对于"织女"名称来历的解释，是非常值得探讨的，这个传说故事中的"牛郎织女相会"和"冬至"阴阳交合的说法是吻合的，但这个传说故事却发生在七月。如果非要用岁差来解释的话，这需要一个庞大的数字来支撑，如果不能很好地解释清楚"冬至"和"七夕"的时间差，那么这种说法就有不完整的地方。还有从农桑思想模式考虑的话，从相关文献和记录中都可以找到一些证据，但是现存的古文献中与此相关的内容过少，这一点很值得推敲。笔者确信这个传说故事是从中国非常早的年代流传下来的，在后世被人们同农桑思想巧妙地结合在了一起，或者说经过润色加工，这一点也是非常明晰的。这个传说是在农桑思想被认可、推崇，依据此思想或者说是受了此思想影响而发展形成的。通过分析、研究以往的说法，各种学说都有可取之处，笔者衷心敬佩那些作出此研究成果的专家，但是这些学说又都存在一些无法自圆其说的地方。这些都是非常值得大家思考研究的，希望有一种从各个方面都能够解释得通的新观点。但非常遗憾，就这个问题，缺乏必要的相关文献资料，没有相应的论据，不能作出推论，只能从大体上进行分析，很自然会出现一些缺乏说服力的观点。我认为下文所作考察庶几得当。

笔者认为此传说起源于无法推断年代的古代，是基于对星辰的实际观察而产生的民间传说。众所周知，牵牛星在以农业经济为主的古代汉民族中受到莫大关注。既然对牵牛星关注，不难想见，当时的人们也观察到了与牵牛星在银河相对的位置熠熠生辉的织女星。然后人们会发现相向的织女星和牵牛星在一年的周期运动中有相距较远的时期，也有以银河为中心明显逐渐靠近的时期。且最接近的时间在七月初。这些也是在解释传说中不容忽视的。《大戴礼·夏小正》："七月汉案户，（中略）初昏，织女正东乡"云云的记载也反映出了这种思想。民间传统文化很快就把两颗星辰的故事转化为男女相恋的神话故事，也正是因为演化为神话故事，所以在民间得到广泛的流传。我确信"牵牛织女"的传说故事不是一次定型的，而是在不断的演化过程中逐渐形成的。① 随着在民间的广泛传播,它也逐渐受到了知识分子阶层的重视,例如前面提到的《诗经》里就有"跂彼织女,终日七襄。虽则七襄,不成报章。睆彼牵牛,不以服箱"的记述。整个传说故事的核心就是由想象力阐发出的牵牛织女无法相见的相思之苦,这也是七夕神话传说初现端倪的地方。另外,孝堂山画像石描绘天体的图画中,在包含三足鸟的太阳的侧方,织机旁边妇人的头上有✕的标志,很明显就是织女的形象。布谢尔(Bushell)已说过:

> 其中在这里用纺织女人描画星座,是一个女子工作在织布机旁边,头上有三颗星,它们分别是天琴座 A,H,Γ。

而且笔者认为距其头顶处很近的图画表现的一定是牛郎。这个画像石与牛郎织女传说有关系是毫无疑问的,只是具体的时间不能够肯定。画像石上有"平原湿阴邵善君以永建四年四月二十四日来过"的残存文字,落款的时间换算为西历是公元 129 年,那么牵牛织女传说产生在此之前不会有疑问。沙畹(Chavannes)和布谢尔主张②的一样,那么到底牵牛织女传说是不是公元前 1 世纪的作品呢?这里会有一些疑问,就算这个作品表现的是牛郎织女,那么在西汉的时候是否已经有了牵牛织女的传说还无法确认。他们在艺术作品中被表现出来说明这个传说故事已经广为流传。假设作品是东汉的时候创作的,那是否就可以推论牛郎织女的传说故事在西汉时代就已经存在呢?从上面引用的《文选》里的古诗中可以看出,这个传说故事在汉代时已经作为文学作品的题材而被应用,所以我确信在汉朝它已经引起了一部分知识分子的重视。能更进一步证明这个事实的记载有班固

---

① 我们必须要考虑到的一点是:两颗星辰接近和在地球上因汉水相隔于两岸的男女相思的现实故事,很有可能被结合在了一起。还有如果考虑本文引用过的《博物志》里"旧说云天河与海通云云"的传说故事是后世记述的,极有可能故事是在被不断的完善过程中,把现实生活中的爱情故事加工之后形成的。如果说这个推测是正确的,也就意味着从观察到的两颗恒星开始,再加上现实生活中的爱情故事,才逐渐形成所谓的牛郎织女的民间传说故事的话,在这个新版的传说故事中,可能把原来应有的爱情故事淡忘了。

② 沙畹(法国著名东方学家、汉学家 EMMANUEL EDOUAARD CHAVANNES, 1865—1918):《北支那考古图谱(两卷)》插图部分,HIAO TANG CHAN 的斗室,PL, XXX, N, 53——中轴线的下半部分。布谢尔(S. W. BUSHELL):《中国美术》,1921 年,第一卷,第 28 页。

《西都赋》中的"豫章之宇，临乎昆明之池，左牵牛右织女，似云汉之无涯ⁱⁱ"①。这证明"牵牛织女"的民间传说当时已经渐渐地被知识分子所认知并且普及。无独有偶，在三国时代魏文帝的"星汉西流夜未央，牵牛织女遥相望，尔独何辜限河梁"。还有曹子建的"西北有织妇，绮缟何缤纷！明晨秉机杼，日昃不成文。太息终长夜，悲啸入青云。妾身守空闺，良人行从军（下略）②"等，都不是直接把牵牛织女的传说作为题材，前者抒发了妇人对远行丈夫的思念之情，后者是对从军的丈夫的思念情怀的描写，两者都是将这种情怀借牵牛织女相思相恋的传说表现出来。通过这些诗句可以看出，在当时"牵牛织女"的传说故事已经流行得相当普遍。从晋代到南北朝，这个传说故事在文人中间更加流行，可从很多文献中看到它的影子。而这个传说更加流行的原因之一是因为它和"乞巧"活动结合到了一起。

如果要列举出当时文人对这个传说故事感兴趣的证据的话，先看看前面提过的《文选》中陆士衡的《拟迢迢牵牛星》，谢惠莲的《七月七日夜咏牛女》③，还有上文已提过的《荆楚岁时记》里的记述。晋代张华的《博物志》里载："旧说云，天河与海通，近世人居海渚者，年年八月有浮槎去来不失期，人有奇志，立飞阁于查上ⁱⁱⁱ，多赍粮，乘槎而去。十余日中，犹观星月日辰，自后芒芒忽忽，亦不觉昼夜，去十余日ⁱᵛ，奄至一处，有城郭状，屋舍甚严，遥望宫中多织妇，见一丈夫牵牛渚次饮之。牵牛人乃惊问曰：'何由至此？'此人见说来意，并问此是何处。答曰：'君还至蜀郡访严君平则知之ᵛ'。竟不上岸，因还如期。后至蜀问君平，曰：'某年月日有客星犯牵牛宿。'计年月，正是此人到天河时也。"④ 梁代吴均编

---

① 《后汉书·列传第三十》（注），《汉宫阁疏》曰：昆明池有二石人，牵牛织女之像也。

② 《文选》卷二十七《乐府二首》（魏文帝）的《燕歌行》。卷二十九《杂事六首》（曹子建）。

③ 《文选》卷二十七，《杂诗》下《七月七日夜咏牛女一首》：落日隐櫩楹，升月照帘栊。团团满叶露，析析振条风（译者注：析析振条风："析析"原误作"折折"，今据《文选》原文正之。下"遄川阻昵爱"，原缺"昵"，据《文选》原文补）。蹀足循广除，瞬目曾穹。云汉有灵匹，弥年阙相从。遄川阻昵爱，修渚旷清容。弄杼不成藻，耸辔骛前踪。昔离秋已两，今聚夕无双。倾河易回幹，欵颜难久惊。沃若灵驾旋，寂寥云幄空。留情顾华寝，遥心逐奔龙。沉吟为尔感，情深意弥重。

④ 《博物志》卷十，《杂说》下。

的《续齐谐记》云"桂阳成武丁有仙道，常在人间。忽谓其弟曰：'七月七日。织女当渡河，诸仙悉还宫。吾向已被召，不得停，与尔别矣。'弟问曰：'织女何事渡河？去当何还？'答曰：'织女暂诣牵牛。吾复三年当还。'明日失武丁。至今云织女嫁牵牛。"这些都是伴随着"牵牛织女"传说故事的流行，逐渐和其他一些思想结合的产物，也说明了当时"牵牛织女"传说已经相当普及。

此外，虽然传说产生的具体时间不是十分明确，但宋代张文潜的《七夕歌》中有这样的描述："河东美人天帝子，机杼年年劳玉指。织成云雾紫绡衣，辛苦无欢容不理。帝怜独居无与娱，河西嫁得牵牛夫。自从嫁后废织纴，绿鬓云鬟朝暮梳。贪欢不归天帝怒，谪归却踏来时路。但令一岁一相见，七月七日桥边渡。"可以想象到牵牛织女传说在唐代盛行之后产生了变化。明代张鼎思的《琅琊代醉篇》中的"织女"条引《述异记》[①]有与上述《七夕歌》完全相同的内容："天河之东有美丽女人，乃天帝之子，机杼女工，年年劳役，织成云雾绡缣之衣，辛苦无欢悦，容貌不暇整理，天帝怜其独处，嫁与河西牵牛之夫婿，自后竟废织纴之功，贪欢不归，帝怒责归河东，但使一年一度相会。"但是现存的《述异记》中并没有这段文字。不管怎么说，在叙述"牵牛"和"织女"被分隔两端，一年只能见一次的传说故事时，都有说明原因的诉求。虽然现存的文献典籍并不是最早的资料，但是所有这些的记载都是相当古老的。

我们需要研究的下一个问题是"牵牛"和"织女"是如何相会的。最早的文献里没有相关的记载。唐代韩鄂的《岁华纪丽》里有"《风俗通》曰：织女七夕当渡河，使鹊为桥"[②]的记述。钱大昕编纂的《通俗通义逸文》中也有和上面相同的记述，由此可见相会的时候是由喜鹊搭桥，然后"织女"渡过银河去"牵牛"的一侧。"织女"去"牵牛"的一方，大概是受男尊女卑思想的影响，那么为什么是由喜鹊搭桥呢？这也必须研究清楚。《中国的鸟》[③]通过对有尾鸟的调查发现，几乎在中国所有的地区都有喜鹊的栖息地，有时候喜鹊会成群结队地飞向城镇、村庄，或许在人们的

① 《琅琊代醉篇》卷一《织女》。
② （唐）韩鄂：《岁华纪丽》卷三，七夕"鹊桥已成，织女将渡"的注。
③ 大卫·乌斯塔莱：《中国的鸟》，TEXIE，1877年，第373—374页。

心目中很容易联想到喜鹊成群的结成鹊桥的场景，所以才产生了喜鹊搭桥"织女"渡过鹊桥去和"牛郎"相会的场景。

关于这个传说故事中相会的时间是七月初七，这有什么特殊含义吗？这是一个非常重要的问题。根据以上的探讨，我们知道这样设定是因为七月份是一年之中观察星空最为清晰的时间段，也就是说在七月份能够观察到牵牛星和织女星最为接近，这样为什么在七月份相会也就迎刃而解了。但是接下来要解释的就落在七日这一点上。我们可以看一下《荆楚岁时记》"正月一日拜贺，三月三日曲水饮，五月五日毒气，七月七日乞巧，九月九日四民饮宴"的记述，这是根据五行思想确定的日期，阳数月份时和与月份相同数字的日子作为组合，也就是说七日这一天并不是最原始的日期而是流传的过程中发生了变化。在《诗经》和其他的古诗、传说、故事当中很难发现相应的数字；另外在流传的过程中，逐渐把"乞巧"和"牛郎织女相会"结合在了一起。《荆楚岁时记》中明确说"牵牛织女相会"是在七月七，按照中国的五行思想在阴历的一月初一、三月初三，五月初五、九月初九会安排各类活动。"牵牛"和"织女"的相会时间，既是最容易观测到两颗星辰的季节，又符合五行的思想，所以把相会的时间定在七月初七是非常恰当的安排。当然现存各种典籍中提到的和"牛郎织女"的传说相关的故事，多半是由此所引发的。还有一些和"牛郎织女"民间传说没有任何关系，却存在某种巧合的故事，如《列仙传·王子乔》"告我家七月七日待我于缑氏山巅。至时果乘白鹤驻山头"的记述，还有"陶安公"条中说："须臾朱雀止冶上曰：'安公，冶与天通，七月七日，迎汝以赤龙。'至期，赤龙到，大雨，而安公骑之。"《西京杂记》里有"戚夫人侍高帝，（中略）至七月七日临百子池，作于阗乐"的记载，《汉武故事》云"汉景帝王后，槐里王仲女也……有娠，梦日入怀……是为武帝。帝以乙酉年七月七日旦生于猗兰殿"的记述，《武帝内传》中有"至七月七日，王母暂来也。帝下席跪诺。言讫，玉女忽然不知所在"，又云"到七月七日，乃修除宫掖，设坐大殿。（中略）闻云中箫鼓之声，人马之响。半食顷，王母至也"。不能认为上述引文中谈及的七月初七仅仅是源于七夕传说而出现的，对此姑且存疑以待研究。

最后想阐述一下"乞巧"。上文提及的《荆楚岁时记》中"七月初七为牛郎织女聚会之日",来源于"是夕人家妇女结彩缕穿七孔针,或以金银鍮石为针,陈瓜果于庭中,以乞巧,有喜子网于瓜上则以为符应"。现在还有一个问题:"七夕"和"乞巧"到底是什么关系?我认为这两件事情原本是没有内在联系的。原本"乞巧"是一种存在于民间的非常普通的风俗。《陔馀丛考》的"乞巧"①里说"乞巧不独七夕也,《续博物志》:山东风俗,正月取五姓女,年十余岁,共卧一榻,覆之以衾,以箕扇之。良久如梦寐ⅵ,或欲刺文绣、事笔砚、理管弦。俄顷乃寤。谓之扇天卜以乞巧。《下黄私记》:'八九月中,月轮外轻云时有五色。下黄人每值此,则急呼女子持针线,小儿持纸笔,向月拜之,谓之乞巧。'是五月及八、九月皆乞巧矣"。从这里可以看出,乞巧是从古代开始就有的风俗习惯。假如果真如此,诸如《西京杂记》中被认为是意指七夕的"汉彩女常以七月七日穿七孔针于开襟楼,俱以习之"一类文献,其中所述举行的活动,可能和"牵牛织女"传说没有关系。回味前文所述,《荆楚岁时记》中的五种活动,除了牵牛织女相会以外,其他四种都是以具体活动为主要含义的。既然把"牵牛织女相会"和这些活动联系在一起,就有必要存在一种仪式。如上文所述,虽然应于七月发生的牵牛织女传说不存在节俗活动,但恰于此时民间有乞巧活动,便被联系在了一起,从《荆楚岁时记》中可以窥知的七夕风俗才得以形成。此外,两颗星辰苦苦相思,只有七月七日那一天深切的愿望才得以实现。这一事实与"乞巧"的夙愿有相通之处。也正是在这一点上,这种观念才促成了二星相聚与乞巧的结合。不过,由于史料不足,要毫无疑问地明确这一点几乎不可能。其中还有"有喜子网瓜上则以为符应"等值得思考的地方,但这只不过是一种常用的占卜形式,将其附加于乞巧活动而已,此处没有讨论的必要。

综上,虽然难以确定传说具体产生在什么时候,但牛郎织女相会的情节作为民间传说同乞巧结合起来,更加符合人们的需要和心理,是不容置疑的。并且,到了后来,人们的注意力逐渐倾注在这项活动上,及至唐代成为宫廷活动,这一倾向便更加显著了。王仁裕的《开元天宝遗事》就有此类记载:"帝与贵妃每至七月七日夜在华清宫游宴,时宫女辈陈瓜花酒馔，列于庭中，求恩于牵牛、织女星也。又各捉蜘蛛于小盒中，至晓开视，蛛网稀密，以为得巧之候，密者言巧多，稀者言巧少。民间亦效之。"在"乞巧楼"条①中更可以看出乞巧在当时是规模和影响力都很大的活动。特别是"民间亦效之"，可以看出"七夕"虽然起源于民间，但是由于宫廷和上流社会的追捧，又深化了民间的效仿。从柳宗元的《乞巧文》的开头文字"柳子夜归自外，庭有设祠者，馔饵馨香蔬果交，插竹垂绥，剖瓜犬牙，且拜且祈。怪而问焉，女隶进曰：今兹秋孟七夕，天女之孙嫔于河鼓。邀而祠者幸而与之巧，驱去蹇拙，手目开利，组纴缝制将无滞于心焉，为是祷也。"从中也能感受到当时的风俗习惯。

在行将结束本文之际，试从灿烂的唐诗中选录五六首与本文考察关系密切的诗篇以为小论争色。之所以这么作，是因为笔者相信，这些诗篇不仅是唐代有关"牵牛织女"相会传说盛行于世的佐证，同时也包含了上文所考故事中的丰富要素。

首先是高宗《七夕宴悬圃二首》中的一首：

> 羽盖飞天汉，凤驾越层峦。俱叹三秋阻，共叙一宵欢。璜亏夜月落，靥碎晓星残。谁能重操杼，纤手濯清澜。

还有沈叔安的《七夕赋咏成篇》：

> 皎皎宵月丽秋光，耿耿天津横复长。停梭且复留残纬，拂镜及早更新妆。彩凤齐驾初成辇，雕鹊填河已作梁ⅶ。虽喜得同今夜枕，还愁重空明日床。

接下来，是宋之问的《牛女》（一作沈佺期诗）：

> 粉席秋期缓，针楼别怨多。奔龙争渡月，飞鹊乱填河。失喜先临镜，含羞未解罗。谁能留夜色，来夕倍还梭。

---

① 《开元天宝遗事》"乞巧楼"条中有："宫中以锦结成楼殿，高百尺，上可以胜数十人，陈以瓜果酒炙，设坐具以祀牛女（译者注：设坐具以祀牛女："坐"原误作"巫"，今正。引文末："达旦，士民之家皆效之"，引文误作"达且士民之家皆效之"。原文应连上"宴乐"二字，作"宴乐达旦，士民之家皆效之。"今只据原引文改"且"为"旦"），嫔妃各以九孔针、五色线向月穿之（中略）达旦，士民之家皆效之。

还有沈佺期的《七夕》：

> 秋近雁行稀，天高鹊夜飞。妆成应懒织，今夕渡河归。月皎宜穿线，风轻得曝衣。来时不可觉，神验有光辉。

杜甫也曾咏《牵牛织女》：

> 牵牛出河西，织女处其东。万古永相望，七夕谁见同。神光竟难候，此事终朦胧。飒然精灵合，何必秋遂通。亭亭新妆立，龙驾具曾空。世人亦为尔，祈请走儿童。称家随丰俭，白屋达公宫。膳夫翊堂殿，鸣玉凄房栊。曝衣遍天下，曳月扬微风。蛛丝小人态，曲缀瓜果中。初筵裛重露，日出甘所终。嗟汝未嫁女，秉心郁忡忡。防身动如律，竭力机杼中。虽无舅姑事，敢昧织作功。明明君臣契，咫尺或未容。义无弃礼法，恩始夫妇恭。小大有佳期，戒之在至公。方圆苟龃龉，丈夫多英雄。

从中可窥到唐代诗人对七夕的感悟。

译者注：

i MILKY WAY：英语：银河。原义：牛奶路。括号中分别为德文、法文银河一词，本义也是牛奶路。

ii 无涯：引文"涯"误作"崖"，今据《文选》原文正之。

iii 人有奇志：引文"奇"误作"寄"，当系误植失校，今正。查：通"槎"。或作"槎"。

iv 此数句原标点为："自后芒芒忽忽亦不觉，昼夜去十余日"，今据文意正之。所引古文献一般断句欠妥者随手订正之，不一一出校。

v 知：原误作"私"，当系形近误植失校，今正。

vi 上三句原作"覆之以衾以箕，扇之良久如梦寐"，今据文意正之。

vii 彩凤齐驾："齐"原误作"斋"。下句脱"河"字。今据原文补正。

（《文化遗产》2013 年第 5 期）

后　记

很多地方都有"牛郎织女"传说的故事，而陇南、天水、陇东一带所讲有些情节同当地地名、风俗有联系。我小时多次听大人讲过，所以1959年在学校号召学生大胆搞创作的活动中整理出相关的四个小故事在学校用蜡纸刻印的《百花园》上刊出。上大学以后也听庆阳的同学讲述他们家乡有关"牛郎织女"的传说，以整理出两段，一并请写作课老师蔚家麟先生看过，并给以指点。我家里也有一本《牛郎织女》的石印本小册子，和当地所流传情节差距较大。蔚先生说，民间故事要注意其中所反映的地方习俗文化。蔚先生是钟敬文先生的研究生，我自然认为他讲得对。但我在这方面有所体会，并不断地钻研下去，是在二十多年以后礼县大堡子山发现大量秦先公先王陵墓之后。

本书收入我探索"牛郎织女"传说有关问题所写的系列论文，《前言》之外，前两篇刊于1990年。后来因为先后负责中文系、文学院的工作，大部分时间用来抓学科建设、学位点的申报，暂时将这个项封存起来。此后十多年中，自己的主要精力用于古代文学和古典文献上面。1996年，西北师大中文系建立了中国古代文学博士点，2000年成立了文学院，2003年建立了中国古典文献学博士点和中国语言文学博士后流动站，并建立了专门史博士点。这才算松了一口气。2004年我辞去文学院院长之职，又回过头来重作牛郎织女有关问题的研究。2004年回家乡参加母校西和一中60周年校庆，为一中师生作了《汉水与西礼两县的乞巧风俗》的学术报告。整理后先后被刊于《甘肃文苑》创刊号（2004年），《仇池》2004年第2期，后正式刊于《西北师大学报》2005 年第 6 期。①《文史知识》2006 年第 8 期又配合"七夕节"刊登了我的《西礼两县乞巧风俗》一文。我接着写了《汉水、天汉、天水——论织女传说的形成》②后正式发表于中华书局编《学林漫录》第十六集（2007 年 4 月出版）。

2005 年我招收了三个中国古代文学专业研究生，在他们入学前，西和一中师生在我的报告的带动下，已组织了研究性课题组收集西和流行的乞巧歌词、"牛郎织女"的传说。我希望有更多的人投入挖掘西和乞巧文化及"牛郎织女"传说的宝藏中去。我并同礼县的几位同志也多次联系，鼓动他收集礼县的乞巧歌（礼县乞巧风俗主要在东部、东北部西汉水流域的个乡）。最令人感动的是西和中学姜锐老师，当时已八十多岁的高龄，写出有关我父亲（讳殿举，字子贤）1936 年组织一些学生收集各乡乞巧歌的回忆录。我的三个研究生入学后，我同他们组成了课题组，申报甘肃省社会科学研究项目"陇东南牛文化、乞巧风俗与"牛郎织女"传说——甘肃一个非常重要的非物质文化遗产的研究与论证"的课题，获得批准立项。

我将三个研究生的研究方向确定为"中国古代民间文学"，学位论文的选题都确定为"牛郎织女传说研究"：一个是根据历代诗、词、曲、赋中有关"牛郎织女"传说和"乞巧"风俗的篇章、片段以探索其传说在文人作品中的反映，对其间的差异从地域、时代、民族、社会阅历、文化背景的方面加以分析；一个是根据历来有关"牛郎织女"传说的小说、戏曲、曲艺、民歌、故事和笔记文等，以探索"牛郎织女"传说在人民群众中的流传情况，及由于时代、地域、民族等的不同形成的变异；一个根据各少数民族中流传的"牛郎织女"传说和日本、韩国、越南、菲律宾等东南亚国家中七夕风俗与所流传"牛郎织女"故事，从民族文化背景及同中国文化交流的角度考察其演变、分化的状况。我则主要以古代文献、历史地理、出土材料及各地遗迹等方面考察"牛郎织女"传说的孕育、形成及主流的发展、演变情况，更多地解决一些比较关键的问题及思考一些基本

① 《陇南报》2005 年 1 月 5 日、《甘肃文史》2005 年第 1 期、《祁山》2005 年第 1 期、《天水学刊》2006 年第 2 期也予以刊载，并收入宁世忠老师主编《话说仇池》一书。

② 刊于《甘肃文艺》2006 年第 4 期，同年《天水日报》6 月 27 日亦加按语予以刊载；《祁山》2007 年第 1 期、《开拓文学》2007 年第 1 期也加刊载。

理论问题。

2006年2月西和县被全国民协命名为"中国乞巧文化之乡"。收入此书的部分论文此前结集，内部印过一次，曾分寄国内一些学者请教。2008年又增编重印一次，分寄一些朋友，并在陇南市西和县举行"中国乞巧文化旅游节"上，将它发赠来自北京等地的专家、学者以请教，希望专家们关注陇南、天水、陇东一带的乞巧节俗这一十分可贵的非物质文化遗产，并重视在这一历史悠久的文化现象之后的历史根源，重视它同"牛郎织女"传说之间的关系。十分有幸，西和县的七夕节于2008年6月7日国务院发的19号文件中，被列入国家非物质文化遗产名录。收入本书的一些论文，得到了一些专家们的肯定与好评。

此次正式出版，又增加了近几年所写的几篇论文，我有关七夕节和乞巧文化的研究论文另编为《七夕文化透视》。

希望得到专家们的批评指正。

赵逵夫

2017年7月增订全书后写成

责任编辑:邵永忠
封面设计:胡欣欣

图书在版编目(CIP)数据

"牛郎织女"传说研究/赵逵夫 著. —北京:人民出版社,2021. 12
ISBN 978-7-01-021123-7

Ⅰ.①牛… Ⅱ.①赵… Ⅲ.①民间故事-文学研究-中国 Ⅳ.①I207. 73

中国版本图书馆 CIP 数据核字(2019)第 160277 号

"牛郎织女"传说研究

NIULANG ZHINÜ CHUANSHUO YANJIU

赵逵夫　著

人 民 出 版 社 出版发行

(100706 北京市东城区隆福寺街 99 号)

北京中科印刷有限公司印刷　新华书店经销

2021 年 12 月第 1 版　2021 年 12 月北京第 1 次印刷
开本:710 毫米×1000 毫米 1/16　印张:26.5　插页:1　字数:420 千字

ISBN 978-7-01-021123-7　定价:90.00 元

邮购地址 100706　北京市东城区隆福寺街 99 号
人民东方图书销售中心　电话 (010)65250042　65289539